Zum Buch:

Leigh und ihre jüngere Schwester Callie haben eine Kindheit erlebt, die niemand durchmachen sollte. Eine Kindheit voller Schmerz, Missbrauch und Angst. Während Leigh sich aus dem Elend herausgearbeitet hat und heute erfolgreiche Anwältin ist, kämpft Callie noch immer mit den Dämonen ihrer Vergangenheit. Ein grausamer Gewaltakt hat ihr Leben vor über zwanzig Jahren für immer verändert. Je verbissener sie versucht, die Erinnerung beiseitezuschieben, desto stärker wird sie davon heimgesucht. Als sich ein alter Bekannter brutal in Leighs und Callies Leben drängt, drohen die Lügen und Geheimnisse von damals aufzufliegen. Doch die Schwestern sind keine hilflosen Teenager mehr. Sie haben gelernt, sich zu wehren. Und vor allem Callie hat dabei nichts mehr zu verlieren.

Zur Autorin:

Karin Slaughter ist die Autorin von über 20 New-York-Times-Bestseller-Romanen. Dazu zählen *Cop Town*, der für den Edgar Allan Poe Award nominiert war, sowie die Thriller *Pretty Girls*, *Die gute Tochter* und *Ein Teil von ihr*. Ihre Bücher erscheinen in 120 Ländern und haben sich über 40 Millionen Mal verkauft. *Ein Teil von ihr* ist als Serie mit Toni Collette bei Netflix erschienen. *Die falsche Zeugin* sowie die Grant-County- und die Georgia-Reihen werden fürs Fernsehen verfilmt. Slaughter setzt sich als Gründerin der Non-Profit-Organisation »Save the Libraries« für den Erhalt und die Förderung von Bibliotheken ein. Die Autorin stammt aus Georgia und lebt in Atlanta.

KARIN SLAUGHTER

DIE FALSCHE ZEUGIN

THRILLER

Aus dem amerikanischen Englisch von
Fred Kinzel

HarperCollins

Die Originalausgabe erschien 2021 unter dem Titel
False Witness bei William Morrow, New York.

1. Auflage 2022
© by Karin Slaughter
Ungekürzte Ausgabe im HarperCollins Taschenbuch
© 2021 für die deutschsprachige Ausgabe
by HarperCollins in der
Verlagsgruppe HarperCollins Deutschland GmbH, Hamburg
Published by arrangement with William Morrow,
an imprint of HarperCollins *Publishers*, US.

Songtext von *The Music Man* (geschrieben von Meredith Willson)
Das Zitat von Katherine Anne Porter stammt aus *Das Narrenschiff* ©1945, 1946,
1947, 1950, 1956, 1958, 1959, 1962 by Katherine Anne Porter.
Die Rechte an der deutschen Übersetzung von Susanna Rademacher
liegen beim Manesse Verlag, Zürich, in der Penguin Random House
Verlagsgruppe GmbH, München

Umschlaggestaltung von PPP Pre Print Partner GmbH & Co. KG, Köln, nach
einem Originalentwurf von Grace Han & Deborah Kuschel
Umschlagabbildung von Marie Carr, Redkha Garton, Mark Owen / Trevillion Images
Gesetzt aus der Stempel Garamond
Von GGP Media GmbH, Pößneck
Druck und Bindung von CPI books GmbH, Leck
Printed in Germany
ISBN 978-3-365-00116-5
www.harpercollins.de

Für meine Leserinnen und Leser

*Die Vergangenheit ist nie dort,
wo du sie vermeintlich zurückgelassen hast.*

KATHERINE ANNE PORTER

SOMMER 1998

Callie hörte aus der Küche, wie Trevor an das Aquarium klopfte. Sie schloss die Hand fester um den Kochlöffel, mit dem sie den Plätzchenteig umrührte. Er war erst zehn. Sie vermutete, dass er in der Schule gemobbt wurde. Sein Vater war ein Arschloch. Der Junge war allergisch auf Katzen und fürchtete sich vor Hunden. Jeder Psychologe würde einem sagen, dass Trevor die armen Fische terrorisierte, weil er verzweifelt um Aufmerksamkeit buhlte, aber Callie konnte es nur mit Mühe ertragen.

Klopf-klopf-klopf.

Sie rieb sich die Schläfen, um die aufkommenden Kopfschmerzen zu vertreiben. »Trev, klopfst du an das Aquarium, wie du es nicht tun sollst?«

Das Klopfen hörte auf. »Nein, Ma'am.«

»Bist du dir sicher?«

Schweigen.

Callie klatschte Teig auf das Backpapier. Das Klopfen setzte wie ein Metronom wieder ein. Immer bei drei klatschte sie wieder einen Batzen Teig auf das Blech.

Klopf-klopf-klatsch. Klopf-klopf-klatsch.

Callie schloss gerade die Ofentür, als Trevor plötzlich wie ein Serienmörder hinter ihr auftauchte. Er schlang die Arme um sie. »Hab dich lieb.«

Sie drückte ihn genauso kräftig wie er sie. Die Anspannung,

die ihren Schädel umklammerte, lockerte ihren Griff. Sie gab ihm einen Kuss auf den Scheitel. Er schmeckte salzig von der schwärenden Hitze. Er stand vollkommen still, aber seine nervöse Energie ließ sie an eine zusammengepresste Feder denken.

»Willst du die Schüssel auslecken?«

Die Frage wurde beantwortet, bevor sie ganz gestellt war. Er zog sich einen Küchenstuhl an die Arbeitsfläche und führte sich auf wie Puh der Bär, wenn der den Kopf in einen Honigtopf steckt.

Callie wischte sich den Schweiß von der Stirn. Die Sonne war vor einer Stunde untergegangen, aber im Haus war es noch immer brütend heiß. Die Klimaanlage funktionierte kaum, und der Ofen hatte die Küche in eine Sauna verwandelt. Alles fühlte sich klebrig und feucht an, sie selbst und Trevor eingeschlossen.

Sie stellte den Wasserhahn an. Das kalte Wasser war unwiderstehlich. Sie spritzte es sich ins Gesicht, dann besprenkelte sie zu seiner Begeisterung Trevors Nacken.

Als er aufgehört hatte zu kichern, reinigte Callie den Kochlöffel unter dem Wasserstrahl und legte ihn zum Trocknen in das Abtropfgestell mit dem gespülten Geschirr vom Abendessen. Zwei Teller. Zwei Gläser. Zwei Gabeln. Ein Messer, um Trevors Hotdog zu schneiden. Ein Teelöffel für den Klecks Worcestersoße, den sie ins Ketchup gerührt hatte.

Trevor gab ihr die Teigschüssel, damit sie sie spülen konnte. Er zog den linken Mundwinkel hoch, wenn er lächelte, genau wie sein Vater. Er stand neben ihr an der Spüle und lehnte seine Hüfte an ihre.

»Hast du an das Glas vom Aquarium geklopft?«, fragte sie.

Er blickte auf. Sie bemerkte das intrigante Blitzen in seinen Augen. Genau wie bei seinem Vater. »Du hast gesagt, es sind Anfängerfische. Und dass sie wahrscheinlich sowieso nicht überleben.«

Eine gemeine Antwort, die ihrer Mutter würdig gewesen wäre, lag ihr auf der Zunge. *Dein Großvater wird ebenfalls ster-*

ben. Sollen wir ins Pflegeheim fahren und ihm Nadeln unter die Fingernägel stecken?

Callie hatte die Worte nicht laut ausgesprochen, aber die Feder in Trevor spannte sich noch ein wenig mehr. Sie fand es immer verstörend, wie genau er ihre Gefühlsregungen erfasste.

»Okay.« Sie wischte sich die Hände an ihren Shorts ab und wies mit einem Kopfnicken zum Aquarium. »Wir sollten rausfinden, wie sie heißen.«

Er blickte misstrauisch drein, da er in ständiger Furcht lebte, einen Witz als Letzter zu verstehen. »Fische haben keine Namen.«

»Natürlich haben sie welche, Dummkopf. Die lernen sich doch nicht am ersten Schultag kennen und sagen: ›Guten Tag, mein Name ist Fisch.‹« Sie schubste ihn sachte in Richtung Wohnzimmer. Die beiden zweifarbigen Schleimfische schwammen eine nervöse Runde im Aquarium. Während des mühsamen Aufbaus des Salzwassertanks hatte Trevor mehrfach das Interesse verloren. Bei der Ankunft der Fische hatte sich seine Aufmerksamkeitsspanne auf die einer Fruchtfliege verringert.

In Callies Knie knackste es, als sie vor dem Aquarium in die Hocke ging. Der pochende Schmerz war erträglicher als der Anblick von Trevors schmutzigen Fingerabdrücken, die das Glas trübten. »Was ist mit diesem Kerlchen hier?« Sie zeigte auf den kleineren der beiden Fische. »Wie heißt er?«

Trevors linker Mundwinkel ging nach oben, als er ein Lächeln unterdrückte. »Köder.«

»Köder?«

»Ja, wenn die Haie kommen und ihn fressen!« Trevor brach in zu lautes Lachen aus und wälzte sich beinahe auf dem Boden vor Belustigung.

Callie versuchte, den Schmerz aus ihrem Knie zu massieren. Sie sah sich deprimiert wie immer in dem Raum um. Der fleckige Flauschteppich war schon irgendwann Ende der Achtziger platt getreten gewesen. Das Licht von der Straße strahlte um die Ränder der orange-braunen Vorhänge. Eine komplett ausgestattete Bar mit einem trüben Spiegel dahinter nahm eine Ecke des Zimmers ein. Gläser hingen von einem Gestell an der Decke, und vier lederne Barhocker drängten sich um das L der klebrigen Holztheke. Der ganze Raum war auf einen riesigen Fernsehbildschirm ausgerichtet, der mehr wog als Callie. Die orangefarbene Couch hatte zwei deprimierende Vertiefungen von *ihm* und *ihr* an jedem Ende. Die Rückenlehnen der braunen Clubsessel waren von Schweiß verfärbt. Schwelende Zigaretten hatten Flecken in die Armlehnen geschmort.

Trevor schob seine Hand in ihre. Er hatte ihre Stimmung wieder erfasst.

»Was ist mit dem anderen Fisch?«, versuchte er es.

Sie legte ihren Kopf an seinen und lächelte. »Wie wäre es mit …« Sie versuchte, sich etwas Gutes auszudenken. Ann Chauvie, Dschingis Karpf … »Mr. Dar-Sea?«

Trevor rümpfte die Nase. Definitiv kein Jane-Austen-Fan. »Wann kommt Daddy nach Hause?«

Buddy Waleski kam nach Hause, wann er eben kam. »Bald.«

»Sind die Kekse schon fertig?«

Callie stand mit schmerzverzerrtem Gesicht auf, damit sie ihm in die Küche folgen konnte. Sie inspizierte die Kekse durch die Ofentür. »Noch nicht ganz, aber bis du aus der Badewanne …«

Trevor sauste den Flur hinunter. Die Badezimmertür fiel krachend zu. Sie hörte den Hahn quietschen. Wasser rauschte in die Wanne. Er fing zu summen an.

Ein Amateur hätte sich zum Sieger erklärt, aber Callie war kein Amateur. Sie wartete einige Minuten, dann öffnete sie die Badezimmertür einen Spaltweit, um sich zu vergewissern, dass er auch wirklich in der Wanne war. Sie ertappte ihn, wie er gerade den Kopf ins Wasser tauchte.

Immer noch kein Sieg – nirgendwo war Seife zu sehen –, aber sie war erschöpft, und ihr Rücken schmerzte, und ihr Knie zwickte, als sie den Flur entlangging, deshalb konnte sie nichts anderes tun, als die Zähne zusammenzubeißen, bis sie die Bar erreicht hatte und ein Martiniglas zu gleichen Teilen mit Sprite und Captain Morgan füllte.

Callie beschränkte sich auf zwei kräftige Schlucke, ehe sie sich bückte und nach blinkenden Lichtern unter der Theke suchte. Sie hatte die Digitalkamera vor ein paar Monaten zufällig entdeckt. Der Strom war ausgefallen. Sie hatte nach den Kerzen für Notfälle gesucht, als ihr aus dem Augenwinkel plötzlich ein Blitzen aufgefallen war.

Ihr erster Gedanke war gewesen: *Gestauchter Rücken, Wackelknie, und jetzt löst sich auch noch die Netzhaut ab.* Aber das Licht war rot, nicht weiß, und es blinkte wie die Nase von Rudolph dem Rentier zwischen zwei der schweren Lederhocker unter der Theke. Sie hatte die Hocker zur Seite gezogen und beobachtet, wie das rote Licht von der Messingfußleiste blinkte, die sich unten um die Bar zog.

Es war ein gutes Versteck. Die Front der Bar war mit einem bunten Mosaik verkleidet. Spiegelscherben zwischen Bruchstücken von blauen, grünen und orangefarbenen Fliesen – all das zusammen machte das gut zwei Zentimeter große Loch unsichtbar, das zu den Regalfächern auf der Rückseite führte. Sie hatte den digitalen Camcorder hinter einem Pappkarton mit Weinkorken gefunden. Buddy hatte das Stromkabel im Regal überklebt, um es zu kaschieren, aber der Strom war seit Stunden ausgefallen, die Batterie war fast leer. Callie hatte keine Ahnung, ob die Kamera aufgezeichnet hatte. Sie war direkt auf die Couch gerichtet.

Was sich Callie eingeredet hatte, war Folgendes: Buddy hatte fast jedes Wochenende Freunde zu Besuch. Sie schauten Basketball, Football oder Baseball, und sie redeten über irgendwelchen Blödsinn, über Geschäfte und Frauen, und wahrscheinlich sagten sie Dinge, die Buddy ein Druckmittel verschafften: die Art von Druckmittel, die er später für einen Geschäftsabschluss verwenden konnte, und wahrscheinlich war die Kamera deshalb da angebracht.

Wahrscheinlich.

Sie ließ das Sprite bei ihrem zweiten Drink weg. Der aromatisierte Rum brannte ihr in der Kehle und stieg ihr in die Nase. Callie nieste und fing das meiste mit ihrem Unterarm ab. Sie war zu müde, um ein Papiertuch aus der Küche zu holen, und wischte den Rotz einfach mit einem der Barhandtücher ab. Das mit einem Monogramm versehene Wappen kratzte auf ihrer Haut. Callie betrachtete das Logo, das Buddys Art so ziemlich auf den Punkt brachte. Nicht die Atlanta Falcons. Nicht die Georgia Bulldogs. Nicht einmal die Georgia Tech. Buddy Waleski hatte sich dafür entschieden, die zweitklassigen Bellwood Eagles zu unterstützen – ein Highschool-Team, das in der letzten Saison kein einziges Spiel gewonnen hatte.

Ein großer Fisch in einem kleinen Teich.

Callie schüttete gerade den Rest des Rums hinunter, als Trevor ins Wohnzimmer zurückkam. Er schlang wieder seine dürren Arme um sie, und sie küsste ihn auf den Scheitel. Er schmeckte immer noch verschwitzt, aber sie hatte schon genug Kämpfe für heute ausgefochten. Jetzt wollte sie nur noch, dass er endlich schlafen ging, damit sie ihren schmerzenden Körper mit Alkohol betäuben konnte.

Sie saßen auf dem Boden vor dem Aquarium und warteten darauf, dass die Kekse abkühlten. Callie erzählte ihm von ihrem eigenen ersten Aquarium. Welche Fehler sie gemacht hatte. Wie viel Verantwortungsbewusstsein und Pflege nötig waren, damit die Fische gediehen. Trevor war jetzt gefügig. Sie sagte sich, dass es an dem warmen Bad lag, denn sie wollte nicht daran denken, wie das Licht in seinen Augen jedes Mal erlosch, wenn er sah, wie sie sich hinter der Bar einen neuen Drink einschenkte.

Callies Schuldgefühle begannen, sich wieder zu verflüchtigen, als Trevors Zubettgehzeit näher rückte. Sie spürte, wie er sich langsam hochputschte, als sie am Küchentisch saßen. Der Ablauf war vertraut. Eine Auseinandersetzung darüber, wie viele Kekse er essen durfte. Verschüttete Milch. Noch ein Keks-Streit. Eine

Diskussion darüber, in welchem Bett er schlafen würde. Der Kampf, ihn in seinen Pyjama zu kriegen. Eine zähe Verhandlung darüber, wie viele Seiten sie ihm aus seinem Buch vorlesen würde. Ein Gutenachtkuss. Noch ein Gutenachtkuss. Die Bitte um ein Glas Wasser. Nicht dieses Glas, das andere. Nicht dieses Wasser, das andere. Schreien. Weinen. Weitere Kämpfe. Weitere Verhandlungen. Versprechen für den nächsten Tag – Spiele, der Zoo, ein Besuch im Wasserpark. Und so weiter und so fort, bis sie schließlich, endlich, wieder allein hinter der Theke stand.

Sie hielt sich davon ab, die Flasche hastig wie ein verzweifelter Säufer zu öffnen. Ihre Hände zitterten. Sie beobachtete ihren Tremor in der Stille des schäbigen Zimmers. Mehr als alles andere assoziierte sie diesen Raum mit Buddy. Die Luft war drückend schwül. Der Rauch aus Tausenden von Zigaretten und Zigarillos hatte die niedrige Decke verfärbt. Selbst die Spinnweben in den Ecken waren bräunlich-orange. Sie zog im Haus nie die Schuhe aus, weil es ihr den Magen umdrehte, wenn ihre Füße in den klebrigen Teppich sanken.

Callie schraubte langsam den Verschluss von der Rumflasche. Der aromatische Geruch kitzelte sie wieder in der Nase, und ihr Mund wurde wässrig vor freudiger Erwartung. Sie spürte die betäubende Wirkung allein schon beim Gedanken an den dritten Drink, der nicht der letzte sein würde, der Drink, bei dem sich ihre Anspannung löste, der Schmerz in ihrem Rücken und das Pochen in ihrem Knie verschwanden.

Die Küchentür flog mit einem Knall auf. Buddy hustete, der Schleim saß fest in seiner Kehle. Er warf die Aktentasche auf die Anrichte. Beförderte Trevors Stuhl mit einem Tritt unter den Tisch zurück. Nahm sich eine Handvoll Kekse. Hielt seinen Zigarillo in der Hand, während er mit offenem Mund kaute. Callie konnte fast hören, wie die Krümel vom Tisch sprangen, von seinen abgestoßenen Schuhen abprallten, sich über das Linoleum verteilten wie winzige klirrende Zimbel. Denn wo Buddy war, da war es *laut, laut, laut.*

Schließlich nahm er sie zur Kenntnis. Sie empfand wie früher, freute sich, ihn zu sehen, und wartete darauf, dass er sie in die Arme nahm und ihr wieder das Gefühl gab, etwas Besonderes zu sein. Dann fielen ihm weitere Krümel aus dem Mund. »Schenk mir einen ein, Püppchen.«

Sie füllte ein Glas mit Scotch und Soda. Der Gestank seines Zigarillos zog durch den Raum. Black & Mild. Sie hatte ihn nie ohne diese Packung gesehen, die aus seiner Hemdtasche lugte.

Buddy aß die letzten beiden Kekse auf dem Weg zur Bar. Schwere Schritte brachten die Bodenbretter zum Knarren. Krümel auf dem Teppich. Krümel auf seinem verknitterten, schweißfleckigen Arbeitshemd. Krümel in den Bartstoppeln, die seit der morgendlichen Rasur gesprossen waren.

Buddy war an die eins neunzig, wenn er sich gerade aufrichtete, was er aber nie tat. Seine Haut war immer gerötet. Er hatte mehr Haare als die meisten Männer seines Alters, an einigen Stellen wurden sie bereits grau. Er trainierte nur mit Gewichten, deshalb war er mehr Gorilla als Mensch – kurze Taille mit so muskulösen Armen, dass er sie nicht seitlich am Körper anlegen konnte. Callie sah seine Hände meistens zu Fäusten geballt. Alles an ihm schrie: *Ich bin ein rücksichtsloser Scheißtyp.* Die Leute wechselten die Straßenseite, wenn sie ihn kommen sahen.

Wenn Trevor eine gespannte Feder war, dann war Buddy ein Vorschlaghammer.

Er ließ den Zigarillo in den Aschenbecher fallen, schüttete seinen Scotch hinunter und knallte das Glas auf die Theke. »Schönen Tag gehabt, Püppchen?«

»Sicher.« Sie trat zur Seite, damit er sich nachschenken konnte.

»Meiner war fantastisch. Kennst du diese neue Ladenzeile drüben an der Stewart? Rate mal, wer die Gerüstarbeiten macht?«

»Du«, sagte Callie, auch wenn Buddy nicht auf eine Antwort gewartet hatte.

»Hab heute die Anzahlung bekommen. Morgen gießen sie das Fundament. Geht doch nichts drüber, wenn man Geld in der

Tasche hat, was?« Er rülpste und schlug sich auf die Brust, um die Luft herauszulassen. »Hol mir ein bisschen Eis, ja?«

Sie machte sich auf den Weg, aber er packte ihren Arsch, als würde er an einem Türknauf drehen.

»Schau sich einer dieses winzig kleine Ding an.«

Es hatte ganz am Anfang eine Zeit gegeben, als Callie es lustig gefunden hatte, wie besessen er von ihrer zierlichen Statur war. Er hob sie mit einem Arm in die Höhe oder staunte darüber, dass sein Daumen und die Fingerspitzen fast ihre Hüftknochen berührten, wenn er seine Hand quer über ihren Rücken spreizte. Er nannte sie *kleines Ding*, *Baby*, *Puppe* – und jetzt ...

War es nur eine Sache mehr, die sie an ihm störte.

Callie drückte den Eiskübel an ihren Bauch, als sie zur Küche ging. Sie warf einen Blick zum Aquarium. Die Schleimfische hatten sich beruhigt. Sie schwammen durch die Sauerstoffblasen des Filters. Callie füllte den Kübel mit Eis, das nach Natron und Fleisch mit Gefrierbrand schmeckte.

Buddy schwenkte auf seinem Barhocker herum, als sie zu ihm zurückkam. Er hatte die Spitze seines Zigarillos abgezwickt und steckte ihn in die Packung zurück. »Verdammt noch mal, mein Mädchen, ich liebe es, wie sich deine Hüften bewegen. Dreh dich mal für mich.«

Sie merkte, wie sie die Augen wieder verdrehte – nicht seinetwegen, sondern ihrer selbst wegen, denn ein winziger, dummer, einsamer Teil von Callie fiel immer noch auf sein Flirten herein. Er war wahrhaftig der erste Mensch in ihrem Leben gewesen, von dem sie sich wirklich geliebt gefühlt hatte. Sie hatte sich nie zuvor als etwas Besonderes gesehen, quasi als auserwählt, als wäre sie alles, was für einen anderen Menschen zählte. Buddy hatte ihr ein Gefühl von Geborgenheit geschenkt.

Aber in letzter Zeit wollte er sie nur noch ficken.

Buddy steckte die Schachtel Black & Mild weg. Er stieß seine Pranke in den Eiskübel, und sie sah schwarze Halbmonde unter seinen Fingernägeln.

»Was macht der Junge?«, fragte er.

»Schläft.«

Er schob ihr die Hand zwischen die Beine, noch bevor sie das Funkeln in seinen Augen bemerkt hatte. Ihre Knie waren komisch gebeugt, so als würde sie auf der flachen Seite einer Schaufel sitzen.

»Buddy ...«

Seine andere Hand umklammerte ihren Arsch, sodass sie zwischen seinen bepackten Armen eingeschlossen war. »Sieh mal an, wie winzig du bist. Ich könnte dich in die Tasche stecken, und niemand würde bemerken, dass du da bist.«

Sie schmeckte Kekse, Scotch und Tabak, als seine Zunge in ihren Mund glitt. Callie erwiderte den Kuss, denn Buddy wegzustoßen, sein Ego zu verletzen wäre sehr zeitraubend, und am Ende wäre sie wieder genau da, wo es angefangen hatte.

Trotz all seinem Getöse war Buddy ein Jammerlappen, was seine Gefühle anging. Er konnte einen ausgewachsenen Mann zu Brei schlagen, ohne mit der Wimper zu zucken, aber bei Callie war er manchmal so verletzlich, dass es unheimlich war. Sie hatte Stunden damit verbracht, ihm Mut zuzusprechen, ihn aufzurichten, aufzupäppeln, sich anzuhören, wie seine Unsicherheit einer Meereswelle gleich an den Strand brandete.

Wieso war sie mit ihm zusammen? Sie sollte sich jemand anderen suchen. Sie spielte in einer anderen Liga als er. Zu hübsch. Zu jung. Zu klug. Zu viel Klasse. Warum ließ sie einen dummen Wüstling wie ihn nicht einfach links liegen? Was sah sie in ihm ... Nein, sie musste ihm jetzt auf der Stelle genau beschreiben, was sie eigentlich an ihm mochte. Ganz konkret.

Er sagte ihr ständig, dass sie schön sei. Er ging in nette Restaurants mit ihr, in gute Hotels. Er kaufte ihr Schmuck und teure Kleidung und gab ihrer Mutter Geld, wenn sie knapp bei Kasse war. Er würde jeden Mann verprügeln, der sie auch nur schief ansah. Von außen betrachtet wirkte es wahrscheinlich so, als hätte Callie einen absoluten Glückstreffer gelandet, aber sie selbst fragte sich, ob sie wohl besser dran wäre, wenn er zu ihr so grausam wäre wie zu allen anderen. Dann hätte sie wenigstens einen Grund, ihn zu hassen. Etwas Reales, auf das sie verweisen konnte, statt seiner erbärmlichen Tränen oder seinem Anblick, wenn er sie auf Knien um Vergebung bat.

»Daddy?«

Callie schauderte beim Klang von Trevors Stimme. Er stand im Flur und drückte seine Bettdecke an die Brust.

Buddys Hände hielten Callie weiter fest. »Geh ins Bett, mein Sohn.«

»Ich will Mommy.«

Callie schloss die Augen, damit sie Trevors Gesicht nicht sehen musste.

»Tu, was ich sage«, sagte Buddy in warnendem Ton. »Auf der Stelle.«

Sie hielt den Atem an, bis sie Trevor leise den Flur entlangtapsen hörte. Seine Zimmertür quietschte in den Angeln. Dann schnappte das Schloss ein.

Callie löste sich aus Buddys Griff. Sie ging hinter die Bar, fing an, die Etiketten der Flaschen ordentlich auszurichten, wischte die Theke ab, versuchte, sich nicht anmerken zu lassen, dass sie ein Hindernis zwischen sie beide zu legen versuchte.

Buddy lachte auf und rieb sich die Arme, als wäre es nicht brütend heiß in diesem grässlichen Haus. »Warum ist es plötzlich so kalt hier?«

Callie sagte: »Ich sollte nach ihm sehen.«

»Ach was.« Buddy kam um die Theke herum und versperrte ihr den Weg. »Kümmer dich lieber um mich.«

Buddy lenkte ihre Hand zu der Ausbuchtung in seiner Hose. Er bewegte ihre Hand einmal auf und ab, und es erinnerte sie daran, wie er am Seil des Rasenmähers riss, um den Motor zu starten.

»Genau so.«

Callie gab nach. Sie gab immer nach.

»Das ist gut.«

Callie schloss die Augen. Sie konnte die abgezwickte Spitze seines Zigarillos riechen, die immer noch im Aschenbecher schwelte. Auf der anderen Seite des Raums gurgelte das Aquarium. Sie versuchte, sich gute Fischnamen für Trevor einfallen zu lassen.

James Pond. Tank Sinatra.

»Himmel, deine Hände sind so klein.« Buddy öffnete den Reißverschluss seiner Hose. Drückte sie herunter. Der Teppich hinter der Bar fühlte sich nass an. Ihre Knie saugten sich an der Wolle fest. »Du bist meine kleine Ballerina.«

Callie nahm ihn in den Mund.

»Himmel noch mal.« Buddy hielt ihre Schultern in festem Griff. »Das ist gut. Genau so.«

Callie schloss die Augen.

Tuna Turner. Leonardo DiCarpio. Mary-Kate und Ashley Ocean.

Buddy tätschelte sie. »Komm, Baby. Bringen wir es auf der Couch zu Ende.«

Callie wollte nicht zur Couch. Sie wollte es jetzt zu Ende bringen. Dann weggehen. Allein sein. Tief Luft holen und ihre Lungen mit allem füllen, was nicht er war.

»Herrgott noch mal!«

Callie zuckte zusammen.

Aber er schrie nicht sie an. Sie merkte an der veränderten Atmosphäre, dass Trevor wieder im Flur stand. Sie versuchte, sich vorzustellen, was er gesehen hatte. Buddy, der sich mit einer seiner fleischigen Hände an der Theke festhielt, während er mit der Hüfte gegen etwas unter der Bar stieß.

»Daddy?«, fragte er. »Wohin ist ...«

»Was habe ich dir gesagt?«, brüllte Buddy.

»Ich bin nicht müde.«

»Dann trink deine Medizin. Los.«

Callie sah zu Buddy hinauf. Er deutete mit seinem feisten Zeigefinger in Richtung Küche.

Sie hörte Trevors Stuhl über das Linoleum kratzen. Die Lehne krachte an die Anrichte. Die Schranktür ging quietschend auf. Ein wiederholtes Klacken, als Trevor den kindersicheren Verschluss des NyQuil drehte. Buddy nannte es seine Augen-zu-Medizin. Von dem Antihistaminikum war er normalerweise die ganze Nacht weggetreten.

»Trink es«, befahl Buddy.

Callie dachte an die zarten Wellenbewegungen in Trevors Kehle, wenn er den Kopf in den Nacken legte und seine Milch hinunterschüttete.

»Lass alles auf der Theke stehen«, sagte Buddy. »Geh in dein Zimmer zurück.«

»Aber ich ...«

»Geh in dein verdammtes Zimmer zurück und bleib dort, sonst prügle ich dir die Haut vom Hintern.«

Wieder hielt Callie den Atem an, bis sie Trevors Schlafzimmertür zufallen hörte.

»Der Scheißbengel.«

»Buddy, vielleicht sollte ich ...«

Sie stand im selben Moment auf, in dem sich Buddy wieder zu ihr herumdrehte. Sein Ellbogen erwischte versehentlich genau ihre Nase. Das Knacken brechender Knochen durchfuhr sie wie ein Blitzschlag. Sie war so geschockt, dass sie nicht einmal blinzelte.

Buddy starrte sie entsetzt an. »Püppchen? Bist du okay? Es tut mir leid, ich ...«

Callies Sinne meldeten sich nach und nach zurück. Laute rauschten in ihre Ohren. Schmerz flutete ihre Nerven. Ihr Blick verschwamm. Ihr Mund füllte sich mit Blut.

Sie rang nach Luft. Das Blut floss in ihre Kehle. Alles drehte sich um sie. Sie würde gleich ohnmächtig werden, ihre Knie gaben schon nach. Sie griff panisch nach irgendetwas, um sich festzuhalten. Der Pappkarton mit den Weinkorken kippte aus dem Regal. Sie knallte mit dem Hinterkopf auf den Boden. Die

Korken trafen sie auf Brust und Gesicht wie dicke Regentropfen. Sie blinzelte zur Decke hinauf, sah die zweifarbigen Fische vor ihren Augen hektisch herumschwimmen. Sie blinzelte wieder, und die Fische sausten davon. Luft strömte in ihre Lungen. Ihr Kopf begann im Gleichklang mit ihrem Herzschlag zu hämmern. Sie wischte sich etwas von der Brust. Die Packung Black & Mild war aus Buddys Hemdtasche gefallen, und die schlanken Zigarillos hatten sich über sie verteilt. Sie reckte den Hals und hielt nach ihm Ausschau.

Callie hatte bei Buddy mit einem reumütigen Welpenblick gerechnet, aber er nahm sie kaum zur Kenntnis. Er hielt die Videokamera in den Händen. Sie hatte sie zusammen mit dem Karton versehentlich aus dem Regal gerissen. Ein Stück Plastik war von der Ecke gesprungen.

Leise zischte er: »Scheiße!«

Endlich sah er sie an. In seinen Augen war dieser verschlagene Ausdruck, genau wie bei Trevor. In flagranti ertappt. Ein Ausweg musste her.

Callies Kopf sank auf den Teppich zurück. Sie war immer noch desorientiert. Alles, was sie ansah, pulsierte im Takt mit dem Pochen in ihrem Schädel. Die Gläser, die in dem Bargestell hingen. Die braunen Wasserflecken an der Decke. Sie hustete in die Hand – Blut sprenkelte die Handfläche. Sie hörte, wie Buddy sich bewegte.

Sie sah wieder zu ihm hinauf. »Buddy, ich hatte die …«

Ohne Vorwarnung riss er sie am Arm hoch, und Callie hatte alle Mühe, auf den Beinen zu bleiben. Sein Ellbogen hatte sie härter getroffen, als sie zunächst gedacht hatte. Die Welt war ins Stottern geraten, wie bei einer Plattenspielernadel, die in einer Rille festhing. Callie hustete wieder und taumelte vorwärts. Ihr ganzes Gesicht fühlte sich wund an. Ein kräftiger Blutstrom rann ihre Kehle hinab. Der Raum drehte sich wie ein Globus. War das eine Gehirnerschütterung? Es fühlte sich auf jeden Fall so an.

»Buddy, ich glaube, ich …«

»Halt den Mund.« Er packte sie mit der Hand unsanft im Nacken, schleifte sie durch das Wohnzimmer und in die Küche wie einen Hund, der sich danebenbenommen hat. Callie war zu überrascht, um sich zu wehren. Seine Wut war immer wie eine Verpuffung gewesen, plötzlich und allumfassend. Normalerweise wusste sie, woher sie rührte.

»Buddy, ich …«

Er warf sie gegen den Tisch. »Wirst du jetzt verdammt noch mal die Schnauze halten und mir zuhören?«

Callie langte hinter sich, um sich zu stabilisieren. Die gesamte Küche kippte zur Seite. Gleich würde sie sich übergeben. Sie musste sich zur Spüle schleppen.

Buddy schlug mit der Faust auf die Arbeitsfläche. »Hör verdammt noch mal auf, rumzuzicken!«

Callie hielt sich die Ohren zu. Sein Gesicht war dunkelrot. Er war sehr wütend. Warum war er denn so wütend?

»Ich meine es todernst.« Buddy hatte seinen Ton gemäßigt, aber ein tiefes, unheilvolles Knurren schwang in seiner Stimme. »Du musst mir zuhören.«

»Okay, okay. Ich brauche nur einen Moment.« Callie war immer noch wacklig auf den Beinen. Sie machte einen Schritt zur Spüle. Drehte den Wasserhahn auf. Ließ das Wasser ablaufen, bis es kalt war. Dann schob sie den Kopf unter den kalten Strahl. Ihre Nase brannte. Sie zuckte zusammen, und der Schmerz schoss mitten durch ihr Gesicht.

Buddy hielt den Rand der Spüle umklammert. Er wartete.

Callie hob den Kopf. Das Schwindelgefühl ließ sie fast wieder ins Wanken geraten. Sie fischte ein Geschirrtuch aus der Schublade. Der raue Stoff kratzte an ihren Wangen. Sie presste es unter die Nase, um die Blutung zu stoppen. »Was ist denn?«

Er wippte auf den Fußballen. »Du darfst niemandem etwas von der Kamera sagen, okay?«

Das Geschirrtuch war bereits durchgeweicht. Das Blut lief und lief, aus ihrer Nase, in ihren Mund, ihre Kehle hinunter.

Callie hatte sich noch nie so verzweifelt gewünscht, sich einfach ins Bett zu legen und die Augen zu schließen. Buddy wusste sonst immer, wann sie das brauchte. Er nahm sie dann immer in die Arme, trug sie über den Flur und packte sie ins Bett, und dann strich er ihr übers Haar, bis sie einschlief.

»Callie, versprich es mir. Schau mir in die Augen und versprich mir, dass du es niemandem erzählst.«

Buddys Hand war wieder auf ihrer Schulter, aber sanfter diesmal. Die Wut, die in ihm brannte, begann, sich selbst zu verzehren. Er hob ihr Kinn mit seinen feisten Fingern an. Sie kam sich vor wie eine Barbiepuppe, die er in eine bestimmte Pose zu biegen versuchte.

»Scheiße, Baby. Schau dir nur deine Nase an! Ist alles okay?« Er griff nach einem frischen Geschirrtuch. »Es tut mir leid, ja? Herrje, dein hübsches kleines Gesicht … Bist du wirklich okay?«

Callie beugte sich wieder über die Spüle und spuckte Blut in den Abfluss. Ihre Nase fühlte sich an wie ein verklemmter Schalthebel. Sie hatte bestimmt eine Gehirnerschütterung, sie sah alles doppelt. Zwei Blutpfützen. Zwei Wasserhähne. Zwei Trockengestelle auf der Arbeitsfläche.

»Hör zu.« Er packte sie an den Armen, drehte sie herum und drückte sie gegen die Küchenschränke. »Du kommst wieder in Ordnung, ja? Dafür sorge ich. Aber du darfst niemandem von der Kamera erzählen, okay?«

»Okay«, sagte sie, denn es war immer einfacher, ihm nicht zu widersprechen.

»Ich meine es ernst, Baby. Schau mir in die Augen und versprich es.« Sie konnte nicht sagen, ob er besorgt oder wütend war, bis er sie schüttelte wie eine Puppe. »Sieh mich an.«

Callie konnte ihm nur einen flüchtigen Blick bieten. Eine Wolke hing zwischen ihr und allem anderen. »Ich weiß, dass es ein Unfall war.«

»Nicht deine Nase. Ich rede von der Kamera.« Er leckte sich über die Lippen, seine Zunge zuckte heraus wie bei einer Echse.

»Du darfst wegen der Kamera keinen Stunk machen, Püppchen. Ich könnte sonst ins Gefängnis kommen.«

»Gefängnis?« Das Wort kam aus dem Nichts, hatte keine Bedeutung. Er hätte ebenso gut Einhorn sagen können. »Warum solltest du …«

»Baby, bitte. Stell dich nicht dumm.«

Sie blinzelte, und als würde man ein Objektiv scharfstellen, konnte sie ihn jetzt deutlich sehen.

Buddy war nicht besorgt, wütend oder von Schuldgefühlen zerfressen. Er hatte panische Angst.

Aber wovor?

Callie wusste seit Monaten von der Kamera, aber sie hatte nie ernsthaft versucht herauszufinden, wofür sie gut war. Sie dachte an seine Wochenendpartys. Die Kühlbox voller Bier. Die rauchgeschwängerte Luft. Den dröhnend lauten Fernseher. Betrunkene Männer, die lachten und sich gegenseitig auf den Rücken schlugen, während Callie versuchte, Trevor herzurichten, damit sie ins Kino, in den Park oder sonst wohin gehen konnten – Hauptsache, sie waren aus dem Haus.

»Ich muss …« Sie schnäuzte sich in das Handtuch. Blutfäden zogen sich wie Spinnweben über den weißen Stoff. Sie wurde klarer im Kopf, aber noch immer klingelten ihr die Ohren. Er hatte sie unabsichtlich fast k. o. geschlagen. Warum hatte er nicht besser aufgepasst?

»Hör zu.« Er grub die Finger in ihre Arme. »Hör mir genau zu, Püppchen.«

»Und du hör auf, mir zu sagen, dass ich zuhören soll. Ich höre ja zu. Ich höre verdammt noch mal alles, was du sagst.« Sie hustete so heftig, dass sie sich vorbeugen musste. Sie wischte sich über den Mund und sah zu ihm hoch. »Nimmst du deine Freunde auf? Ist die Kamera dafür da?«

»Vergiss die Kamera.« Buddy verströmte pure Paranoia. »Du hast eins auf die Birne gekriegt. Du weißt nicht, was du redest.«

Was übersah sie?

Er sagte, er sei Unternehmer, aber er hatte kein Büro. Er fuhr den ganzen Tag herum und arbeitete von seiner Corvette aus. Sie wusste, dass er Buchmacher für Sportwetten war. Er war außerdem ein Auftragsschläger, der für Geld Leute fertigmachte. Er hatte ständig eine Menge Scheine einstecken. Er kannte immer jemanden, der jemanden kannte. Nahm er seine Freunde auf, wenn sie um einen Gefallen baten? Bezahlten sie ihn dafür, dass er Knochen brach, Gebäude niederbrannte, ein Druckmittel fand, um ein Geschäft zum Abschluss zu bringen oder einen Feind zu bestrafen?

Callie hielt an den Puzzleteilen fest, die sie nicht ganz zu einem Bild zusammensetzen konnte. »Was treibst du, Buddy? Erpresst du sie?«

Buddy schob seine Zunge zwischen die Zähne. Er zögerte einen Herzschlag zu lange, ehe er sagte: »Ja, genau das ist es, Baby. Ich erpresse sie. Daher stammt das Geld. Du darfst nicht verraten, dass du es weißt. Erpressung ist ein schweres Verbrechen. Ich könnte für den Rest meines Lebens eingesperrt werden.«

Sie schaute wieder ins Wohnzimmer und stellte es sich mit seinen Freunden vor – es waren jedes Mal dieselben Freunde. Manche von ihnen kannte Callie nicht, aber andere gehörten zu ihrem Leben, und sie fühlte sich schuldig, dass sie eine teilweise Nutznießerin von Buddys illegalen Machenschaften war. Dr. Patterson, der Schuldirektor. Coach Holt von den Bellwood Eagles. Mr. Humphrey, der Gebrauchtwagen verkaufte. Mr. Ganza, der an der Feinkosttheke im Supermarkt arbeitete. Mr. Emmett, der in der Praxis ihres Zahnarztes arbeitete.

Was hatten sie Schlimmes getan? Welche schrecklichen Dinge hatten ein Trainer, ein Autoverkäufer, ein altersschwaches Grapscher-Arschloch um alles in der Welt getan und waren so dumm gewesen, es Buddy Waleski zu gestehen?

Und warum kamen diese Idioten jedes Wochenende wieder, um Football, Basketball, Baseball oder Fußball zu schauen, wenn Buddy sie erpresste?

Warum rauchten sie seine Zigarren? Kippten sein Bier hinunter? Brannten Löcher in seine Möbel? Brüllten auf den Fernseher ein?

Lass es uns auf der Couch zu Ende bringen.

Callies Blick wanderte im Dreieck von dem Loch in der Front der Bar zur Couch genau gegenüber und weiter zu dem riesigen Fernseher, der mehr wog als sie.

Unter dem Gerät war ein Regal aus Glas.

Kabelbox. Splitterbox. Videorekorder.

Sie hatte sich an den Anblick des dreipoligen Kabels gewöhnt, das aus den Buchsen auf der Vorderseite des Rekorders hing. Rot für den rechten Audiokanal. Weiß für den linken. Gelb für Video. Das Kabel führte zu einer Rolle auf dem Teppich unter dem Fernseher. Nicht ein einziges Mal hatte sich Callie gefragt, wo das andere Ende dieses Kabels eingesteckt war.

Lass es uns auf der Couch zu Ende bringen.

»Süße.« Buddy schwitzte Verzweiflung aus. »Vielleicht solltest du nach Hause gehen, hm? Komm, ich geb dir Geld. Ich hab dir ja gesagt, dass sie mich für diesen Job morgen schon bezahlt haben. Am besten, man bringt es unter die Leute, was?«

Callie sah ihn jetzt an.

Sie sah ihn *richtig* an.

Buddy griff in seine Tasche und zog ein Bündel Scheine heraus. Er zählte sie ab, als würde er damit all die Methoden abzählen, mit denen er sie unter Kontrolle hielt. »Kauf dir ein neues Shirt, okay? Eine passende Hose, Schuhe, was immer. Vielleicht eine Halskette? Dir gefällt doch die Halskette, die ich dir geschenkt habe, oder? Kauf dir noch eine. Oder gleich vier. Mach's wie Mr. T.«

»Filmst du uns?« Die Frage war ihr herausgerutscht, bevor sie darüber nachdenken konnte, welche Hölle damit losbrechen konnte. Sie trieben es überhaupt nicht mehr im Bett, sondern jedes Mal auf der Couch. Und wann hatte er sie immer ins Bett gebracht? Erst nachdem sie mit dem Sex auf der Couch fertig waren. »Stimmt das, Buddy? Du filmst dich dabei, wie du mich fickst, und zeigst es deinen Freunden?«

»Sei nicht albern.« Sein Tonfall glich dem von Trevor, wenn er schwor, nicht ans Glas des Aquariums zu klopfen. »Das würde ich niemals tun! Ich liebe dich doch.«

»Du bist ein gottverdammtes perverses Arschloch.«

»Pass auf, wie du mit mir redest.« Seine Warnung war nicht nur so dahingesagt. Sie sah jetzt genau, was vor sich ging – was seit mindestens sechs Monaten vor sich ging.

Dr. Patterson, der ihr beim Aufwärmen mit den Cheerleadern von der Tribüne zuwinkte.

Coach Holt, der ihr bei Fußballspielen von der Seitenlinie zublinzelte.

Mr. Ganza, der Callie anlächelte, während er ihrer Mutter aufgeschnittenen Käse über die Theke reichte.

»Du ...« Ihre Kehle war wie zugeschnürt. Sie hatten sie alle nackt gesehen. Sie hatten gesehen, was sie mit Buddy auf der Couch gemacht hatte. Was Buddy mit ihr gemacht hatte. »Ich kann nicht ...«

»Beruhige dich, Callie. Du wirst hysterisch.«

»Ich bin verdammt noch mal hysterisch!«, schrie sie. »Sie haben mich *gesehen*, Buddy. Sie haben mich *beobachtet*. Sie wissen alle, was ich ... was wir ...«

»Ach komm, Püppchen.«

Sie ließ den Kopf vor Scham in die Hände sinken.

Dr. Patterson. Coach Holt. Mr. Ganza. Sie waren keine Mentoren, keine Vaterfiguren oder einfach nette ältere Herren. Sie waren Perverse, denen einer abging, wenn sie zuschauten, wie Callie gevögelt wurde.

»Komm schon, Baby«, sagte Buddy. »Du machst eine viel zu große Sache daraus.«

Tränen strömten ihr übers Gesicht. Sie konnte kaum sprechen. Sie hatte ihn geliebt. Sie hatte *alles* für ihn getan. »Wie konntest du mir das antun?«

»Was antun?« Buddy klang schnippisch. Sein Blick ging zu dem Bündel Geld. »Du hast bekommen, was du wolltest.«

Sie schüttelte den Kopf. Das hatte sie nie gewollt. Sie wollte sich sicher fühlen. Beschützt fühlen. Sie wollte jemanden haben, der sich für ihr Leben, ihre Gedanken, ihre Träume interessierte.

»Komm, Kleine, du hast deine Uniformen bezahlt gekriegt, dein Cheerleader-Trainingscamp, deine …«

»Ich sage es meiner Mutter«, drohte sie. »Ich erzähle ihr genau, was du getan hast.«

»Denkst du, das interessiert sie einen feuchten Dreck?« Sein Lachen war echt, denn sie wussten beide, dass es stimmte. »Solange das Geld weiter fließt, ist es deiner Mama egal.«

Callie schluckte die Glasscherben, die in ihrer Kehle steckten. »Und was ist mit Linda?«

Sein Mund schnappte auf wie ein Fischmaul.

»Was wird deine Frau dazu sagen, dass du die vierzehnjährige Babysitterin ihres Sohnes seit zwei Jahren fickst?«

Sie hörte das Zischen, als er durch die geschlossenen Zähne Luft einsog.

Die ganze Zeit, seit Callie mit ihm zusammen war, hatte er unaufhörlich von ihren *winzigen Händen*, von ihrer *zierlichen Taille*, ihrem *kleinen Mund* gesprochen, aber nicht ein einziges Mal hatte er die Tatsache erwähnt, dass mehr als dreißig Jahre Altersunterschied zwischen ihnen lagen.

Dass er ein *Verbrechen* beging.

»Linda ist noch im Krankenhaus, stimmt's?« Callie ging zu dem Wandtelefon neben der Hintertür. Sie fuhr mit dem Zeigefinger die Liste mit den Notfallnummern entlang, die an der Wand klebte. Noch als sie es tat, fragte sich Callie, ob sie den Anruf wohl zu Ende bringen würde. Linda war immer so nett. Sie wäre am Boden zerstört von der Nachricht. Buddy würde es niemals so weit kommen lassen.

Trotzdem nahm sie den Hörer ab und rechnete damit, dass er

gleich klagte und flehte, dass er sie um Verzeihung bat und seine Liebe und Hingabe beteuerte.

Er tat nichts davon. Er klappte nur weiter den Mund auf und zu und stand da wie ein erstarrter Gorilla, die muskelbepackten Arme wölbten sich vom Körper.

Callie wandte ihm den Rücken zu. Sie klemmte den Hörer in ihre Halsbeuge und schob die Spiralschnur aus dem Weg. Berührte die Nummer acht auf der Tastatur.

Die ganze Welt schien stillzustehen, bis ihr Gehirn registrierte, was geschah.

Der Faustschlag in ihre Niere traf sie wie ein Auto in voller Fahrt von hinten. Das Telefon rutschte von ihrer Schulter. Callies Arme flogen hoch, sie wurde von den Füßen gerissen und spürte einen Luftzug auf der Haut, als sie abhob.

Sie krachte gegen die Wand. Ihre Nase wurde platt gedrückt, die Zähne gruben sich in den Rigips.

»Blödes Miststück.« Buddy legte seine Hand an ihren Hinterkopf und donnerte ihr Gesicht an die Wand. Dann noch einmal. Er holte schon ein drittes Mal aus.

Callie ließ sich in die Knie sacken. Sie spürte, wie ihr das Haar aus der Kopfhaut gerissen wurde, als sie sich zu einer Kugel auf dem Boden zusammenrollte. Sie hatte schon früher Prügel bezogen, sie konnte was einstecken. Aber das waren Typen gewesen, deren Größe und Körperkraft ihrer eigenen ähnelte. Die nicht ihren Lebensunterhalt damit verdienten, Leute zu verprügeln. Die noch nie getötet hatten.

»Du drohst mir, verdammt noch mal?« Buddy schwang seinen Fuß wie eine Abrissbirne in ihren Bauch.

Callie hob es vom Boden, die Luft wich aus ihren Lungen. Ein stechender Schmerz verriet, dass er ihr eine Rippe gebrochen hatte.

Buddy war neben ihr auf den Knien, in seinen Augen lag ein irrer Blick. Speichel sammelte sich in seinen Mundwinkeln. Er krallte eine Hand um ihren Hals. Callie versuchte wegzukrabbeln, aber sie landete auf dem Rücken. Er setzte sich rittlings auf sie, sein Gewicht war unerträglich. Der Würgegriff um ihren Hals wurde noch fester, ihre Luftröhre bog sich bis an die Wirbelsäule. Sie schlug mit den Fäusten nach ihm und versuchte, ihn zwischen die Beine zu treten. Einmal. Zweimal. Ein Treffer von der Seite genügte, damit er seinen Griff löste. Sie rollte unter ihm hervor und wollte irgendwie aufstehen und wegrennen.

Ein Geräusch zerriss die Luft, für das sie keinen Namen hatte.

Callies Rücken brannte wie Feuer, es war, als würde man ihr die Haut abziehen. Er peitschte sie mit dem Telefonkabel. Blut schlug Blasen, brannte wie Säure und lief ihr über den Rücken. Sie hob die Hand und sah, wie die Haut am Arm aufriss, als sich die Telefonschnur um ihr Handgelenk wickelte.

Instinktiv zog sie den Arm zurück, und die Schnur entglitt ihm. Sie sah die Überraschung in seinem Gesicht, rappelte sich hastig auf und stützte sich mit dem Rücken an der Wand ab. Sie schlug und trat nach ihm, schwang das Kabel und schrie: »Zum Teufel mit dir, du Arschloch! Ich bring dich um, verdammt noch mal!«

Ihre Stimme dröhnte durch die Küche.

Und plötzlich stand alles still.

Callie war es irgendwann gelungen, auf die Beine zu springen. Sie hatte die Hand über den Kopf gehoben und wartete auf eine Gelegenheit, mit der Schnur zuzuschlagen. Sie standen sich in Spuckweite gegenüber, und keiner der beiden wich zurück.

Buddy kicherte verblüfft und nicht ohne Anerkennung. »Verdammt noch mal, Kleine!«

Sie hatte ihm eine offene Wunde an der Wange zugefügt. Er wischte das Blut ab, steckte die Finger in den Mund und gab ein lautes Sauggeräusch von sich.

Callies Magen zog sich zusammen.

Sie wusste, der Geschmack von Gewalt brachte seine dunkelste Seite zum Vorschein.

»Na los, Tiger.« Er hob die Fäuste wie ein Boxer, der zur K.-o.-Runde bereit ist. »Greif mich noch mal an.«

»Buddy, bitte.« Callie ermahnte sich, kampfbereit zu bleiben und sich nach Kräften zu wehren, denn er war nur deshalb ruhiger geworden, weil er es genießen wollte, sie zu töten. »Es muss nicht so ausgehen.«

»Zuckerpüppchen, es war immer klar, dass es so ausgeht.«

Sie ließ diese Erkenntnis auf sich wirken. Callie wusste, dass er recht hatte. Sie war ja so dumm gewesen. »Ich werde nichts sagen. Ich verspreche es.«

»Es ist zu weit fortgeschritten, Püppchen. Ich denke, das weißt du auch.« Er hielt die Fäuste noch immer locker vor sein Gesicht und winkte sie heran. »Komm schon, Kleine. Geh nicht kampflos unter.«

Er war beinahe einen halben Meter größer als sie und bedeutend schwerer. Die Wucht eines kompletten zweiten Menschen steckte in seiner massigen Gestalt.

Ihn kratzen? Beißen? An den Haaren reißen? Mit seinem Blut im Mund sterben?

»Was wirst du jetzt tun, Kleine?« Er hielt die Fäuste weiter erhoben. »Ich gebe dir hier eine Chance. Greifst du mich an, oder gibst du auf?«

Der Flur?

Sie durfte nicht riskieren, ihn zu Trevor zu führen.

Die Vordertür?

Zu weit weg.

Die Küchentür?

Callie konnte den Türgriff aus dem Augenwinkel leuchten sehen.

Unversperrt.

Sie ging den Ablauf durch – sich zur Seite drehen, linker Fuß, rechter Fuß, den Griff packen, sich durch die Tür winden, durch den Carport rennen, auf die Straße hinaus und die ganze Zeit aus Leibeskräften schreien.

Wem wollte sie etwas vormachen?

Sie brauchte nichts weiter zu tun, als sich zur Seite zu drehen, und Buddy würde über sie herfallen. Er war nicht schnell, aber das musste er auch nicht sein. Ein langer Schritt und seine Hand wäre wieder an ihrem Hals.

Callie starrte ihn hasserfüllt an.

Er zuckte mit den Achseln, denn es spielte keine Rolle.

»Warum hast du es getan?«, fragte sie. »Warum hast du ihnen unsere privaten Sachen gezeigt?«

»Wegen Geld.« Er klang enttäuscht, weil sie so dumm war. »Warum zum Teufel sonst?«

Callie durfte gar nicht daran denken, dass all diese Männer zugesehen hatten, wie sie Dinge mit einem Mann machte, die sie gar nicht machen wollte, nur weil er ihr versprochen hatte, er würde sie immer beschützen.

Buddy boxte einen trägen rechten Haken in die Luft, dann einen Aufwärtshaken in Zeitlupe. »Komm schon, Rocky. Zeig mir, was du draufhast.«

Ihr Blick hüpfte wie ein Pingpongball durch die Küche.

Kühlschrank. Ofen. Küchenschränke. Schubladen. Kochplatte. NyQuil. Trockengestell.

Buddy grinste höhnisch. »Willst du mir eine Bratpfanne über den Schädel hauen, Daffy Duck?«

Wie eine abgefeuerte Pistolenkugel schoss Callie genau auf ihn zu. Buddys Hände waren auf Höhe seines Gesichts. Sie rannte tief geduckt, sodass sie bereits außer Reichweite war, als er die Fäuste senkte.

Sie krachte gegen die Spüle.

Fischte das Messer aus dem Trockengestell.

Wirbelte herum und hieb mit der Klinge vor sich in die Luft.

Buddy grinste. Linda hatte das Steakmesser mit einem in Taiwan hergestellten sechsteiligen Set im Supermarkt gekauft. Gesprungener Holzgriff. Eine gezackte Klinge, die so schmal war, dass es sie in alle möglichen Richtungen verbogen hatte. Callie hatte Trevors Hotdog damit in Stücke geschnitten, weil er sonst immer versuchte, sich das ganze Ding in den Mund zu schieben, und sich unweigerlich verschluckte.

Callie bemerkte, dass sie ein wenig Ketchup übersehen hatte. Ein schmaler roter Streifen entlang der gezackten Schneide.

»Oh.« Buddy klang überrascht. »O Gott.«

Sie blickten beide gleichzeitig nach unten.

Das Messer hatte sein Hosenbein aufgeschlitzt. Linker Oberschenkel, einige Zentimeter unterhalb der Leiste.

Sie sah, wie sich der Khakistoff schnell dunkelrot färbte.

Callie hatte seit ihrem fünften Lebensjahr bei Wettkämpfen geturnt. Sie wusste aus erster Hand, auf welche Arten man sich verletzen konnte. Eine ungeschickte Drehung und eine Sehne im Rücken konnte reißen. Ein schlampiger Abgang und die Bänder im Knie waren im Eimer. Ein Metallstück – selbst ein minderwertiges Stück Blech –, das quer in die Innenseite des Oberschenkels schnitt, konnte die Vene öffnen, die Hauptschlagader, die den unteren Teil des Körpers mit Blut versorgt.

»Cal...« Buddy presste die Hand auf sein Bein. Blut quoll zwischen den Fingern hervor. »Hol ein ... Mein Gott, Callie! Hol ein Handtuch oder ...«

Langsam fiel er, die breiten Schultern stießen gegen die Hängeschränke, sein Kopf prallte an den Rand der Arbeitsfläche. Der Raum bebte von seinem Gewicht, als er zu Boden ging.

»Cal?« Buddy schluckte schwer. Sein Gesicht war schweißnass. »Callie?«

Ihr Körper stand noch immer unter Spannung, noch immer hielt sie das Messer in der Hand. Sie fühlte sich eingehüllt in eine kalte Dunkelheit, so als wäre sie in ihren eigenen Schatten getreten.

»Callie, Baby, du musst ...« Seine Lippen hatten alle Farbe verloren. Er klapperte jetzt mit den Zähnen, als würde ihre Kälte auch in ihn eindringen. »Ruf einen ... Rettungswagen, B-Baby. Ruf einen ...«

Callie wandte langsam den Kopf. Sie sah zum Telefon an der Wand. Der Hörer hing nicht in der Gabel. Mehrfarbige Drahtenden ragten hervor, wo Buddy die Spiralschnur herausgerissen hatte. Sie fand das andere Ende, folgte ihm wie einer Fährte und machte den Hörer unter dem Küchentisch ausfindig.

»Callie, lass das ... lass das dort, Süße. Du musst ...«

Sie ging auf die Knie, langte unter den Tisch, hob den Hörer auf und hielt ihn an ihr Ohr. Sie hatte immer noch das Messer in der Hand. Warum hielt sie das Messer in der Hand?

»Das da ist k-kaputt«, sagte Buddy. »Geh ins Schlafzimmer, Baby. Ruf einen ... Rettungswagen.«

Sie drückte das Plastik an ihr Ohr. Aus der Erinnerung beschwor sie ein Phantomgeräusch herauf, den schrillen Sirenenton, den ein Telefon machte, wenn man den Hörer zu lange nicht aufgelegt hatte.

Wah-wah-wah-wah-wah ...

»Im Schlafzimmer, Baby. G-geh ins ...«

Wah-wah-wah-wah-wah ...

»Callie!«

Das wäre zu hören, wenn sie den Telefonhörer im Schlafzimmer abnahm: ein unbarmherziges Schrillen und dann die darübergelegte mechanische Stimme der Telefonzentrale.

Wenn Sie einen Anruf machen wollen ...

»Callie, Baby, ich hätte dir nichts getan. Ich würde dir niemals weh...tun ...«

Legen Sie bitte auf und versuchen Sie es noch einmal.

»Baby, bitte, ich brauche ...«

Wenn das ein Notruf ist ...

»Ich brauche deine Hilfe, Baby. B-bitte geh nach hinten und ...«

Legen Sie auf und wählen Sie die 911.

»Callie?«

Sie ließ das Messer zu Boden fallen und hockte sich auf die Fersen. Ihr Knie pochte nicht. Ihr Rücken tat nicht weh. Die

Haut an ihrem Hals schmerzte nicht von seinem Würgegriff. Kein Stechen in der Rippengegend von seinen Tritten.

Wenn Sie einen Anruf machen wollen ...

»Du verdammtes Miststück«, keuchte Buddy. »Du verdammtes herzloses Miststück.«

Legen Sie bitte auf und versuchen Sie es noch einmal.

FRÜHJAHR 2021
SONNTAG

1

Leigh Collier biss sich auf die Unterlippe, als eine Siebtklässlerin »Ya Got Trouble« für ein hingerissenes Publikum schmetterte. Eine Schar Prä-Teenies hüpfte über die Bühne, auf der Professor Hill die Stadtbewohner vor Kerlen von außerhalb warnte, die ihre Söhne zu Pferdewetten verführten.

Es geht nicht einfach um ein erbauliches Trabrennen, nein! Sondern um ein Rennen, bei dem sie ihr ganzes Geld auf ein Pferd setzen!

Sie bezweifelte, dass eine Generation, die mit internetfähigen Smartphones, Mörderhornissen, katastrophalen sozialen Unruhen, Corona und erzwungenem Homeschooling durch einen Haufen depressiver Gewohnheitstrinker aufgewachsen war, tatsächlich die Gefahr verstand, die von Spielhöllen ausging, aber eins musste Leigh dem Leiter der Theatergruppe lassen: Er hatte eine geschlechtsneutrale Produktion von *Music Man* hinbekommen, eines der am wenigsten anstößigen und langweiligsten Musicals, das je von einer Mittelschule inszeniert wurde.

Leighs Tochter war gerade sechzehn geworden. Sie hatte gedacht, die Zeiten, in denen sie zuschauen musste, wie Nasenbohrer, Muttersöhnchen und Rampensäue in Gesang ausbrachen, wären glücklicherweise vorbei, aber dann hatte Maddy ein

Interesse daran entwickelt, Choreografie zu unterrichten, und so saßen sie hier in diesem Höllenloch aus altbackenen Reimen und Gesangsnummern fest.

Sie hielt nach Walter Ausschau. Er saß zwei Reihen weiter, näher am Gang. Sein Kopf war seltsam geneigt, sodass er irgendwie zur Bühne blickte, gleichzeitig aber auch auf den leeren Sitz vor ihm. Leigh musste nicht sehen, was er in den Händen hielt, um zu wissen, dass er Fantasy-Football auf seinem Handy spielte.

Sie holte ihr eigenes Smartphone aus der Tasche und schrieb: *Maddy wird dir Fragen über die Aufführung stellen.*

Walter hielt den Kopf weiter gesenkt, aber sie sah an den Auslassungszeichen, dass er antwortete. *Ich kann zwei Dinge gleichzeitig tun.*

Leigh tippte: *Wenn das stimmte, wären wir noch zusammen.*

Er drehte sich zu ihr um. Die Fältchen in seinen Augenwinkeln verrieten ihr, dass er unter der Mund-Nasen-Maske grinste.

Leigh spürte, wie ihr Herz ungewollt einen Hüpfer machte. Ihre Ehe war zu Ende gegangen, als Maddy zwölf gewesen war, aber während des Lockdowns im Vorjahr hatten sie schließlich alle in Walters Haus gewohnt, und dann war Leigh in seinem Bett gelandet, und ihr war klar geworden, warum es nicht funktioniert hatte mit ihnen beiden: Walter war ein fantastischer Vater, aber Leigh hatte endlich akzeptiert, dass sie die schreckliche Sorte Frau war, die es bei einem guten Mann einfach nicht aushielt.

Auf der Bühne hatten sie die Kulisse gewechselt. Ein Scheinwerfer schwenkte auf einen holländischen Austauschschüler, der die Rolle des Marian Paroo spielte. Er erzählte seiner Mutter gerade, dass ihm ein Mann mit einem Koffer nach Hause gefolgt sei – ein Szenario, das heutzutage mit dem Einsatz eines Sonderkommandos enden würde.

Leigh ließ den Blick über das Publikum schweifen. Es war der Abschlussabend nach fünf aufeinanderfolgenden Sonntagsvorstellungen. Nur so konnte gewährleistet werden, dass alle Eltern ihre Kinder zu sehen bekamen, ob sie es wollten oder nicht. Der Zuschauerraum war nur zu einem Viertel gefüllt, mit Klebeband gesperrte leere Sitze sorgten für Abstand. Masken waren vorgeschrieben. Handdesinfektionsmittel floss wie Bowle auf einem Schulball. Niemand wünschte sich eine weitere Nacht der Nasenabstriche.

Walter hatte seinen Fantasy-Football. Leigh hatte ihren Fantasieclub zur Bekämpfung der Apokalypse. Sie gab sich selbst zehn Kandidaten, um ihr Team aufzufüllen. Natürlich war Janey Pringle ihre erste Wahl. Die Frau hatte so viel Toilettenpapier, feuchte Tücher und Desinfektionsspray auf dem Schwarzmarkt verhökert, dass sie ihrem Sohn ein brandneues MacBook-Pro kaufen konnte. Gilian Nolan verstand sich auf Zeitpläne. Lisa Regan war beängstigend viel in der Natur unterwegs, deshalb verfügte sie über Fähigkeiten wie zum Beispiel Feuermachen. Denene Millner hatte einem Pitbull mit der Faust ins Gesicht geschlagen, als der über ihr Kind hergefallen war. Ronnie Copeland hatte immer Tampons in der Handtasche. Ginger Vishnoo hatte den Physiklehrer zum Weinen gebracht. Tommi Adams würde jedem, der bei drei nicht auf dem Baum war, einen blasen.

Leighs Blick wanderte nach rechts und machte die breiten, muskulösen Schultern von Darryl Washington ausfindig. Er hatte seinen Job aufgegeben, um sich um die Kinder zu kümmern, während seine Frau einer hochbezahlten Arbeit in einem Unternehmen nachging. Was reizend war, aber Leigh hatte nicht vor, die Apokalypse zu überleben, nur um eine fleischigere Version von Walter zu vögeln.

Die Männer waren das Problem bei diesem Spiel. Du konntest einen, vielleicht zwei Kerle in deinem Team haben, aber bei drei oder mehr würden vermutlich alle Frauen an Betten gekettet in einem unterirdischen Bunker enden.

Das Saallicht ging an. Die blau-goldenen Vorhänge schlossen sich mit einem Rauschen. Leigh wusste nicht, ob sie weggedöst oder in eine Art Trance gefallen war, aber sie war außerordentlich froh über die Pause.

Zunächst stand niemand auf. Die Leute rutschten nervös auf ihren Plätzen hin und her und waren unschlüssig, ob sie zur Toilette gehen sollten oder nicht. Es war nicht wie in den alten Zeiten, als alle förmlich die Türen gesprengt hatten, weil sie es nicht erwarten konnten, in der Eingangshalle miteinander zu quatschen, Cupcakes zu essen und Bowle aus winzigen Pappbechern zu trinken. Ein Schild am Eingang hatte sie angewiesen, eine der bereitliegenden Plastiktüten mitzunehmen, bevor sie den Zuschauerraum betraten. Diese enthielten jeweils ein Programmheft, eine kleine Flasche Wasser, eine Zellstoffmaske und einen Zettel, der einen ermahnte, sich die Hände zu waschen und die Richtlinien des Hygienekonzepts zu befolgen. Die abtrünnigen – oder wie die Schule sie nannte: *nicht kooperationsbereiten* – Eltern erhielten ein Zoom-Passwort, sodass sie die Vorstellung in der maskenlosen Behaglichkeit ihres eigenen Wohnzimmers am Bildschirm verfolgen konnten.

Leigh holte ihr Handy hervor und schickte rasch eine Nachricht an Maddy: *Die Tänze waren toll! So süß, diese kleine Bibliothekarin. Ich bin so stolz auf dich!*

Maddy antwortete umgehend: *Mom ich arbeite*

Keine Interpunktion. Keine Emojis oder Sticker. Ohne die sozialen Medien hätte Leigh keine Ahnung, dass ihre Tochter noch in der Lage war, zu lächeln.

So fühlten sich tausend Messerstiche an.

Sie hielt wieder nach Walter Ausschau. Sein Sitz war leer. Sie entdeckte ihn nahe der Ausgangstür, wo er mit einem anderen breitschultrigen Vater redete. Der Mann wandte Leigh den Rücken zu, aber sie sah an der Art, wie Walter mit den Armen fuchtelte, dass sie über Football sprachen.

Leighs Blick wanderte durch den Raum. Die meisten Eltern waren entweder zu jung und gesund, um in der Warteschlange für eine Impfung auf einen vorderen Platz zu springen, oder klug und reich genug, um zu wissen, dass sie wohl besser logen, wenn sie sich einen früheren Termin erkauft hatten. Sie standen in nicht zusammenpassenden Paaren herum und unterhielten sich murmelnd über die vorgeschriebene Distanz. Nachdem auf der letztjährigen »nichtkonfessionellen Feier, die zufällig um Weihnachten herum stattfand«, eine üble Schlägerei ausgebrochen war, sprach niemand mehr über Politik. Stattdessen fing Leigh weitere Gesprächsfetzen über Sport auf, die Gebäckverkäufe früherer Zeiten wurden betrauert, und es ging darum, wer in wessen Blase war, wessen Eltern Covidioten oder Maskenverweigerer waren und dass Männer, die ihre Maske unter der Nase trugen, dieselben Wichser waren, die sich aufführten, als wäre es eine Verletzung ihrer Menschenrechte, wenn sie ein Kondom benutzen sollten.

Sie wandte ihre Aufmerksamkeit dem geschlossenen Bühnenvorhang zu und lauschte angestrengt nach dem Scharren, Hämmern und hektischen Flüstern der Kinder beim Umbau der Kulisse. Leigh spürte wieder das vertraute Ziehen in der Herzgegend – nicht wegen Walter diesmal, sondern weil sie sich nach ihrer Tochter sehnte. Sie wollte nach Hause kommen und die Küche als riesigen Saustall vorfinden. Sie wollte beim Streit wegen Hausaufgaben und zu viel Zeit vor dem Bildschirm herumbrüllen. Nach einem Kleid in ihrem Schrank greifen, das sich allerdings jemand *ausgeborgt* hatte, oder nach einem Paar Schuhe suchen, das achtlos mit dem Fuß unters Bett befördert worden war. Sie wollte ihre sich windende, protestierende Tochter im Arm halten. Auf der Couch liegen und einen albernen Film zusammen anschauen. Maddy dabei ertappen, wie sie über etwas Witziges auf ihrem Handy lachte. Deren vernichtenden Blick aushalten, wenn sie fragte, was so komisch sei.

Aber in letzter Zeit taten sie nichts anderes als streiten, meist per WhatsApp am Morgen und um Punkt sechs jeden Abend am Telefon. Verfügte Leigh auch nur über ein Quäntchen Verstand, würde sie sich zurückhalten, aber Zurückhaltung fühlte sich an wie Loslassen. Sie hielt es einfach nicht aus, nicht zu wissen, ob Maddy einen festen Freund oder eine feste Freundin hatte, ob sie reihenweise gebrochene Herzen in ihrem Kielwasser zurückließ oder beschlossen hatte, der Liebe ganz abzuschwören, um sich der Kunst und der Achtsamkeit zu widmen. Leigh wusste nur eines mit Sicherheit: nämlich dass jede einzelne Scheußlichkeit, die sie ihrer eigenen Mutter an den Kopf geworfen oder angetan hatte, wie eine nicht enden wollende Flutwelle zu ihr zurückbrandete.

Nur dass Leighs Mutter es verdient hatte.

Sie rief sich in Erinnerung, dass die Distanz zwischen ihnen Maddys Sicherheit diente. Leigh blieb in der Eigentumswohnung im Zentrum, dem früheren Familienwohnsitz, und Maddy war zu Walter in die Vorstadt gezogen. Diese Entscheidung hatten sie gemeinsam getroffen.

Walter arbeitete als Rechtsberater bei der Gewerkschaft der Feuerwehrleute in Atlanta, und zu seinem Job gehörten Videokonferenzen und Telefonate, die er aus dem sicheren Homeoffice führte. Leigh war Strafverteidigerin. Einen Teil ihrer Arbeit erledigte sie online, aber sie hatte auch im Büro zu tun und traf dort Mandanten. Sie musste immer noch ins Gericht, bei der Auswahl von Geschworenen anwesend sein und Prozesse führen. Leigh hatte sich das Virus bereits während der ersten Welle im letzten Jahr eingefangen. Neun qualvolle Tage lang hatte sie sich gefühlt, als würde ihr ein Maultier gegen die Brust treten. Soweit man wusste, schien das Risiko für Kinder minimal zu sein – die Schule warb auf ihrer Website mit einer Infektionsrate von unter einem Prozent –, aber sie wollte um nichts in der Welt dafür verantwortlich sein, das Virus bei ihrer Tochter eingeschleppt zu haben.

»Leigh Collier, bist du das?«

Ruby Heyer zog ihre Maske rasch unter die Nase und riss sie dann sofort wieder hoch, als wäre es gefahrlos, wenn man es schnell machte.

»Hallo, Ruby.« Leigh war dankbar für die zwei Meter Abstand zwischen ihnen. Ruby war eine Mütter-Freundin, eine hilfreiche Gefährtin aus der Zeit, als ihre Kinder klein gewesen waren und man sich entweder zum Spielen verabredet oder am Kaffeetisch eine Kugel durch den Kopf gejagt hatte. »Wie geht es Keely?«

»Gut, aber ist lange her, was?« Rubys rot geränderte Brille schob sich auf ihren lächelnden Wangen nach oben. Sie war eine grauenhafte Pokerspielerin. »Witzig, zu sehen, dass Maddy nun hier auf die Schule geht. Sagtest du nicht, deine Tochter solle unbedingt eine öffentliche Schulbildung genießen?«

Leigh spürte, wie sich ihre leichte Verärgerung zu ausgewachsener Mordlust steigerte.

»Hallo, die Damen. Machen die Kids das nicht fantastisch?« Walter stand im Gang, die Hände in den Hosentaschen. »Schön, dich zu sehen, Ruby.«

Ruby bestieg ihren Besenstiel und machte sich zum Abflug bereit. »Es ist eine Freude wie immer, *Walter*.«

Leigh verstand sehr wohl, dass sie nicht Teil der Freude war, aber Walter warf ihr seinen Sei-nicht-zickig-Blick zu. Sie antwortete mit ihrem Leck-mich-am-Arsch-Blick.

Ihre gesamte Ehe in zwei Blicken.

»Ich bin froh, dass wir nie diesen Dreier mit ihr gemacht haben«, sagte Walter.

Leigh lachte. Wenn er doch nur jemals einen Dreier vorgeschlagen hätte. »Das hier wäre eine großartige Schule, wenn es ein Waisenhaus wäre.«

»Musst du unbedingt jeden Bären mit einem spitzen Stock reizen?«

Sie schüttelte den Kopf und sah zu der mit Blattgold verzierten Decke hoch, zu der professionellen Lautsprecheranlage und Beleuchtung. »Es sieht hier aus wie in einem Broadway-Theater.«

»Stimmt.«

»In Maddys alter Schule …«

»Gab es einen Pappkarton als Bühne, eine Maglite-Taschenlampe als Scheinwerfer und ein Mikrofon als Soundanlage, und Maddy hielt es für das Größte.«

Leigh fuhr mit der Hand über den blauen Samt auf der Sitzlehne vor ihr. Das Logo der Hollis Academy war mit Goldfaden aufgestickt, wahrscheinlich dank eines reichen Elternteils mit zu viel Geld und zu wenig Geschmack. Sowohl sie als auch Walter waren mit Herzblut Liberale und Verfechter öffentlicher Schulen gewesen, bis das Virus zugeschlagen hatte. Jetzt kratzten sie jeden Cent zusammen, um Maddy auf diese unerträglich hochnäsige Privatschule zu schicken, wo jedes zweite Auto ein BMW war und jedes zweite Kind ein geborener Schwanzlutscher.

Die Klassen waren kleiner. Die Schüler rotierten in Zehnerblöcken. Zusätzliches Personal desinfizierte die Unterrichtsräume. Medizinische Masken waren obligatorisch. Alle befolgten die Regeln. Es gab kaum Lockdowns in den Vorstädten. Die meisten Eltern genossen den Luxus, von zu Hause zu arbeiten.

»Sweetheart.« Walters geduldiger Ton war nervtötend. »Alle Eltern würden ihre Kinder hierherschicken, wenn sie es könnten.«

»Alle Eltern sollten es nicht müssen.«

Ihr Diensthandy summte in der Handtasche. Leigh zuckte zusammen. Vor einem Jahr noch war sie eine überarbeitete, unterbezahlte, selbstständige Strafverteidigerin gewesen, die Sexarbeiterinnen, Drogenabhängigen und kleinen Dieben geholfen hatte, sich im Justizsystem zurechtzufinden. Heute war sie ein Rädchen in einer gigantischen Unternehmensmaschinerie und vertrat Banker und Geschäftsinhaber, die die gleichen Straftaten begangen hatten wie ihre früheren Mandanten, aber das Geld hatten, um ungestraft davonzukommen.

»Sie können nicht erwarten, dass du am Sonntagabend arbeitest«, sagte Walter.

Leigh lachte nur über seine Naivität. Sie konkurrierte mit Dutzenden von Leuten in den Zwanzigern, die durch ihre Studiendarlehen so hoch verschuldet waren, dass sie im Büro schliefen. Sie wühlte in ihrer Handtasche und sagte: »Ich habe Liz gebeten, mich nur zu stören, wenn es um Leben und Tod geht.«

»Vielleicht hat irgendein reicher Typ seine Frau ermordet.«

Sie warf ihm ihren Leck-mich-am-Arsch-Blick zu, bevor sie ihr Smartphone entsperrte. »Octavia Bacca hat mir geschrieben.«

»Alles in Ordnung?«

»Ja, aber ...« Seit Wochen schon hatte sie keinen Kontakt mit Octavia gehabt. Sie hatten vage ins Auge gefasst, sich zu einem Spaziergang im Botanischen Garten zu treffen, aber Leigh hatte nichts mehr gehört und daher angenommen, dass Octavia zu viel zu tun hatte.

Leigh las ihre eigene Nachricht, die sie Ende des letzten Monats geschickt hatte: *Steht der Plan mit unserem Spaziergang noch?*

Octavia hatte gerade eben zurückgeschrieben: *So beschissen. Hass mich nicht.*

Unter der Nachricht tauchte ein Link zu einem Zeitungsartikel auf. Das Foto zeigte einen adretten Kerl Anfang dreißig, der aussah wie alle adretten Kerle Anfang dreißig.

»Der Vergewaltigung Beschuldigter nimmt Recht auf schnelles Verfahren in Anspruch.«

»Aber?«, fragte Walter.

»Vermutlich steckt Octavia bis zum Hals in Arbeit mit diesem Fall.« Leigh scrollte durch den Artikel und fasste die Details zusammen: »Täter und Opfer kannten sich nicht, kein *Date-Rape*, was nicht der Normalfall ist. Die Vorwürfe gegen den Mandanten sind schwerwiegend. Er behauptet, er sei unschuldig – haha. Er verlangt ein Verfahren vor einer Jury.«

»Der Richter wird sich freuen.«

»Und die Jury erst.« Niemand wollte riskieren, sich mit dem Virus zu infizieren, nur um einen Vergewaltiger sagen zu hören, dass er es nicht gewesen sei. Und selbst im wahrscheinlichen

Fall, dass er doch schuldig war, ließ sich eine Anklage wegen Vergewaltigung relativ einfach durch eine Absprache abwenden. Die meisten Staatsanwälte mochten sich nur recht ungern auf die Herausforderung einlassen, denn häufig waren Personen in die Fälle verwickelt, die einander kannten, und diese schon vor der Tat existierenden Beziehungen trübten die Frage des Einverständnisses noch weiter. Als Strafverteidigerin versuchte man, die Sache dann etwa auf Freiheitsberaubung oder einen anderen weniger schwerwiegenden Straftatbestand herunterzuhandeln, damit der Mandant nicht in der Sexualstraftäterdatei auftauchte und nicht ins Gefängnis wanderte, und dann ging man nach Hause und duschte so lange und so heiß, wie man es aushielt, um sich den üblen Geruch abzuwaschen.

»Ist er auf Kaution rausgekommen?«, fragte Walter.

»Corona-Regeln …« Angesichts der Pandemie widerstrebte es den Richtern, Angeklagte bis zum Verfahren festzusetzen. Stattdessen ordnete man elektronische Überwachung an und warnte sie vor einer Verletzung der Regeln. Gefängnisse waren noch schlimmer als Pflegeheime. Leigh wusste, wovon sie sprach. Ihre eigene Infektion hatte sie sich im City Detention Center von Atlanta eingefangen.

Walter fragte: »Die Staatsanwaltschaft hat keinen Deal angeboten?«

»Ich wäre schockiert, wenn sie es nicht getan hätte, aber das spielt keine Rolle, wenn der Mandant ihn nicht annimmt. Kein Wunder, dass Octavia offline war.« Sie blickte von ihrem Telefon auf. »Sag, glaubst du, ich könnte Maddy bestechen, dass wir ein wenig auf deiner Terrasse zusammensitzen, wenn es bis dahin nicht regnet?«

»Ich habe Regenschirme, Schätzchen, aber du weißt, dass sie zu einer Abschlussparty mit der Clique will.«

Leigh stiegen Tränen in die Augen. Sie hasste es, ihre Tochter nur aus der Ferne zu beobachten. Ein Jahr war vergangen, und sie stand noch immer mindestens einmal im Monat in Maddys leerem Zimmer und heulte. »War es für dich auch so schwer, als sie bei mir gewohnt hat?«

»Es ist sehr viel einfacher, eine Zwölfjährige zu bespaßen, als um die Aufmerksamkeit einer Sechzehnjährigen zu buhlen.« Um seine Augen bildeten sich wieder die kleinen Fältchen. »Sie liebt dich sehr, Sweetheart. Du bist die beste Mutter, die sie nur haben könnte.«

Die Tränen strömten jetzt. »Du bist ein guter Kerl, Walter.«

»Ein zu guter.«

Das war nicht scherzhaft gemeint.

Die Saallichter flackerten, die Pause war vorüber. Leigh war gerade im Begriff, sich zu setzen, als ihr Handy wieder summte. »Arbeit.«

»Du Glückspilz«, flüsterte Walter.

Sie schlich auf Zehenspitzen zum Ausgang. Einige Eltern funkelten sie über ihren Masken ärgerlich an. Ob es wegen der Störung von eben oder wegen Leighs Rolle bei der vorweihnachtlichen Prügelei im Vorjahr war, konnte sie nicht sagen. Sie ignorierte die Blicke und tat so, als müsste sie sich mit ihrem Handy beschäftigen. Als Anruferkennung leuchtete BRADLEY auf, was merkwürdig war, denn wenn ihre Assistentin anrief, las sie normalerweise BRADLEY, CANFIELD & MARKS.

Sie stand in dem lachhaft plüschigen Foyer und achtete nicht auf die vergoldeten Schädel, für die man wahrscheinlich ein echtes Grab geplündert hatte. Walter behauptete, sie habe einen Minderwertigkeitskomplex, was die demonstrative Zurschaustellung von Reichtum anging, aber Walter hatte auch nicht im ersten Jahr seines Jurastudiums in seinem Auto gelebt, weil er sich keine Miete für eine Studentenbude hatte leisten können.

Sie nahm den Anruf an. »Liz?«

»Nein, Ms. Collier. Hier ist Cole Bradley. Ich hoffe, ich störe Sie nicht.«

Leigh verschluckte sich fast. Zwischen Leigh Collier und dem Mann, der die Kanzlei gegründet hatte, lagen zwanzig

Stockwerke und wahrscheinlich doppelt so viele Millionen Dollar. Sie hatte ihn nur einmal zu Gesicht bekommen. Leigh hatte vor den Aufzügen gewartet, als Cole Bradley mithilfe eines Schlüssels den privaten Lift gerufen hatte, der ihn direkt in die oberste Etage beförderte. Er sah wie eine höher gewachsene, schlankere Version von Anthony Hopkins aus, wenn Anthony Hopkins kurz nach seinem Jura-Abschluss an der University of Georgia die Dienste eines Schönheitschirurgen in Anspruch genommen hätte.

»Ms. Collier?«

»Ja … ich …« Sie versuchte, sich zu sammeln. »Es tut mir leid. Ich bin gerade bei der Schulaufführung meiner Tochter.«

Er hielt sich nicht mit Small Talk auf. »Es gibt da eine delikate Angelegenheit, um die Sie sich sofort kümmern müssen.«

Leigh blieb der Mund offen stehen. Sie gehörte nicht gerade zu den Leistungsträgern bei Bradley, Canfield & Marks. Sie tat gerade genug, um ein Dach über dem Kopf zu behalten und die Privatschule für ihre Tochter bezahlen zu können. Cole Bradley beschäftigte mindestens hundert Nachwuchsanwälte, die ihr ein Messer ins Herz gestoßen hätten, damit sie selbst diesen Anruf erhielten.

»Ms. Collier?«

»Entschuldigen Sie«, sagte Leigh. »Ich bin nur … Mr. Bradley, ich tue alles, was Sie wünschen, aber ich bin mir ehrlich gesagt nicht sicher, ob ich die Richtige für so etwas bin.«

»Offen gestanden, Ms. Collier, hatte ich bis heute Abend keine Ahnung, dass Sie überhaupt existieren, aber der Mandant hat ausdrücklich nach Ihnen verlangt. Er wartet jetzt in diesem Augenblick in meinem Büro.«

Jetzt war sie wirklich verwirrt. Leighs bekanntester Mandant war der Inhaber eines Großhandels für Heimtierbedarf gewesen, der beschuldigt wurde, in das Haus seiner Exfrau eingebrochen zu sein und in ihre Wäscheschublade uriniert zu haben. Eine von Atlantas alternativen Zeitungen hatte sich über den Fall lustig gemacht, aber sie bezweifelte, dass Cole Bradley die *Atlanta INtown* las.

»Sein Name ist Andrew Tenant«, sagte Bradley. »Ich nehme an, Sie haben von ihm gehört.«

»Ja, Sir.« Leigh kannte den Namen nur, weil sie ihn gerade in dem Artikel gelesen hatte, der an Octavia Baccas Nachricht angehängt war.

So beschissen. Hass mich nicht.

Octavia wohnte mit ihren betagten Eltern und einem Ehemann mit schwerem Asthma zusammen. Leigh konnte sich nur zwei Gründe vorstellen, warum ihre Freundin einen Fall abgeben würde. Entweder sie sprang wegen des Infektionsrisikos von einem Geschworenenprozess ab, oder ihr Mandant, der mutmaßliche Vergewaltiger, flößte ihr zu große Angst ein. Nicht dass Octavias Motive in diesem Moment eine Rolle gespielt hätten, denn Leigh hatte keine Wahl.

»Ich bin in einer halben Stunde bei Ihnen«, sagte sie zu Bradley.

Die meisten Passagiere, die auf dem Flughafen von Atlanta landeten, hielten Buckhead für die Innenstadt, wenn sie aus dem Fenster schauten, aber die Ballung von Wolkenkratzern am oberen Ende der Peachtree Street war nicht für Kongressbesucher, Regierungsbehörden oder seriöse Finanzinstitutionen gebaut worden. Die Stockwerke beherbergten teure Prozessanwälte, Börsenhändler und private Vermögensverwalter, deren Klientel ringsum in einem der wohlhabendsten Postleitzahlenbezirke im Südosten wohnte.

Die Zentrale von Bradley, Canfield & Marks ragte über dem Geschäftsbezirk von Buckhead auf, ein Ungetüm mit Glasfront, das von einem Dach gekrönt wurde, das einer brechenden Welle glich. Leigh fand sich im Bauch des Untiers wieder und schleppte sich die Treppe von der Tiefgarage hinauf. Das Tor zum Besucherparkplatz war geschlossen gewesen, den ersten freien Stellplatz hatte sie drei Stockwerke unter der Erde gefunden. Das Betontreppenhaus wirkte wie der ideale Tatort für einen Mord, aber die Aufzüge waren abgesperrt, und sie hatte keinen Wachmann entdecken können. Sie lenkte sich ab, indem sie sich noch einmal durch den Kopf gehen ließ, was Octavia Bacca ihr während der Fahrt hierher am Telefon übermittelt hatte.

Oder was sie ihr nicht hatte sagen können.

Der Mandant Andrew Tenant hatte Octavia vor zwei Tagen gefeuert. Nein, er hatte ihr keine Erklärung dafür gegeben. Ja, Octavia hatte bis zu diesem Zeitpunkt den Eindruck gehabt, dass Andrew mit ihrer Beratung zufrieden gewesen war. Nein, sie konnte sich keinen Grund vorstellen, wieso Tenant die Anwältin wechseln wollte, aber vor zwei Stunden war Octavia angewiesen worden, alle Fallakten an Bradley, Canfield & Marks, zu Händen von Leigh Collier zu übergeben. Die Worte *so beschissen* waren als Entschuldigung gemeint, dass sie ihr acht Tage vor Verhandlungsbeginn einen Geschworenenprozess vor die Füße warf. Leigh hatte keine Ahnung, warum ein Mandant eine der besten Strafverteidigerinnen der Stadt abservierte, wenn sein Leben auf dem Spiel stand, aber sie musste davon ausgehen, dass der Mann ein Idiot war.

Das größere Rätsel war allerdings, woher Andrew Tenant überhaupt Leighs Namen kannte. Sie hatte Walter gefragt, der genauso ahnungslos war, und damit waren Leighs Möglichkeiten, Informationen aus ihrer Vergangenheit auszugraben, auch schon erschöpft, denn Walter war aktuell der einzige Mensch in ihrem Leben, der sie schon gekannt hatte, bevor sie ihren Jura-Abschluss gemacht hatte.

Leigh blieb am oberen Ende der Treppe stehen, der Schweiß lief ihr über den Rücken. Sie überprüfte rasch ihr Erscheinungsbild. Für den Theaterabend hatte sie sich nicht gerade in Schale geworfen. Das Haar trug sie in einem lockeren Knoten, dazu hatte sie eine alte Jeans und ein ausgewaschenes T-Shirt mit dem Aufdruck *Aerosmith Bad Boys from Boston* ausgewählt, und zwar nur, um sich von den Miststücken mit den Hermès-Handtaschen im Publikum zu distanzieren. Sie würde auf dem Weg nach oben rasch zu ihrem Büro flitzen müssen. Wie alle anderen Anwälte hatte sie dort immer ein gerichtstaugliches Outfit in Reserve. Ihr Schminktäschchen war in der Schreibtischschublade. Der Gedanke, dass sie sich an einem Sonntagabend, den sie eigentlich mit der Familie verbringen wollte, für einen mutmaßlichen Vergewaltiger zurechtmachen musste, steigerte ihre Gereiztheit beträchtlich. Sie hasste dieses Gebäude. Sie hasste diesen Job. Sie hasste ihr ganzes Leben.

Aber sie liebte ihre Tochter.

Leigh suchte in ihrer Handtasche nach einer Mund-Nasen-Maske. Walter nannte die Tasche ihren Futtersack, denn sie benutzte sie als Aktentasche und seit dem letzten Jahr zusätzlich als Minimarkt für Pandemiebedarf. Handdesinfektionsmittel. Clorox-Tücher. Masken. Nitrilhandschuhe für alle Fälle. Die Kanzlei testete alle Mitarbeiter zweimal die Woche, und Leigh hatte das Virus bereits gehabt, aber angesichts der kursierenden Mutationen konnte man nicht vorsichtig genug sein.

Sie sah auf die Uhr, als sie die Gummibänder der Maske über die Ohren legte. Ein paar Augenblicke für ihre Tochter mussten noch drin sein. Leigh hatte zwei verschiedene Handys und suchte jetzt nach ihrem privaten Telefon mit der auffälligen blau-goldenen Hülle der Hollis Academy. Das Hintergrundfoto zeigte Tim Tam, den Hund der Familie, denn der schokoladenbraune Labrador hatte Leigh in letzter Zeit sehr viel mehr Zuneigung entgegengebracht als ihre Tochter.

Leigh seufzte beim Blick auf den Schirm. Maddy hatte auf Leighs ausführliche Entschuldigung wegen ihres frühzeitigen Aufbruchs nicht geantwortet. Ein rascher Streifzug auf Instagram zeigte ihre Tochter beim Tanzen mit Freunden auf einer kleinen Party, die in Keely Heyers Keller stattzufinden schien. Tim Tam schlief auf einem Sitzsack in der Ecke. So viel zum Thema bedingungslose Hingabe.

Leighs Finger glitten über den Schirm und tippten eine weitere Nachricht an Maddy: *Tut mir leid, dass ich gehen musste, Baby. Ich liebe dich so sehr.*

Sie wartete idiotischerweise auf eine Antwort, ehe sie die Tür öffnete.

Die übertrieben klimatisierte Eingangshalle empfing sie mit kaltem Stahl und Marmor. Leigh nickte dem Wachmann Lorenzo in seinem Plexiglaskasten zu, der sich gerade über eine Tasse Suppe beugte, seine Schultern bis zu den Ohren hochgezogen, die Schale nah an seinem Mund.

»Ms. Collier.«

Leigh geriet innerlich in Panik, als sie Cole Bradley vor den Aufzügen stehen sah. Ihre Hand flog an den Hinterkopf, wo sich Haarsträhnen aus dem Dutt gelöst hatten und wirkten wie schlaffe Tentakel an einem geplätteten Oktopus. Das Bad-Boys-Logo auf ihrem schäbigen T-Shirt war eine Beleidigung für seinen maßgeschneiderten italienischen Anzug.

»Sie haben mich auf frischer Tat ertappt.« Er steckte ein Päckchen Zigaretten in seine Brusttasche. »Ich war zum Rauchen draußen.«

Leighs Augenbrauen hoben sich erstaunt. Das Gebäude gehörte Bradley praktisch. Niemand hätte ihn von irgendetwas abgehalten.

Er lächelte. Oder zumindest glaubte sie, dass er lächelte. Er war über achtzig, aber seine Haut war so straff, dass sich nur die Spitzen seiner Ohren bewegten.

Er sagte: »Angesichts des politischen Klimas ist es gut, wenn man zeigt, dass man sich an die Regeln hält.«

Die Glocke für den Privataufzug der Partner ertönte. Das zarte Klingeln wirkte, als würde man zum Nachmittagstee gerufen.

Bradley zog eine Maske aus seiner Brusttasche. Sie nahm an, auch das geschah um des guten Eindrucks willen. Wahrscheinlich hatte er schon aufgrund seines Alters zur erstpriorisierten

Impfgruppe gehört. Andererseits war die Impfung kein Freifahrtschein, bevor nicht fast alle geimpft waren.

»Ms. Collier?« Bradley wartete an der offenen Aufzugtür.

Leigh zögerte, denn sie bezweifelte, dass Angestellte in der privaten Kabine erwünscht waren. »Ich wollte noch rasch in meinem Büro vorbeischauen, um etwas Professionelleres anzuziehen.«

»Nicht nötig. Die Umstände der späten Stunde sind bekannt.« Er bedeutete ihr, voranzugehen.

Sogar mit seiner Erlaubnis kam sich Leigh wie ein Eindringling vor, als sie den schicken Aufzug betrat. Sie drückte die Waden an die schmale rote Bank an der Rückwand. Sie hatte nur einmal einen kurzen Blick in den Privatlift geworfen, aber jetzt, aus der Nähe, erkannte sie, dass die schwarzen Wände mit Straußenleder verkleidet waren. Der Fußboden bestand aus einer großen schwarzen Marmorplatte. Die Decke und alle Stockwerksknöpfe waren rot und schwarz verziert – in den Farben der University of Georgia –, denn wenn man seinen Abschluss an der University of Georgia gemacht hatte, dann war so ziemlich das Größte, was einem im Leben widerfahren war, dass man seinen Abschluss an der University of Georgia gemacht hatte.

Die verspiegelten Türen schlossen sich. Bradleys Haltung war stocksteif. Seine Mund-Nasen-Maske war schwarz und mit schmaler roter Kordel eingefasst. Eine Anstecknadel an seinem Revers zeigte UGA, das Maskottchen der Georgia Bulldogs. Er berührte den *Aufwärts*-Knopf im Tastenfeld, der sie auf die Penthouse-Ebene beförderte.

Leigh blickte stur geradeaus, sie war immer noch unsicher, was die Etikette betraf. Im Aufzug für das Fußvolk hingen Schilder, die dazu ermahnten, Abstand zu halten und Unterhaltungen zu vermeiden. Hier gab es keine solchen Schilder, es gab nicht einmal einen Vermerk über die letzte technische Inspektion. Der Geruch von Bradleys Aftershave, vermischt mit

Zigarettenrauch, kitzelte sie in der Nase. Leigh hasste Männer, die rauchten. Sie öffnete den Mund, um hinter ihrer Maske zu atmen.

Bradley räusperte sich. »Ich frage mich, Ms. Collier, wie viele Ihrer Mitschüler an der Lake Point High School wohl einen Abschluss *cum laude* an der Northwestern University gemacht haben.«

Er hatte seine Hausaufgaben erledigt, während sie die Schallmauer durchbrochen hatte, um so schnell wie möglich hierherzugelangen. Er wusste, sie war auf der üblen Seite der Stadt aufgewachsen – und schließlich an einer der renommiertesten Jura-Fakultäten gelandet.

Sie sagte: »Die University of Georgia hat mich auf die Warteliste gesetzt.«

Sie stellte sich vor, dass er eine Augenbraue hochgezogen hätte, wenn es das Botox zuließe. Cole Bradley war nicht daran gewöhnt, dass seine Untergebenen eine Persönlichkeit besaßen.

Er sagte: »Sie haben ein Praktikum bei einer gemeinnützigen Rechtshilfekanzlei in Cabrini Green in Chicago gemacht. Nach der Northwestern sind Sie nach Atlanta zurückgekehrt und haben sich der gemeinnützigen Legal Aid Society angeschlossen. Fünf Jahre später haben Sie Ihre eigene Kanzlei eröffnet und sich auf Strafverteidigung spezialisiert. Es lief recht gut, bis die Gerichtssäle wegen der Pandemie dichtmachten. Ende dieses Monats sind Sie genau ein Jahr bei Bradley, Canfield & Marks.«

Sie wartete auf eine Frage.

»Ihre Entscheidungen kommen mir ein wenig revoluzzerhaft vor.« Er hielt inne und gab ihr ausreichend Zeit, etwas einzuwerfen. »Ich nehme an, Sie genossen den Luxus eines Stipendiums, sodass Ihre Karriereoptionen nicht von finanziellen Zwängen beeinflusst wurden.«

Sie wartete weiter.

»Und doch sind Sie nun hier in meiner Kanzlei.« Eine weitere Pause. Eine weitere ignorierte Gelegenheit. »Wäre es unhöflich, anzumerken, dass Sie den vierzig näher sind als die meisten, die bei uns anfangen?«

Sie erwiderte seinen Blick. »Es wäre zutreffend.«

Er betrachtete sie unverhohlen. »Woher kennen Sie Andrew Tenant?«

»Ich kenne ihn nicht, und ich habe keine Ahnung, woher er mich kennt.«

Bradley holte tief Luft, ehe er sagte: »Andrew ist der Spross von Gregory Tenant, einem meiner allerersten Mandanten. Wir haben uns vor so langer Zeit kennengelernt, dass uns wahrscheinlich Jesus Christus persönlich miteinander bekannt gemacht hat. Er war ebenfalls auf der Warteliste der UGA.«

»Jesus oder Gregory?«

Seine Ohren zuckten leicht aufwärts, was sie als seine Art zu lächeln interpretierte.

»Die Tenant Automotive Group fing in den Siebzigern mit einer einzigen Ford-Vertretung an«, sagte Bradley. »Sie werden zu jung sein, um sich an die Werbespots zu erinnern, aber sie hatten einen sehr einprägsamen Jingle. Gregory Tenant senior war in derselben Studentenverbindung wie ich. Als er starb, erbte Greg junior das Geschäft und baute es zu einem Netz mit achtunddreißig Autohäusern im gesamten Südosten aus. Greg starb letztes Jahr an einer besonders aggressiven Form von Krebs. Seine Schwester übernahm das Tagesgeschäft. Andrew ist ihr Sohn.«

Leigh staunte immer noch darüber, dass jemand das Wort *Spross* benutzte.

Der Aufzug bimmelte, und die Tür ging auf. Sie hatten das oberste Stockwerk erreicht. Sie spürte kalte Luft, die gegen den Hitzeschirm draußen ankämpfte. Der Raum war so groß wie ein Flugzeughangar. Die Deckenbeleuchtung war ausgeschaltet, das einzige Licht kam von den Lampen auf den Schreibtischen aus Stahl und Glas, die vor geschlossenen Bürotüren Wache standen.

Bradley ging zur Mitte des Raums und blieb stehen. »Es raubt mir jedes Mal wieder den Atem.«

Leigh wusste, er meinte den Blick. Sie befanden sich in der Senke der riesigen Welle an der Spitze des Gebäudes. Massive Glasteile ragten wenigstens zwölf Meter hoch auf. Das Stockwerk war hoch genug über den Lichtern der Stadt, damit sie stecknadelgroße Sterne am Nachthimmel sahen. Tief unter ihnen malten die Autos, die auf der Peachtree Street fuhren, rote und weiße Spuren in Richtung des funkelnden Häusermeers der Innenstadt.

»Es sieht aus wie eine Schneekugel«, sagte sie.

Bradley wandte ihr das Gesicht zu. Er hatte die Maske abgenommen. »Wie ist Ihre Einstellung zu Vergewaltigung?«

»Bin definitiv dagegen.«

Sein Gesichtsausdruck verriet Leigh, dass sie genug Persönlichkeit an den Tag gelegt hatte.

»Ich habe im Lauf der Jahre Dutzende Fälle bearbeitet«, sagte sie. »Die Natur der Anklage ist irrelevant. Die Mehrheit meiner Mandanten ist faktisch schuldig. Die Staatsanwaltschaft muss diese Fakten jenseits eines vernünftigen Zweifels beweisen. Sie bezahlen mir einen Haufen Geld, um diesen Zweifel zu finden.«

Er hieß ihre Antwort mit einem Kopfnicken gut. »Am Donnerstag werden die Geschworenen ausgewählt, und der Prozess beginnt morgen in einer Woche. Kein Richter wird Ihnen aufgrund eines Wechsels des Rechtsbeistands Aufschub gewähren. Ich kann Ihnen zwei Vollzeitmitarbeiter anbieten. Wird der knappe Zeitrahmen ein Problem sein?«

»Er ist eine Herausforderung«, sagte Leigh. »Aber kein Problem.«

»Man hat Andrew eine reduzierte Anklage gegen ein Jahr Bewährung mit elektronischer Überwachung angeboten.«

Leigh zog ihre Maske vom Gesicht. »Kein Eintrag ins Sexualstraftäterregister?«

»Nein. Und die Anklage wird getilgt, wenn sich Andrew drei Jahre lang nichts zuschulden kommen lässt.«

Auch wenn sie schon lange im Geschäft war, staunte Leigh jedes Mal wieder, wie fantastisch es war, ein weißer, reicher Mann zu sein. »Das ist ein schnuckeliger Deal. Was verraten Sie mir nicht?«

Die Haut um Bradleys Wangen kräuselte sich, als er das Gesicht verzog. »Die vorherige Kanzlei hat einen Privatdetektiv ein paar Nachforschungen anstellen lassen. Offenbar könnte ein Schuldeingeständnis bei dieser bestimmten reduzierten Anklage zu weiteren Risiken führen.«

Davon hatte Octavia nichts gesagt. Vielleicht hatte man sie nicht auf den neuesten Stand gebracht, bevor sie gefeuert wurde, oder sie hatte gesehen, in welchen Scheißhaufen sie treten würde, und war froh gewesen, raus zu sein. Wenn der Privatdetektiv recht hatte, versuchte die Staatsanwaltschaft, Andrew Tenant zu einem Schuldeingeständnis in einem Vergewaltigungsfall zu verleiten, damit sie ein Muster beweisen konnte, das ihn mit anderen Übergriffen in Verbindung brachte.

»Wie viele Risiken?«, fragte Leigh.

»Zwei, vielleicht drei.«

Frauen, dachte sie. Zwei oder drei weitere Frauen, die vergewaltigt worden waren.

»Keine DNA bei den möglichen Fällen«, sagte Bradley. »Meines Wissens gibt es Indizienbeweise, aber nichts Unüberwindbares.«

»Alibi?«

»Seine Verlobte, aber ...« Bradley tat es mit einem Schulterzucken ab, genau wie es die Geschworenen tun würden. »Fällt Ihnen etwas dazu ein?«

Leigh fielen zwei Dinge ein. Entweder Tenant war ein Serienvergewaltiger, oder der Staatsanwalt versuchte, ihn dazu zu bringen, dass er sich dieses Etikett anklebte, indem er sich selbst belastete. Leigh hatte diese Art Trickserei seitens der Strafverfolger erlebt, als sie noch allein gearbeitet hatte, aber Andrew Tenant war kein Aushilfskellner, der sich gegen Strafminderung schuldig bekannte, weil er kein Geld hatte, sich dagegen zu wehren.

Ihr Bauchgefühl sagte ihr, dass Bradley noch etwas anderes zurückhielt. Sie wählte ihre Worte sorgfältig. »Andrew ist der Spross einer wohlhabenden Familie. Der Staatsanwalt weiß, dass man nur auf den König schießt, wenn man sicher ist, ihn zu treffen.«

Bradley antwortete nicht, aber seine Haltung wurde wachsamer. Leigh ging Walters Frage von vorhin durch den Kopf. Hatte sie den falschen Bären mit dem falschen Stock gereizt? Cole Bradley hatte sie nach ihrer Einstellung zu Vergewaltigungsfällen gefragt – er hatte sie nicht nach ihrer Einstellung zu unschuldigen Mandanten gefragt. Wie er selbst zugab, kannte er die Familie Tenant, seit er in kurzen Hosen herumgelaufen war. Andrew Tenant mochte vielleicht sogar sein Patenkind sein.

Bradley wollte sie an seinen Gedanken eindeutig nicht teilhaben lassen. Er streckte den Arm aus und deutete zur letzten Tür auf der rechten Seite. »Andrew befindet sich mit seiner Mutter sowie seiner Verlobten in meinem Besprechungszimmer.«

Leigh zog ihre Maske nach oben, als sie an ihrem Boss vorbeiging. Sie stimmte sich neu ein, sie war nicht mehr Walters Exfrau und Maddys Mutter und nicht das tapfere Mädchen, das in einem Privatlift mit einem menschlichen Skelett gescherzt hatte. Andrew Tenant hatte speziell nach Leigh verlangt, wahrscheinlich weil sie immer noch von ihrem Ruf aus der Zeit vor Bradley, Canfield & Marks profitierte. Als diese Person musste Leigh sich jetzt präsentieren, sonst würde sie nicht nur den Mandanten verlieren, sondern vielleicht auch ihren Job.

Bradley streckte den Arm aus, um vor ihr die Tür zu öffnen.

Die Besprechungszimmer in den unteren Stockwerken waren kleiner als die Toilette eines Holiday Inn-Hotels und funktionierten nach dem Prinzip »Wer zuerst kommt, mahlt zuerst«. Leigh hatte eine etwas größere Version davon erwartet, aber Cole Bradleys privater Tagungsraum glich eher einer Suite im Waldorf, inklusive Kamin und voll ausgestatteter Bar. Auf einem Podest stand eine schwere Glasvase mit Blumen. Fotos verschiedener UGA-Bulldoggen aus mehreren Jahrgängen säumten die Rückwand. Ein Gemälde von Vince Dooley hing über dem Kamin. Auf der schwarzen Marmoranrichte lagen Stapel von Schreibblöcken und ein Sortiment von Stiften. Trophäen von diversen juristischen Auszeichnungen stritten sich mit Reihen von Wasserflaschen um den besten Platz. Der Konferenztisch, fast vier Meter lang und zwei Meter breit, war aus Redwood-Holz. Die Stühle waren mit schwarzem Leder bezogen.

Drei Personen saßen am anderen Ende des Tischs, sie trugen alle keine Maske, daher erkannte sie sofort Andrew Tenant von seinem Foto in dem Zeitungartikel – allerdings sah er in natura noch besser aus. Die Frau, die sich zu seiner Rechten an ihn klammerte, war Ende zwanzig, trug einen tätowierten Arm und einen Leck-mich-am-Arsch-Gesichtsausdruck zur Schau – der Traum einer jeden Mutter für ihren Sohn.

Besagte Mutter saß steif auf ihrem Stuhl, die Arme vor der Brust verschränkt. Ihr kurzes blondes Haar war mit weißen Strähnchen durchsetzt, ein schmales Goldkettchen lag um ihren gebräunten Hals. Sie trug ein blassgelbes, edel-schlichtes Shirt, dessen hochgestellter Kragen den Eindruck vermittelte, als wäre sie soeben vom Golfplatz gekommen, um am Pool eine Bloody Mary zu schlürfen.

In anderen Worten: Es war die Sorte Frau, die Leigh aus den zahllosen Wiederholungen von *Gossip Girl* kannte, die sie sich mit ihrer Tochter früher stundenlang im Fernsehen angesehen hatte.

»Tut mir leid, dass wir Sie warten ließen.« Bradley bewegte einen dicken Stapel Akten auf die andere Seite des Tischs, um anzuzeigen, wo Leigh sitzen sollte. »Das ist Sidney Winslow, Andrews Verlobte.«

»Sid«, korrigierte das Mädchen.

Leigh hatte gewusst, dass sie Sid, Punkie oder Katniss genannt werden wollte, sobald sie die zahlreichen Piercings, die klumpige Mascara und den tintenschwarzen Fransenhaarschnitt gesehen hatte.

Dennoch war sie freundlich zur besseren Hälfte ihres Mandanten. »Es tut mir leid, dass wir uns unter diesen Umständen kennenlernen.«

»Diese ganze Tortur ist ein einziger Albtraum.« Sidneys Stimme war wie erwartet heiser. Sie strich ihr Haar zurück und ließ dunkelblauen Nagellack und ein Lederarmband aufblitzen, das mit spitzen Metallnieten besetzt war. »Sie hätten Andy im Gefängnis fast umgebracht, und er war nur zwei Nächte da drin. Er ist total unschuldig. Natürlich. Niemand ist mehr sicher. Irgendein verrücktes Miststück zeigt einfach mit dem Finger auf dich und …«

»Sidney, lass die Frau sich erst einmal sortieren.« Die strikt beherrschte Wut im Tonfall der Mutter erinnerte Leigh an ihre eigene Stimme, wenn sie Maddy in Anwesenheit anderer Leute zurechtwies. »Bitte lassen Sie sich Zeit, Leigh.«

Leigh erwiderte das Lächeln der Frau kurz, ehe sie ihr Pokergesicht aufsetzte.

»Ich brauche nur einen Moment.« Sie öffnete die Akte und hoffte, irgendein Detail würde ihrem Gedächtnis auf die Sprünge helfen und ihr verraten, wer zum Teufel diese Leute waren. Das oberste Blatt zeigte das Aufnahmeformular von Andrew Tenants Verhaftung. Dreiunddreißig Jahre alt. Autohändler. Teure Adresse. Beschuldigt der Entführung und sexuellen Nötigung am 13. März 2020, als gerade die erste Welle der Pandemie eingesetzt hatte.

Leigh las keine Einzelheiten, denn es ließ sich nur schwer verhindern, dass einem etwas bekannt vorkam. Sie musste zuerst Andrews Version der Ereignisse hören. Mit Sicherheit wusste sie nur eins: dass Andrew Trevor Tenant sich eine schlechte Zeit ausgesucht hatte, um seinen Gerichtstermin zu verlangen. Wegen des Virus wurden angehende Geschworene über fünfundsechzig im Allgemeinen freigestellt. Und nur Personen, die jünger als fünfundsechzig waren, würden es für möglich halten, dass dieser adrette, nett aussehende junge Mann ein Serienvergewaltiger sein könnte.

Sie blickte von der Akte auf. Sie war sich unschlüssig, wie sie weitermachen sollte. Mutter und Sohn glaubten ganz eindeutig, dass Leigh sie kannte. Doch Leigh kannte sie eindeutig *nicht*. Wenn Andrew Tenant sie als Anwältin haben wollte, wäre es geradezu die Definition davon, wider Treu und Glauben zu handeln, wenn sie ihm bei ihrer ersten Begegnung ins Gesicht log.

Sie holte tief Luft und bereitete sich darauf vor, die Sache klarzustellen, doch da wurde sie von Bradley unterbrochen.

»Sagen Sie, Linda, woher kennen Sie Ms. Collier gleich wieder?«

Linda.

Etwas an dem Namen der Frau kitzelte Leighs Gedächtnis. Sie griff sich unwillkürlich an den Kopf, als könnte sie es herausholen. Aber es war nicht die Mutter, die ihre Erinnerung auslöste. Leighs Blick sprang von der älteren Frau zu ihrem Sohn.

Andrew Tenant lächelte sie an. Er zog dabei den linken Mundwinkel hoch. »Lange her, nicht wahr?«

»Jahrzehnte«, sagte Linda zu Bradley. »Andrew kennt die Mädchen besser als ich. Ich habe damals noch als Krankenschwester gearbeitet. Nachtschichten. Leigh und ihre Schwester waren die einzigen Babysitterinnen, denen ich vertraute.«

Leighs Magen verwandelte sich in eine geballte Faust, die sich langsam zu ihrer Kehle hocharbeitete.

»Wie geht's Callie?«, fragte Andrew. »Was treibt sie so?«

Callie.

»Leigh?« Andrews Ton ließ erkennen, dass sie sich nicht normal benahm. »Wo steckt Ihre Schwester dieser Tage?«

»Sie …« Leigh war der kalte Schweiß ausgebrochen. Ihre Hände zitterten. Sie klammerte sie unter dem Tisch zusammen. »Sie lebt auf einer Farm in Iowa. Mit ihren Kindern. Ihr Mann ist ein Kuhbau… ein Milchbauer.«

»Kann ich mir gut vorstellen«, sagte Andrew. »Callie liebte Tiere. Sie hat mein Interesse für Aquarien geweckt.«

Diesen letzten Satz hatte er an Sidney gerichtet und erzählte anschließend von seinem ersten Meerwasserbecken.

»Ah, stimmt«, sagte Sidney. »Sie war die Cheerleaderin, oder?«

Leigh konnte nur so tun, als würde sie zuhören, und die Zähne zusammenbeißen, damit sie nicht zu schreien anfing. Das konnte nicht stimmen. Nichts von alldem stimmte.

Sie schaute auf die Beschriftung der Akte.

Tenant, Andrew Trevor.

Die geballte Faust wanderte immer weiter ihre Kehle hinauf, all die grauenhaften Einzelheiten, die sie in den letzten dreiundzwanzig Jahren unterdrückt hatte, drohten sie zu ersticken.

Callies schockierender Anruf. Leighs hektische Fahrt zu ihr. Die grausige Szenerie in der Küche. Der vertraute Geruch des klammen Hauses, Zigarren, Scotch – und Blut, so viel Blut.

Leigh musste es einfach wissen. Sie musste es laut ausgesprochen hören. Es war ihre Teenagerstimme, die jetzt aus ihrem Mund kam, als sie fragte: »Trevor?«

Die Art, wie Trevors linker Mundwinkel sich nach oben verzog, war so beängstigend vertraut, dass es ihr kalt über den Rücken lief. Sie war seine Babysitterin gewesen, und als sie alt genug gewesen war, sich eine richtige Arbeit zu suchen, hatte sie den Job an ihre kleine Schwester weitergegeben.

»Ich nenne mich jetzt Andrew«, sagte er. »Tenant ist Moms Mädchenname. Nach dem, was mit Dad passiert ist, fanden wir es beide besser, alles zu ändern.«

Nach dem, was mit Dad passiert ist.

Buddy Waleski war verschwunden. Er hatte Frau und Sohn sitzen gelassen. Kein Brief. Keine Entschuldigungen. So hatten es Leigh und Callie aussehen lassen. So hatten sie es der Polizei erzählt. Buddy hatte viele schlimme Dinge getan. Er hatte bei vielen üblen Leuten Schulden. Es ergab durchaus einen Sinn. Es hatte die ganze Zeit einen Sinn ergeben.

Andrew schien sich an ihrer dämmernden Erkenntnis zu weiden. Sein Lächeln wurde weicher, weniger schief.

»Es ist lange her, Harleigh«, sagte er.

Harleigh.

Nur ein Mensch in ihrem Leben nannte sie noch bei diesem Namen.

Andrew sagte: »Ich dachte schon, Sie hätten mich vergessen.«

Leigh schüttelte den Kopf. Sie würde ihn nie vergessen. Trevor Waleski war ein süßes Kind gewesen. Ein wenig unbeholfen. Sehr anhänglich. Als sie ihn das letzte Mal gesehen hatte, war er mit Medikamenten betäubt gewesen. Sie hatte mit angeschaut, wie ihre Schwester ihn sanft auf die Stirn küsste.

Dann waren sie beide in die Küche zurückgegangen, um den Mord an seinem Vater zu Ende zu bringen.

MONTAG

2

Leigh parkte ihren Audi A4 vor den Büros von Reginald Paltz & Partner, der Privatdetektei, die sich um Andrew Tenants Fall kümmerte. Der zweistöckige Bau war als Bürogebäude errichtet worden, aber man hatte ihm die Fassade eines Einfamilienhauses im Kolonialstil verpasst. Es hatte diese Zu-neu/Zu-alt-Anmutung, die typisch war für die Achtzigerjahre. Goldene Armaturen. Kunststofffenster. Dünne Ziegelverkleidung. Eine bröckelnde Betontreppe führte zu einer gläsernen Doppeltür. An der Gewölbedecke im Foyer hing ein goldener Kronleuchter schief über einer Wendeltreppe.

Die Außentemperatur stieg bereits an, es war zu erwarten, dass sie bis zum Nachmittag über zwanzig Grad erreichte. Leigh ließ den Motor laufen, damit die Klimaanlage arbeitete. Sie war zwanzig Minuten früher gekommen, um sich ungestört in ihrem Wagen zu sammeln. Was sie zu einer guten Studentin und dann zu einer guten Anwältin gemacht hatte, war die Tatsache, dass sie immer jeden Blödsinn ausblenden und sich wie ein Laserstrahl auf das fokussieren konnte, was unmittelbar anstand. Man wirkte nicht daran mit, einen einhundertzwanzig Kilo schweren Mann in Stücke zu hacken, und schloss die Schule trotzdem als Jahrgangsbeste ab, wenn man nicht gelernt hatte, klare Linien zu ziehen.

Jetzt im Moment musste sie ihren Fokus nicht auf Andrew Tenant, sondern auf Andrew Tenants *Fall* richten. Leigh war eine sehr teure Anwältin. Andrews Prozess sollte in einer Woche beginnen. Ihr Boss hatte für morgen Abend eine umfassende Strategiesitzung anberaumt. Sie hatte es mit einem Mandanten zu tun, der sich schwerwiegenden Vorwürfen ausgesetzt sah, und mit einem Staatsanwalt, der mehr als die üblichen Spielchen spielte. Leighs Aufgabe bestand darin, so viele Löcher in den Fall zu bohren, dass mindestens ein Geschworener einen Bus durchfahren konnte.

Sie seufzte tief, um zusammen mit dem Atem auch ihre Angst ausströmen zu lassen und einen klaren Kopf zu bekommen. Dann nahm sie Andrews Akte vom Beifahrersitz, blätterte sie durch und fand den Abschnitt mit der Zusammenfassung.

Tammy Karlsen. Comma Chameleon. Fingerabdrücke. Überwachungskameras.

Leigh las die ganze Zusammenfassung, ohne etwas zu verstehen. Die einzelnen Worte ergaben zwar Sinn, aber sie in einen zusammenhängenden Satz zu bringen war unmöglich. Sie versuchte, zum Anfang zurückzugehen. Die Zeilen des Textes begannen zu rotieren, bis ihr Magen ebenfalls rotierte und sie die Akte schließen musste. Ihre Hand ging zum Türgriff, aber sie zog nicht daran. Sie atmete mit offenem Mund. Dann noch einmal. Und noch einmal, bis sie die Magensäure geschluckt hatte, die ihre Kehle hinaufdrängte.

Ihre Tochter war der einzige Mensch, der es je fertiggebracht hatte, ihre absolute Konzentrationsfähigkeit zu stören. Wenn Maddy krank war, aufgebracht oder wütend, ging es Leigh so lange schlecht, bis alles wieder in Ordnung war. Dieses Unbehagen war jedoch nichts im Vergleich zu dem, was sie soeben empfand. Auf sämtliche Nervenenden in ihrem Körper schien Buddy Waleskis Geist mit rasselnden Ketten einzuprügeln.

Sie warf die Akte auf den Sitz. Schloss die Augen. Legte den Kopf zurück. Ihr Magen wollte sich einfach nicht beruhigen. Sie war den größten Teil der Nacht kurz davor gewesen, sich zu übergeben. Sie hatte nicht schlafen können, hatte sich nicht einmal die Mühe gemacht, zu Bett zu gehen. Sie hatte stundenlang im Dunkeln auf der Couch gesessen und überlegt, wie sie es umgehen konnte, Andrew anwaltschaftlich zu vertreten.

Trevor.

In der Nacht, in der Buddy gestorben war, hatte das NyQuil Trevor wirksam in Tiefschlaf versetzt. Aber sie hatten sich vergewissern müssen. Leigh hatte seinen Namen einige Male mit zunehmender Lautstärke gerufen. Callie hatte an seinem Ohr mit den Fingern geschnippt, dann vor seinem Gesicht in die Hände geklatscht. Sie hatte ihn sogar ein wenig geschüttelt und ihn dann wie ein Nudelholz auf einem Stück Teig hin und her gerollt.

Die Polizei hatte Buddys Leiche nie gefunden. Als seine Corvette schließlich in einem noch beschisseneren Teil der Stadt entdeckt wurde, war der Wagen bereits ausgeschlachtet gewesen. Buddy hatte kein Büro, daher gab es auch keinen Schriftverkehr. Den in der Bar versteckten digitalen Camcorder hatten die Mädchen mit einem Hammer zertrümmert und die Teile quer über die Stadt verteilt. Sie hatten nach weiteren Minikassetten gesucht, aber keine gefunden. Sie hatten nach eindeutigen Fotos gesucht, aber ebenfalls keine gefunden. Sie hatten die Couch auf den Kopf gestellt und sämtliche Matratzen umgedreht, hatten in Schubladen und Schränken gewühlt, die Gitter von Lüftungsschächten abgeschraubt und Taschen, Bücherregale sowie Buddys Corvette durchsucht. Dann hatten sie sorgfältig sauber gemacht und alles wieder an seinen Platz geräumt, bevor Linda nach Hause gekommen war.

Harleigh, was machen wir jetzt?

Du wirst haargenau bei der verdammten Geschichte bleiben, damit wir nicht beide im Gefängnis landen.

Es gab eine Menge fürchterlichen Mist in Leighs Vergangenheit, der immer noch auf ihrem Gewissen lastete, aber die Ermordung von Buddy Waleski wog weniger als eine Feder. Er hatte es verdient, zu sterben. Sie bedauerte nur, dass es nicht Jahre früher passiert war, ehe er Callie in die Finger bekommen hatte. So etwas wie ein perfektes Verbrechen existierte nicht, aber Leigh war sicher, dass sie ungestraft mit einem Mord davongekommen waren.

Bis gestern Abend.

Ihre Hände begannen zu schmerzen. Sie blickte nach unten. Ihre Finger waren um den unteren Teil des Lenkrads gekrallt. Die Knöchel bissen wie strahlend weiße Zähne in das Leder. Sie schaute auf die Uhr. Ihre Angst hatte sie volle zehn Minuten gekostet.

»Konzentration!«, schalt sie sich laut.

Andrew Trevor Tenant.

Seine Akte lag noch immer auf dem Beifahrersitz. Leigh schloss für einen Moment die Augen und beschwor den süßen, doofen Trevor herauf, der gern im Garten herumgetollt war und gelegentlich Klebstoff futterte. Deshalb wollten Linda und Andrew, dass Leigh ihn verteidigte. Sie hatten keine Ahnung, dass Leigh an Buddys plötzlichem Verschwinden beteiligt gewesen war. Was sie sich erhofften, war eine Verteidigerin, die in Andrew immer noch das harmlose Kind sah, das er vor dreiundzwanzig Jahren gewesen war. Sie wollten nicht, dass sie ihn mit den ungeheuerlichen Taten in Verbindung brachte, die man ihm vorwarf.

Leigh nahm die Akte wieder zur Hand. Es war an der Zeit, dass sie etwas über diese Taten las.

Sie atmete noch einmal tief durch, um sich einzustimmen. Leigh gehörte nicht zu den Leuten, die an schlechtes Blut glaubten oder an den Apfel, der nicht weit vom Stamm fiel. Andernfalls stünde sie selbst als haltlose Trinkerin mit einer Verurteilung wegen Körperverletzung da. Menschen konnten aus den Umständen herauswachsen, in die sie hineingeboren wurden. Es war möglich, aus dem Teufelskreis auszubrechen.

War Andrew Tenant ausgebrochen?

Leigh öffnete die Akte. Zum ersten Mal vertiefte sie sich wirklich in die Anklageschrift.

Entführung. Vergewaltigung. Schwere Körperverletzung. Gewaltsamer Analverkehr. Schwere sexuelle Nötigung.

Man brauchte nicht viel mehr als Wikipedia, um die allgemein akzeptierten Definitionen von Entführung, Vergewaltigung oder Körperverletzung zu verstehen. Die juristischen Definitionen waren komplizierter. Die meisten Staaten benutzten den übergeordneten Begriff der sexuellen Nötigung für entsprechende Sexualvergehen, deshalb konnte eine Anklage wegen sexueller Nötigung von einem unerwünschten Griff an den Hintern bis zur brutalen Vergewaltigung alles beinhalten.

Manche Bundesstaaten teilten die Schwere eines Verbrechens durch Grade ein. *Ersten Grades* wog am schwersten, dahinter kamen die geringeren Vergehen, meist noch durch das Wesen der Tat unterschieden – von Penetration über Zwang bis zu unfreiwilliger Berührung. Wenn eine Waffe benutzt wurde, wenn das Opfer ein Kind war, der Polizei angehörte oder geistig behindert war, galt die Tat als Kapitalverbrechen.

Der Staat Florida benutzte den Begriff *sexueller Übergriff*, wie grässlich oder weniger grässlich die Tat auch gewesen sein mochte – solange man kein reicher Pädophiler mit Verbindungen in die Politik war, lautete die Anklage immer auf schwere Straftat und konnte zu einer lebenslangen Freiheitsstrafe führen. In Kalifornien konnte einen ein *geringfügiger sexueller Übergriff* für sechs Monate in ein Bezirksgefängnis bringen. Die Strafe für einen *schweren sexuellen Übergriff* rangierte zwischen einem Jahr im Bezirksknast und vier Jahren im Schwerverbrechergefängnis.

Der Staat Georgia lag insofern auf der Linie der meisten anderen Staaten, als *sexuelle Nötigung* alles von Berührung ohne Einverständnis bis zu ausgeübter Nekrophilie umfasste. *Schwere Nötigung* bedeutete, dass eine Schusswaffe oder eine andere gefährliche Waffe eingesetzt wurde. Wer eine *schwere sexuelle Nötigung* beging, penetrierte das Sexualorgan oder den Anus einer anderen Person absichtlich und ohne Einverständnis dieser Person mit einem Fremdgegenstand. Die Strafe für dieses Vergehen allein konnte auf lebenslänglich lauten oder auf fünfundzwanzig Jahre, gefolgt von lebenslanger Bewährung. So oder so war eine lebenslange Aufnahme in das Sexualstraftäterregister obligatorisch. Falls man noch kein hartgesottener Verbrecher war, wenn man in das System geriet, so war man mit Sicherheit einer, sobald man es verließ.

Leigh fand das Foto von Andrew Tenant, das man bei seiner Inhaftierung aufgenommen hatte.

Trevor.

Es war die Form seines Gesichts, die sie an den Jungen erinnerte, der er einmal gewesen war. Leigh hatte zahllose Abende damit verbracht, ihm vorzulesen, während sein Kopf in ihrem Schoß geruht hatte. Sie hatte immer nach unten geschielt und ihn lautlos angefleht, doch bitte einzuschlafen, damit sie für die Schule lernen konnte.

Leigh hatte schon jede Menge Verbrecherfotos gesehen. Manche Beschuldigte schoben das Kinn vor, funkelten zornig in die Kamera oder taten andere dämliche Dinge, von denen sie glaubten, sie würden sie taff erscheinen lassen, die aber bei einer Geschworenen-Jury nur die erwartbare Wirkung erzielten. Andrew versuchte, sich auf seinem Foto erkennbar nicht anmerken zu lassen, dass er Angst hatte, was verständlich war. Söhne aus wohlhabenden Familien erlebten es nicht oft, dass sie verhaftet und auf eine Polizeistation geschleift wurden. Er sah aus, als kaute er auf der Innenseite seiner Unterlippe. Seine Nasenlöcher waren leicht geweitet. Das harte Blitzlicht der Kamera verlieh seinen Augen einen künstlichen Glanz.

War dieser Mann ein brutaler Vergewaltiger? War es möglich, dass dieser kleine Junge, dem sie vorgelesen, mit dem sie gemalt und den sie durch den verschlammten Garten gejagt hatte, während er vor Lachen prustete, zu dem gleichen widerlichen Raubtier herangewachsen war wie sein Vater?

»Harleigh?«

Leigh erschrak, Papiere flogen durch die Luft, ein Schrei entfuhr ihrem Mund.

»Tut mir furchtbar leid.« Andrews Stimme klang gedämpft durch das geschlossene Fenster. »Habe ich Sie erschreckt?«

»Himmel, ja, Sie haben mich erschreckt!« Leigh raffte die losen Blätter zusammen. Ihr Herz schlug bis in die Kehle hinauf. Sie hatte vergessen, wie sich der kleine Trevor früher immer an sie herangeschlichen hatte.

Andrew versuchte es noch einmal. »Es tut mir wirklich leid.«

Sie warf ihm die Art von Blick zu, der normalerweise für die Familie reserviert war. Doch dann rief sie sich in Erinnerung, dass er jetzt ihr Mandant war. »Schon gut.«

Er war verlegen errötet und zog die Maske, die um sein Kinn hing, rasch nach oben. Sie war blau und mit einem weißen Mercedes-Logo bedruckt. Sein Aussehen hatte sich dadurch aber nicht verbessert, er wirkte wie ein Tier mit Maulkorb. Immerhin trat er zurück, damit sie die Tür öffnen konnte.

Leighs Hände zitterten wieder, als sie den Motor abstellte und die Akte zusammenklaubte. Sie war noch nie so dankbar für die paar Sekunden gewesen, die sie brauchte, um ihre Maske anzulegen. Ihre Beine fühlten sich wackelig an, als sie ausstieg. Sie dachte ständig an das letzte Mal, als sie Trevor gesehen hatte: Er hatte mit geschlossenen Augen im Bett gelegen, vollkommen ahnungslos, was das Geschehen in der Küche anging.

Andrew unternahm einen erneuten Versuch. »Guten Morgen.«

Leigh hängte sich die Handtasche um und verstaute die Akte darin. Mit ihren hohen Absätzen war sie auf Augenhöhe mit Trevor. Sein blondes Haar war nach hinten gekämmt. Brust und Arme waren vom Fitnesstraining gestählt, aber er hatte die kurze Taille und die mittlere Größe seines Vaters. Leigh runzelte die Stirn über seinen Anzug, der exakt so war, wie man es bei einem Mercedes-Händler erwarten würde – zu blau, zu körpernah geschnitten, zu schick. Ein Mechaniker oder Klempner in der Jury würde diesen Anzug sehen und seinen Träger hassen.

»Äh ...« Andrew zeigte auf den großen Becher von Dunkin' Donuts, den er auf ihr Autodach gestellt hatte. »Ich habe Ihnen Kaffee mitgebracht, aber das kommt mir jetzt wie eine schlechte Idee vor.«

»Danke«, sagte sie, als befänden sie sich nicht mitten in einer tödlichen Pandemie.

»Es tut mir so leid, dass ich Sie erschreckt habe, Har... Leigh. Ja, ich sollte Sie Leigh nennen. So wie Sie mich Andrew nennen sollten. Wir sind jetzt beide andere Menschen.«

»Das sind wir in der Tat.« Leigh musste ihr Unbehagen in den Griff bekommen. Sie versuchte, sich auf vertrautes Terrain zu begeben. »Ich habe gestern Abend einen Eilantrag bei Gericht gestellt, um mich als Ihren Rechtsbeistand einsetzen zu lassen. Octavia ist bereits als eingetragene Anwältin zurückgetreten, deshalb sollte die Genehmigung nur eine Formsache sein. Richter mögen solche Aktionen auf den letzten Drücker nicht. Wir werden auf keinen Fall einen Aufschub bekommen. Angesichts von Corona müssen wir bereit sein, jederzeit loszulegen. Wenn das Gefängnis wegen eines Ausbruchs dichtmacht oder wenn es wieder zu Personalknappheit kommt, müssen wir sofort bereitstehen. Andernfalls könnten wir unser Zeitfenster verlieren, und unser Fall würde auf nächste Woche oder nächsten Monat verschoben.«

»Danke.« Er nickte einmal, als hätte er nur darauf gewartet, bis er an der Reihe war zu sprechen. »Mom lässt sich entschuldigen, jeden Montagmorgen ist ein Meeting des gesamten Unternehmens. Sid ist schon drin. Ich dachte, ich könnte mich eine Minute mit Ihnen allein unterhalten, wenn es Ihnen recht ist.«

»Natürlich.« Leighs Nervosität wuchs wieder. Er würde nach seinem Vater fragen. Sie nahm den Kaffee vom Wagendach, damit sie einen Grund hatte, sich abzuwenden. Sie spürte die Hitze des Getränks durch den Pappbecher hindurch. Beim Gedanken, davon zu trinken, steigerte sich ihr Unwohlsein.

»Haben Sie ...« Andrew zeigte auf die Akte, die sie in ihre Handtasche geschoben hatte. »Haben Sie das schon gelesen?«

Leigh nickte, da sie ihrer Stimme nicht traute.

»Ich habe es nicht bis zum Ende geschafft. Es ist wirklich schlimm, was Tammy zugestoßen ist. Ich dachte, wir hätten uns auf Anhieb gut verstanden. Ich weiß nicht, warum sie mir das antut. Sie hat nett gewirkt. Man unterhält sich nicht achtundneunzig Minuten lang mit jemandem, wenn man ihn für ein Monster hält.«

Die konkrete Zeitangabe war seltsam, aber er hatte Leigh einige dringend benötigte Stichworte geliefert. Sie ließ die unzusammenhängenden Worte aus der Zusammenfassung in seiner Akte neu aufleben – *Tammy Karlsen. Comma Chameleon. Fingerabdrücke. Überwachungskameras.*

Tammy Karlsen war das Opfer. Vor der Pandemie war Comma Chameleon eine angesagte Single-Bar in Buckhead gewesen. Die Polizei hatte Andrews Fingerabdrücke irgendwo gefunden, wo sie nicht hätten sein sollen. Man hatte außerdem Aufnahmen von Überwachungskameras.

Leigh fügte aus dem Gedächtnis ein Detail hinzu, das Cole Bradley gestern Abend weitergegeben hatte. »Sidney ist Ihr Alibi für den Zeitpunkt der Vergewaltigung?«

»Wir hatten damals keine feste Beziehung, aber ich kam von der Bar nach Hause, und sie hat vor meiner Tür gewartet.« Er hob abwehrend die Hände. »Ich weiß, das klingt wie bestellt, oder? Sid taucht genau an dem Abend bei mir auf, an dem ich ein Alibi brauche. Aber es ist die Wahrheit.«

Leigh wusste, dass sowohl die besten als auch die schlechtesten Alibis nach einem unwahrscheinlichen Zufall klingen konnten. Trotzdem, sie war nicht hier, um an Andrew Tenant zu glauben. Sie war hier, um ihm ein »Nicht schuldig« zu verschaffen. »Wann haben Sie sich verlobt?«

»Am 10. April letzten Jahres. Wir waren zwei Jahre lang mehr oder weniger fest liiert, aber mit der Verhaftung und der Pandemie und alledem sind wir enger zusammengewachsen.«

»Klingt romantisch.« Leigh bemühte sich, nicht wie die Anwältin zu klingen, die die ersten Monate der Pandemie dadurch überlebt hatte, dass sie Dutzende von einvernehmlichen Corona-Scheidungen übernommen hatte. »Haben Sie den Termin schon festgesetzt?«

»Mittwoch, bevor am Donnerstag die Geschworenenauswahl beginnt. Es sei denn, Sie sind überzeugt, dass Sie es schaffen, die Klage abweisen zu lassen.«

Der hoffnungsvolle Ton in seiner Stimme beförderte sie augenblicklich in die Küche der Waleskis zurück, wenn Trevor gefragt hatte, ob seine Mutter bald nach Hause käme. Sie hatte ihn damals nicht belogen, und sie durfte ihn auf keinen Fall jetzt belügen. »Nein, diese Sache wird sich nicht von allein erledigen. Man wird Sie belangen. Wir können uns nur bestmöglich darauf vorbereiten, uns zu wehren.«

Er nickte und kratzte an seiner Maske. »Es ist wohl dumm von mir, zu glauben, dass ich eines Tages aufwachen werde und dieser Albtraum ist vorbei.«

Leigh vergewisserte sich mit einem Blick, dass sie allein auf dem Parkplatz waren. »Andrew, wir konnten gestern vor Sidney und Linda nicht in die Einzelheiten gehen, aber Mr. Bradley hat Ihnen erklärt, dass es weitere Fälle gibt, die die Staatsanwaltschaft wahrscheinlich eröffnen wird, wenn Sie sich schuldig bekennen.«

»Ja.«

»Und er hat Ihnen auch gesagt, dass diese anderen Fälle selbst dann, wenn Sie Ihren Prozess verlieren …«

»Cole hat außerdem gesagt, dass Sie im Gerichtssaal keine Gnade kennen.« Andrew zuckte mit den Achseln, als wäre nichts weiter nötig. »Er hat zu Mom gesagt, er hat Sie eingestellt, weil Sie eine der besten Strafverteidigerinnen der Stadt sind.«

Cole Bradley war durch und durch verlogen. Er wusste nicht einmal, auf welchem Stockwerk Leigh arbeitete. »Und ich bin außerdem brutal ehrlich. Wenn das Verfahren schlecht ausgeht, haben Sie eine langjährige Haftstrafe zu erwarten.«

»Sie haben sich kein bisschen verändert, Harleigh. Sie legen immer alle Karten auf den Tisch. Deshalb wollte ich unbedingt mit Ihnen arbeiten.« Andrew war noch nicht fertig. »Wissen Sie, das Traurige dabei ist, dass mich die MeToo-Bewegung wirklich wachgerüttelt hat. Ich strenge mich mächtig an, auf der Seite der Frauen zu stehen. Wir sollten ihnen glauben, aber das hier … es ist gewissenlos. Falsche Anschuldigungen schaden nur anderen Frauen.«

Leigh nickte, auch wenn sie seine Worte in keiner Weise überzeugend fand. Das Problem bei Vergewaltigungsfällen war, dass ein schuldiger Mann im Allgemeinen genug über die vorherrschende öffentliche Meinung wusste, um das Gleiche zu sagen wie ein unschuldiger. Schon bald würde Andrew von einem »fairen Verfahren« reden, ohne sich klarzumachen, dass es sich bei dem, was er im Augenblick erlebte, um genau das handelte.

»Gehen wir hinein«, sagte sie.

Andrew trat beiseite, damit sie vorauslaufen konnte. Auf dem Weg ins Gebäude versuchte Leigh, einen klaren Kopf zu bekommen. Sie musste unbedingt aufhören, sich wie ein typischer Verbrecher zu benehmen. Als Strafverteidigerin wusste sie, dass ihre Mandanten nicht deshalb gefasst wurden, weil die Cops allesamt Meisterermittler waren. Ihre eigene Dummheit oder aber ihr schlechtes Gewissen brachte sie in den meisten Fällen in Schwierigkeiten. Entweder sie prahlten vor den falschen Leuten mit ihrer Tat oder vertrauten sich den falschen Leuten an und vermasselten es in den meisten Fällen selbst. Und dann brauchten sie einen Anwalt.

Leigh machte sich keine Gedanken wegen irgendwelcher Schuldgefühle, aber sie musste aufpassen, dass ihre Angst, erwischt zu werden, sie nicht am Ende verriet.

Sie nahm den Kaffeebecher in die andere Hand und wappnete sich innerlich, als sie die schadhaften Betonstufen zur Eingangstür hinaufging.

»Ich habe im Lauf der Jahre immer wieder mal nach Callie gesucht«, sagte Andrew. »In welchem Teil von Iowa lebt sie?«

Leigh spürte, wie sich ihre Nackenhaare aufstellten. Der größte Fehler, den ein Lügner machen konnte, bestand darin, zu viele exakte Angaben zu machen. »Im Nordwesten, in der Nähe von Nebraska.«

»Ich hätte gern ihre Adresse.«

Verdammt.

Andrew langte um sie herum, um die Tür zur Eingangshalle zu öffnen. Der Teppich vor der Treppe war abgetreten, die Wände abgewetzt. Innen machte das Gebäude einen noch trübsinnigeren Eindruck als von außen.

Leigh drehte sich um. Andrew hatte ein Knie gebeugt, um das Hosenbein aus seiner Fußfessel zu ziehen. Das Gerät arbeitete mit Geotargeting und verfügte über eine Senderfunktion, was seinen Mobilitätsradius auf sein Zuhause, seine Arbeit und Treffen mit seinen Anwälten beschränkte. Bewegte er sich an andere Orte, ging in der Überwachungsstation ein Alarm los. Theoretisch jedenfalls. Wie alle anderen Ressourcen in der von der Pandemie gebeutelten Stadt war das Bewährungsbüro nur dünn besetzt.

Andrew sah zu ihr hinauf und fragte: »Warum eigentlich Iowa?«

Darauf zumindest war Leigh vorbereitet. »Sie hat sich in einen Mann verliebt. Wurde schwanger. Hat geheiratet. Wurde ein zweites Mal schwanger.«

Sie blickte auf die Hinweistafel. Die Büros von Reginald Paltz & Partner befanden sich im Obergeschoss.

Wieder ließ Andrew sie vorausgehen. »Ich wette, Callie ist eine fantastische Mutter. Sie war immer so süß zu mir, fast wie eine Schwester.«

Leigh biss die Zähne zusammen, als sie um die Ecke bogen. Sie kam nicht dahinter, ob Andrews Fragen normalem Interesse entsprangen oder übergriffig waren. Er war als Kind so leicht zu durchschauen gewesen – unreif für sein Alter, leichtgläubig, problemlos zu manipulieren. Jetzt blieb Leighs ansonsten hochentwickeltes Bauchgefühl bei ihm vollkommen auf der Strecke.

»In der nordwestlichen Ecke ...«, sagte er. »Ist das dort, wo die Sturmfront zugeschlagen hat?«

Sie drückte den Kaffeebecher so kräftig, dass der Deckel beinahe absprang. Hatte er letzte Nacht alles über Iowa gelesen, was im Internet zu finden war? »Sie hatten ein paar Überschwemmungen, aber sonst ist alles in Ordnung.«

»Hat sie damals noch länger Cheerleading gemacht?«

Leigh drehte sich am oberen Ende der Treppe um. Sie musste diesem Gespräch eine neue Richtung geben, bevor er ihr weiter Worte in den Mund legte. »Ich habe ganz vergessen, dass ihr nach Buddys Verschwinden weggezogen seid.«

Er war stehen geblieben und blinzelte schweigend zu ihr herauf.

Etwas an seinem Gesichtsausdruck wirkte eigenartig, auch wenn es schwer zu sagen war, da sie wegen der Maske nur seine Augen sah. Sie ging die Unterhaltung im Gedächtnis noch einmal durch und versuchte dahinterzukommen, wo sie eine falsche Richtung genommen haben könnte. Benahm er sich sonderbar? Oder lag es an ihr?

»Wohin seid ihr gezogen?«, fragte Leigh.

Er rückte seine Maske zurecht und klemmte sie auf dem Nasenrücken fest. »Tuxedo Park. Wir haben bei meinem Onkel Greg gewohnt.«

Tuxedo Park war eins der ältesten und wohlhabendsten Viertel von Atlanta. »Sie waren also ein richtiger *Prinz von Bel Air*.«

»Das können Sie laut sagen.« Sein Lachen klang gezwungen.

Tatsächlich wirkte alles an ihm gezwungen. Leigh hatte mit genügend Kriminellen gearbeitet, um ein inneres Warnsystem zu entwickeln. Das leuchtete jetzt grellrot auf, während Andrew seine Maske wieder zurechtrückte. Er war absolut nicht zu deuten. Sie hatte noch nie jemanden mit einem so leeren, nichtssagenden Ausdruck in den Augen erlebt.

»Vielleicht kennen Sie die Geschichte nicht, aber Mom war sehr, sehr jung, als sie Dad kennenlernte. Ihre Eltern haben ihr ein Ultimatum gestellt: Wir unterschreiben die nötigen Formulare, damit du heiraten kannst, aber wenn du es tatsächlich durchziehst, enterben wir dich.«

Leigh blieb vor Überraschung fast der Mund offen stehen. Das gesetzliche Mindestalter für eine Heirat mit Zustimmung der Eltern war sechzehn. Als Teenager hatte sie alle Erwachsenen für alt angesehen, aber jetzt wurde ihr klar, dass Buddy mindestens doppelt so alt wie Linda gewesen sein musste.

»Die Mistkerle haben ihre Drohung wahr gemacht. Sie haben Mom im Stich gelassen. Sie haben *uns* im Stich gelassen«, sagte Andrew. »Grandpa besaß damals nur eine Autohandlung, aber sie hatten jede Menge Geld. Genug, um uns das Leben zu erleichtern. Niemand hat aber auch nur einen Finger gerührt. Erst als Dad fort war, kam Onkel Greg angeschwebt und sprach von Vergebung und all diesem religiösen Mist. Er war es auch, der uns gezwungen hat, unseren Nachnamen zu ändern. Wussten Sie das?«

Leigh schüttelte den Kopf. Gestern Abend hatte er es so hingestellt, als wäre es ihre freie Entscheidung gewesen.

»Dads Verschwinden hat unser Leben zerstört. Wer immer ihn dazu gebracht hat abzuhauen, der sollte einmal selbst erleben, wie das damals für uns war.«

Leigh schluckte einen Schwall Paranoia.

»Jedenfalls hat sich alles zum Guten entwickelt.« Andrew lachte selbstironisch. »Bis jetzt.«

Er verfiel wieder in Schweigen, als er die letzten Stufen der Treppe nahm. Seine Stimme hatte zornig geklungen, aber er hatte die Regung schnell unter Kontrolle gebracht. Leigh kam der Gedanke, dass ihre Schuldgefühle hier vielleicht doch keine Rolle spielten. Andrew konnte sich aus ganz eigenen Gründen unwohl in ihrer Gegenwart fühlen. Er glaubte wahrscheinlich, dass sie ihn testen wollte, seine Schuld oder Unschuld abzuwägen versuchte. Er wollte, dass sie ihn für einen anständigen Menschen hielt, damit sie engagierter für ihn kämpfte.

Er vergeudete seine Zeit. Leigh dachte selten über Schuld oder Unschuld nach. Die meisten ihrer Mandanten waren so schuldig wie nur was. Manche waren nett. Manche waren Arschlöcher. Nichts davon spielte eine Rolle, denn Justitia war blind – außer bei der Farbe von Geldscheinen. Andrew Tenant verfügte über alle Möglichkeiten, die er mit dem Geld seiner Familie kaufen konnte: Privatdetektive, forensische Experten und jeden anderen, dem man einen finanziellen Anreiz bieten wollte, eine Jury von Andrews Makellosigkeit zu überzeugen. Eine Lektion hatte Leigh bei ihrer Tätigkeit für Bradley, Canfield & Marks gelernt: Es war besser, schuldig und reich zu sein als unschuldig und arm.

Andrew zeigte auf die geschlossene Tür am Ende des Flurs. »Er ist da ...«

Das unverkennbare, heisere Lachen von Sidney Winslow hallte ihnen entgegen.

»Sorry. Sie kann sehr laut sein.« Andrews Wangen röteten sich ein wenig über der Maske, aber er sagte: »Nach Ihnen.«

Leigh rührte sich nicht. Sie musste sich einmal mehr in Erinnerung rufen, dass Andrew keine Ahnung hatte, welche Rolle sie in Wirklichkeit beim Verschwinden seines Vaters gespielt hatte. Nur ein dummer Fehler ihrerseits konnte dazu führen, dass er anfing, Fragen zu stellen. Welche Alarmsirenen Andrew auch immer auslösen mochte, sie rührten höchstwahrscheinlich daher, dass er sehr wohl ein Vergewaltiger sein konnte.

Und Leigh war seine Anwältin.

Sie setzte zu der Erklärung an, die sie ihm schon auf dem Parkplatz hätte geben sollen. »Ihnen ist klar, dass Octavia Baccas Kanzlei Mr. Paltz für die Ermittlungen engagiert hat. Und jetzt hat ihn Bradley, Canfield & Marks angeheuert, damit er an dem Fall dranbleibt, richtig?«

»Na ja, ich habe Reggie an Bord geholt, aber: Ja, es ist mir klar.«

Leigh würde sich mit der Reggie-Sache später beschäftigen. Im Augenblick musste sie dafür sorgen, dass Andrews Arsch abgesichert war. »Dann verstehen Sie auch, dass eine Anwaltskanzlei einen Ermittler engagiert und der Mandant es nicht selbst tut, weil jedes Gespräch, das wir über die Strategie oder einen juristischen Rat führen, in meinen Arbeitsvorgang fällt und damit der Schweigepflicht unterliegt. Das bedeutet, die Staatsanwaltschaft kann den Privatdetektiv nicht zu einer Aussage darüber zwingen, was wir besprochen haben.«

Andrew nickte, bevor sie zu Ende gesprochen hatte. »Ja, ich verstehe.«

Leigh bemühte sich, sehr behutsam zu sein, als sie fortfuhr. Zufällig war sie darin eine Art Expertin. »Für Sidney gilt dieses Privileg nicht.«

»Richtig, aber wir werden vor dem Prozess heiraten, dann hat sie es.«

Leigh wusste aus Erfahrung, dass zwischen heute und dem Prozessbeginn noch eine Menge passieren konnte. »Aber Sie sind derzeit nicht verheiratet, deshalb ist alles, was Sie *jetzt* mit ihr besprechen, nicht geschützt.«

Sie hätte nicht sagen können, ob Andrew sie aus Angst oder echter Verblüffung so erschrocken ansah.

»Selbst nachdem Sie verheiratet sind, ist es knifflig«, erklärte Leigh. »In Georgias Strafprozessrecht haben Ehegatten ein Zeugnisverweigerungsrecht – sie können nicht gezwungen werden, gegeneinander auszusagen –, und sie haben außerdem das Privileg der vertraulichen Kommunikation, was bedeutet, Sie können Ihre Ehepartnerin daran hindern, über etwas auszusagen, das Sie im Rahmen Ihrer ehelichen Kommunikation erwähnt haben.«

Er nickte, aber sie merkte ihm an, dass er es nicht ganz verstanden hatte.

»Wenn Sie und Sidney also verheiratet sind und Sie sind eines Abends allein in Ihrer Küche und sagen zu ihr: ›Hey, ich finde, ich sollte keine Geheimnisse vor dir haben, deshalb sollst du wissen, dass ich ein Serienmörder bin‹, dann könnten Sie sich auf vertrauliche Kommunikation berufen, und sie dürfte nicht aussagen.«

Andrew hörte jetzt genau zu. »Und wo wird es knifflig?«

»Wenn Sidney zu einer Freundin sagt: ›Es klingt verrückt, aber Andrew hat mir erzählt, dass er ein Serienmörder ist‹, dann kann diese Freundin in den Zeugenstand gerufen werden, um eine Aussage zu machen, die auf Hörensagen beruht.«

Der untere Teil seiner Maske bewegte sich. Er kaute auf seiner Lippe.

Leigh ließ die Bombe platzen, die sie schon ticken hörte, seit sie Sidneys Lederaccessoires und Piercings gesehen hatte. »Oder sagen wir, Sidney hat einer Freundin erzählt, dass Sie etwas Ausgefallenes im Bett gemacht haben. Und diese ausgefallene Praktik ähnelt irgendwie dem, was dem Opfer angetan wurde. Dann könnte diese Freundin darüber aussagen, und der Staatsanwalt könnte behaupten, es zeige ein Verhaltensmuster.«

Andrew schluckte schwer. Seine Besorgnis war beinahe mit Händen zu greifen. »Dann sollte ich Sid also sagen …«

»Als Ihre Anwältin darf ich Ihnen nicht raten, was Sie sagen sollen. Ich kann Ihnen nur die Rechtslage erklären, damit Sie die Konsequenzen verstehen.« Sie hielt kurz inne. »Verstehen Sie die Konsequenzen?«

»Ja, ich verstehe sie.«

»Hey!« Sidney trampelte in klobigen Kampfstiefeln auf sie zu und trug eine schwarze, mit Chromnieten verzierte Maske. Sie wirkte heute eine Spur weniger gothic, strahlte aber immer noch eine unberechenbare Energie aus. Leigh konnte sich gut vorstellen, dass sie in diesem Alter auch so ausgesehen hätte, was gleichermaßen ärgerlich wie deprimierend war.

Andrew sagte: »Wir haben gerade …«

»Über Callie gesprochen?« Sidney wandte sich an Leigh. »Ich schwöre, er ist wie besessen von Ihrer Schwester. Wussten Sie, dass er sie total anghimmelt hat? Hat er es Ihnen erzählt?«

Leigh schüttelte den Kopf, nicht, um zu verneinen, sondern weil sie ihr doofes Gehirn irgendwie klarkriegen musste. Natürlich war Andrew immer noch in Callie verknallt. Deshalb fing er auch ständig von ihr zu reden an.

Sie versuchte, das Gespräch von ihrer Schwester abzulenken, und fragte Andrew: »Woher kennen Sie Reggie Paltz?«

»Wir sind Freunde seit ...« Er zuckte mit den Achseln, weil er im Moment gar nicht auf Leigh fokussiert war, sondern über das nachdachte, was sie ihm über das eheliche Privileg erzählt hatte.

Sidney nahm seine Anspannung wahr und fragte ihn: »Was ist los, Baby? Ist noch etwas passiert?«

Leigh musste und wollte bei dem bevorstehenden Gespräch nicht anwesend sein. »Ich fange schon mal mit dem Ermittler an, während Sie beide sich unterhalten.«

Sidney zog übertrieben eine Augenbraue hoch. Leighs Tonfall hatte offenbar kühler als beabsichtigt geklungen. Sie bemühte sich, nichts als Neutralität auszustrahlen, als sie im Flur an der jungen Frau vorbeiging und gegen den Drang ankämpfte, jedes einzelne Detail an ihr aufzulisten, das sie ärgerlich fand. Sie hatte nicht die geringsten Zweifel, dass Sidney mit ihren Freunden über Andrew sprach. Wenn man so jung und so dumm war, war Sex alles, was man zu seinen Gunsten in die Waagschale werfen konnte.

»Komm, Andy.« Sidney schaltete um auf ihre Blowjob-Stimme. »Was ist los mit dir, Baby? Warum siehst du so aufgebracht aus?«

Leigh schloss die Tür hinter sich und fand sich in einem engen Vorzimmer wieder: keine Sekretärin, kein Stuhl. Auf einer Seite war eine Teeküche. Sie schüttete den Kaffee in den Ausguss und warf den Becher dann in den Abfalleimer. Die Küche bot die übliche Ausstattung: Kaffeemaschine, Wasserkocher, Handdesinfektionsmittel, ein Stapel Einwegmasken. Eine offene Tür führte in einen kurzen Gang, aber Leigh wollte erst einen genaueren Eindruck gewinnen, bevor sie Reggie Paltz kennenlernte.

Weiße Wände. Dunkelblauer Teppichboden. Rauputzdecke. Die Bilder waren nicht professionell genug, um etwas anderes als Urlaubsfotos zu sein: ein Sonnenaufgang über einem Tropenstrand, Hunde, die einen Schlitten über die Tundra zogen, schneebedeckte Berggipfel, die Terrassen von Machu Picchu. Ein ramponierter Lacrosse-Schläger hing über einem schwarzen zweisitzigen Ledersofa an der Wand. Alte Ausgaben der Zeitschrift *Fortune* waren auf dem gläsernen Kaffeetischchen aufgefächert. Ein blauer Batikteppich direkt aus dem Büroausstattungskatalog lag wie eine Briefmarke unter der Glasplatte.

Jünger, als sie gedacht hatte. Und gebildet – Lacrosse spielen lernte man nicht in der Sozialsiedlung. Definitiv kein Polizist. Wahrscheinlich geschieden. Keine Kinder – die Unterhaltszahlungen hätten exotische Urlaubsziele ausgeschlossen. Ein College-Sportler, der an seinem früheren Ruhm festhielt. Wahrscheinlich ein nicht abgeschlossenes Masterstudium in seinen College-Zeugnissen. Daran gewöhnt, Geld in der Tasche zu haben.

Leigh bediente sich am Desinfektionsmittel, ehe sie nach hinten durchging.

Reggie Paltz saß an einem Schreibtisch, der vom *Resolute Desk* im Weißen Haus inspiriert war. Sein Büro war asketisch möbliert: eine weitere Ledercouch an einer Wand und zwei nicht zusammenpassende Sessel vor dem Schreibtisch. Er hatte die obligatorische lederne Schreibunterlage und die maskulinen Accessoires eines jeden Mannes, der ein eigenes Büro unterhielt, bis hin zu einem Briefbeschwerer aus farbigem Glas, einem personalisierten Etui für Visitenkarten und dem exakt gleichen silbernen Tiffany-Brieföffner, den Leigh vor ein paar Jahren zu Weihnachten für Walter gekauft hatte.

»Mr. Paltz?«, sagte sie.

Er stand von seinem Schreibtisch auf. Keine Maske, deshalb konnte sie eine einst scharf geschnittene Kinnpartie sehen, die schon ein wenig schlaff wurde. Leigh hatte mit ihrer spontanen

Einschätzung nicht weit danebengelegen. Er war Mitte dreißig, hatte ein gepflegtes Ziegenbärtchen und eine verwegene Haartolle wie der junge Hugh Grant im bereits schütter werdenden dunklen Haar. Er trug Khakis und ein hellgraues Hemd mit Button-Down-Kragen. Ein schmales Goldkettchen um den stämmigen Hals. Er musterte sie einmal von Kopf bis Fuß, eine sachkundige Bewertung vom Gesicht über den Busen bis zu den Beinen, die Leigh schon seit der Pubertät über sich ergehen ließ. Er machte den Eindruck eines gut aussehenden Arschlochs, war aber nicht der Typ von gut aussehendem Arschloch, auf den Leigh stand.

»Mrs. Collier.« In normalen Zeiten hätten sie sich die Hände geschüttelt. Jetzt behielt er sie in den Taschen. »Nennen Sie mich Reggie. Nett, Sie endlich kennenzulernen.«

Jeder Muskel in Leighs Körper erstarrte, als sie das *Mrs.* und das *endlich* registrierte. Sie hatte es so eilig gehabt, sich zu überlegen, wie sie aus diesem beschissenen Fall wieder herauskam, dass sie keinen einzigen Gedanken daran verschwendet hatte, wie sie überhaupt hineingeraten war.

Mrs. hatte er gesagt.

Leigh hatte Walters Nachnamen angenommen, als sie in der College-Zeit geheiratet hatten. Sie hatte sich nicht die Mühe gemacht, wieder ihren Mädchennamen anzunehmen, da sie sich auch nicht die Mühe gemacht hatte, sich von ihm scheiden zu lassen. Drei Jahre vor ihrem Kennenlernen hatte sie ihren Vornamen amtlich von Harleigh zu Leigh geändert.

Woher also wusste Andrew, dass er nach Leigh Collier fragen musste? Seines Wissens nach hätte sie immer noch Harleigh heißen und den Nachnamen ihrer Mutter tragen müssen. Leigh hatte all die Jahre sehr sorgsam darauf geachtet, dass man sich gewaltig anstrengen musste, wenn man ihre Vergangenheit mit ihrer Gegenwart in Verbindung bringen wollte.

Das führte zu der noch wichtigeren Frage, wie Andrew überhaupt herausgefunden hatte, dass Leigh Anwältin war. Sicher, die Familie Tenant kannte Cole Bradley, aber Cole Bradley hatte bis vor zwölf Stunden gar nichts von Leigh gewusst.

Endlich hatte er gesagt.

Andrew musste Paltz engagiert haben, um nach ihr zu suchen. Er war froh, sie endlich zu treffen, nachdem er sich ein Bein ausgerissen und gründlich recherchiert hatte, bis er mitten in Leighs Leben gelandet war. Und wenn er wusste, wie Harleigh zu Leigh geworden war, dann wusste er wohl auch über Walter und Maddy Bescheid und über …

Callie.

»Tut mir leid, Leute.« Andrew schüttelte den Kopf, als er ins Büro kam. Er ließ sich auf die niedrige Couch fallen. »Sid ist unten im Wagen. Das lief gerade nicht so gut.«

Reggie verzog das Gesicht. »Tut es das je, Mann?«

Leigh bekam weiche Knie und sank in den Sessel, der der Tür am nächsten war. Schweiß lief ihr über den Rücken. Sie sah, wie Andrew seine Maske aufs Kinn herunterzog. Er tippte in sein Smartphone. »Sie fragt jetzt schon, wie lange es dauern wird.«

Reggies Stuhl quietschte, als er sich wieder setzte. »Sag ihr, sie soll verdammt noch mal die Schnauze halten.«

»Danke für den Rat. Das wird sie bestimmt besänftigen.« Andrews Daumen bewegte sich über den Schirm. Eine Gefühlsregung war endlich durch seine unergründliche Fassade gedrungen. Er war sichtlich besorgt. »Scheiße. Sie ist echt wütend.«

»Mann, hör auf, ihr zu antworten.« Reggie weckte seinen Laptop. »Wir verbrennen hier gerade im großen Stil das Geld deiner Mutter.«

Leigh nahm ihre Maske ab. Das *Mrs.* und das *endlich* spukten ihr weiter durch den Kopf. Sie musste sich räuspern, bevor sie ein Wort herausbrachte. »Wie haben Sie beide sich kennengelernt?«

Reggie übernahm die Antwort. »Andrew hat mir meinen ersten Mercedes verkauft. Wann war das, Alter, vor drei, vier Jahren?«

Leigh räusperte sich noch einmal und wartete ab, aber Andrew war noch immer mit seinem Handy beschäftigt.

»Ist das so?«, fragte sie schließlich.

»Klar, der Typ hier war ein gottverdammter Zuchthengst, bis Sid ihn mit diesem Verlobungsring kastriert hat.« Er fing einen scharfen Blick von Andrew auf, wechselte abrupt in einen geschäftsmäßigen Ton und sagte zu Leigh: »Ich habe heute Morgen von Ihrer Assistentin den Verschlüsselungscode für den Server Ihrer Kanzlei erhalten. Bis zum Nachmittag werde ich alles für Sie hochgeladen haben.«

Leigh zwang sich zu nicken. Sie versuchte, mit rationalem Nachdenken aus ihrer Paranoia zu finden. Das *Mrs.* kam daher, dass er seine Hausaufgaben gemacht hatte. Es war nicht ungewöhnlich, dass Mandanten mit hohem Einkommen sich vergewisserten, mit wem sie es zu tun hatten. Das *endlich* bedeutete ... alles Mögliche. Die einfachste Erklärung war die gleiche wie für das *Mrs.*: Andrew hatte Reggie beauftragt, Nachforschungen über sie anzustellen – über ihre Familie, ihr Leben –, und nun traf er Leigh endlich persönlich, nachdem er so viel über sie gelesen hatte.

»Tut mir leid, Leute.« Andrew stand auf, den Blick noch immer aufs Handy gerichtet. »Ich sehe lieber mal nach ihr.«

»Verlang deine Eier zurück.« Reggie schüttelte Leigh zuliebe den Kopf. »Der Typ benimmt sich, als wäre er in der Highschool mit dieser Schnepfe.«

Leigh spürte wieder das unwillkommene Zittern in den Händen, als Reggie sich über seinen Laptop beugte. Die einfachste Erklärung beantwortete aber immer noch nicht die wichtigste Frage: Wie hatte Andrew sie überhaupt gefunden? Er sah sich einer Anklage wegen Vergewaltigung gegenüber, und sein Geschworenenprozess sollte in einer Woche beginnen. Es ergab einfach keinen Sinn, dass er mittendrin plötzlich nach der Babysitterin suchte, die vor über zwei Jahrzehnten auf ihn aufgepasst hatte.

Warum schrillten noch immer sämtliche Alarmglocken bei ihr?

»Mrs. Collier?« Reggie hatte ihr den Kopf zugewandt. »Alles in Ordnung mit Ihnen?«

Leigh musste diese emotionale Achterbahnfahrt beenden. Walter hatte sich seit jeher bei ihr nur über eine einzige Eigenschaft beschwert, und das war genau die, die Leigh zur Überlebenskünstlerin machte: Ihre Persönlichkeit veränderte sich ständig, ganz abhängig davon, wen sie vor sich hatte. Sie war Sweetheart oder Mutter, Ehefrau oder Anwältin, *Baby* oder *du verdammtes Luder* und sehr selten einfach Harleigh. Alle bekamen ein anderes Stück von ihr ab, aber niemand bekam das große Ganze.

Reggie Paltz lief heiß, also musste Leigh eiskalt bleiben.

Sie griff in die Handtasche, holte ihr Notizbuch und Andrews Fallakte hervor und klickte mit ihrem Kugelschreiber. »Meine Zeit ist begrenzt, Mr. Paltz. Mein Boss will bis morgen Nachmittag einen kompletten Überblick. Lassen Sie uns die Fakten rasch durchgehen.«

»Nennen Sie mich Reggie.« Er drehte seinen Laptop, sodass sie beide das Bild auf dem Schirm sahen: ein Nachtclubeingang, ein Neonschild mit einem großen Komma, gefolgt von dem Wort *Chameleon*. »Die Überwachungskameras haben Andrew bei so ziemlich allem außer beim Scheißen erfasst. Ich habe es zusammengeschnitten. Hat volle sechs Stunden gedauert, aber es ist ja Lindas Geld.«

Leigh setzte den Kugelschreiber aufs Papier. »Ich bin bereit.«

Er startete das Video. Der Datumstempel zeigte den 2. Februar 2020 an, knapp einen Monat, bevor die Pandemie alles lahmgelegt hatte. »Die Kameras haben eine Auflösung von viertausend Pixel, deshalb sieht man jeden Krümel Erde auf dem Boden. Das hier ist Andrew am frühen Abend. Er hat mit ein paar Bräuten gesprochen, mit einer oben auf dem Dachgarten, mit einer anderen in der unteren Bar. Die Kleine vom Dach hat

Andy ihre Nummer gegeben. Ich habe sie ausfindig gemacht, aber die wollen Sie garantiert nicht im Zeugenstand haben. Sobald sie dahinterkam, warum ich mit ihr spreche, hat sie mit dieser ganzen Hashtag-Scheiße losgelegt und sich in eine rasende Furie verwandelt.«

Leigh sah auf ihren Notizblock. Sie hatte auf Autopilot geschaltet, als sie die Einzelheiten festhielt. Gerade war sie im Begriff umzublättern, als ihre Hand jäh innehielt.

Das *Mrs.* ...

Ihr Ehering. Sie hatte ihn nie abgenommen, obwohl sie schon seit vier Jahren von Walter getrennt lebte. Sie öffnete leicht die Lippen und ließ etwas von ihrer Anspannung entweichen.

»Hier.« Reggie zeigte auf den Schirm. »Da trifft Andrew zum ersten Mal Tammy Karlsen. Sie hat eine nette Figur. Das Gesicht bringt's weniger.«

Leigh überging die beiläufige frauenfeindliche Bemerkung und richtete den Blick auf das Video. Sie sah Andrew auf einer niedrigen Bank mit einer zierlich wirkenden Frau sitzen, die der Kamera den Rücken zuwandte. Ihr braunes Haar war schulterlang, und sie trug ein tailliertes Kleid mit dreiviertellangen Ärmeln. Sie drehte den Kopf, als sie nach ihrem Drink auf dem Tisch griff, und lachte dabei über etwas, was Andrew gesagt hatte. Im Profil war Tammy Karlsen attraktiv. Stupsnase, hohe Wangenknochen.

»Die Körpersprache sagt alles.« Reggie drückte eine Taste, um das Video in doppelter Geschwindigkeit laufen zu lassen. »Die Karlsen rutscht mit Fortschreiten des Abends immer näher an ihn heran. Etwa ab der Zehn-Minuten-Marke fängt sie an, seine Hand zu berühren, wenn sie etwas betonen will oder über einen seiner Scherze lacht.« Reggie sah zu Leigh und sagte: »Ich vermute, das war, als ihr dämmerte, dass der Name Tenant für Tenant Automotive stand. An einen Kerl mit so viel Geld würde ich mich verdammt noch mal auch ranschmeißen.«

Leigh wartete darauf, dass er fortfuhr.

Reggie verdreifachte die Geschwindigkeit und stürmte durch das Video. »Schließlich streckt Andrew den Arm über die Rückenlehne der Bank aus und fängt an, ihre Schulter zu streicheln. Man sieht, wie er auf ihre Titten hinunterstarrt, er sendet also eindeutig Signale aus, und sie fängt sie hundertprozentig auf. Nach etwa vierzig Minuten beginnt sie seinen Oberschenkel zu reiben, wie eine Stripperin beim Lapdance. So geht es dann achtundneunzig Minuten lang.«

Achtundneunzig Minuten.

Leigh erinnerte sich, dass Andrew genau diese Zahl vorhin auf dem Parkplatz genannt hatte. »Sind Sie sicher, was die Zeit angeht?«

»So sicher man sein kann. Dieses ganze Videozeug lässt sich bis auf die Metadaten hinunter fälschen, wenn man weiß, wie man es anstellen muss, aber ich habe das Rohmaterial von der Bar und nicht über die Staatsanwaltschaft bekommen.«

»Hat Andrew das Video gesehen?«

»Ich würde sagen, auf keinen Fall. Ich habe Linda eine Kopie geschickt, aber Andy ist voll im Verleugnungsmodus. Er glaubt, die ganze Sache ist bald vorbei und er bekommt sein altes Leben zurück.« Reggie spulte das Video weiter vor, bis er zu der Stelle kam, die er ihr als Nächstes zeigen wollte. »Schauen Sie, da ist es kurz nach Mitternacht. Andrew begleitet die Karlsen nach unten zum Parkservice. Er hat die Hand auf ihrem Rücken, als sie die Treppe hinuntergehen. Dann hängt sie sich bei ihm ein, bis sie beim Parkdienst sind. Während sie warten, beugt sie sich vor, und er versteht den Hinweis.«

Leigh sah, wie Andrew Tammy Karlsen auf den Mund küsste. Die Hände der Frau umfassten seine Schultern. Der Abstand zwischen ihren Körpern löste sich auf. Leigh hätte vermerken sollen, wie viele Sekunden der Kuss dauerte, aber was sie gefesselt hatte, war Andrews Gesichtsausdruck, bevor ihre Münder sich trafen.

Anspruchshaltung? Hohn?

Seine Augen waren leer und ihr Ausdruck wie immer nicht zu deuten gewesen, aber seine Lippen zuckten, der linke Mundwinkel war zu dem gleichen feixenden Grinsen nach oben gezogen, das sie noch vom kindlichen Andrew kannte, wenn er schwor, dass er den letzten Keks nicht gegessen hatte, dass er keine Ahnung hatte, wo ihre Geschichts-Hausarbeit war, dass er keinen Dinosaurier in ihr Algebra-Lehrbuch gezeichnet hatte.

Sie notierte die Zeitangabe, damit sie später auf die Stelle zurückkommen konnte.

Reggie referierte, was man ohnehin sah. »Die Parkhelfer kommen mit ihren Autos. Andrew gibt den Jungs das Trinkgeld für beide. Hier sieht man, wie die Karlsen Andy ihre Visitenkarte gibt, dann noch ein Kuss auf die Wange. Sie steigt in ihren BMW, er in seinen Mercedes. Sie biegen in dieselbe Richtung ab, auf der Wesley Richtung Norden. Nicht der beste Weg für ihn, um nach Hause zu kommen, aber immerhin ein möglicher Weg.«

Leigh blendete sich aus, während Reggie jede einzelne Straße nannte, auf der die Autos fuhren, und jedes Abbiegemanöver kommentierte. Sie dachte wieder über das *endlich* in *Nett, Sie endlich kennenzulernen* nach. Leigh war am Vorabend zu dem Fall hinzugekommen, aber Andrew hatte Octavia vor zwei Tagen gefeuert. Damit hatte Reggie Paltz mindestens achtundvierzig Stunden Zeit gehabt, in Leighs Leben herumzuwühlen. Wohin hatte ihn dieses *endlich* noch geführt? Hatte er Callie ebenfalls ausfindig gemacht?

»Dann geht es südlich auf die Vaughn, und danach haben wir keine Überwachungs- oder Verkehrskameras mehr«, fuhr Reggie fort, der von ihrem inneren Konflikt anscheinend nichts ahnte. »Sie sehen an dieser letzten Aufnahme, dass Andrews Mercedes ein Händlerkennzeichen hat.«

Leigh wusste, er erwartete ihren Input. »Warum ist das relevant?«

»Andrew hat an diesem Abend einen Leihwagen aus dem Fuhrpark genommen. Sein Privatwagen war in der Werkstatt.

Oldtimer können heikel sein. Kommt nicht oft vor, aber manchmal doch.«

Leigh malte ein Kästchen um das Wort *Auto*. Als sie aufblickte, musterte Reggie sie wieder eingehend. Sie musste ihre Unterhaltung nicht noch einmal durchgehen, um zu wissen, wieso. Sie kamen jetzt zu dem Teil, wo Andrews Handeln schwerer zu erklären sein würde. Reggie hatte Leigh mit seiner krassen Ausdrucksweise auf die Probe gestellt, er hatte sehen wollen, ob er mit *Furie*, *Titten* und *Lapdance* eine Zurechtweisung provozierte, die den Schluss zuließ, dass sie nicht auf Andrews Seite stand.

Sie behielt einen eiskalten Ton bei, als sie fragte: »Hat die Karlsen Andrew aufgefordert, ihr nach Hause zu folgen?«

»Nein.« Er hielt nach dem Wort inne, um deutlich zu machen, dass er auf der Hut war. »Die Karlsen gibt in ihrer Aussage an, sie habe ihn aufgefordert, sie anzurufen, wenn er interessiert sei. Ihre Erinnerung wird vage, nachdem sie den Wagen vom Parkservice geholt hat. Das Nächste, was sie wieder ganz klar sagen kann, ist, dass sie aufwachte und es war Morgen.«

»Die Polizei behauptet, dass Andrew ihr etwas in den Drink gekippt hat?«

»Das ist die Theorie. Wenn er ihr allerdings K.-o.-Tropfen untergejubelt hat, ist weder auf dem Video noch in ihrem toxikologischen Screen etwas davon zu sehen. Unter uns gesagt, ich bete zum Herrn, dass sie unter Drogen stand. Sie werden sehen, wovon ich rede, wenn wir zu den Tatortfotos kommen. Sie müssen tun, was Sie können, um dafür zu sorgen, dass sie unter Verschluss bleiben. Ich habe die Dateien nicht einmal auf meinen Laptop geladen. Alles ist mit Triple-DES verschlüsselt. Nichts geht in eine Cloud, weil jede Cloud gehackt werden kann. Sowohl der Haupt- als auch der Back-up-Server sind in diesem Schrank dort drüben eingeschlossen.«

Leigh drehte sich um und sah ein Vorhängeschloss an der Stahltür, mit dem augenscheinlich nicht zu spaßen war.

»Ich bin äußerst vorsichtig, wenn ich an solchen spektakulären Fällen arbeite. Sie können es nicht gebrauchen, dass dieser Dreck ans Licht kommt, vor allem, wenn der Mandant reich ist. Dann kriechen die Leute auf der Suche nach Geld aus ihren Löchern.« Reggie hatte den Laptop wieder in seine Richtung gedreht. Er tippte mit zwei Fingern. »Die Idioten begreifen nicht, dass es sehr viel lukrativer ist, in solchen Kreisen zu arbeiten, als sich die Nase an der Scheibe platt zu drücken.«

Leigh fragte: »Woher kennen Sie mich?«

Er hielt wieder inne. »Wie bitte?«

»Sie sagten: ›Nett, Sie endlich kennenzulernen.‹ Das legt nahe, dass sie von mir gehört hatten oder sich darauf freuten, mich …«

»Ah, verstehe. Einen Moment.« Erneutes Einhacken auf seine verflixte Laptop-Tastatur. Er schwenkte das Gerät wieder herum, um ihr den Schirm zu zeigen. Der Zeitungskopf des *Atlanta INtown* füllte den oberen Teil der Seite aus. Ein Foto zeigte Leigh beim Verlassen des Gerichtsgebäudes. Sie lächelte. Die Schlagzeile erklärte, wieso.

ANWÄLTIN: ES GIBT KEINEN DATUMSTEMPEL AUF URIN

Reggie grinste dämlich. »Das war reine Jiu-Jitsu-Juristerei, Collier. Sie haben den Sachverständigenzeugen der anderen Seite zu dem Eingeständnis getrieben, dass er nicht sagen konnte, ob der Typ vor oder nach der Scheidung in die Wäscheschublade seiner Frau gepisst hat.«

Der Krampf in Leighs Magen begann sich aufzulösen.

»Sie haben echt Mumm, einem Richter zu erklären, dass Wassersport unter das eheliche Privileg fällt.« Reggie lachte bellend. »Ich hab diesen Scheiß allen Leuten gezeigt, die ich kenne.«

Leigh musste ihn die Worte sagen hören. »Sie haben die Geschichte auch Andrew gezeigt?«

»Und ob ich das habe. Nichts gegen Octavia Bacca, aber als ich hörte, dass die Cops Andrew wegen dieser anderen drei Fälle einbuchten wollen, da wusste ich, er braucht eine verdammte

Raubkatze mit rasierklingenscharfen Krallen.« Er wippte in seinem Stuhl. »Verrückt, dass er Ihr Gesicht erkannt hat, was?«

Leigh wollte ihm verzweifelt gern glauben. Sowohl die besten als auch die schlechtesten Alibis konnten wie ein irrer Zufall aussehen. »Wann haben Sie es ihm gezeigt?«

»Vor zwei Tagen.«

Genau der Zeitpunkt, als Andrew Octavia Bacca gefeuert hatte. »Hat er Sie Nachforschungen über mich anstellen lassen?«

Reggie legte wieder eine seiner theatralischen Pausen ein. »Sie haben eine Menge Fragen.«

»Ich bin diejenige, die Ihre Rechnungen abzeichnet.«

Er sah nervös aus, was alles über das Spiel verriet. Reggie Paltz war nicht etwa auf einer geheimen Mission. Der Grund, warum er mit seinem verschlüsselten Server und der Notwendigkeit von Diskretion prahlte, lag darin, dass er sich weitere Aufträge von Leigh erhoffte.

Sie korrigierte ihre anfängliche Einschätzung von Reggie und schalt sich, weil sie den Typus hätte erkennen müssen: ein Junge aus ärmlichen Verhältnissen, der es mithilfe von Stipendien in die feine Welt der Stinkreichen geschafft hatte. Das erklärte den Lacrosse-Schläger und die Reisen in exotische Länder, das beschissene Büro und den teuren Mercedes und die Art, wie er ständig auf Geld zu sprechen kam. Geld war wie Sex. Man redete nur darüber, wenn man nicht genug davon hatte.

Sie stellte ihn auf die Probe, indem sie sagte: »Ich arbeite mit vielen Privatdetektiven bei vielen Fällen zusammen.«

Reggie lächelte – von Hai zu Hai. Er war klug genug, nicht gleich den ersten Köder zu schlucken. »Wieso haben Sie Ihren Namen geändert? Harleigh ist ein Bombenname.«

»Passt nicht zum Gesellschaftsrecht.«

»Sie sind erst auf die dunkle Seite gewechselt, als die Pandemie zugeschlagen hat.« Reggie beugte sich vor und senkte die Stimme. »Falls Sie sich Sorgen über das machen, was ich vermute – er hat mich nicht dazu aufgefordert. Noch nicht.«

Das konnte sich auf so viele Dinge beziehen, dass Leigh nichts anderes übrig blieb, als Unwissenheit vorzutäuschen.

»Wirklich?«, fragte Reggie. »Der Typ fährt massiv auf Ihre Schwester ab.«

Leighs Magen zog sich wieder einmal zusammen. »Will er, dass Sie sie suchen?«

»Er redet seit Jahren immer wieder von ihr, aber jetzt, da er Sie vor seiner Nase hat und Sie ihn jeden Tag an sie erinnern?« Reggie zuckte die Achseln. »Er wird früher oder später fragen.«

Leigh war so kribbelig, als hätte sie Hornissen unter der Haut. »Sie sind Andrews Freund. Er wird in weniger als einer Woche vor Gericht stehen. Glauben Sie, er kann jetzt eine solche Ablenkung gebrauchen?«

»Ich glaube, wenn Sid herausfindet, dass er seinem ersten feuchten Traum nachjagt, wird er mit einem Messer in der Brust enden, und wir sind beide unsere Jobs los.«

Leigh warf einen Blick in den kurzen Flur zum Vorzimmer, um sich zu vergewissern, dass sie allein waren. »Callie hatte einige Probleme nach der Highschool, aber sie lebt jetzt im nördlichen Iowa. Sie hat zwei Kinder und ist mit einem Bauern verheiratet. Sie möchte mit ihrer Vergangenheit abschließen.«

Reggie zögerte seine Antwort viel zu lange hinaus, ehe er schließlich sagte: »Wenn Andrew fragt, könnte ich sagen, dass ich zu viel mit anderen Fällen zu tun habe.«

Leigh ließ noch einen Köder vor ihm baumeln. »Ich habe eine Klientin mit einem fremdgehenden Mann, der gern auf Reisen ist.«

»Klingt nach meiner Sorte Auftrag.«

Leigh nickte einmal kurz und hoffte bei Gott, dass sie damit zu einem Einverständnis gelangt waren.

Aber Reggie Paltz war lediglich ein Teil des Problems. Es waren nur noch wenige Tage bis zu der augenscheinlich sehr überzeugenden Klage gegen ihren Mandanten. Sie sagte: »Erzählen Sie mir von diesen anderen Opfern, die der Staatsanwalt in der Hinterhand hat.«

»Es sind drei, und sie sind wie eine Guillotine über Andys Hals. Wenn sie fällt, ist sein Leben vorbei.«

»Wie haben Sie von ihnen erfahren?«

»Berufsgeheimnis«, antwortete er, wie es jeder Privatdetektiv tat, wenn er einen Polizei-Informanten nicht preisgeben wollte. »Sie können aber Gift drauf nehmen. Wenn Sie Andrew in der Karlsen-Anklage nicht freibekommen, wird er für den Rest seines Lebens aufpassen müssen, nicht die Seife in der Dusche fallen zu lassen.«

Leigh hatte zu viele Mandanten hinter Gittern, um Gefängniswitze lustig zu finden. »Inwieweit stimmt der Angriff auf Tammy Karlsen mit den drei anderen überein?«

»Ähnliche Vorgehensweise, ähnliche Schläge, ähnliche Verletzungen, ähnlicher Morgen danach.« Reggie zuckte wieder die Achseln, als handelte es sich um hypothetische Verletzungen und nicht um echtes Leid, das echten Frauen angetan worden war. »Das große Problem ist, dass Andys Kreditkarte in oder in der Nähe von Geschäften benutzt worden ist, in denen sie zuletzt gesehen wurden.«

»In oder in der Nähe?«, fragte Leigh. »Wohnt Andrew in der Gegend? Sind das Geschäfte, die er normalerweise aufsuchen würde?«

»Genau deshalb habe ich Andy geraten, Sie zu engagieren.« Reggie tippte mit dem Zeigefinger an die Schläfe, um klarzumachen, dass er der Schlaumeier war. »Die drei Attacken verteilen sich über das ganze Jahr 2019 und fanden alle im DeKalb County statt, wo Andrew lebt. Das erste Opfer war im Cine-Bistro, einen Steinwurf von seinem Haus entfernt. Seine Kreditkarte belegt, dass er am 21. Juni in der Mittagsvorstellung von *Men in Black* war. Das Opfer war drei Stunden später dort, um sich *Toy Story 4* anzusehen.«

Leigh begann, sich präzise Notizen zu machen. »Gibt es Kameras im Foyer?«

»Ja. Man sieht, wie er kommt, Popcorn und eine Cola bestellt und wieder geht, während der Abspann läuft. Keine Überschneidung zwischen ihm und dem ersten Opfer, aber er ist zu Fuß nach Hause gegangen. Es gibt keine Handydaten. Er sagt, er hat vergessen, es mitzunehmen.«

Leigh unterstrich das Datum in ihrem Notizbuch. Sie würde überprüfen, ob es geregnet hatte, denn der Staatsanwalt würde es todsicher tun. Auch so lag die Durchschnittstemperatur in Atlanta im Juni bei dreißig Grad, und es war so widerlich schwül, dass offiziell vor einer Gesundheitsgefährdung gewarnt wurde. »Wann war die Vorstellung?«

»Um zwölf Uhr fünfzehn, genau zur Mittagszeit.«

Leigh schüttelte den Kopf. Die heißeste Zeit des Tages. Ein weiterer Punkt gegen Andrew.

Reggie sagte: »Was immer es wert sein mag, aber sämtliche Orte, an denen die Opfer zuletzt gesehen wurden, hat Andrew häufig aufgesucht.«

Das sprach nicht unbedingt zu seinen Gunsten. Der Staatsanwalt konnte behaupten, er hätte die Tatorte ausgekundschaftet. »Das zweite Opfer?«

»Sie war spät mit ihren Freunden zum Essen in einer Einkaufszeile, wo es ein mexikanisches Lokal gibt.«

»War Andrew an dem Abend dort?«

»Es ist eins seiner Stammlokale, er geht mindestens zweimal im Monat hin. Eine halbe Stunde bevor das zweite Opfer aufgetaucht ist, hat er Essen zum Mitnehmen abgeholt. Und wie immer mit seiner Kreditkarte bezahlt. Wieder kein Auto. Kein Handy. Ein weiterer Spaziergang in der Hitze.« Reggies Schulterzucken hatte etwas Defensives. Er wusste, die Sache sah nicht gut aus. »Wie gesagt, es ist eine Guillotine.«

Leigh hielt beim Schreiben inne. Es war keine Guillotine. Es war ein sehr gut aufgebauter Fall.

Neunzig Prozent des Stadtgebiets von Atlanta lagen im Fulton County, während die restlichen zehn Prozent zu DeKalb gehörten. Die Stadt hatte ihre eigene Polizei, aber Ermittlungen in DeKalb wurden von der Polizei des Countys durchgeführt. Fulton wies bei Weitem die größte Zahl von Gewaltverbrechen auf, aber zwischen der MeToo-Debatte und dem Ausbruch der Pandemie hatte es in den letzten beiden Jahren flächendeckend einen rapiden Anstieg von Vergewaltigungsmeldungen gegeben.

Leigh stellte sich kurz einen Detective in einem überlasteten Revier von DeKalb vor, der Stunden damit verbrachte, Hunderte von Kreditkartenzahlungen in einem Kino und einem mexikanischen Restaurant mit gemeldeten Überfällen auf Frauen abzugleichen. Sie hatten Andrews Namen nicht aus der Luft gezaubert. Sie hatten darauf gewartet, dass er einen Fehler machte.

»Erzählen Sie mir vom dritten Opfer«, sagte sie.

»Sie war in einer Bar namens Maplecroft, und Andrew war damals auf der Pirsch. Man sieht es an seinen Kreditkartenbelegen. Der Typ kauft sogar ein Päckchen Kaugummi mit der Karte. Hat nie Bargeld einstecken. Keine Uber- oder Lyft-Fahrten. Hat selten sein Telefon dabei. Aber er hat überall in der Stadt einer Menge Frauen eine Menge Drinks spendiert.«

Er musste die Verbindung für Leigh herstellen. »Andrews Kreditkartenauszüge belegen, dass er am Abend der Attacke im Maplecroft war?«

»Zwei Stunden bevor das dritte Opfer verschwand. Aber Andrew war schon vorher mindestens fünfmal dort gewesen«, fügte Reggie an. »Keine Bilder von Überwachungskameras in diesem Fall. Die Bar ist zu Beginn der Pandemie abgebrannt. Sehr praktisch für sie, aber auch gut für Andy, denn der Server ist geschmolzen, und sie hatten kein Back-up an die Cloud geschickt.«

Leigh suchte nach einem Muster in den drei Fällen, so wie es ein Detective der Polizei tun würde. Ein Kino. Ein Restaurant. Eine Bar. Alles Orte, an denen man aus offenen Behältern trank. »Die Cops glauben, dass Andrew alle drei mit Rohypnol betäubt hat?«

»Genau wie bei Tammy Karlsen«, sagte er. »Keine von ihnen erinnert sich an irgendwas.«

Leigh klopfte mit dem Kugelschreiber auf das Notizbuch. Rohypnol war nach vierundzwanzig Stunden nicht mehr im Blut nachweisbar und nach zweiundsiebzig auch nicht mehr im Urin. Die gut dokumentierten Nebenwirkungen einer selektiven Amnesie konnten ewig anhalten. »Waren die Opfer selbst zu diesen Orten gefahren?«

»Ja, alle drei. Die Wagen der ersten beiden haben den Parkplatz nicht verlassen. Die Polizei hat sie am nächsten Morgen gefunden. Opfer Nummer drei, das Mädchen aus dem Maplecroft, hatte einen Unfall, an dem sonst niemand beteiligt war. Sie ist drei Kilometer von ihrem Haus entfernt an einen Telefonmast gefahren. Keine Kamerabilder. Das Auto wurde verlassen und unversperrt vorgefunden. Tammy Karlsens BMW stand in einer Nebenstraße rund anderthalb Kilometer vom Little Nancy Creek Park entfernt. Ihre Handtasche lag noch im Wagen. Das Gleiche wie bei den anderen: keine Bilder einer Verkehrs- oder Überwachungskamera. Der Kerl ist also entweder ein Genie des Bösen, oder er hat verdammt viel Glück.«

Oder er war klug genug gewesen, die Orte lange vorher auszukundschaften. »Wo wurden die Opfer am Morgen gefunden?«

»Alle in städtischen Parks von Atlanta, die im DeKalb County liegen.«

Das hätte er gleich zu Beginn sagen sollen. Leute, die etwas von ihrem Job verstanden, nannten es einen *Modus Operandi*. »Waren alle Parks in fußläufiger Entfernung von Andrews Haus?«

»Alle bis auf einen«, gab sich Reggie bedeckt. »Aber jede Menge Leute wohnen in fußläufiger Entfernung zu solchen Orten. Atlanta ist voll von Parks. Es sind dreihundertachtundreißig, um genau zu sein. Die städtische Parkverwaltung unterhält zweihundertachtundvierzig davon. Um den Rest kümmern sich Freiwilligenorganisationen.«

Sie brauchte dieses Wikipedia-Wissen nicht. »Was ist mit Handydaten?«

»Nichts.« Reggie war jetzt zurückhaltend. »Aber wie ich schon sagte: Andrew hat nie ein Telefon dabei.«

Leigh kniff die Augen zusammen. »Hat er unterschiedliche Handys für die Arbeit und privat?«

»Nur eins. Er ist einer dieser Typen, die immer tönen, sie wollen nicht ständig erreichbar sein, aber dann borgt er sich jedes Mal mein Telefon aus, wenn wir unterwegs sind.«

»Andrew war an dem Abend, an dem er die Karlsen traf, mit einem Mercedes aus dem Firmenfuhrpark unterwegs«, sagte Leigh. »Ich erinnere mich, etwas über einen Big-Brother-Prozess wegen Peilsendern in Großbritannien gelesen zu haben.«

»Die gibt es hier auch. Das nennt sich *Mercedes me*, aber man muss ein Nutzerkonto erstellen und sich mit den Bedingungen einverstanden erklären, bevor es aktiviert wird. Zumindest werden Ihnen das die Deutschen sagen.«

Leigh stand sieben Tage vor dem Prozessbeginn. Sie hatte einfach keine Zeit, um an diese Tür zu klopfen, und konnte nur hoffen, dass es der Staatsanwaltschaft genauso ging. Ein Vorteil für Andrew war, dass aufgrund der astronomischen Corona-Todeszahlen und des versuchten Staatsstreichs vom Januar das transatlantische Wohlwollen gerade pausierte.

»Was haben Sie sonst noch?«, fragte sie.

Reggie schloss das Video und fing zu tippen und zu klicken an. Leigh sah fünf Ordner: LNC_MAP, TATORTFOTOS, OPFERFOTOS, ANKLAGESCHRIFT, STÜTZENDE DOKS.

Er öffnete OPFERFOTOS.

»Hier ist Tammy Karlsen. Sie ist unter einem Picknicktisch aufgewacht. Wie gesagt, sie hat keine Erinnerung an das, was passiert ist, aber sie weiß noch, dass es in der Nacht richtig ernst wurde.«

Leigh zuckte zusammen, als das Foto lud. Das Gesicht der Frau war kaum erkennbar – man hatte es zu Brei geprügelt. Der linke Wangenknochen war verschoben, die Nase gebrochen, der Hals von Blutergüssen übersät. Rote und schwarze Flecken sprenkelten Brust und Arme.

Schwere sexuelle Nötigung.

Reggie klickte den Ordner an, der mit LNC_MAP beschriftet war. »Hier ist eine Skizze des Little Nancy Creek Parks. Geschlossen von elf Uhr abends bis sechs Uhr morgens. Keine Beleuchtung. Keine Kameras. Hier sehen Sie den Pavillon. Dort wurde die Karlsen am nächsten Morgen von jemandem gefunden, der seinen Hund spazieren führte.«

Leigh konzentrierte sich auf die Karte. Ein zweieinhalb Kilometer langer Joggingpfad. Eine Brücke aus Holz und Stahl. Ein Gemeinschaftsgarten. Ein Spielplatz. Ein offener Pavillon.

Reggie öffnete TATORTFOTOS und klickte auf eine Reihe von JPEGs. Nummerierte gelbe Markierungen zeigten Beweismaterial an. Blutflecken auf der Treppe. Ein Schuhabdruck im Schlamm. Eine Colaflasche, die in einem Flecken Gras lag.

Leigh rutschte auf die Stuhlkante vor. »Das ist eine Colaflasche aus Glas.«

Reggie sagte: »Sie werden bei uns auch noch hergestellt, aber die hier stammt aus Mexiko. Da unten verwenden sie echten Rohrzucker bei der Herstellung, nicht Maissirup. Man kann den Unterschied tatsächlich schmecken. Das erste Mal habe ich eine getrunken, als ich meinen Daimler bei Tenant hab überholen lassen. Sie bestücken die Bar im Service Center damit. Anscheinend besteht Andrew darauf.«

Leigh sah ihm zum ersten Mal, seit sie das Büro betreten hatte, in die Augen. »Wie weit wohnt Andrew von dem Park entfernt?«

»Drei Kilometer mit dem Auto, etwas weniger, wenn man durch den Country Club abkürzt.«

Leigh wandte ihre Aufmerksamkeit wieder der Karte zu. Sie würde das Gelände selbst zu Fuß erkunden müssen. »War Andy früher schon im Park?«

»Der Junge ist offenbar ein Naturliebhaber. Schaut sich gerne Schmetterlinge an.« Reggie lächelte, aber sie sah ihm an, dass er wusste, wie übel das war. »Fingerabdrücke sind wie Urin, nicht? Sie tragen keinen Zeit- oder Datumstempel. Man kann nicht beweisen, wann die Flasche im Park zurückgelassen wurde oder wann Andrew sie berührt hat. Der wahre Täter könnte Handschuhe getragen haben.«

Leigh ging nicht auf den Tipp ein. »Was ist mit dem Schuhabdruck im Schlamm?«

»Was damit ist?«, fragte er. »Sie sagen, es gibt eine mögliche Übereinstimmung mit einem Paar Nikes, die sie in Andrews Schrank gefunden haben, aber *möglich* genügt nicht, um sie über die Ziellinie zu befördern.«

Leigh hatte es satt, dass Reggie das Tempo der Geschichte diktierte. Sie griff nach dem Laptop und klickte selbst durch die Fotos. Der Fall der Staatsanwaltschaft trat deutlich zutage. Sie erteilte Reggie eine Lektion darin, zur Sache zu kommen.

»Der Abdruck von Andrews rechtem Zeigefinger wurde zusammen mit Tammy Karlsens DNA auf der Flasche gefunden. *Schwere sexuelle Straftat.* Das hier sieht nach Fäkalienspuren aus. *Gewaltsamer Analverkehr.* Die Prellungen an ihren Oberschenkeln hängen mit einer Penetration zusammen. *Vergewaltigung.* Sie können nicht beweisen, dass sie unter Drogen gesetzt wurde, sonst stünde es da. Wie sieht es mit Waffen aus?«

»Ein Messer«, sagte Andrew.

Leigh drehte sich um.

Andrew lehnte am Türrahmen. Er hatte das Sakko abgelegt und die Hemdsärmel aufgerollt. Das Gespräch mit Sidney war eindeutig nicht gut verlaufen. Er sah äußerst erschöpft aus.

Dennoch hatten seine Augen nicht ihre beunruhigende Leere verloren.

Darüber wollte Leigh später nachdenken. Jetzt überflog sie die restlichen Fotos. Es wurden keine weiteren Sachbeweise dokumentiert. Nur das Video aus der Bar, der indirekt verknüpfbare Nike-Abdruck und der Fingerabdruck auf der Colaflasche. Sie nahm an, dass Andrews Fingerabdrücke nicht in der staatlichen Datenbank gewesen waren. In Georgia würde einem nur eine Verhaftung wegen eines Gewaltverbrechens diese zweifelhafte Ehre einbringen.

»Wissen Sie, wie Sie identifiziert wurden?«, fragte sie.

»Tammy hat der Polizei erzählt, sie habe meine Stimme aus der Bar wiedererkannt, aber das ist nicht … Ich meine, sie hatte mich gerade erst kennengelernt, deshalb kennt sie meine Stimme im Grunde gar nicht, oder?«

Leigh presste die Lippen zusammen. Man konnte ebenso leicht sagen, das Opfer hätte die Stimme noch frisch in Erinnerung gehabt, vor allem, nachdem sie ihn achtundneunzig Minuten lang reden gehört hatte. Was bisher am meisten zugunsten von Andrew sprach, war das Rohypnol. Leigh hatte einen sachverständigen Zeugen an der Hand, der argumentieren konnte, dass der durch die Droge hervorgerufene Gedächtnisverlust Tammy Karlsens Identifizierung unzuverlässig machte.

»Wann hat die Polizei Ihre Fingerabdrücke genommen?«, fragte Leigh.

»Sie sind zu mir in die Arbeit gekommen und haben damit gedroht, mich zur Polizeistation zu schleifen, wenn ich nicht freiwillig mitkomme.«

Reggie sagte: »Du hättest auf der Stelle einen Anwalt rufen sollen.«

Andrew schüttelte erkennbar bedauernd den Kopf. »Ich dachte, ich könnte die Sache aufklären.«

»Tja, Alter, die Cops wollen nicht, dass du irgendwas aufklärst. Sie wollen dich verhaften.«

Leigh drehte sich wieder um und blätterte in der Fallakte. Sie fand eine Genehmigung für die Entnahme der Fingerabdrücke, unterschrieben von einem Richter, der sogar Waterboarding absegnen würde, wenn er dadurch schneller auf den Golfplatz kam. Dennoch: Die Tatsache, dass sie sich einen richterlichen Beschluss besorgt hatten, statt die Fingerabdrücke einfach heimlich von der Wasserflasche im Vernehmungszimmer zu nehmen, verriet Leigh, dass der Staatsanwalt nicht herumgespielt hatte.

Andrew sagte: »Ich dachte immer, wenn man unschuldig ist, hat man nichts zu verbergen. Sehen Sie, wohin es mich gebracht hat? Mein ganzes Leben ist den Bach runtergegangen, weil eine Person mit dem Finger auf mich zeigt.«

»Deshalb sind wir hier, Alter«, sagte Reggie. »Collier kann dieses verrückte Miststück mit einer Hand zerlegen.«

»Sie sollte es nicht tun müssen«, sagte Andrew. »Tammy und ich hatten einen netten Abend. Ich hätte sie am nächsten Tag angerufen, wenn Sid nicht bei mir aufgekreuzt wäre.«

Reggies Sessel quietschte, als er sich zurücklehnte. »Hör zu, Mann, das ist ein Krieg, und du kämpfst um dein Leben. Du musst schmutzige Tricks anwenden, denn die andere Seite macht es todsicher. Willst du etwa im Gefängnis sitzen und jammern: *Hätte ich doch nur ...* Sagen Sie es ihm, Collier. Es ist nicht die Zeit, den Gentleman zu spielen.«

Leigh hatte nicht die Absicht, sich hier einzumischen. Sie zog sich den Laptop heran und ging zurück zu der Datei mit den Opferfotos. Sie scrollte mit dem Finger auf der Pfeiltaste zur *Rape Kit*-Dokumentation durch. Jede Nahaufnahme war noch niederschmetternder als die vorhergehende. Leigh hatte weiß Gott schon genug Brutalität gesehen, aber sie fühlte sich mit einem Mal sehr verletzlich in diesem kleinen Raum mit zwei lautstarken Männern, die über *Furien* und *Miststücke* diskutierten, während die schockierenden Zeugnisse eines grausamen Sexualverbrechens über den Schirm liefen.

Die Haut auf Tammy Karlsens Rücken war wie mit Krallen abgezogen worden. Brüste und Schultern waren von Bissspuren übersät. Handtellergroße Blutergüsse erstreckten sich über

Arme, Gesäß und Rückseite der Beine. Die Colaflasche hatte sie aufgerissen. Quetschungen und offene Wunden zogen sich von den Oberschenkeln bis hinauf in die Leiste. Ihr Anus mehrfach aufgerissen. Ihre Klitoris hing nur noch an einem winzigen Stück Gewebe. Die Wunden hatten so stark geblutet, dass der Abdruck ihres Gesäßes auf dem Betonboden des Pavillons zu sehen war.

»Großer Gott«, sagte Andrew.

Leigh unterdrückte einen Schauder. Andrew stand direkt hinter ihr. Das Foto auf dem Laptop zeigte gerade Tammy Karlsens verstümmelte Brust. Bissspuren gruben sich in die weiche Haut um die Brustwarze.

»Wie kann jemand nur glauben, dass ich so etwas tun würde?«, sagte er. »Und wie dumm wäre ich wohl, ihr trotz all dieser Kameras von der Bar aus zu folgen?«

Leigh war froh, als er zur Couch hinüberging.

»Es ergibt keinen Sinn, Harleigh.« Andrew setzte sich, sein Ton wurde weicher. »Ich gehe grundsätzlich immer davon aus, dass mich eine Kamera erfasst. Nicht nur in einer Bar. An einem Geldautomaten. Auf der Straße. In der Autohandlung. Die Leute haben Kameras in ihren Einfahrten, an ihrer Türglocke. Sie sind überall. Beobachten immerzu. Zeichnen ständig alles auf, was man tut. Es widerspricht aller Logik, dass man jemandem etwas antun könnte, ohne von einer Kamera auf frischer Tat ertappt zu werden.«

Leigh hatte sich den falschen Moment ausgesucht, um ihm in die Augen zu sehen. Andrew nahm sie direkt ins Visier. Sein Gesichtsausdruck änderte sich vor ihren Augen, der linke Mundwinkel verzog sich zu einem höhnischen Grinsen. In einer Sekunde verwandelte er sich von dem glücklosen Unschuldigen in den aalglatten Psychopathen, der Tammy Karlsen geküsst hatte und dann ihrem Wagen gefolgt war, um abzuwarten, bis sie bewusstlos wurde, damit er sie entführen und vergewaltigen konnte.

»Harleigh«, sagte er, und seine Stimme war beinahe ein Flüstern. »Denken Sie noch mal genau darüber nach, was ich angeblich getan haben soll.«

Entführung. Vergewaltigung. Schwere Körperverletzung. Gewaltsamer Analverkehr. Schwere sexuelle Nötigung.

»Sie kennen mich länger als irgendwer sonst, außer Mom«, sagte Andrew. »Könnte ich so etwas tun?«

Leigh musste nicht auf den Laptop schauen, um die *Rape Kit*-Fotos in aller Deutlichkeit vor sich zu sehen. Aufgerissene Wunden, Prellungen, Bisse, Kratzer – alles verursacht von dem Tier, das sie nun anstarrte wie eine frische Beute.

»Überlegen Sie mal, wie clever ich sein müsste«, sagte Andrew. »Um die Kameras zu umgehen. Um zu verhindern, dass es Zeugen gibt. Um keine Hinweise zu hinterlassen.«

Leighs Kehle war so trocken, dass sie nicht schlucken konnte.

»Ich frage mich Folgendes, Harleigh: Wenn Sie ein schreckliches Verbrechen begehen wollten, ein Verbrechen, mit dem Sie das Leben eines anderen Menschen zerstören, würden Sie wissen, wie Sie ungestraft davonkommen?« Er war an den Rand der Couch gerutscht. Sein Körper war angespannt, seine Hände zu Fäusten geballt. »Es ist nicht mehr so wie in unserer Kindheit. Damals konnte man noch mit einem kaltblütigen Mord davonkommen. Nicht wahr, Harleigh?«

Leigh fühlte sich unwillkürlich in die Zeit zurückversetzt. Sie war achtzehn und packte fürs College, obwohl sie erst in einem Monat abreisen würde. Sie ging in der Küche ihrer Mutter ans Telefon. Sie hörte Callie sagen, dass Buddy tot war. Dann war sie in ihrem Wagen. Sie war in Trevors Zimmer. Sie war in der Küche. Sie sagte Callie, was sie tun mussten, wie sie das Blut aufwischen und wo sie die Trümmer der zerstörten Kamera wegwerfen mussten, wie sie die Leiche loswurden, was sie mit dem Geld tun und was sie der Polizei sagen sollten, wie sie unbehelligt mit dieser Sache durchkamen, denn sie hatte an alles gedacht.

An *fast* alles.

Sie drehte sich langsam zu Reggie um. Er war ahnungslos und tippte geistesabwesend in sein Handy.

»Haben ...« Das Wort blieb ihr in der Kehle stecken. »Karlsens Angreifer hat ein Messer benutzt. Hat die Polizei das Messer gefunden?«

»Nein.« Reggie tippte weiter. »Aber wegen der Größe und Tiefe der Wunde gehen sie davon aus, dass die Klinge gezackt und gut zehn Zentimeter lang war. Wahrscheinlich ein billiges Küchenmesser.«

Gesprungener Holzgriff. Verbogene Klinge. Scharfe Zähne wie bei einer Säge.

Reggie hatte zu Ende getippt. »Sie werden es in den Dateien nachlesen können, wenn ich sie auf Ihren Server gelegt habe. Die Polizei sagt, dasselbe Messer wurde auch bei den drei anderen Opfern verwendet. Sie hatten alle die gleiche Wunde an der gleichen Stelle.«

»Wunde?« Leigh hörte das Echo ihrer eigenen Stimme. »Welche Wunde?«

»Linker Oberschenkel, ein Stück unterhalb der Leiste.« Reggie zuckte die Achseln. »Sie hatten Glück. Ein wenig tiefer und er hätte ihnen die Oberschenkelvene aufgeschlitzt.«

3

Leigh schaffte es von Reggies Büro aus kaum anderthalb Kilometer weit, ehe ihr Magen revoltierte. Hupen schrillten, als sie ihren Wagen unvermittelt an den Straßenrand lenkte. Sie warf sich quer über den Beifahrersitz, stieß die Tür auf, und schon schoss ihr ein Strom von Erbrochenem aus dem Mund. Selbst als sie nichts mehr im Magen hatte, konnte sie nicht aufhören zu würgen. Ihr Kopf hing so tief herab, dass ihr Gesicht fast den

Boden berührte. Der Geruch brachte sie fast wieder zum Würgen. Tränen liefen ihr aus den Augen. Ihr Gesicht war schweißnass.

Sie glauben, dass die Klinge gezackt war.

Ihr Körper verkrampfte sich so heftig, dass sie sich an der Tür festhalten musste, um nicht aus dem Wagen zu fallen. Ganz langsam und unter Schmerzen ließ das Würgen nach. Sie wartete trotzdem noch ab, hing mit geschlossenen Augen halb aus dem Wagen und beschwor ihren Körper, sich endlich zu beruhigen.

Vielleicht zehn Zentimeter lang.

Leigh öffnete die Augen. Ein Speichelfaden lief ihr aus dem Mund. Sie schnappte nach Luft und schloss die Augen wieder. Sie wartete, ob noch etwas kam, aber die Übelkeit schien nachgelassen zu haben.

Wahrscheinlich ein billiges Küchenmesser.

Sie setzte sich vorsichtig auf und wischte sich über den Mund. Dann schloss sie die Autotür, starrte aufs Lenkrad. Ihre Rippen schmerzten, wo sie auf der Konsole zwischen den Vordersitzen gelegen hatte. Der Wagen bebte, als ein Laster vorbeirauschte.

Leigh war vorhin in Reggie Paltz' Büro nicht in Panik geraten, sondern in eine Art Fugue-Zustand – körperlich noch da, aber irgendwie nicht anwesend; ihre Seele hatte über dem Raum geschwebt und alles gesehen, ohne etwas zu fühlen.

Sie hatte beobachtet, wie die andere Leigh unter ihr auf die Uhr sah und wie sich Verblüffung über die vergangene Zeit auf ihrem Gesicht zeigte. Sie hatte eine Entschuldigung wegen eines Meetings im Zentrum vorgebracht. Andrew und Reggie waren beide aufgestanden, als sie sich erhoben hatte. Die andere Leigh hatte ihre Handtasche umgehängt, Reggie hatte sich wieder seinem Laptop zugewandt, Andrew hatte jede ihrer Bewegungen verfolgt. Wie eine Neonröhre, die wieder anspringt, war seine kuhäugige Unschuldsmiene zurückgekehrt. Seine Worte waren wie ein Schwall aus einem Feuerwehrschlauch auf sie eingeströmt: *Schade dass Sie gehen müssen ich dachte wir legen gerade richtig los soll ich Sie anrufen oder sehen wir uns morgen Nachmittag bei dem Treffen mit Cole?*

An der Decke schwebend, hatte Leigh beobachtet, wie ihr anderes Ich mit Versprechen oder Ausreden antwortete; sie wusste nicht, was es war, weil sie ihre eigene Stimme nicht hören konnte. Dann hatten ihre Finger die Schlaufen der Maske über die Ohren gestreift. Dann winkte sie zum Abschied. Dann ging sie durch das Vorzimmer.

Die andere Leigh strahlte äußerlich weiter Ruhe aus. Sie war stehen geblieben, um sich die Hände zu desinfizieren, und hatte auf den leeren Kaffeebecher geblickt, den jemand aus dem Müll gefischt und unübersehbar auf die Anrichte gestellt hatte. Nun war sie den Flur entlanggegangen. Die Treppe hinunter. Sie hatte die Glastür geöffnet, war auf die bröckelnde Eingangstreppe hinausgetreten und hatte über den Parkplatz geblickt.

Sidney Winslow hatte eine Zigarette geraucht und angewidert das Gesicht verzogen, als Leigh aufgetaucht war, die Asche abgestreift und sich an einen niedrigen Sportwagen gelehnt.

Andrews Wagen.

Leigh war vorwärtsgetaumelt, aus dem Gleichgewicht gebracht vom Aufprall ihrer Seele bei der Rückkehr in den Körper. Sie war wieder sie selbst, eine Person, eine Frau, die soeben gehört hatte, wie ein sadistischer Vergewaltiger praktisch gestanden hatte, dass er nicht nur wusste, dass Leigh an Buddys Ermordung beteiligt gewesen war, sondern dass er außerdem die gleiche Technik bei seinen eigenen Opfern verfeinerte.

Ein wenig tiefer und er hätte die Oberschenkelvene aufgeschlitzt.

»Hey, Schlampe.« Sidney hatte sich aggressiv vom Wagen abgestoßen. »Es gefällt mir gar nicht, dass du es so hinstellst, als könnte mir mein eigener Verlobter verdammt noch mal nicht trauen.«

Leigh hatte nichts gesagt, sondern das dumme Mädchen nur angesehen. Ihr Herz raste, ihr war heiß und kalt zugleich. Rasierklingen schienen sich in ihrem Magen zu sammeln. Aber es war nicht Sidney, sondern Andrews Wagen, der sie so aus der Fassung brachte.

Er fuhr eine gelbe Corvette.

Die gleiche Farbe, die gleiche Karosserie wie Buddys Wagen damals.

Leigh hörte plötzlich eine laute Hupe dröhnen. Ihr Audi wurde durchgerüttelt, als ein Truck knapp vorbeiraste. Sie schaute in den Seitenspiegel. Ihr Hinterreifen stand auf der weißen Seitenlinie. Doch anstatt sich endlich in Bewegung zu setzen, beobachtete sie den heranbrausenden Verkehr und forderte lautlos alle heraus, in sie hineinzukrachen. Weiteres Hupen. Noch ein Lkw, noch eine Limousine, noch ein SUV, aber nirgendwo blitzte es gelb auf von Buddys Corvette.

Andrew.

Er würde nie mehr Trevor für sie sein. Der dreiunddreißigjährige Mann war nicht mehr der etwas unheimliche Fünfjährige, der immer hinter der Couch hervorgesprungen war, um sie zu erschrecken. Leigh erinnerte sich noch an die unsichtbaren Tränen, die der kleine Junge sich abgewischt hatte, wenn sie ihn anschrie, er solle aufhören. Andrew kannte offenbar Einzelheiten über den Tod seines Vaters, aber woher? Was hatten sie getan, um sich zu verraten? Welchen dummen Fehler hatte Leigh begangen, der es Andrew möglicherweise irgendwann gestattet hatte, die Puzzleteile zusammenzusetzen?

Wenn Sie ein schreckliches Verbrechen begehen wollten, ein Verbrechen, mit dem Sie das Leben eines anderen Menschen zerstören, würden Sie wissen, wie Sie ungestraft davonkommen?

Leigh schniefte, und ein widerlicher Klumpen Rotz glitt ihre Kehle hinunter. Sie suchte in ihrer Tasche nach einem Papiertuch, fand aber keins. Schließlich leerte sie die Handtasche auf dem Beifahrersitz aus. Das Päckchen mit den Papiertaschentüchern lag über einem auffälligen orangefarbenen Tablettenfläschchen.

Valium.

Alle hatten etwas gebraucht, um das letzte Jahr durchzustehen. Leigh trank nicht. Sie hasste es, die Kontrolle über sich zu verlieren, aber sie hasste es noch mehr, nicht schlafen zu können. Während des nicht enden wollenden Irrsinns des Präsidentschaftswahlkampfs hatte sie sich Valium verschreiben lassen. Der Arzt hatte sie Pandemie-Pastillen genannt.

Augen-zu-Medizin.

So hatte Buddy das NyQuil für Andrew genannt. Jedes Mal, wenn Buddy nach Hause kam und Andrew war noch wach, sagte er zu Leigh: »Hey, Püppi, ich vertrage seinen Quatsch heute nicht, sei so gut und gib dem Jungen seine Augen-zu-Medizin, bevor du gehst.«

Leigh konnte Buddys markanten Bariton hören, als säße er auf dem Rücksitz ihres Wagens. Gegen ihren Willen beschwor sie das Gefühl seiner Hände an ihren Schultern herauf. Leighs eigene Hände zitterten so stark, dass sie den Verschluss des Valiumfläschchens mit den Zähnen öffnen musste. Drei Tabletten fielen in ihre Hand. Sie warf sich alle in den Mund und schluckte sie ohne Wasser, wie eine Süßigkeit.

Sie verschränkte die Hände, damit das Zittern aufhörte, und wartete auf die Wirkung des Beruhigungsmittels. In der Flasche waren noch vier Tabletten. Sie würde sie alle nehmen, wenn es sein musste. Sie durfte sich jetzt nicht so aufführen. Sich in ihrer Angst zu suhlen war ein Luxus, den sie sich nicht leisten konnte.

Andrew und Linda Tenant waren nicht mehr die armen Assi-Waleskis. Sie verfügten über die Leck-mich-am-Arsch-Kohle der Tenant Automotive Group. Reggie Paltz ließ sich wahrscheinlich mit dem Versprechen auf weitere Aufträge von Leighs Kanzlei ruhigstellen, aber er war nicht der einzige Privatdetektiv in der Stadt. Andrew konnte ein ganzes Team von Ermittlern engagieren, wenn er wollte, und die konnten Fragen stellen, die vor dreiundzwanzig Jahren niemand gestellt hatte. Etwa folgende:

Wenn Callie wegen Buddy besorgt gewesen war, warum hatte sie dann nicht Linda angerufen? Die Nummer der Frau hing neben dem Telefon in der Küche.

Wenn Andrew tatsächlich aus Versehen das Telefonkabel aus der Wand gerissen hatte, warum erinnerte er sich nicht mehr daran? Und warum war er am nächsten Tag so groggy?

Warum hatte Callie in dieser Nacht Leigh angerufen, damit die sie nach Hause fuhr? Sie hatte den zehnminütigen Heimweg schon Hunderte Male zu Fuß zurückgelegt.

Warum hatten die Nachbarn von nebenan gehört, wie der Motor von Buddys Corvette in der Einfahrt mehrmals abgewürgt wurde? Er konnte mit einem manuellen Schaltgetriebe umgehen.

Was war aus der Machete im Schuppen geworden?

Wieso fehlte der Benzinkanister?

Was hatte es mit Callies gebrochener Nase, den Prellungen und Schnittwunden auf sich?

Und warum war Leigh einen Monat früher ins College aufgebrochen, obwohl sie nicht wusste, wo sie wohnen sollte, und kein Geld zu verschwenden hatte.

86.940 Dollar.

An dem Tag, an dem Buddy starb, war er für einen großen Job bezahlt worden. In seiner Aktentasche waren fünfzigtausend gewesen. Den Rest hatten sie im Haus versteckt gefunden.

Callie und Leigh hatten darüber gestritten, was sie mit dem Geld tun sollten. Callie hatte unbedingt etwas für Linda zurücklassen wollen. Leigh hatte ebenso nachdrücklich darauf beharrt, dass es sie verraten würde, wenn sie auch nur einen Cent zurückließen. Wenn Buddy Waleski sich wirklich aus dem Staub gemacht hätte, dann hätte er alles Geld mitgenommen, das er in die Finger bekam, denn er scherte sich einen feuchten Dreck um irgendeinen anderen Menschen.

Leigh erinnerte sich noch genau an die Worte, mit denen sie

Callie schließlich überzeugt hatte: *Es ist kein Blutgeld, wenn du mit deinem eigenen Blut dafür bezahlst.*

Ein weiteres Fahrzeug hupte. Leigh erschrak wieder. Der Schweiß war mittlerweile getrocknet und kühlte ihre Haut, also drehte sie die Klimaanlage herunter. Sie fühlte sich weinerlich, was jedoch nichts half. Sie musste ihre Konzentration zurückgewinnen. Im Gerichtssaal musste sie immer allen anderen zehn Schritte voraus sein, aber jetzt musste sie ihre ganze Energie darauf verwenden, herauszufinden, welcher erste Schritt sie in die optimale Richtung führte.

Sie rief sich Andrews genaue Worte in Erinnerung, zu denen er so höhnisch gegrinst hatte.

Es ist nicht mehr so wie in unserer Kindheit. Damals konnte man noch mit einem kaltblütigen Mord davonkommen.

Was hatten Leigh und Callie übersehen? Sie waren nicht direkt kriminelle Teenager gewesen, aber sie hatten beide schon mal Jugendarrest abgesessen und waren in einem Problemviertel aufgewachsen. Sie wussten intuitiv, wie man seine Spuren verwischte. Ihre blutige Kleidung und die Schuhe hatten sie in einem Fass verbrannt. Die Videokamera zertrümmert. Sie hatten das Haus gründlich gereinigt. Buddys Wagen war ausgeschlachtet und angezündet worden, seine Aktentasche vernichtet. Sie hatten sogar einen Koffer mit Sachen von ihm gepackt und ein Paar Schuhe hineingeworfen.

Das Messer war der einzige Gegenstand, der zurückgeblieben war.

Leigh hatte es entsorgen wollen, aber Callie hatte gesagt, Linda würde sein Fehlen in dem Messerset bemerken. Callie hatte den schmalen Streifen Blut in der Spüle abgewaschen. Dann hatten sie den Holzgriff mit Chlorbleiche getränkt. Callie hatte das Messer sogar mit einem Zahnstocher rund um den Heftzapfen gesäubert – ein Wort, das Leigh nur deshalb kannte, weil sie alle Jahrestage seither beging, indem sie sämtliche Details einer möglichen Anklage gegen sie und ihre Schwester genau durchspielte.

Sie hakte im Kopf rasch die lange Liste von Fragen ab, die von den Erinnerungen von Kindern oder einem ältlichen Nachbarspaar abhingen, das vor achtzehn Jahren gestorben war.

Es gab keinerlei Beweise. Man hatte keine Leiche gefunden. Keine Mordwaffe. Keine nicht erklärbaren Spuren wie Haare, Zähne, Fingerabdrücke, Blut, DNA. Keine Videos mit Kinderpornografie. Die einzigen Männer, die wussten, dass Buddy Waleski Callie vergewaltigt hatte, waren dieselben Männer, die jeden Grund hatten, ihre dreckigen Pädophilenmäuler zu halten.

Dr. Patterson. Coach Holt. Mr. Humphrey. Mr. Ganza. Mr. Emmett.

Maddy. Walter. Callie.

Leigh musste ihre Prioritäten wahren. Die Zeit, sich in Angst zu suhlen, war vorbei. Sie blickte in den Seitenspiegel, wartete, bis die Spur frei war, dann lenkte sie den Wagen auf die Straße.

Während der Fahrt erreichte das Valium ihre Blutbahn. Nervosität und Anspannung ließen ein wenig nach. Ihre Schultern schmiegten sich in den Sitz. Der gelbe Mittelstreifen auf der Straße verwandelte sich in ein Laufband. Gebäude, Bäume, Verkehrsschilder und Werbetafeln verschwammen im Vorbeifahren – *Colonnade Restaurant. Uptown Novelty. Lockern! Impfen! Haltet Atlantas Wirtschaft am Laufen!*

»Scheiße«, zischte sie und trat auf die Bremse. Der Wagen vor ihr hatte abrupt verlangsamt. Leigh schaltete die Klimaanlage wieder ein, kalte Luft schlug ihr entgegen. Sie fuhr an dem Wagen vorbei, der angehalten hatte. Fuhr so vorsichtig, dass sie sich wie eine ältere Dame vorkam. Vor ihr wechselte die grüne Ampel auf Gelb, aber sie rauschte schnell noch durch. Sie ließ den Wagen ausrollen, bis er stand. Setzte den Blinker. Die Digitalanzeige vor der Bank verkündete Uhrzeit und Temperatur.

11.58 Uhr. 22° C.

Leigh machte die Klimaanlage wieder aus und ließ das Fenster hinunter, genoss die Wärme, die sie sofort umfing. Es erschien ihr nur passend, dass sie schwitzte. Am Ende der drückend heißen Augustnacht, in der Buddy Waleski gestorben war, waren Leighs und Callies Sachen von Blut und Schweiß durchtränkt gewesen.

Buddy war Bauunternehmer gewesen, jedenfalls hatte er das überall erzählt. Der winzige Kofferraum seiner Corvette hatte einen Werkzeugkasten mit Zange und Hammer beherbergt. In dem Schuppen in seinem Garten gab es Planen, Klebeband, Plastikfolien und eine riesige Machete, die an einem Haken an der Rückseite der Tür hing.

Erst hatten sie Buddy auf die Plastikfolie gerollt. Dann hatten sie, auf Händen und Knien, das ganze Blut unter ihm aufgewischt. Als Nächstes hatten sie aus dem Küchentisch und den Stühlen rund um die Leiche eine Art Wanne gebaut.

Jede Sekunde von dem, was als Nächstes geschehen war, hatte sich in Leighs Gedächtnis gebrannt. Mit den schärfsten Messern hatten sie Stücke von ihm abgesäbelt. Hatten die Gelenke mit der Machete durchtrennt. Die Zähne mit dem Hammer zertrümmert. Die Fingernägel mit der Zange gezogen, falls Hautreste von Callie darunter klebten. Die Fingerkuppen hatten sie mit einer Rasierklinge abgetrennt, um spätere Abdrücke zu verhindern. Auf alles hatten sie literweise Bleichmittel gespritzt, um jede Spur von DNA abzuwaschen.

Sie hatten sich abgewechselt, denn die Arbeit war nicht nur seelisch belastend. Den massigen Körper zu zerstückeln und die Teile in schwarze Säcke für Gartenabfall zu stopfen hatte sie alle körperliche Kraft gekostet. Leigh hatte die ganze Zeit die Zähne zusammengebissen. Callie hatte unaufhörlich denselben Text vor sich hingebrabbelt: *Wenn Sie einen Anruf machen wollen, legen Sie bitte auf und versuchen Sie es noch einmal ... Wenn es sich um einen Notfall handelt ...*

Lautlos hatte Leigh ihr eigenes Mantra hinzugefügt: *Das ist meine Schuld, das ist alles meine Schuld ...*

Leigh war dreizehn gewesen und Trevor fünf, als sie als Babysitterin für die Waleskis zu arbeiten angefangen hatte. Man hatte sie ihnen empfohlen. Am ersten Abend hatte ihr Linda einen weitschweifigen Vortrag darüber gehalten, wie wichtig es war, vertrauenswürdig zu sein, und Leigh dann die Liste der Notfallnummern neben dem Telefon in der Küche laut vorlesen lassen. Giftnotruf. Feuerwehr. Polizei. Kinderarzt. Lindas Nummer im Krankenhaus.

Es hatte eine rasche Führung durch das deprimierende Haus gegeben, bei der sich Trevor wie ein verzweifeltes Äffchen an Linda geklammert hatte. Lampen wurden an- und ausgeschaltet, Kühlschrank und Küchenschränke auf- und zugemacht. Hier war ihr Abendessen. Da waren die Snacks. Das war seine Zubettgehzeit. Das waren die Bücher zum Vorlesen. Buddy würde spätestens um Mitternacht zu Hause sein, aber Leigh musste Linda bei ihrem Leben versprechen, dass sie nicht gehen würde, bevor er daheim war. Und wenn er nicht nach Hause kam oder aber betrunken auftauchte – so betrunken, dass er nicht mehr stehen konnte, nicht nur ein bisschen angeschickert –, dann sollte Leigh unverzüglich Linda anrufen, damit sie von der Arbeit nach Hause kam.

Der Vortrag war ihr übertrieben vorgekommen. Leigh war in Lake Point aufgewachsen, wo die letzten gut situierten weißen Bewohner den See vor dem Verlassen der Stadt trockengelegt hatten, damit keine Schwarzen darin schwimmen konnten. Die kleinen leer stehenden Häuser hatten sich in Crackhöhlen verwandelt. Zu allen Tageszeiten waren Schüsse zu hören gewesen. Leigh kam auf dem Weg zur Schule an einem Park vorbei, in dem es mehr zerbrochene Spritzen als spielende Kinder gab. Während ihrer zweijährigen Erfahrung als Babysitterin hatte niemand angezweifelt, dass sie sich im Notfall zu helfen wissen würde.

Linda musste bemerkt haben, dass sie Leigh auf die Nerven ging. Also hatte sie das Einschüchterungslevel rasch heruntergefahren. Offenbar waren die Waleskis zuvor schon öfter auf verantwortungslose Nichtsnutze hereingefallen. Eine Babysitterin hatte Trevor allein gelassen und nicht einmal die Tür hinter sich abgeschlossen. Eine andere war eines Tages einfach weggeblieben. Eine dritte war nicht einmal mehr ans Telefon gegangen. Es war Linda ein Rätsel gewesen. Leigh ebenfalls.

Drei Stunden nachdem Linda zur Arbeit gegangen war, war dann Buddy nach Hause gekommen.

Er hatte Leigh auf eine Weise angesehen, wie sie noch nie jemand angesehen hatte. Von Kopf bis Fuß. Hatte sie taxiert. Maß genommen. War bei ihren Lippen hängen geblieben, bei den zwei winzigen Höckern, die ihr ausgewaschenes Def-Leppard-T-Shirt ausbeulten.

Buddy war so groß und schwer, dass das Haus unter seinen Schritten erbebte, als er zur Hausbar ging. Er hatte sich einen Drink eingeschenkt, sich mit dem Handrücken dann über den Mund gewischt. Als er sprach, stolperten die Worte übereinander, eine unaufhaltsame Flut von heimtückischen Fragen, die in unangemessene Komplimente verpackt waren. *Wie alt bist du denn Püppchen du kannst doch höchstens dreizehn sein aber du siehst verdammt noch mal schon wie eine ausgewachsene Frau aus ich wette dein Daddy muss die Jungs mit einem Stock vertreiben was du kennst deinen Daddy nicht das ist eine Schande Kindchen ein kleines Mädchen wie du braucht einen großen starken Kerl der es beschützt...*

Zunächst hatte Leigh gedacht, er würde sie ähnlich wie Linda ins Kreuzverhör nehmen, aber im Rückblick verstand sie, dass er das Terrain sondiert hatte. In Polizeikreisen nannte man es Grooming, und Pädophile folgten vorhersehbar dem immer gleichen Skript.

Buddy hatte sie über ihre Interessen ausgefragt, über die Schulfächer, die sie mochte, hatte über ihre Ernsthaftigkeit mit ihr gescherzt und angedeutet, dass sie schlauer war als er, interessanter, ein faszinierenderes Leben führte. Er wollte alles über sie erfahren. Sie sollte wissen, dass er nicht wie diese alten Säcke war, die sie bisher kennengelernt hatte. Sicher, er war auch ein alter Sack, aber er verstand, was Jugendliche durchmachten. Er bot ihr Gras an. Sie lehnte dankend ab. Er bot ihr einen Drink an. Sie nippte an etwas, das wie Hustensaft schmeckte, und flehte ihn lautlos an, sie, *bitte, bitte, Mister*, einfach nach Hause gehen zu lassen, damit sie für die Schule lernen konnte.

Schließlich hatte Buddy mit großer Geste auf die klotzige goldene Uhr an seinem mächtigen Handgelenk geblickt. Die Kinnlade hatte er theatralisch sinken lassen ... *Wow Püppchen wo ist nur die Zeit geblieben ich könnte mich die ganze Nacht mit dir unterhalten aber deine Mutter wartet bestimmt schon auf dich ich wette sie ist eine richtige Zicke wenn es darum geht dich immer im Blick zu behalten obwohl du praktisch schon erwachsen bist und das Recht haben solltest deine eigenen Entscheidungen zu treffen, oder?*

Ohne nachzudenken, hatte Leigh die Augen verdreht, denn ihre Mutter würde höchstens aufbleiben, um Leigh das Geld abzuknöpfen, das sie für das Aufpassen auf Trevor bekommen hatte.

Hatte Buddy ihr Augenrollen bemerkt? Leigh wusste nur, dass sich in diesem Moment alles verändert hatte. Vielleicht hatte er die Informationen, die er eingesammelt hatte, zu einem Bild zusammengesetzt. Kein Vater. Unbrauchbare Mutter. Nicht viele Freunde in der Schule. Unwahrscheinlich, dass sie was erzählte.

Er hatte damit angefangen, wie dunkel es doch draußen war. Was für eine üble Gegend es war. Dass es vielleicht zu regnen anfing. Sicher, Leigh wohnte nur zehn Minuten zu Fuß entfernt, aber sie war zu hübsch, um nachts allein unterwegs zu sein. *Ein winziges Ding wie du irgendein übler Bursche könnte dich packen und in seiner Tasche verstecken und wäre das nicht eine verdammte Tragödie denn dann könnte Buddy ihr wunderschönes kleines Gesicht nie mehr sehen ob sie das wollte es würde ihm das Herz brechen und wollte sie ihm wirklich so etwas Schreckliches antun?*

Leigh war ganz schlecht geworden, sie hatte sich schuldig und beschämt gefühlt, und, was am schlimmsten war, sie hatte das Gefühl gehabt, in der Falle zu sitzen. Sie hatte befürchtet, er könnte darauf bestehen, dass sie über Nacht blieb. Doch dann hatte Buddy gesagt, er werde sie nach Hause fahren. Sie war so erleichtert gewesen, dass sie nicht widersprochen hatte, hatte nur ihre Hausaufgaben zusammengerafft und in ihren Rucksack gesteckt.

Die Ampel schaltete um, aber Leigh war so in Gedanken versunken, dass sie einen Moment brauchte, um das Grün zu registrieren. Einmal mehr hupte es hinter ihr. Sie bog ab. Ihre Bewegungen waren fast roboterhaft, als sie eine schattige Seitenstraße entlangfuhr. Kein Wind raschelte in den Bäumen, aber sie konnte die Luft in das offene Wagenfenster strömen hören.

Die Waleskis hatten einen Carport neben dem Haus. Die Fenster von Buddys gelber Corvette waren bereits heruntergelassen, als sie das Haus durch die Küchentür verließen. Der Wagen war ein älteres Modell, die Kühlerhaube rostete an den Rändern, die Farbe war etwas verblichen. Ein Ölfleck auf dem Beton zeigte die Stelle an, wo er stand. Innen hatte der Wagen nach Schweiß, Zigarren und Sägespänen gerochen. Er hatte eine große Sache daraus gemacht, die Tür für Leigh zu öffnen, und seinen Bizeps gespannt, um zu zeigen, wie stark er war. *Dein edler Ritter steht zu Diensten kleine Madame du brauchst nur mit den Fingern zu schnippen und dein alter Kumpel Buddy ist zur Stelle.*

Dann war er auf die Fahrerseite gegangen, und unwillkürlich hatte sie gedacht, dass er wie ein Clown aussah, der sich in ein Spielzeugauto zwängt. Buddy stöhnte und ächzte, als er seine Körpermassen hinter das Lenkrad quetschte. Die Schultern eingezogen, den Sitz bis zum Anschlag zurückgeschoben. Leigh sah, wie sich seine riesige Hand um den Schaltknüppel legte. Er ließ seine Bärenpranke dort und klopfte zu dem Song im Radio den Takt mit.

Callie wurde seit damals von der Tonbandstimme verfolgt, die aus dem defekten Telefon in der Küche geklungen war. Leigh wurde von Buddys krächzendem Falsett verfolgt, als er den Song »Kiss on My List« von Hall & Oates mitsang.

Sie waren erst zwei Minuten gefahren, als Buddys Hand schon im matten orangefarbenen Schein der Radioanzeige in ihre Richtung wanderte. Er hielt den Blick geradeaus gerichtet, aber seine Finger klopften nun auf ihr Knie, so wie sie zuvor auf den Ganghebel geklopft hatten.

Ich mag diesen Song magst du diesen Song auch Püppi ich wette du magst ihn aber ich frage mich hast du schon einmal einen Jungen geküsst weißt du wie sich das anfühlt?

Leigh war wie gelähmt, gefangen in dem Schalensitz, der Schweiß auf ihrer Haut verschmolz mit dem rissigen Lederbezug. Buddys Hand blieb auf ihrem Knie, als er schließlich abbremste und am Straßenrand hielt. Sie erkannte das Haus der Deguils. Sie hatte letzten Sommer ein paarmal auf deren Tochter Heidi aufgepasst. Das Licht auf der Veranda brannte.

Das ist schon in Ordnung Kleines hab keine Angst dein alter Kumpel Buddy würde dir niemals wehtun okay aber Himmel deine Haut ist so weich ich kann den Pfirsichflaum fühlen du bist ja fast wie ein Baby.

Er hatte sie noch immer nicht angesehen. Seine Augen blickten weiter starr geradeaus. Die Zungenspitze leckte über seine Lippen. Seine dicken Finger krabbelten von ihrem Knie nach oben und zogen ihren Rock mit. Das Gewicht seiner Hand auf ihrem Bein war wie ein Amboss.

Leigh schnappte nach Luft. Ihr Kopf schwamm, als sie in die Gegenwart zurücktaumelte, und ihr Herz schlug so heftig, dass sie die Hand auf die Brust legte, um sich zu vergewissern, dass es noch an Ort und Stelle war. Ihre Haut war klamm. Sie hatte Buddys Abschiedsworte noch im Ohr, als sie damals ausgestiegen war.

Das bleibt besser unter uns was hältst du davon hier ist noch ein bisschen Extrageld für heute Abend aber versprich mir du sagst nichts ich will nicht dass deine Mama böse auf dich ist und dich bestraft sodass ich dich womöglich nicht mehr sehen kann.

Leigh hatte ihrer Mutter von Buddys Hand auf ihrem Knie erzählt, sobald sie durch die Tür hereingekommen war.

Himmel noch mal, Harleigh, du bist doch kein hilfloses Baby, gib ihm was auf die Finger und sag ihm, er soll sich verpissen, wenn er es wieder versucht.

Natürlich hatte es Buddy wieder versucht. Aber ihre Mutter hatte recht gehabt. Leigh hatte ihm was auf die Finger gegeben und ihn angeschrien, er solle sich verpissen, und damit war die Sache erledigt gewesen. *Okay okay Püppchen ich hab's kapiert kein großes Ding aber pass auf Tiger eines Tages wirst du einem armen Kerl das Leben schwer machen.*

Danach hatte Leigh den Zwischenfall vergessen, so wie man eben Dinge vergisst, die so scheußlich sind, dass man sich nicht an sie erinnern will, wie zum Beispiel den Lehrer, der ständig davon sprach, wie schnell sich Leighs Brüste entwickelten, oder den alten Mann im Lebensmittelladen, der zu ihr sagte, dass sie sich ja in eine *richtige Frau* verwandelte. Drei Jahre später, als Leigh genug Geld gespart hatte, dass sie sich ein Auto kaufen und zu einem besseren Job im Einkaufszentrum fahren konnte, hatte sie den Babysitterjob an die dankbare Callie weitergegeben.

Die Ampel schaltete auf Grün. Leighs Fuß bewegte sich zum Gaspedal. Tränen strömten ihr übers Gesicht, und sie wollte sie fortwischen, aber das verdammte Corona hielt sie davon ab. Sie zog ein Papiertaschentuch aus der Packung und tupfte vorsichtig unter den Augen. Ein weiteres Aufschluchzen stieg in ihr hoch, und sie hielt die Luft an, bis die Lunge schmerzte, dann ließ sie den Atem langsam zwischen den Zähnen entweichen.

Leigh hatte Callie nie erzählt, was ihr mit Buddy in der Corvette widerfahren war. Sie hatte ihre kleine Schwester nie ermahnt, Buddys Hand wegzuschlagen. Sie hatte Buddy nie gesagt, dass er Callie verdammt noch mal in Ruhe lassen sollte. Sie hatte weder Linda noch sonst irgendwen darauf aufmerksam gemacht, weil sie die schlimme Erinnerung so weit von sich weggeschoben hatte, dass sie zu der Zeit, da der Mord an Buddy alles wieder an die Oberfläche gespült hatte, nichts weiter tun konnte, als in Schuldgefühlen zu ersaufen.

Sie atmete erneut durch den Mund und blickte umher, um sich zu orientieren. Der Audi wusste, wohin es ging, noch bevor sie es wusste. Links abbiegen, ein paar Meter rollen, rechts auf den Parkplatz der Ladenzeile abbiegen.

Sergeant Nick Wexlers Streifenwagen stand rückwärts eingeparkt auf seinem üblichen Platz für die Mittagspause, zwischen einer Bilderrahmenwerkstatt und einem jüdischen Delikatessenladen. Der Parkplatz war nur halb voll. Vor der Tür des Deli standen die Leute in einer langen Schlange für ihr Essen zum Mitnehmen an.

Leigh ließ sich Zeit, bevor sie ausstieg. Sie frischte ihr Makeup auf, kaute einige Pfefferminzpastillen, trug ihren knallroten Lippenstift auf. Dann holte sie Notizbuch und Kugelschreiber hervor und blätterte durch die Notizen zu Andrews Fall bis zu einer leeren Seite. Sie schrieb auf den unteren Teil der Seite. Das Valium erfüllte seinen Zweck. Ihre Hände hatten aufgehört zu zittern, sie spürte ihren Herzschlag nicht mehr hämmern.

Sie riss die beschriebene untere Hälfte der Seite ab, faltete sie zu einem kleinen Quadrat zusammen und steckte sie in den Träger ihres BHs.

Nick beobachtete sie bereits, als sie aus dem Audi stieg. Leigh übertrieb ihren Hüftschwung, spannte die Wadenmuskeln bei jedem Schritt an. Es verschaffte ihr die Zeit, die unterschiedlichen Facetten ihrer Persönlichkeiten zu sortieren. Nicht verletzlich wollte sie jetzt sein, wie sie es bei Walter war. Nicht eiskalt, wie sie bei Reggie Paltz gewesen war. Nein, bei Nick Wexler war Leigh die Frau, die mit dem Sergeant der Polizei von Atlanta flirten konnte, während er einen Strafzettel wegen Geschwindigkeitsüberschreitung für sie ausstellte, nur um ihn drei Stunden später um den Verstand zu vögeln.

Nick wischte sich über den Mund, als sie näher kam. Leigh lächelte, aber die Mundwinkel verzogen sich zu weit nach oben. Das kam vom Valium, es machte eine grinsende Idiotin aus ihr. Sie spürte, wie Nicks Blick ihr folgte, als sie um die Kühlerhaube seines Streifenwagens herumging.

Die Fenster standen offen.

»Verdammt, Frau Anwältin«, sagte Nick. »Wo haben Sie sich nur versteckt?«

Sie deutete auf den Kram, der auf dem Beifahrersitz lag. »Schaff den Müll weg.«

Nick klappte den am Armaturenbrett befestigten Laptop hoch und fegte alles andere mit einer Armbewegung auf den Boden. Leighs Hand verfehlte den Türgriff beim ersten Versuch. Ihre Sicht war benebelt. Sie blinzelte den Schleier fort und lächelte Nick an, als sie die Tür aufzog. Seine marineblaue Uniform des Atlanta Police Departments war von der Hitze verknittert. Er roch leicht verschwitzt und war unverschämt sexy. Strahlend weiße Zähne. Dichtes schwarzes Haar. Tiefblaue Augen. Sehnige, starke Arme.

Leigh stieg in den Streifenwagen, und ihr Absatz glitt auf seiner Lunchtüte aus. Sie hatte sich nicht mit dem Aufsetzen der Maske aufgehalten – das Valium machte sie nachlässig –, aber ihr Urteilsvermögen war nicht komplett im Eimer. Wer an vorderster Front arbeitete, war schon im Februar zur Impfung berechtigt gewesen. Leigh schätzte, dass sie sich wahrscheinlich eher einen Tripper bei Nick Wexler holte als Corona.

Er sagte: »Ich hoffe, Sie sind gekommen, um meinem Zeugen zuzusetzen.«

Leigh schaute durch die schmutzige Windschutzscheibe. Die Schlange vor dem Deli kroch nur langsam vorwärts. Das ständige Grinsen straffte ihre Gesichtsmuskeln. Die Angst köchelte in einem unerreichbaren Teil ihres Gehirns vor sich hin, und Andrew hatte sich zusammen mit ihr in die Dunkelheit zurückgezogen.

»Hey.« Nick schnalzte mit den Fingern. »Schenkst du mir was von dem Zeug, das du eingeworfen hast?«

»Valium.«

»Ein andermal«, sagte er. »Ich gebe mich damit zufrieden, dass du mir einen runterholst.«

»Ein andermal«, sagte sie. »Seit wann gibst du dich zufrieden?«

Er lachte anerkennend. »Was bringt dich nach so langer Zeit zu meiner Karre, Frau Anwältin? Führst du was im Schilde?«

Verschwörung zur Begehung eines Mordes. Unrechtmäßige Entsorgung einer Leiche. Lügen gegenüber einem Polizeibeamten. Unterschreiben einer Falschaussage. Flucht vor Strafverfolgung über Bundesstaatsgrenzen.

»Du musst mir einen Gefallen tun«, sagte sie.

Er zog die Augenbrauen hoch. Sie taten sich keine Gefallen, sondern vögelten gelegentlich miteinander und würden beide mit Schimpf und Schande aus ihren jeweiligen Beschäftigungsverhältnissen gejagt werden, wenn ihre Affäre aufflog. Cops und Strafverteidigerinnen kamen ungefähr so gut miteinander aus wie Churchill und Hitler.

»Es geht nicht um einen Fall«, sagte sie.

Er war erkennbar skeptisch. »O…kay.«

»Eine Mandantin will sich vor dem Zahlen drücken. Ich muss sie aufspüren, um an mein Geld zu kommen.«

»Werden die Shylocks in deiner Kanzlei nervös?«

Das alberne Grinsen zerrte an ihren Lippen. »So was Ähnliches.«

Er war immer noch skeptisch. »Sie lassen dich selbst deine Forderungen eintreiben?«

»Ich versuche es bei jemand anderem.« Leigh langte nach dem Türgriff.

»Hey, hey. Warten Sie, Frau Anwältin. Bleiben Sie bei mir.« Er sprach wie ein Cop mit ihr, aber seine Hand lag sanft auf ihrer Schulter. Sein Daumen strich über ihren Hals. »Was ist los?«

Sie schüttelte seine Hand ab. Sie beruhigten einander nicht gegenseitig. Diese Seite ihrer Persönlichkeit bekam nur Leighs Exmann Walter zu Gesicht.

Nick versuchte es noch einmal. »Was stimmt nicht?«

Sie hasste diesen *Ich-bieg-das-wieder-hin-für-dich*-Tonfall, es war einer der Gründe, warum sie ihn eine Weile nicht hatte sehen wollen. »Sehe ich aus, als würde etwas nicht stimmen mit mir?«

Er lachte. »Neunundneunzig Prozent der Zeit habe ich keine Ahnung, was zum Teufel in deinem hinreißenden Kopf vor sich geht.«

»Du machst es mit dem einen Prozent wett.« Sie hatte das laszive Lispeln nicht beabsichtigt. Oder vielleicht doch? Was sie beide taten, war bis zu einem gewissen Grad selbstzerstörerisch. Leigh schätzte, dass es das Risiko war, das sie immer wieder zu ihm führte.

Nick hatte sich jedoch für ihre Motive nie interessiert. Er ließ den Blick über ihren Körper zu ihren Beinen wandern. Er war ein Mann, der wusste, wie man eine Frau anzusehen hatte. Nicht auf die schmierige Art, so wie Buddy eine Dreizehnjährige taxiert hatte. Nicht mit der beiläufigen sexistischen Fickbar/nicht-fick-bar-Bewertung, die Reggie Paltz ihr in seinem Büro hatte zuteilwerden lassen. Sondern mit dem speziellen Blick, der ausdrückte: *Ich weiß genau, wo ich dich berühren muss und für wie lange.*

Leigh biss sich auf die Unterlippe.

»Scheiße«, sagte Nick. »Also gut, wie heißt die Mandantin?«

Sie dachte nicht daran, ihm zu zeigen, wie wichtig es ihr war. »Linker BH-Träger.«

Seine Augenbrauen schossen wieder nach oben. Rasch vergewisserte er sich, dass niemand zusah, dann glitt seine Hand in ihre Bluse. Ihre Haut war schweißnass von der Hitze. Seine Finger fuhren am Schlüsselbein entlang, hinunter zu ihrer Brust. Sie spürte, wie sich ihre Atmung veränderte, als er das Stück Papier fand. Er zog es langsam mit zwei Fingern heraus.

»Es ist feucht«, sagte er.

Sie lächelte wieder.

»Herrgott noch mal.« Er klappte seinen Laptop auf. Dann entfaltete er das Papier und legte es flach auf seinen Oberschenkel. Er lachte, als er den Namen las. »Dann wollen wir mal sehen, in welche Schwierigkeiten sich die Gute gebracht hat.«

»So viel zu *Racial Profiling*?«

Er warf ihr einen Seitenblick zu. »Wenn ich will, dass mir jemand in die Eier tritt und mich nicht vögelt, kann ich zu meiner Frau nach Hause gehen.«

»Wenn ich jemanden vögeln wollte, der sich in die Eier treten lässt, würde ich zu meinem Mann nach Hause gehen.«

Er lachte und tippte mit einem Finger in die Tastatur.

Leigh holte tief Luft und atmete langsam aus. Sie hätte das über Walter nicht sagen sollen. Das war ihre hässliche Seite, die Nick zum Vorschein brachte. Oder vielleicht brachte Walter als einziger Mann auf der Welt diesen winzigen Teil von Leigh zum Vorschein, der gut war?

»Oh, verdammt.« Nick sah mit zusammengekniffenen Augen auf den Schirm. »Diebstahl. Besitz illegaler Drogen. Hausfriedensbruch. Vandalismus. Illegale Drogen. Illegale Drogen. Großer Gott, wieso ist das Miststück nicht im Knast?«

»Sie hat eine verdammt gute Anwältin.«

Nick scrollte kopfschüttelnd weiter nach unten. »Wir reißen uns den Arsch auf, um alle Beweise zusammenzutragen, und in dem Moment, in dem ihr Idioten auftaucht, geht alles zum Teufel.«

»Ja, aber wenigstens bekommst du einen geblasen.«

Er warf ihr wieder diesen Blick zu. Sie wussten beide, warum sie ständig auf Sex zurückkam.

Nick sagte: »Ich könnte deswegen gefeuert werden, dass ich das für dich heraussuche.«

»Verrat mir, wann je ein Cop für irgendwas gefeuert wurde.«

Er grinste. »Weißt du, was für ein Elend der Dienst am Schreibtisch ist?«

»Immerhin besser, als einen Schuss in den Rücken zu kassieren.« Sie sah an seinem scharfen Blick, dass sie zu weit gegangen war. Also ging sie noch weiter. »Macht ihr euch jemals Sorgen, dass auch Weiße anfangen könnten, der Polizei zu misstrauen?«

Der Blick war jetzt noch schärfer, aber er sagte nur: »Sei bloß froh, dass deine Beine heute so verdammt gut aussehen.«

Er wandte sich wieder seinem Computer zu. Sein Finger glitt über das Trackpad. »So, da wären wir. Frühere Adressen – Lake Point, Riverdale, Jonesboro.«

Nicht die Nordwestecke von Iowa. Keine Farm. Nicht verheiratet. Keine Kinder.

»Die Dame bevorzugt die besseren Etablissements.« Nick zog den Spiralblock und den Stift aus seiner Brusttasche. »Vor zwei Wochen bekam sie eine Vorladung, weil sie bei Rot über die Ampel gelaufen ist. Sie hat eine Adresse in einem Stundenhotel. Ist sie in dem Geschäft?«

Leigh zuckte die Achseln.

»Ihr Name prädestiniert sie nicht gerade für großen Erfolg.« Er lachte. »Calliope DeWinter.«

»Callie-ope«, korrigierte Leigh, weil ihre Mutter zu dumm gewesen war, um es richtig auszusprechen. »Sie nennt sich Callie.«

»Wenigstens eine gute Wahl, zu der sie fähig war.«

»Es geht nicht darum, eine gute Wahl zu treffen. Es geht darum, eine Wahl zu *haben*.«

»Klar.« Nick riss die Seite mit der Adresse aus seinem Spiralblock. Er faltete sie zusammen und hielt sie zwischen zwei Fingern. Er versuchte nicht, sie in ihren BH zu schieben, denn er war ein Cop, und er war nicht dumm. »Was verdienst du als Anwältin, zehn Riesen die Stunde?«

»So in der Art.«

»Und wie bezahlt das eine kleine Junkie-Nutte?«

Leigh beherrschte sich, um ihm die Adresse nicht aus der Hand zu reißen. »Die Kleine hat geerbt.«

»Ist das die Geschichte, die du mir erzählen willst?«

Nur eine Empfindung kam gegen den Valiumnebel an: Zorn. »Verdammt noch mal, Nick. Was soll dieses Verhör? Entweder du gibst mir die Information oder ...«

Er warf ihr die Adresse in den Schoß. »Steig aus meiner Karre, Frau Anwältin, und geh deinen Junkie suchen.«

Leigh stieg nicht aus, sondern entfaltete das Papier.

Alameda Motel, 9921 Stewart Avenue.

Früher, als Leigh bei Legal Aid gearbeitet hatte, hatten viele ihrer Mandanten in dem Motel gewohnt, das langfristig Zimmer vermietete. Man verlangte dort einhundertzwanzig Dollar in der Woche von armen Leuten, die etwas sehr viel Besseres finden könnten, wenn sie es schafften, die Kaution für eine Wohnung anzusparen, die vierhundertachtzig Dollar im Monat kostete.

»Ich habe zu tun«, sagte Nick. »Rede oder geh.«

Sie öffnete den Mund. Sie würde ihm die Wahrheit sagen:

Sie ist meine Schwester. Ich habe sie seit über einem Jahr nicht mehr gesehen. Sie haust wie eine drogensüchtige Prostituierte, während ich in einer bewachten Eigentumswohnanlage lebe und meine Tochter auf eine Schule schicke, die achtundzwanzigtausend Dollar im Jahr kostet, weil ich meine kleine Schwester in die Arme eines Sexualstraftäters getrieben habe und mich zu sehr schämte, um ihr zu erzählen, dass er sich an mich ebenfalls herangemacht hat.

»Gut.« Leigh durfte Nick nicht die ganze Wahrheit sagen, aber sie konnte einen Teil davon preisgeben. »Ich hätte von Anfang an offen zu dir sein sollen. Sie ist eine meiner früheren Mandantinnen. Aus der Zeit, als ich noch selbstständig war.«

Nick erwartete eindeutig mehr.

»Sie war in der Grundschule eine gute Turnerin. Dann fing sie mit Cheerleading auf Wettkampfebene an.« Leigh kniff die Augen zusammen, um einen derben Cheerleader-Witz abzuwehren, der ihr durch den Kopf schoss. »Sie war Flyer. Weißt du, was das ist?«

Er schüttelte den Kopf.

»Es gibt ein paar Leute in der Truppe, bis zu vier Stück, die nennen sich Spotter. Sie heben zum Beispiel die Fliegerin auf ihren Händen hoch, während die eine bestimmte Pose hält. Oder manchmal werfen die Spotter den Flyer so hoch in die Luft, wie sie nur können. Ich rede hier von fünf, sechs Metern über dem Boden. Der Flyer macht dabei seine Schrauben und Saltos und kommt dann wieder herunter, und die Spotter verschränken ihre Arme, um sie wie in einem Korb aufzufangen. Aber wenn sie sie nicht fangen oder nicht richtig fangen, dann kann der Flyer sich das Knie ruinieren, den Knöchel brechen, den Rücken stauchen.« Leigh musste innehalten, um zu schlucken. »Callie ist bei einem X-Out-Wurf falsch gelandet und hat sich zwei Halswirbel gebrochen.«

»Großer Gott.«

»Sie war so stark trainiert, dass die Muskeln die Wirbel an Ort und Stelle gehalten haben, und sie hat den Wettkampf fortgesetzt. Aber da wurden plötzlich ihre Beine taub, und man hat sie schnell in die Notaufnahme gebracht, wo sie operiert wurde. Man hat die Wirbelkörper verblockt, und Callie musste eine Halskrause tragen, damit sie den Kopf nicht versehentlich dreht. Tja, sie fing dann an, Oxy gegen den Schmerz zu nehmen und …«

»Heroin.« Nick arbeitete auf der Straße. Er hatte zu oft in der Realität gesehen, wie die Geschichte weiterging. »Das ist eine ziemlich rührselige Geschichte, Frau Anwältin. Der Richter muss sie ihr abgekauft haben, sonst wäre sie im Gefängnis, wo sie auch hingehört.«

Der Richter hatte einem unschuldigen Junkie das Geständnis abgekauft, zu dem Leigh ihn bestochen hatte.

»Hängt sie an der Nadel, oder raucht sie?«

»Nadel. Seit zwanzig Jahren, mit immer wieder mal einem Entzug dazwischen.« Leighs Herz hatte wieder zu hämmern begonnen. Die erdrückenden Schuldgefühle wegen des qualvollen

Lebens ihrer Schwester hatten den Valiumschleier durchdrungen. »Manche Jahre sind besser als andere.«

»Lieber Himmel, sie hat ganz schön was mitgemacht.«

»Das hat sie.« Es hatte sich wie ein endloser Horrorfilm vor Leighs Augen abgespielt. »Ich wollte nach ihr sehen, weil ich mich schuldig fühle.«

Seine Augenbrauen schossen wieder hoch. »Seit wann fühlen sich Strafverteidiger schuldig?«

»Sie wäre letztes Jahr fast gestorben.« Leigh konnte ihn nicht mehr ansehen und schaute stattdessen aus dem Fenster. »Ich habe sie mit Corona angesteckt.«

SOMMER 1998

Die Nacht war pechschwarz. Harleighs Augen stellten auf jedes Detail scharf, das von den Scheinwerfern ihres Wagens erfasst wurde. Nummern auf Briefkästen. Stoppschilder. Hecklichter parkender Wagen. Die Augen einer Katze, die über die Straße huschte.

Harleigh, ich glaube, ich habe Buddy umgebracht.

Callies heiseres Flüstern in der Leitung war kaum hörbar gewesen. Etwas erschreckend Ausdrucksloses lag in ihrer Stimme. Sie hatte am selben Morgen, als sie ihre Socken für das Cheerleader-Training nicht gefunden hatte, mehr Gefühlsbewegung an den Tag gelegt.

Ich glaube, ich habe ihn mit einem Messer umgebracht.

Harleigh hatte keine Fragen gestellt oder einen Grund hören wollen. Sie hatte genau gewusst, warum es passiert war, denn sie hatte in Gedanken wieder in dieser verranzten gelben Corvette gesessen, im Radio hatte das Lied von Hall & Oates gespielt, und Buddys riesige Hand hatte ihr Knie bedeckt.

Callie, hör mir zu. Rühr dich nicht vom Fleck, bis ich bei dir bin.

Callie hatte sich nicht gerührt. Harleigh hatte sie im Schlafzimmer der Waleskis auf dem Boden sitzend vorgefunden. Sie hielt den Telefonhörer immer noch ans Ohr. Die Tonbandstimme aus der Notrufzentrale tönte über das schrille *Wah-wah-wah* hinweg, das der Apparat von sich gab, wenn man den Hörer zu lange nicht auflegte.

Callies Haar war nicht wie sonst zu einem Pferdeschwanz gebunden, sondern hing ihr ins Gesicht. Ihre Stimme klang heiser, als sie die aufgezeichneten Worte mitsprach. »Wenn Sie einen Anruf machen wollen ...«

»Cal!« Harleigh sank auf die Knie und versuchte, das Telefon aus der Hand ihrer Schwester zu lösen, aber Callie ließ es nicht los. »Callie, bitte.«

Callie blickte auf.

Leigh wich entsetzt zurück.

Das Weiße in den Augen ihrer Schwester hatte sich dunkelrot verfärbt. Ihre Nase war gebrochen. Blut lief aus Nase und Mund und tropfte von ihrem Kinn. Fingerförmige Blutergüsse zogen sich um ihren Hals, wo Buddy sie zu erwürgen versucht hatte.

Und Harleigh war für all das verantwortlich. Sie hatte sich selbst vor Buddy geschützt, aber dann hatte sie Callie direkt vor seine Füße geschubst.

»Cal, es tut mir leid. Es tut mir so leid.«

»Was ...« Callie hustete, und ein blutiger Sprühnebel kam aus ihrem Mund. »Was machen wir jetzt?«

Harleigh nahm Callies Hände, als könnte sie verhindern, dass sie beide noch tiefer versanken. So vieles ging ihr in Sekundenschnelle durch den Kopf – *Alles wird gut. Ich bringe das wieder in Ordnung. Wir stehen es zusammen durch* –, aber sie sah keine Möglichkeit, es wieder in Ordnung zu bringen, keinen Weg aus der Hölle. Harleigh hatte das Haus durch die Küche betreten. Ihr Blick war auf die gleiche schuldbewusste Art über Buddy hinweggehuscht wie über einen Obdachlosen, den man vorgibt nicht zu sehen, wenn er frierend in einem Hauseingang sitzt.

Aber Buddy war nicht obdachlos.

Buddy Waleski war gut vernetzt. Er hatte überall Freunde, auch bei der Polizei. Callie war kein verhätscheltes weißes Vorstadtkind mit zwei Eltern, die ihr Leben opfern würden, um sie zu beschützen. Sie war ein Assi-Teenager aus dem üblen Teil der Stadt, und sie war schon im Jugendarrest gewesen, weil sie im Ein-Dollar-Shop ein rosa Katzenhalsband gestohlen hatte.

»Vielleicht …« Tränen traten in Callies Augen. Ihre Kehle war so geschwollen, dass ihr das Sprechen schwerfiel. »Vielleicht ist er okay?«

Harleigh verstand nicht. »Was?«

»Schaust du nach, ob er okay ist?« Callies dunkle Augen reflektierten das Licht der Nachttischlampe. Sie sah Harleigh an, aber sie war irgendwo anders, an einem Ort, wo sich alles zum Guten wenden würde. »Buddy war wütend, aber vielleicht ist er nicht mehr wütend, wenn er okay ist. Wir können … wir können Hilfe für ihn holen. Linda kommt erst um …«

»Cal …« Harleighs Schluchzen erstickte das Wort. »War es … hat Buddy etwas bei dir versucht? Ist es früher schon passiert oder …«

Callies Gesicht war Antwort genug. »Er hat mich geliebt, Harleigh. Er hat gesagt, er wird sich immer um mich kümmern.«

Der Schmerz brachte Harleigh buchstäblich zum Zusammenklappen. Ihre Stirn berührte den schmutzigen Teppich. Tränen liefen ihr aus den Augen. Ein Stöhnen drang tief aus ihrem Innern.

Das war ihre Schuld. Es war alles ihre Schuld.

»Schon gut.« Callie strich ihr über den Rücken, sie versuchte, sie zu trösten. »Er liebt mich, Harleigh. Er wird mir verzeihen.«

Harleigh schüttelte den Kopf. Der spröde Teppich kratzte an ihrem Gesicht. Was sollte sie tun? Wie sollte sie das je wieder in Ordnung bringen? Buddy war tot. Er war zu schwer, als dass sie ihn tragen könnten. Er würde niemals in Harleighs winziges Auto passen. Sie konnten kein Loch graben, das tief genug war, damit er darin verrotten konnte. Sie konnten nicht einfach gehen, weil Callies Fingerabdrücke überall im Haus waren.

»Er wird sich um mich kümmern, Har. Sag ihm nur, dass es mir l-leidtut.«

Das war ihre Schuld. Es war alles ihre Schuld.

»Bitte ...« Aus Callies gebrochener Nase pfiff es bei jedem Atemzug. »Gehst du bitte nachsehen?«

Harleigh schüttelte nur immer weiter den Kopf. Ihr war zumute, als bohrten sich Krallen in ihren Brustkorb und zerrten sie in das stinkende Loch zurück, das sich Leben nannte. In vier Wochen und einem Tag sollte sie ins College aufbrechen. Sie sollte machen, dass sie so schnell wie möglich von hier wegkam, aber sie konnte ihre Schwester nicht einfach so im Stich lassen. Die Polizei würde die Verletzungen und Prellungen nicht als Beweis dafür sehen, dass Callie um ihr Leben gekämpft hatte. Man würde die hautengen Klamotten sehen, die sie trug, das zu starke Make-up, die Frisur, und man würde schlussfolgern, sie sei eine hinterhältige, mörderische Lolita.

Und wenn Harleigh ihr zu Hilfe kam, sie verteidigte? Wenn sie sagte, Buddy hätte es bei ihr ebenfalls versucht, aber sie sei so damit beschäftigt gewesen, mit ihrem Leben weiterzumachen, dass sie ihre Schwester nicht gewarnt hatte?

Das ist deine Schuld. Es ist alles deine Schuld.

»Bitte schau nach ihm«, sagte Callie. »Er hat ausgesehen, als würde er frieren, Harleigh. Buddy hasst es, wenn er friert.«

Harleigh sah ihre Zukunft den Bach hinuntergehen. Alles, was sie sich vorgestellt hatte, das ganz neue Leben in Chicago mit ihrer eigenen Wohnung, ihren eigenen Sachen, vielleicht einer Katze und einem Hund und einem Freund, der nicht schon vorbestraft war – alles dahin. Alle zusätzlichen Kurse in der Schule, all die Nächte, die sie zwischen zwei, manchmal drei verschiedenen Jobs mit Lernen verbracht hatte, die übergriffigen Chefs und deren anzügliche Bemerkungen, die sie ertragen hatte, dass sie zwischen den Schichten im Wagen geschlafen und das verdiente Geld vor ihrer Mutter versteckt hatte – und das alles nur, um schließlich haargenau so zu enden wie all die anderen armseligen, hoffnungslosen Kids in diesem Kiez?

»Er ...« Callie hustete. »Er war wütend, weil ich die K-Kamera entdeckt habe. Ich wusste davon, aber nicht ... Er hat uns gefilmt, Har, wenn wir ... Sie haben es gesehen. Sie wissen alle, was wir g-getan haben.«

Harleigh wiederholte die Worte ihrer Schwester lautlos für sich. Die Wohnung in Chicago. Die Katze und der Hund. Alles löste sich in Luft auf.

Mühsam richtete sie sich wieder auf. Sie wollte nicht fragen, aber sie musste es wissen. »Wer hat dich gesehen?«

»A-alle.« Callies Zähne klapperten jetzt. Ihre Haut war blutleer, ihre Lippen so blau wie der Schopf eines Eichelhähers. »Dr. Patterson. C-Coach Holt. Mr. Humphrey. Mr. G-Ganza. Mr. Emmett.«

Harleigh legte reflexartig die Hand auf den Magen. Die Namen waren ihr so vertraut wie die letzten achtzehn Jahre ihres Lebens. Dr. Patterson, der Harleigh ermahnt hatte, sich unauffälliger zu kleiden, weil sie die Jungen ablenkte. Coach Holt, der ihr ständig sagte, er wohne nur ein kurzes Stück die Straße hinauf, falls sie einmal mit jemandem reden müsse. Mr. Humphrey, bei dem sie sich auf den Schoß hatte setzen müssen, bevor er sie eine Probefahrt mit dem Auto hatte machen lassen. Mr. Ganza, der ihr letzte Woche im Supermarkt hinterhergepfiffen hatte. Mr. Emmett, dessen Arm immer wie zufällig über ihre Brust strich, wenn sie im Zahnarztstuhl lag.

Sie fragte Callie: »Sie haben dich angefasst? Dr. Patterson und Coach ...«

»N-nein. Buddy hat ...« Sie konnte nicht weiterreden vor Zähneklappern. »Buddy hat Videos gemacht, und sie haben uns g-gesehen.«

Harleighs Blick schärfte sich wieder wie bei der Fahrt hierher. Nur dass dieses Mal alles rot war. Wohin sie auch schaute – die verkratzten Wände, der feuchte Teppich, die fleckige Bettdecke, Callies geschwollenes, zerschlagenes Gesicht –, sie sah rot.

Das war ihre Schuld. Es war alles ihre Schuld.

Sie wischte Callie behutsam die Tränen ab und sah dabei zu, wie sich ihre Hand bewegte, aber es war, als beobachtete sie die Hand einer fremden Person. Das Wissen darum, was diese erwachsenen Männer ihrer kleinen Schwester angetan hatten, spaltete Harleigh in zwei Hälften. Eine Seite von ihr wollte die Zähne zusammenbeißen und den Schmerz aushalten, wie sie es immer tat. Die andere Seite wollte selbst so viel Schmerz verursachen wie nur möglich.

Dr. Patterson. Coach Holt. Mr. Humphrey. Mr. Ganza. Mr. Emmett.

Sie würde sie vernichten, und wenn es das Letzte war, was sie tat. Leigh würde ihrem Leben ein Ende bereiten.

Sie fragte ihre Schwester: »Um welche Zeit kommt Linda morgens nach Hause?«

»Um neun.«

Harleigh schaute auf den Wecker neben dem Bett. Sie hatten weniger als dreizehn Stunden, um das alles in Ordnung zu bringen.

»Wo ist die Kamera?«

»I...«, Callie legte die Hand an ihre geschundene Kehle, als müsste sie der Antwort nachhelfen, »in der Bar.«

Mit geballten Fäusten ging Harleigh den Flur entlang, vorbei am Gästezimmer, am Bad. Vorbei an Trevors Zimmer.

Sie blieb stehen, machte kehrt. Sie öffnete Trevors Tür einen Spaltweit. Sein Nachtlicht warf winzige kreisende Sterne an die Decke. Sein Gesicht war ins Kissen vergraben. Er schlief fest. Es war klar, dass Buddy ihn gezwungen hatte, seine Augen-zu-Medizin zu nehmen.

»Harleigh?« Callie stand im Eingang. Sie war so blass, dass sie wie ein in der Dunkelheit schwebender Geist aussah. »Ich weiß nicht, w-was ich tun soll.«

Harleigh zog Trevors Tür wieder zu.

Sie ging den Flur entlang, vorbei am Aquarium, der Couch, den hässlichen ledernen Clubsesseln mit ihren Brandflecken auf den Lehnen. Der Camcorder befand sich auf einem Haufen Weinkorken hinter der Theke. Eine Canon Optura, ein Spitzenmodell, was Harleigh wusste, weil sie im Weihnachtsgeschäft auch Elektronikartikel verkauft hatte. Das Plastikgehäuse war zerbrochen, an der Ecke fehlte ein Stück. Harleigh riss die Kamera vom Stromkabel und betätigte mit dem Daumennagel den winzigen Schieber, um die Minikassette auszuwerfen.

Leer.

Harleigh suchte auf dem Boden nach der Kassette, in den Regalen hinter der Theke.

Nichts.

Sie stand auf und betrachtete die Couch mit ihren deprimierenden Einzelabdrücken an den entgegengesetzten Enden. Die schmuddeligen orangefarbenen Vorhänge. Den riesigen Fernseher, aus dem dünne Kabel hingen.

Kabel, die in die Kamera in ihrer Hand führten.

Das Gerät hatte keinen internen Speicher. Die Minikassette, die nur geringfügig größer als eine Visitenkarte war, enthielt die Aufzeichnungen. Man konnte die Kamera an ein Fernsehgerät oder einen Videorekorder anschließen, aber keine Kassette bedeutete: kein Film.

Harleigh musste unbedingt diese Kassette finden, um sie der Polizei zu zeigen, damit die ... *was* sehen konnte?

Sie war noch nie in einem Gerichtssaal gewesen, aber sie hatte im Laufe ihres kurzen Lebens bereits gesehen, wie eine Frau nach der anderen von Männern fertiggemacht wurde. Verrückte Schlampen. Hysterische Mädels. Blöde Fotzen. Männer kontrollierten das System. Sie kontrollierten die Polizei, die Gerichte, die Bewährungsbehörden, Sozialdienste, Jugendstrafanstalten und Gefängnisse, Schulausschüsse, Autohandlungen, Supermärkte, Zahnarztpraxen.

Dr. Patterson. Coach Holt. Mr. Humphrey. Mr. Ganza. Mr. Emmett.

Sie konnte unmöglich beweisen, dass sie das Video gesehen hatten, und solange es nicht zeigte, wie Callie die ganze Zeit *Nein!* brüllte, würden die Polizisten, Anwälte, Richter, schlichtweg alle sagen, sie habe es doch gewollt, weil sich Männer, egal, was Frauen geschah, immer gegenseitig deckten.

»Harleigh.« Callie hatte die Arme um die schmale Taille geschlungen. Sie zitterte. Ihre Lippen waren blass. Es schien, als würde sich ihre kleine Schwester Schritt für Schritt vor ihren Augen auflösen.

Das war ihre Schuld. Es war alles ihre Schuld.

»Bitte«, sagte Callie. »Er ... er könnte noch leben. Bitte.«

Harleigh sah ihre Schwester an. Mascara war ihr in Strömen übers Gesicht gelaufen, der Mund war von Blut und Lippenstift zu einer Clownsmaske verschmiert. Wie Harleigh hatte sie es kaum erwarten können, erwachsen zu werden. Nicht, weil sie die Jungs ablenken oder auf sich aufmerksam machen wollte, sondern weil Erwachsene ihre eigenen Entscheidungen treffen durften.

Harleigh knallte die Kamera auf die Theke.

Sie wusste endlich, wie sie aus dieser Sache herauskamen.

Buddy Waleski saß auf dem Küchenboden, den Rücken an die Schränke unter der Spüle gelehnt. Sein Kopf war auf die Brust gefallen, die Arme lagen seitlich am Körper, die Beine waren gespreizt. Die Schnittwunde war in seinem linken Oberschenkel, eine winzige Blutquelle blubberte daraus hervor wie Abwasser aus einem defekten Schlauch.

»B-bitte sieh nach.« Callie stand hinter ihr und starrte Buddy aus ihren verfärbten Augen unverwandt an. »B-bitte, Harleigh. Er k-kann nicht tot sein. Es kann nicht sein.«

Harleigh ging zu der Leiche, aber nicht, um zu helfen. Sie suchte seine Hosentaschen nach der Kassette ab. Sie fand ein Bündel Geld auf der linken Seite, zusammen mit einer halben Rolle Tabletten gegen Magensäure und einigen Fusseln. Eine Fernbedienung für die Kamera steckte in der rechten Tasche. Sie schleuderte sie so heftig auf den Boden, dass die Batterieabdeckung absprang. Sie suchte in den Gesäßtaschen und fand Buddys rissige Ledergeldbörse und ein fleckiges Taschentuch.

Keine Kassette.

»Harleigh?«, sagte Callie.

Harleigh blendete ihre Schwester aus. Sie musste sich darauf konzentrieren, was sie der Polizei erzählen würden ...

Buddy hatte noch gelebt, als die Schwestern das Haus der Waleskis verlassen hatten. Callie hatte ihre Schwester nur angerufen, damit die sie abholte, weil sich Buddy so seltsam benahm. Er hatte Harleigh erzählt, dass ein Typ damit drohte, ihn umzubringen. Dann hatte er zu Harleigh gesagt, sie solle zusehen, dass sie Callie hier wegbrachte. Sie waren also nach Hause gefahren, und dann hatte der Mann, der Buddy bedrohte, ihn offenbar umgebracht.

Harleigh suchte nach Schwachpunkten in der Geschichte. Callies Fingerabdrücke und DNA waren überall, aber Callie verbrachte mehr Zeit dort als Buddy. Trevor schlief fest, er wusste also von gar nichts. Die Lache von Buddys Blut war auf den Bereich um sein Bein beschränkt, es gab also keine Fingerabdrücke oder Fußspuren, die sich zu Callie zurückverfolgen ließen. Es gab für alles eine Erklärung. Manches stand vielleicht auf schwachen Beinen, aber es war glaubhaft.

»Har?« Callies Arme waren noch immer um ihre Taille geschlungen. Sie schaukelte vor und zurück.

Harleigh musterte sie. Blutunterlaufene, zugeschwollene Augen. Würgemale. Gebrochene Nase.

»Das hat dir Mom angetan«, sagte sie.

Callie sah verwirrt aus.

»Wenn jemand fragt, dann sag, du hast dich daheim mit Mom angelegt, und sie hat dich übel verprügelt. Okay?«

»Ich ver...«

Harleigh hob die Hand, um Callie zum Schweigen zu bringen. Sie musste alles noch einmal genau durchdenken. Buddy war nach Hause gekommen. Er hatte Angst gehabt. Jemand hatte ihn bedroht. Er hatte nicht gesagt, wer, nur gedrängt, dass die Schwestern gehen sollten. Harleigh hatte Callie nach Hause gefahren. Buddy war wohlauf gewesen, als sie gingen. Callie war daheim grün und blau geschlagen worden wie schon Dutzende Male zuvor. Die Polizei würde wieder den Sozialdienst verständigen, aber ein paar Monate in einer Pflegefamilie waren tausendmal besser, als den Rest des Lebens im Gefängnis zu verbringen.

Es sei denn, die Polizei fand die Kassette, denn damit hätte Callie ein Motiv.

»Wo würde Buddy etwas verstecken, das klein ist?«, fragte sie. »Kleiner als seine Hand?«

Callie schüttelte den Kopf. Sie wusste es nicht.

Harleigh ließ den Blick wild durch die Küche schweifen, sie musste die Kassette unbedingt finden. Sie öffnete Schränke und Schubläden, schaute unter Töpfen und Pfannen nach. Alles schien an seinem Platz zu sein, und Harleigh hätte es bemerkt, wenn es nicht so wäre. Bevor Callie den Job übernahm, hatte sie drei lange Jahre an fünf Abenden in der Woche praktisch bei den Waleskis gewohnt. Hatte auf der Couch gelernt, in der Küche für Trevor gekocht, am Tisch mit ihm gespielt.

Buddys Aktentasche stand auf dem Tisch.

Verschlossen.

Harleigh suchte ein Messer aus der Schublade, rammte es unter den Verschluss und befahl Callie: »Erzähl mir, was passiert ist. Ganz genau. Lass nichts aus.«

Callie schüttelte wieder den Kopf. »Ich ... ich erinnere mich nicht.«

Das Schloss sprang auf. Harleigh war einen Moment lang wie erstarrt beim Anblick von so viel Geld, doch der Bann war schnell gebrochen. Sie packte das Geld aus, tastete das Futter ab, die Innentaschen, die Aktenordner, fragte dann Callie: »Wo hat der Kampf angefangen? Wo im Haus warst du da?«

Callie bewegte lautlos die Lippen.

»Calliope.« Harleigh krümmte sich innerlich, als sie sich im Tonfall ihrer Mutter reden hörte. »Sag es mir auf der Stelle, verdammt noch mal. Wo hat es angefangen?«

»Wir ...« Callie drehte sich zum Wohnzimmer um. »Hinter der Bar.«

»Was ist passiert?« Harleighs Stimme blieb hart. »Sei genau. Lass nichts aus.«

Callies Stimme war so schwach, dass sich Harleigh anstrengen musste, um alles zu verstehen. Sie blickte an ihrer Schwester vorbei und sah alles vor ihrem geistigen Auge, als würde der Kampf in Echtzeit stattfinden. Wie Callie hinter der Bar Buddys spitzen Ellbogen auf die Nase bekommen hatte. Wie der Karton mit den Korken herunterfiel und die Kamera aus dem Regal purzelte. Wie Callie benommen auf dem Rücken lag. In die Küche ging und den Kopf unter den Wasserhahn hielt. Wie sie Buddy damit drohte, alles Linda zu erzählen. Der Angriff. Die aus der Wand gerissene Telefonschnur. Das Würgen, die Tritte und Schläge und dann ... das Messer.

Harleigh blickte auf. Sie sah, dass Callie den Hörer wieder eingehängt hatte. Die Liste mit den Notfallnummern klebte noch neben dem Telefon an der Wand. Der einzige Hinweis darauf, dass etwas Schlimmes passiert war, war die abgerissene Telefonschnur. »Das war Trevor.«

»Was?«, fragte Callie.

»Sag ihnen, Trevor hat das Telefonkabel abgerissen. Wenn er sagt, er war es nicht, werden alle denken, er lügt, damit er keinen Ärger bekommt.«

Harleigh wartete nicht auf Callies Zustimmung. Sie packte Buddys Aktentasche wieder ein und schloss den Deckel. Sie schaute sich noch einmal in der Küche um, ob Buddy die Kassette hier irgendwo versteckt haben könnte. Schließlich stockte ihr Blick auf seiner mächtigen Gestalt. Er lehnte immer noch zusammengesackt an der Wand. Aus der Wunde im Bein sickerte weiter Blut.

Sie spürte, wie ihr eigenes Blut gefror.

Man blutete nur, solange das Herz noch pumpte.

»Calliope.« Sie schluckte so schwer, dass sie ihre Kehle schnalzen hörte. »Geh und schau nach Trevor. Sofort.«

Callie widersprach nicht. Sie verschwand im Flur.

Harleigh kniete vor Buddy nieder. Sie griff in sein Haar und zog den riesigen Kopf hoch. Seine Lider öffneten sich einen Schlitzweit. Nur das Weiße war in den Augen zu sehen.

»Wach auf.« Sie schlug ihm ins Gesicht. »Wach auf, du blöder Kinderficker.«

Das Weiße in seinen Augen blitzte wieder auf.

Sie zog seine Lider hoch. »Schau mich an, Arschloch.«

Buddys Lippen teilten sich. Sie konnte den billigen Whiskey und die Zigarren in seinem Atem riechen. Der Gestank war so vertraut, dass sie sich sofort in seine Corvette zurückversetzt fühlte.

Verängstigt. Hilflos. Einen Ausweg herbeisehnend.

Harleigh schlug ihn so hart, dass Speichel von seinem Mund flog. »Schau mich an.«

Buddys Pupillen rollten kurz nach oben, aber langsam wanderten sie zur Mitte.

Sie sah den Funken des Wiedererkennens, die idiotische Hoffnung, dass er jemanden vor sich hatte, der auf seiner Seite stand.

Buddy blickte auf die Reste des Telefons, dann wieder zu Harleigh. Er flehte sie an, Hilfe zu rufen. Er wusste, er hatte nicht mehr lange.

Sie sagte: »Wo ist die Kassette aus der Kamera?«

Er sah wieder zum Telefon, dann zurück zu ihr.

Sie schob ihr Gesicht vor seins. »Ich bringe dich auf der Stelle um, wenn du es mir nicht sagst.«

Buddy Waleski hatte keine Angst. Er sah Harleigh als eine dumme Kuh an, als eine, die sich an Regeln klammerte, als ein Mädchen, das den Unterschied zwischen Richtig und Falsch kannte. Das Zucken auf seiner linken Mundseite verriet ihr, dass er Fräulein Tugendhaft mit Freuden zu Fall bringen würde, und ihre kleine Schwester gleich mit.

»Du verdammtes Arschloch.« Harleigh ohrfeigte ihn noch kräftiger als beim ersten Mal. Dann schlug sie ihm die Faust ins

Gesicht. Sein Kopf krachte in den Küchenschrank. Sie packte ihn am Hemd und holte aus, um erneut zuzuschlagen.

Buddy hörte das Geräusch noch vor ihr. Ein deutliches kleines Klacken, das aus seinem Hemd kam. Sie sah, wie sich eine Spur Unsicherheit in seinen selbstbewussten Gesichtsausdruck schlich. Sein Blick irrlichterte, er versuchte fieberhaft zu ermessen, ob sie verstanden hatte oder nicht. Harleigh war in der Bewegung erstarrt, die rechte Faust noch erhoben, die linke in sein Hemd gekrallt. Sie versuchte, mit allen Sinnen genau zu diesem Moment zurückzugehen, in dem sie es gehört hatte – der Kupfergeruch des Bluts, das leise Rasseln von Buddys Atem, der bittere Geschmack der verlorenen Freiheit in ihrem Mund, der raue Stoff seines schmutzigen Arbeitshemds in ihrer Faust.

Sie raffte den dicken Baumwollstoff enger zusammen.

Das Klacken lenkte ihren Blick auf seine Brust.

Harleigh hatte nur seine Hosentaschen untersucht. Buddy trug ein kurzärmliges Arbeitshemd mit verstärkten Nähten. Eine Brusttasche mit Lasche auf jeder Seite. Die Lasche der linken Tasche war hochgeklappt, die übliche Schachtel Black & Mild war zu erkennen.

Nur dass er die Packung dieses Mal verkehrt herum eingesteckt hatte. Das Zellophanfenster auf der Vorderseite lag an seiner Brust.

Harleigh fischte die lange, schmale Schachtel heraus, schob die Finger hinein.

Die Minikassette.

Sie hielt sie vor sein Gesicht, damit er sah, dass sie gewonnen hatte. Buddy seufzte tief. Er wirkte nur milde enttäuscht. Sein Leben war angefüllt gewesen mit Gewalt und Chaos, zum größten Teil von ihm selbst verursacht. Verglichen damit würde sein Tod leicht sein.

Harleigh sah auf die kleine schwarze Kunststoffkassette mit dem verblassten weißen Etikett.

Ein Stück Isolierband deckte den Schutzstreifen ab, sodass das Band immer wieder überspielt werden konnte.

Harleigh hatte gesehen, wie sich ihre Schwester in den letzten drei Jahren verändert hatte, aber sie hatte gedacht, es liege an den Hormonen oder dass sie eine komische Göre war oder schlicht zu einem andersartigen Menschen heranwuchs. Callies grelles Make-up, die Verhaftungen wegen Ladendiebstahls, die Ausschlüsse vom Unterricht, die geflüsterten Telefonate spätnachts, oft über Stunden. Harleigh hatte nicht darauf geachtet, weil sie zu sehr mit ihrem eigenen Leben beschäftigt war. Hatte sich zu mehr Arbeit angetrieben, dazu, mehr Geld zu sparen, in der Schule gut zu sein, damit sie verdammt noch mal endlich aus Lake Point herauskam.

Jetzt hielt sie buchstäblich Callies Leben in den Händen. Ihre Jugend. Ihre Unschuld. Ihr Vertrauen, dass sie aufgefangen würde, egal, wie hoch sie flog.

Es war alles Harleighs Schuld.

Sie ballte die Faust. Die scharfen Kunststoffränder der Minikassette gruben sich in ihre Handfläche. Die ganze Welt wurde wieder rot, Blut tränkte alles, was sie sah. Buddys feistes Gesicht. Seine fleischigen Hände. Seinen kahl werdenden Schädel. Sie wollte ihn wieder schlagen, bewusstlos prügeln, ihm das Steakmesser ein ums andere Mal in die Brust stoßen, bis die Knochen brachen und das Leben aus seinem widerlichen Körper entwich.

Stattdessen öffnete sie die Schublade neben dem Herd und holte eine Rolle Frischhaltefolie heraus.

Buddys Augen wurden groß. Er machte endlich den Mund auf, aber er hatte seine Gelegenheit, etwas zu sagen, verpasst.

Harleigh wickelte die Klarsichtfolie sechsmal um seinen Kopf, bevor sie sie von der Rolle riss.

Das Plastik saugte sich in seinen offenen Mund. Buddy hob die Hände zum Gesicht, er versuchte, ein Loch in die Folie zu reißen. Harleigh packte ihn bei den Handgelenken, und der große, starke Mann, der Riese, war schon zu schwach, um sie daran zu hindern. Sie sah ihm in die Augen und genoss die Angst und die Hilflosigkeit, die Panik, als Buddy Waleski begriff, dass Harleigh ihm seinen leichten Tod stahl.

Er begann zu zittern. Seine Brust wölbte sich weit, die Beine strampelten. Ein hohes Winseln kam aus seiner Kehle. Harleigh hielt seine Handgelenke fest und presste sie an die Küchenschränke. Sie saß rittlings auf ihm, so wie er auf Callie gesessen hatte, um sie zu würgen. Sie drückte sich mit ihrem ganzen Gewicht auf ihn, so wie er Harleigh in den Sitz seiner Corvette gepresst hatte. Sie beobachtete ihn, so wie Dr. Patterson, Coach Holt, Mr. Humphrey, Mr. Ganza und Mr. Emmett ihre Schwester beobachtet hatten. Sie tat endlich einem Mann die gleiche Scheiße an, die Männer ihr und Callie ihr ganzes beschissenes Leben lang angetan hatten.

Es war zu früh vorbei.

Schlagartig erschlafften Buddys Muskeln. Der Kampfgeist hatte ihn verlassen. Seine Hände fielen zu Boden. Urin lief in seine Hose. Falls er eine Seele gehabt hatte, so stellte sie es sich vor, würde der Teufel ihn jetzt an seinem schmutzigen Hemdkragen packen und mit sich hinunter in die Hölle zerren.

Harleigh wischte sich den Schweiß von der Stirn. Blut war an ihren Händen, ihren Armen, färbte in einem Bogen den Schritt ihrer Jeans, wo sie auf ihm gesessen hatte.

»Wenn Sie einen Anruf machen wollen …«

Sie drehte sich um. Callie saß auf dem Boden, hatte die Knie angezogen und schaukelte langsam vor und zurück wie eine kleine Abrissbirne.

»Legen Sie bitte auf und wählen Sie noch einmal.«

FRÜHJAHR 2021

4

»Dann wollen wir mal sehen, was los ist mit Mr. Pete.« Dr. Jerry begann mit der Untersuchung des Katers, indem er behutsam ein geschwollenes Gelenk abtastete. Mit fünfzehn Jahren entsprach Mr. Petes Alter in Menschenjahren ungefähr dem von Dr. Jerry. »Vielleicht eine zugrunde liegende Arthritis? Armer Kerl.«

Callie schaute auf das Krankenblatt, das sie in der Hand hielt. »Er hat ein Nahrungsergänzungsmittel bekommen, aber das hat bei ihm Verstopfung verursacht.«

»Ach ja, die Ungerechtigkeiten des Alters.« Dr. Jerry hängte sein Stethoskop an den Ohren ein, die fast so haarig wie die von Mr. Pete waren. »Könnten Sie …«

Callie beugte sich hinunter und blies Mr. Pete Luft ins Gesicht, damit er zu schnurren aufhörte. Der Kater sah verärgert aus, und Callie konnte es ihm nicht verübeln. Er war mit der Pfote im Bettrahmen hängen geblieben, als er zum Frühstück hatte herunterspringen wollen. Konnte jedem passieren.

»So ist er ein braver Junge.« Dr. Jerry streichelte Mr. Petes Genick. Er sagte zu Callie: »Maine Coons sind prachtvolle Tiere, aber oft sind sie die Linebacker der Katzenwelt.«

Callie blätterte in der Krankenakte zurück, um Notizen zu machen.

»Mr. Pete ist ein kastrierter Kater von stattlicher Statur, der sich mit lahmendem rechtem Vorderbein einfand, nachdem er vom Bett gefallen war. Körperliche Untersuchung förderte leichte Schwellung zutage, aber keine Krepitation oder Gelenkinstabilität. Blutbild war normal. Röntgenbilder ließen keine Fraktur erkennen. Medikation mit Buprenorphin und Gabapentin zur Schmerzbehandlung. Nochmalige Untersuchung in einer Woche.«

»Buprenorphin also zweimal täglich 0,2 Milligramm pro Kilo Körpergewicht – für wie viele Tage?«, fragte Callie.

»Fangen wir mit sechs Tagen an. Geben Sie ihm eine für unterwegs mit. Niemand mag Autofahrten, wenn er krank ist.«

Callie schrieb seine Anweisungen sorgfältig in das Krankenblatt, während Dr. Jerry den Kater wieder in seine Transportbox setzte. Sie arbeiteten immer noch im Corona-Verfahren. Mr. Petes Frauchen saß draußen auf dem Parkplatz in ihrem Wagen.

Dr. Jerry fragte: »Sonst noch etwas aus dem Medizinschrank nötig?«

Callie ging den Stapel Krankenblätter auf der Arbeitsfläche durch. »Aroo Feldmans Besitzer melden eine Schmerzzunahme.«

»Dann schicken wir ihnen noch ein wenig Tramadol nach Hause.« Er unterschrieb ein neues Rezept. »Meine Güte, Corgis können solche Arschlöcher sein.«

»Darüber werde ich nicht mit Ihnen streiten.« Sie gab ihm ein weiteres Blatt. »Sploot McGhee – Greyhound trifft auf Kraftfahrzeug. Gebrochene Rippen.«

»An diesen schlanken jungen Mann erinnere ich mich.« Dr. Jerrys Hand zitterte, als er seine Brille zurechtrückte. Seine Augen bewegten sich kaum, als er vorgab, das Krankenblatt zu lesen. »Methadon, wenn sie ihn in die Praxis bringen. Wenn er nicht zu einem Besuch in der Lage ist, schicken Sie ein Fentanyl-Pflaster nach Hause.«

Sie ging die übrigen großen Hunde durch – Deux Claude, ein Pyrenäenberghund mit ausgerenkter Kniescheibe. Scout, ein Deutscher Schäferhund, der sich fast auf einem Zaun aufgespießt hätte. O'Barky, ein Irischer Wolfshund mit Hüftdysplasie. Ronaldo, ein arthritischer Labrador, der so viel wog wie ein zwölfjähriges Kind.

Dr. Jerry gähnte bereits, als Callie zu den Katzen kam. »Machen Sie einfach das Übliche, meine Liebe. Sie kennen diese Tiere so gut wie ich, aber seien Sie vorsichtig mit dieser letzten. Kehren Sie einer Dreifarbigen niemals den Rücken zu.«

Sie lächelte über sein Augenzwinkern.

»Ich rufe Mr. Petes Menschenmama an, dann nehme ich meine Vorbereitungszeit.« Er zwinkerte wieder, denn sie wussten beide, dass er ein Nickerchen machen würde. »Danke, mein Engel.«

Callie behielt ihr Lächeln bei, bis er sich umgedreht hatte. Sie blickte nach unten, als würde sie in den Krankenblättern lesen. Sie wollte nicht sehen, wie er den Gang entlangschlurfte wie ein alter Mann.

Dr. Jerry war eine Institution in Lake Point, der einzige Tierarzt weit und breit, der die Leistungsbezugskarten des Sozialamts als Zahlungsmittel für seine Dienste akzeptierte. Callie hatte ihren ersten richtigen Job in seiner Klinik bekommen. Damals war sie siebzehn gewesen. Dr. Jerrys Frau war gerade verstorben. Es gab einen Sohn irgendwo in Oregon, der nur zum Vatertag und zu Weihnachten anrief. Callie war alles, was Dr. Jerry noch hatte. Oder vielleicht war er alles, was *sie* noch hatte. Er war wie eine Vaterfigur oder zumindest so, wie Vaterfiguren nach ihrer Kenntnis angeblich waren. Er wusste um Callies Dämonen, aber er bestrafte sie nie dafür. Erst nach ihrer ersten Verurteilung wegen Drogenbesitzes hatte er aufgehört, sie zu einem veterinärmedizinischen Studium zu drängen. Die Drogenbehörde DEA bestand auf dieser verrückten Regel, dass Heroinsüchtige keinen Rezeptblock in die Hand bekommen durften.

Sie wartete, bis sich seine Bürotür geschlossen hatte, bevor sie sich auf den Weg den Flur entlang machte. Ihr Knie knackste laut, wenn sie das Bein ausstreckte. Mit siebenunddreißig war

Callie nicht viel besser dran als Mr. Pete. Sie legte das Ohr an die Bürotür und hörte Dr. Jerry mit Mr. Petes Besitzerin telefonieren. Callie wartete einige Minuten, bis sie das Knarzen der alten Ledercouch hörte, als er sich zu seinem Nickerchen hinlegte.

Sie ließ den Atem entweichen, denn sie hatte die Luft angehalten, holte ihr Handy hervor und stellte den Timer auf eine Stunde.

Callie hatte die Klinik über die Jahre immer wieder zu einer Art Urlaub von den Drogen benutzt, wo sie gerade mal so clean wurde, dass sie arbeiten konnte. Dr. Jerry nahm sie jedes Mal wieder auf, er fragte nie, wo sie gewesen war oder warum sie beim letzten Mal so abrupt aufgehört hatte. Ihre längste Phase ohne Rauschgift lag viele Jahre zurück, sie wusste nicht einmal mehr, wie lang genau. Damals hatte sie volle acht Monate durchgehalten, ehe sie wieder in die Sucht zurückgefallen war.

Dieses Mal würde es nicht anders sein.

Callie hatte die Hoffnung schon vor einer Ewigkeit aufgegeben. Sie war ein Junkie, und sie würde immer ein Junkie bleiben. Nicht wie die Leute bei den Anonymen Alkoholikern, die aufgehört hatten zu trinken, aber immer noch von sich sagten, sie seien Alkoholiker. Sondern wie jemand, der immer und immer wieder zur Nadel zurückkehren würde. Sie wusste nicht, wann sie es akzeptiert hatte. War es nach dem dritten oder vierten Aufenthalt in der Entzugsklinik gewesen? Oder war es der Rückfall nach acht Monaten Drogenfreiheit gewesen, nur weil Dienstag war? Lag es daran, dass es leichter war, diese Phasen mit Ersatzdrogen durchzustehen, wenn sie wusste, es war nur vorübergehend?

Gegenwärtig hielt sie nur das Gefühl, nützlich zu sein, auf einem halbwegs rechten Weg. Wegen einer Reihe kleinerer Schlaganfälle hatte Dr. Jerry die Sprechzeiten der Klinik auf vier Tage beschränkt. Es gab bessere und schlechtere Tage für ihn. Er war aus dem Gleichgewicht geraten. Sein Kurzzeitgedächtnis war unzuverlässig. Er sagte oft zu Callie, dass er sich nicht sicher sei, ob er ohne sie auch nur einen Tag arbeiten könnte, geschweige denn vier.

Sie hätte Schuldgefühle haben müssen, weil sie ihn benutzte, aber sie war ein Junkie. Sie hatte jede Sekunde ihres Lebens Schuldgefühle.

Callie holte die beiden Schlüssel für den Arzneischrank hervor. Theoretisch hätte Dr. Jerry den zweiten Schlüssel bei sich aufbewahren müssen, aber er vertraute darauf, dass sie Betäubungsmittel akkurat eintrug. Wenn sie es nicht tat, war es möglich, dass die Drogenbehörde anfing, herumzuschnüffeln, und Rechnungen mit Dosierungen und Krankenblättern abglich. Dr. Jerry konnte seine Zulassung verlieren, und Callie konnte ins Gefängnis wandern.

Im Allgemeinen erleichterten Süchtige der DEA die Arbeit, denn sie begingen in ihrer Verzweiflung jede Dummheit, wenn sie den nächsten Schuss brauchten. Sie nahmen eine Überdosis im Wartezimmer, hatten einen Herzinfarkt auf der Toilette oder schnappten sich so viele Ampullen, wie sie in ihre Taschen stopfen konnten, und rannten zur Tür. Zum Glück hatte Callie durch große Versuche und kleine Irrtümer herausgefunden, wie sie einen steten Nachschub an Ersatzdrogen stehlen konnte, die sie vor Entzugserscheinungen bewahrten.

Sie brauchte täglich insgesamt sechzig Milligramm Methadon oder aber sechzehn Milligramm Buprenorphin, um das Erbrechen, die Kopfschmerzen und die Schlaflosigkeit, den explosionsartigen Durchfall und die lähmenden Gliederschmerzen abzuwehren, die ein Heroinentzug mit sich brachte. Es gab nur eine einzige Regel, zu deren Einhaltung Callie seit jeher fähig gewesen war: Sie nahm nie etwas, was ein Tier brauchte. Wenn ihre Gier zu schlimm wurde, warf sie ihre Schlüssel durch den Briefschlitz in der Tür und kam einfach nicht mehr. Callie wäre eher gestorben, als ein Tier leiden zu sehen. Selbst einen Corgi, denn Dr. Jerry hatte recht: Corgis konnten echte Arschlöcher sein.

Callie gestattete sich einen sehnsuchtsvollen Blick auf die

Vorratsstapel im Schrank, bevor sie anfing, Ampullen und Tablettenfläschchen herauszunehmen. Sie schlug das Betäubungsmittelbuch neben dem Stapel mit den Krankenblättern auf und klickte die Kugelschreibermine heraus.

Dr. Jerrys Klinik war ein kleines Unternehmen. Bei manchen Tierärzten musste man den Arzneischrank mithilfe eines Fingerabdrucks öffnen, und der Fingerabdruck musste mit der Krankenakte übereinstimmen und diese wiederum mit der Dosierung, und das war heikel, aber Callie arbeitete seit zwei Jahrzehnten immer wieder einmal bei Dr. Jerry. Sie konnte jedes System im Schlaf austricksen.

Folgendermaßen ging sie vor: Aroo Feldmans Besitzer hatten nicht um mehr Tramadol gebeten, aber sie hatte den angeblichen Wunsch der Hundehalter trotzdem in die Krankenakte eingetragen. Sploot McGhee würde das Fentanyl-Pflaster bekommen, denn gebrochene Rippen waren schrecklich, und selbst ein arroganter Greyhound verdiente Frieden. Ebenso würde Scout, der dämliche Schäferhund, der einem Eichhörnchen über einen schmiedeeisernen Zaun nachgejagt war, alle Medikamente bekommen, die er brauchte.

O'Barky, Ronaldo und Deux Claude waren imaginäre Tiere, deren Besitzer vorübergehende Adressen und nicht vergebene Telefonnummern hatten. Callie hatte Stunden damit zugebracht, ihnen Vorgeschichten anzudichten. Zahnreinigungen, Herzwurmmedikamente, verschluckte Quietsch-Spielzeuge, ungeklärtes Erbrechen, generelles Unwohlsein. Es gab weitere erfundene Patienten – einen Bullmastiff, eine Dänische Dogge, einen Malamute und diverse Hirtenhunde. Schmerzmittel wurden nach Gewicht dosiert, und Callie achtete darauf, Rassen zu wählen, die über fünfzig Kilo schwer werden konnten.

Absurd große Barsois waren nicht die einzige Möglichkeit, das System zu manipulieren. Verlust war ein zuverlässiger Notbehelf. Der DEA war klar, dass Tiere nicht stillhielten und dass einem oft die Hälfte einer Injektion ins Gesicht spritzte, oder sie landete auf dem Boden. Man trug das als Verlust ins Buch ein, und damit hatte es sich. Wenn es eng wurde, konnte Callie ein Röhrchen sterile Salzlösung vor Dr. Jerrys Augen fallen lassen und ihn darum bitten, es im Buch als Methadon oder Buprenorphin auszutragen. Manchmal vergaß er auch, was er tat, und nahm die Änderung selbst vor.

Dann gab es die einfacheren Möglichkeiten. Wenn jeden zweiten Dienstag der orthopädische Chirurg kam, bereitete Callie Flüssigkeitsbeutel mit Fentanyl vor, einem synthetischen Opioid, das so stark war, dass es im Allgemeinen nur gegen Schmerzen bei fortgeschrittenem Krebs verschrieben wurde, und mit Ketamin, einem dissoziativen Anästhetikum. Der Trick bestand darin, von jeder Arznei nur so viel abzuzweigen, dass der Patient bei der Operation trotzdem nichts spürte. Dann gab es das Pentobarbital oder Euthasol, das benutzt wurde, um kranke Tiere einzuschläfern. Die meisten Ärzte zogen das Dreibis Vierfache der tatsächlich benötigten Menge auf eine Spritze, denn niemand wollte, dass es womöglich nicht funktionierte. Der Geschmack war bitter, aber manche Drogenkonsumenten verschnitten es mit Rum und waren für die Nacht weggetreten.

Da es nicht genügend Bernhardiner und Neufundländer in Lake Point gab, um Callies Ersatzdosen zu erklären, vertickte sie, was immer sie konnte, um von dem Geld Methadon zu kaufen. Die Pandemie war für Drogenverkäufe fantastisch gewesen. Der Durchschnittspreis für einmal high werden war durch die Decke gegangen. Callie betrachtete sich als Robin Hood der Drogendealer, denn der größte Teil ihres Gewinns floss an die Klinik zurück, damit Dr. Jerry den Laden am Laufen halten konnte. Er bezahlte sie jeden Freitag bar und wunderte sich immer über die große Anzahl zerknitterter kleiner Scheine in der Geldschatulle.

Callie öffnete Mr. Petes Patientenakte. Sie machte aus der Sechs eine Acht, dann zog sie die Buprenorphin-Spritzen für den oralen Gebrauch auf. Sie stahl eher selten von Katzen, da sie relativ klein waren und nicht so viel abwarfen wie ein kräftiger

Rottweiler. So wie sie Katzen kannte, nahmen die wahrscheinlich genau aus dem Grund kein Gewicht zu.

Sie steckte die Spritzen in eine Plastiktüte und druckte das Etikett aus. Der Rest der Beute wanderte in ihren Rucksack im Pausenraum. Callies Schwester hatte ihr vor langer Zeit einmal erklärt, dass sie mehr Hirnleistung darauf verwende, das Falsche zu tun, als sie aufbringen müsste, um das Richtige zu tun, aber scheiß auf ihre Schwester, die war eins dieser Miststücke, die sich mit Koks zudröhnen konnten, um für die Aufnahmeprüfung zum Jurastudium zu büffeln, und danach nie wieder einen Gedanken an Koks verschwendeten.

Callie konnte eine wunderschöne grüne Oxy-Tablette ansehen und den ganzen nächsten Monat davon träumen.

Sie wischte sich über den Mund, denn genau jetzt träumte sie von Oxy.

Callie suchte Mr. Pete in seiner Transportbox auf und verabreichte ihm das Schmerzmittel in den Mund. Er nieste zweimal, dann sah er sie sehr gehässig an, als sie eine Maske und einen Kittel anlegte, um ihn zum Wagen seines Frauchens hinauszubringen.

Sie behielt die Maske auch auf, während sie die Praxis putzte. Die Böden wiesen Vertiefungen auf, wo Dr. Jerry viele Jahre lang in seinen Birkenstock-Schlappen von Behandlungsraum zu Behandlungsraum und zurück zu seinem Büro gestapft war. An der niedrigen Decke waren Wasserflecken. Die Wandverkleidung löste sich stellenweise. Überall klebten verblasste Fotografien von Tieren.

Callie benutzte ein Staubtuch, um den Dreck von den Wänden zu wischen. Sie ging auf Hände und Knie, um die beiden Untersuchungsräume zu putzen, dann wanderte sie weiter zum OP, dann zum Zwinger. Sie behielten normalerweise keine Tiere über Nacht, aber es gab ein Kätzchen namens Miauma Cass, das Dr. Jerry mit nach Hause nahm, um es mit der Flasche aufzuziehen, und eine dreifarbige Katze, die gestern mit einer aus dem

Anus hängenden Schnur hereingekommen war. Die Notoperation war zu teuer für die Besitzer gewesen, aber Dr. Jerry hatte trotzdem eine Stunde damit verbracht, die Schnur aus den Eingeweiden des Tiers zu entfernen.

Der Timer in Callies Handy ging los. Sie checkte ihren Facebook-Account, dann scrollte sie durch Twitter. Die Mehrzahl ihrer Follower war tierspezifisch, wie beispielsweise ein Zoowärter aus Neuseeland, der von Tasmanischen Teufeln besessen war, und ein Aal-Historiker, der ausführlich den katastrophalen Versuch der amerikanischen Regierung beschrieben hatte, im 19. Jahrhundert Ostküstenaale in Kalifornien anzusiedeln.

Mit den sozialen Medien schlug sie noch einmal fünfzehn Minuten tot. Callie sah in Dr. Jerrys Kalender nach. Er hatte vier weitere Patienten an diesem Nachmittag. Sie ging in die Küche, machte ihm ein Sandwich und gab großzügig Animal Crackers, Salzgebäck in Tiergestalt, mit auf den Teller.

Callie klopfte an die Tür, bevor sie eintrat. Er lag lang gestreckt auf der Couch, der Mund stand offen, und die Brille war verrutscht. Ein Buch lag aufgeschlagen auf seiner Brust. William Shakespeares *Sonette*. Ein Geschenk seiner verstorbenen Frau.

»Dr. Jerry.« Sie drückte seinen Fuß.

Wie immer war er ein wenig orientierungslos und erschrak, weil Callie vor ihm stand. Es war wie beim Murmeltiertag, nur dass alle wussten, was für brutale Mörder Murmeltiere waren.

Er rückte seine Brille zurecht, damit er auf die Uhr sehen konnte. »Wie schnell die Zeit vergeht.«

»Ich habe Ihnen Lunch gemacht.«

»Wunderbar.«

Er stöhnte, als er von der Couch aufstand. Callie half ihm ein wenig, als er im Begriff war zurückzusinken.

»Wie war Ihre Vorbereitungszeit?«, fragte sie.

»Sehr gut, aber ich hatte einen seltsamen Traum über Armflosserfische. Ist Ihnen mal einer begegnet?«

»Nicht dass ich mich erinnere.«

»Das freut mich zu hören. Sie leben an den dunkelsten, einsamsten Orten, und das ist auch gut so, denn sie sind nicht die attraktivste Spezies.« Er legte die gewölbte Hand an den Mund, als würde er ihr ein Geheimnis verraten. »Vor allem die Damen.«

Callie setzte sich auf seine Schreibtischkante. »Erzählen Sie.«

»Das Männchen verbringt sein ganzes Leben damit, ein Weibchen zu erschnuppern. Es ist, wie gesagt, sehr dunkel dort, wo sie leben, deshalb hat ihm die Natur olfaktorische Zellen geschenkt, die von den Pheromonen des Weibchens angezogen werden.« Er hob die Hand, weil ihm etwas eingefallen war. »Habe ich erwähnt, dass sie einen langen leuchtenden Faden auf dem Kopf hat, der wie der Strahl einer Taschenlampe hervorragt?«

»Nein.«

»Biolumineszenz.« Das Wort schien Dr. Jerry Freude zu bereiten. »Sobald unser Romeo also seine Julia findet, beißt er bis knapp unter die Schwanzflosse in sie.«

Er demonstrierte es mit den Händen, die Finger der einen Hand schlossen sich über der Faust der andern.

»Dann setzt das Männchen Enzyme frei, die sowohl seinen Mund als auch ihre Haut auflösen, wodurch sie praktisch zusammengeschweißt werden. Dann – und das ist der wundersame Teil – lösen sich seine Augen und inneren Organe auf, bis er nur noch eine Fortpflanzungshülle ist, die für den Rest seiner elenden Existenz mit ihr verschmolzen bleibt.«

Callie lachte. »Verdammt, Dr. Jerry, das hört sich exakt nach meinem ersten Freund an.«

Er lachte ebenfalls. »Ich weiß nicht, wieso ich daran gedacht habe. Schon komisch, wie die Birne arbeitet.«

Callie hätte sich den Rest ihres Lebens den Kopf darüber zerbrechen können, ob er den Anglerfisch als Metapher dafür benutzte, wie sie ihn behandelte, aber Dr. Jerry war nicht der Metaphern-Typ. Er sprach nur wirklich gern über Fische.

Sie half ihm in seinen Doktorkittel.

»Habe ich Ihnen einmal erzählt, wie ich wegen eines Baby-

Bullenhais in einem Fünfundsiebzig-Liter-Aquarium zu einem Hausbesuch gerufen wurde?«

»Oh! Nein.«

»Sie sind übrigens lebendgebärend. Natürlich war der Besitzer ein Zahnarzt. Der arme Einfaltspinsel hatte keine Ahnung, womit er es zu tun hatte.«

Callie folgte ihm in den Flur, während er die Bedeutung von Viviparie erklärte. Sie dirigierte ihn in die Küche, wo sie dafür sorgte, dass er seinen Teller leer aß. Er verstreute Crackerkrümel über den ganzen Tisch, als er eine Geschichte über einen anderen Fisch erzählte, dann ging er zu Büschelaffen über. Callie war seit Langem klar, dass Dr. Jerry sie mehr als bezahlte Gesellschafterin benutzte. Wenn sie bedachte, wofür andere Männer sie schon bezahlt hatten, war sie dankbar für diesen Szenenwechsel.

Die vier verbleibenden Termine ließen den Rest des Tages schnell vergehen. Dr. Jerry liebte jährliche Checks, weil selten etwas Ernstes vorlag. Callie vereinbarte Folgetermine und Zahnreinigungen, und da Dr. Jerry es für unhöflich hielt, das Gewicht einer Dame zur Sprache zu bringen, belehrte sie die Besitzer eines rundlichen Dackels über Futterbeschränkungen. Am Ende des Tages versuchte Dr. Jerry, sie zu bezahlen, aber Callie erinnerte ihn daran, dass sie erst am Ende der nächsten Woche wieder Geld bekam.

Sie hatte in ihrem Smartphone über die Anzeichen für Demenz nachgelesen. Wenn es das war, was Dr. Jerry bevorstand, dann würde er wohl noch in der Lage sein zu arbeiten. Er wusste vielleicht nicht, welcher Tag war, aber er konnte Flüssigkeiten mit Elektrolyten und Zusätzen wie Kalium oder Magnesium berechnen, ohne die Zahlen zu notieren, und das war mehr, als die meisten Leute von sich behaupten konnten.

Callie scrollte auf dem Weg zur Haltestelle des MARTA-Busses durch ihren Twitter-Account. Der Aal-Historiker war verstummt, und der Kiwi-Zoowärter schlief, deshalb ging sie auf Facebook.

Hunde, die sich Drogen erschwindelten, waren nicht Callies einzige Schöpfung. Seit 2008 lauerte sie den Arschlöchern auf, die mit ihr in die Highschool gegangen waren. Ihr Profilfoto zeigte einen blauen siamesischen Kampffisch namens Swim Shady.

Ihre Augen wurden glasig, als sie den neuesten Mist las, den Lake Points illustrer Abschlussjahrgang von 2002 gepostet hatte. Beschwerden über Schulschließungen, wilde Konspirationsmärchen vom *Staat im Staate*, Virusleugnung, Glaube an das Virus, Tiraden für die Impfung, Tiraden gegen die Impfung und natürlich der übliche Rassismus, Sexismus und Antisemitismus, der in den sozialen Medien grassierte. Callie würde nie begreifen, wie Bill Gates so kurzsichtig hatte sein können, aller Welt einen leichten Zugang zum Internet zu verschaffen, damit diese Trottel eines Tages all seine heimtückischen Pläne aufdecken konnten.

Sie ließ das Handy wieder in die Tasche gleiten und setzte sich auf die Bank an der Bushaltestelle. Die schmutzigen Plexiglaswände waren mit Graffiti verschmiert. Müll sammelte sich in den Ecken. Die Gegend, in der Dr. Jerrys Klinik lag, war okay, aber das war natürlich eine subjektive Beobachtung. Seine Nachbarn in der Ladenzeile waren ein Sexshop, der während der Pandemie hatte schließen müssen, und ein Friseur, der ihrer Ansicht nach nur geöffnet geblieben war, weil er als Tarnung für ein Wettbüro diente. Jedes Mal, wenn sie einen Loser mit wildem Blick aus der Hintertür stolpern sah, sprach sie ein kleines Dankgebet, dass das Zocken nicht zu ihren Süchten gehörte.

Ein Lkw der Müllabfuhr stieß schwarze Abgase und Ruß aus, als er langsam an der Bushaltestelle vorbeifuhr. Einer der Kerle, die hinten am Wagen hingen, winkte Callie zu. Sie winkte zurück, weil sie höflich sein wollte. Dann fing sein Kumpel zu winken an, und sie wandte den Kopf ab.

Ihr Hals belohnte sie für die zu schnelle Drehung, indem sich alle Muskeln wie eine Klemme zusammenzogen. Callie hob die Hand und tastete nach der langen Narbe, die an ihrem Nacken wie ein Reißverschluss abwärts verlief. C1 und C2 waren die Halswirbel, die zur Hälfte die Vor-, Zurück- und Drehbewegungen des Kopfes ermöglichten. Zwei fünf Zentimeter lange Titanstäbe, vier Schrauben und ein Stecker bildeten bei Callie eine Art Käfig um diesen Bereich. In der ärztlichen Fachsprache wurde die Operation als zervikale Laminektomie bezeichnet, aber gemeinhin war sie als Wirbelkörperverblockung bekannt, denn das war das Ergebnis: Die Wirbel verschmolzen zu einem knöchernen Block.

Obwohl seit der Verblockung zwanzig Jahre vergangen waren, konnte der Nervenschmerz plötzlich und lähmend sein. Ihr linker Arm und die Hand konnten ohne Vorwarnung taub werden. Ihr Hals hatte nahezu die Hälfte seiner Beweglichkeit eingebüßt. Nicken und Kopfschütteln waren machbar, aber nur eingeschränkt. Wenn sie sich die Schuhe band, musste sie ihren Fuß zu den Händen bringen statt umgekehrt. Seit der Operation war sie nicht mehr in der Lage, über die Schulter zu blicken – ein niederschmetternder Verlust, denn damit kam Callie niemals mehr als Heldin auf dem Cover eines viktorianischen Kriminalromans infrage.

Sie lehnte sich an das Plexiglas in ihrem Rücken, damit sie zum Himmel hinaufblicken konnte. Die untergehende Sonne wärmte ihr Gesicht, doch die Luft war kühl und frisch. Autos rollten vorbei. Auf einem nahen Spielplatz lachten Kinder. Das gleichmäßige Schlagen ihres Herzens pulsierte sanft in ihren Ohren.

Die Frauen, mit denen sie zur Schule gegangen war, fuhren jetzt ihre Kinder zum Footballtraining oder zur Musikstunde. Sie sahen ihre Söhne Hausaufgaben machen und hielten den Atem an, wenn ihre Töchter im Garten Cheerleader-Kunststücke übten. Sie leiteten Sitzungen, zahlten Rechnungen, gingen zur Arbeit und lebten ein normales Leben, in dem sie keinem gütigen alten Mann Drogen stahlen. Sie zitterten nicht am ganzen Leib, weil ihr Körper nach einer Droge schrie, die sie früher oder später umbrachte, wie sie sehr wohl wusste.

Immerhin waren viele von ihnen fett geworden.

Callie hörte das Zischen pneumatischer Bremsen und wandte leicht den Kopf, um nach dem Bus zu sehen. Sie machte es diesmal richtig und drehte die Schulter mit dem Kopf. Trotzdem schoss ein Schmerz wie Feuer in ihren Arm und ihren Hals.

»Scheiße.«

Nicht ihr Bus, aber sie hatte den Preis fürs Nachsehen bezahlt. Ihr Atem ging abgehackt. Sie ließ sich wieder an die Plexiglaswand zurücksinken und atmete zischend durch die Zähne aus. Ihr linker Arm und ihre Hand waren taub, aber ihr Hals pulsierte wie eine Eiterbeule. Sie konzentrierte sich auf die Dolche, die ihre Muskeln und Nerven zerfetzten. Schmerz konnte eine eigene Sucht sein. Callie lebte schon so lange damit, dass sie nur winzige Explosionen von Licht sah, Sterne, die kaum durch die Dunkelheit drangen, wenn sie an ihr Leben davor dachte.

Sie wusste, es hatte eine Zeit gegeben, da sie sich nach nichts anderem gesehnt hatte als dem Endorphinrausch, wenn sie lange gerannt oder zu schnell Rad gefahren war oder eine Diagonalbahn Überschläge beim Bodenturnen absolviert hatte. Als Cheerleaderin war sie hoch in die Luft geflogen, hatte ein freies Rad geschlagen, einen gehockten Salto rückwärts, Vorwärtsüberschlag, Figuren wie die Arabeske, die Nadel, den Skorpion, den Heel-Stretch, den Pfeil-und-Bogen, eine Landedrehung, die so schwindelerregend gewesen war, dass sie nichts weiter hatte tun können, als darauf zu hoffen, dass vier starke Armpaare einen Korb bildeten, um sie zu fangen.

Bis sie es einmal nicht getan hatten.

Ein Kloß saß in ihrer Kehle. Sie hob wieder die Hand, diesmal fand sie einen der vier knöchrigen Höcker, die wie Kompassspitzen ihren Kopf umringten. Der Chirurg hatte Stifte in ihren Kopf gebohrt, um den Halo-Ring an Ort und Stelle zu halten, während ihr Nacken geheilt war. Callie hatte so oft an der Stelle über dem Ohr gerieben, dass es sich wie eine Schwiele anfühlte.

Sie wischte sich die Tränen aus den Augenwinkeln und ließ die Hand dann in den Schoß sinken. Sie massierte sich die Finger, um ein wenig Gefühl in die Fingerspitzen zu bekommen.

Selten gestattete sie sich, darüber nachzudenken, was sie verloren hatte. Wie ihre Mutter immer sagte: Callies Tragödie bestand darin, dass sie schlau genug war, um zu wissen, wie dumm sie gewesen war. Dieses schwer lastende Wissen war nicht auf Callie beschränkt. Ihrer Erfahrung nach verstanden die meisten Junkies Sucht so gut, wenn nicht gar besser als viele Ärzte.

Zum Beispiel wusste Callie, dass es in ihrem Gehirn, wie in jedem anderen Gehirn, etwas gab, das sich M-Opioidrezeptoren nannte. Die Rezeptoren waren außerdem über ihr Rückgrat und andere Körperstellen verstreut, aber hauptsächlich hingen sie im Gehirn herum. Am einfachsten beschrieb man ihre Aufgabe, indem man sagte, dass sie Schmerz- und Belohnungsgefühle steuerten.

In den ersten sechzehn Jahren ihres Lebens hatten Callies Rezeptoren auf einem vernünftigen Niveau funktioniert. Sie hatte sich den Knöchel verstaucht, und in ihrem Blut breitete sich ein Endorphinstrom aus und dockte an die M-Rezeptoren an, die ihrerseits den Schmerz dämpften. Aber nur vorübergehend und nicht annähernd genug. In der Grundschule hatte sie NSAIDs, nichtsteroidale Antirheumatika wie Advil oder Motrin bekommen, um die Endorphine zu ersetzen. Was funktioniert hatte. Bis es nicht mehr funktionierte.

Dank Buddy hatte sie mit Alkohol Bekanntschaft gemacht, aber bei Alkohol war es eben so, dass selbst in Lake Point nicht viele Läden einem Kind eine Literflasche Tequila verkauften, und Buddy hatte sie aus naheliegenden Gründen nach ihrem vierzehnten Lebensjahr nicht mehr versorgen können. Und dann hatte sich Callie mit sechzehn den Hals gebrochen, und ehe sie gewusst hatte, wie ihr geschah, war sie eine lebenslange Liebesaffäre mit Opioiden eingegangen.

Betäubungsmittel schlugen einen Endorphinrausch um Längen, und NSAIDs und Alkohol waren ein Witz dagegen; wenn sie allerdings einmal an die M-Opioidrezeptoren angedockt hatten, ließen sie nur ungern wieder los. Der Körper reagierte, indem er mehr M-Rezeptoren produzierte, aber dann erinnerte sich das Gehirn daran, wie fantastisch es war, volle Rezeptoren zu haben, und wies einen an, sie wieder aufzufüllen. Man konnte fernsehen, ein Buch lesen oder über die Bedeutung des Lebens nachsinnen, aber die Ms waren immer da, traten ungeduldig von einem M-Beinchen aufs andere und warteten darauf, dass man sie fütterte. Das nannte sich Verlangen.

Wenn man nicht einer Zauberfee glich oder über Houdiniartige Selbstbeherrschung verfügte, gab man diesem Verlangen früher oder später nach. Und schließlich brauchte man immer stärkere Betäubungsmittel, um all diese neuen Ms bei Laune zu halten, was zufällig die Wissenschaft hinter dem Begriff Toleranz war. Mehr Betäubungsmittel. Mehr Rezeptoren. Noch mehr Betäubungsmittel. Und so weiter.

Der schlimmste Teil kam, wenn man aufhörte, die Ms zu füttern, denn sie gaben einem etwa zwölf Stunden Zeit, dann nahmen sie den Körper als Geisel. Ihre Lösegeldforderung wurde in der einzigen Sprache übermittelt, die sie verstanden, nämlich als lähmender Schmerz. Das nannte sich Entzug, und es gab Autopsiefotos, die angenehmer anzuschauen waren als ein Junkie, der einen Opioidentzug durchmachte.

Callies Mutter hatte also absolut recht damit, dass Callie genau wusste, wann sie ihren ersten Schritt auf dem Weg zu lebenslanger Dummheit gemacht hatte. Nicht als sie mit dem Kopf voran auf den Hallenboden gekracht war und sich zwei Halswirbel gebrochen hatte. Sondern als ihr Oxy-Rezept zum ersten Mal abgelaufen war und sie einen Kiffer im Englischkurs gefragt hatte, ob er wisse, wo sie welches bekommen könne.

Eine Tragödie in einem Akt.

Callies Bus hielt schnaubend an der Haltestelle.

Sie ächzte schlimmer als Dr. Jerry, als sie aufstand. Schlimmes Knie. Schlimmer Rücken. Schlimmer Hals. Schlimmes Mädchen. Der Bus war halb voll. Manche Leute trugen Masken, andere fanden, ihr Leben sei beschissen genug, wozu also das Unvermeidliche hinausschieben. Callie fand einen Sitz ganz vorn bei all den anderen eingerosteten alten Frauen. Es waren Putzfrauen oder Kellnerinnen, die Enkelkinder unterstützen mussten, und sie sahen Callie mit dem gleichen Argwohn an wie ein Familienmitglied, das ihr Scheckbuch einmal zu oft geklaut hatte. Um ihnen die Peinlichkeit zu ersparen, starrte sie aus dem Fenster, wo Tankstellen und Läden mit Autoersatzteilen irgendwann Stripclubs und Wechselstuben Platz gemacht hatten.

Als die Szenerie zu öde wurde, holte sie das Handy hervor. Sie fing wieder an, durch die schlechten Nachrichten ihrer ehemaligen Mitschüler auf Facebook zu scrollen. Ihrem Streben danach, über diese fast mittelalten Trottel auf dem Laufenden zu bleiben, wohnte keine Logik inne. Die meisten von ihnen waren in der Gegend von Lake Point geblieben. Ein paar von ihnen hatten sich gut entwickelt, aber lediglich gut für Lake Point, nicht für einen normalen Menschen. Mit niemandem von ihnen war Callie in der Schule befreundet gewesen. Sie war die am wenigsten beliebte Cheerleaderin in der Geschichte des Cheerleadings gewesen. Nicht einmal die Freaks am Außenseitertisch hatten sie in ihre Runde aufgenommen. Falls sich überhaupt jemand an sie erinnerte, dann wohl als das Mädchen, das sich vor der gesamten Schule vollgeschissen hatte. Callie erinnerte sich immer noch daran, wie sich die Taubheit über ihre Arme und Beine ausgebreitet hatte, an den ekelhaften Gestank, als sich ihre Eingeweide entleert hatten, während sie auf dem harten Boden der Turnhalle zusammengebrochen war.

Und das alles für einen Sport, der in etwa so prestigeträchtig war wie ein Wettkampf im Ostereierschieben.

Der Bus zitterte wie ein Whippet, als er sich ihrer Haltestelle näherte. Callies Knie blockierte, als sie aufstehen wollte. Sie musste mit der Faust draufschlagen, damit es mitspielte. Als sie die Stufen hinunterhinkte, dachte sie an die Drogen in ihrem Rucksack. Tramadol, Methadon, Ketamin, Buprenorphin. Wenn sie alle zusammen mit einem großen Glas Tequila mischte, hätte sie einen Platz in der ersten Reihe, um Kurt Cobain und Amy Winehouse darüber reden zu hören, was für ein Arschloch Jim Morrison sein konnte.

»Hey, Cal!« Crackraucher-Sammy winkte hektisch aus seinem kaputten Liegestuhl. »Cal! Cal! Komm mal her!«

Callie schlenderte über ein unbebautes Grundstück zu Sammys gemütlichem Nest – der Stuhl, ein undichtes Zelt und ein Haufen Pappkartons, der keinem Zweck zu dienen schien. »Was ist los?«

»Dein Kater, geht es ihm gut?«

Callie nickte.

»Da war eine Taube, und er …« Sammy vollführte eine Geste mit den Armen, die wohl ein Zuschnappen darstellen sollte. »Er hat diese verdammte Ratte der Lüfte mitten im Flug gefangen und vor meinen Augen gefressen. Es war irre, Mann. Er saß da und hat eine halbe Stunde an dem Taubenkopf gekaut.«

Callie grinste stolz und wühlte in ihrem Rucksack. »Hat er dir was abgegeben?«

»Lieber Himmel, nein! Er hat mich nur angesehen. Er hat mich angesehen, Callie. Und er hatte diesen Blick wie … wie … ich weiß nicht. Als wollte er mir etwas sagen.« Sammy lachte schallend. »Ha! Wie zum Beispiel: ›Rauch kein Crack.‹«

»Das tut mir leid. Katzen können sehr voreingenommen sein.« Sie fand das Sandwich, das sie sich als Abendessen gemacht hatte. »Iss das, bevor du dir heute Abend was reinziehst.«

»Ja, gut.« Sammy steckte das Sandwich unter einen Streifen Pappkarton. »Aber hör zu, glaubst du, er wollte mir etwas mitteilen?«

»Ich bin mir nicht sicher«, sagte Callie. »Wie du weißt, ziehen es Katzen vor, nicht zu reden, weil sie Angst haben, wir zwingen sie sonst, Steuern zu zahlen.«

»Ha!« Sammy stieß den Zeigefinger in ihre Richtung. »Spitzel kriegen die Hucke voll. Ach, Cal, warte mal. Ich glaube, Trap sucht nach dir, darum …«

»Iss dein Sandwich.« Callie ging weiter, denn Sammy konnte die ganze Nacht weiterquasseln. Und das auch ohne Crack.

Callie bog mühsam atmend um die Ecke. Dass Trap nach ihr suchte, war keine gute Entwicklung. Er war ein fünfzehnjähriger Crystal-Meth-Freak, der es schon in jungen Jahren zu einem hohen Grad an Verblödung gebracht hatte. Glücklicherweise hatte er große Angst vor seiner Mutter. Solange Wilma ihre Unterstützung bekam, hielt sie ihren Idiotensohn an der kurzen Leine.

Dennoch trug Callie ihren Rucksack jetzt vorn, vor der Brust, als sie sich dem Motel näherte. Der Weg war nicht gänzlich unangenehm, denn er war vertraut. Sie kam an leeren Grundstücken und verlassenen Häusern vorbei. Graffiti verunstalteten eine bröckelnde Stützmauer aus Ziegeln. Benutzte Spritzen lagen auf dem Gehsteig verstreut. Gewohnheitsmäßig hielt sie nach verwendbaren Nadeln Ausschau. Sie hatte ihre Dope-Ausrüstung im Rucksack: das Plastiketui einer Snoopy-Uhr, einen Stoffstreifen zum Abbinden, einen verbogenen Löffel, eine leere Spritze, etwas Watte und ein Feuerzeug.

Was sie am meisten daran genoss, Heroin zu spritzen, war das Drumherum des Akts. Das Flackern des Feuerzeugs. Der Essiggeruch, wenn das Heroin im Löffel kochte. Die schmutzig braune Flüssigkeit in der Spritze aufzuziehen.

Callie schüttelte den Kopf. Gefährliche Gedanken.

Sie folgte dem festgebackenen Pfad um die Gärten einer Wohnstraße. Die Energie änderte sich abrupt. Hier lebten Familien. Fenster standen offen. Laute Musik spielte. Frauen schrien ihre Typen an. Typen schrien ihre Frauen an. Kinder rannten um einen stotternden Rasensprenger herum. Es war genau wie in den reicheren Vierteln Atlantas, nur lauter, voller und bunter.

Callie sah durch die Bäume zwei Streifenwagen, die am anderen Ende der Straße parkten. Sie nahmen niemanden fest, sondern warteten darauf, dass die Sonne unterging und die Anrufe hereinkamen – Naloxon für diesen Junkie, die Notaufnahme für einen anderen, ein langes Warten auf den Wagen des Leichenbeschauers, auf Sozialarbeiter vom Jugendamt, der Bewährungs- und der Kriegsveteranenbehörde. Und das galt nur für einen öden Montagabend. Viele Leute hatten sich während der Pandemie verbotenen Tröstungen zugewandt. Jobs waren verloren gegangen. Essen war knapp. Kinder hungerten. Die Zahl der Überdosen und Selbstmorde war durch die Decke gegangen. Alle Politiker, die ihre tiefe Sorge um die geistige Gesundheit der Bevölkerung während des Lockdowns zum Ausdruck gebracht hatten, waren erschreckend wenig bereit gewesen, Geld auszugeben, um den Leuten zu helfen, die den Verstand verloren.

Callie sah ein Eichhörnchen um einen Telefonmast klettern. Sie hielt auf die Rückseite des Motels zu. Der zweistöckige Betonbau stand hinter einer Reihe kratziger Büsche. Sie bog die Zweige beiseite und trat auf den rissigen Asphalt. Der Müllcontainer begrüßte sie mit beißendem Geruch. Sie suchte das Gelände mit den Augen ab, um sicherzugehen, dass sich Trap nicht an sie heranschlich.

Ihre Gedanken gingen wieder zu dem tödlichen Füllhorn von Drogen in ihrem Rucksack. Kurt Cobain zu treffen wäre fantastisch, aber der Wunsch, sich selbst zu schaden, war verschwunden. Zumindest köchelte in ihr nur mehr der übliche Grad von Selbstzerstörung, bei der ihr Tod nicht gewiss, sondern nur möglich war, und dann würde man sie vielleicht ins Leben zurückholen können – warum also nicht noch ein bisschen mehr riskieren? Die Polizei würde schon rechtzeitig kommen, oder?

Heute Abend wollte Callie jedoch nichts weiter, als ausgiebig duschen und sich dann mit ihrer taubenvertilgenden Katze ins Bett kuscheln. Sie hatte genug Methadon, um durch die Nacht und morgen früh aus dem Bett zu kommen. Sie konnte auch erst auf dem Weg zur Arbeit etwas verkaufen. Dr. Jerry würde sowieso nur einen Schreck bekommen, wenn sie vor dem Mittag auftauchte.

Callie lächelte, als sie um die Ecke bog, denn sie hatte selten einen richtigen Plan.

»Was läuft, Süße?« Trap lehnte an der Wand und rauchte einen Joint. Er musterte sie von Kopf bis Fuß, und sie rief sich in Erinnerung, dass er ein Teenager mit dem Verstand eines Fünfjährigen und dem Gewaltpotenzial eines erwachsenen Mannes war. »Jemand sucht nach dir.«

Callies Nackenhaare stellten sich auf. Sie hatte den größten Teil ihres Erwachsenenlebens damit zugebracht, sicherzustellen, dass nie jemand nach ihr suchte. »Wer?«

»Weißer Typ, hübscher Wagen.« Er zuckte mit den Schultern, als wäre das Beschreibung genug. »Was hast'n in dem Rucksack?«

»Das geht dich einen Scheißdreck an.« Callie versuchte, sich an ihm vorbeizudrücken, aber er packte sie am Arm.

»Komm schon«, sagte Trap. »Mama hat gesagt, ich soll kassieren.«

Callie lachte. Seine Mutter würde ihm die Eier bis hinauf in die Kehle treten, wenn er einen Schnitt von ihrem Anteil abzweigen wollte. »Dann gehen wir doch gleich mal Wilma suchen und fragen, ob das stimmt.«

Traps Augen bekamen plötzlich etwas Verschlagenes. Dachte sie jedenfalls. Zu spät realisierte Callie, dass er jemandem hinter ihr ein Zeichen machte. Sie wollte sich gerade umwenden, da sie den Kopf allein nicht drehen konnte.

Da schlang sich ein muskulöser Männerarm um ihren Hals. Der Schmerz war augenblicklich da, wie ein Blitzschlag. Callies Hüfte schob sich vor, sie fiel rückwärts gegen die Brust des Mannes.

Sein Atem war heiß an ihrem Ohr. »Keine Bewegung.«

Sie erkannte Diegos schrille Stimme. Er war Traps Meth-Kumpel. Die beiden hatten so viel Crystal geraucht, dass ihre

Zähne schon ausfielen. Jeder für sich allein war ein Ärgernis. Zusammen waren sie eine bevorstehende Eilmeldung über Vergewaltigung und Totschlag.

»Was hast du, Schlampe?« Diego zerrte heftiger an ihrem Hals. Mit der freien Hand fuhr er unter ihren Rucksack und fand ihre Brust. »Wie wär's mit diesen kleinen Titten für mich, Süße?«

Callies linker Arm war jetzt vollkommen taub. Sie glaubte, ihr Schädel würde am Ansatz abbrechen. Sie schloss die Augen. Wenn sie sterben sollte, dann hoffentlich, bevor ihre Wirbelsäule brach.

»Mal sehen, was wir da haben.« Trap war so nah, dass sie die fauligen Zähne in seinem Mund riechen konnte. Er zog den Reißverschluss des Rucksacks auf. »Verdammt, du Miststück, du hast uns …«

Sie hörten alle das charakteristische *Klick-Klack*, wenn der Schlitten an einer Neun-Millimeter-Pistole zurückgezogen wird.

Callie konnte die Augen nicht öffnen. Sie konnte nur auf die Kugel warten.

»Wer zum Teufel sind Sie?«, fragte Trap.

»Ich bin die Schlampe, die dir gleich ein Loch in den Kopf schießt, wenn ihr Scheißtypen nicht sofort abhaut.«

Callie öffnete die Augen. »Hallo, Harleigh.«

5

»Großer Gott, Callie.«

Sie sah zu, wie Leigh wütend den Rucksack auf dem Bett ausleerte. Spritzen, Tabletten, Ampullen, Tampons, Geleebohnen, Kugelschreiber, ein Notizblock, zwei Bücher aus der Bibliothek über Eulen, Callies Drogenbesteck. Anstatt wegen des Vorrats zu schimpfen, ließ ihre Schwester den Blick durch das schäbige

Hotelzimmer schweifen, als erwarte sie, geheime Opiumverstecke in den getünchten Betonwänden zu entdecken.

»Was, wenn ich ein Cop gewesen wäre?«, fragte Leigh. »Du weißt, du darfst nicht so viel bei dir haben.«

Callie lehnte an der Wand. Sie war daran gewöhnt, verschiedene Versionen von Leigh zu erleben – ihre Schwester hatte mehr Persönlichkeiten als eine Katze –, aber die Leigh, die eine Waffe gegen ein paar Junkies im Teenageralter zog, war seit dreiundzwanzig Jahren nicht mehr zum Vorschein gekommen.

Trap und Diego sollten sich lieber bei ihrem Glücksstern bedanken, dass sie mit einer Glock statt einer Rolle Frischhaltefolie bewaffnet gewesen war.

Leigh warnte: »Dealen würde dich für den Rest deines Lebens ins Gefängnis bringen.«

Callie blickte sehnsuchtsvoll zu ihrem Spritzbesteck. »Soviel ich weiß, ist es für die passive Sexpartnerin im Knast leichter.«

Leigh fuhr herum, die Hände in die Hüften gestemmt. Sie trug Pumps mit hohen Absätzen und eines ihrer teuren Businesskostüme, was ihrer Anwesenheit in diesem Scheißloch von Motel durchaus eine komische Note verlieh. Die geladene Waffe, die aus dem Bund ihres Rocks ragte, trug zu diesem Eindruck bei.

»Wo ist deine Handtasche?«, fragte Callie.

»Im Kofferraum meines Wagens eingesperrt.«

Callie wollte ihr sagen, dass das nur dumme weiße Weiber taten, aber ihr Schädel pochte noch, weil Diego ihr fast die anderen Wirbel im Hals gebrochen hätte. »Es ist schön, dich zu sehen, Har.«

Leigh trat näher und sah in Callies Augen, um ihre Pupillen zu überprüfen. »Wie zugedröhnt bist du?«

Nicht genug, war Callies erster Gedanke, aber sie wollte nicht, dass Leigh gleich wieder wegrannte. Als sie ihre Schwester das letzte Mal gesehen hatte, war Callie kurz zuvor zwei Wochen lang auf der Intensivstation des Grady Hospitals an ein Beatmungsgerät angeschlossen gewesen.

»Ich brauche dich jetzt klar im Kopf«, sagte Leigh.

»Dann beeil dich lieber.«

Leigh verschränkte die Arme vor der Brust. Sie hatte eindeutig etwas zu sagen, aber ebenso eindeutig war sie noch nicht dazu bereit. »Isst du? Du bist viel zu dünn.«

»Eine Frau kann nie …«

»Cal.« Leighs Besorgnis fuhr wie eine Schaufel in ihren Bockmist. »Bist du okay?«

»Wie geht es deinem Armflosser?« Callie genoss die Verwirrung auf dem Gesicht ihrer Schwester. Es hatte schon seinen Grund gehabt, warum die Freaks die am wenigsten beliebte Cheerleaderin nicht am Außenseitertisch hatten haben wollen. »Ich meine Walter. Wie geht es ihm?«

»Gut.« Leighs Miene wurde weicher. Sie ließ die Hände sinken. Es gab nur drei Menschen, die Leigh sehen durften, wenn sie nicht auf der Hut war. Sie brachte den dritten ohne Stichwort zur Sprache. »Maddy wohnt noch bei ihm, damit sie zur Schule gehen kann.«

Callie rieb sich den Arm, um wieder ein Gefühl darin zu bekommen. »Ich weiß, das ist hart für dich.«

»Ja, gut, im Moment ist gerade alles hart für alle.« Leigh begann, im Zimmer auf und ab zu gehen. Es war, als würde man ein auf Zimbeln einschlagendes Spielzeugäffchen dabei beobachten, wie es auf Touren kam. »Die Schule hat gerade eine Warn-Mail versandt, dass irgendeine dämliche Mutter letztes Wochenende eine Superspreader-Party geschmissen hat. Sechs Kids wurden bislang positiv getestet. Die gesamte Klasse ist zwei Wochen lang auf Homeschooling gesetzt.«

Callie lachte, aber nicht über die dämliche Mutter. Die Welt, in der Leigh lebte, war im Vergleich zu ihrer eigenen so fremdartig wie der Mars.

Leigh wies mit einem Kopfnicken zum Fenster. »Will der zu dir?«

Callie lächelte, als sie den muskulösen schwarzen Kater auf

dem Sims sah. Binx streckte sich und wartete auf Einlass. »Er hat heute eine Taube gefangen.«

Leigh interessierte sich erkennbar einen Dreck für die Taube, aber sie gab sich Mühe. »Wie heißt er?«

»Scheißnutte.« Callie grinste über die erschrockene Reaktion ihrer Schwester. »Kurz gesagt: Schnutte.«

»Ist das nicht ein Mädchenname?«

»Er ist genderfluid.«

Leigh presste die Lippen zusammen. Sie war nicht zu einem Höflichkeitsbesuch hier. Wenn Harleigh Geselligkeit suchte, ging sie zu schicken Dinnerpartys mit anderen Anwälten und Ärzten.

Sie suchte Callie nur auf, wenn etwas wirklich Schlimmes passiert war. Ein anhängiger Haftbefehl. Ein Besuch im Bezirksgefängnis. Ein drohender Prozess. Eine Corona-Diagnose, aber nur wenn ihre kleine Schwester der einzige Mensch wäre, der sie wieder gesund pflegen konnte.

Callie scrollte rasch ihre jüngsten Vergehen im Kopf durch. Vielleicht hatte sie dieser blöde Strafzettel, weil sie bei Rot über die Ampel gegangen war, in die Scheiße geritten. Oder vielleicht hatte Leigh von einem ihrer Kontakte einen Tipp bekommen, dass die DEA Dr. Jerry unter die Lupe nehmen wollte. Oder – was wahrscheinlicher war – einer der Dummköpfe, an die Callie verkaufte, hatte die Seite gewechselt, um seinen armseligen Arsch zu retten.

Verdammte Junkies.

»Wer ist hinter mir her?«, fragte sie.

Leigh ließ den Zeigefinger in der Luft kreisen. Die Wände waren dünn. Man wusste nie, wer lauschte.

Callie zog Binx in die Arme. Sie hatten beide gewusst, dass Callie sich eines Tages in Schwierigkeiten bringen würde, aus denen ihre große Schwester sie nicht befreien konnte.

»Komm«, sagte Leigh. »Wir gehen.«

Sie meinte nicht einen Spaziergang um den Block. Sie meinte:

Pack dein Zeug zusammen, steck diese Katze irgendwo rein und steig in den Wagen.

Callie suchte Kleidung zusammen, während Leigh den Rucksack wieder packte. Sie würde ihr Bettzeug und ihre geblümte Decke vermissen, aber es war nicht das erste Mal, dass sie einen Ort aufgab. Normalerweise standen Deputys des Sheriffs mit einem Räumungsbescheid vor der Tür. Sie brauchte Unterwäsche, jede Menge Socken, zwei saubere T-Shirts und ein Paar Jeans. Sie besaß ein Paar Schuhe, und das trug sie an den Füßen. Weitere T-Shirts gab es im Secondhandladen. Decken bekam man in der Obdachlosenunterkunft, aber sie konnte dort nicht bleiben, weil sie keine Haustiere erlaubten.

Callie zog ein Kissen ab, um ihre magere Habe zu verstauen, dann packte sie Binx' Futter, seine rosa Spielzeugmaus und einen billigen hawaiianischen Blütenschmuck aus Plastik ein, den der Kater gern herumschleppte, wenn ihn Gefühle überkamen.

»Fertig?« Leigh trug den Rucksack über der Schulter. Sie war Anwältin, deshalb erklärte ihr Callie nicht, was eine Waffe und pfundweise Drogen bedeuten konnten; ihre Schwester hatte sich einen Platz in dieser exklusiven Welt erobert, in der Regeln verhandelbar waren.

»Nur noch eine Minute.« Callie schubste Binx' Transportbox mit dem Fuß unter dem Bett hervor. Der Kater erstarrte, wehrte sich aber nicht, als Callie ihn hineinsetzte. Es war auch für ihn nicht die erste Vertreibung.

»Fertig«, sagte sie zu ihrer Schwester.

Leigh ließ Callie zuerst durch die Tür gehen. Binx fing zu fauchen an, als er auf den Rücksitz des Wagens gestellt wurde. Callie befestigte den Sitzgurt um seine Box, dann stieg sie vorn ein und schnallte sich ebenfalls an. Sie beobachtete ihre Schwester sorgfältig. Leigh war eigentlich immer beherrscht, aber sie drehte selbst den Zündschlüssel auf eine merkwürdig präzise Art. Alles an ihr strahlte Panik aus, was beunruhigend war, denn Leigh geriet sonst nie in Panik.

Drogenhandel.

Junkies waren notwendigerweise Teilzeitanwälte. In Georgia gab es nach der Menge gestaffelte obligatorische Strafen: achtundzwanzig oder mehr Gramm Kokain – zehn Jahre. Achtundzwanzig oder mehr Gramm Opiate – fünfundzwanzig Jahre. Alles über vierhundert Gramm Methamphetamine – fünfundzwanzig Jahre.

Callie versuchte, es auszurechnen, die Liste ihrer Kunden, die wahrscheinlich gesungen hatten, durch die Unzen oder Gramm zu teilen, die sie ihnen in den letzten Monaten verkauft hatte, aber wie sie es auch drehte und wendete, unter dem Strich kam immer *Ich bin im Arsch* heraus.

Leigh bog rechts aus dem Motel-Parkplatz. Wortlos fuhren sie auf die Hauptstraße. Sie kamen an den beiden Streifenwagen am Ende der Wohnstraße vorbei. Die Cops hatten kaum einen Blick für den Audi. Sie nahmen wahrscheinlich an, die beiden Frauen würden nach einem bekifften Jugendlichen suchen oder einen Ausflug in den Kiez machen, um für sich selbst etwas zu ergattern.

Die beiden blieben weiter still, als Leigh auf den äußeren Ring fuhr, vorbei an Callies Bushaltestelle. Der schicke Wagen glitt geschmeidig über den unebenen Asphalt. Callie war an das Gerumpel des öffentlichen Nahverkehrs gewöhnt. Sie versuchte, sich zu erinnern, wann sie das letzte Mal in einem Auto gefahren war. Wahrscheinlich als Leigh sie vom Grady Hospital nach Hause gefahren hatte. Callie hatte sich eigentlich in Leighs irrwitzig teurer Eigentumswohnung erholen sollen, aber sie hatte noch vor Sonnenaufgang mit einer Nadel im Arm auf der Straße gesessen.

Sie massierte ihre wie von Nadelspitzen kribbelnden Finger. Ein wenig Gefühl kehrte zurück, was gut war, aber die Nadeln pikten auch in ihre Nerven. Sie studierte das scharfe Profil ihrer Schwester. Es hatte einiges für sich, genügend Geld zu haben, um gut zu altern. Ein Fitnessstudio in der Wohnanlage. Ein Arzt in Rufbereitschaft. Ein Ruhestandskonto. Hübsche Urlaube. Freie Wochenenden. Callie fand, ihre Schwester hatte jeden Luxus verdient, den sie sich gönnte. Leigh war nicht einfach in dieses Leben geplumpst. Sie hatte sich die Leiter hinaufgekämpft, mehr gelernt, härter gearbeitet, Opfer um Opfer gebracht, um sich und Maddy das beste Leben zu ermöglichen, das sie haben konnten.

Wenn Callies Tragödie aus Selbsterkenntnis bestand, dann bestand Leighs darin, unter keinen Umständen akzeptieren zu können, dass ihr gutes Leben nicht irgendwie mit dem Elend von Callies Leben verknüpft war.

»Hast du Hunger?«, fragte Leigh. »Du musst was essen.«

Es gab nicht einmal eine höfliche Pause für Callies Antwort. Sie waren im Große-Schwester/Kleine-Schwester-Modus. Leigh fuhr zu einem McDonald's. Sie fragte nicht nach Callies Wünschen, als sie am Drive-in-Schalter bestellte, wenngleich Callie annahm, dass das Filet-o-Fisch für Binx war. Kein Wort wurde gesprochen, als der Wagen langsam zum Ausgabefenster rollte. Leigh nahm eine Maske aus der Mittelkonsole. Sie bezahlte Essen und Getränke, dann reichte sie alles zu Callie hinüber, nahm ihre Maske ab und fuhr weiter.

Callie wusste nicht, was sie anderes tun sollte, als alles nett herzurichten. Sie wickelte einen Big Mac in eine Serviette und gab ihn ihrer Schwester. Sie suchte einen doppelten Cheeseburger für sich selbst aus. Binx musste sich mit zwei Pommes frites begnügen. Er hätte liebend gern den Fischburger genommen, aber Callie wusste nicht, ob sie Katzendünnschiss aus den Kontrastnähten in den schicken Ledersitzen ihrer Schwester herausbekommen würde.

Sie fragte Leigh: »Pommes?«

Leigh schüttelte den Kopf. »Iss du sie. Du bist zu dürr, Cal. Du musst eine Weile kürzertreten mit dem Dope.«

Callie nahm sich einen Moment Zeit, um die Tatsache zu würdigen, dass Leigh ihr nicht mehr sagte, sie müsse ganz aufhören zu drücken. Es hatte Zehntausende für Entzugskliniken vergeudete Dollar von Leighs Geld gekostet und dazu zahllose angsterfüllte Gespräche, aber beider Leben war sehr viel einfacher geworden, seit Leigh zu dieser Akzeptanz gefunden hatte.

»Iss«, kommandierte Leigh.

Callie sah auf den Hamburger in ihrem Schoß hinunter. Es drehte ihr den Magen um. Es gab keine Möglichkeit, Leigh zu erklären, dass es nicht das Dope war, weswegen sie abnahm. Sie hatte seit ihrer Corona-Infektion nie mehr so richtig Appetit. An den meisten Tagen musste sie sich zwingen, etwas zu essen. Wenn sie das Leigh sagte, würde sie ihr nur noch mehr Schuldgefühle aufbürden, die sie nicht verdient hatte.

»Callie?« Leigh warf ihr einen gereizten Blick zu. »Wirst du essen, oder muss ich dich zwangsernähren?«

Callie würgte den Rest der Fritten hinunter. Sie zwang sich, genau die Hälfte des Hamburgers zu essen. Sie schüttete die Cola in sich hinein, als der Wagen schließlich stehen blieb.

Sie sah sich um. Sofort suchte ihr Magen nach Wegen, wie er das Essen wieder loswerden konnte. Sie waren mitten im Wohngebiet von Lake Point, dort, wohin sie in Leighs Wagen immer gefahren waren, wenn sie Abstand zwischen sich und ihre Mutter bringen mussten. Callie hatte dieses Höllenloch zwei Jahrzehnte lang gemieden. Sie fuhr die längere Busroute von Dr. Jerrys Klinik, nur damit sie die deprimierenden, geduckten Häuser mit ihren schmalen Carports und traurigen Vorgärten nicht sehen musste.

Leigh ließ den Motor an, damit die Klimaanlage weiterlief. Sie wandte sich Callie zu und lehnte sich mit dem Rücken an die Wagentür. »Trevor und Linda Waleski waren gestern Abend bei mir im Büro.«

Callie erschauerte. Sie hielt Leighs Worte auf Distanz, aber am Horizont war eine leichte Dunkelheit auszumachen, ein wütender Gorilla, der quer durch ihre Erinnerung hin und her lief – kurzleibig, die Hände immer zu Fäusten geballt, die Arme so muskulös, dass er sie an den Seiten nicht anlegen konnte. Alles an der Kreatur schrie: *Ich bin ein rücksichtsloses Arschloch.* Die Leute wechselten die Straßenseite, wenn sie ihn kommen sahen.

Leg dich auf die Couch, Püppchen. Ich bin so scharf auf dich, dass ich es nicht aushalte.

»Wie geht es Linda?«, fragte Callie.

»Ist stinkreich.«

Callie schaute aus dem Fenster. Vor ihren Augen verschwamm alles. Sie sah, wie sich der Gorilla umdrehte und sie wütend anstarrte. »Ich schätze, sie haben Buddys Geld doch nicht gebraucht.«

»Callie.« Leighs Ton war drängend. »Es tut mir leid, aber du musst mir zuhören.«

»Ich höre zu.«

Leigh hatte gute Gründe, ihr nicht zu glauben, aber sie sagte: »Trevor nennt sich jetzt Andrew. Und sie haben ihren Nachnamen in Tenant geändert, nachdem Buddy ... nachdem er verschwunden war.«

Callie sah, wie der Gorilla auf sie zurannte. Speichel spritzte von seinem Mund. Seine Nasenlöcher waren gebläht. Er riss die mächtigen Arme hoch und sprang sie mit gefletschten Zähnen an. Sie roch billige Zigarren, Whiskey und Sex.

»Callie.« Leigh nahm ihre Hände und hielt sie so fest, dass sich die Knochen fast verschoben. »Callie, alles ist gut.«

Callie schloss die Augen. Der Gorilla stolzierte zu seinem Platz am Horizont zurück. Sie schmatzte mit den Lippen. Noch nie hatte sie das Heroin so sehr gewollt wie in diesem Augenblick.

»Hey.« Leigh drückte ihre Hand noch kräftiger. »Er kann dir nichts tun.«

Callie nickte. Ihre Kehle war wund, und sie dachte daran, wie viele Wochen, vielleicht Monate es gedauert hatte, bis sie wieder schmerzfrei hatte schlucken können, nachdem Buddy sie zu erwürgen versucht hatte.

Du wertloses Stück Scheiße, hatte ihre Mutter am Tag danach gesagt. *Ich habe dich nicht großgezogen, damit du dich von einer blöden Punkerschlampe auf dem Spielplatz grün und blau prügeln lässt.*

»Hier.« Leigh ließ ihre Hand los, langte nach hinten und öffnete die Transportbox. Sie holte Binx heraus und setzte ihn auf Callies Schoß. »Soll ich aufhören zu reden?«

Callie drückte Binx an sich. Er schnurrte und stupste mit dem Kopf an ihr Kinn. Das Gewicht des Tiers tröstete sie. Sie wollte, dass Leigh aufhörte zu reden, aber sie wusste, dass es nur die ganze Last zu ihrer Schwester hin verschob, wenn sie selbst sich vor der Wahrheit versteckte.

Sie fragte: »Sieht Trevor aus wie er?«

»Er sieht aus wie Linda.« Leigh verstummte und wartete auf eine weitere Frage. Das war keine juristische Taktik, die sie im Gerichtssaal gelernt hatte. Leigh war immer nur häppchenweise mit der Wahrheit herausgerückt und hatte Informationen langsam verabreicht, damit Callie nicht ausrastete und sich in einer Gasse eine Überdosis spritzte.

Callie drückte den Mund auf Binx' Kopf, so wie sie es früher bei Trevor gemacht hatte. »Wie haben sie dich gefunden?«

»Erinnerst du dich an diesen Zeitungsartikel?«

»Der Pisser«, sagte Callie. Sie war so stolz gewesen, ihre große Schwester als Anwältin porträtiert zu sehen. »Warum braucht Trevor einen Strafverteidiger?«

»Weil er beschuldigt wird, eine Frau vergewaltigt zu haben. Mehrere Frauen.«

Die Information war nicht so überraschend, wie sie hätte sein sollen. Callie hatte oft genug erlebt, wie Trevor das Terrain sondiert, ausprobiert hatte, wie weit er gehen konnte, genau wie es sein Vater immer getan hatte. »Dann ist er also doch wie Buddy.«

»Ich glaube, er weiß, was wir getan haben, Cal.«

Die Nachricht traf sie wie ein Hammer. Ihr Mund öffnete sich, aber es kamen keine Worte heraus. Binx ärgerte sich über den plötzlichen Aufmerksamkeitsentzug. Er sprang auf das Armaturenbrett und schaute durch die Windschutzscheibe.

Leigh sagte es noch einmal. »Andrew weiß, was wir mit seinem Vater gemacht haben.«

Callie spürte, wie die kalte Luft aus dem Gebläse in ihrer Lunge ankam. Es gab keine Möglichkeit, sich vor diesem Gespräch zu verstecken. Sie konnte den Kopf nicht wenden, deshalb wandte sie den Körper und lehnte den Rücken an die Tür, so wie es Leigh getan hatte. »Trevor hat geschlafen. Wir haben beide nachgesehen.«

»Ich weiß.«

»Hm«, sagte Callie. Es war das, was sie immer sagte, wenn sie nicht wusste, was sie sagen sollte.

»Cal, du musst nicht hierbleiben«, sagte Leigh. »Ich kann dich …«

»Nein.« Callie hasste es, beschwichtigt zu werden, auch wenn sie wusste, dass sie es brauchte. »Bitte, Harleigh. Erzähl mir, was passiert ist. Lass nichts aus. Ich muss es wissen.«

Leigh widerstrebte es immer noch sichtlich. Die Tatsache, dass sie nicht wieder protestierte, dass sie nicht zu Callie sagte, sie solle die ganze Sache vergessen, sie würde sich um alles kümmern, wie sie es immer tat, war beängstigend.

Sie fing ganz vorn an, was etwa zur selben Zeit am Vorabend war. Das Treffen im Büro ihres Bosses. Die Enthüllung, dass Andrew und Linda Tenant Gespenster aus ihrer Vergangenheit waren. Leigh schilderte genau Trevors Freundin, den Privatdetektiv Reggie Paltz, der ein bisschen zu dicke mit Andrew war, die Lügen über Callies angebliches Leben in Iowa. Sie erläuterte die Vergewaltigungsvorwürfe gegen Andrew, die möglichen anderen Opfer. Als sie zu dem Detail kam, dass das Messer knapp über der Oberschenkelvene eingedrungen war, konnte Callie nicht mehr an sich halten.

»Warte«, sagte sie. »Noch mal zurück. Was genau hat Trevor gesagt?«

»Andrew«, korrigierte Leigh. »Er ist nicht mehr Trevor, Callie. Und es geht nicht darum, was er gesagt hat, sondern *wie* er es gesagt hat. Er weiß, dass sein Vater ermordet wurde. Er weiß, dass wir damit davongekommen sind.«

»Aber ...« Callie versuchte zu begreifen, was Leigh da sagte. »Trev... Andrew verletzt seine Opfer mit einem Messer auf die gleiche Weise, wie ich Buddy umgebracht habe?«

»Du hast ihn nicht umgebracht.«

»Scheiße, Leigh, natürlich.« Sie würden diesen dummen Streit nicht wieder führen. »Du hast ihn umgebracht, nachdem ich ihn umgebracht habe. Das ist kein Wettkampf. Wir haben ihn beide umgebracht. Wir haben ihn beide zerstückelt.«

Leigh verfiel wieder in Schweigen. Sie ließ Callie Raum, aber Callie brauchte keinen.

»Harleigh«, sagte sie. »Wenn die Leiche wirklich gefunden wurde, ist es zu spät, um festzustellen, wie er gestorben ist. Alle Hinweise wären inzwischen verschwunden. Man würde nur Knochen finden. Und nicht einmal die komplett. Nur verstreute Teile.«

Leigh nickte. Sie hatte ebenfalls schon darüber nachgedacht.

Callie ging die anderen Möglichkeiten durch. »Wir haben nach weiteren Kameras und Kassetten gesucht und solchen Sachen. Wir haben das Messer gereinigt und wieder in die Schublade gelegt. Ich habe noch einen ganzen verdammten Monat lang auf Trevor aufgepasst, bis sie endlich weggezogen sind. Ich habe dieses Steakmesser benutzt, sooft es ging. Es ist ausgeschlossen, dass es jemand mit dem in Verbindung bringen konnte, was wir getan haben.«

»Ich kann dir nicht sagen, woher Andrew von dem Messer weiß oder von der Wunde in Buddys Bein. Ich kann dir nur sagen, *dass* er es weiß.«

Callie zwang sich, in der Erinnerung zu dieser Nacht zurückzugehen, auch wenn sie sich notwendigerweise große Mühe gegeben hatte, das meiste zu vergessen. Sie blätterte die Ereignisse rasch durch wie eine Illustrierte und verweilte auf keiner einzelnen Seite länger. Alle dachten, Geschichte sei wie ein Buch, mit Anfang, Mittelteil und Schluss. Aber so lief es nicht. Im wirklichen Leben war alles Mittelteil.

»Wir haben das ganze Haus auf den Kopf gestellt«, sagte sie.

»Ich weiß.«

»Wie kann er ...« Callie ging es noch einmal durch, diesmal langsamer. »Du hast sechs Tage gewartet, bevor du nach Chicago aufgebrochen bist. Haben wir in seiner Gegenwart darüber gesprochen? Haben wir etwas gesagt?«

Leigh schüttelte den Kopf. »Ich glaube nicht, aber ...«

Sie musste es nicht aussprechen. Sie hatten beide unter Schock gestanden. Sie waren beide Teenager gewesen. Keine von ihnen war ein kriminelles Genie. Ihre Mutter hatte sich zwar zusammengereimt, dass etwas Schlimmes passiert sein musste, aber sie hatte nur gesagt: *Zieht mich bloß nicht in eure Scheiße mit rein, denn ich schubse eure armseligen Ärsche vor den ersten Bus, der vorbeikommt.*

»Ich weiß nicht, welchen Fehler wir gemacht haben«, sagte Leigh, »aber offensichtlich haben wir einen gemacht.«

Callie sah ihrer Schwester an, dass sie diesen Fehler, was immer es war, mit auf den Berg von Schuldgefühlen häufte, der sie ohnehin schon niederdrückte. »Was genau hat Andrew gesagt?«

Leigh schüttelte den Kopf, aber ihr Gedächtnis war immer ausgezeichnet gewesen. »Er hat mich gefragt, ob ich wisse, wie man ein Verbrechen begeht, das jemandes Leben zerstört. Er hat mich gefragt, ob ich wisse, wie man ungestraft mit kaltblütigem Mord davonkommt.«

Callie biss sich auf die Unterlippe.

»Und dann sagte er, es sei heute nicht mehr so wie zu der Zeit, als wir Kinder waren. Wegen der Kameras.«

»Kameras?«, wiederholte Callie. »Er hat konkret *Kameras* gesagt?«

»Er hat das Wort ein halbes Dutzend Mal gesagt – dass überall Kameras seien, an Türklingeln, Häusern, zur Verkehrsüberwachung. Man könne nirgendwohin gehen, ohne aufgenommen zu werden.«

»Wir haben Andrews Zimmer nicht durchsucht«, sagte Callie. Das war der einzige Ort, an den sie nicht gedacht hatten. Buddy hatte selten mit seinem Sohn gesprochen. Er hatte nichts mit ihm zu tun haben wollen. »Andrew hat ständig alles Mögliche geklaut. Vielleicht gab es eine weitere Kassette.«

Leigh nickte. An diese Möglichkeit hatte sie auch schon gedacht.

Callie fühlte ihre Wangen feuerrot brennen. Andrew war zehn gewesen, als es passiert war. Hatte er eine Kassette gefunden? Hatte er gesehen, wie sein Vater Callie auf jede Art fickte, die ihm einfiel? War er deshalb immer noch von ihr besessen?

Vergewaltigte er deshalb Frauen?

»Denk drüber nach, Harleigh. Wenn Andrew ein Video hat, dann zeigt es nur, dass sein Vater pädophil war. Er wird nicht wollen, dass das publik wird.« Sie unterdrückte ein Schaudern. Sie wollte ebenfalls nicht, dass es publik wurde. »Glaubst du, Linda weiß es?«

»Nein.« Leigh schüttelte den Kopf, aber sie konnte sich unmöglich sicher sein.

Callie legte ihre Hände auf die brennenden Wangen. Wenn es Linda wusste … das wäre ihr Ende. Sie hatte die Frau immer geliebt, fast verehrt für ihre Verlässlichkeit und Aufrichtigkeit. Als Kind war ihr nie in den Sinn gekommen, dass sie Linda mit ihrem Mann betrog. In ihrem verwirrten Kopf hatte sie beide als Ersatzeltern gesehen.

Sie fragte: »Hat Andrew, bevor er von Kameras sprach, Fragen nach dieser Nacht gestellt oder nach etwas, das zu der Zeit von Buddys Verschwinden passiert ist?«

»Nein«, antwortete Leigh. »Und wie du schon sagtest, selbst wenn er eine Kassette hätte, würde sie nicht zeigen, wie Buddy gestorben ist. Woher weiß er von dem Messer? Von der Wunde im Bein?«

Callie sah zu, wie Binx seine Pfote putzte. Sie war absolut ahnungslos.

Und dann kam plötzlich die Erkenntnis.

»Ich habe …«, begann sie. »Nachdem es passiert war, habe ich in einem von Lindas Anatomie-Lehrbüchern alles Mögliche nachgeschlagen. Ich wollte wissen, was genau da abgelaufen ist. Das könnte Andrew gesehen haben.«

Leigh sah skeptisch aus, aber sie sagte: »Wäre möglich.«

Callie presste die Finger auf die Lider. Ihr Hals pochte schmerzhaft, und ihre Hand kribbelte immer noch. Der Gorilla in der Ferne war rastlos.

»Wie oft hast du es nachgesehen?«, fragte Leigh.

Callie sah eine Projektion auf der Rückseite ihrer Augenlider: Das Lehrbuch lag aufgeschlagen auf dem Küchentisch der Waleskis. Der Querschnitt eines menschlichen Körpers. Callie war so oft mit dem Zeigefinger an der Oberschenkelvene entlanggefahren, dass die rote Linie zu Rosa verblasst war. Hatte Andrew es bemerkt? Hatte er Callies zwanghaftes Verhalten beobachtet und die richtigen Schlüsse gezogen?

Oder war es doch so, dass er eine hitzige Unterhaltung zwischen Callie und Leigh mit angehört hatte? Sie hatten pausenlos darüber gestritten, was sie tun sollten, nachdem Buddy … Ob ihr Plan funktionieren würde, welche Geschichten sie Polzisten und Sozialarbeitern erzählt hatten, was sie mit dem Geld anfangen sollten. Andrew könnte sich versteckt, zugehört, sich Notizen gemacht haben. Er war immer ein hinterhältiger kleiner Scheißkerl gewesen, war aus allen möglichen Ecken hervorgesprungen, um Callie zu erschrecken, hatte ihre Stifte und Bücher gestohlen, die Fische im Aquarium terrorisiert.

Jedes dieser Szenarien war möglich. Jedes würde dieselbe Reaktion bei Leigh hervorrufen: *Das ist meine Schuld. Es ist alles meine Schuld.*

»Cal?«

Sie riss die Augen auf. Sie hatte nur eine einzige Frage. »Warum setzt dir das so zu, Leigh? Andrew hat keinen Beweis, sonst wäre er zur Polizei gegangen.«

»Er ist ein sadistischer Vergewaltiger. Er spielt ein Spiel.«

»Na und, verdammt noch mal. Herrgott, Leigh, reiß dich zusammen.« Callie breitete die Arme aus und zuckte mit den Schultern. So konnte es gehen. Es durfte immer nur eine von ihnen zusammenbrechen. »Du kannst kein Spiel mit jemandem spielen, der nicht bereit ist mitzumachen. Wieso lässt du diesen kleinen Irren in deinen Kopf? Er hat einen Dreck gegen uns in der Hand.«

Leigh antwortete nicht, aber sie war immer noch sichtlich erschüttert. Tränen standen in ihren Augen, und sie hatte jede Farbe im Gesicht verloren. Callie bemerkte eine getrocknete Spur von Erbrochenem auf dem Kragen ihrer Bluse. Leigh hatte nie einen robusten Magen gehabt. Das war das Problem mit einem guten Leben. Man wollte es nicht verlieren.

»Jetzt hör mal zu. Was erzählst du mir immer?«, sagte Callie. »Bleib bei der verdammten Geschichte. Buddy ist nach Hause gekommen. Er war in Panik wegen einer Morddrohung. Er hat nicht gesagt, wer ihn ermorden will. Ich habe dich angerufen. Du hast mich abgeholt. Er war am Leben, als wir gefahren sind. Mom hat mich windelweich geprügelt. Das ist alles.«

»Die Familienfürsorge«, erinnerte Leigh. »Als die Sozialarbeiterin zu uns nach Hause kam, hat sie da Fotos gemacht?«

»Sie hat kaum einen Bericht aufgenommen.« Callie wusste es nicht mehr, wenn sie ehrlich war, aber sie wusste, wie das System funktionierte, und ihre Schwester wusste es auch. »Harleigh, benutz deinen Verstand. Wir haben nicht in Beverly Hills gewohnt. Ich war nur irgendein Kind, dessen betrunkene Mutter ihm die Scheiße aus dem Leib geprügelt hat.«

»Der Bericht der Sozialarbeiterin könnte trotzdem irgendwo abgelegt sein. Die Regierung wirft nichts weg.«

»Ich bezweifle, dass ihn das Miststück überhaupt zu den Akten gegeben hat«, sagte Callie. »Alle Sozialarbeiterinnen hatten furchtbare Angst vor Mom. Als mich die Cops zu Buddys Verschwinden befragt haben, sagten sie kein Wort über mein Aussehen. Dich haben sie ebenfalls nicht danach gefragt. Linda hat mir Antibiotika gegeben und meine Nase gerichtet, aber sie hat mir nie eine einzige Frage gestellt. Niemand hat beim Sozialdienst Druck gemacht. Niemand in der Schule hat auch nur einen Ton gesagt.«

»Ja, gut, Dr. Patterson, dieses Arschloch, war natürlich nicht direkt ein Anwalt der Kinder.« Die Demütigung flutete zurück wie eine Gezeitenwelle und drückte Callie in den Sand. Egal, wie viel Zeit vergangen war, sie kam nicht darüber hinweg, dass sie nicht wusste, wie viele Männer ihr beim Sex mit Buddy zugesehen hatten.

»Es tut mir leid, Cal«, sagte Leigh. »Das hätte ich nicht sagen sollen.«

Callie sah, wie Leigh in ihrer Tasche nach einem Papiertuch suchte. Sie konnte sich an eine Zeit erinnern, in der ihre große Schwester Mordpläne und grandiose Intrigen gegen die Männer geschmiedet hatte, die zugesehen hatten, wie Callie missbraucht wurde. Leigh war bereit gewesen, ihr Leben wegzuwerfen, um Callie zu rächen. Nur die Angst, Maddy zu verlieren, hatte sie zurückschrecken lassen.

Callie sagte das, was sie immer zu Leigh sagte: »Es ist nicht deine Schuld.«

»Ich hätte nicht nach Chicago fahren sollen. Ich hätte …«

»In Lake Point festkleben und mit dem Rest von uns in der Gosse landen können?« Callie ließ sie nicht zu einer Antwort kommen, denn sie wussten beide, dass Leigh als Geschäftsführerin eines Taco Bell geendet wäre, nebenbei Tupperware verkauft und ein Buchhaltungsbüro betrieben hätte. »Wenn du hiergeblieben wärst, wärst du nicht aufs College gegangen. Du hättest keinen Jura-Abschluss. Du hättest Walter nicht. Und ganz bestimmt nicht …«

»Maddy.« Bei Leigh liefen jetzt die Tränen. Sie war immer schon nah am Wasser gebaut. »Callie, ich bin so ...«

Callie winkte ab. Sie durften sich nicht in einem weiteren Es-ist-alles-meine-Schuld/Es-ist-nicht-deine-Schuld-Dialog verheddern. »Nehmen wir mal an, der Sozialdienst hat einen Bericht oder die Cops haben es vermerkt, dass ich in einem üblen Zustand war. Was dann? Wo sind diese Unterlagen jetzt?«

Leigh presste die Lippen zusammen. Sie kämpfte immer noch, sagte aber: »Die Cops sind inzwischen wahrscheinlich im Ruhestand oder befördert. Wenn sie keinen Missbrauch in ihrem Bericht dokumentiert haben, dann vielleicht in ihren persönlichen Aufzeichnungen, und die sind irgendwo in einer Kiste, wahrscheinlich auf einem Dachboden.«

»Okay. Ich bin also Reggie, der Privatdetektiv, den Andrew angeheuert hat, und ich untersuche einen möglichen Mord, der vor dreiundzwanzig Jahren passiert ist, und ich möchte die Polizeiberichte sehen und alles, was die Sozialarbeiter über die Kinder notiert haben, die im Haus waren«, sagte Callie. »Wie geht es weiter?«

Leigh seufzte. Sie war noch immer nicht ganz bei der Sache. »Für die Unterlagen der Sozialbehörde würdest du einen Antrag nach dem FOIA stellen.« Der Freedom of Information Act machte alle Behördenunterlagen öffentlich zugänglich.

»Und dann?«

»Das *Kenny A. versus Sonny Perdue Consent Decree* wurde 2005 zum Abschluss gebracht.« Leighs Juristenhirn übernahm das Kommando. »Es ist kompliziert, aber im Wesentlichen wurden die Bezirke Fulton und DeKalb gezwungen, Kinder im System nicht länger zu bescheißen. Es hat drei Jahre gedauert, eine Einigung auszuarbeiten. Viele belastende Unterlagen und Akten sind praktischerweise vor der Einigung verschwunden.«

Callie musste davon ausgehen, dass etwaige Berichte über ihre Misshandlung Teil der Vertuschungsaktion gewesen waren. »Was ist mit den Cops?«

»Du würdest eine FOIA-Anfrage zu ihren offiziellen Dokumenten stellen, und du bräuchtest einen richterlichen Beschluss für ihre Notizbücher«, sagte Leigh. »Selbst wenn Reggie es andersherum versuchen und an ihre Türen klopfen würde, hätten sie Angst, belangt zu werden, wenn sie einen Missbrauch dokumentiert hätten, aber der Sache nie nachgegangen sind. Vor allem, wenn er in Zusammenhang mit einem Mordfall stand.«

»Die Cops könnten also praktischerweise ebenfalls nichts ausfindig machen.« Callie dachte an die beiden Officer, die sie befragt hatten. Noch ein Fall, wo Männer den Mund hielten, um andere Männer zu decken. »Aber eigentlich willst du sagen, dass wir uns über beides nicht den Kopf zerbrechen müssen, richtig?«

Leigh hielt sich bedeckt. »Vielleicht.«

»Sag mir, was ich tun soll.«

»Nichts«, sagte Leigh, aber sie hatte immer einen Plan. »Ich bringe dich in einen anderen Staat. Du kannst in … ich weiß nicht … Tennessee oder Iowa bleiben. Ist mir egal. Wo immer du willst.«

»Iowa, verdammt!« Callie versuchte, sie aufzuheitern. »Fällt dir kein besserer Job für mich ein als Kühe melken?«

»Du liebst doch Kühe.«

Das war nicht falsch. Kühe waren zum Niederknien. Es gab eine alternative Callie, die gern Bäuerin gewesen wäre. Tierärztin. Müllsammlerin, egal – nur kein dummer, klauender Junkie.

Leigh holte tief Luft. »Tut mir leid, dass ich so durch den Wind bin. Das alles ist eigentlich gar nicht dein Problem.«

»Du kannst mich mal«, sagte Callie. »Komm schon, Leigh. Wir stehen das zusammen durch oder gar nicht. Du hast uns schon einmal aus diesem Schlamassel geholt. Tu's noch einmal.«

»Ich weiß nicht«, sagte Leigh. »Andrew ist kein Kind mehr. Er ist ein Psychopath. Und er hat so eine Psycho-Methode drauf. In dem einen Moment wirkt er völlig normal, und schon im nächsten schaltet dein Körper in diesen urzeitlichen Kämpf-

oder-flieh-Modus. Er hat mir eine Scheißangst eingejagt. Meine Nackenhaare haben sich sogar aufgestellt. Ich wusste im selben Moment, als ich ihn gesehen habe, dass etwas nicht stimmt, aber ich kam nicht dahinter, was es ist, bis er es mir gezeigt hat.«

Callie nahm sich eins von Leighs Taschentüchern. Sie schnäuzte sich. Bei allem Respekt vor ihrer Intelligenz – ihre Schwester war viel zu lange an zu vielen Wohlfühlorten gewesen. Sie dachte an die juristischen Folgen, falls Andrew versuchte, eine Untersuchung in Gang zu bringen. Ein möglicher Prozess, die Vorlage von Beweisen, Zeugen im Kreuzverhör, ein Richterspruch, Gefängnis.

Leigh hatte ihre Fähigkeit verloren, wie eine Kriminelle zu denken, aber das konnte Callie für sie beide übernehmen. Andrew war ein brutaler Vergewaltiger. Er würde sich *nicht* in Ermangelung eines rauchenden Colts an die Polizei wenden. Er quälte Leigh, weil er sich eigenhändig um dieses Problem kümmern wollte.

»Ich weiß, du hast ein Worst-Case-Szenario«, sagte sie zu ihrer Schwester.

Leigh rückte erkennbar widerwillig damit heraus, aber Callie sah ihr an, dass sie auch erleichtert war. »Du musst den Drogenkonsum herunterfahren. Du musst keineswegs ganz aufhören, aber wenn jemand kommt und Fragen stellt, musst du klar genug bei Verstand sein, um die richtigen Antworten zu geben.«

Callie fühlte sich in die Enge getrieben, obwohl sie bereits jetzt genau das tat, worum ihre Schwester sie gebeten hatte. Es war anders, wenn sie eine Wahl hatte. Leighs Bitte weckte in Callie den Drang, ihren Rucksack auf den Boden fallen zu lassen und sich auf der Stelle den Arm abzubinden.

»Cal?« Leigh sah so verdammt enttäuscht aus. »Es ist nicht für immer. Ich würde dich nicht darum bitten, wenn …«

»Okay.« Callie schluckte. »Für wie lange?«

»Das weiß ich nicht«, gab Leigh zu. »Ich muss erst herausfinden, was Andrew vorhat.«

Callie unterdrückte ihre panischen Fragen. Ein paar Tage? Eine Woche? Einen Monat? Sie biss sich auf die Unterlippe, damit sie nicht zu weinen anfing.

Leigh schien ihre Gedanken zu lesen. »Wir machen immer nur ein paar Tage am Stück. Aber wenn du die Stadt verlassen musst oder ...«

»Ich komm schon klar«, sagte Callie, denn beide waren darauf angewiesen, dass es stimmte. »Aber mal ehrlich, Leigh, du weißt doch schon, was Andrew treibt.«

Leigh schüttelte den Kopf, sie verstand noch immer nicht.

»Er steckt in mehr Schwierigkeiten als du.« Wenn Callie das durchstehen sollte, dann musste der Reptilienverstand ihrer Schwester anspringen, der Angriffsinstinkt statt des Fluchtinstinkts das Kommando übernehmen, damit sich das Ganze nicht zu lange hinzog. »Er hat seine Anwältin gefeuert. Er hat dich eine Woche vor Prozessbeginn engagiert. Sein ganzes restliches Leben steht auf dem Spiel, und er wirft mit diesen Hinweisen über Kameras und Durchkommen mit Mord um sich. Man droht nur, wenn man etwas will. Was also will Andrew?«

Die Erkenntnis blitzte in Leighs Augen auf. »Er will, dass ich etwas Illegales für ihn tue.«

»Korrekt.«

»Scheiße.« Leigh ging eine Liste durch. »Einen Zeugen bestechen. Einen Meineid schwören. Beihilfe zu einer Straftat leisten. Die Justiz behindern.«

Sie hatte all das und vieles mehr für Callie getan.

»Du weißt, wie man mit jeder einzelnen dieser Taten durchkommt.«

Leigh schüttelte den Kopf. »Bei Andrew ist es anders. Er will mir schaden.«

»Na und?« Callie schnippte mit den Fingern, wie um sie aufzuwecken. »Wo ist meine böse große Schwester? Du hast gerade eine Glock auf zwei Crystal-Meth-Freaks gerichtet, und eine Straße weiter stand ein Haufen Polizisten. Hör auf, herumzueiern wie eine Göre auf dem Spielplatz, die gerade ihren ersten Knochenbruch hinter sich hat.«

Langsam begann Leigh zu nicken und darauf einzusteigen. »Du hast recht.«

»Und ob ich verdammt noch mal recht habe. Du hast einen tollen Jura-Abschluss, einen super Job und ein makelloses Strafregister, und was hat Andrew?« Callie ließ sie nicht antworten. »Er wird beschuldigt, diese Frau vergewaltigt zu haben. Es gibt weitere Frauen, die mit dem Finger auf ihn zeigen können. Wenn dieser beschissene Vergewaltiger anfängt zu jammern, du hättest seinen Daddy vor über zwanzig Jahren ermordet, wem wird man deiner Meinung nach glauben?«

Leigh nickte immer weiter, aber Callie wusste, was ihre Schwester wirklich quälte. Leigh hasste vieles, aber verwundbar zu sein konnte ihr so viel Angst einjagen, dass sie wie gelähmt war.

»Er hat keine Macht über dich, Harleigh«, sagte Callie. »Er wusste nicht einmal, wie er dich findet, bis ihm dieser Blödmann von Privatdetektiv dein Bild in der Zeitung gezeigt hat.«

»Und was ist mit dir?«, fragte Leigh. »Du benutzt Moms Nachnamen seit Jahren nicht mehr. Gibt es andere Wege, wie er dich finden kann?«

Callie ging im Geist all die anrüchigen Methoden durch, wie man Leute aufspürte, die nicht gefunden werden wollten. Trap war käuflich, aber sie hatte, ihrer Gewohnheit folgend, unter einem falschen Namen in dem Motel eingecheckt. Swim Shady war ein Internetgeist. Sie hatte nie Steuern gezahlt. Sie hatte nie ein Mietverhältnis, einen Handy-Vertrag, einen Führerschein oder eine Krankenversicherung gehabt. Natürlich hatte sie eine Sozialversicherungsnummer, aber Callie hatte keine Ahnung, wie sie lautete, und ihre Mutter hatte das Schreiben wahrscheinlich längst verbrannt. Ihr Jugendstrafregister war unter Verschluss. Bei ihrer ersten Verhaftung als Erwachsene war sie unter Calliope DeWinter geführt worden, weil der

Cop, der nach ihrem Nachnamen gefragt hatte, nie Daphne du Maurier gelesen hatte, und Callie, die bis zur Halskrause zugedröhnt gewesen war, hatte es so lustig gefunden, dass sie sich auf dem Rücksitz seines Streifenwagens in die Hose gepisst hatte, was eine weitere Befragung verhindert hatte. Dazu die sonderbare Betonung ihres Vornamens und der Berg an Falschnamen, den sie aufgetürmt hatte. Selbst als Callie auf der Intensivstation des Grady Hospitals mit Corona dahingesiecht war, hatte man sie in der Patientenakte als Cal E.O.P. DeWinter geführt.

»Er kann mich nicht finden«, sagte sie zu Leigh.

Leigh nickte sichtlich erleichtert. »Okay, dann bleib weiter untergetaucht. Und hellwach, wenn es geht.«

Callie fiel etwas ein, das Trap gesagt hatte, bevor er versucht hatte, sie auszurauben.

Weißer Typ. Hübscher Wagen.

Reggie Paltz. Mercedes-Benz.

»Ich verspreche, es dauert nicht lange«, sagte Leigh. »Andrews Prozess dürfte zwei, drei Tage dauern. Was immer er vorhat, er wird sich beeilen müssen.«

Callie atmete flach und studierte Leighs Gesicht. Ihre Schwester hatte nicht richtig bedacht, welche Verwüstung Andrew in ihrem Leben anrichten konnte, hauptsächlich weil sie sehr wenig darüber wusste, wie Callie lebte. Sie hatte Callie wahrscheinlich über einen befreundeten Anwalt aufgespürt. Sie hatte keine Ahnung, dass Dr. Jerry noch arbeitete, ganz zu schweigen davon, dass Callie ihm half.

Abgesehen davon, dass Reggie Paltz bereits Fragen stellte, hatte er eindeutig seine Kontakte bei der Polizei. Er konnte Callies Namen auf den Radarschirm setzen. Sie handelte bereits mit Drogen. Wenn der richtige Polizist die falschen Fragen stellte, konnte die DEA bei Dr. Jerry die Tür eintreten, und Callie würde eine harte Entgiftung im City Detention Center durchmachen.

Callie sah, wie sich Binx auf die Seite sinken ließ, um das Sonnenlicht zu genießen, das durch die Windschutzscheibe auf das Armaturenbrett fiel. Sie wusste nicht, ob sie sich mehr Sorgen um Dr. Jerry oder sich selbst machte. Im städtischen Gefängnis gewährten sie einem keine ärztlich begleitete Entgiftung. Sie sperrten einen in eine Zelle, und drei Tage später spazierte man entweder aus eigener Kraft heraus, oder man wurde in einem Leichensack herausgefahren.

»Vielleicht wäre es besser, wenn wir es Andrew leicht machen, mich zu finden«, sagte sie.

Leigh starrte sie verblüfft an. »Wieso zum Teufel sollte das besser sein, Callie? Andrew ist ein sadistischer Vergewaltiger. Er hat heute ständig nach dir gefragt. Sogar sein Freund Reggie sagt, er wird früher oder später nach dir suchen.«

Callie ignorierte diese Fakten, denn Angst würde sie nur zurückschrecken lassen. »Andrew trägt bis zum Prozess eine Fußfessel, richtig? Dann wird ein Alarm losgehen, wenn er …«

»Weißt du, wie lange es dauert, bis jemand auf einen Alarm reagiert? Die Stadt schafft es kaum, Gehälter abzurechnen. Die Hälfte der altgedienten Kräfte ist in den vorzeitigen Ruhestand gegangen, als Corona zugeschlagen hat, und der Rest muss jetzt fünfzig Prozent mehr Fälle bearbeiten.« Aus Leighs ungläubigem Blick war reine Fassungslosigkeit geworden. »Das bedeutet, nachdem Andrew dich ermordet hat, können die Cops seine GPS-Daten auswerten, um herauszufinden, wann er es getan hat.«

Callie spürte, wie ihr Mund trocken wurde. »Andrew würde nicht selbst nach mir suchen. Er würde seinen Detektiv schicken, oder?«

»Reggie Paltz werde ich mir vom Hals schaffen.«

»Dann besorgt er sich einen neuen Reggie Paltz.« Callie musste Leigh dazu bringen, die Sache durchzudenken. »Hör zu, wenn Andrews Detektiv mich ausfindig macht, dann glaubt Andrew, uns gegenüber im Vorteil zu sein, richtig? Der Typ wird mir ein paar Fragen stellen. Ich erzähle ihm, was er wissen darf, nämlich nichts. Dann erstattet er Andrew Bericht, und wenn Andrew dich damit überraschen will, weißt du es bereits.«

»Es ist zu gefährlich«, sagte Leigh. »Du bietest dich im Grunde als Köder an.«

Callie unterdrückte ein Schaudern. So viel dazu, tröpfchenweise mit der Wahrheit herauszurücken. Leigh durfte nicht wissen, dass Callie bereits am Haken baumelte, sonst würde sie nie zulassen, dass Callie hierblieb. »Ich begebe mich an einen nahe liegenden Ort, damit der Detektiv mich findet, okay? Es ist leichter, mit jemandem fertigzuwerden, wenn man darauf vorbereitet ist, dass er kommt.«

»Herrgott noch mal, nein.« Leigh schüttelte bereits den Kopf. Sie wusste, was der nahe liegende Ort war. »Das ist Irrsinn. Er findet dich im Handumdrehen. Wenn du die Fotos sehen würdest, was Andrew mit …«

»Stopp.« Niemand musste Callie erzählen, wozu Buddy Waleskis Sohn fähig war. »Ich will das tun. Und ich werde es tun. Es geht nicht darum, dich um Erlaubnis zu fragen.«

Leigh presste die Lippen zusammen. »Ich habe Geld dabei. Ich kann noch mehr besorgen. Ich bringe dich unter, wo immer du willst.«

Callie würde, *konnte*, nicht den einzigen Ort verlassen, der je eine Art Zuhause für sie gewesen war. Aber sie kannte eine weitere Option, eine, die allen, die ihr je begegnet waren, plausibel erscheinen würde. Sie konnte Binx in der Obhut von Dr. Jerry zurücklassen. Sie konnte alle Drogen in dem verschlossenen Schrank klauen, und noch bevor die Sonne aufging, würde ihr Kurt Cobain ein Privatkonzert von »Come As You Are« geben.

»Cal?«, sagte Leigh.

Ihr Verstand hing so sehr in der Cobain-Schleife fest, dass sie nicht antworten konnte.

»Ich brauche …« Leigh nahm wieder ihre Hand und holte sie aus ihrer Fantasie auf die Erde zurück. »Ich brauche dich,

Calliope. Ich kann Andrew nur abwehren, wenn ich weiß, dass du okay bist.«

Callie sah auf ihre verschränkten Hände hinab. Leigh war ihre einzige verbliebene Verbindung zu einer Art normalem Leben. Sie sahen sich nur, wenn die Verzweiflung groß war, aber das Wissen, dass ihre Schwester immer da war, hatte Callie aus zahllosen dunklen, scheinbar hoffnungslosen Situationen geführt.

Niemand sprach je davon, wie einsam eine Sucht machen konnte. Man war verwundbar, wenn man einen Schuss brauchte. Man war vollkommen ungeschützt, wenn man high war. Man wachte immer allein auf, egal, was kam. Dann war da das Fehlen anderer Menschen. Man war von seiner Familie isoliert, weil sie einem nicht trauten. Alte Freunde wandten sich entsetzt ab. Neue Freunde stahlen deinen Stoff oder hatten Angst, du würdest ihren stehlen. Die einzigen Menschen, mit denen du über deine Einsamkeit sprechen konntest, waren andere Junkies, und zum Kern einer Sucht gehörte es, dass du, egal, wie lieb, nett oder großzügig du in deinem Herzen warst, den nächsten Schuss immer über jede Freundschaft stellen würdest.

Callie konnte nicht für sich selbst stark sein, aber sie konnte für ihre Schwester stark sein. »Du weißt, ich kann auf mich selbst aufpassen. Gib mir etwas Geld, damit ich es hinter mich bringen kann.«

»Cal, ich …«

»Die drei F«, sagte Callie nur, denn sie wussten beide, dass der nahe liegende Ort Eintritt kostete. »Beeil dich, bevor ich den Mut verliere.«

Leigh griff in ihre Handtasche und holte ein dickes Kuvert hervor. Sie hatte immer gut mit Geld umgehen können – knausern, sparen, betrügen, nur in Dinge investieren, die einen Ertrag abwarfen. Callies Expertenblick sagte ihr, dass fünftausend in dem Kuvert waren.

Anstatt ihr alles zu geben, zählte Leigh zehn Zwanzig-Dollar-Scheine von dem Packen ab. »Fangen wir damit an?«

Callie nickte, denn sie wussten beide, wenn sie das ganze Geld hatte, würde es in ihren Venen landen. Callie drehte sich im Sitz, sodass sie wieder nach vorn sah. Sie zog einen Sneaker aus, zählte sechzig Dollar ab und fragte Leigh: »Hilfst du mir?«

Leigh bückte sich und steckte die drei Zwanziger in Callies Schuh, dann half sie ihr, wieder hineinzuschlüpfen. »Bist du dir sicher, dass du das tun willst?«

»Nein.« Callie wartete, bis Leigh Binx wieder in der Transportbox verstaut hatte, dann stieg sie aus. Sie zog den Reißverschluss ihrer Hose auf und steckte den Rest des Geldes wie eine Einlage in den Schritt ihrer Unterhose. »Ich rufe dich an, damit du meine Telefonnummer hast.«

Leigh lud die Sachen aus dem Auto. Sie stellte die Box auf den Boden und drückte den unförmigen Kissenbezug an die Brust. Die Schuldgefühle röteten ihre Wangen, durchdrangen ihren Atem, überwältigten alle anderen Gefühle. Genau aus diesem Grund sahen sie sich nur, wenn es richtig schlimm wurde. Die Schuld war mehr, als sie beide ertragen konnten.

»Warte«, sagte Leigh. »Das ist eine total schlechte Idee. Ich bringe dich ...«

»Harleigh.« Callie griff nach dem Kissenbezug. Ihre Halsmuskeln protestierten heftig, aber sie ließ sich nichts anmerken. »Ich melde mich bei dir, okay?«

»Bitte«, sagte Leigh. »Ich kann dich das nicht tun lassen, Cal. Es ist zu hart.«

»Alles ist hart für alle.«

Leigh gefiel es erkennbar nicht, ihre eigenen Worte zitiert zu hören. »Ich meine es ernst, Callie. Komm, ich bringe dich hier weg. Das verschafft mir Zeit, in der ich überlegen ...«

Callie hörte, wie sie den Satz nicht zu Ende sprach. Leigh *hatte* bereits darüber nachgedacht. Ihr Nachdenken hatte dazu geführt, dass sie hier aufgetaucht war. Andrew ließ Leigh glauben, dass er ihr die Geschichte mit dem Milchbauern in Iowa abgekauft hatte. Wenn Trap die Wahrheit sagte, hatte Andrew seinen Privatdetektiv bereits losgeschickt, um Callie aufzuspüren. Wenn das geschah, würde Callie bereit sein für ihn. Und wenn Andrew Leigh überraschte, würde sie nicht in eine paranoide Freakshow hineinstolpern.

Es hatte etwas für sich, selbst einem Psychopathen einen winzigen Schritt voraus zu sein.

Dennoch spürte Callie, wie ihre Entschlossenheit ins Wanken geriet. Wie jeder Junkie verglich sie sich selbst mit dem Element Wasser, das immer den leichtesten Weg nach unten fand. Sie musste diesen Instinkt ihrer Schwester zuliebe unterdrücken. Leigh war Mutter. Sie war Ehefrau, Freundin. Sie war alles, was Callie nie sein würde, denn das Leben war oftmals grausam, aber es war in der Regel gerecht.

»Lass mich das tun, Harleigh«, sagte Callie. »Nur so können wir ihm etwas von seiner Macht nehmen.«

Ihre Schwester war so leicht zu durchschauen. Die Schuldgefühle zeichneten sich deutlich auf ihrem Gesicht ab, während Leigh alle Szenarien durchging, die sie wahrscheinlich schon durchgegangen war, bevor sie mit einer Glock in der Hand beim Motel aufgekreuzt war. Schließlich übernahm ihr Reptiliengehirn das Kommando. Sie fand sich mit dem Unvermeidlichen ab. Sie lehnte sich mit verschränkten Armen an den Wagen. Sie wartete auf das, was jetzt kommen musste.

Callie hob Binx in seiner Box hoch. Der Kater beschwerte sich lautstark. Schmerz schoss durch Callies Hals und Arm, aber sie biss die Zähne zusammen und machte sich auf den Weg, die vertraute Straße entlang. Während sie sich von ihrer Schwester entfernte, war Callie froh, dass sie nicht über die Schulter zurückblicken konnte. Sie wusste, Leigh beobachtete sie. Leigh würde von Schuldgefühlen gepeinigt bei ihrem Wagen bleiben, würde leiden und Panik schieben, bis Callie am Ende der Straße um die Ecke bog.

Selbst dann vergingen noch einige Minuten, bis Callie eine Autotür zufallen und den Motor des Audi anspringen hörte.

»Das war meine große Schwester«, sagte sie zu Binx, der steif und wütend in seiner engen Behausung saß. »Sie hat einen hübschen Wagen, oder?«

Binx schnaubte. Er bevorzugte SUVs.

»Ich weiß, das Motel hat dir gefallen, aber hier gibt es auch richtig fette Vögel.« Callie legte den Kopf schief, sodass sie die wenigen Bäume sehen konnte. Die meisten Katzen mussten erst langsam an eine neue Umgebung gewöhnt werden. Aufgrund ihrer vielen ungeplanten Umsiedlungen war Binx ein Meister darin, unbekanntes Territorium zu erkunden und wieder nach Hause zu finden. Trotzdem, ein paar Anreize konnten nicht schaden. »Es gibt Streifenhörnchen«, versicherte sie ihm. »Eichhörnchen. Ratten, so groß wie Kaninchen. Kaninchen, so groß wie Ratten.«

Der Kater antwortete nicht. Er wollte seinen Steuerstatus nicht gefährden.

»Spechte. Tauben. Hüttensänger. Rotkardinale. Du liebst Kardinale. Ich habe deine Rezepte gesehen.«

Musik hallte in ihre Ohren, als sie links abbog, tiefer in das Viertel hinein. Zwei Männer saßen in einem Carport und tranken Bier. Zwischen ihnen stand eine offene Kühlbox. Beim nächsten Haus wusch ein Mann seinen Wagen in der Einfahrt. Die Musik kam aus seinem aufgemotzten Audiosystem. Seine Kinder kickten lachend einen Basketball durch den Garten.

Callie konnte sich nicht erinnern, diese Art kindlicher Freiheit je gespürt zu haben. Sie hatte Turnen geliebt, aber ihre Mutter hatte das Potenzial, Geld damit zu verdienen, gesehen, und so war aus dem, was als Spaß begonnen hatte, ein Job geworden. Dann war Callie aus der Mannschaft geflogen und hatte mit Cheerleading angefangen. Eine weitere Gelegenheit, Geld zu machen. Dann hatte sich Buddy für sie interessiert, und da war sogar noch mehr Geld drin gewesen.

Sie hatte ihn geliebt.

Das war die wahre Tragödie in Callies Leben. Das war der Gorilla, den sie nicht abschütteln konnte. Der einzige Mensch, den sie je wahrhaftig geliebt hatte, war ein pädophiles Scheusal gewesen.

Vor langer Zeit hatte ihr eine Psychologin bei einer gründlich gescheiterten Entzugstherapie erklärt, das sei keine echte Liebe gewesen. Buddy habe sich als Vaterersatz eingeführt, damit Callie ihre Deckung sinken ließ. Er habe ihr ein Gefühl von Sicherheit im Tausch dafür geboten, dass sie etwas tat, was sie hasste.

Nur ... Callie hatte nicht alles gehasst. Am Anfang, als er zärtlich gewesen war, hatte sich manches gut angefühlt. Was sagte das über Callie? Welche Krankheit gärte in ihr, dass ihr das tatsächlich gefallen haben konnte?

Sie atmete langsam aus, als sie in die nächste Straße einbog. Sie keuchte etwas von dem ungewohnten Spaziergang, wechselte die Transportbox in die andere Hand und klemmte sich den unförmigen Kissenbezug unter den Arm. Das Ziehen in ihrem Nacken war wie ein glühender Klumpen geschmolzener Stahl, aber sie wollte den Schmerz spüren.

Sie blieb vor einem einstöckigen roten Häuschen mit durchhängendem Dach stehen. Fleckige Holzverkleidung bedeckte in Streifen die Vorderseite des Hauses. Einbruchschutzgitter verliehen den offenen Fenstern und Türen etwas Gefängnisartiges. Ein struppiger Köter mit ein wenig zu viel Scotchterrier für ihren Geschmack stand an der Fliegentür Wache.

Callies Knie knirschte, als sie die drei wackligen Stufen hinaufstieg. Sie stellte Binx auf der Eingangsveranda ab und ließ den Kissenbezug fallen. Sie klopfte kräftig an den Metallrahmen. Der Hund fing zu bellen an.

»Roger!«, brüllte eine rauchige Stimme aus dem Haus. »Halt deine verdammte Schnauze!«

Callie rieb sich die Arme und warf einen Blick auf die Straße zurück. In dem Bungalow gegenüber brannte Licht, aber beim Haus nebenan waren Türen und Fenster mit Brettern vernagelt, und das Gras im Garten war so hoch, dass es fast wie ein vertrocknetes Kornfeld aussah. Auf dem Gehsteig lag ein

Scheißhaufen. Callie stellte sich auf die Zehenspitzen, um besser sehen zu können.

Sie hörte Schritte hinter sich. Sie dachte daran, was sie zu Leigh gesagt hatte. *Ich begebe mich an einen nahe liegenden Ort.*

Falls Andrew Tenant jemanden losschickte, um nach Callie zu suchen, gab es nur einen einzigen nahe liegenden Ort.

»Da soll mich doch …«

Callie drehte sich wieder um.

Phil stand auf der anderen Seite der Fliegentür. Sie hatte sich nicht verändert, seit Callie in Windeln herumgelaufen war. Dünn und drahtig wie eine Straßenkatze. Dunkle Augenränder wie ein Waschbär. Die Nase so rot und breit wie ein Pavianarsch. An ihrer Schulter lag ein Baseballschläger. Eine Zigarette klemmte in ihrem Mundwinkel. Ihre wässrigen Augen wanderten von Callie zur Transportbox. »Wie heißt die Katze?«

»Dumme Fotze.« Callie zwang sich zu einem Lächeln. »Kurzname Dutze.«

Phil wies sie mit einem Blick in die Schranken. »Du kennst die Regel, Klugscheißerin. Bei mir darf nur wohnen, wer mich finanziert, füttert oder fickt.«

Die drei F. Sie waren mit der Regel aufgewachsen. Callie schleuderte ihren Sneaker vom Fuß. Die gefalteten Zwanziger winkten wie eine Einladung.

Der Baseballschläger wurde weggestellt. Die Fliegentür ging auf. Phil schnappte sich die sechzig Dollar. »Hast du noch mehr in deiner Muschi?«

»Steck die Hand rein, wenn du willst.«

Phil kniff ein Auge zu, das vom Rauch tränte. »Ich will nichts von deinem lesbischen Scheißdreck hören, solange du hier wohnst.«

»Ja, Mutter.«

DIENSTAG

6

Zu ihrer großen Enttäuschung war Callie kein Moment der Orientierungslosigkeit vergönnt, als sie in ihrem alten Kinderzimmer im Haus ihrer Mutter aufwachte. Alles war augenblicklich vertraut: die ätzende, salzige Luft, das Gurgeln der Aquariumfilter, das Zirpen vieler Vögel, ein Hund, der vor ihrer verschlossenen Schlafzimmertür schnupperte. Sie wusste genau, wo sie war und warum sie hier war.

Die Frage war, wie lange Andrews Detektiv brauchen würde, um dasselbe herauszufinden?

Nach Leighs Beschreibung von Reggie Paltz würde der Typ im Viertel genauso auffallen wie ein verdeckter Ermittler der Polizei. Falls Reggie dumm genug war, an die Haustür ihrer Mutter zu klopfen, würde Phil ihm verlässlich das dicke Ende ihres Baseballschlägers zeigen. Aber Callie war sich ziemlich sicher, dass es nicht so ablaufen würde. Reggie hatte wahrscheinlich strikten Befehl, sich nicht blicken zu lassen. Andrew Tenant hatte direkt auf Leigh abgezielt, aber Leigh war nicht sein Hauptziel. Buddys Sohn inszenierte keine Reminiszenz an die Ermordung seines Vaters, indem er seinen Opfern Klebefolie um den Kopf wickelte. Er benutzte ein billiges Küchenmesser von der Art, wie Callie es benutzt hatte, um seinen Vater tödlich zu verletzen.

Und das hieß: Welches Spiel Andrew auch spielen mochte, der Siegespreis war höchstwahrscheinlich Callie.

Sie blinzelte zur Decke hinauf. Ihr altes Poster der Spice Girls starrte auf sie herab, der Deckenventilator schien zwischen Geri Halliwells Beinen hervorzuragen. Callie ließ sich ein paar Zeilen aus »Wannabe« durch den Kopf gehen. Das Großartige an einem Leben als Süchtige war, dass man lernte, Dinge voneinander zu trennen. Hier war das Heroin, und dort war alles andere auf der Welt, das keine Rolle spielte, weil es nicht Heroin war.

Callie schnalzte mit der Zunge für den Fall, dass Binx auf der anderen Seite der Katzenklappe eine Einladung erwartete. Als der Kater nicht auftauchte, hebelte sie sich aus dem Bett, die Beine gingen zum Boden, während die Schultern nach oben wanderten. Durch die plötzlich veränderte Ausrichtung ihres Körpers sackte ihr Blutdruck ab. Ihr war schwindlig und übel, und auf einmal juckten ihre Knochen bis ins Mark. Sie saß da und registrierte die frühen Symptome eines Entzugs. Kalter Schweiß. Schmerzende Eingeweide. Herzrasen. Ungezähmte Gedanken nagten an ihrem Schädel wie ein Biber an einem Baum.

Der Rucksack lehnte an der Wand. Ohne noch einmal nachzudenken, war Callie auf den Knien. Schnell hatte sie die Spritze in ihrem Drogenbesteck gefunden und das fast volle Röhrchen Methadon ausfindig gemacht. Die ganze Zeit, in der sie den Schuss vorbereitete, bettelte ihr Herz bei jedem Schlag: *Nadel-Nadel-Nadel*.

Callie machte sich nicht die Mühe, nach einer Vene in ihren Armen zu suchen. Da war nichts mehr, was für eine Spritze taugte. Sie rutschte über den Boden und setzte sich vor den bodentiefen Spiegel auf der Rückseite ihrer Schranktür. In ihrem Spiegelbild lokalisierte sie die Oberschenkelvene. Alles war verkehrt herum, aber damit kam sie mühelos zurecht. Sie beobachtete ihr Spiegelbild, als die Nadel in ihr Bein glitt. Der Kolben ging nach unten.

Die Welt wurde weicher – die Luft, die gurgelnden Geräusche, die harten Ränder der Kisten, die im Raum verteilt waren. Callie atmete langsam aus und schloss die Augen. Die Dunkelheit hinter ihren Augenlidern verwandelte sich in eine üppige

Landschaft, Bananenbäume und dichter Wald sprenkelten eine Bergkette. Am Horizont sah sie den Gorilla darauf lauern, dass sich die Methadonwelle brach.

Das war das Problem bei einer Ersatzdroge. Callie konnte immer noch alles fühlen, sehen, sich an alles erinnern. Sie schüttelte den Kopf und klickte wie an einem Diaprojektor zu einer anderen Erinnerung.

Die Anatomiezeichnung in Linda Waleskis Lehrbuch. Die gewöhnliche Oberschenkelvene war eine blaue Linie, die neben der roten Oberschenkelarterie verlief. Venen transportieren das Blut zum Herzen. Arterien transportieren es von ihm fort. Aus diesem Grund war Buddy nicht sofort gestorben. Das Messer hatte die Vene angeritzt. Hätte sie die Arterie geöffnet, wäre Buddy längst tot gewesen, bevor Leigh ihn umgebracht hatte.

Callie schüttelte ein frisches Bild in ihren Kopf.

Miauma Cass, das mit der Flasche aufgezogene Kätzchen, das Dr. Jerry nachts mit nach Hause nahm. Callie hatte es nach der Sängerin Mama Cass Elliot benannt, die im Schlaf an einem Herzinfarkt gestorben war. Das Gegenteil von Kurt Cobain, der sich eine Schrotflinte unters Kinn gesetzt und abgedrückt hatte. Sein Abschiedsbrief hatte mit einem wundervollen Gruß an seine Tochter geendet:

Denn ihr Leben wird so viel glücklicher sein ohne mich. ICH LIEBE DICH. ICH LIEBE DICH.

Callie hörte ein Kratzen.

Ihre Augenlider hoben sich langsam. Binx stand vor dem Fenster, sichtlich empört, es geschlossen vorzufinden. Callie stieß sich vom Boden hoch. Ihr Körper schmerzte bei jedem Schritt. Sie kratzte am Glas, um Binx wissen zu lassen, dass sie so schnell machte, wie sie konnte. Er tänzelte wie ein Dressurpferd um die Gitterstäbe herum. An dem Fenster war ein Bolzenschloss, ein langer Stift, der verhinderte, dass der Flügel aufging. Callie musste ihn mit den Fingernägeln herausschieben, während Binx sie anstarrte wie eine Verrückte.

»Verzeihung, mein Herr.« Callie strich ihm einige Male über den seidigen Rücken. Er drückte den Kopf unter ihr Kinn, denn für Katzen gehörte Körperpflege zum Sozialverhalten. »Hat die böse Hexe dich hinausgelassen?«

Binx erzählte keine Geschichten, aber Callie wusste, dass Phil ihm wahrscheinlich zu fressen und zu trinken gegeben und ihn gebürstet hatte, bevor ihm die Couch, ein kuscheliger Sessel oder die Eingangstür zur Auswahl angeboten worden war. Das dürre alte Miststück würde sich vor einen Bus werfen, um ein Streifenhörnchen zu retten, aber ihre Kinder waren seit jeher auf sich allein gestellt.

Nicht dass Phil so uralt wäre: Sie war erst fünfzehn gewesen, als Leigh geboren worden, und neunzehn, als Callie zur Welt gekommen war. Es hatte einen permanenten Wechsel von Freunden und Ehemännern gegeben, aber Phil hatte den Mädchen erzählt, ihr Vater sei bei einer Militärübung ums Leben gekommen.

Nick Bradshaw war Waffensystemoffizier gewesen und mit seinem besten Freund geflogen, einem Marinekampfpiloten namens Pete Mitchell. Eines Tages waren sie bei einem Übungsflug auf die falsche Seite eines russischen MiG-Kampffliegers geraten. Bradshaw wurde getötet, nachdem ein Flammabriss ihren Jet in ein flaches Trudeln geraten ließ. Was schrecklich war, wenn man darüber nachdachte, aber auch irgendwie komisch, wenn man wusste, dass Pete Mitchell Maverick genannt wurde und Bradshaw Goose, und das war im Wesentlichen die erste Hälfte vom Film *Top Gun*.

Trotzdem fand Callie, dass es der Wahrheit vorzuziehen war, die wahrscheinlich beinhaltete, dass Phil nach zu viel Alkohol das Bewusstsein verloren hatte. Callie und Leigh gingen beide davon aus, dass sie die wahre Geschichte über ihren Vater einfach nie erfahren würden. Ihre Mutter war eine Meisterin der Ausflüchte. Phil war nicht einmal ihr richtiger Name. Ihre Geburtsurkunde und ihr Strafregister führten sie offiziell als Sandra Jean

Santiago, eine verurteilte Straftäterin, die für die Besitzer von heruntergekommenen Wohnhäusern überall in Lake Point die Mieten eintrieb. Aufgrund ihrer Verurteilung durfte Phil nach dem Gesetz keine Waffe führen, deshalb trug sie einen Baseballschläger bei sich – angeblich zum Schutz, aber es war klar, dass sie ihn zum Geldeintreiben benutzte. Der Schläger trug ein Autogramm des berühmten Spielers Phil Rizzuto, daher hatte sie ihren Spitznamen. Niemand wollte Phil zur Feindin haben.

Binx schüttelte Callies Hand ab und sprang auf den Boden. Sie wollte das Fenster gerade wieder schließen, als sie etwas aufblitzen sah. Ein Hauch von Panik brannte sich durch das Methadon. Sie blickte auf die andere Straßenseite. Der Scheißhaufen lag immer noch auf dem Gehsteig, aber da war Licht aus der Richtung des mit Brettern vernagelten Hauses gekommen.

Oder doch nicht?

Callie rieb sich die Augen, als könnte sie sie manuell scharf stellen. Autos standen an der Straße, Trucks und alte Limousinen, deren Auspuff mit Kleiderbügeln befestigt war, neben den von den Drogendealern bevorzugten BMWs und Mercedes-Limousinen. Vielleicht hatte ein Seitenspiegel oder ein Chromteil einen Sonnenstrahl reflektiert. Zerbrochene Crackpfeifen oder Stücke von Alufolie konnten im Garten herumliegen. Callie spähte mit zusammengekniffenen Augen ins hohe Gras und versuchte herauszufinden, was sie gesehen hatte. Wahrscheinlich ein Tier. Vielleicht ein Kameraobjektiv.

Weißer Typ. Hübscher Wagen.

Binx strich um ihr Bein. Callie legte die Hand auf ihre Brust. Ihr Herz schlug so heftig, dass sie es spüren konnte. Sie studierte jedes einzelne Fenster und die Tür, bis ihre Augen tränten. Spielte ihr das Methadon übler mit als sonst? Benahm sie sich paranoid?

Spielte es eine Rolle?

Callie schloss das Fenster. Der Stift kam wieder in den Flügel. Sie zog ihre Jeans an, schlüpfte in ihre Sneaker. Sie stopfte ihren unrechtmäßig erworbenen Gewinn in den Rucksack. Spritzbesteck und Methadon kamen unter die Matratze. Sie musste vor der Mittagszeit auf der Stewart Avenue sein und den Rest von diesem Zeug verkaufen, damit sie nichts bei sich hatte, wenn die Polizei sie aufhielt. Sie wandte sich zum Gehen, aber sie konnte nicht anders, als noch einmal aus dem Fenster zu schauen.

Sie kniff die Augen zusammen und versuchte, die Erinnerung an den Lichtblitz wiederaufleben zu lassen. Ihre Vorstellungskraft zeichnete ein Bild: Ein Privatdetektiv mit einem langen Teleobjektiv an seiner professionell aussehenden Kamera. Das Klicken des Verschlusses, wenn er Callie in ihren privaten Momenten einfing. Reggie Paltz würde die Fotos entwickeln und Andrew überreichen. Würden sie beide ihre Bilder betrachten, so wie es auch Buddy getan hatte? Würden die beiden Männer sie irgendwie benutzen, auf eine Weise, von der Callie nichts wissen wollte?

Ein lauter Knall und ihr Herz schlug bis zum Hals. Binx hatte eine der Kisten umgeworfen, die Phil in dem Raum stapelte. Zeitungen fielen heraus, Zeitschriftenartikel, verrücktes Zeug, das Phil aus dem Internet ausgedruckt hatte. Ihre Mutter war eine tollwütige Verschwörungstheoretikerin. Und Callie sagte das als eine Fachkraft aus dem medizinischen Bereich, die wusste, dass Tollwut eine buchstäblich tödliche Krankheit war, die Angstzustände, Verwirrung, Hyperaktivität, Halluzinationen, Schlaflosigkeit, Paranoia und eine Angst vor Flüssigkeiten hervorrief.

Mit Ausnahme von Alkohol.

Callie ging zu ihrer Zimmertür, die von innen mit einem Vorhängeschloss versperrt war. Sie kramte den Schlüssel aus der Tasche. Eine Handvoll Münzen kamen mit ihm zum Vorschein, Leighs Wechselgeld von gestern Abend bei McDonald's. Callie starrte auf die beiden Zehn-Cent-Stücke und die drei Vierteldollars, aber sie war in Gedanken woanders. Sie musste gegen den Drang ankämpfen, sich wieder ans Fenster zu stellen. Stattdessen schloss sie die Augen, presste die Stirn an die Tür und versuchte, sich einzureden, dass sie einfach auf einem schlechten Trip war.

Die Realität schlich sich langsam wieder an.

Wenn Andrews Privatdetektiv sie wirklich aus dem mit Brettern vernagelten Haus beobachtete, wäre das nicht genau das, was Callie wollte? Reggie würde nicht zum Motel gehen und Trap bestechen oder Crackraucher-Sammy befragen müssen. Er würde nicht herausfinden, dass sie bei Dr. Jerry arbeitete. Er würde nicht mit ihren Kunden in der Stewart Avenue reden. Er würde nicht seine Freunde bei der Polizei anzapfen, damit sie vielleicht Nachforschungen über Callie anstellten und womöglich herausfanden, was sie so trieb. Seine Ermittlungen würden genau an Phils Türschwelle enden.

Callie öffnete die Augen. Die Münzen wanderten in die Tasche zurück. Sie schob den Schlüssel ins Schloss und ließ es aufspringen. Binx sauste zu einer dringenden Erledigung den Flur entlang. Callie schloss die Tür und hängte das Schloss außen vor. Sie ließ es zuschnappen und überprüfte das Schließband, um sicher zu sein, dass ihre Mutter nicht in ihr Zimmer einbrechen konnte.

Es war wieder wie in ihrer Kindheit.

Das Gurgeln der Salzwasseraquarienfilter wurde lauter, als sie den Flur entlangging. Leighs Zimmer war in eine Art Sea World verwandelt worden. Dunkelblaue Wände. Hellblaue Decke. Ein Liegesack in der Mitte des Raums mit den Abdrücken von Phils sehnigem Körper bot einen Panoramablick auf Seetang, Clownfische, Rotfeuerfische, Demoiselles und andere Korallenschönheiten, die zwischen versteckten Schätzen und versunkenen Piratenschiffen schwammen. Der Geruch von Gras waberte unter der Decke. Phil bekiffte sich gern in dem dunklen, feuchten Raum, wie eine Zunge in den weichen Liegesack geschmiegt.

Callie vergewisserte sich, dass ihre Mutter nicht in der Nähe war, bevor sie in das Zimmer ging. Sie löste eine Ecke der blauen

Folie, die das Fenster bedeckte, und kniete nieder, um zu dem leer stehenden Haus zu spähen. Der Blickwinkel war besser von hier, und es war weniger auffällig. Callie sah, dass an einem der Fenster auf der Vorderseite ein Stück Sperrholz fehlte. Die so entstandene Öffnung war groß genug, dass ein Mann hindurchkriechen konnte.

»Tja«, sagte Callie zu sich. Sie erinnerte sich nicht, ob das Sperrholz am Abend zuvor noch an Ort und Stelle gewesen war. Wenn sie Phil fragte, würde die wahrscheinlich einen Tobsuchtsanfall bekommen.

Sie fischte ihr Handy aus der Gesäßtasche und machte ein Foto von dem Haus. Sie zoomte auf das Fenster. Das Sperrholz war gesplittert, als man es herausgerissen hatte. Es ließ sich unmöglich feststellen, wann es passiert war, zumindest nicht ohne Diplom in forensischer Holzsplitterkunde.

Sollte sie Leigh anrufen?

Callie malte sich die mögliche Unterhaltung aus, das »Vielleicht gesehen« und »Es könnte sein« und all die anderen unausgegorenen Theorien, die Leighs innere, Zimbeln schlagende Affen zur Höchstform auflaufen ließen. Ihre Schwester traf sich heute Nachmittag mit Andrew. Leighs Boss würde auch dabei sein. Es würde ein Ritt auf der Rasierklinge für sie werden. Sie jetzt anzurufen, etwas weiterzugeben, was möglicherweise nur eine methadonbedingte Wahnvorstellung war, erschien ihr als eine wirklich schlechte Idee.

Das Handy wanderte in Callies Tasche zurück. Sie drückte die Folie wieder auf die Fensterecke und ging ins Wohnzimmer, wo die Menagerie noch kein Ende hatte. Roger hob den Kopf von der Couch und bellte. Ein neuer Hund war an seiner Seite, ebenfalls ein Terrier-Mischling, den es absolut nicht interessierte, als ihm Callie den struppigen Kopf tätschelte. Sie roch Vogelkot, obwohl Phil sehr gewissenhaft darin war, die drei großen Käfige zu reinigen, die einem Dutzend Wellensittichen einen Ehrenplatz im Esszimmer boten. Callie schloss aus dem Zigarettenrauch, dass Phil wieder in der Küche Stellung bezogen hatte. Egal, wie gut ihre Mutter für ihre geliebten Tiere sorgte, jedes einzelne Geschöpf, das in diesem verdammten Haus lebte, würde an den Folgen von Passivrauchen sterben.

»Sag deinem Kater, er soll meine Vögel in Ruhe lassen«, schrie Phil aus der Küche. »Wenn er auch nur daran denkt, einen anzurühren, kann er sein Klappergestell im Freien zur Ruhe betten.«

»Dumme Fotze …«, Callie ließ die Worte ein paar Sekunden lang im Raum stehen, »… fürchtet sich vor Vögeln. Wahrscheinlich tun sie ihm eher etwas zuleide als umgekehrt.«

»Dumme Fotze klingt wie ein Mädchenname.«

»Tja, sag du ihm das. Auf mich hört er nicht.« Callie klatschte sich ein Lächeln ins Gesicht, als sie in die Küche trat. »Guten Morgen, Mutter.«

Phil atmete geräuschvoll durch die Nase aus. Sie saß mit einem Teller Eier und Speck am Küchentisch, eine Zigarette im Mund. Ihre Augen klebten an dem riesigen iMac, der die Hälfte des Tisches einnahm. Callies Mutter sah genauso aus, wie sie immer in den Morgenstunden aussah. Das Make-up vom Vorabend machte nicht mehr viel her, die Mascara war verklumpt, der Eyeliner verlaufen, Rouge und Grundierung vom Kissen verschmiert. Warum das Miststück keine chronische Bindehautentzündung hatte, war ihr ein Rätsel.

»Du setzt wohl gerade das Dope ab«, sagte Phil. »Du wirst wieder fett.«

Callie setzte sich. Sie war nicht hungrig, aber sie griff nach dem Teller.

Phil schlug ihre Hand weg. »Du hast für die Miete bezahlt. Nicht fürs Essen.«

Callie fischte die Münzen aus ihrer Tasche und knallte sie auf den Tisch.

Phil beäugte sie misstrauisch. Sie wusste, wo Callie ihr Geld aufbewahrte. »Kommt das aus deiner Muschi?«

»Steck's in den Mund und find es heraus.«

Callie sah den Schlag erst kommen, als Phils Faust schon kurz vor ihrem Kopf war.

Sie drehte den Körper zu spät, wurde über dem Ohr getroffen und kippte in beinahe komischer Zeitlupe vom Stuhl. Die Komik war zu Ende, als ihr Kopf auf den Boden krachte. Der Schmerz raubte ihr den Atem. Sie konnte nichts anderes tun, als zu Phil hinaufzusehen, die über ihr stand.

»Himmel noch mal, ich hab dich doch kaum berührt.« Ihre Mutter schüttelte den Kopf. »Scheißjunkie.«

»Verrückte besoffene Schlampe.«

»Wenigstens hatte ich immer ein Dach über dem Kopf.«

Callie gab nach. »Stimmt.«

Phil stieg über sie hinweg, als sie hinausging.

Callie starrte zur Decke hinauf, die Augen reglos wie die einer Eule. Ihre Ohren wurden auf die Geräusche des Hauses aufmerksam. Gurgeln, Zwitschern, Bellen. Die Badezimmertür fiel krachend zu. Phil würde mindestens eine halbe Stunde da drin bleiben. Sie würde duschen, sich Make-up ins Gesicht klatschen, sich anziehen und sich dann wieder an den Tisch setzen und ihren Verschwörungsschwachsinn lesen, bis dass die jüdische Weltverschwörung alle Menschen unfruchtbar gemacht hatte und die Welt zu existieren aufhörte.

Vom Boden hochzukommen erforderte mehr Kraft, als Callie vorausgesehen hatte. Ihre Arme zitterten. Der Schock saß noch in ihrem Körper. Sie hustete von dem Zigarettenqualm, der nach wie vor im Raum hing.

Phil hatte ihre Zigarette in den Spiegeleiern ausgedrückt.

Callie setzte sich auf den Stuhl ihrer Mutter und fing mit dem Speck an. Sie klickte die Tabs auf dem Computer durch: Staat im Staate. Hugo Chávez. Kindersklaven. Kindervernachlässigung. Reiche, die das Blut von Säuglingen tranken. Säuglinge, die für Essen verkauft wurden. Für eine Frau, deren eigene Töchter von einem Pädophilen belästigt worden waren, war Phil sehr spät zur Anti-Pädophilen-Bewegung gestoßen.

Roger stupste sie mit der Schnauze an den nackten Knöchel. Callie zupfte um Phils ausgedrückte Zigarette herum Bröckchen aus den Eiern und warf sie auf den Boden. Roger saugte sie geradezu auf. Der neue Hund kam in die Küche getrippelt. Er sah sie auf diese pingelige Art an, die man von einem halben Terrier erwarten konnte.

Sie sagte: »Unser Kennwort ist Onomatopoesie.«

Der neue Hund war aber mehr an den Eiern interessiert.

Callie schaute auf die Uhr. Sie konnte es nicht länger aufschieben. Sie lauschte angestrengt, ob Phil noch im Badezimmer war. Als sie sicher war, dass man sie nicht erwischen würde, wandte sie sich dem Computer ihrer Mutter zu, wählte *Inkognito* in einem neuen Browserfenster und gab *Tenant Automotive* ein.

Die Suche förderte siebenhundertviertausend Treffer zutage, was nur einen Sinn ergab, wenn man nach unten scrollte und sah, dass Seiten wie Yelp, DealerRater, CarMax, Facebook und Better Business Bureau alle für eine Platzierung bezahlt worden waren.

Sie wählte die Startseite der Tenant Automotive Group aus. Achtunddreißig Niederlassungen. BMW, Mercedes, Range Rover, Honda, Mini Cooper. Sie machten von allem ein bisschen, aber der Schwerpunkt lag auf teuren Fahrzeugen. Callie las die Geschichte über das Wachstum des Autohandels ... *Von einer kleinen Ford-Vertretung an der Peachtree Street zu Filialen im gesamten Südosten!* Die Strichzeichnung eines Stammbaums stellte die kurze Erbfolge dar: von Gregory sen. über Greg jun. zu Linda Tenant.

Die Maus fand ihren Weg zu Lindas Namen. Callie klickte ihn an. Ein schickes Foto erschien. Lindas Haar war kurz und aschblond, wofür sie wahrscheinlich in einem noblen Friseursalon einen Batzen Geld hingeblättert hatte. Sie saß an einem Darth-Vader-artigen Schreibtisch mit einem leuchtend roten Ferrari hinter sich. Links und rechts von ihr waren Papiere ordentlich gestapelt, um die Botschaft zu übermitteln, dass sie eine tüchtige Geschäftsfrau war. Die Hände waren auf dem Tisch verschränkt. Kein Ehering, denn sie war schließlich mit der Arbeit verheiratet. Der Kragen ihres weißen Izod-Polohemds war hochgestellt. Eine teure Perlenkette lag um ihren sonnengebräunten Hals. Callie stellte sich vor, dass Linda gebleichte Jeans und weiße hohe Reeboks trug, denn wer würde mit so viel Geld nicht auf Brooke Shields machen?

Das Beste war Lindas Miss-America-Lebenslauf. Kein Wort davon, dass sie mit einem Vergewaltiger und Pädophilen in der übelsten Gegend gelebt hatte. Callie lächelte über die selektive Darstellung:

Linda Tenant hat einen Bachelor of Science in Krankenpflege am Georgia College of Nursing abgeschlossen. Sie arbeitete mehrere Jahre am Southern Regional Medical Center, bevor sie in das Familienunternehmen einstieg. Sie ist ehrenamtlich beim amerikanischen Roten Kreuz tätig und stellt ihren medizinisch-organisatorischen Sachverstand weiter dem Corona-Beratungsausschuss der Stadt Atlanta zur Verfügung.

Callie studierte das Foto. Lindas Gesicht hatte sich nicht sehr verändert, außer in der Weise, wie sich alle Gesichter in dreiundzwanzig Jahren veränderten, dass nämlich alles, worauf es ankam, ein wenig nach unten gerutscht war. Callies vorherrschende Emotion, wenn sie Linda betrachtete, war Liebe. Sie hatte die Frau verehrt. Linda war gütig und fürsorglich und hatte immer klargemacht, dass ihre oberste Priorität ihrem Sohn galt. Nicht zum ersten Mal fragte sich Callie, wie anders ihr Leben verlaufen wäre, wenn sie Linda Waleski zur Mutter gehabt hätte.

Roger schnaubte unter dem Tisch, und Callie ließ ein kleines Stück Speck auf den Boden fallen. Dann noch ein Stück, weil sich der neue Hund ebenfalls meldete.

Sie fand eine Karte auf der Seite und navigierte zur Mercedes-Vertretung in Buckhead. Sie klickte auf: *Lernen Sie unser Verkaufsteam kennen!*

Callie setzte sich wieder. Es gab acht Fotos in zwei Viererreihen, mit einer Ausnahme alles Männer. Zuerst las sie die Namen nicht. Sie studierte die Porträts der einzelnen Männer und suchte nach Spuren von Linda oder Buddy. Ihre Augen gingen hin und her, Reihe um Reihe, aber sie kam zu keinem Ergebnis. Schließlich gab sie es auf und identifizierte Andrew Tenant auf dem zweiten Foto von oben. Sein Lebenslauf war sogar noch besser als Lindas.

Andrew liebt Tiere und das Wandern in der Natur. An den meisten Wochenenden arbeitet er ehrenamtlich im Tierheim *von DeKalb County. Als eifriger Leser liebt er die Fantasyromane von Ursula K. Le Guin und die feministischen Essays von Mary Wollstonecraft.*

Callie zollte ihm wenig Anerkennung für den dick aufgetragenen Blödsinn. Er hätte Hamlet noch erwähnen sollen, denn der Vergewaltiger, wie ihr dünkt, gelobt zu viel.

Es war nichts von Linda oder Buddy in Andrews Gesicht zu finden, aber sie entdeckte auch keine Spur von Trevor. Tatsächlich war Andrew im Vergleich mit seinen attraktiven Autoverkäufern in keiner Weise bemerkenswert. Ausgeprägte Kinnpartie, ordentlich gekämmt, sauber rasiert. Sein dunkelblauer Anzug war das Einzige, was ihn verriet. Callie sah an den Stichen um das Revers, dass ein richtiger Mensch sie genäht hatte. Sein Hemd sah gleichermaßen teuer aus – hellblau mit Streifen, die einen Hauch dunkler waren. Die Krawatte kontrastierte damit, ein lebhaftes Königsblau, das die Farbe seiner Augen betonte.

Das sandfarbene Haar war das einzige Merkmal, das er mit seinem Vater gemein hatte. An den Schläfen wurde es bei Andrew ebenfalls schon schütter. Callie erinnerte sich, wie peinlich es Buddy gewesen war, dass er sein Haar verloren hatte. *Ich bin nur ein alter Mann Püppchen warum willst du überhaupt etwas mit mir zu tun haben was siehst du in mir komm sag es mir ich will es wirklich wissen.*

Sicherheit.

Buddy hatte ihr nie am Küchentisch einen unerwarteten Schlag versetzt. Zumindest nicht bis zum Ende.

Sie hatten sich viel gestritten, hauptsächlich weil Callie mehr Zeit mit ihm verbringen wollte. Was verrückt war, weil sie es fast von Anfang an gehasst hatte, Zeit mit ihm zu verbringen. Und doch hatte sie fantasiert, sie würde die Schule verlassen und er müsse sich von Linda trennen, und wenn sie nicht gestorben sind … bla, bla, bla. Buddy lachte dann immer und gab ihr Geld, und manchmal ging er anschließend in ein Hotel mit ihr. Hübsche Hotels am Anfang, bevor alles schäbig wurde. Sie bestellten Essen vom Zimmerservice, was Callie an dem Ganzen am meisten liebte. Dann ging er auf die Knie und verwöhnte sie ausführlich. Buddy war so viel größer als Callie, dass alles andere, was er machte, ihr wehtat.

Zum Ende hin hatte er nur noch dieses andere machen wollen, und er wollte es immer auf der Couch. *Hör auf zu weinen ich bin fast fertig Herrgott noch mal du fühlst dich so gut an ich kann jetzt nicht aufhören Baby zwing mich nicht aufzuhören.*

Die Badezimmertür flog krachend auf. Phil hustete, als müsste sie ein feuchtes Haarknäuel herauswürgen. Ihre Doc Martens stampften den Flur entlang. Callie schloss die Seite mit Andrews Vita. Sie saß wieder auf ihrem Stuhl, als Phil in die Küche zurückkam.

»Was treibst du da?«, wollte Phil wissen. Sie hatte sich Kriegsbemalung ins Gesicht gepflastert, eine Gothic-Version der Mrs. Danvers aus dem Film *Rebecca*, wenn Mrs. Danvers Hundehalsbänder mit Nieten bevorzugt und ein Nasenpiercing gehabt hätte.

»Was treibt überhaupt irgendwer?«, erwiderte Callie.

»Lieber Himmel, du bist so was von überspannt.«

Callie fragte sich, ob Phil mit ihrem Sid-Vicious-T-Shirt einen Heroinsüchtigen ehrte oder ob ihr nur das Anarchiesymbol im Hintergrund gefiel. »Tolles Shirt, Mom.«

Ihre Mutter ignorierte das Kompliment und riss den Kühlschrank auf. Sie nahm einen Krug Micheladas heraus, eine fürchterliche Mischung aus Salz, Instant-Hühnerbrühe, einem Spritzer Worcestersauce, einem Schuss Zitronensaft, einer Flasche Tomatensaft und zwei eiskalten Flaschen Bier.

Callie sah, wie sie das Gebräu in eine Thermosflasche füllte. »Ist heute Kollekte?«

»Eine von uns muss arbeiten.« Phil trank einen großzügigen Schluck direkt aus dem Krug. »Was ist mit dir?«

Callie hatte noch hundertvierzig Dollar von Leighs Geld in ihrem Rucksack. Sie konnte es zurücklegen, oder sie konnte es ausgeben, um ihr Methadon zu finanzieren, statt Dr. Jerry zu bestehlen, oder sie konnte es einfach in seine Geldkassette stecken und ihn glauben lassen, dass die gesamte Nachbarschaft in dieser Woche ihre Tiermedikamente aufgestockt hatte. Denn die andere Möglichkeit – das Geld in ihre Adern wandern zu lassen – war für den Moment zurückgestellt.

Sie sagte zu Phil: »Ich dachte, ich mache ein bisschen von diesem, und wenn ich dann noch Zeit habe, ein bisschen von jenem.«

Phil schaute finster und schraubte die Thermosflasche zu. »Hast du in letzter Zeit von deiner Schwester gehört?«

»Nö.«

»Sie hat massig Geld. Glaubst du, ich seh mal was davon?« Phil trank noch einen Schluck aus dem Krug, bevor sie ihn in den Kühlschrank zurückstellte. »Womit verdienst du dein Geld?«

»Die Polizei würde es Drogenhandel nennen.«

»Wenn du mit dieser Scheiße in meinem Haus erwischt wirst, stell ich mich so schnell gegen dich, dass dir schwindlig wird.«

»Ich weiß.«

»Es ist zu deinem Besten, Arschloch. Harleigh muss aufhören, dich immer rauszuhauen. Dich die Konsequenzen deines Handelns zahlen lassen.«

»Ich glaube, du meinst ›tragen‹«, sagte Callie. »Man *trägt* die Konsequenzen seines eigenen Handelns.«

»Egal.« Phil holte eine Packung Trockenfutter für Hunde aus dem Vorratsschrank. »Sie hat eine Tochter, weißt du das?

Die Kleine muss inzwischen fast zwanzig sein, und ich hab sie nie kennengelernt. Du?«

Callie sagte: »Ich habe gehört, es gibt Hilfsleistungen für Corona-Überlebende. Vielleicht versuche, ich so was zu beantragen.«

»Reiner Blödsinn.« Phil riss die Packung mit den Zähnen auf. »Ich hab noch nie jemanden getroffen, der daran gestorben ist.«

»Ich hab noch nie jemanden getroffen, der an Lungenkrebs gestorben ist.« Callie zuckte mit den Achseln. »Vielleicht existiert der auch nicht.«

»Vielleicht.« Vor sich hinbrabbelnd, füllte Phil Futter in zwei Schalen. Die Hunde wurden ganz aufgeregt, weil es gleich Frühstück gab. Das Halsband des neuen Hundes klimperte, während er neben Roger herumtänzelte. »Verdammt, Brock, was habe ich dir über Manieren gesagt?«

Callie musste zugeben, dass Brock ein guter Name für einen Halbterrier war. Er sah aus wie ein Banker.

»Das arme kleine Ding kriegt immer Verstopfung.« Phil mischte einen Teelöffel Olivenöl unter das Trockenfutter. »Weißt du noch, wie verstopft Harleigh immer war? Musste sie sogar mal ins Krankenhaus bringen. Zwei Hunderter, damit mir irgendein medizinisches Genie erklärt, dass sie einen zurückgebliebenen Dickdarm hat.«

»Das ist wirklich komisch, Mom.« Wer fände es nicht zum Kreischen, wenn eine Achtjährige ihren Darm ruiniert, weil sie in ihrem eigenen Zuhause Angst hat, aufs Klo zu gehen? »Erzähl mir noch eine Geschichte.«

»Ich erzähl dir gleich mal eine verdammte Geschichte.«

Callie hörte die Nadel über die immer gleiche alte Platte kratzen. *Ich habe getan, was ich konnte, bei euch beiden. Ihr wisst nicht, wie schwer man es als alleinerziehende Mutter hat. Es war nicht alles nur ein Elend, du undankbares Miststück. Weißt du noch, wie ich ... und wie wir dann ... und als ich ...*

So war das mit unfähigen Eltern. Sie erinnerten sich nur an gute Zeiten, und man selbst erinnerte sich nur an schlechte.

Phil sprang zu einer anderen Nummer. Callie blickte auf die Rückseite des iMac. Sie hätte den Privatdetektiv recherchieren sollen, statt Erinnerungen nachzuhängen, aber Reggie Paltz im Internet zu sehen würde ihn irgendwie real machen, und der Lichtblitz aus dem mit Brettern vernagelten Haus wäre dann ebenfalls real.

»Und was ist damit?« Phil stieß den Zeigefinger auf die Arbeitsfläche. »Wer musste mit zwei verschiedenen Buslinien fahren, um deine Schwester aus dem Jugendarrest abzuholen?«

»Du«, sagte Callie, aber nur, um Phils Schwung zu bremsen. »Hey, wohnt eigentlich jemand in dem leer stehenden Haus auf der anderen Straßenseite?«

Phil legte den Kopf schief. »Hast du jemanden gesehen da drüben?«

»Ich weiß nicht«, sagte Callie, denn nichts stachelte Phils Verrücktheit mehr an, als wenn man Unentschlossenheit zeigte. »Ich bilde es mir wahrscheinlich nur ein. Ich habe gesehen, dass eins der Bretter entfernt ist. Aber da war ein Lichtblitz oder irgendwas.«

»Verdammte Cracksüchtige.« Phil knallte die Schalen auf den Boden, bevor sie aus der Küche stürmte. Callie folgte ihr in den vorderen Teil des Hauses. Der Baseballschläger schwang an Phils Schulter, während sie gleichzeitig mit dem Fuß die Fliegentür auftrat.

Callie stand am Fenster und sah zu, wie ihre Mutter auf das verlassene Haus zustürmte.

»Ihr Schwanzlutscher!«, schrie Phil und schoss den Fußweg zum Haus hinauf. »Habt ihr auf meinen Gehweg geschissen?«

»Verdammt«, murmelte Callie, als Phil auf das dünne Sperrholz vor der Tür eindrosch. Sie hoffte bei Gott, dass niemand so dumm war, die Polizei zu rufen.

»Kommt raus!« Phil verwandelte den Schläger jetzt in einen Rammbock. »Ihr verdammten Scheißer!«

Callie verzog das Gesicht, als Holz auf Holz krachte. Das war das Problem dabei, wenn man Phil bewaffnete. Man hatte den Gewaltausbruch nicht unter Kontrolle.

»Haut verdammt noch mal ab von hier!« Phil rammte den Schläger noch einmal gegen die Tür. Dieses Mal splitterte das Sperrholz. Sie riss den Schläger zurück, und das verrottete Holz löste sich mit ihm. »Hab ich dich!«

Callie wusste nicht genau, was Phil erwischt hatte. Der Lichtblitz konnte genau das gewesen sein – ein Lichtblitz. Vielleicht wirkte das Methadon irgendwie falsch. Vielleicht hatte sie sich zu viel oder zu wenig gespritzt. Vielleicht sollte sie Phil davon abhalten, einen armen Obdachlosen zu attackieren, der nichts weiter verbrochen hatte, als einen Unterschlupf zu suchen.

Zu spät. Sie sah ihre Mutter im Haus verschwinden.

Callies Hand flog zum Mund. Wieder blitzte etwas auf, kein Licht dieses Mal, sondern Bewegung. Es kam von der Seite des Hauses. Ein Stück Sperrholz bog sich vor einem der Fenster auf wie ein sich öffnender Mund, und ein Mann wurde in das hohe Gras ausgespien. Sekunden später war er auf den Füßen, lief geduckt durch den Garten und kletterte dann über einen rostigen Maschendrahtzaun. Er hielt eine professionell aussehende Kamera an ihrem Teleobjektiv umklammert, als wollte er sie würgen.

»Arschloch!«, brüllte Phil aus dem Haus.

Callies Blick folgte der Kamera, bis sie in einem angrenzenden Garten verschwand. Was würde die Speicherkarte enthalten? Wie nahe war der Mann an ihr Fenster herangekommen? Hatte er Fotos davon gemacht, wie sie im Bett schlief? War es ihm gelungen, Callie dabei einzufangen, wie sie vor dem Spiegel auf dem Boden saß und sich eine Nadel in die Beinvene schob?

Sie wölbte die Hand um ihren Hals. Zwischen Fingern und Daumen pulsierte das Blut in ihren Halsschlagadern. Sie konnte spüren, wie der Gorilla seine Klauen in ihre Haut grub. Wie die Telefonschnur Spuren in ihrem Rücken hinterließ. Sein heißer Atem an ihrem Ohr. Der Druck seiner tastenden Finger auf ihrem Rückgrat. Callie schloss die Augen und dachte daran, sich in den Gorilla zurückfallen zu lassen, sich in das Unvermeidliche zu fügen.

Stattdessen hob sie ihren Rucksack auf und verließ das Haus ihrer Mutter durch die Küchentür.

7

Leigh war erst um zwei Uhr morgens eingeschlafen, dann hatte um vier der Wecker geläutet. Sie war noch benommen von der Valium-Sause am Vortag und von dem enormen Stress, der sie dazu gebracht hatte, es überhaupt zu nehmen. Mehrere Tassen Kaffee hatten ihre Nervosität verstärkt und sie nicht klarer im Kopf werden lassen. Es war fast Mittag, und ihr Hirn fühlte sich an wie ein mit Schrotkugeln durchsetzter Wackelpudding.

Irgendwie hatte sie es trotz allem fertiggebracht, zu einer funktionierenden Hypothese in Bezug auf Andrew zu kommen:

Er wusste von Buddys Kamera hinter der Theke, weil er schon als Kind ein neugieriger kleiner Scheißer gewesen war, der in anderer Leute Sachen herumgeschnüffelt hatte. Und er wusste von der Oberschenkelvene, weil er gesehen hatte, wie Callie sich ständig mit der Zeichnung in dem Anatomielehrbuch beschäftigt hatte. Wie Leigh selbst neigte auch ihre Schwester zur Zwanghaftigkeit. Sie konnte sich sehr gut vorstellen, wie Callie am Küchentisch saß und die Vene auf der Zeichnung immer und immer wieder mit dem Finger nachfuhr, bis sich das Papier wellte. Andrew hatte wahrscheinlich neben ihr gesessen, weil Andrew immer dort war, wo man ihn nicht gebrauchen konnte. Er hatte die beiden Tatsachen in seinem kranken, perversen Kopf gespeichert und sich Jahre später alles zusammengereimt.

Das war die einzige Erklärung, die einen Sinn ergab. Wenn Andrew wirklich wüsste, was in der Nacht damals geschehen war, dann wüsste er auch, dass das Messer seinen Vater in Wirklichkeit nicht umgebracht hatte.

Leigh hatte es getan.

Jetzt musste sie einen Weg finden, wie sie Andrew Tenants Fall gegen die Wand fahren konnte, während Cole Bradley ihr über die Schulter schaute. Leigh hatte die Bände von Papierkram, der an dem bevorstehenden Prozess hing, noch kaum angerührt. Andrews Akten lagen auf ihrem Schreibtisch ausgebreitet und quollen aus Kisten, die Octavia Bacca per Kurier geschickt hatte. Zwei Mitarbeiter waren dabei, ein Register zusammenzustellen und Querverweise zwischen Octavias Arbeit und den Bergen von Mist herzustellen, die der Staatsanwalt im Zuge seiner Offenlegungspflicht zur Verfügung gestellt hatte. Leighs Assistentin Liz hatte einen Besprechungsraum in Beschlag genommen, damit sie alles auf dem Boden ausbreiten und einen zeitlichen Verlauf entwickeln konnte, der das von Reggie Paltz auf seinem Computer zusammengeschweißte Bildmaterial stützte.

Und trotzdem gab es immer noch mehr zu tun. Auch wenn Cole Bradley alles aus dem Weg geräumt hatte, damit sich Leigh auf Andrews Fall konzentrieren konnte, war ihr Kalender nicht vollkommen jungfräulich. Sie musste noch Anträge zu Prozessen abschließen und schriftliche Beweisanfragen verfassen, Dokumente für die Offenlegung durchsehen, Mandanten anrufen, eidesstattliche Aussagen veranlassen, Zoom-Konferenzen und Gerichtstermine verschieben und das Fallrecht recherchieren, und obendrein musste sie sich noch Sorgen um ihre Schwester machen, die sich einem Psychopathen mit einer gut dokumentierten Geschichte brutaler Übergriffe auf Frauen als Köder anbot.

In einem Punkt hatte Callie gestern Abend recht gehabt. Leigh musste aufhören, wie ein hilfloses Kind mit den Armen zu rudern. Es war an der Zeit, dass sie ihr schwer verdientes Recht, nach den Regeln der Reichen zu spielen, zum Einsatz brachte. Sie hatte *summa cum laude* an der Northwestern University abgeschlossen. Sie arbeitete bei einer führenden Anwaltskanzlei und hatte im letzten Jahr an die zweitausend Honorarstunden in Rechnung gestellt. Sie war mit einem der meistbewunderten Männer auf seinem Gebiet verheiratet. Sie hatte eine wunderbare Tochter. Ihr Renommee war makellos.

Andrew Tenant wurde glaubhaft beschuldigt, eine Frau entführt, vergewaltigt und verprügelt zu haben.

Wem würde man glauben?

Leigh schaute nach, wie spät es war. Noch drei Stunden, bis sie in Cole Bradleys Büro sein musste. Andrew würde auf sie warten. Leigh würde in voller Bewaffnung antreten müssen, bereit für jedes Spiel, das er spielen mochte.

Sie rieb sich die Stirn und studierte die Aussage des ersten Beamten, der am Tatort erschienen war.

Das weibliche Opfer war mit Handschellen an den Picknicktisch in der Mitte des offenen Pavillons gefesselt, der ...

Leighs Blick verschwamm beim Rest des Absatzes. Sie versuchte, wieder scharf zu stellen, indem sie durch die Glaswand blickte, die ihren exklusiven Zirkel von den Arbeitsplätzen der Mitarbeiter im ersten Jahr trennte. Da gab es keinen atemberaubenden Blick auf die Skyline der Stadt, nur eine Aneinanderreihung von fensterlosen Würfeln, die Schreibtische enthielten und sich über das gesamte Stockwerk erstreckten. Plexiglasbarrieren verhinderten, dass sich die Leute ins Gesicht schnauften, aber Masken waren dennoch bei der Arbeit erforderlich. Einmal pro Stunde kamen Reinigungskräfte und desinfizierten die Oberflächen. Alle Baby-Anwälte arbeiteten an mobilen Arbeitsplätzen, was bedeutete, sie besetzten einen Schreibtisch, der gerade frei war, wenn sie morgens kamen. Und da sie Baby-Anwälte waren, kamen die meisten um sechs Uhr morgens und arbeiteten im Dunkeln, bis um sieben die Deckenbeleuchtung anging. Falls sie überrascht gewesen waren, Leigh noch vor ihnen im Büro anzutreffen, waren sie zu müde gewesen, um es zu zeigen.

Sie checkte ihr privates Handy, auch wenn sie wusste, dass Callie nicht geschrieben hatte, denn Callie würde sich erst melden, wenn Leighs Kopf vor Anspannung zu platzen drohte.

Wie erwartet gab es nichts von ihrer Schwester, aber Leighs Herz machte einen kleinen Hüpfer, als sie eine Benachrichtigung auf dem Schirm sah. Maddy hatte ein Video gepostet. Leigh sah ihre Tochter in Walters Küche herumhüpfen und die Lippen synchron zu einem Song bewegen, während Tim Tam, ihr schokoladenfarbener Labrador, unwissentlich Background spielte.

Leigh strengte sich an, dem Text zu folgen, und hoffte inständig auf Stichworte für eine Antwort von ihrer Seite, die ihr kein Augenrollen eintrug oder – noch schlimmer – komplett ignoriert wurde. Wenigstens erkannte sie Ariana Grande. Sie scrollte zur Beschreibung, aber 34+35 ergab für sie absolut keinen Sinn. Sie hatte das Video weitere zweimal gesehen, bis sie die simple Addition machte und begriff, worum es bei dem Song in Wirklichkeit ging.

»Also, das darf doch wohl ...« Sie griff nach dem Telefon auf ihrem Schreibtisch und begann Walters Nummer einzuhämmern, aber sie konnte unmöglich mit Walter reden, ohne ihm zu sagen, dass sie Callie getroffen hatte.

Der Hörer landete wieder auf der Gabel. Walter wusste alles von Leigh bis auf die eine Sache, auf die es vor allem ankam. Sie hatte ihm erzählt, Callie sei belästigt worden, aber weiter war sie nicht ins Detail gegangen. Leigh würde Walter keinen Namen anbieten, den er im Internet recherchieren konnte, und keine flüchtige Bemerkung, die ihn veranlasste, sich zu fragen, was damals vor vielen Jahren tatsächlich passiert war. Sie hielt die Informationen nicht zurück, weil sie Walter nicht traute oder weil sie befürchtete, er könnte sie weniger lieben. Sie wollte ihren liebenswerten Ehemann, den Vater ihrer kostbaren Tochter, nicht mit dem Gewicht ihrer Schuld belasten.

Liz klopfte an die Glastür. Sie trug eine fuchsiafarbene Maske, die zu den Blumen auf ihrem Overall passte. Leigh setzte ebenfalls ihre Maske auf, bevor sie Liz hereinwinkte.

Es gab nie eine Einleitung bei Liz. »Ich habe die eidliche Aussage im Fall Johnson um zwei Wochen verschoben. Der Richter im Fall Bryant will Ihre Antwort auf den Antrag bis Freitag achtzehn Uhr. Dr. Unger habe ich auf den Sechzehnten verlegt und den Termin in Ihrem Outlook aktualisiert. Sie müssen in drei Stunden in Bradleys Büro sein. Ich bringe Ihnen Lunch, sagen Sie mir nur, ob Sie Salat oder ein Sandwich wollen. Sie werden Ihre Pumps für den Termin bei Bradley brauchen. Sie sind im Schrank.«

»Sandwich.« Leigh hatte sich die Einzelheiten auf ihrem Block notiert, während Liz sie heruntergerasselt hatte. »Haben Sie die Zwischenfallberichte über Andrews Fußfessel gelesen?«

Liz schüttelte den Kopf. »Was steht drin?«

»Es gab vier verschiedene Probleme in den letzten zwei Monaten, vom GPS-Ausfall bis zum Kurzschluss im fiberoptischen Kabel im Riemen. Jedes Mal, wenn der Alarm losging, rief er im Bewährungsbüro an, aber Sie wissen, wie schlimm es derzeit zugeht. Es hat zwischen drei und fünf Stunden gedauert, bis ein Beamter losgeschickt wurde, um das Überwachungssystem neu zu starten.«

»Gab es Hinweise, dass er sich daran zu schaffen gemacht hatte?«

»Nicht in den Berichten des Beamten.«

»Drei bis fünf Stunden.« Liz schien das Problem zu verstehen. Man konnte davon ausgehen, dass Andrew die Reaktionszeit testen wollte. Ganz zu schweigen davon, dass sein Aufenthaltsort für drei bis fünf Stunden wahrscheinlich unbekannt war.

»Ich sehe zu, was ich herausfinde«, sagte Liz.

Leigh war noch nicht fertig. »Haben Sie gestern mit Reggie Paltz gesprochen?«

»Ich habe ihm den Verschlüsselungscode gegeben, damit er seine Dateien auf unseren Server laden kann«, sagte sie. »Soll ich Sie auf Ihrem Desktop einloggen?«

»Danke, habe ich schon gemacht.« Leigh wusste zu schätzen, wie sie das Angebot formuliert hatte, nämlich ohne den Zusatz *Sie alter Dinosaurier.* »Hat Paltz Fragen über mich gestellt?«

»Jede Menge, aber hauptsächlich ging es um Bestätigungen bekannter Dinge«, sagte Liz. »Wo Sie studiert haben, wie lange Sie für Legal Aid gearbeitet haben, wie lange Sie selbstständig waren. Wann Sie hier angefangen haben. Ich habe ihm geraten, auf die Website zu gehen, wenn er Ihre Vita sehen will.«

Leigh hatte noch nie einen Gedanken daran verschwendet, dass sie auf der Website der Kanzlei zu sehen war. »Was halten Sie von ihm?«

»Arbeitsmäßig ist er verdammt gut«, sagte Liz. »Ich habe sein Hintergrundprofil zu Tenant gelesen. Sehr gründlich, sieht nicht danach aus, als gäbe es irgendwelche Leichen im Schrank, aber ich kann es von einem unserer üblichen Ermittler überprüfen lassen, wenn Sie wollen.«

»Ich frage den Mandanten.« Leigh hatte absolut kein Problem damit, wenn der Staatsanwalt sie während des Prozesses mit einem finsteren Detail aus Andrews Vergangenheit überraschte. »Aber ganz allgemein gesprochen? Welchen Eindruck hat Paltz auf Sie gemacht?«

»Irgendwie ein Arsch, aber er sieht ganz okay aus.« Liz lächelte. »Er hat ebenfalls eine Website.«

Ein weiterer blinder Fleck von Leigh. »Ich möchte, dass Sie ihn auf den Fall Stoudt ansetzen. Er ist bereit zu reisen, aber halten Sie ihn an der kurzen Leine. Ich will nicht, dass er die Rechnung aufbläht.«

»Das tut er bereits, den Belegen nach zu urteilen, die Octavia geschickt hat.« Liz stieß einen der Kartons mit der Hüfte an. »Die bin ich gestern Abend durchgegangen. Paltz geht nicht mal aufs Klo, ohne einen Vierteldollar für eine Extraspülung zu verlangen. Seine Zeitleiste ist eine Illustration von 5-Sterne-Beurteilungen bei Yelp.«

»Lassen Sie ihn wissen, dass wir ein Auge auf ihn haben.«

Liz war schon wieder zur Tür hinaus, bevor Leigh ihre Maske abgenommen und ihren Computer aufgeweckt hatte. Bradley, Canfield & Marks hatten genau die Art langweiliger Website, die man erwartete. Die breiten Ränder waren zu Ehren der University of Georgia rot und schwarz. Die Schriftart Times Roman. Die einzige Ausschmückung war das geschwungene Kaufmanns-Und.

Wie erwartet fand Leigh ihren Namen unter ANWÄLTE. Das Foto war dasselbe wie auf ihrem Angestellten-Ausweis, was ein klein wenig peinlich war. Sie wurde als *Counsel* geführt, eine höfliche Art auszudrücken, dass sie keine Partnerin war, aber auch keine *Associate*.

Leigh scrollte über den ersten Absatz und las, dass sie vor State und Superior Courts erschienen war und sich auf die Vertretung bei Anklagen wegen Alkohol am Steuer, Diebstahl, Betrug, Scheidung bei hohem Nettovermögen und Wirtschaftsstrafsachen spezialisiert hatte. Der Artikel aus dem *Atlanta INtown* war als Hyperlink angehängt, falls jemand einmal einen Urinrechts-Spezialisten suchte. Der nächste Absatz führte ihre Auszeichnungen auf, Ehrenämter, verschiedene Engagements für Vorträge und Artikel, die sie in den frühen Tagen ihrer Laufbahn geschrieben hatte, als solche Dinge wirklich wichtig gewesen waren. Sie rutschte mit dem Cursor zur letzten Zeile hinunter. *Mrs. Collier verbringt gern Zeit mit ihrem Mann und ihrer Tochter.*

Leigh tippte auf die Maus. Sie würde die Geschichte des Privatdetektivs im Zweifel glauben müssen. Es erschien plausibel, dass Reggie Andrew den *INtown*-Artikel mit Leighs Foto geschickt und Andrew ihr Gesicht erkannt hatte. Es war außerdem glaubhaft, dass Andrew sie von Reggie hatte überprüfen lassen, bevor er zu ihr gekommen war, um sie zu engagieren.

Tatsächlich war Reggie zu diesem Zeitpunkt wahrscheinlich gefährlicher, denn er erschien Leigh als der Typ Ermittler, der gut darin war, Leichen auszugraben.

Und genau deshalb würde sie dafür sorgen, dass Reggie auf Reisen ging. Jasper Stoudt, der fremdgehende Ehemann ihrer Scheidungsmandantin, war im Begriff, seine Geliebte für zehn Tage zum Fliegenfischen nach Montana mitzunehmen. Leigh stellte sich vor, Reggie würde zu sehr damit beschäftigt sein, Wels-Tacos von der Speisekarte des Zimmerservice zu bestellen, um sich den Kopf über Andrew Tenant zu zerbrechen.

Leigh ihrerseits zerbrach sich genug für sie beide den Kopf über Andrew. Sie machte sich Mut, indem sie Callies kleinen Appell von gestern Abend im Kopf mit Spiegelstrichen ordnete:

- Wenn Andrew einen Beweis für den Mord hätte, hätte er ihn der Polizei gezeigt.
- Falls Andrew eines von Buddys Videos hatte, dann zeigte es nichts weiter, als dass sein Vater pädophil gewesen war.
- Wenn Andrew die richtigen Schlüsse aus den Hinweisen gezogen hatte, weil Callie nicht hatte aufhören können, mit dem Zeigefinger an der verdammten Vene in der Querschnittzeichnung eines Beins herumzufahren – na und?
- Buddy Waleskis Leiche war nie gefunden worden – auch keine Teile davon. Es gab keinen Blutnachweis am Steakmesser. Es gab kein forensisches Beweismaterial aus dem Haus der Waleskis und keines aus Buddys ausgebrannter Corvette.
- Es gab höchstwahrscheinlich keine offiziellen Unterlagen dazu, dass Callie verprügelt worden war, und ganz sicher nichts, was diese Tatsache mit Buddys Verschwinden in Verbindung bringen konnte.
- Niemand hatte Leigh je nach den zweiundachtzigtausend Dollar gefragt, die ihr durch das Jurastudium geholfen

hatten. Vor dem 11. September hatte niemand Fragen über große Mengen Bargeld gestellt. Trotz dieses unrechtmäßig erworbenen Geldes hatte Leigh noch als Kellnerin und hinter einer Bar arbeiten müssen, sie war Lieferfahrerin gewesen und hatte Hotelzimmer geputzt, und sie hatte sogar in ihrem Auto geschlafen, um Geld zu sparen. Erst als Walter in der Bibliothek auf sie gestoßen war, wo sie sich eingenistet hatte, und dazu einlud, auf seiner Couch zu schlafen, hatte Leigh zum ersten Mal überhaupt ein Gefühl von Beständigkeit erfahren.

Maddy. Walter. Callie.

Sie musste im Blick behalten, was wichtig war. Ohne diese drei hätte Leigh längst die Glock genommen und Andrews erbärmlicher Existenz ein Ende gemacht. Trotz des Beweises des Gegenteils hatte sie sich nie als Mörderin gesehen, aber sie war weiß Gott fähig zur präventiven Selbstverteidigung.

Ein rasches Klopfen, dann ging die Tür auf. Jacob Gaddy, einer der beiden ihr zugeteilten Nachwuchsanwälte, balancierte ein Sandwich und eine Dose Ginger Ale auf zwei Kartons Akten. Er stellte alles auf den Boden und sagte: »Ich habe bestätigt, dass der Drogenscreen negativ war. Sie finden die Register oben in den Kartons. Die Durchsuchung des Hauses hat einige sehr teure und künstlerisch gerahmte SM-Fotos in einem der hinteren Flure zutage gefördert, aber nichts im Schlafzimmer.«

Leigh machte sich wegen der Fotos keine Sorgen. Seit *Fifty Shades of Grey* waren Millionen von Hausfrauen auf der ganzen Welt von so etwas nicht mehr schockiert. Sie wartete, bis Jacob ihren Lunch auf die Ecke des Schreibtischs gestellt hatte. Sie wusste, warum er freiwillig den Kellner spielte. Sie würde einen zweiten Anwalt am Tisch der Verteidigung brauchen, und die beiden *Associates* würden sich darum schlagen, wenn es sein musste.

Sie beschloss, ihn aus seinem Elend zu erlösen. »Sie werden mein zweiter Mann sein. Sehen Sie zu, dass Sie den Fall in- und auswendig kennen. Keine Fehler.«

»Ja, Ma...« Er unterbrach sich. »Danke.«

Leigh verbannte das Beinahe-Ma'am aus ihren Gedanken. Sie konnte ihre Durchsicht von Andrews Akten nicht länger aufschieben. Sie trank einen Schluck Ginger Ale, aß das Sandwich auf und blätterte die Notizen durch, die sie sich bis jetzt gemacht hatte. Bei allen ihren Fällen suchte sie nach Schwachstellen, die der Staatsanwalt ausnutzen konnte, aber dieses Mal achtete sie darauf, wie sie diese Schwachstellen nutzen konnte, um einen Schattenfall zu bauen, der Andrew für den Rest seines Lebens hinter Gitter bringen würde.

Während sie und Callie in Freiheit blieben.

Sie hatte schon früher gegen den Staatsanwalt gestritten. Dante Carmichael ging mit der Anmaßung, absolute Spitze zu sein, an seinen Job heran. Er prahlte gern mit seiner Erfolgsbilanz, aber es war leicht, mit Siegen zu prahlen, wenn man sich nur an Fälle wagte, die man zu neunundneunzig Prozent sicher gewinnen würde. Nur aus diesem Grund wurden so viele Vergewaltigungsfälle nicht verfolgt. Wenn Aussage gegen Aussage stand, glaubten die Geschworenen gern, dass ein Mann die Wahrheit sagte und eine Frau Aufmerksamkeit suchte. Dantes Deals mit der Verteidigung waren eher der Versuch, eine makellose Bilanz zu wahren. Alle Leute am Gericht hatten Spitznamen, und Deal-sie-runter-Dante hatte sich seinen redlich verdient.

Leigh blätterte zur offiziellen Korrespondenz zurück. Dante hatte im letzten April einen unfassbar großzügigen Deal angeboten, ein Jahr nach Andrews Verhaftung. Sie stimmte Reggie Paltz höchst ungern zu, aber ihr Bauchgefühl sagte ihr, dass Carmichael eine Falle gestellt hatte. Sobald Andrew einem Deal im Fall Karlsen zustimmte, würde ihn die Vorgehensweise mit drei anderen Fällen in Verbindung bringen. Wenn Leigh aufpasste, clever war und Glück hatte, würde sie einen anderen Weg finden, Andrew in diese Falle zu stoßen.

Gewohnheitsmäßig griff sie nach ihrem Kugelschreiber. Dann legte sie ihn wieder weg. Ein potenzielles Verbrechen auf Papier zu planen war nie eine gute Idee. Leigh ging in Gedanken ihre Möglichkeiten durch, den Fall zu vermasseln, ohne dass ihr ein Vorwurf zu machen wäre.

Andrew selbst war nicht die einzige Hürde. Cole Bradley hatte mehr über das Gesetz vergessen, als Leigh je gewusst hatte. Wenn er glaubte, dass sie den Fall absichtlich gegen die Wand fuhr, wäre gefeuert zu werden noch ihre geringste Sorge. Der Zeitrahmen war ebenfalls ein Problem. Normalerweise hatte Leigh Monate, wenn nicht ein ganzes Jahr, um sich auf einen Strafprozess vorzubereiten. Und das, wenn sie ihren Mandanten ehrlich verteidigte. Jetzt hatte sie sechs Tage Zeit, um sich mit allem gründlich vertraut zu machen, mit den Tatortfotos, den forensischen Berichten, den Zeitleisten, Zeugenaussagen, den Berichten von Polizei und Ärzten, der *Rape Kit*-Analyse und der erschütternden Aussage des Opfers, die auch auf Video aufgenommen worden war.

Das Video war der Grund, warum Leigh sich ständig ablenken ließ. Sie konnte Dutzende von Strategien in ihrem Schattenfall gegen Andrew Tenant entwerfen, aber bei jeder einzelnen würde sie sein Opfer aggressiv verhören müssen. Das wurde von einer Strafverteidigerin nicht nur erwartet, sondern verlangt. Tammy Karlsen war brutal überfallen und vergewaltigt worden, aber diese körperlichen Narben würden verblassen, anders als die weitere emotionale Zerstörung, die sie durch Leighs Verhör erleiden würde.

Wie in der Mehrheit der Bundesstaaten waren eidesstattliche Aussagen bei Strafprozessen in Georgia nicht erlaubt, außer bei mildernden Umständen. Leigh würde während des Kreuzverhörs des Opfers zum ersten Mal mit Tammy Karlsen sprechen. In diesem Moment würde Tammy das oberste Teilstück einer sehr stabilen Pyramide darstellen, die Dante Carmichael errichten würde, um ihre Aussage zu stützen. Die Basis dieser Pyramide wäre eine zuverlässige Riege glaubhafter Zeugen: Polizeibeamte, Sanitäter, Krankenschwestern, Ärzte, verschiedene Sachverständige und der Mann, der seinen Hund ausgeführt und dabei Tammy, mit Handschellen an den Picknicktisch im Park gefesselt, vorgefunden hatte. Sie alle würden der Jury einen handfesten Grund liefern, jedes Wort aus Tammys Mund zu glauben.

Dann wurde von Leigh erwartet, dass sie einen Vorschlaghammer nahm und die Pyramide zerstörte.

Bradley, Canfield & Marks gaben eine Menge Geld dafür aus, in Erfahrung zu bringen, was den durchschnittlichen Geschworenen motivierte. Sie heuerten Spezialisten an und zogen bei manchen der aufsehenerregenderen Fälle sogar Berater hinzu. Leigh hatte Einblick in ihre Arbeitsergebnisse gehabt. Sie wusste, dass Bemerkungen von Geschworenen bei Vergewaltigungsprozessen von beleidigend bis demoralisierend reichen konnten. Wenn ein Opfer zum Zeitpunkt des Übergriffs unter Drogen gestanden hatte oder betrunken gewesen war – was hatte es denn erwartet, was passieren würde? Wurde das Opfer wütend oder trotzig im Zeugenstand, gefiel ihnen seine Haltung nicht. Wenn es zu viel oder zu wenig weinte, fragten die Geschworenen sich prompt, ob nicht alles nur erfunden war. War das Opfer übergewichtig, hatte es den Mann in seiner Verzweiflung vielleicht verleitet. War es zu hübsch, dann war es vielleicht hochnäsig und hatte verdient, was es bekommen hatte.

Ob Tammy Karlsen in der Lage wäre, diese Klippen zu umschiffen, konnte man nicht wissen. Alles, was Leigh über das Opfer wusste, stammte von Tatortfotos und Aussagen. Tammy war einunddreißig Jahre alt. Sie war Gebietsleiterin bei einer Telekommunikationsfirma. Sie war nie verheiratet gewesen, hatte keine Kinder und lebte in einer Eigentumswohnung im Viertel Brookhaven, das an das innerstädtische Buckhead grenzte.

Am 2. Februar 2020 war sie brutal vergewaltigt und in einem Stadtpark Atlantas mit Handschellen an einen Picknicktisch gefesselt in einem offenen Pavillon zurückgelassen worden.

Leigh stand von ihrem Schreibtisch auf und schloss die Jalousien an den Fenstern und der Tür. Sie setzte sich wieder. Sie blätterte zu einer leeren Seite in ihrem Notizblock und spielte die Aufzeichnung von Tammy Karlsens offizieller Vernehmung ab.

Die Frau war nackt aufgefunden worden, deshalb trug sie in dem Video einen Krankenhauskittel. Sie saß in einem Vernehmungsraum der Polizei, der eindeutig für Kinder gedacht war. Die Sofas waren niedrig und bunt, umgeben von Sitzsäcken anstelle von Sesseln und mit einem Spieltisch voller Puzzles und Spielzeug. Das verstanden sie also unter einer nicht-bedrohlichen Umgebung für ein Vergewaltigungsopfer: Steck sie in einen Raum für Kinder, um sie ständig daran zu erinnern, dass sie nicht nur vergewaltigt worden ist, sondern auch schwanger sein könnte.

Tammy saß auf einer roten Couch, die Hände zwischen die Knie geklemmt. Leigh wusste aus den Unterlagen, dass Tammy zum Zeitpunkt der Vernehmung noch geblutet hatte. Sie hatten ihr im Krankenhaus eine Binde gegeben, aber schließlich war ein Chirurg hinzugezogen worden, um die inneren Verletzungen durch die Colaflasche zu beheben.

Auf dem Video sah man, wie die Frau vor und zurück schaukelte, um sich zu beruhigen. Eine Polizeibeamtin stand mit dem Rücken zur Wand auf der gegenüberliegenden Seite des Raums. Die Verfahrensregeln schrieben vor, dass das Opfer nicht allein gelassen werden durfte. Nicht damit es sich sicher fühlte – die Beamtin sollte einen Selbstmordversuch verhindern.

Einige Sekunden verstrichen, dann ging die Tür auf und ein Mann kam herein. Er war groß und imposant, mit grauem Haar und einem gepflegten Bart. Wahrscheinlich Mitte fünfzig, mit einer Glock an dem breiten Ledergürtel, der seinen mächtigen Bauch in Schach hielt.

Sein Erscheinen gab Leigh zu denken. Meist nahmen weibliche Beamte diese Vernehmungen vor, weil sie im Zeugenstand empathischere Zeugen abgaben. Leigh würde nie den Detective vergessen, der im Kreuzverhör selbstbewusst ausgesagt hatte, er wüsste immer, dass eine Frau hinsichtlich eines Übergriffs log, wenn sie ihn nicht im Raum haben wollte. Er war nie auf die Idee gekommen, dass eine Frau, die von einem Mann vergewaltigt worden war, schlichtweg nicht mit einem anderen Mann allein sein wollte.

Man schrieb das Jahr 2021. Wieso hatten sie diesen Bären von Detective zum Opfer geschickt?

Leigh hielt das Video an. Sie klickte zurück, um den Bericht der oder des ersten Ermittelnden am Tatort zu finden. Ihrer Erinnerung nach war es eine Frau gewesen. Sie überprüfte die Liste, dann die Meldungen und fand bestätigt, dass Detective Barbara Klieg die zuständige Beamtin gewesen war. Leigh suchte in den anderen Berichten, um die Identität des Mannes auf dem Video vielleicht herauszufinden, dann verdrehte sie die Augen, denn sie hatte nichts weiter zu tun, als auf Play zu drücken.

»Ms. Karlsen«, sagte der Mann, »ich bin Sean Burke. Ich arbeite für das Atlanta Police Department.«

Leigh notierte den Namen und unterstrich ihn. Das *für* deutete darauf hin, dass er ein Berater war, kein Angestellter. Sie würde in Erfahrung bringen müssen, welche Fälle Burke bearbeitet hatte, an wie vielen erfolgreichen Anklagen er beteiligt gewesen war, wie viele lobende Erwähnungen oder Verwarnungen in seiner Akte standen, wie viele beigelegte Klagen es gab, wie er sich im Zeugenstand verhielt, welche Schwachpunkte andere Strafverteidiger offengelegt hatten.

Burke fragte: »Sind Sie einverstanden, wenn ich mich da drüben hinsetze?«

Tammy nickte, den Blick zu Boden gerichtet.

Leigh sah Burke zu einem Stuhl mit gerader Lehne gegenüber von Tammy gehen. Er war nicht langsam, aber bedachtsam. Er verbrauchte nicht den ganzen Sauerstoff im Raum. Er nickte der Beamtin an der Wand kaum wahrnehmbar zu, ehe er Platz nahm. Er lehnte sich zurück und spreizte die Beine nicht, wie Männer es gern taten. Er verschränkte die Hände im Schoß und war in allem bestrebt, nicht einschüchternd zu wirken.

Ein gewaltiger Punkt gegen Andrew. Detective Burke verströmte professionelle Kompetenz. Deshalb hatte Barbara Klieg ihn hinzugezogen. Er würde Tammy helfen können, das Fundament ihrer Geschichte zu legen. Er würde wissen, wie man vor einer Jury aussagte. Leigh würde ihn nicht erschüttern können.

Nicht nur ein Punkt gegen Andrew, sondern möglicherweise ein Nagel zu seinem Sarg.

Burke sagte: »Ich weiß, Detective Klieg hat es Ihnen bereits erklärt, aber es gibt zwei Kameras in diesem Raum, dort und dort.«

Tammy schaute nicht, wohin er zeigte.

»Sie sehen die grünen Lichter«, erklärte Burke, »und die bedeuten, dass sowohl Bild als auch Ton aufgenommen werden, aber ich will mich vergewissern, ob Sie damit einverstanden sind. Ich werde sie ausschalten, wenn Sie die laufenden Kameras nicht gutheißen. Wollen Sie zulassen, dass die Kameras laufen?«

Anstatt einer Antwort nickte Tammy.

»Ich sollte Sie aber fragen, ob es okay für Sie ist, wenn wir uns hier drin unterhalten.« Burkes Stimme war beruhigend, fast wie ein Wiegenlied. »Wir könnten in etwas Offizielleres wie ein Vernehmungszimmer umziehen, oder ich könnte Sie in mein Büro bringen. Ich kann Sie auch nach Hause fahren.«

»Nein«, sagte sie, dann leiser: »Nein, ich möchte nicht nach Hause.«

»Möchten Sie, dass ich eine Freundin oder einen Angehörigen anrufe?«

Tammy begann, den Kopf zu schütteln, bevor er noch zu Ende gesprochen hatte. Sie wollte nicht, dass jemand von dieser Sache erfuhr. Ihre Scham war so greifbar, dass Leigh die Hand auf die Brust legte, um ihre Gefühle im Griff zu behalten.

»Also gut, dann bleiben wir hier, aber Sie können es sich jederzeit anders überlegen. Sagen Sie einfach, Sie wollen aufhören oder Sie wollen gehen, und wir tun, was Sie wünschen.« Burke traf eindeutig die Entscheidungen, aber er gab sich jede erdenkliche Mühe, ihr das Gefühl zu vermitteln, dass sie eine Wahl hatte. »Wie soll ich Sie nennen – Tammy oder Ms. Karlsen?«

»Ms. ... Ms. Karlsen.« Tammy hustete bei den Worten. Ihre Stimme klang angestrengt. Leigh sah, dass sich die Blutergüsse am Hals der Frau bereits verfärbten. Das Gesicht war von ihrem Haar verdeckt, aber die während der Beweisaufnahme gemachten Fotos waren eine Studie der Verwüstung gewesen.

»Ms. Karlsen«, bestätigte Burke. »Detective Klieg hat mir erzählt, dass Sie Bezirksmanagerin bei DataTel sind. Ich habe natürlich schon von dem Unternehmen gehört, aber ich weiß nicht genau, was es macht.«

»Systemlogistik und Kommunikationstechnik.« Tammy räusperte sich wieder, aber das Krächzen verging nicht. »Wir bieten Datensupport für kleine bis mittlere Firmen, die Mikrosysteme brauchen, Optik, Photonik und Systemüberwachung. Ich bin für sechzehn Abteilungen im Südosten zuständig.«

Burke nickte, als würde er verstehen, aber der Zweck dieser Fragen bestand darin, Tammy Karlsen in Erinnerung zu rufen, dass sie eine glaubwürdige berufstätige Frau war. Er signalisierte, dass er ihre Geschichte glaubte.

»Das klingt sehr viel eindrucksvoller als meine eigene Jobbeschreibung«, sagte Burke. »Sie mussten bestimmt studieren dafür.«

»An der Georgia Tech«, sagte sie. »Ich habe einen Master in Elektro- und Computertechnik.«

Leigh stieß einen langen Seufzer aus. Sie wusste, eine von Octavias Kisten würde Informationen aus Tammy Karlsens Kommunikation in den sozialen Medien enthalten, insbesondere alles, was mit der Ehemaligen-Seite der Georgia Tech zu tun hatte. Tammys Mitstudenten waren in diesem nostalgischen

Alter, und es gab wahrscheinlich jede Menge Posts über wilde College-Jahre. Falls Tammy den Ruf einer Frau hatte, die gern trank oder Sex mochte, dann konnte Leigh das im Prozess ans Licht bringen, als hätte nicht jede Frau das Recht, gern zu trinken oder Sex zu mögen.

Dessen ungeachtet hatte Andrew dann wahrscheinlich einen Punkt zu seinen Gunsten eingeheimst.

Im weiteren Verlauf des Videos machte Burke noch mehr Small Talk. Die Jury würde von einer Klippe hinunterspringen, um ihm zu folgen. Seine ungezwungene Selbstgewissheit war besser als Valium. Seine Stimme blieb die ganze Zeit im harmonischen Tonfall und vermittelte Ruhe. Er sah Tammy direkt an, auch wenn sie nie zu ihm aufblickte. Er war aufmerksam, vertrauensvoll und vor allem mitfühlend. Leigh hätte eine Checkliste aus dem Handbuch der Polizei abhaken können, wie man das Opfer eines sexuellen Übergriffs richtig vernimmt. Dass ein Polizeibeamter sie tatsächlich befolgte, war eine verblüffende Enthüllung.

Schließlich kam Burke zum Zweck der Vernehmung. Er veränderte seine Stellung, schlug die Beine übereinander. »Ms. Karlsen, ich kann mir nicht ansatzweise vorstellen, wie schwer das für Sie sein muss, aber wenn Sie sich in der Lage dazu fühlen, würden Sie mir bitte jetzt erzählen, was letzte Nacht passiert ist?«

Sie sagte zunächst nichts, und Burke war erfahren genug, sie nicht zu drängen. Leigh beobachtete die tickenden Zahlen in der rechten oberen Ecke, bis Tammy nach achtundvierzig Sekunden schließlich sprach.

»Ich ...« Sie räusperte sich wieder. Ihre Kehle war nicht nur von der Strangulation wund. Bei der medizinischen Untersuchung hatte ihr eine Schwester ein langes Wattestäbchen in den Rachen geschoben, um eventuelle Samenspuren zu entnehmen. »Tut mir leid.«

Burke streckte sich nach links und öffnete einen Minikühlschrank, den Leigh bisher nicht bemerkt hatte. Er nahm eine

Flasche Wasser heraus, schraubte den Verschluss ab und stellte sie vor Tammy auf den Tisch, ehe er sich wieder zurücklehnte.

Sie zögerte, aber schließlich nahm sie die Flasche. Leigh krümmte sich innerlich, als sie sah, welche Mühe die Frau hatte, zu schlucken. Wasser tropfte zwischen den geschwollenen Lippen aus den Mundwinkeln und färbte den Kragen ihres Kittels.

»Es gibt keine Regeln für das hier, Ms. Karlsen«, sagte Burke. »Sie fangen mit der Geschichte an, wo es Ihnen behagt. Oder Sie lassen es. Sie können jederzeit gehen.«

Tammys Hände zitterten, als sie die Flasche auf den Tisch zurückstellte. Sie sah zur Tür, und Leigh fragte sich, ob sie gehen würde.

Aber sie ging nicht.

Tammy zupfte ein paar Papiertücher aus dem Karton auf dem Tisch. Sie wischte sich über die Nase und zuckte vor Schmerz zusammen. Sie knetete die Tücher in der Hand, als sie zu reden anfing und Burke langsam den Beginn eines normalen Abends schilderte, der sich in einen Albtraum verwandelt hatte. Wie sie Feierabend gemacht hatte. Auf einen Drink zu gehen beschloss. Ihren Wagen beim Parkservice abgab. Wie sie allein mit einem Gin Martini an der Bar gesessen hatte. Sie hatte eben gehen wollen, als Andrew anbot, ihr noch einen Drink zu spendieren.

Leigh blätterte in ihren Notizen zurück. Sie zählte die zweieinhalb Gin Martini ab, die Tammy den Überwachungskameras im Comma Chameleon zufolge konsumiert hatte. Als Tammy erzählte, wie sie auf den Dachgarten umgezogen waren, hinkte sie ihrem Alkoholkonsum um die Hälfte hinterher, aber die meisten Leute wissen nicht mehr genau, wie viel sie getrunken haben. Es spielte keine Rolle. Leigh würde auf die Jury kleinlich wirken, wenn sie der Frau Druck machte, weil sie drei Martinis statt zwei bestellt hatte.

Sie wandte ihre Aufmerksamkeit wieder dem Video zu.

Tammy beschrieb Andrew so, wie jeder ihn beschreiben würde – ein bisschen schwer zu durchschauen, aber nett, professionell, sehr erwachsen für sein Alter, wie es nicht viele seiner Generation waren. Tammy war eindeutig aus dem gleichen Holz geschnitzt. Sie sagte zu Burke, sie hätte das Gefühl gehabt, dass sie sich gut verstanden. Nein, sie hatte Andrews Nachnamen nicht gekannt. Er arbeite im Automobilgeschäft, glaubte sie. Vielleicht ein Mechaniker? Er sprach gern über Oldtimer.

»Ich ließ ihn ... ich küsste ihn«, sagte Tammy. Ihr schuldbewusster Ton ließ vermuten, dass sie alles, was danach passierte, deshalb für ihre eigene Schuld hielt. »Ich flirtete mit ihm, dann habe ich ihn beim Warten am Parkservice geküsst. Zu lange. Und dann habe ich ihm meine Visitenkarte gegeben, weil ... weil ich wollte, dass er mich anruft.«

Burke ließ sie eine Weile schweigend dasitzen. Ihm war eindeutig klar, dass Tammy nicht ohne Grund so lange über Andrew gesprochen hatte, aber er war klug genug, ihr keine Worte in den Mund legen zu wollen.

Tammy ihrerseits blickte auf ihre Hände hinab. Sie hatte die Papiertücher inzwischen zerpflückt und versuchte sauber zu machen, die losen Fetzen auf dem Tisch einzusammeln. Als sie sich zum Boden hinunterbückte, stöhnte sie auf, und Leigh erinnerte sich an die Verletzung, die die Colaflasche angerichtet hatte.

Burke beugte sich wieder nach links, diesmal, um den Abfalleimer zu nehmen. Er stellte ihn neben den Tisch. Er war so groß und dagegen der Raum so klein, dass er alles im Sitzen von seinem Stuhl aus erledigen konnte.

Tammy bemühte sich, jedes einzelne Fitzelchen der zerpflückten Tücher in den Papierkorb zu wischen. Sekunden vergingen. Dann Minuten.

Burke wartete geduldig. Leigh glaubte, dass er die Geschichte bis hierher in Gedanken nochmals durchging, überprüfte die Kästchen, die er abhaken wollte, und vergewisserte sich, dass er Antworten bekommen hatte: Wo kam das Opfer mit dem Verdächtigen in Kontakt? Wie viel Alkohol wurde konsumiert?

Hatten sie illegale Drogen genommen? War das Opfer mit Freunden zusammen? Gibt es potenzielle Zeugen?

Oder vielleicht dachte Burke über seinen nächsten Schwung Fragen nach: Hat das Opfer den Angreifer gestoßen, geschlagen oder getreten? Hat es irgendwann »Stopp!« oder »Nein!« gesagt? Wie hat sich der Angreifer vor, während und nach dem Übergriff verhalten? Wie war die Reihenfolge der vollzogenen Sexualakte? Wurden Gewalt oder Drohungen eingesetzt? Was ist mit einer Waffe? Hat er ejakuliert? Wo hat er ejakuliert? Wie oft?

Tammy war fertig mit dem Papiertuch. Sie lehnte sich auf dem Sofa zurück. Ihr Kopf bewegte sich vor und zurück, als hörte sie Burkes lautlose Fragen und wüsste bereits ihre Antworten: »Ich weiß nicht mehr, was als Nächstes passiert ist. Wann ich beim Parkservice war. Ich saß im Wagen, glaube ich. Oder … ich weiß es nicht. Vielleicht erinnere ich mich an einige Dinge. Ich bin mir nicht sicher. Ich will nicht … ich darf nicht … vielleicht ruiniere ich … wenn ich mich nicht erinnere … ich weiß, ich muss mir sicher sein.«

Wieder wartete Burke. Leigh bewunderte seine Disziplin, die für seine Intelligenz sprach. Vor zwanzig Jahren hätte ein Beamter in seiner Position Tammy an den Schultern gepackt, geschüttelt und angeschrien, dass sie reden müsse, wenn sie wollte, dass der Kerl bestraft wurde, der ihr das angetan hatte, oder dachte sie sich das alles nur aus, um Aufmerksamkeit zu bekommen?

Stattdessen sagte Burke zu Tammy: »Mein Sohn hat in Afghanistan gekämpft. Zwei Einsatzzeiten.«

Tammys Kopf ging hoch, aber sie schaute ihm noch immer nicht in die Augen.

»Als er zurückkam, war er verändert«, sagte Burke. »Da drüben war so vieles passiert, über das er einfach nicht reden konnte. Nun habe ich nie gedient, aber ich weiß, wie posttraumatischer Stress aussieht, weil ich viel Zeit damit verbracht habe, mit

Frauen zu sprechen, die einen sexuellen Übergriff hinter sich haben.«

Leigh konnte sehen, wie Tammys Kiefer mahlten. Sie hatte es noch nicht mit diesen nüchternen Begriffen formuliert. Sie war keine Bezirksmanagerin oder Absolventin der Georgia Tech mehr. Sie war das Opfer eines sexuellen Übergriffs. Der scharlachrote Buchstabe würde sich für den Rest ihres Lebens in ihre Brust brennen.

»Eine posttraumatische Belastungsstörung wird durch ein traumatisches Ereignis ausgelöst. Zu den Symptomen gehören Albträume, Angstzustände, unkontrollierbare Gedanken, Flashbacks und manchmal Gedächtnisverlust.«

»Wollen ...« Tammy versagte die Stimme. »Wollen Sie damit sagen, dass ich mich deshalb nicht erinnere?«

»Nein, Ma'am. Darüber werden wir vermutlich mehr wissen, wenn wir den toxikologischen Bericht erhalten.« Burke wagte sich gefährlich weit vor, aber er fing sich wieder. »Was ich sagen will, ist, dass alles, was Sie jetzt erleben – ob Sie traurig oder wütend sind oder unter Schock stehen, ob Sie sich Rache wünschen oder keine Rache wünschen, diesen Kerl bestrafen oder ihn vielleicht nie wieder sehen wollen –, dass das alles vollkommen normal ist. Es gibt hier kein richtiges oder falsches Handeln. Was immer Sie empfinden, das ist für Sie richtig.«

Die Offenbarung ließ Tammy Karlsen zusammenbrechen. Sie begann zu weinen. Frauen bekamen bei ihrer Geburt keinen Leitfaden mit, wie sie am besten auf ein sexuelles Trauma reagierten. Es war, wie die erste Periode zu bekommen, eine Fehlgeburt zu haben oder die Wechseljahre durchzumachen: etwas, wovor sich jede Frau fürchtete, was aber aus unerfindlichen Gründen ein Tabuthema war.

»Großer Gott«, murmelte Leigh. Dieser sanfte Riese würde die Jury im Alleingang von Andrew ablenken. Sie sollte ihm nach dem Prozess einen Geschenkkorb schicken.

Leigh zügelte ihre Herzlosigkeit. Das war kein Spiel. Auf dem Video wurde Tammys Körper vom Weinen geschüttelt. Sie nahm eine Handvoll Tücher. Burke machte keine Anstalten, sie zu trösten. Er blieb auf seinem Stuhl und warf einen Blick zu der Beamtin, um sicherzustellen, dass sie sich ebenfalls nicht rührte.

»Ich …«, sagte Tammy. »Ich will niemandem das Leben ruinieren.«

»Ms. Karlsen, ich sage das mit großem Respekt, aber so viel Macht besitzen Sie nicht.«

Sie blickte endlich zu ihm auf.

»Ich weiß, dass Sie eine ehrliche Frau sind«, sagte Burke. »Aber meine Überzeugung und Ihre Worte genügen nicht für ein Strafgericht. Alles, was Sie mir erzählen, muss untersucht werden, und wenn Ihr Gedächtnis Sie im Stich lässt oder wenn Sie Ereignisse durcheinanderbringen, wird unsere Untersuchung das umgehend ans Licht bringen.«

Leigh lehnte sich zurück. Es war, als würde sie den Schauspieler James Stewart eine Rede auf den Stufen des Gerichtsgebäudes halten sehen.

»Also gut«, sagte Tammy, aber trotzdem verging noch fast eine volle Minute, ehe sie fortfuhr. »Ich war im Park. Da bin ich aufgewacht. Oder zu mir gekommen. Dort war ich noch nie, aber es … es war ein Park. Und ich … ich war mit Handschellen an den Tisch gefesselt. Dieser alte Mann mit dem Hund, ich weiß nicht, wie er heißt. Er hat die Polizei gerufen und …«

Im folgenden Schweigen hörte Leigh Tammys Atem in dem Video, ein schnelles Ein und Aus, sie bemühte sich, nicht zu hyperventilieren.

Burke sagte zu der Frau: »Ms. Karlsen, manchmal kommt die Erinnerung in Gestalt von Bildern zurück. Sie blitzen auf wie ein alter Film, der über die Leinwand flimmert. Können Sie mir irgendetwas über den Angriff sagen, irgendein Detail über den Mann, der Sie vergewaltigt hat?«

»Er …« Ihre Stimme stockte wieder. Das Wort *Vergewaltigung* war gerade durch den Nebel gedrungen. Sie war vergewaltigt worden. Sie war ein Vergewaltigungsopfer.

»Er trug eine Skimaske«, sagte sie. »Und hatte Handschellen. Er hat mich mit Handschellen gefesselt.«

Leigh schrieb das Wort *vorsätzlich* in ihr Notizbuch, denn die Skimaske und die Handschellen waren zum Tatort mitgebracht worden.

Sie starrte auf das Wort.

Burke hatte recht, was aufblitzende Erinnerungen anging. Leigh dachte an die Urlaubsfotos in Reggie Paltz' Büro. Wie sie ihre Ganoven kannte, hatte Andrew wahrscheinlich für diese Ausflüge bezahlt, damit er die Richtung vorgeben konnte. Vielleicht gab es irgendwo ein Foto von ihm mit einer Skimaske.

Ein weiterer möglicher Punkt gegen Andrew.

»Ich …« Tammy schluckte unter Mühen. »Ich habe ihn angebettelt, aufzuhören. Bitte bitte aufzuhören.«

Leigh machte sich wieder eine Notiz. Sie hatte mehr als eine Jury erlebt, die sich an der Tatsache aufgehängt hatte, dass eine Frau zu verängstigt oder zu überwältigt gewesen war, um mit Nachdruck Nein zu sagen.

»Ich weiß nicht mehr, ob …« Tammy schluckte Luft. »Er hat mich ausgezogen. Seine Fingernägel waren lang. Sie kratzten mich. Er hat meine …«

Leigh sah Tammys Hand zur rechten Brust gehen. Sie hatte nicht auf Andrews Fingernägel geachtet. Wenn er sie zu Beginn des Prozesses immer noch lang trug, würde sie ihm bestimmt nicht raten, sie zu schneiden.

»Er hat ständig gesagt, dass …« Tammy versagte die Stimme wieder. »Er hat gesagt, dass er mich liebt. Immer wieder. Dass er mein … mein Haar liebt und meine Augen und dass er meinen Mund liebt. Er hat gesagt, ich sei so winzig. Er hat so was gesagt wie … deine Hüften sind so schmal, deine Hände sind so klein, dein Gesicht ist perfekt wie das einer Barbiepuppe. Und er hat immer wieder gesagt, dass er mich liebt und ...«

Burke beeilte sich nicht, die Sprechpausen zu füllen, aber Leigh sah, wie er die Hände im Schoß verschränkte, als müsste er sich davon abhalten, die Hand auszustrecken und ihr zu versichern, dass alles gut werden würde.

Leigh hatte dasselbe Bedürfnis, als sie Tammy vor und zurück schaukeln sah, das Haar fiel ihr vors Gesicht, als versuchte sie, aus dieser grausamen Welt zu verschwinden.

Das Gleiche hatte Callie in der Nacht getan, in der Buddy gestorben war. Sie hatte auf dem Boden gekauert und sich vor und zurück gewiegt, hatte geweint und mechanisch die Tonbandansage aus dem Telefon wiederholt.

Wenn Sie einen Anruf machen wollen ...

In Leighs Schreibtisch war eine Packung Kleenex. Sie nahm sich eines und wischte sich über die Augen. Sie wartete ab, während Tammy Karlsen vom Schmerz geschüttelt wurde. Die Frau gab sich eindeutig selbst die Schuld, grübelte, wie sie es vermasselt hatte, welche Dummheit sie gesagt oder getan hatte, um sich in dieser Lage wiederzufinden. Sie sollte jetzt bei der Arbeit sein. Sie hatte einen Job. Sie besaß einen Masterabschluss. Und jetzt quälte sie sich mit flüchtigen Erinnerungen an einen brutalen Angriff, der ihr sorgsam geplantes Leben vollständig verwüstet hatte.

Leigh kannte diese Selbstvorwürfe aus ureigener Erfahrung, denn es wäre ihr im College beinahe auch passiert. Sie hatte in ihrem Wagen geschlafen, um Geld zu sparen, und war unter einem Fremden aufgewacht.

»Es tut mir leid«, entschuldigte sich Tammy.

Leigh schnäuzte sich, richtete sich auf und ging etwas näher an den Monitor heran.

»Es tut mir leid«, wiederholte Tammy. Sie zitterte jetzt wieder. Sie fühlte sich gedemütigt, dumm und vollkommen machtlos. Innerhalb von zwölf Stunden hatte sie alles verloren, und jetzt hatte sie keine Ahnung, wie sie es wieder zurückbekommen sollte. »Ich ... Ich kann mich an sonst nichts erinnern.«

Leigh schluckte ihren Selbsthass und machte ein Häkchen auf ihrem Notizblock. Zum fünften Mal hatte Tammy jetzt gesagt, sie könne sich an nichts erinnern.

Fünf Punkte für Andrew.

Sie blickte wieder auf den Schirm. Burke blieb regungslos. Er wartete einige Sekunden, bevor er ein Stichwort gab. »Ich weiß, dass sein Gesicht bedeckt war, aber bei einer Skimaske – korrigieren Sie mich, wenn ich falschliege – kann man die Augen sehen, richtig?«

Tammy nickte. »Und den Mund.«

Burke schubste sie sanft in Richtung der offenkundigen Frage: »Haben Sie etwas an ihm erkannt? Irgendetwas?«

Tammy schluckte wieder lautstark. »Seine Stimme.«

Burke wartete.

»Es war der Mann aus der Bar. Andrew.« Sie räusperte sich. »Wir haben uns lange unterhalten. Ich habe seine Stimme erkannt, als er ... als er das getan hat.«

»Haben Sie ihn beim Namen genannt?«, frage Burke.

»Nein, ich dachte ...« Sie unterbrach sich. »Ich wollte ihn nicht wütend machen.«

Leigh wusste von ihrer vorhergehenden Aktenlektüre, dass Andrew zusammen mit fünf anderen Männern an einer Audio-Gegenüberstellung teilnehmen musste. Ihre Stimmen waren aufgenommen worden, als sie Sätze wiederholten, die bei dem Übergriff gefallen waren. Als man Tammy die Proben vorgespielt hatte, hatte sie Andrew sofort erkannt.

»Was macht die Stimme des Mannes so besonders?«, fragte Burke.

»Sie ist weich. Ich meine, der Tonfall ist weich, aber die Tonlage ist tief und ...«

Burkes übernatürliche Beherrschung zeigte einen Riss. »Und?«

»Sein Mund.« Tammy berührte ihre Lippe. »Den habe ich ebenfalls erkannt. Sein Mundwinkel ging auf einer Seite nach oben, als ob ... Ich weiß nicht. Als ob er ein Spiel spielte. Als wollte er sagen, dass er mich liebt, aber es genoss, dass ... dass ich schreckliche Angst hatte.«

Leigh kannte diesen höhnischen Gesichtsausdruck. Sie kannte diese Stimme. Sie kannte diesen beängstigenden mitleidlosen Blick in Andrews kalten Augen.

Sie ließ das Video bis zum Ende laufen. Es gab keine Notizen mehr zu machen, außer drei weitere Häkchen für die fortlaufende Zählung von Tammys Aussage, dass sie sich nicht erinnerte. Burke versuchte, weitere Einzelheiten herauszukitzeln. Trauma oder Rohypnol hatten dafür gesorgt, dass ihre Erinnerung unzuverlässig war. Alles, was Tammy berichtete, stammte vom Beginn des Überfalls. Sie erinnerte sich nicht an das Messer oder dass er ihr ins Bein geschnitten hatte. Nicht an die Vergewaltigung mit der Colaflasche. Sie wusste nicht, was mit ihrer Handtasche, ihrem Wagen oder ihrer Kleidung passiert war.

Leigh schloss das Video, als Tammy Karlsen aus dem Raum geführt wurde und Burke die Aufzeichnung beendete. Sie suchte nach einem bestimmten Tatortfoto. Tammys Handtasche war unter den Fahrersitz ihres BMWs gestopft worden. Ihre Sachen hatte man am Tatort gefunden. Sie lagen ordentlich gefaltet in der Ecke des Pavillons.

Als zwanghafter Mensch wusste Leigh die sorgfältige Symmetrie der Inszenierung zu schätzen. Tammys grauer Baumwollrock war zu einem kompakten Quadrat gefaltet worden. Darauf lag die dazugehörige Kostümjacke. Die schwarze Seidenbluse steckte in der Jacke, so wie man es in Boutiquen ausgestellt sieht. Ein schwarzer Tanga lag quer über dem Stapel. Der passende schwarze Spitzen-BH war um das Bündel geschlungen wie eine Schleife um ein Geschenk. Tammys schwarze High Heels standen daneben, aufrecht und sorgfältig an dem kompakten Quadrat der Kleidungsstücke ausgerichtet.

Leigh erinnerte sich, wie Andrew als Kind zur Imbisszeit immer mit seinem Essen gespielt hatte. Er schichtete Käse und Cracker zu einem Turm und versuchte dann, ein Stück herauszuziehen, ohne den Stapel zum Einsturz zu bringen. Das Gleiche machte er mit Apfelschnitzen, Nüssen, übrig gebliebenen Hülsen vom Popcorn.

Das Schreibtischtelefon läutete. Leigh wischte sich über die Augen, putzte sich kurz die Nase.

»Leigh Collier.«

Walter fragte: »Ist Side-Dick so was wie Side-Boob?«

Sie brauchte eine Weile, bis ihr klar wurde, dass er von dem Musikvideo sprach, zu dem Maddy synchron die Lippen bewegt hatte. »Ich glaube, gemeint ist ein Schwanz, den man nebenher fickt.«

»Ah«, sagte er. »Na dann.«

Sie rechnete es ihm hoch an, dass er nicht sagte: Wie die Mutter, so die Tochter, denn wenn Leigh sagte, dass sie aufrichtig zu ihrem Ehemann war, dann war sie *in allem* aufrichtig.

In fast allem.

»Sweetheart«, sagte er. »Warum weinst du?«

Sie hatte zu weinen aufgehört, aber sie spürte, dass die Tränen gleich wieder fließen würden. »Ich habe Callie gestern Abend getroffen.«

»Wäre es einfältig zu fragen, ob sie in Schwierigkeiten steckt?«

»Nichts, womit ich nicht fertigwerden könnte.« Leigh würde ihm später von der nicht registrierten Glock erzählen. Walter hatte die Waffe von einem seiner Feuerwehrkumpel erworben, als Leigh sich selbstständig gemacht hatte. »Sie sieht schlimm aus. Schlimmer als sonst.«

»Du weißt, es verläuft in Zyklen.«

Leigh wusste nur, dass Callie früher oder später nicht mehr in der Lage sein würde, sich nach einem Absturz wieder aufzurichten. Sie war sich nicht einmal sicher, ob Callie es schaffte, ihren Drogenkonsum einzuschränken. Vor allem mit Phil in ihrer Nähe. Nicht ohne Grund hatte sich Callie dem Heroin zugewandt statt ihrer Mutter. Und vielleicht gab es auch einen Grund, warum sie sich nicht an Leigh gewandt hatte. Als Leigh am Abend zuvor im Motel das Spritzbesteck ihrer Schwester gesehen hatte, hätte sie es am liebsten an die Wand gefeuert und geschrien: »Warum liebst du diese Scheiße mehr als mich?«

»Sie ist zu dünn«, sagte sie zu Walter. »Ihre Knochen haben sich schon unter der Haut abgezeichnet.«

»Dann kauf ihr was zu essen.«

Leigh hatte es versucht, aber Callie hatte kaum einen halben Cheeseburger geschafft. Sie hatte ein Gesicht gemacht wie Maddy, als sie zum ersten Mal Brokkoli probiert hatte. »Mit ihrer Atmung stimmt auch etwas nicht. Sie atmet so schwer, ich habe ein Pfeifen gehört. Ich weiß nicht, was los ist.«

»Raucht sie?«

»Nein.« Phil hatte genug für die ganze Familie geraucht. Keine der beiden Schwestern konnte den Gestank ausstehen. Weshalb es doppelt grausam gewesen war, dass Leigh Callie gestern Abend zu ihrer Mutter hatte gehen lassen. Was hatte sie sich dabei gedacht? Wenn Andrew oder einer seiner Privatdetektive sie nicht so terrorisierten, dass sie irgendwann eine Überdosis nahm, dann würde Phil es tun.

Das war ihre Schuld. Es war alles ihre Schuld.

»Sweetheart«, sagte Walter. »Selbst wenn es das Long-Covid-Syndrom ist – man hört täglich von Leuten, denen es irgendwann besser geht. Callie hat mehr Leben als eine Katze, das weißt du.«

Leigh dachte an ihren eigenen Kampf mit Corona. Es hatte mit vier Stunden unkontrollierbarem Husten begonnen, der sich schließlich so verschlimmert hatte, dass ein Blutgefäß im Auge platzte. In der Notaufnahme hatte man ihr Tylenol verabreicht und sie mit der Anweisung, einen Rettungswagen zu rufen, wenn sie keine Luft mehr bekäme, wieder nach Hause geschickt. Walter hatte Leigh angebettelt, sich um sie kümmern zu dürfen, aber sie hatte ihn stattdessen losgeschickt, damit er Callie suchte.

Das war ihre Schuld. Es war alles ihre Schuld.

»Schatz«, sagte Walter, »Deine Schwester ist ein herzensguter und einzigartiger Mensch, aber sie hat eine Menge Probleme. Manche davon kann man beheben, andere nicht. Du kannst nichts weiter tun, als ihr deine unbedingte Liebe zu schenken.«

Leigh trocknete ihre Augen schon wieder. Sie hatte es in Walters Leitung anklopfen hören. »Versucht dich jemand zu erreichen?«

Er seufzte. »Marci. Ich kann sie zurückrufen.«

Marci war Walters aktuelles Nebengeräusch. Leider hatte er sich nicht dafür entschieden, die letzten vier Jahre seit ihrer Trennung nach Leighs Rückkehr zu schmachten.

Sie hatte das Bedürfnis, es ihm zu sagen: »Es würde nur zehn Minuten dauern, eine einvernehmliche Scheidung online zu beantragen.«

»Sweetheart«, sagte Walter, »ich werde dein Side-Dick bleiben, solange du meine Side-Boob bist.«

Sie lachte nicht. »Du weißt, du kommst immer an erster Stelle bei mir.«

»Das scheint mir doch eine gute Schlussbemerkung zu sein«, sagte er.

Leigh behielt den Hörer am Ohr, selbst als er schon aufgelegt hatte. Sie ließ die Selbstvorwürfe bis zum Siedepunkt gelangen, bevor sie ihn auf die Gabel legte.

Es klopfte an der Tür. Liz steckte den Kopf kurz herein und sagte: »Sie müssen in fünf Minuten oben sein.«

Leigh ging zum Schrank, um ihre Pumps zu suchen. Sie frischte ihr Make-up im Spiegel an der Innenseite der Tür auf. Bradley, Canfield & Marks gaben nicht nur Geld für Jury-Berater ihrer Mandanten aus. Sie wollten außerdem wissen, was Geschworene von ihren Anwältinnen und Anwälten hielten. Leigh wurde immer noch von einem Fall verfolgt, den sie verloren hatte und bei dem ihr Mandant möglicherweise für achtzehn Jahre ins Gefängnis gewandert war, weil einer der ausgewählten Männer unter den Geschworenen befand, Leighs streng zurückgekämmtes Haar, ihr Hosenanzug und die flachen Absätze »könnten nicht verbergen, dass sie umwerfend gut aussah, aber sie müsse sich mehr Mühe geben, fraulich zu wirken«.

»Verdammt«, sagte sie. Sie hatte Lippenstift aufgetragen, obwohl ihr Mund von der Maske bedeckt sein würde. Sie wischte die Farbe mit einem Kleenex wieder ab, befestigte die Maske vor dem Gesicht, stapelte ihre Unterlagen und nahm ihr Smartphone vom Schreibtisch.

Das weiße Rauschen der gedämpften Geräusche im Großraumbüro hüllte sie auf dem Weg zu den Aufzügen ein. Leigh blickte auf ihr Handy. Noch immer keine Nachricht und kein Anruf von Callie. Sie bemühte sich, nicht zu viel in das Schweigen hineinzuinterpretieren. Es ging auf vier Uhr nachmittags zu. Callie mochte schlafen, high sein, auf der Stewart Avenue Drogen verkaufen oder das tun, was sie mit ihrer unendlich vielen Zeit eben anfing. Keine Kommunikation bedeutete nicht zwangsläufig, dass sie in Schwierigkeiten steckte. Es bedeutete einfach, dass sie Callie war.

An den Aufzügen drückte sie mit dem Ellbogen auf den Knopf. Da sie das Telefon schon in der Hand hielt, schickte sie rasch eine SMS an Maddy. *Ich bin ein künftiger Arbeitgeber. Ich checke dein TikTok-Profil. Was denke ich?*

Maddy schrieb sofort zurück: *Ich nehme an, du bist ein Broadway-Regisseur und denkst: Wow, die Frau hat es drauf!*

Leigh lächelte. Die Interpunktion war ein kleiner Sieg. Dass ihr sechzehnjähriges Baby sich als Frau bezeichnete, die es draufhatte, war ein Triumph.

Und dann verging ihr das Lächeln, denn Maddys TikTok-Account war exakt die Art von Beweismaterial, das sie einer Jury zeigen würde, wenn sie den Charakter ihrer Tochter in Zweifel zu ziehen versuchte.

Die Aufzugstür öffnete sich. Eine Person stand bereits im Aufzug, ein Nachwuchsanwalt, den sie aus einem der unteren Großraumbüros kannte. Leigh stellte sich auf eine der vier Markierungen in den Ecken, die die Leute daran erinnern sollten, Abstand zu halten. Ein Schild über dem Tastenfeld forderte dazu auf, nicht zu sprechen oder zu husten. Ein zweites Schild warb für eine Art Hightech-Überzug auf den Knöpfen, der angeblich die Virenübertragung verhinderte. Leigh blieb mit dem Rücken zu dem Baby-Anwalt stehen, allerdings hörte sie ihn die Luft anhalten, als sie mit dem Ellbogen auf den Knopf für das Penthouse drückte.

Die Tür wurde geschlossen. Leigh begann, in Gedanken eine Nachricht an Maddy zu formulieren, über College-Zulassung, Respekt von Kollegen und wie wichtig ein guter Ruf war. Sie überlegte, wie sie das Positive an Sex noch mit unterbringen könnte, ohne dass es ihnen beiden peinlich wäre, als ihr Handy mit einer weiteren Nachricht summte.

Nick Wexler fragte: *LAF?*

Lust auf Ficken.

Leigh seufzte. Sie bereute es, wieder in Nicks Leben aufgetaucht zu sein, aber sie wollte nicht fies wirken, nachdem sie ihn um einen Gefallen gebeten hatte.

Sie beschloss, es auszusitzen, und schrieb zurück: *Ein andermal?*

Ihre Antwort wurde mit einem erhobenen Daumen und einer Aubergine belohnt.

Leigh unterdrückte einen weiteren Seufzer. Sie kehrte zu Maddy zurück und entschied, zu einem späteren Zeitpunkt auf ihr hohes Ross zu steigen. Für den Moment ersetzte sie ihre Predigt durch: *Freue mich auf unsere Unterhaltung heute Abend!*

Der Baby-Anwalt stieg im zehnten Stock aus, aber er konnte es sich nicht verkneifen, einen Blick auf Leigh zu werfen und sich zu fragen, wer sie eigentlich war und wie sie Zugang zum Stockwerk der Partner erlangt hatte. Sie wartete, bis sich die Tür geschlossen hatte, dann ließ sie die Maske an einem Ohr baumeln. Sie holte tief Luft und nutzte die wenigen Sekunden des Alleinseins, um sich einzustimmen.

Es war Leighs erste Begegnung mit Andrew, nachdem er sein wahres Wesen offenbart hatte. Doppelzüngige Mandanten waren nichts Neues für sie, aber gleichgültig, wie sadistisch die Verbrechen waren, die man ihnen vorwarf – bis sie vor Leighs Tür standen, waren sie im Allgemeinen gefügig. Sie hatten die Demütigung ihrer Verhaftung hinnehmen müssen, inhumane Haftbedingungen ertragen, waren von hartgesottenen Verbrechern bedroht oder sogar gequält worden und wussten, man würde sie ins Gefängnis zurückschicken, wenn Leigh ihnen nicht half. Dies alles führte dazu, dass sie die Oberhand gewann.

Und das war die Alarmsirene, die sie gestern Vormittag absichtlich überhört hatte: Andrew Tenant hatte die ganze Zeit die Oberhand behalten, und erst im Rückblick wurde Leigh klar, wie es dazu gekommen war. Strafverteidiger witzelten immer, ihr schlimmster Albtraum sei ein Mandant, der unschuldig war. Leighs schlimmster Albtraum war ein Mandant, der keine Angst hatte.

Die Aufzugglocke bimmelte, und über der Tür leuchtete PH für Penthouse auf. Leigh setzte ihre Maske wieder auf. Eine gepflegte ältere Frau in einem schwarzen Hosenanzug und mit roter Maske wartete auf sie. Sie sah aus, als sei sie dem Film *Der Report der Magd* entsprungen, in der UGA-Version.

»Ms. Collier«, sagte die Frau, »Mr. Bradley möchte in seinem Büro unter vier Augen mit Ihnen sprechen.«

Leigh bekam sofort Angst. »Ist der Mandant schon da?«

»Mr. Tenant ist im Besprechungsraum, aber Mr. Bradley wollte sich zuerst kurz mit Ihnen unterhalten.«

Leighs Magen zog sich zusammen, aber es blieb ihr nichts anderes übrig, als der Frau durch den riesigen offenen Raum zu folgen. Sie blickte zur geschlossenen Tür des Besprechungszimmers. Wirre Szenarien schossen ihr durch den Kopf: Andrew hatte gefordert, dass man Leigh feuerte. Andrew war zur Polizei gegangen. Andrew hatte Callie entführt und hielt sie als Geisel fest.

Die Lächerlichkeit des letzten Szenarios half Leigh schließlich, ihre Paranoia in den Griff zu bekommen. Andrew war ein sadistischer Vergewaltiger, aber er war kein Svengali. Leigh rief sich ihre Andrew-Hypothese in Erinnerung. Alles, was er hatte, waren flüchtige Kindheitserinnerungen und Vermutungen, warum sein Vater verschwunden war. Es wäre das Dümmste, sich jetzt so zu verhalten, dass er seinen Argwohn bestätigt sah.

»Hier durch, bitte.« Bradleys Assistentin öffnete eine Bürotür.

Trotz ihrer Rückbesinnung auf die Logik war ihr Mund noch ganz trocken, als sie das Büro betrat. Keine Detectives oder Cops mit Handschellen warteten. Es gab nur das allgegenwärtige schwarz-rote Dekor und Cole Bradley, der an einem riesigen Marmorschreibtisch saß. Akten und Papiere waren um ihn herum drapiert. Sein hellgraues Anzugjackett hing an einem Kleiderständer, und er hatte die Hemdärmel aufgerollt. Sein Gesicht war ausdruckslos.

»Wird Andrew zu uns stoßen?«, fragte Leigh.

Statt einer Antwort zeigte er auf einen roten Ledersessel gegenüber vom Schreibtisch. »Fassen Sie für mich zusammen.«

Leigh hätte sich ohrfeigen können, weil sie das Naheliegende übersehen hatte. Bradley wollte, dass sie ihn vorbereitete, damit er vor dem Mandanten den Eindruck machte, als wüsste er, wovon er redete.

Sie setzte sich, nahm ihre Maske ab, schlug ihren Notizblock auf und kam sofort zur Sache. »Das Opfer hat Andrews Stimme bei ihrer ersten Vernehmung selbstbewusst identifiziert. Nach seiner Verhaftung hat sie ihn bei einer Audio-Gegenüberstellung erkannt. Sie ist bei manchen Punkten unsicher, aber sie haben einen forensischen Verhörspezialisten eingesetzt, der ihr in die Geschichte half. Sein Name ist Sean Burke.«

»Nie von ihm gehört«, sagte Bradley.

»Ich ebenfalls nicht. Ich werde herausfinden, was ich kann, aber im Zeugenstand ist er ein echter Homerun. Ich weiß nicht, welchen Eindruck Tammy Karlsen, das Opfer, machen wird. In der Aufzeichnung der Vernehmung macht sie sich sehr gut. Sie war in der Nacht des Übergriffs nicht provokant gekleidet. Sie hatte nicht sehr viel getrunken. Sie ist nicht vorbestraft. Keine Strafen wegen Alkohol im Straßenverkehr oder überhöhter Geschwindigkeit. Solide Finanzen. Ihr Studiendarlehen ist fast abbezahlt. Ich werde ihre Kommunikation in den sozialen Medien recherchieren, aber sie hat einen Master in Computertechnik von der Tech. Sie hat wahrscheinlich alles Negative gelöscht.«

»Von der Tech also«, sagte er. Die ewige Rivalin der UGA. »Wie sympathisch ist sie?«

»Dass es nicht einvernehmlich war, steht außer Frage. Sie wurde fürchterlich verprügelt. Sie hat mit Nachdruck Nein gesagt. Die Bilder allein bringen ihr eine Menge Mitgefühl ein.«

Bradley nickte. »Beweise?«

»Es gibt einen schlammigen Schuhabdruck, der mit einem Nike-Sneaker Größe neun vereinbar ist, wie er in Andrews Schrank gefunden wurde. Ich kann argumentieren, dass *vereinbar* nicht dasselbe wie *genau* ist. Es gibt mehrere tiefe Bissspuren an Tammy Karlsen, aber bei Abstrichen aus den Wunden wurde keine DNA gefunden, und der Staatsanwalt wird es nicht wagen, einen Odontologen aufzubieten, wenn er weiß, dass ich diese Schrott-Wissenschaft mühelos widerlegen kann.« Leigh hielt inne, um Luft zu holen. »Die Colaflasche ist schon schwieriger. Andrews Abdruck wurde auf dem Glasboden gefunden. Rechter kleiner Finger, aber es ist eine solide, nachgeprüfte Übereinstimmung aus dem Georgia Bureau of Investigation. Außer Fäkalienspuren und der DNA des Opfers findet sich nichts weiter auf dem Flaschenboden. Der Angreifer hat wahrscheinlich Handschuhe verwendet, und der kleine Finger ist eingerissen, oder es ist eine Flasche, die Andrew vor dem Angriff berührt hat. Er war zuvor schon in dem Park.«

Bradley nahm sich einen Moment Zeit, um diese letzte Information zu verarbeiten. »Problembereiche?«

»Auf der Seite des Opfers: dass Rohypnol vermutet wird, weshalb ich eine vorübergehende Amnesie ins Feld führen kann. Ms. Karlsen hat eine Gehirnerschütterung erlitten, weshalb eine traumabedingte Amnesie vorausgesetzt werden kann. Ich habe bereits zwei Spezialisten in Bereitschaft, die sehr gut mit einer Jury umgehen können.« Leigh hielt inne und blickte in ihre Notizen. »Auf unserer Seite: Die Tatortfotos sind schrecklich. Ich kann einige zurückhalten lassen, aber selbst die, die okay sind, sind schlecht für Andrew. Ich kann versuchen, die Identifizierung von Andrews Stimme zu erschüttern, aber es kommt, wie gesagt, beide Male sehr überzeugt rüber. Ich habe die potenzielle Zeugenliste der Staatsanwaltschaft gesehen, und sie haben einen forensischen Audioexperten, den ich gern eingesetzt hätte, wenn sie ihn mir nicht weggeschnappt hätten.«

»Und?«

»Karlsen ist bei fast allem anderen vage. Das Vage könnte das Überzeugte neutralisieren, aber sollte ich mich so anhören, als würde ich die Aussichten auf ein Nicht-schuldig bei fünfzig Prozent ansiedeln, dann deshalb, weil es genauso ist.«

»Ms. Collier«, sagte Bradley. »Kommen Sie zum Problem.«

Leigh hätte von seiner Auffassungsgabe beeindruckt sein müssen, aber sie war wütend, weil Bradley innerhalb von fünf Minuten gesehen hatte, woran sie den ganzen Morgen herumgetüftelt hatte. »Sidney Winslow ist Andrews Alibi für die Nacht des Überfalls. Die Jury wird sie anhören wollen.«

Bradley lehnte sich zurück und legte die Fingerspitzen aneinander. »Ms. Winslow wird auf das eheliche Aussageverweigerungsrecht verzichten müssen, um sein Alibi bezeugen zu können. Was bedeutet, dass Dante Carmichael die Möglichkeit haben wird, sie zum Reden zu bringen. Sehen Sie da ein Problem auf uns zukommen?«

Leigh knirschte insgeheim mit den Zähnen. Sie hatte beabsichtigt, Sidney als Trojanisches Pferd einzusetzen und sie Andrews Leben zerstören zu lassen, während Leigh ihre Hände in Unschuld wusch. »Dante ist kein Perry Mason, aber es wird für ihn nicht sehr schwierig werden. Entweder Sidney wird stinksauer und sagt etwas Dummes, oder sie versucht, Andrew zu helfen, und sagt etwas Dummes.«

»Zu meiner Zeit wurde *etwas Dummes sagen*, wenn man dabei unter Eid stand, schlicht Meineid genannt.«

Leigh fragte sich, ob Bradley sie ermutigen oder warnen wollte. Anwälte durften Zeugen nicht in den Zeugenstand rufen, wenn sie glaubten, dass diese lügen würden. Verleitung zur Falschaussage war ein Straftatbestand, der Gefängnis zwischen einem und zehn Jahren sowie eine saftige Geldstrafe nach sich zog.

Bradley wartete auf eine Antwort. Ihr Boss hatte eine juristische Feststellung gemacht, und Leigh würde sie juristisch entkräften. »Ich werde Sidney dasselbe raten, was ich allen Zeugen rate: Bleiben Sie bei der Wahrheit, versuchen Sie nicht, hilfreich zu sein, beantworten Sie nur die Fragen, die man Ihnen stellt, und schmücken Sie nichts aus.«

Bradleys Nicken zeigte an, dass ihm das genügte. »Irgendwelche anderen Probleme, von denen ich wissen sollte?«

»Andrews Fußfessel hat einige Male Alarm ausgelöst. Es war immer Fehlalarm, aber irgendwer könnte sagen, dass er die Reaktionszeiten testen wollte.«

»Dann lassen Sie uns dafür sorgen, dass es niemand sagt«, erwiderte Bradley, als stünde es in Leighs Macht. »Ihre Stellvertretung ...«

»Jacob Gaddy«, sagte Leigh. »Ich habe ihn früher schon bei ein paar Fällen ausprobiert. Er kennt sich mit Forensik aus. Und er kann gut mit Zeugen umgehen.«

Bradley nickte, denn es war eine anerkannte Strategie, einer Frau einen Mann zur Seite zu stellen. »Wer ist der Richter?«

»Ursprünglich Alvarez, aber ...«

»Corona.« Bradley klang ernst. Alvarez war in seinem Alter gewesen. »Wann werden Sie wissen, wer den Fall verhandelt?«

»Sie basteln noch an den neuen Dienstplänen. Bei Gericht geht alles drunter und drüber. Die Jury-Auswahl ist am Donnerstag und wahrscheinlich Freitag, dann beginnt der Prozess am Montag, aber wer weiß, ob sie ihn vorverlegen oder verschieben. Es hängt von den Infektionszahlen ab und ob das Gefängnis wieder in den Lockdown geht. Wie auch immer, ich werde bereit sein, loszulegen.«

»Ist er schuldig?«

Leigh war bestürzt von der Frage. »Ich sehe einen Weg zu einem Nicht-schuldig, Sir.«

»Ein schlichtes Ja oder Nein.«

Leigh hatte nicht die Absicht, ihm eine einfache Antwort zu geben. Sie versuchte gerade, einen Fall absichtlich gegen die Wand zu fahren, weil sie persönlich davon profitieren würde. Der größte Fehler, den Kriminelle machen können, liegt darin, allzu selbstgewiss zu erscheinen. Also sagte sie: »Wahrscheinlich.«

»Und die anderen möglichen Fälle?«

»Es gibt Ähnlichkeiten zwischen den drei anderen Fällen und dem Angriff auf Tammy Karlsen.« Leigh wusste, sie redete um den Brei herum. Bradley musste davon überzeugt bleiben, dass sie alles tat, was sie konnte, um Andrew zu einem »Nicht-schuldig« zu verhelfen. »Wenn Sie mich fragen, ob er die drei anderen Frauen vergewaltigt hat: wahrscheinlich. Kann Dante Carmichael es beweisen? Ich bin noch unschlüssig, aber wenn sie Andrew wegen Tammy Karlsen festnageln, dann wird aus meinem *wahrscheinlich* ein *definitiv*. An diesem Punkt geht es dann nur mehr darum, ob er nacheinander für die einzelnen Fälle oder für alles gleichzeitig verurteilt wird.«

Bradley hatte die Fingerspitzen immer noch aneinandergelegt und dachte nach. Leigh erwartete eine weitere Frage, aber stattdessen sagte er: »Ich habe in den Siebzigern am Fall des sogenannten Strumpfwürgers gearbeitet. Eine ganze Weile vor Ihrer Geburt. Sie haben sicher nie davon gehört.«

Leigh kannte den Fall, denn Gary Carlton war einer der berüchtigtsten Serienmörder Georgias gewesen. Er wurde zum Tode verurteilt, weil er drei ältere Frauen vergewaltigt und erwürgt hatte, aber man nahm an, dass er auch zahllose andere überfallen hatte.

»Carlton fing nicht damit an, dass er tötete. Dort landete er am Ende, aber es gab viele, viele weitere Fälle, in denen das Opfer überlebte.« Bradley hielt inne, um sicherzugehen, dass sie ihm folgte. »Einer dieser FBI-Profiler hat sich den Fall angesehen. Das war Jahre später, als solche Dinge in Mode waren. Er sagte, bei den meisten Mördern gebe es ein Eskalationsmuster. Sie fangen mit den Fantasien an, dann übernehmen die Fantasien das Kommando. Der Spanner verwandelt sich in den Vergewaltiger. Der Vergewaltiger in den Mörder.«

Leigh erklärte ihm nicht, dass er Wissen weitergab, zu dem jeder Zugang hatte, der ein Netflix-Abo besaß. Sie hatte das Gleiche gedacht, als sie die Fotos von Tammy Karlsen gesehen hatte. Andrews Angriff war brutal gewesen, es hätte nicht viel gefehlt und er hätte die Frau getötet. Es war nicht aus der Luft gegriffen, zu behaupten, dass irgendwann, vielleicht beim nächsten Mal, das Messer die Vene aufschlitzen und das Opfer verbluten würde.

»Diese drei anderen Fälle«, sagte Leigh. »Jemand hat sich viel Mühe gemacht, sie mit Andrew in Verbindung zu bringen. Ich frage mich, ob hinter den Kulissen nicht einiges vor sich geht. «

»Wie zum Beispiel?«

»Eine Polizeibeamtin oder ein weiblicher Detective, die einen der früheren Fälle bearbeitet hat. Vielleicht wollte sie Andrew anklagen, aber der Staatsanwalt oder ihr Boss haben ihr befohlen, die Finger von der Sache zu lassen.«

»Eine *Sie*?«, fragte er.

»Haben Sie schon mal einer Frau befohlen, die Finger von etwas zu lassen?« Leigh sah, dass Bradleys Ohren in seiner Art zu lächeln zuckten. »Kein Boss hätte jemals all die Arbeitsstunden genehmigt, die es gekostet haben muss, diese drei Fälle zusammenzuführen. Im Moment reicht es bei der Polizei kaum für das Benzin in den Streifenwagen.«

Bradley hörte aufmerksam zu. »Daraus schließen Sie?«

»Irgendwie, vielleicht durch Kreditkartenbelege, Videobilder oder etwas, woran wir noch nicht gedacht haben, hatte die Polizei Andrews Namen bereits auf ihrer Liste. Sie hatten nicht hinreichenden Grund, ihn zu verhaften. Angesichts seiner finanziellen Ressourcen war klar, dass sie nur eine Chance bekommen würden, ihn zu vernehmen.«

Bradley sprang zu der offensichtlichen Folgerung: »Es könnte also sogar noch mehr Angriffe gegeben haben, von denen wir erst noch erfahren müssen, und das bedeutet, dass alles davon abhängt, den Fall Karlsen zu gewinnen.«

Leigh behielt ihre enthusiastische Attitüde bei. »Ich muss nur einen Geschworenen überzeugen, den Fall scheitern zu lassen. Dante Carmichael muss zwölf überzeugen.«

Bradley lehnte sich weiter in seinem Schreibtischsessel zurück und verschränkte die Hände hinter dem Kopf. »Ich habe Andrews Vater einmal getroffen. Gregory senior hat versucht, ihn auszuzahlen, aber natürlich weigerte sich Waleski. Schrecklicher Mensch. Linda war noch ein halbes Kind, als sie ihn geheiratet hat. Sein Verschwinden war das Beste, was ihr passieren konnte.«

Leigh hätte ihm sagen können, dass Buddy Waleskis Verschwinden für viele Leute gut gewesen war.

»Würden Sie Andrew in den Zeugenstand rufen?«, fragte Bradley.

»Dann könnte ich ihn auch erschießen und der Jury einen Urteilsspruch ersparen.« Leigh rief sich in Erinnerung, dass sie mit ihrem Boss sprach und dass sie sich in einem Rahmen der

Rechtmäßigkeit bewegen musste. »Ich kann Andrew nicht daran hindern, wenn er aussagen will, aber ich werde ihm erklären, dass er den Fall dann verlieren wird.«

»Lassen Sie mich Ihnen eine Frage stellen«, sagte Bradley, als würde er nicht genau das schon die ganze Zeit tun. »Angenommen, Andrew ist der Überfälle schuldig, wie werden Sie sich fühlen, wenn Sie ihn freibekommen und er tut es wieder? Oder er tut beim nächsten Mal sogar etwas noch Schlimmeres?«

Leigh kannte die Antwort, die er hören wollte. Es war die Antwort, deretwegen die Menschen Strafverteidiger hassten – bis sie selbst einen brauchten. »Wenn Andrew freikommt, werde ich das Gefühl haben, dass Dante Carmichael seinen Job nicht richtig gemacht hat. Der Staat trägt die Last, Schuld zu beweisen.«

»Gut.« Bradley nickte. »Reginald Paltz. Was halten Sie von ihm?«

Leigh zögerte. Nach der Unterhaltung mit Liz hatte sie Reggie aus ihren Gedanken verbannt. »Er ist sehr fähig. Ich denke, er hat Andrews Hintergrund exzellent beleuchtet. Wir werden beim Prozess mit keinerlei Überraschungen konfrontiert werden, die die Staatsanwaltschaft ausgegraben hat. Ich setze ihn gerade auf einen meiner Scheidungsfälle an.«

»Verschieben Sie das«, ordnete Bradley an. »Er ist für die Dauer des Verfahrens exklusiv in Bereitschaft für uns. Er wartet mit Andrew im Besprechungszimmer. Ich werde nicht dabei sein, aber ich glaube, Sie werden feststellen, dass er ein paar interessante Dinge zu sagen hat.«

8

Leigh war auf alles gefasst, als sie zum Konferenzraum ging. Anstatt zu raten, welche *interessanten Dinge* Reggie Paltz wohl zu sagen hatte, wiederholte sie lautlos ihre Andrew-Hypothese: Als Kind hatte Andrew Buddys Kamera hinter der Theke gefunden. Nachdem sein Vater verschwunden war, hatte er beobachtet, wie Callie sich auf die Zeichnung einer Oberschenkelvene in einem Lehrbuch fixiert hatte. Aus unbekannten Gründen waren die beiden Erinnerungen irgendwann aneinandergeprallt, und jetzt praktizierte er da draußen seine kranke Interpretation vom Mord an seinem Vater.

Ein Schweißtropfen lief Leighs Nacken hinunter. Die Hypothese erschien ihr plötzlich nicht mehr so stark, jetzt, da Andrew nur ein paar Meter entfernt war. Sie traute ihm sehr viel zu, sollte er die Verbindung tatsächlich hergestellt haben. Aber so etwas wie ein kriminelles Superhirn gab es nicht. Leigh übersah etwas – ein *B*, das *A* und *C* miteinander verband.

Bradleys Assistentin räusperte sich.

Leigh stand wie eine Statue vor der geschlossenen Tür zum Besprechungsraum. Sie nickte der Frau kurz zu, ehe sie hineinging.

Der Raum sah genauso aus wie beim letzten Mal, wenngleich die Blumen in der schweren Glasvase zu welken begonnen hatten. Andrew saß am Kaminende des Konferenztischs. Ein dicker Aktenordner lag geschlossen vor ihm. Hellblau, also nicht von der Sorte, wie sie in der Kanzlei benutzt wurden. Reggie Paltz saß zwei Stühle weiter. Die Sitzanordnung war ihr von dem vorhergehenden Treffen vertraut. Reggie arbeitete an seinem Laptop, Andrew blickte stirnrunzelnd auf sein Smartphone. Keiner der beiden trug eine Maske.

Als Leigh die Tür schloss, blickte Andrew als Erster auf. Sie erlebte die Verwandlung seines Gesichtsausdrucks mit. Gereizt in dem einen Moment, vollkommen seelenlos im nächsten.

»Entschuldigen Sie die Verspätung.« Leigh ging steif. Sie hing in demselben Flucht-oder-Kampf-Modus fest wie beim letzten Mal. Ihre Muskeln waren angespannt. Der Drang zu fliehen steckte in jeder Faser von ihr.

Um Zeit zu gewinnen, holte sie sich einen Kugelschreiber aus dem Becher auf der Anrichte. Sie setzte sich auf denselben Platz wie zwei Tage zuvor und legte ihre beiden Telefone auf den Tisch. Sie wusste, sie würde die nächste Stunde nur durchstehen, wenn sie strikt geschäftsmäßig blieb. »Reggie, was haben Sie für mich?«

Andrew antwortete. »Mir ist etwas eingefallen, was Tammy an der Bartheke zu mir gesagt hat.«

Leigh spürte ein heftiges Kribbeln im Nacken, eine Warnung. »Nämlich?«

Er ließ die Frage im Raum stehen und zupfte an der Ecke des hellblauen Ordners. Das rhythmische *Zip-zip-zip* zog das Schweigen in die Länge. Leigh schätzte, dass der Ordner rund hundert Seiten enthielt. Ihr Instinkt sagte ihr, dass sie nicht wissen wollte, was es war. Aber sie wusste ebenso sicher, dass Andrew danach gefragt werden wollte.

Sie hörte im Geist Callies Mahnung: *Du kannst kein Spiel mit jemandem spielen, der nicht mitmacht.*

Leigh tat also das Gegenteil von Mitmachen. Sie zog eine Augenbraue hoch und fragte: »Andrew, was hat Ihnen Tammy in der Bar gesagt?«

Er ließ noch einen Moment vergehen, ehe er antwortete. »Sie wurde vergewaltigt und hatte eine Abtreibung, als sie sechzehn war.«

Leigh blähte beim Atmen die Nasenlöcher, um sich den Schock nicht anmerken zu lassen.

»Das passierte im Sommer 2006«, fuhr er fort. »Der Junge war mit ihr im Debattier-Team an der Highschool. Es ist in einem Ferienlager in Hiawassee passiert. Sie sagte, sie hätte das Baby auf keinen Fall behalten können, weil sie wusste, sie könnte es niemals lieben.«

Leigh presste die Lippen zusammen. Sie hatte das vollständige Achtundneunzig-Minuten-Video überprüft. Tammy hatte die ganze Zeit nur unbekümmerten Small Talk gemacht und geflirtet.

»Sie wissen um den Wert dieser Information, nehme ich an?« Andrew beobachtete sie aufmerksam. Er zupfte weiter rhythmisch an dem Ordner. »Tammy Karlsen hat schon einmal einen Mann fälschlicherweise der Vergewaltigung beschuldigt. Sie hat ihr ungeborenes Kind ermordet. Kann die Jury überhaupt ein Wort von dem glauben, was sie sagt?«

Leigh versuchte, ihn anzusehen, aber die offene Drohung in seinen Augen raubte ihr den Nerv. Sie wusste nicht, was sie anderes hätte tun sollen, als mitzuspielen. »Reggie, was haben Sie, um die Sache zu stützen?«

Das Zupfen hörte auf. Andrew wartete.

»Ja, ähm ...« Reggie war die personifizierte Unaufrichtigkeit, was Leigh verriet, dass er an diese Information mit unrechten Mitteln gekommen war. »Andrew hat mir also erzählt ... wie es ihm wieder eingefallen ist. Da habe ich ein paar von Tammy Karlsens Freunden aus der Highschool befragt. Sie haben die Abtreibung bestätigt. Und dass sie damals allen erzählt hat, sie sei vergewaltigt worden.«

»Haben die Freunde eine offizielle Aussage gemacht?«, stellte ihn Leigh auf die Probe. »Sind sie bereit, vor Gericht auszusagen?«

Reggie schüttelte den Kopf und schaute an Leigh vorbei. »Sie ziehen es vor, anonym zu bleiben.«

Leigh nickte, als akzeptierte sie die Erklärung. »Zu schade.«

»Nun ja.« Reggie warf einen Blick zu Andrew. »Trotzdem können Sie die Karlsen danach fragen, wenn sie im Zeugenstand ist. Wie etwa, ob sie einmal hat abtreiben lassen. Ob sie zuvor schon einmal vergewaltigt wurde.«

Leigh kippte ihm seine Hobby-Juristerei vor die Füße. »Für solche Fragen muss man ein Fundament legen. Da von Tammys alten Freunden niemand aussagen will, werde ich Sie in den Zeugenstand rufen müssen, Reggie.«

Reggie kratzte sich an seinem Ziegenbärtchen. Er warf Andrew einen nervösen Blick zu. »Sie könnten es auf andere Weise zur Sprache bringen. Ich meine …«

»Nein, Sie werden das großartig machen«, sagte Leigh. »Erzählen Sie mir von Ihren Ermittlungen. Mit wie vielen von Tammys Freunden haben Sie gesprochen? Wie haben Sie sie ausfindig gemacht? Haben Sie mit Betreuern des Schülercamps gesprochen? Hat Tammy Anzeige beim Direktor erstattet? Gab es einen Polizeibericht? Wie hieß der Junge? Wie weit war sie, als sie abtrieb? In welcher Klinik war sie? Wer hat sie hingebracht? Wissen ihre Eltern darüber Bescheid?«

Reggie wischte sich mit dem Ärmel über die Stirn. »Das … äh, das sind …«

»Er wird bereit sein, wenn Sie ihn brauchen.« Andrew hatte den Blick nicht von Leigh gewandt, seit sie den Raum betreten hatte, und er brach den Augenkontakt auch jetzt nicht ab. »Nicht wahr, Reg?«

Das *Zip-zip-zip* ging wieder los.

Leigh hörte, wie Reggie angestrengt schluckte. Sie erkannte an seinem Schweigen, dass ihm seine Verbrechen plötzlich unangenehm waren. Und ja: *Verbrechen* war das richtige Wort. Es war Privatdetektiven verboten, illegale Mittel einzusetzen, um an Informationen zu gelangen, so wie es Anwälten verboten war, unrechtmäßig erlangte Informationen vor Gericht zu verwenden. Wenn Reggie in den Zeugenstand ging, riskierte er eine Anklage wegen Meineids. Und wenn Leigh ihn aufrief, obwohl sie wusste, dass er beabsichtigte zu lügen, stand ihr dasselbe bevor.

Andrew versuchte, sie beide vor seinen Augen zu verheizen.

»Reg?«, drängte er.

»Ja.« Reggie schluckte noch einmal schwer. »Klar. Ich werde bereit sein.«

»Gut«, sagte Andrew. »Wie geht es weiter?«

Zip-zip-zip.

»Einen Moment noch ...« Leigh zeigte auf ihren leeren Notizblock. Sie klickte auf ihren Kugelschreiber und begann, sinnlose Worte zu schreiben, damit Andrew glaubte, sie würde ernsthaft in Erwägung ziehen, ihre Zulassung aufs Spiel zu setzen und ins Gefängnis zu wandern.

Wenigstens verstand sie jetzt, warum Cole Bradley nicht bei dem Treffen anwesend sein wollte. Der aalglatte Mistkerl wollte sich nicht einer Strafverfolgung aussetzen, aber er hatte kein Problem damit, Leigh dieses Risiko eingehen zu lassen. Er hatte sie in seinem Büro sogar auf die Probe gestellt und sie ausgehorcht, ob ihr wohl dabei wäre, Sidney im Zeugenstand zu einem Meineid anzustiften. Jetzt musste sie also ihren Schattenfall gegen Andrew vorantreiben, dazu den eigentlichen Fall vertreten plus das Theater veranstalten, das Cole Bradley erwartete.

»So.« Leigh zwang sich mit größter Mühe, Andrew in die Augen zu sehen. »Gehen wir Ihren Auftritt vor Gericht durch. Als Erstes möchte ich darüber sprechen, wie Sie sich präsentieren. Welche Kleidung Sie tragen werden, wie Sie sich verhalten werden. Sie müssen beim *Voir dire* daran denken, dass mögliche Geschworene jede ihrer Bewegungen verfolgen. Haben Sie Fragen zum Verfahren?«

Das Zupfen am Ordner hatte wieder aufgehört. In seiner Körperhaltung lag eine Warnung. Er ließ sich Zeit, bis er fragte: »*Voir dire?*«

Leigh fiel in ihre übliche Sprache als Verteidigerin. »*Voir dire* ist das Verfahren, bei dem beide Seiten künftige Geschworene befragen dürfen. Im Allgemeinen wird ein Pool von rund fünfzig Personen zufällig ausgewählt. Wir erhalten Gelegenheit, jede einzelne Person zu interviewen. Wir werden Hintergrund und Qualifikation der Leute beleuchten, auf erkennbare Parteilichkeit achten, wer unserer Seite Sympathien entgegenbringen wird und wer nicht.«

»Woher wissen wir das?« Andrew brachte sie aus dem Rhythmus. Sie sah ihm an, dass er es absichtlich getan hatte. »Was, wenn sie lügen?«

»Das ist eine gute Frage.« Leigh musste innehalten und schlucken. Seine Stimme war anders, weicher, aber immer noch tief in der Tonlage, genau wie Tammy sie beschrieben hatte. »Alle Geschworenen müssen einen Fragebogen ausfüllen, in den wir rechtzeitig Einsicht erhalten.«

»Können wir Nachforschungen über sie anstellen?«, fragte Andrew. »Reggie kann ...«

»Nein, wir haben nicht genügend Zeit, und es ist auch kontraproduktiv.« Ein Blick auf Reggie verriet Leigh, dass er bei allem mit an Bord war, was Andrew verlangte. Sie versuchte, die beiden davon wegzusteuern, weitere Pläne zu schmieden, wie sie das System manipulieren könnten. »Wenn potenzielle Geschworene aussagen, stehen sie unter Eid. Sie müssen ehrlich sein, und die Richter lassen einem viel freie Hand, nach möglichen Konflikten zu forschen.«

»Sie sollten wirklich einen Jury-Berater hinzuziehen«, sagte Reggie.

»Das haben wir schon besprochen.« Andrew konzentrierte sich weiter auf Leigh. »Was für Fragen werden Sie stellen?«

Leighs innere Alarmsirene schrillte los, aber sie führte sachlich ein paar Möglichkeiten auf. »Der Richter wird zuerst einige allgemeine Fragen stellen, etwa: Waren Sie oder ein Angehöriger jemals Opfer eines Gewaltverbrechens? Glauben Sie, Sie sind zur Unparteilichkeit fähig? Dann geht es weiter zu Schulbildung, Berufserfahrung, Mitgliedschaft in Vereinen oder Organisationen, Religionszugehörigkeit, ob es Verbindungen zwischen ihnen und Prozessbeteiligten gibt, ob sie bereit sind, drastische

Einzelheiten über sexuelle Übergriffe anzuhören, ob sie selbst einmal sexuell genötigt wurden.«

»Gut«, sagte Andrew. »Werden sie darüber reden müssen? Wenn sie glauben, sexuell genötigt worden zu sein?«

Leigh schüttelte den Kopf. Sie wusste nicht, wohin das führen sollte. »Manchmal.«

»Und wollen wir diese Leute in der Jury oder nicht?«

»Das ...« Ihre Kehle war plötzlich wieder ganz trocken. »Wir dürfen jemanden ablehnen und ...«

»Ich denke, die beste Strategie wird sein, zu versuchen, solchen Leuten die Einzelheiten zu entlocken. Zum Beispiel, wie alt sie waren, als es passiert ist, ob es Kindesmissbrauch war oder ...« Er hielt inne. »Verzeihung, aber gibt es einen Unterschied zwischen einem Sexualakt mit, sagen wir, einem Teenager und mit einem Erwachsenen?«

Leigh brachte kein Wort heraus. Sie konnte nur auf seinen Mund starren. Tammy Karlsen hatte davon gesprochen, wie er unter der Skimaske höhnisch den Mund verzogen hatte. Jetzt genoss er es sichtlich, dass er Leigh Unbehagen bereitete.

Er fuhr fort: »Mir scheint nämlich, dass eine Person, die als Teenager eine sexuelle Erfahrung gemacht hat, eine sexuelle Erfahrung unter Erwachsenen, die ein wenig außer Kontrolle gerät, nicht unbedingt gleich als eine schlimme Sache ansehen würde.«

Leigh biss sich auf die Lippe, um ihn nicht zu korrigieren. Nichts war *ein wenig außer Kontrolle geraten*. Tammy war fast umgebracht worden. Andrew hatte genau gewusst, was er tat.

»Nur eine Anregung.« Andrew zuckte mit den Achseln, aber selbst das Auf und Ab der Schultern war in hohem Maß kontrolliert. »Sie sind die Expertin. Ich überlasse die Entscheidung Ihnen.«

Leigh stand auf und ging zur Anrichte. Hinter der Tür war ein Minikühlschrank. Sie nahm eine Flasche Wasser heraus und fragte Andrew: »Haben Sie Durst?«

Zum ersten Mal flackerte ein Licht in seinen Augen auf. Seine Erregung war beinahe greifbar, wie bei einem Raubtier, das sich an frische Beute heranpirscht. Er badete in ihrem Unbehagen, weidete sich an ihrer Furcht.

Leigh wandte ihm den Rücken zu. Ihre Hände zitterten so stark, dass sie kaum den Verschluss von der Flasche schrauben konnte. Sie trank einen großen Schluck und setzte sich wieder. Wieder flüchtete sie sich in die Sicherheit ihrer eingeübten Ansprache.

»Wie ich also sagte, dürfen wir eine festgelegte Anzahl von Geschworenen ablehnen, einen Teil davon mit Begründung, einen anderen Teil einfach deshalb, weil wir die Leute nicht mögen. Der Staatsanwalt bekommt dieselbe Anzahl. Am Ende dieses Verfahrens haben wir zwölf Geschworene und zwei Ersatzleute für Ihren Prozess ausgewählt.«

Leigh ging beim letzten Wort die Puste aus. Sie hustete und versuchte, ihre Nervosität zu verbergen.

Andrews finsterer Blick lag fast spürbar auf ihrem Gesicht, als sie wieder aus der kleinen Wasserflasche trank.

»Einer unserer *Associates*, Jacob Gaddy, wird mit mir am Tisch sitzen. Er wird den Papierkram und einige der verfahrensrechtlichen Details übernehmen. Ich werde ihn für die Befragung einiger Zeugen einsetzen. Am Tisch sitze ich rechts von Ihnen, Jacob links von Ihnen. Er ist ebenfalls Ihr Anwalt, wenn Sie also Fragen oder Anmerkungen haben, während ich mit Zeugen spreche, können Sie diese an Jacob richten.«

Andrew sagte nichts.

Sie sprach weiter. »Während des *Voir dire* werden alle Ihre potenziellen Geschworenen Sie beobachten. Der Fall kann in diesem Moment bereits gewonnen oder verloren werden, Sie müssen sich also von Ihrer besten Seite zeigen. Haare frisch geschnitten, saubere Nägel, gut rasiert. Stellen Sie sicher, dass Sie wenigstens vier Anzüge bereitliegen haben. Ich nehme an, der Prozess wird drei Tage dauern, aber es ist gut, auf alles vorbereitet zu sein. Tragen Sie jeden Tag dieselbe Maske. Die aus dem Autohaus, die sie gestern aufhatten, ist in Ordnung.«

Reggie rührte sich in seinem Sessel.

Leigh versuchte, ihn mit reiner Willenskraft zum Stillhalten zu drängen, und sagte zu Andrew: »Der Richter wird Ihnen wahrscheinlich die Möglichkeit einräumen, Ihre Maske abzunehmen, sobald der Prozess begonnen hat. Wir können die Regeln durchgehen, wenn es dazu kommt. Bewahren Sie einen möglichst neutralen Gesichtsausdruck. Sie müssen der Jury zeigen, dass Sie Frauen respektieren. Wenn ich also rede, müssen Sie mir zuhören. Rücken Sie mir den Stuhl zurecht. Tragen Sie Kartons ...«

»Würde das nicht einen schlechten Eindruck machen?« Reggie wählte diesen Moment, um zur Verteidigung beizutragen. »Ich meine, manche Geschworene könnten glauben, er schauspielert, oder? Und was Sie über schicke Anzüge und tadellosen Haarschnitt sagen – das alles könnte die Jury gegen ihn wenden.«

»Das kann man nie wissen.« Leigh zuckte die Achseln, sie fragte sich allerdings, was Reggie dazu bewog, einzugreifen. Es ging hier eindeutig nicht um Erpressung. Andernfalls hätte Reggie den Mund gehalten und Andrew in jedem Feuer verbrennen lassen, das Leigh zu legen versuchte. Damit blieb nur noch der Faktor Geld. Reggie hatte sich bereit erklärt, im Zeugenstand einen Meineid zu schwören. Er wusste, das konnte vom Verlust seiner Lizenz bis zum Verlust seiner Freiheit alles bedeuten. Die Belohnung für dieses Risiko musste sehr hoch sein.

»Es ist Ihr Prozess«, sagte sie zu Andrew. »Ihre Entscheidung. Ich kann nur Empfehlungen abgeben.«

Reggie versuchte einen weiteren Stegreiftest. »Wollen Sie ihn in den Zeugenstand rufen?«

»Es ist seine Entscheidung«, sagte Leigh. »Aber wenn Sie meine Meinung hören wollen: nein. Er wird wahrscheinlich nicht gut ankommen. Die Frauen werden ihn nicht mögen.«

Reggie lachte schallend. »Der Alte kann nicht durch eine Bar gehen, ohne dass ihm jede Schlampe im Raum ihre Telefonnummer zusteckt.«

Leigh richtete ihre ganze Aufmerksamkeit auf Reggie. »Frauen in Bars suchen nach einem einigermaßen adretten, gut situierten Mann, der zwei Worte aneinanderhängen kann, ohne wie ein Vollidiot zu klingen. Frauen in einer Jury geht es um etwas anderes.«

Reggie war jetzt unverblümt feindselig. »Nämlich?«

»Mitgefühl.«

Darauf wusste Reggie nichts zu sagen.

Und Andrew ebenfalls nicht.

Er ließ sein Schweigen an ihren Nerven zerren. Leigh schaute in seine Richtung und ließ ihren Blick absichtlich verschwimmen, damit sie sein Gesicht nicht deutlich sehen musste. Er saß auf seinem Stuhl, den Rücken gerade, die Hand auf dem Aktenordner, aber alles an ihm wirkte bereit, jeden Moment zuzuschlagen. Sie sah seine Finger sachte über die Ecke des hellblauen Ordners streichen und am Rand herumzupfen. Seine Hände waren groß wie die seines Vaters. Die goldene Uhr, die lose an seinem Handgelenk lag, erinnerte sie an das protzige Exemplar, das Buddy getragen hatte.

»Also gut«, sagte Andrew. »Das war *Voir dire*. Was ist mit dem Prozess?«

Leigh wandte den Blick von seiner Hand. Sie hatte Mühe, den Faden zu finden. »Der Staatsanwalt wird damit anfangen, dass er einen zeitlichen Ablauf begründet. Während er seinen Fall präsentiert, schweigen Sie, schütteln Sie nicht den Kopf und geben Sie keine Laute von sich, die Ungläubigkeit oder Widerspruch ausdrücken. Wenn Sie Fragen an mich haben oder eine Bemerkung machen möchten, dann schreiben Sie das auf einen Zettel, aber beschränken Sie sich auf ein Minimum.«

Andrew nickte einmal, aber sie konnte nicht sagen, ob irgendetwas davon überhaupt von Belang war. Er spielte mit ihr und ihren Nerven, so wie er mit dem Ordner spielte. »Wie begründet der Staatsanwalt den zeitlichen Ablauf?«

Leigh räusperte sich. »Er wird die Jury gewissermaßen durch die Nacht in der Bar führen. Er wird den Barkeeper aufrufen, den Jungen, der die Wagen geparkt hat, dann den Mann mit dem Hund, der das Opfer im Park gefunden hat. Als Nächstes ist der erste Polizeibeamte vor Ort an der Reihe, dann die Sanitäter, die Schwester und der Arzt, die die Vergewaltigung untersucht haben, der Detective, der …«

»Was ist mit Tammy?«, fragte Andrew. »Reggie sagt, Ihr Job wird es sein, sie zu vernichten. Sind Sie bereit, sie zu vernichten?«

Etwas hatte sich verschoben. Leigh erkannte das verstörende Gefühl vom Vortag wieder, als ihr Fluchtinstinkt in den Overdrive geschaltet hatte. Sie bemühte sich, so zu tun, als wäre der Subtext bedeutungslos. »Ich bin bereit, meinen Job zu erledigen.«

»Gut.« Andrew ballte die Hand zur Faust und löste sie wieder. »Sie fangen damit an zu zeigen, wie Tammy in der Bar aggressiv auf mich zugegangen ist. Sie können darauf hinweisen, wie sie auf dem Video ständig mein Bein berührt, meine Hand. Einmal hat sie sogar meine Wange berührt.«

Leigh wartete, aber dann wurde ihr klar, dass Andrew eine Reaktion forderte. Sie nahm ihren Kugelschreiber zur Hand. »Weiter.«

»Sie hatte drei Drinks in zwei Stunden. Doppelte Gin Martinis. Sie wurde eindeutig ein wenig nachlässig.«

Leigh bedeutete ihm mit einem Nicken, dass er fortfahren solle, und schrieb jedes Wort mit. Sie hatte Stunden damit vergeudet, sich eine Schattenstrategie auszudenken, mit der sie seinen Fall versenken würde. Andrew war eindeutig bereit, ihr die schwere Arbeit abzunehmen.

»Sprechen Sie weiter«, ermunterte sie ihn.

»Dann hat sie mich beim Parkservice am Hals gepackt und mich zweiunddreißig Sekunden lang geküsst.« Andrew hielt inne, als wollte er ihr Zeit zum Mitschreiben lassen. »Und natürlich hat sie mir ihre Visitenkarte zugesteckt, die ich immer noch habe. Ich habe sie nicht um ihre Nummer gebeten. Sie hat sie mir aufgedrängt.«

Leigh nickte wieder. »Ich werde es im Kreuzverhör auf jeden Fall zur Sprache bringen.«

»Gut«, sagte Andrew, und in seinem Ton lag eine neue Schärfe. »Die Jury muss verstehen, dass ich in dieser Nacht ausreichend Gelegenheit zu Sex hatte. Reggie hat es vielleicht ein bisschen krass ausgedrückt, aber er hat recht. Jede Frau in dieser Bar wäre mit mir nach Hause gegangen.«

Leigh durfte ihm nicht zu viel Freiheiten lassen. Reggie war nicht ihr Bundesgenosse. Cole Bradley würde erwarten, dass sie eine plausible Verteidigung aufbaute. »Und wenn der Staatsanwalt damit argumentiert, dass es bei Vergewaltigung nicht um Sex geht, sondern um Macht?«

»Dann werden Sie ihm erklären, dass es in meinem Leben jede Menge Macht gibt«, sagte Andrew. »Ich kann alles tun, was ich will. Ich wohne in einem Drei-Millionen-Dollar-Haus. Ich habe Luxusautos zur Auswahl. Ich habe Zugang zu unserem Familienjet. Ich jage nicht hinter Frauen her, Frauen jagen mich.«

Leigh nickte, um ihn weiter zu ermuntern, denn seine Arroganz war ihr größter Vorteil. Andrew hatte sich den falschen Teil von Atlanta für seine Verbrechen ausgesucht. Der Geschworenen-Pool würde aus eingetragenen Wählern im County DeKalb gezogen werden, die überwiegend aus politisch aktiven People of Color bestanden. Die neigten nicht dazu, im Zweifel zugunsten eines reichen weißen Arschlochs wie Andrew Tenant zu entscheiden. Und Leigh neigte nicht dazu, sie umzustimmen.

»Was noch?«, fragte sie.

Andrew kniff die Augen zusammen. Wie alle Raubtiere verfügte er über feine Sinne. »Sie stimmen mir sicher zu, dass es die beste Vorgehensweise ist, Tammys schmutzige Vergangenheit zur Sprache zu bringen, oder?«

Reggie ersparte ihr die Antwort. »Es steht Aussage gegen Aussage, richtig? Die einzige Art, wie Sie dagegenhalten können, besteht darin, dafür zu sorgen, dass die Jury sie hasst.«

Leigh hatte nicht die Absicht, einem Absolventen der Juristischen Fakultät Twitter offen zu widersprechen. »Es gibt noch mehr Nuancen.«

»Nuancen?«, wiederholte Reggie, der sichtlich bemüht war, seinen Honorarscheck zu rechtfertigen. »Was soll das heißen?«

»So viel wie Feinheiten.« Leigh hielt sich mit weiterem Sarkasmus zurück. »Es heißt, dass Sie generell sehr vorsichtig sein müssen. Tammy wird einen extrem sympathischen Eindruck machen.«

»Nicht, wenn Sie denen sagen, dass Tammy in der Highschool fast das Leben eines Jungen ruiniert hätte«, sagte Reggie. »Und dann auch noch sein Baby umgebracht hat.«

Leigh kippte ihm seinen Haufen Scheiße umgehend vor die Füße. »Ehrlich gesagt, Reggie, wird alles von Ihrer Zeugenaussage abhängen. Sie dürfen sich nicht den kleinsten Fehler erlauben.«

Reggies Mund klappte auf, aber Andrew hob die Hand, um ihn zum Schweigen zu bringen.

»Ich hätte gern eine Tasse Kaffee«, sagte er zu seinem Schoßhund. »Zucker, keine Milch.«

Reggie stand auf und ließ Laptop und Telefon auf dem Tisch zurück. Er hielt den Blick stur geradeaus gerichtet, als er an Leigh vorbeiging. Sie hörte noch ein Geräusch, war sich aber nicht sicher, ob es von der Tür kam, die geschlossen wurde, oder ob es von Andrew stammte, der wieder an der Ecke des Aktenordners herumspielte.

Er wusste, dass etwas nicht stimmte, dass er irgendwie, irgendwann die Oberhand verloren hatte.

Leigh ihrerseits konnte an nichts anderes denken, als dass sie seit ihrer kurzen Unterhaltung auf dem Parkplatz nicht mehr mit Andrew allein gewesen war. Sie betrachtete den Kugelschreiber auf dem Tisch vor sich, nahm dann eine Inventur der Gegenstände im Raum vor. Die Pokale auf der Anrichte. Die schwere Glasvase mit den welkenden Blumen. Die harte Kante ihrer Smartphone-Hülle. All das konnte sie als Waffe benutzen.

Dann kehrte sie wieder zu ihrem Sicherheitsbereich zurück, dem Fall. »Wir sollten jetzt ...«

Andrew schlug mit der Faust auf die Akte.

Leigh zuckte zusammen, noch bevor sie es verhindern konnte, und riss instinktiv die Arme hoch. Sie erwartete, dass Andrew explodieren, sie angreifen würde.

Stattdessen blieb seine Miene eiskalt und beherrscht wie immer, als er die Akte über den Tisch stieß.

Sie sah die Seiten flattern, als der Ordner über das polierte Holz schlitterte und einige Zentimeter vor ihrem Notizblock zum Stillstand kam. Leigh ließ ihre defensive Haltung fallen. Sie erkannte das goldene Siegel des Georgia Institute of Technology. Schwarze Buchstaben zeigten an, dass der Ordner vom Psychiatrischen Dienst für Studierende stammte. Der Name auf dem Etikett lautete: *Karlsen, Tammy Renae*.

Leighs innere Alarmsirene schrillte jetzt so laut, dass sie sich selbst kaum denken hörte. HIPAA, das Gesundheitsfürsorgegesetz, das garantierte, dass alle medizinischen Daten unter Verschluss blieben, fiel in den Zuständigkeitsbereich des Health and Human Services, des Ministeriums für Gesundheitspflege und Soziale Dienste der Vereinigten Staaten. Verletzungen wurden vom Office for Civil Rights untersucht, und wenn man dort strafbare Handlungen entdeckte, verwies man den Fall zur Verfolgung an das Justizministerium.

Bundesgesetz. Bundesanwalt. Bundesgefängnis.

Um Zeit zu schinden, fragte sie Andrew: »Was ist das?«

»Informationen«, sagte er. »Ich möchte, dass Sie diese Unterlagen von vorn bis hinten studieren, und wenn es so weit ist, verlange ich, dass Sie sämtliche Einzelheiten darin benutzen, um Tammy Karlsen im Zeugenstand zu zerlegen.«

Die Sirene schrillte noch lauter. Bei der Akte schien es sich um das Original zu handeln, was bedeutete, dass Reggie entweder in einen gesicherten Raum an der Georgia Tech eingebrochen war – einer Institution, die Geld von der Bundesregierung bekam – oder jemanden dort für den Diebstahl der Akte bezahlt hatte. Die Liste der Verbrechen hinter dem Diebstahl oder der Entgegennahme gestohlenen Eigentums war fast nicht mehr zu berechnen.

Und wenn Leigh die unrechtmäßig erworbenen Informationen benutzte, konnte sie sich zur Mitverschwörerin machen.

Sie richtete ihren Kugelschreiber am Rand des Notizblocks aus. »Wir sind hier nicht in *Eine Frage der Ehre*. Der Jack-Nicholson-Moment, den Sie und Reggie anstreben, könnte die Jury geschlossen gegen mich aufbringen. Sie werden mich für eine Furie halten.«

»Und?«

»Und«, sagte Leigh, »Sie müssen begreifen, dass ich im Gerichtssaal Sie bin, dass ich für Ihre Person stehe. Was aus meinem Mund kommt, wie ich mich benehme, welchen Ton ich anschlage – all das dient der Jury dazu, sich eine Meinung über Sie als Mensch zu bilden.«

»Dann attackieren Sie Tammy, und ich stehe auf und befehle Ihnen, damit aufzuhören«, sagte Andrew. »Auf diese Weise zerstören Sie ihre Glaubwürdigkeit, und ich stehe wie ein Held da.«

Leigh wünschte sich das mehr, als Andrew wissen konnte. Der Richter würde wahrscheinlich das Verfahren für fehlerhaft geführt erklären und Leigh mit einem Fußtritt aus dem Fall befördern.

»Ist das eine gute Strategie?«, fragte Andrew.

Er testete sie wieder. Er konnte zu Cole Bradley gehen und ihn auffordern, sein Gewicht geltend zu machen, und dann hätte es Leigh nicht nur mit einem erbosten Psychopathen zu tun. Sie würde sich einen neuen Job suchen müssen.

»Es ist *eine* Strategie«, sagte sie.

Andrew lächelte, ohne den Mund höhnisch zu verziehen. Er teilte Leigh mit, dass er wusste, was sie versuchte, aber dass es ihm egal war.

Sie spürte, wie ihr Herz aussetzte.

Warum war es ihm egal? Hatte Andrew etwas in der Hinterhand, das noch schrecklicher war, als Tammy Karlsens intimste Therapieaufzeichnungen zu stehlen? Hatte er eine Strategie, die Leigh nicht voraussehen konnte? Cole Bradleys Warnung kam ihr in den Sinn.

Der Spanner verwandelt sich in den Vergewaltiger. Der Vergewaltiger in den Mörder.

Andrews Lächeln war breiter geworden. Zum ersten Mal, seit sie ihn kennengelernt hatte, schien er sich richtig zu amüsieren.

Leigh brach den Blickkontakt ab, bevor ihr Fluchtinstinkt sie dazu brachte, aus dem Gebäude zu rennen. Sie schaute in ihren Notizblock. Blätterte zu einer neuen Seite. Sie musste sich wieder räuspern, ehe sie sprechen konnte. »Wir sollten …«

Reggie suchte sich diesen Moment aus, um zurückzukommen. Er schlurfte vorsichtig, ehe er die dampfende Tasse Kaffee vor Andrew hinstellte, und ließ sich dann schwer auf seinen Stuhl sinken. »Was habe ich verpasst?«

»Nuancen«, sagte Andrew und trank einen Schluck. Er verzog das Gesicht. »Verdammt, ist das heiß.«

»Es ist Kaffee«, sagte Reggie und schaute geistesabwesend auf sein Handy.

»Ich hasse es, wenn ich mir den Mund verbrenne.« Andrew sah Leigh wieder direkt an. »Und dann setzt man seine Maske auf und hat das Gefühl, keine Luft zu bekommen.«

»Hasse ich auch.« Reggie passte nicht auf, aber Leigh sehr wohl. Andrew tat das Gleiche wie am Vortag, er lockte sie in sein Visier und tastete vorsichtig ihre Schwachpunkte ab, bis er einen Weg gefunden hatte, sie zu brechen.

»Ich sage Ihnen, wie es sich anfühlt«, sagte Andrew. »Wie … wie heißt dieses Zeug in der Küche? Kunststofffolie? Frischhaltefolie?«

Leigh stockte der Atem.

»Kennen Sie das Gefühl?«, fragte Andrew. »Als würde jemand eine Rolle Frischhaltefolie aus der Küchenschublade nehmen und sie einem sechs Mal um den Kopf wickeln.«

Mageninhalt schoss ihr in die Kehle. Leigh presste die Lippen zusammen. Sie schmeckte die bitteren Überreste ihres Lunchs. Ihre Hand ging zum Mund, bevor sie sich zurückhalten konnte.

»Alter«, sagte Reggie. »Das ist ja eine schräge Art, es auszudrücken.«

»Es ist schrecklich«, sagte Andrew. Das Licht spielte um seine dunklen, harten Augen.

Leigh schluckte das Erbrochene hinunter. Ihr Magen krampfte im Takt ihres Herzschlags. Es war zu viel. Mehr, als sie verarbeiten konnte. Sie musste weg von hier, fliehen, sich verstecken.

»Ich …« Ihre Stimme versagte. »Ich glaube, das genügt für heute.«

»Sind Sie sicher?«, fragte Andrew.

Da war das höhnische Grinsen wieder. Die weiche, aber tiefe Stimme. Er weidete sich an Leighs Angst, so wie er sich an Tammy Karlsens Angst geweidet hatte.

Der Raum neigte sich zur Seite. Leigh war wie benommen, sie blinzelte, um wieder klar zu sehen. Die linke Hand schloss den Notizblock, der rechte Daumen klickte auf den Kugelschreiber, dann raffte sie ihre beiden Telefone zusammen, stand mit zittrigen Beinen auf und wandte sich zum Gehen.

»Harleigh«, rief Andrew ihr nach.

Mit größter Anstrengung drehte sich Leigh um.

Sein höhnisches Grinsen hatte sich in ein freundliches Lächeln verwandelt. »Vergessen Sie die Akte nicht.«

9

Callie scrollte durch *NatGeo* und las von der afrikanischen Mähnenratte, die sich an der Rinde des Pfeilspitzen-Schöngifts reibt, um tödliches Gift in den stachelschweinartigen Haaren auf ihrem Rücken abzulagern. Dr. Jerry hatte sie vor dem Geschöpf gewarnt, als sie am Ende des Tages den Inhalt der Bargeldschublade gezählt hatten. Falls er bemerkt hatte, dass sie mehr zerknüllte Zwanziger enthielt als sonst, brachte er es jedenfalls nicht zur Sprache. Es schien ihm mehr daran gelegen, dass Callie unter keinen Umständen jemals eine Einladung zu einer Dinnerparty bei den stachligen Nagern annahm.

Sie ließ das Telefon in ihrem Schoß ruhen und schaute aus dem Fenster des Omnibusses. Ihr Körper schmerzte, so wie er es immer tat, wenn ihr Gehirn ihr sagte, dass die zwei Methadondosen pro Tag nicht genug waren. Sie versuchte, das Verlangen zu ignorieren und sich stattdessen auf die Sonne zu konzentrieren, die immer wieder durch die Baumwipfel drang. Regen lag in der Luft. Binx würde Lust haben zu kuscheln. Dr. Jerry hatte Callie überredet, einen der Zwanziger als Bonus anzunehmen. Sie konnte ihn Phil als Anzahlung für die Miete der nächsten Woche geben und vielleicht noch etwas zum Abendessen besorgen, oder sie konnte an der nächsten Haltestelle aussteigen, zur Stewart Avenue zurücklaufen und eine kleine Menge Heroin kaufen.

Der Bus hielt langsam und quietschend an einer Ampel. Callie drehte sich im Sitz herum und schaute aus dem Heckfenster. Dann betrachtete sie die Autos am Straßenrand.

Nur eine Handvoll *weißer Typen*, aber keiner fuhr ein *hübsches Auto*.

Nachdem Callie sich heute Morgen aus dem Haus ihrer Mutter geschlichen hatte, war sie über zwei verschiedenen Busrouten zu Dr. Jerry gefahren. Dann war sie früher als sonst ausgestiegen und die lange, gerade Straße zur Klinik gelaufen, damit sie sich vergewissern konnte, dass ihr niemand folgte. Dennoch konnte sie das Gefühl nicht abschütteln, dass ein starres Kameraauge jede ihrer Bewegungen aufnahm, wenn sie sich umdrehte.

Jetzt leierte sie im Geiste das Mantra herunter, das ihr durch den Tag geholfen hatte: Niemand beobachtete sie. Niemand hatte Fotos von ihr durch die Fensterfront der Klinik geschossen. Kein Fotograf aus dem mit Brettern vernagelten Haus wartete bei Phil auf sie.

Reggie.

Callie sollte den Namen von Andrews Privatdetektiv benutzen, zumindest in Gedanken. Sie sollte außerdem Leigh von ihm erzählen, es vielleicht in eine lustige Geschichte verwandeln, wie Phil mit ihrem Baseballschläger auf die andere Straßenseite gestürmt und ihm einen Mordsschrecken eingejagt hatte. Aber die Vorstellung, ihrer Schwester zu schreiben und ihr einen Grund zu geben, den Kontakt zu erwidern, erschien ihr zu beschwerlich.

Sosehr es Callie auch genoss, Leigh wieder in ihrem Leben zu haben, es hatte immer den Nachteil, dass sie ihre eigene erbärmliche Existenz durch die Augen ihrer Schwester sah. Aß Callie genug? Übertrieb sie es mit dem Dope? Warum war sie so dünn? Warum atmete sie so schwer? Steckte sie wieder in Schwierigkeiten? Brauchte sie Geld? War das zu viel Geld? Wo war sie den ganzen Tag gewesen?

Nun ja, nachdem ich Mom auf meinen Stalker losgelassen hatte, habe ich mich durch den Garten davongeschlichen und den Bus erwischt. Dann habe ich auf der Stewart Avenue Betäubungsmittel verhökert und den Erlös zu Dr. Jerry gebracht, danach bin ich in ein Bräunungsstudio gegangen, damit ich mir in der Ungestörtheit eines kleinen fensterlosen Raums eine Spritze setzen konnte, statt nach Hause in mein deprimierendes Kinderzimmer zu gehen, wo es passieren konnte, dass mich ein

Teleobjektiv dabei einfing, wie ich mir schon wieder eine Nadel ins Bein ramme.

Callie rieb sich den Oberschenkel. Ein schmerzender Höcker zeichnete sich unter ihren Fingern ab. Sie spürte die Hitze eines Abszesses, der an ihrer Oberschenkelvene schwärte.

Theoretisch war Methadon dafür angelegt, das Verdauungssystem zu passieren. Die Mitnahmespritzen, die sie den Tierbesitzern aus der Klinik mit nach Hause gaben, hatten keine Nadel, denn die Leute waren nicht einmal in der Lage, ihren Haustieren dabei zu helfen, ein gesundes Gewicht zu halten, geschweige denn, eine Nadel in ihren geliebten Wuschel zu stechen.

Oral verabreicht dauerte es länger, bis das Medikament in die Blutbahn gelangte, weshalb sich der übliche Euphorieschub verzögerte. Es sich direkt in die Vene zu injizieren war beschissen dämlich. Die orale Suspension enthielt Glycerin, Aromen, Farbstoffe und Sorbitol, was im Magen alles mühelos aufgelöst wurde. Wenn man es direkt in die Blutbahn drückte, konnten Partikel in Herz oder Lunge wandern, oder an der Einstichstelle bildete sich ein Pfropfen, was zu genau der Art von scheußlichem Abszess führte, wie Callie ihn gerade unter ihren Fingerspitzen wachsen fühlte.

Blöder Junkie.

Callie konnte nichts anderes tun, als zu warten, bis er groß genug war, um ihn aufzuschneiden und den Eiter abfließen zu lassen, und dann Antibiotika aus dem Medikamentenschrank zu stehlen. Danach konnte sie noch etwas Methadon klauen und noch mehr davon injizieren, wovon sie einen weiteren Abszess bekäme, der aufgeschnitten werden musste, denn bestand ihr Leben aus etwas anderem als einer Abfolge von dramatisch schlechten Entscheidungen?

Das Problem war, dass die meisten Leute, die sich Drogen spritzten, nicht nur von der Droge abhängig waren. Sie waren auch vom Vorgang des Spritzens abhängig. Es nannte sich Nadelfixierung, und Callie war so auf die Nadel fixiert, dass sie selbst jetzt, da ihre Fingerspitzen auf eine wahrscheinlich bald scheußlich entzündete Stelle drückten, an nichts anderes denken konnte als daran, wie gut es sich anfühlen würde, wenn die Nadel auf dem Weg in ihre Oberschenkelvene den Abszess durchbohrte.

Warum sie dabei wieder an Leigh denken musste, war etwas, was ihre Biografen später entschlüsseln konnten. Callie schloss die Finger um das Telefon in ihrer Hand. Sie sollte ihre Schwester anrufen. Sie sollte sie wissen lassen, dass sie okay war.

Aber war sie wirklich okay?

Callie hatte den Fehler begangen, sich in dem Bräunungsstudio in voller Größe nackt im Spiegel zu betrachten. Im bläulichen Schein der UV-Lampen hatten sich ihre Rippen abgezeichnet wie die Walfischknochen an einem Korsett. Sie konnte sehen, wo Elle und Speiche in ihren Ellbogengelenken in den Oberarmknochen mündeten. Ihre Hüften sahen aus, als hätte man ihre Beine an einen Kleiderbügel für Hosen geklippt. An ihren Armen, Beinen und am Bauch waren rote, violette und blaue Male zu sehen – abgebrochene Nadelspitzen, die operativ entfernt worden waren. Alte Abszesse. Der neue, der in ihrem Oberschenkel gerade heranwuchs. Narben, die sie sich selbst beigebracht hatte, und Narben, die andere ihr zugefügt hatten. Eine rosa Beule am Hals, wo die Ärzte im Grady einen Zugang direkt in ihre Halsschlagader gelegt hatten, um ihr die Medikamente zur Behandlung von Corona verabreichen zu können.

Callie hob die Hand und fuhr mit dem Finger leicht über die kleine Narbe. Sie war stark dehydriert gewesen, als Leigh sie in die Notaufnahme gebracht hatte. Ihre Leber und die Nieren standen kurz vor dem Versagen. Ihre Adern waren ausgelaugt von fast zwei Jahrzehnten Drogenmissbrauch. Callie war im Allgemeinen eine Meisterin darin, die unangenehmen Augenblicke in ihrem Leben auszublenden, aber sie erinnerte sich gut daran, wie sie im Krankenhausbett unkontrolliert gezittert und durch den Schlauch in ihrem Rachen geatmet hatte, und sie wusste auch noch, wie die mit einem Astronautenoverall bekleidete Schwester angesichts des Zustands von Callies verwüstetem Körper erschrocken die Luft angehalten hatte, als sie zum Wechseln der Bettwäsche gekommen war.

Auf den Corona-Nachrichtenseiten gab es alle möglichen Postings, die beschrieben, was für ein Gefühl es war, intubiert und isoliert auf der Intensivstation zu liegen, während die Welt draußen weiter wütete, ohne Rücksicht auf das Leiden der Erkrankten, deren Existenz bisweilen sogar geleugnet wurde. Die meisten erzählten von gespenstischen Besuchen längst verstorbener Verwandter, oder sie bekamen nervtötende Songs wie »Wake Me Up Before You Go-Go« nicht mehr aus dem Kopf, aber bei Callie war es ein bestimmter Moment gewesen, der sie die gesamten zwei Wochen ihrer Erkrankung begleitet hatte ...

Klopf-klopf-klopf.

Trevors kleine Dreckfinger, die die nervösen Schleimfische bedrohten.

Trev, klopfst du an das Aquarium, wie du es nicht tun sollst?
Nein, Ma'am.

Der Bus zischte wieder leise und glitt an eine andere Haltestelle. Callie sah Fahrgäste aus- und einsteigen. Sie gestattete sich kurz, an den Mann zu denken, zu dem Trevor Waleski geworden war. Callie hatte schon den einen oder anderen Vergewaltiger kennengelernt. Herrje, sie hatte sich sogar in einen verliebt, bevor sie die Mittelschule abgeschlossen hatte. Leigh zufolge war Andrew nicht groß und widerlich wie sein Vater. Man sah es auf dem Foto auf der Website. Buddys einziges Kind hatte nichts von dem wütenden Gorilla auf der Pirsch. Andrew hörte sich mehr nach einem Himmelsgucker an – einem Fisch, der sich im Sand eingrub, um ahnungslose Beutetiere zu überfallen. Wie Dr. Jerry sagen würde, verdiente er sich seinen bösartigen Ruf redlich. Er hatte giftige Stacheln, um seine Beute zu lähmen. Manche Himmelsgucker hatten merkwürdige, stromerzeugende Augäpfel, die nichts ahnenden Wirbellosen auf dem Meeresgrund einen elektrischen Schock verpassen konnten.

Leigh war gestern Abend mit Sicherheit geschockt gewesen. Andrew hatte ihr bei dem Treffen mit Reggie Paltz eine Scheißangst eingejagt. Callie wusste genau, was ihre Schwester mit dem kalten, toten Blick seiner Augen meinte. Als Andrew ein Kind gewesen war, hatte sie seine sich entwickelnde Psychopathie schon gelegentlich aufblitzen sehen, aber natürlich hatten sich Andrews Übertretungen damals in der Größenordnung von verbotenem Naschen bewegt oder dass er Callie in den Arm gezwickt hatte, wenn sie das Abendessen hatte herrichten wollen, und er war nicht beschuldigt worden, eine Frau sadistisch vergewaltigt und ihr Bein auf die gleiche Weise aufgeschlitzt zu haben, wie es Callie bei Buddy getan hatte.

Sie schauderte, als der Bus von der Haltestelle abfuhr und beschleunigte. Callie riss sich von ihren Gedanken an Andrews aktuelle Verbrechen los und konzentrierte sich wieder voll auf Leigh.

Es war schmerzhaft zu sehen, wie ihre Schwester sich quälte, denn Callie wusste, das Schlimmste für Leigh war das Gefühl, machtlos zu sein. Alles im Leben ihrer Schwester war ordentlich eingeteilt. Maddy und Walter und Callie. Ihr Job. Ihre Mandanten. Ihre Freunde bei der Arbeit. Wen immer sie gerade nebenbei vögelte. Jedes Mal, wenn es zu einer Vermischung dieser Lebensbereiche kam, verlor Leigh den Kopf. Ihr Mach-das-Arschloch-fertig-Instinkt war nie stärker ausgeprägt, als wenn sie sich verletzlich fühlte. Von Callie abgesehen konnte nur noch Walter sie dann zur Vernunft bringen.

Armer Walter.

Callie liebte Leighs Mann fast so sehr, wie Leigh ihn liebte. Er war viel taffer, als er aussah. Walter war derjenige gewesen, der ihre Ehe beendet hatte, nicht andersherum. Man konnte nicht beliebig oft zusehen, wie jemand sich selbst in Brand steckte, irgendwann wandte man sich ab und ging. Callie nahm an, seine

Kindheit und Jugend mit einem Alkoholikerpaar als Eltern hatten Walter gelehrt, sich genau zu überlegen, welche Schlachten er schlug. Er konnte Callies Situation besonders gut verstehen. Noch besser konnte er Leigh verstehen.

Wenn Callie eine Nadelfixierung hatte, dann hatte Leigh eine Chaosfixierung. Ihre Schwester sehnte sich nach der ruhigen Normalität eines Familienlebens mit Walter und Maddy, aber immer wenn sie ein gewisses Maß an innerem Frieden erreicht hatte, fand sie einen Weg, alles in die Luft zu jagen.

Callie hatte dieses Verhaltensmuster an ihrer Schwester über die Jahre schon Dutzende Male beobachtet. Es hatte schon in einer der ersten Klassen begonnen, als Leigh einen Platz an der Magnetschule in Aussicht gehabt und diese Gelegenheit schließlich verpasst hatte, weil sie auf ein Mädchen losgegangen war, das Callie wegen ihrer Haare gehänselt hatte.

In der Highschool hatte sich Leigh für spezielle Kurse am College qualifiziert, aber sie war dabei erwischt worden, wie sie ihrem schmierigen Boss die Reifen aufgeschlitzt hatte, und war für zwei Monate im Jugendarrest gelandet. Dann war da ihre Kernschmelze mit Buddy gewesen, weniger als einen Monat bevor sie nach Chicago gehen sollte, auch wenn zugegebenermaßen Callie die Lunte für diese besondere Explosion gelegt hatte.

Warum Leigh dieses Muster in ihrem Erwachsenenleben beibehielt, war ein Rätsel, das Callie nicht lösen konnte. Ihre Schwester hatte diese Ausbrüche fröhlichen Ehefrau-und-Mutter-Daseins, wo sie Fahrgemeinschaften für Kinder bildete und mit Walter zu Essenseinladungen ging, wo sie Diskussionsbeiträge zu abgefahren klugem Zeug schrieb und Vorträge bei juristischen Konferenzen hielt. Und dann geschah früher oder später irgendetwas Belangloses, und Leigh benutzte es prompt als Grund, diese Phase durch Selbstsabotage zu beenden. Sie tat nie etwas Schlimmes, wenn es Maddy betraf, aber sie provozierte etwa einen Streit mit Walter, schrie eine Elternvertreterin an oder wurde von einem Richter gemaßregelt, weil sie den Mund zu voll genommen hatte, und wenn alle herkömmlichen Methoden versagten, beging sie irgendeine unfassbare Dummheit, die sie mit Sicherheit ins Fegefeuer zurückstieß.

Zwischen dem, was Leigh mit ihrem guten Leben anstellte und Callie mit der Nadel, war kein so arg großer Unterschied.

Der Bus streifte an den Randstein wie ein erschöpftes Stachelschwein. Callie stieß sich aus ihrem Sitz hoch. Ihr Bein fing sofort zu pochen an. Die Stufen hinunterzukommen erforderte ein enormes Maß an Konzentration. Sie hatte ohnehin Probleme mit dem Knie, und jetzt hatte sie auch noch den erblühenden Abszess zu ihrer Liste von Gebrechen hinzugefügt. Sie wuchtete den Rucksack auf ihre Schultern, und plötzlich rückten ihr Nacken und ihr Rücken auf die Plätze eins und zwei vor. Dann strahlte der Schmerz ihren Arm hinab, ihre Hand wurde taub, und bis sie in Phils Straße einbog, konnte sie an nichts anderes denken, als dass sie heute Nacht nur mit einem zusätzlichen Schuss Methadon würde schlafen können.

So fing es immer an, dieser langsame Abstieg von Reduzieren zu Funktionieren, und dann kam der langsame Rückfall zu Nicht-mehr-Funktionieren. Junkies fanden immer, immer die Lösung für alle Probleme an der Spitze einer Nadel.

Phil würde sich schon um Binx kümmern. Sie würde ihm zwar keine Bücher vorlesen, aber sie würde ihn bürsten und zum Umgang mit Vögeln erziehen, und vielleicht würde sie ihm sogar einen Rat zu seiner steuerlichen Situation geben, da sie viel über souveräne Bürger gelesen hatte. Callie griff in ihre Tasche und ertastete die leuchtend grüne Schutzbrille, die sie im Bräunungsstudio gekauft hatte. Sie hatte gedacht, der Kater würde sie gern sehen wollen. Er wusste nichts über Solariumsbräunung.

Callie wischte sich Tränen aus den Augen, als sie sich die letzten Meter zum Haus ihrer Mutter schleppte. Der Scheißhaufen auf der anderen Straßenseite war von einem glücklosen Schuh verschmiert worden. Ihr Blick ging zu dem mit Brettern vernagelten Haus hinauf. Kein Licht flackerte dort, keine Bewegung war zu sehen. Das Stück Sperrholz, das den seine Kamera würgenden Mann ausgespuckt hatte, hatte sein Maul geschlossen. Brombeeren und Unkraut waren niedergetrampelt, wo er durch den Garten geflohen war, was Callie die flüchtige Hoffnung raubte, die ganze Sache könnte nur ein Produkt ihrer vom Methadon verwirrten Einbildung gewesen sein.

Sie wandte sich um und drehte sich dann einmal im Kreis.

Kein *weißer Typ*. Kein *hübscher Wagen*, es sei denn, man zählte Leighs Audi mit, der in der Einfahrt hinter Phils Redneck-Truck abkühlte.

Das war definitiv kein gutes Zeichen. Leigh war sicher nicht in Panik geraten, weil Callie nichts von sich hören ließ, denn Callie hatte ihren Ruf als unzuverlässige Korrespondentin seit Langem auf Hochglanz poliert. Ihre Schwester würde nur in Panik geraten, wenn etwas Schlimmes passiert war, und sie würde Phils Haus bestimmt nicht zum ersten Mal seit ihrer Abreise nach Chicago betreten, wenn nicht etwas wahrhaft Entsetzliches sie hierhergeführt hätte.

Callie wusste, sie sollte ins Haus gehen, aber stattdessen legte sie den Kopf zurück und sah die letzten Sonnenstrahlen durch das Laub der Baumkronen blitzen. Die Dämmerung kam rasch. In wenigen Minuten würden die Straßenlaternen angehen. Die Temperatur würde sinken, und schließlich würde der Regen fallen, den sie bereits in der Luft schmecken konnte.

Es gab eine alternative Callie, die vor alldem weglaufen konnte. Sie war schon früher mal verschwunden. Wäre Leigh nicht gewesen, würde Callie jetzt mit Binx in einem Bus fahren – es war idiotisch zu denken, sie könnte ihn bei Phil lassen –, und sie würden sich über die vorzügliche Auswahl an billigen Motels unterhalten, um zu entscheiden, welches heruntergekommen genug für Dealer war, aber nicht *so* heruntergekommen, dass Callie womöglich vergewaltigt und getötet wurde.

Wenn sie starb, dann von eigener Hand.

Callie wusste, sie konnte nicht ewig vor dem Haus herumtrödeln und ihren Fantasien nachhängen. Sie stieg die knarrenden Stufen zur Eingangsveranda ihrer Mutter hinauf. An der Tür empfing sie der Anblick von Binx, der seinen hawaiianisch angehauchten Plastik-Blumenkranz herumzerrte, was bedeutete, er hatte gewisse Gefühle. Sie sehnte sich nach ihrer eigenen Krücke, aber das kam später. Callie ging in die Knie und strich dem Kater ein paarmal über den Rücken, bevor sie sich von dem unsichtbaren Draht der Spannung weiter ins Haus ziehen ließ.

Alles war aus dem Gleichgewicht. Roger und Brock saßen wachsam auf der Couch und lagen nicht zu einem Hundenickerchen zusammengerollt da. Das Gurgeln des Aquariums wurde durch die selten geschlossene Tür gedämpft. Selbst die Vögel im Esszimmer hielten sich mit ihrem Zwitschern zurück.

Leigh und Phil saßen sich am Küchentisch gegenüber. Phils Gothic-Styling wies Spuren der Abnutzung auf. Der schwere schwarze Eyeliner war hundert Prozent Marilyn Manson. Leigh hatte ihre eigene Rüstung angelegt. Sie trug jetzt Jeans, eine Lederjacke und Bikerstiefel. Beide Frauen waren angespannt wie Skorpione, die auf eine Gelegenheit zum Zustechen warten.

»Ach, dieses Familienglück«, sagte Callie.

Phil schnaubte geräuschvoll. »In welchen Mist bist du jetzt wieder reingeraten, du Klugscheißerin?«

Leigh sagte nichts, sondern sah nur zu Callie hinauf, ihre Augen waren wie ein Kaleidoskop aus Schmerz, Bedauern, Angst, Zorn, banger Erwartung, Erleichterung.

Callie wandte den Blick ab. »Ich habe über die Spice Girls nachgedacht. Wieso ist Ginger eigentlich die Einzige, die nach einem Gewürz benannt ist?«

»Wovon zum Teufel redest du da?«, sagte Phil.

»*Posh* ist kein Gewürz«, sagte Callie. »Warum heißen sie nicht Safran oder Kardamom oder gar Anis?«

Leigh räusperte sich. »Vielleicht hat es sie einfach nicht gekümmert.«

Sie grinsten sich an.

»Fickt euch doch beide selber.« Phil verstand genug, um zu merken, dass sie ausgegrenzt wurde. Sie stieß sich vom Tisch hoch. »Nehmt ja nichts von meinem verdammten Essen. Ich weiß, was da drin ist.«

Leigh nickte mit einem Blick zur Hintertür. Sie musste raus hier.

Callies Nacken brachte sie um wegen des Rucksacks, den sie schleppte, aber sie wollte nicht, dass ihre Mutter etwas stahl, deshalb nahm sie ihn mit, als sie Leigh nach draußen folgte.

Leigh nickte wieder, aber nicht zu ihrem Audi in der Einfahrt. Sie wollte einen Spaziergang machen, so wie sie es als Kinder getan hatten, wenn es sicherer war, sich im Viertel herumzutreiben, als sich in Phils Nähe aufzuhalten.

Sie gingen nebeneinander die Straße entlang. Leigh nahm Callie den Rucksack ab, ohne darum gebeten worden zu sein. Sie hängte ihn sich über die Schulter. Ihre Handtasche lag wahrscheinlich im Kofferraum, und Phil spähte in diesem Augenblick wahrscheinlich auf den schicken Wagen und überlegte, ob sie ihn aufbrechen oder ausschlachten sollte, um die Ersatzteile zu verkaufen.

Callie konnte sich im Moment nicht den Kopf über Leighs Wagen, ihre Mutter oder irgendetwas anderes zerbrechen. Sie sah zum Himmel hinauf. Sie gingen nach Westen, direkt in den Sonnenuntergang. Der verheißene Regen schien seine Schwere zu verlieren. Ein Hauch Wärme kämpfte noch gegen das leichte Absinken der Temperatur an. Dennoch fröstelte Callie. Sie wusste nicht, ob es eine Nachwirkung ihrer Corona-Infektion war, von der schwächer werdenden Sonne kam oder von der Angst vor dem, was ihre Schwester gleich sagen würde.

Leigh wartete, bis sie das Haus ihrer Mutter ein Stück hinter sich gelassen hatten. Doch statt eine Atombombe auf ihrer beider Leben fallen zu lassen, sagte sie: »Phil hat mir erzählt, ein gefleckter Panther habe auf den Gehsteig geschissen, um sie zu warnen, dass etwas Schlimmes passieren wird.«

Callie sondierte das Terrain und sagte: »Sie ist heute Morgen mit ihrem Baseballschläger auf die andere Straßenseite gegangen und hat ohne Grund angefangen, auf das verlassene Haus einzuhämmern.«

»Lieber Himmel«, murmelte Leigh.

Callie betrachtete das Profil ihrer Schwester und hielt nach einer Reaktion Ausschau, die ihr verriet, dass Phil den Mann mit der Kamera erwähnt hatte.

»Dich hat sie nicht geschlagen, oder?«

»Nein«, log Callie. Oder vielleicht war es keine Lüge, weil Phil sie gar nicht mal richtig hatte treffen wollen, sondern Callie einfach nicht in der Lage gewesen war auszuweichen. »Sie ist jetzt ruhiger.«

»Gut«, sagte Leigh und nickte, weil sie glauben wollte, dass es stimmte.

Callie steckte die Hände in die Taschen, obwohl sie verrückterweise gern Leighs Hand gehalten hätte, so wie sie es als Kinder getan hatten. Also schloss sie die Hand um die Solariumsbrille. Sie sollte Leigh von dem Weißer Typ/hübsches Auto erzählen. Sie sollte sie über die Kamera mit dem Teleobjektiv informieren. Sie sollte aufhören, Methadon in Bräunungsstudios zu spritzen.

Es wurde frischer, als sie weitergingen. Callie sah die gleichen Szenen wie am Abend zuvor: Kinder, die im Garten spielten, Männer, die in ihren Carports saßen und Bier tranken, noch ein Kerl, der noch ein Protz-Auto wusch. Falls Leigh zu diesen Anblicken etwas einfiel, so behielt sie es für sich. Sie tat das Gleiche, was Callie getan hatte, als sie Leighs Audi in der Einfahrt hatte stehen sehen. Sie wollte dieses trügerische Gefühl der Normalität möglichst in die Länge ziehen.

Callie würde sie nicht davon abhalten. Der Mann mit der Kamera konnte warten. Oder er konnte mit dem Rest der schrecklichen, unnützen Dinge, die sie verfolgten, irgendwo in ihrem Hinterkopf verstaut werden. Sie wollte diesen friedlichen Spaziergang genießen. Callie war selten draußen, wenn die Dämmerung anbrach. Nachts fühlte sie sich zu verwundbar. Ihre blitzschnellen Zeiten waren vorbei. Sie konnte den Kopf nicht drehen, um nachzuprüfen, ob der Fremde hinter ihr auf sein Handy schaute oder mit einer Waffe in der Hand auf sie zurannte.

Sie schlang zum Schutz vor der Kälte die Arme um den Körper und blickte wieder in die Bäume hinauf. Die Blätter sprangen heraus wie Brausebonbons. Schwindendes Sonnenlicht sickerte zwischen den dicken Fingern der Äste hindurch. Sie fühlte, wie sich ihr Herzschlag beruhigte und in den Rhythmus des leisen Klatschens ihrer Schritte auf dem abkühlenden Asphalt einfiel. Hätte Callie für den Rest ihres Lebens in diesem stillen Moment verharren können, mit ihrer großen Schwester an der Seite, sie wäre glücklich gewesen.

Aber so funktionierte das Leben nicht.

Und wenn doch, würde es keine von ihnen beiden aushalten.

Leigh bog wieder links ab, in eine beschissenere Straße. Verwilderte Gärten. Noch mehr mit Brettern vernagelte Häuser, noch mehr Armut, noch mehr Hoffnungslosigkeit. Callie versuchte, tief durchzuatmen. Die Luft pfiff durch ihre Nase und schäumte dann wie Butter in ihrer Lunge. Seit der Corona-Tortur konnte Callie nie mehr lange zu Fuß gehen, ohne zu registrieren, dass sie eine Lunge in der Brust hatte und dass diese Lunge nicht mehr war wie früher. Das Geräusch ihres schweren Atems drohte sie in diese Wochen auf der Intensivstation zurückzustoßen. Die ängstlichen Blicke der Schwestern und Ärzte. Das ferne Echo von Leighs Stimme, wenn man Callie das Telefon ans Ohr hielt. Die ständige unbarmherzige Erinnerung an Trevor vor dem Aquarium. Buddy, der die Küchentür aufstieß.

Schenk mir einen Drink ein Püppchen.

Sie holte wieder tief Luft und hielt sie einige Sekunden lang an, ehe sie ausatmete.

Und dann wurde ihr klar, wohin Leigh sie geführt hatte, und alle Luft entwich aus Callie.

Canyon Road, die Straße, in der die Waleskis gewohnt hatten.

»Es ist gut«, sagte Leigh. »Geh einfach weiter.«

Callie schlang die Arme fester um den Körper. Leigh war bei ihr, es müsste also okay sein. Es müsste leicht sein. Einen Fuß vor den andern setzen. Kein Kehrtmachen. Kein Weglaufen. Das einstöckige Ranchhaus stand auf der rechten Seite, das niedrige Dach hing durch nach all den Jahren der Vernachlässigung. Soweit Callie wusste, hatte niemand mehr hier gewohnt, seit Trevor und Linda ausgezogen waren. Callie hatte nie ein Schild mit der Aufschrift *Zu verkaufen* vor dem Haus gesehen. Phil war nie damit beauftragt worden, verzweifelte Mieter für den Vier-Zimmer-Tatort zu finden. Callie vermutete, einer der vielen halbkriminellen Hausbesitzer der Gegend hatte es vermietet, bis nur noch eine undichte Hülle übrig geblieben war.

Als sie sich dem Haus näherten, bekam Callie eine Gänsehaut am ganzen Körper. Seit den Zeiten der Waleskis hatte sich nicht viel verändert. Der Garten war stärker zugewachsen, aber der senffarbene Anstrich war an der Kunststoffverkleidung wie festgebacken. Alle Fenster und Türen waren mit Brettern vernagelt, Graffiti zogen sich um die untere Hälfte des Hauses. Keine Banden-Tags, aber jede Menge Schulhofspott und wer angeblich eine Nutte war, zusammen mit der üblichen Aufstellung abspritzender Schwänze.

Leigh veränderte ihr Tempo nicht, aber sie sagte zu Callie: »Schau, es steht zum Verkauf.«

Callie drehte ihren Körper so, dass sie in den Garten blicken konnte. Das Schild *Vom Eigentümer zu verkaufen* wurde von einer hohen Kermesbeerenstaude halb verschluckt, war aber noch nicht durch Graffiti-Schmierereien unleserlich gemacht.

Leigh war es auch aufgefallen. »Das Schild muss relativ neu sein.«

»Erkennst du die Nummer?«, fragte Callie.

»Nein, aber ich kann im Grundbuch nachsehen, wem das Anwesen gehört.«

»Lass mich das machen«, bot Callie an. »Ich kann Phils Computer benutzen.«

Leigh zögerte, aber dann sagte sie: »Pass auf, dass sie dich nicht dabei erwischt.«

Callie drehte sich wieder nach vorn. Das Haus war außerhalb ihres Sichtfelds, aber sie spürte, wie es sie anstarrte, als sie an dem kaputten Briefkasten vorbeigingen. Sie nahm an, sie würden in einer Schleife zurück zu Phils Haus gehen und Callie würde in einem endlosen Höllenkreis ihrer Vergangenheit festhängen. Sie rieb sich den Hals. Ihr Arm war bis zur Schulter hinauf taub. Ihre Fingerspitzen fühlten sich an, als würde sie von tausend afrikanischen Mähnenratten zerstochen.

Das Problem bei einer Verblockung der Halswirbel war, dass der Hals dazu gedacht war, sich biegen zu lassen. Wenn man einen Abschnitt verblockte, bekam der Abschnitt darunter die ganze Belastung ab, und mit der Zeit nutzten sich die Bandscheiben ab, und die Bänder gaben nach, und die nicht verblockten Wirbel rutschten vor und berührten die benachbarten Wirbel, meist in einem Winkel, wobei häufig ein Nerv eingeklemmt wurde, was wiederum zu höllischen Schmerzen führte. Dieser Vorgang nannte sich degenerative Spondylolisthese, und man behob ihn am besten, indem man das Gelenk verblockte. Dann verging einige Zeit, und es passierte erneut, also verblockte man das nächste Gelenk. Und so weiter.

Callie hatte nicht die Absicht, sich einer weiteren Wirbelverblockung zu unterziehen. Ausnahmsweise war nicht Heroin das Problem. Man konnte sie unter ärztlicher Aufsicht entgiften, wie sie es getan hatten, als das Corona-Virus sie auf die Intensivstation gezwungen hatte. Das Problem war, dass jeder Neurologe einmal das glasartige Knistern in ihren Lungen hören und ihr sagen würde, dass sie die Narkose nicht überlebte.

»Hier entlang«, sagte Leigh.

Anstatt rechts abzubiegen, wo es zurück zu Phil ging, marschierte Leigh geradeaus. Callie stellte keine Fragen. Sie lief einfach weiter neben ihrer Schwester her. Sie kehrten zu ihrem geselligen Schweigen zurück, bis sie beim Spielplatz angelangt waren. Auch dieser hatte sich über die Jahre nicht so sehr verändert. Die meisten Wippen waren zerbrochen, aber die Schaukeln waren in guter Verfassung. Leigh hängte sich den Rucksack über beide Schultern, damit sie auf einem der rissigen Sitze Platz nehmen konnte.

Callie ging um das Schaukelgerüst herum, sodass sie in die Gegenrichtung blickte. Wegen des Zwickens in ihrem Bein verzog sie das Gesicht, als sie sich setzte. Ihre Hand ging zum Oberschenkel. Die Hitze von dem Abszess pulsierte immer noch durch ihre Jeans. Sie presste die Fingerknöchel auf die Beule, bis der Schmerz anschwoll, so wie Helium einen Ballon ausdehnt.

Leigh beobachtete sie, aber sie fragte nicht, was los war. Sie hielt sich links und rechts an den Ketten fest, machte zwei Schritte rückwärts und hob die Beine vom Boden. Sie verschwand für ein, zwei Sekunden, dann schwang sie in Callies Sichtfeld zurück. Sie lächelte nicht, ihr Gesichtsausdruck war eher grimmig.

Callie setzte ebenfalls ihre Schaukel in Gang. Das Gleichgewicht war überraschend schwer zu halten, wenn der Kopf nicht die volle Beweglichkeit besaß. Schließlich hatte sie den Dreh heraus, sie klammerte sich an die Ketten und legte sich im Aufwärtsschwung zurück. Leigh zoomte vorbei, sie wurde mit jedem Schwung schneller. Sie hätten zwei Baumstämme auf einem Paar betrunkener Elefanten sein können, wenn Elefanten nicht notorische Abstinenzler wären.

Das Schweigen hielt an, während sie vor und zurück schwangen – nichts Verrücktes, sie waren schließlich Frauen in den besten Jahren, aber sie behielten einen gleichmäßigen, anmutigen Schwung bei, der dazu beitrug, ein wenig von der angstvollen Energie zwischen ihnen aufzulösen.

»Ich bin mit Maddy immer in den Park gegangen, als sie klein war«, sagte Leigh.

Callie ließ ihren Blick verschwimmen, als sie zum dunkler werdenden Himmel hinaufblickte. Die Sonne war hinter den Horizont geschlüpft. Straßenlaternen sprangen flackernd an.

»Ich sah ihr beim Schaukeln zu und dachte daran, wie du immer versucht hast, so hoch zu kommen, dass du um die Stange oben herumschwingst.« Leigh stieß die Beine vor, als sie vorbeischaukelte. »Ein paarmal hättest du es fast geschafft.«

»Ich wäre fast auf dem Arsch gelandet.«

»Maddy ist so wunderbar, Cal.« Leigh verstummte, als sie verschwand, und fuhr fort, als sie wieder gegenüber von Callie war. »Ich weiß nicht, wie ich es zu etwas so Vollkommenem in meinem Leben gebracht habe, aber ich bin jeden einzelnen Tag dankbar. So dankbar.«

Callie schloss die Augen, sie spürte den kalten Luftzug im Gesicht und hörte das Rauschen, wenn Leigh vorbeiflog.

»Sie liebt Sport«, sagte Leigh. »Tennis, Volleyball, Fußball, das Übliche, was die Kids so machen.«

Callie staunte über den Gedanken, dass das alles das Übliche war. Der Spielplatz, auf dem sie jetzt schaukelten, war ihr einziger Vergnügungsort gewesen. Mit zehn war sie dazu gedrängt worden, sich einen Job für die Nachmittage nach der Schule zu suchen. Bis sie vierzehn gewesen war, hatte sie sich zuerst pausenlos den Kopf darüber zerbrochen, wie sie Buddy halten konnte, und dann darüber, wie sie mit seinem Tod umgehen sollte. Sie hätte einen Mord dafür begangen, einfach auf einem Sportplatz hinter einem Ball herrennen zu dürfen.

»Sie ist keine leidenschaftliche Wettkämpferin«, sagte Leigh. »Nicht so, wie du es warst. Sie macht es nur zum Spaß. In dieser Generation sind sie auf eine langweilige Art alle unglaublich sportlich und fair.«

Callie öffnete die Augen. Sie durfte nicht tiefer in diese Unterhaltung eintauchen. »Ich schätze, Phils Erziehungsstil hatte auch seine Vorteile. Keine von uns beiden war je sportlich und fair.«

Leigh verlangsamte ihren Schwung und wandte den Kopf, um Callie zu beobachten. Sie hatte nicht vor, das Thema fallen zu lassen. »Walter hasst Fußball, aber er ist bei jedem Training und bei jedem Spiel dabei.«

Das hörte sich sehr nach Walter an.

»Maddy hasst Wandern«, sagte Leigh. »Aber am letzten Wochenende jedes Monats wandern die beiden den Kennesaw Mountain hinauf, weil sie einfach gern Zeit mit ihm verbringt.«

Callie lehnte sich in der Schaukel zurück und stieß sich höher. Ihr gefiel die Vorstellung von Walter mit einer absurd hohen Baseballkappe und passendem Trainingsanzug, aber sie sah ein, dass er sich zum Wandern wahrscheinlich nicht anzog wie Elmer Fudd bei der Jagd auf Bugs Bunny.

»Sie liest gern«, sagte Leigh. »Sie erinnert mich an dich, als du klein warst. Phil wurde immer wütend, wenn du die Nase in einem Buch hattest. Sie verstand nicht, was dir die Geschichten bedeutet haben.«

Callie schwang vorbei, ihre weißen Sneaker verwandelten sich in Fangzähne, die sich in den dunklen Himmel verbissen. Sie wäre gern für immer so in der Luft geblieben, nie mehr in die Realität hinuntergefallen.

»Sie liebt Tiere. Kaninchen, Rennmäuse, Katzen, Hunde.«

Callie schwang zurück und passierte Leigh noch einmal, ehe sie die Füße auf dem Boden schleifen ließ. Die Schaukel kam langsam zum Stillstand. Sie verdrehte die Kette, um ihre Schwester ansehen zu können.

»Was ist passiert, Leigh?«, fragte sie. »Warum bist du hier?«

»Um …« Leigh lachte, denn sie schien zu merken, dass sie im Begriff war, etwas Dummes zu sagen, aber sie sagte es trotzdem. »Um meine Schwester zu sehen.«

Callie hätte die Ketten gern immer weiter verdreht, so wie sie es früher getan hatte, um erst in die eine Richtung, dann in die andere zu kreiseln, bis ihr so schwindlig war, dass sie zur Wippe taumeln musste, um sich wieder orientieren zu können.

»Cal«, sagte Leigh. »Andrew weiß, wie ich Buddy umgebracht habe.«

Callie klammerte sich an die kalten Ketten.

»Wir sind im Besprechungszimmer seinen Fall durchgegangen«, sagte Leigh. »Er hat beiläufig erzählt, dass ihm das Atmen mit der Maske schwerfällt. Dann sagte er, es sei so, als würde jemand Frischhaltefolie sechs Mal um seinen Kopf wickeln.«

Callie fühlte sich schockstarr. »Hast du sie so oft …«

»Ja.«

»Aber …« Callie ging ihre Erinnerungsschnipsel aus der Nacht durch, in der Buddy gestorben war. »Andrew hat geschlafen, Harleigh. Wir haben ständig in seinem Zimmer nachgesehen. Er war praktisch im Koma von seinem Medikament.«

»Ich habe etwas übersehen«, sagte Leigh, die immer drauf aus war, sich die Schuld zu geben. »Ich habe keine Ahnung, woher er es weiß, aber es verleiht ihm Macht über mein gesamtes Leben. Ich habe im Moment über nichts mehr die Kontrolle. Er kann tun, was er will, und mich zwingen zu tun, was er will.«

Callie verstand, was der springende Punkt war. »Was sollst du für ihn tun?«

Leigh blickte zu Boden. Callie war es gewohnt, ihre Schwester wütend oder verärgert zu sehen, aber nie beschämt.

»Harleigh?«

»Es geht um Tammy Karlsen, das Opfer. Reggie hat ihre Patientenakte vom Psychiatrischen Dienst der Georgia Tech an sich gebracht, wo sie studiert hat. Sie war fast zwei Jahre lang einmal pro Woche bei einer Therapiesitzung. In der Akte stehen alle möglichen persönlichen Dinge, von denen sie bestimmt nicht möchte, dass jemand sie kennt.« Leigh seufzte gequält. »Andrew will, dass ich diese intimen Informationen benutze, um das Opfer im Zeugenstand fertigzumachen.«

Callie dachte an ihre eigenen ärztlichen Akten, die über viele verschiedene Therapieeinrichtungen und Psychiatrien verstreut waren. Hatte Reggie auch nach ihnen geforscht? Sie hatte nie jemandem etwas über den Mord gesagt, aber es gab Informationen in diesen Unterlagen, die niemand kennen sollte.

Vor allem nicht ihre Schwester.

Leigh sagte: »Er strebt einen Moment an wie in einem Kinofilm, wo Tammy zusammenbricht und ... ich weiß nicht ... aufgibt? Es ist, als wollte er sie noch einmal vergewaltigt sehen.«

Callie fragte nicht, ob Leigh in der Lage wäre, diesen Moment herbeizuführen. Sie sah an der Haltung ihrer Schwester, dass ihr Juristenverstand bereits eine Blaupause erarbeitet hatte. »Was steht denn in ihrer Akte?«

Leigh presste kurz die Lippen zusammen. »Tammy wurde in der Highschool vergewaltigt. Sie wurde schwanger und ließ abtreiben. Sie hat es keinem erzählt, aber danach war sie total isoliert. Sie verlor alle ihre Freunde, fing an, sich zu ritzen, dann exzessiv zu trinken. Schließlich entwickelte sie eine Essstörung.«

»Hat ihr nie jemand von Heroin erzählt?«

Leigh schüttelte den Kopf. Sie war nicht in der Stimmung für schwarzen Humor. »Ein Professor bemerkte einige Warnsignale. Er hat Tammy zum Psychiatrischen Dienst geschickt. Sie machte eine Therapie, und dadurch hat es in ihrem Leben tatsächlich eine Wende gegeben. Man sieht es in der Akte. Sie war zuerst völlig am Boden, aber langsam wurde es besser. Sie gewann die Kontrolle über ihr Leben zurück, schloss das College mit Auszeichnung ab. Sie hat – hatte – ein gutes Leben. Sie hat es aus eigener Kraft geschafft.«

Callie überlegte, ob Leigh die Frage aufwarf, warum sie selbst es nicht geschafft hatte, sich aus einem ähnlichen Absturz zu befreien. Es gab zu viele *Wenn nur* hinter dieser Frage. Wenn nur das Jugendamt sie Phil weggenommen hätte. Wenn nur Linda ihre Mutter gewesen wäre. Wenn nur Leigh gewusst hätte, dass Buddy pädophil war. Wenn nur Callie sich nicht den Hals gebrochen hätte und als blöder Junkie geendet wäre.

»Ich ...« Leigh sah zum Himmel hinauf. Sie hatte zu weinen begonnen. »Meine Mandanten sind nie gute Menschen, aber meistens mag ich sie. Selbst die Arschlöcher. Besonders die Arschlöcher. Ich verstehe, wie man dazu kommt, schlechte Entscheidungen zu treffen. Wie man wütend werden und Schlimmes tun kann. Auch wirklich schreckliche Sachen.«

Callie brauchte keine Klarstellung, was mit *schrecklichen Sachen* gemeint war.

»Andrew hat keine Angst, verurteilt zu werden«, sagte Leigh. »Er hat sich nicht eine Sekunde lang gesorgt, seit ich ihn getroffen habe. Und das heißt, er weiß, wie er da rauskommt.«

Callie wusste, wie Tammy da am besten rauskam. Sie hatte die Möglichkeit oft genug für sich selbst erwogen.

»Es war das eine, als ich dachte, dass nur ich in Schwierigkeiten geraten könnte«, sagte Leigh. »Ich habe etwas Schreckliches getan. Ich hätte dafür ins Gefängnis gehört. Das wäre nur gerecht gewesen. Aber Tammy ist unschuldig.«

Callie sah, wie ihre Schwester immer wieder mit der Fußspitze auf den Boden stieß. Diese resignierte Frau war nicht die Schwester, mit der sie aufgewachsen war. Leigh gab nie auf. Wenn man sie mit einem Messer angriff, schlug sie mit einer Bazooka zurück. »Und wie geht es also weiter?«

»Es geht so weiter, dass die ganze Sache zu gefährlich wird. Ich möchte, dass du deine Sachen zusammenpackst und deine Katze mitnimmst, und ich fahre dich irgendwohin, wo es sicher ist.« Leigh fing ihren Blick auf. »Andrew lässt schon mich nach seiner Pfeife tanzen. Es ist nur eine Frage der Zeit, bis er auch auf dich losgeht.«

Jetzt wäre ein sehr guter Zeitpunkt gewesen, Leigh von dem Mann in dem brettervernagelten Haus zu erzählen, aber Callie brauchte ihre Schwester voll konzentriert, sie durfte sich nicht in einem Wirbel aus Paranoia verlieren.

Sie sagte: »Wenn man die Höhe eines Berges messen will, besteht die Schwierigkeit nicht darin, den Gipfel zu finden, sondern festzustellen, wo sein Fuß beginnt.«

Leigh sah sie verwirrt an. »Hast du das aus einem Glückskeks?«

Callie war sich ziemlich sicher, dass sie es einem der Aal-Historiker geklaut hatte. »Was ist die grundlegende Frage zu Andrew, die wir nicht beantworten können?«

»Ach so.« Leigh schien zu begreifen. »Für mich hieß das immer die Andrew-Hypothese, aber ich kam nicht hinter das B, das A und C verbindet.«

»Ich denke, wir sollten die nächsten zwei Stunden damit verbringen, die korrekte Terminologie festzulegen.«

Leigh stöhnte, aber es war eindeutig genau das, was sie brauchte. »Es ist eine zweiteilige Frage. Erstens: Was weiß Andrew? Zweitens: Woher weiß er es?«

»Also müssen wir, um das *Was* und das *Woher* zu finden, ganz vorn anfangen.« Callie rieb ihre taube Hand, massierte das Blut in die Finger. Sie hatte sich solche Mühe gegeben, alles über den Mord an Buddy zu vergessen, aber jetzt blieb ihr nichts anderes übrig, als sich der Erinnerung frontal zu stellen. »Habe ich nach dem Kampf mit Buddy nach Andrew gesehen? Ich meine, bevor ich dich angerufen habe?«

»Ja«, sagte Leigh. »Es war das Erste, wonach ich dich gefragt habe, als ich bei dir war, weil ich Angst hatte, dass es womöglich einen Zeugen gibt. Du hast gesagt, du hättest Buddy in der Küche liegen lassen, bist zu Andrew ins Kinderzimmer gegangen und hast ihn auf die Stirn geküsst, dann hast du mich vom Elternschlafzimmer aus angerufen. Du hast gesagt, dass der Junge vollkommen weggetreten war.«

Callie ging in Gedanken durch das schmuddelige Haus der Waleskis. Sie sah vor sich, wie sie Andrew auf die Stirn küsste und sich vergewisserte, dass er tatsächlich schlief, dann, wie sie weiter ins Elternschlafzimmer ging und das rosa Prinzessinnen-Telefon auf Lindas Nachttisch abhob.

»Das Kabel des Telefons in der Küche war herausgerissen«, sagte sie. »Wie konnte ich dich vom Schlafzimmer aus anrufen?«

»Du hattest den Hörer wieder eingehängt. Ich habe es gesehen, als ich ankam.«

Es ergab Sinn, deshalb glaubte Callie es. »War noch jemand dort? Etwa ein Nachbar, der es gesehen haben könnte?«

»Als es passiert ist?« Leigh schüttelte den Kopf. »Davon hätten wir längst gehört. Vor allem, nachdem Linda zu dem Vermögen der Familie gekommen war. Jemand hätte sicher versucht, ihr die Information zu verkaufen.«

Damit hatte sie recht. Nicht ein Mensch im ganzen Viertel hätte sich die Gelegenheit zu einem Zahltag entgehen lassen. »Waren wir zu irgendeinem Zeitpunkt beide nicht im Haus?«

»Erst am Schluss, als wir die Müllsäcke in mein Auto geladen haben«, sagte Leigh. »Und vorher haben wir alle Schritte eurer Auseinandersetzung im Haus zurückverfolgt. Dafür haben wir vier Stunden gebraucht, und wir haben uns wenigstens alle zwanzig Minuten vergewissert, dass Andrew fest schläft.«

Callie nickte, denn sie erinnerte sich lebhaft daran, dass sie diejenige gewesen war, die jedes Mal in sein Zimmer gegangen war. Andrew hatte immer mit angezogenen Beinen auf der Seite geschlafen, und aus seinem offenen Mund war eine Art Klickgeräusch gekommen.

»Wir sind wieder da, wo wir angefangen haben«, sagte Leigh. »Wir wissen immer noch nicht, wie viel Andrew weiß oder woher er es weiß.«

Callie musste nicht daran erinnert werden. »Zähl mir die Liste auf, die du die letzten zwei Tage schon durchgegangen bist.«

»Wir haben nach weiteren Kameras gesucht. Wir haben nach weiteren Videokassetten gesucht.« Leigh zählte die Punkte an den Fingern ab. »Wir haben jedes Buch im Regal überprüft, wir haben die Möbel und Matratzen umgedreht, Krüge und Vasen geschüttelt, unter den Topfpflanzen nachgesehen. Wir haben alles aus den Küchenschränken geräumt. Wir haben die Lüftungsgitter in der Wand abgeschraubt. Du hast sogar die Hand in das Aquarium gesteckt.«

Leigh waren die Finger zum Mitzählen ausgegangen.

»Kann es sein, dass Andrew nur so getan hat, als würde er

schlafen?«, fragte Callie. »Vielleicht hat er mich immer draußen im Flur gehört. Die Dielen haben geknarrt.«

»Er war zehn Jahre alt«, sagte Leigh. »Kinder in diesem Alter sind lachhaft leicht zu durchschauen.«

»Wir waren ebenfalls Kinder.«

Leigh schüttelte bereits den Kopf. »Überleg mal, wie kompliziert es gewesen wäre, die Sache zu verheimlichen. Andrew hätte so tun müssen, als hätte er die Ermordung seines Vaters nicht gesehen. Dann hätte er am nächsten Morgen, als Linda aus der Arbeit gekommen ist, weiter so tun müssen, als wüsste er von nichts. Dann die Polizei anlügen. Dann jeden anlügen, der ihn gefragt hat, wann er seinen Vater zum letzten Mal gesehen hat. Er hätte es diesen ganzen Monat vor dir geheim halten müssen, den du noch weiter auf ihn aufgepasst hast. Und dann all die Jahre, die folgten.«

»Er ist ein Psychopath.«

»Sicher, aber er war trotzdem ein Kind«, sagte Leigh. »Kognitiv geht selbst bei intelligenten Zehnjährigen alles drunter und drüber. Sie versuchen sich wie Erwachsene zu benehmen, aber sie machen immer noch Kinderfehler. Sie verlieren ständig irgendwelchen Kram – Jacken, Schuhe, Bücher. Man kann ihnen kaum zutrauen, sich allein zu baden. Sie erzählen dumme Lügen, die man auf Anhieb durchschaut. Selbst ein zehnjähriger Psychopath wäre unmöglich zu einem solchen Maß an Täuschung fähig.«

Wenn jemand wusste, was für ein schlechter Lügner Andrew mit zehn Jahren gewesen war, dann war es Callie mit vierzehn. »Was ist mit Andrews Freundin?«

»Sidney Winslow?«, sagte Leigh. »Gestern habe ich in Reggies Büro Andrew meinen kleinen Vortrag über die Ausnahmen zum ehelichen Zeugnisverweigerungsrecht gehalten. Er sah aus, als würde er sich gleich in die Hose machen. Er ließ Sidney auf dem Parkplatz warten. Sie ist fast ausgerastet. Er weiß, er kann ihr nicht trauen.«

»Was wahrscheinlich bedeutet, dass er ihr nichts davon gesagt hat, wie sein Vater wirklich gestorben ist«, sagte Callie. »Denkst du, wir könnten sie benutzen, um an ihn heranzukommen?«

»Sie ist mit Sicherheit ein schwaches Glied in der Kette«, meinte Leigh. »Wenn man einfach mal annimmt, dass Andrew vorhatte, mich bei diesem ersten Treffen mit Reggie Paltz fertigzumachen, dann war Sidney der eine Faktor, der ihn aus dem Konzept gebracht hat.«

»Was weißt du über sie?«

»Nicht das Geringste«, erwiderte Leigh. »Ich habe eine Überprüfung ihrer Kreditwürdigkeit gefunden, die Andrews frühere Anwältin von Reggie im letzten Herbst vornehmen ließ. Keine auffälligen Schulden. Nichts, was verdächtig oder belastend wäre, aber der Bericht ist sehr oberflächlich. Wenn ich eine Zeugin unter die Lupe nehmen will, dann beauftrage ich normalerweise einen Ermittler damit, Fragen zu stellen, ihr zu folgen, sich ihre Kommunikation in den sozialen Medien anzusehen, an ihrem Arbeitsplatz nachzuforschen. Aber mein Boss hat Reggie zum exklusiven Ermittler in diesem Fall erkoren. Wenn ich einen anderen engagiere, werden Andrew, Linda oder mein Boss die Honorarrechnungen in meiner Kostenaufstellung sehen und eine Erklärung verlangen.«

»Kannst du nicht jemanden aus eigener Tasche bezahlen?«

»Ich müsste das über meine Kreditkarte oder mein Scheckkonto laufen lassen, und beides hinterlässt eine Spur. Außerdem arbeiten bereits alle Privatdetektive, die ich kenne, für die Kanzlei, es würde also sofort publik werden. Und dann müsste ich erklären, warum ich privat einen Auftrag erteilt habe statt über die Kanzlei, und damit wäre ich wieder an dem Punkt angelangt, wo Andrew es erfährt.« Leigh nahm die Alternative gleich vorweg. »Du kannst Phils Computer für so etwas nicht benutzen. Das ist nicht so, wie im Grundbuch etwas nachzusehen.«

»Die Kameras der Bibliothek in der Innenstadt sind seit letztem Jahr kaputt. Ich benutze einen der öffentlichen Computer.«

Callie zuckte die Achseln. »Nur ich und die anderen Junkies, die in einem klimatisierten Raum die Zeit totschlagen.«

Leigh räusperte sich. Sie hasste es, wenn sich Callie als Junkie bezeichnete, fast so sehr wie die Tatsache, dass Callie eben ein Junkie war. »Vergewissere dich, dass die Kameras immer noch kaputt sind. Ich will nicht, dass du ein Risiko eingehst.«

Callie sah, wie Leigh eine Träne fortwischte.

»Wir haben das B immer noch nicht gefunden«, sagte Leigh.

»Du meinst den Fuß des Berges.« Callie sah, wie ihre Schwester die Augen verdrehte. Sie wiederholte die beiden Fragen: »Was weiß Andrew? Woher weiß er es?«

»Und was wird er mit dieser Information anfangen?«, ergänzte Leigh. »Er wird nicht bei Tammy aufhören, so viel ist sicher. Er ist wie ein Hai, der immer weitermacht.«

»Du schreibst ihm zu viel Macht zu«, sagte Callie. »Dabei erzählst du mir ständig, dass es keine kriminellen Genies gibt. Die Leute haben nur Glück. Sie werden nicht mit der Hand in der Keksdose erwischt. Sie prahlen nicht damit, dass sie Kekse geklaut haben. Es ist ja nicht so, als hätte Andrew als Zehnjähriger ein geheimes Drohnengeschwader am Himmel gehabt. Natürlich, er ...«

Leigh stand auf. Sie öffnete den Mund und schloss ihn wieder, schaute zur Straße, drehte sich dann zu Callie um. »Gehen wir.«

Callie fragte nicht, wohin. Sie erkannte am Gesichtsausdruck ihrer Schwester, dass Leigh etwas eingefallen war. Callie konnte nichts weiter tun, als mit ihr Schritt zu halten, als sie den Park verließen.

Ihre Lunge war nicht auf das forsche Tempo eingestellt. Als sie die Straße erreichten, die zu Phils Haus zurückführte, war Callie bereits außer Puste. Nur dass Leigh nicht nach links abbog. Sie ging weiter geradeaus, was sie wieder zum senfgelben Haus der Waleskis zurückbringen würde. Der Weg war nur drei Minuten länger. Callie wusste es, weil sie beide Routen viele Male gegangen war. Damals hatte es keine Straßenlampen gegeben, nur die Dunkelheit und die Stille und die Erkenntnis, dass sie das, was gerade passiert war, abwaschen musste, bevor sie sich im Haus ihrer Mutter schlafen legen konnte.

»Bleib an meiner Seite«, sagte Leigh.

Callie hatte Mühe, bei Leighs entschlossenem Schritt mitzuhalten. Ihr Herz begann zu hämmern, und sie stellte sich vor, dass da zwei Stücke Feuerstein in ihrer Brust waren, die aneinanderschlugen, bis der Funke zündete und ihr Herz zu brennen anfing. Sie gingen nicht einfach am Haus der Waleskis vorbei, sondern Leigh bog links in die Einfahrt ab.

Callie folgte ihr, bis sich ihre Füße weigerten, auch nur einen weiteren Schritt zu machen. Sie stand am Rand des verblassten Ölflecks, wo Buddy immer seine verrostete Corvette geparkt hatte.

»Calliope!« Leigh hatte sich verärgert umgedreht, die Hände in die Hüften gestemmt. »Wir ziehen das durch, also hab dich nicht so und bleib nah an meiner Seite.«

Der herrische Ton ihrer Schwester war genau derselbe wie in der Nacht, in der sie Buddy Waleski zerstückelt hatten. *Hol seine Werkzeugkiste aus dem Auto. Geh zum Schuppen und such die Machete. Bring den Benzinkanister. Wo ist die Chlorbleiche? Wie viele Lappen können wir benutzen, ohne dass Linda merkt, dass sie fehlen?*

Leigh drehte sich um und verschwand im schwarzen Maul des Carports.

Callie folgte widerwillig und blinzelte, damit sich ihre Augen an das Dunkel gewöhnen konnten. Sie sah Schatten, den Umriss ihrer Schwester an der Tür, die in die Küche führte.

Leigh langte nach oben und riss die Sperrholzplatte vor der Öffnung mit bloßen Händen ab. Das Holz war so alt, dass es splitterte. Leigh ließ sich nicht aufhalten, sie packte den zersplitterten Rand und zerrte so lange, bis sie die Hand zur Türklinke durchstecken konnte.

Die Küchentür schwang auf.

Callie rechnete mit dem vertrauten modrigen Geruch, stattdessen stank es nach Meth.

»Himmel.« Leigh hielt sich die Nase zu, um sich vor dem Ammoniumgeruch zu schützen. »Hier müssen Katzen reingekommen sein.«

Callie korrigierte sie nicht. Sie verschränkte die Arme vor der Brust. Irgendetwas in ihr wusste, warum Leigh hier sein wollte, aber sie stellte sich diese Enthüllung zu einem Dreieck gefaltet vor und dann zur Form eines Flugdrachens, und schließlich verwandelte sie sich in einen Origami-Schwan, der auf die unzugänglichen Strömungen tief in ihrer Erinnerung zuglitt.

»Gehen wir.« Leigh stieg über das Sperrholzhindernis, und dann standen sie zum ersten Mal seit dreiundzwanzig Jahren wieder in der Küche der Waleskis.

Falls es ihr etwas ausmachte, gab Leigh es jedenfalls nicht zu erkennen. Sie streckte die Hand nach Callie aus und wartete.

Doch Callie nahm die Hand ihrer Schwester nicht. Ihre Knie wollten einknicken. Tränen strömten ihr übers Gesicht. Sie konnte den dunklen Raum nicht sehen, aber sie hörte den Knall, als Buddy die Küchentür öffnete. Seinen feuchten Husten. Das Klatschen seiner Aktentasche, die er auf die Anrichte schmiss. Das Krachen eines Stuhls, den er unter den Tisch trat, das Rieseln der Keksbrösel, die aus seinem Mund fielen, denn wohin Buddy auch ging, da war *Lärm, Lärm, Lärm*.

Callie blinzelte wieder. Leigh schnippte vor ihrem Gesicht mit den Fingern.

»Cal«, sagte Leigh. »Du hast es fertiggebracht, noch einen ganzen Monat mit Andrew in diesem Haus zu bleiben und so zu tun, als sei nichts geschehen. Also wirst du es jetzt auch zehn Minuten lang schaffen.«

Callie hatte es damals nur geschafft, weil sie Alkohol aus den Flaschen hinter der Bar abgezweigt hatte.

»Calliope, wo sind deine Eier, verdammt noch mal!«, schimpfte Leigh.

Ihre Stimme war hart, aber Callie hörte, dass sie gleich brechen würde. Das Haus setzte Leigh zu. Es war das erste Mal, dass ihre Schwester an den Ort ihres Verbrechens zurückkehrte. Sie wollte Callie eigentlich gar nicht herumkommandieren, es war eher so, dass sie sie anflehte, ihr um Himmels willen zu helfen, das hier durchzustehen.

Nur so ging es. Es durfte immer nur eine von ihnen zusammenbrechen.

Callie packte Leighs Hand. Sie hob langsam das Bein, aber kaum hatte sie es über die Sperrholzreste geschwungen, riss Leigh sie schon mit einem Ruck in die Küche.

Callie stolperte gegen ihre Schwester. In ihrem Hals knackte es. Sie schmeckte Blut, weil sie sich auf die Zunge gebissen hatte.

»Alles okay?«, fragte Leigh.

»Ja«, sagte Callie, denn alle Schmerzen, die sie jetzt spürte, ließen sich später mit der Nadel vertreiben. »Sag mir, was ich tun soll.«

Leigh holte zwei Handys aus ihren Hosentaschen. Sie schaltete die Taschenlampen-Funktion ein, und die Strahlen fielen auf das abgenutzte Linoleum. Vier Vertiefungen zeigten an, wo der Esstisch der Waleskis gestanden hatte. Callie starrte auf die Abdrücke, bis sie spürte, wie ihr Gesicht auf die Tischfläche gepresst wurde, während Buddy hinter ihr stand.

Püppi du darfst dich nicht so winden du musst aufhören damit ich ...

»Cal?« Leigh hielt ihr eines der Telefone hin.

Callie nahm es und leuchtete in der Küche umher. Kein Tisch und keine Stühle, kein Mixer oder Toaster. Die Schranktüren waren ausgehängt. Unter der Spüle fehlten Rohre. Die Verkleidung der Steckdosen fehlte, weil jemand die Kabel wegen des Kupfers gestohlen hatte.

Leigh richtete das Licht auf die Rauputzdecke. Callie entdeckte ein paar alte Wasserflecke, aber die Kerben, wo man die Kabel aus dem Rigips gerissen hatte, waren neu. Das Licht streifte über die Oberseiten der Schränke. Eine Laibung lief rund um den Raum. Die Gitter der Klimaanlage fehlten, und die Löcher in der Wand glichen schwarzen, leeren Mündern, die aufblitzten, wenn das Licht auf den Metallschacht in ihrem Rachen fiel.

Callie fühlte, wie der Origami-Schwan das Haupt hob. Der Schnabel öffnete sich, als wollte er ein Geheimnis kundtun, aber dann zog das Geschöpf seinen Kopf genauso plötzlich wieder ein und verschwand im Brunnen von Callies unerschlossenen Erinnerungen.

»Lass uns da drin nachsehen.« Leigh ging von der Küche ins Wohnzimmer.

Callie folgte langsam und blieb mitten im Raum stehen. Keine abgewetzte orangefarbene Couch, keine ledernen Clubsessel mit Brandflecken auf den Lehnen, kein riesiger Fernseher, der den Scheitel eines Dreiecks bildete und aus dem die Kabel wie eine eingerollte Schlange hingen.

Die Bar stand noch immer in der Ecke.

Das Mosaik war abgeschlagen, der Fußboden übersät von Keramikscherben. Die Spiegel waren gesprungen. Callie hörte plötzlich schwere Schritte hinter sich. Sie sah Buddy durch den Raum stapfen, mit dem Geld von einem neuen Job prahlen, Kekskrümel mit der Hand von seinem Hemd fegen.

Schenk mir einen Drink ein Püppchen.

Callie blinzelte, und die Szene zeigte jetzt zerbrochene Crackpfeifen, Stücke versengter Alufolie, gebrauchte Spritzen und vier Matratzen auf dem Langhaarteppich, der so alt war, dass er unter ihren Schuhen knirschte. Bei der Erkenntnis, dass hier Rauschgift gespritzt wurde, kräuselte sich jede Pore in Callies Haut vor Verlangen nach einem Schuss, um den Origami-Schwan in Wellen von strahlend weißem Heroin zu ertränken.

»Callie«, rief Leigh. »Hilf mir mal.«

Widerstrebend verließ Callie das Heiligtum. Leigh stand am Ende des Flurs. Die Badezimmertür fehlte, und Callie sah, dass das Waschbecken zerbrochen war und weitere Rohre fehlten. Leigh richtete ihren Lichtstrahl an die Decke.

Callie hörte die Bodendielen knarren, als sie an Andrews Zimmer vorbeikam. Sie konnte nicht aufblicken. »Was ist?«

»Die Luke zum Dachboden«, sagte Leigh. »Sie ist mir früher nie aufgefallen. Dort haben wir nicht gesucht.«

Callie trat einen Schritt zurück und blickte nach oben zur winzigsten Kassettendecke der Welt. Das Feld mit der Luke maß gerade mal einen halben Meter im Quadrat. Da Callies gesamtes Wissen über Dachböden aus Horrorfilmen und *Jane Eyre* stammte, fragte sie: »Sollte es nicht eine Treppe oder eine Leiter geben?«

»Nein, du Dummkopf. Hilf mir, hinaufzuklettern.«

Callie ging ohne nachzudenken in die Hocke und verschränkte die Hände.

Leigh setzte einen Fuß in die Räuberleiter. Die Sohle ihres Stiefels kratzte in Callies Handflächen. Leighs Hand ging zu Callies Schulter. Sie testete ihr Gewicht.

Helles Feuer wütete in Callies Nacken und Schultern. Sie biss die Zähne zusammen und zitterte schon, bevor Leigh ihr ganzes Gewicht in Callies Hände verlagert hatte.

»Du kannst mich nicht hochheben, oder?«

»Doch, ich kann es.«

»Nein, kannst du nicht.« Leigh stellte ihren Fuß wieder auf den Boden. »Ich weiß, dass dein Arm taub ist, weil du ihn ständig reibst. Du kannst ja kaum den Kopf drehen. Hilf mir, diese Matratzen hierherzuschieben. Wir stapeln sie aufeinander und ...«

»Holen uns Hepatitis?«, sprach Callie zu Ende. »Leigh, du darfst diese Matratzen nicht anrühren. Sie sind voller Sperma und ...«

»Was soll ich sonst tun?«

Callie kannte die einzige Möglichkeit. »Ich gehe hinauf.«

»Ich lasse dich nicht ...«

»Heb mich verdammt noch mal einfach da rauf, okay?«

Leigh zögerte nicht annähernd lange genug für Callies Geschmack. Sie hatte vergessen, wie rabiat die frühere Leigh sein konnte. Ihre Schwester ging nun in die Knie und bot ihre Hände als Leiter an. So war sie, wenn sie sich zu etwas entschlossen hatte. Dann konnten nicht einmal Schuldgefühle sie davon abhalten, einen weiteren schrecklichen Fehler zu machen.

Und Callie wusste instinktiv: Was immer sie auf diesem Dachboden fanden, es wäre ein schrecklicher Fehler.

Sie kniete nieder, um das Handy auf den Boden zu legen. Die Taschenlampe warf ihr Licht an die Decke. Sie verbannte alle Gedanken daran, wie oft sie den Fuß in die Hände eines fünfzehnjährigen Jungen gesetzt hatte, um dann wie eine Ballerina auf einer Spieluhr hoch in die Luft gehoben zu werden. Das Vertrauen, das für dieses Kunststück nötig war, beruhte zur Hälfte auf Training, zur Hälfte auf Unzurechnungsfähigkeit.

Es war außerdem über zwanzig Jahre her. Jetzt musste sich Callie an der Wand abstützen und an Leighs Schulter festhalten, um das Gleichgewicht zu wahren, sobald sie auch nur den Fuß hob. Die Hebefigur war alles andere als elegant. Callie streckte ihr freies Bein vor und setzte den Sneaker an die Wand, damit sie nicht nach vorn kippte. Das Ergebnis war, dass sie aussah wie eine Fliege in einem Spinnennetz.

Callie konnte den Kopf nicht weit genug in den Nacken legen, um zu erkennen, was genau sich über ihr befand. Sie hob die Hände über den Kopf und ertastete die Luke. Sie drückte, aber das verdammte Ding war entweder von Farbe verklebt oder so alt, dass es mit der Umrahmung verschmolzen war. Callie schlug nun so heftig mit der Faust dagegen, dass ihre gesamte Wirbelsäule vibrierte. Sie schloss die Augen, ignorierte die Fehlzündungen ihrer Nerven und hämmerte weiter, bis das Holz in der Mitte brach.

Staub, Dreck und Brocken von Isoliermaterial regneten auf ihren Kopf. Sie wischte sich den Schmutz aus Augen und Nase.

Der Lichtstrahl des Handys hatte sich in den Dachboden hinein wie ein Schirm geöffnet.

Leigh hob sie höher. Callie sah, dass die Luke nicht von Farbe verklebt gewesen war. Nägel ragten heraus, sie glänzten im Lichtschein. »Die sehen neu aus«, sagte sie zu ihrer Schwester.

»Komm runter«, sagte Leigh. Sie war nicht einmal außer Puste von der Anstrengung, ihre Schwester zu halten. »Ich kann mich hinaufziehen und …«

Callie stieg auf ihre Schulter. Sie steckte den Kopf in den Dachboden wie ein Erdmännchen. Es roch widerlich, aber nicht von Meth. Eichhörnchen, Ratten oder beides hatten sich in dem engen Dachraum eingenistet. Callie konnte nicht feststellen, ob noch immer welche hier wohnten.

Was sie allerdings wusste, war, dass der Raum zu niedrig war, um aufrecht darin stehen zu können. Callie schätzte, dass rund ein Meter zwischen den Dachbalken und den Balken lag, an die die Decke genagelt war. Wegen der Dachschräge wurde es zu den Hauswänden hin noch enger.

»Bleib auf den Tragbalken«, sagte Leigh. »Sonst brichst du durch die Decke.«

Als hätte Callie nicht Dutzende Male Tom Hanks in *Geschenkt ist noch zu teuer* gesehen.

Sie klappte die Teile der zerbrochenen Kassette aus dem Zugang nach innen und drückte damit die Nägel platt. Leigh half von unten, aber Callies Arme zitterten, als sie sich bis über die Taille in den Dachraum stemmte. Sie schaffte es, den Rest ihres Körpers nachzuholen, indem sie wie eine Raupe auf dem Bauch kroch, während Leigh von unten nachschob.

»Warte«, sagte Leigh, als hätte Callie etwas anderes tun können.

Licht blitzte im Dachboden auf. Dann noch einmal. Und noch einmal. Es klang so, als würde Leigh in die Höhe springen, entweder um einen Blick in den Raum zu werfen oder um der Geister-auf-dem-Dachboden-Atmosphäre einen Stroboskopeffekt hinzuzufügen.

»Was tust du da?«, fragte Callie.

»Du hast das Telefon unten liegen lassen«, sagte Leigh. »Ich schaue nach, wohin ich es werfen kann.«

Wieder blieb Callie nichts übrig, als auf dem Bauch zu liegen und zu warten. Sie hatte Glück, denn etwas unter ihren Hüften überbrückte den Raum zwischen den Balken. Plastik wahrscheinlich, da es biegsam war und rau an ihrer nackten Haut, da ihr T-Shirt an einem Nagel hängen geblieben und zerrissen war. Ein ruiniertes Outfit mehr.

»Es kommt«, rief Leigh. Es gab ein paar dumpfe Schläge, bevor sie das Handy in Callies Richtung warf. »Kannst du es erreichen?«

Callie tastete blind hinter sich. Der Wurf war gut gewesen. »Ich hab's«, meldete sie.

»Kannst du etwas sehen?«

»Noch nicht.« Licht war nicht unbedingt die Lösung für das Problem. Callie hatte keine Möglichkeit, nach vorn zu blicken, so wie sie lag. Ihre Nase berührte beinahe die Rückseite der Rigipsdecke unter ihr. Dämmstoffteilchen machten sich auf den Weg in ihre Lunge. Sie musste das Smartphone in die Gesäßtasche stecken, um zu testen, ob sie sich auf Hände und Knie aufrichten konnte. Rechte Hand und rechtes Knie auf einen Balken, linke Hand und linkes Knie auf den anderen. Die Decke darunter wartete nur darauf, dass sie hindurchkrachte und sich den nächsten Wirbel brach.

Letzteres geschah nicht, aber ihre Muskeln klagten laut, weil Callie sich rittlings über die vierzig Zentimeter breite Lücke hinwegbewegen musste. Es hatte eine Zeit gegeben, da war Callie auf einem Schwebebalken herumgehüpft, hatte sich um einen Stufenbarren geschwungen, Überschläge auf der Bodenmatte gemacht. Kein Muskel in ihrem Körper hielt noch an dieser Erinnerung fest. Sie verachtete sich für ihre anhaltende Zerbrechlichkeit.

»Cal?«, rief Leigh ängstlich nach oben. »Alles in Ordnung?«

»Ja.« Callie streckte die linke Hand aus und zog das linke Knie nach, dann wiederholte sie das Gleiche auf der rechten Seite; so probierte sie aus, wie sie auf den Balken vorwärtskam. Dann sagte sie: »Ich sehe noch nichts. Ich werde ein wenig herumstöbern.«

Leigh sagte nichts. Sie hielt wahrscheinlich den Atem an, lief unten auf und ab oder suchte eine Möglichkeit, all die Schuldgefühle aufzunehmen, die seit mehr als zwei Jahrzehnten in diesem Haus eingeschlossen gewesen waren.

Callie benutzte das Smartphone, um ihre Umgebung auszuleuchten. Was sie sah, ließ sie kurz zögern. »Hier oben war vor Kurzem jemand und hat die Isolierung weggerissen.«

Das wusste Leigh bereits. Deshalb hatte sie ja auf den Dachboden gehen wollen. Sie mussten die grundlegenden Fragen beantworten – zumindest sollten es Leute, die auf Dachböden herumkrochen, so formulieren, statt von etwas Dämlichem wie einem B, das ein A und C verbindet, zu faseln.

Was wusste Andrew? Woher wusste er es?

Callie sah, wie sich der Origami-Schwan anmutig gegen die Strömung stemmte, die ihn in die Tiefe ziehen wollte. Sie hatte ihr Leben gezielt rund um den Luxus herum aufgebaut, nie vorausdenken zu müssen. Jetzt verstieß sie gegen dieses lebenslange Training und kroch auf allen vieren auf der Isolierung voran, die vor ihr geteilt war wie das Rote Meer. Ein dünnes graues Kabel lag auf dem Meeresgrund. Ratten hatten es zernagt, was das Elend eines Rattenlebens war. Ihre Zähne wuchsen unaufhörlich, und sie bissen auf Drähten herum wie Babys auf Beißringen, nur dass man sich von einem Babybiss kein Hantavirus einfangen konnte.

»Cal?«, rief Leigh.

»Alles gut«, log sie. »Hör auf zu fragen.«

Callie hielt inne, um sich erst einmal zu beruhigen, zu Atem zu kommen, ihre Gedanken auf die Aufgabe zu konzentrieren, die vor ihr lag. Nichts davon funktionierte, aber sie kroch dennoch weiter und überquerte vorsichtig einen dicken Querbalken. Die grob behauenen Dachbalken schabten über ihren Rücken, als die Neigung des Dachs ihr immer weniger Platz ließ. Sie wusste, dass sie sich jetzt über der Küche befand. Jeder Muskel in ihrem Körper wusste es ebenfalls. Sie versuchte, die Hand zu heben, aber es ging nicht. Sie versuchte, das Bein zu bewegen. Dasselbe Problem.

Schweiß tropfte von ihrer Nase auf die Rückseite der Rigipsplatte. Die Hitze auf dem Dachboden hatte sich fast unbemerkt an sie herangeschlichen und langsam ihre Finger um Callies Hals gelegt. Ein zweiter Schweißtropfen fiel in den ersten. Sie schloss die Augen und stellte sich die Küche unter ihr vor. Brennende Lichter, der Wasserhahn lief. Stühle unter den Tisch geschoben. Buddys Aktentasche auf der Anrichte. Seine Leiche auf dem Boden.

Callie fühlte ein Schnauben von heißem Atem in ihrem Nacken.

Der Gorilla war hinter ihr. Packte sie an den Schultern. Atmete in ihr Ohr. Sein Mund kam näher. Sie roch billigen Whiskey und Zigarren ... *Halt still Püppchen ich kann nicht aufhören tut mir leid Kleines es tut mir so leid entspann dich geh einfach mit komm schon atme.*

Sie öffnete die Augen. Schluckte einen Mund voll warmer Luft. Callies Arme zitterten so heftig, dass sie befürchtete, sie würden sie nicht mehr lange tragen. Sie ließ sich zur Seite sinken, balancierte ihren Körper auf dem schmalen Balken wie eine Katze auf einer Sofalehne. Sie sah zur Unterseite des Dachs hinauf. Nägel ragten aus dem Holz, wo die Schindeln eingeschlagen waren. Wasserflecken breiteten sich wie dunkle Gedankenblasen über ihrem Kopf aus.

Der wunderschöne Origami-Schwan war fort, verschlungen von dem bösartigen Gorilla, aber Callie konnte die Wahrheit nicht länger unterdrücken.

Sie richtete den Lichtstrahl nicht nach vorn, sondern zur Seite, hievte sich auf den Ellbogen und zwang sich, über den Balken zur Luke zurückzuschauen. Ein Schneidebrett aus Kunststoff spannte sich über zwei Balken. Callies Hand ging an ihren Bauch. Sie konnte noch spüren, wie es über die Haut geschabt hatte, als sie vorhin darübergekrochen war.

Sie erinnerte sich an das große Schneidebrett in Lindas Küche. Es war eines Tages einfach von der Anrichte verschwunden gewesen, und Callie hatte angenommen, Linda sei zu dem Schluss gekommen, dass es einfacher wäre, es wegzuwerfen, als es sauber zu machen.

Aber jetzt begriff sie, dass Buddy das Brett für sein Dachbodenprojekt entwendet hatte.

Callie folgte mit dem Lichtstrahl dem von Ratten zerfressenen Kabel, das zu dem Brett zurückführte. Sie brauchte keine weitere Information, um zu verstehen, dass ein Videorekorder auf dem Brett gestanden hatte. Sie wusste, dass das graue dreipolige Kabel aus den Buchsen auf der Vorderseite des Geräts geragt hatte. Rot für den rechten Audiokanal, Weiß für den linken, Gelb für Video. Das Kabel mündete in ein weiteres langes Kabel, das sich jetzt vor Callie erstreckte und dann links abbog.

Sie folgte ihm mit dem Blick und veränderte langsam auf dem Ellbogen ihre Position, bis sie quer zu den Balken lag statt längs. Der Raum wurde immer enger. Sie untersuchte die Rigipsplatte unter dem Lichtstrahl. Sie konnte nichts erkennen außer einem grellen Reflex von der Papierbeschichtung der Platte. Dann steckte sie das Telefon in die Tasche, und es wurde stockfinster auf dem Dachboden.

Trotzdem schloss Callie die Augen. Sie fuhr mit den Fingern über die Rigipsplatte. Fast sofort fand sie eine flache Vertiefung. Etwas hatte einen Abdruck in dem weichen Material hinterlassen. Etwas, das rund war und fünf Zentimeter Durchmesser hatte, so groß etwa wie der Brennweitenring am Objektiv einer Kamera. Einer Kamera, von der das zerbissene Kabel zu dem fehlenden Rekorder zurückführte.

Es waren Geräusche unter ihr zu hören. Leigh war in der Küche, und ihre Schritte knirschten auf dem schmutzigen Boden. Sie stand dort, wo der Tisch und die Stühle gewesen waren. Ein paar Schritte vorwärts und sie wäre an der Spüle. Ein paar Schritte zurück und sie stünde an der Wand, wo früher das Telefon hing.

»Callie?« Leigh richtete ihr Smartphone nach oben. Ein Lichtstrahl fiel durch das Loch in der Decke. »Was hast du gefunden?«

Callie antwortete nicht.

Was sie gefunden hatte, war die Antwort auf ihre beiden grundlegenden Fragen.

Andrew wusste alles, weil er alles gesehen hatte.

MITTWOCH

10

Leigh schaute auf die Uhr. Es war genau acht Uhr morgens, und der Berufsverkehr verstopfte bereits die Straßen. Sie saß wieder am Steuer ihres Audi, aber zum ersten Mal seit Tagen hatte sie nicht mehr das Gefühl zu ertrinken. Leighs Erleichterung lief Callies Entdeckung auf dem Dachboden eigentlich zuwider, aber Andrew hatte ja bereits klargemacht, dass er die genauen Einzelheiten von der Ermordung seines Vaters kannte. Was Leigh nicht gewusst hatte – und was sie an den Rand des Wahnsinns getrieben hatte –, war, *woher* er es wusste. Jetzt, da sie Klarheit darüber hatte, war Andrew eines Teils seiner Macht über sie beraubt.

Dass es Callie war, der Leigh diesen Ansatzpunkt verdankte, machte es noch schöner. Die Bemerkung ihrer Schwester, dass Andrew *ja wohl kein geheimes Drohnengeschwader am Himmel gehabt hatte*, hatte in Leighs Kopf etwas zum Klicken gebracht. Mit achtzehn war sie bedauernswert ahnungslos gewesen, was die Grundlagen eines Hausbaus betraf. Es gab Wände und Böden, und irgendwie kam das Wasser in den Hahn und der elektrische Strom in die Lampen. Sie hatte noch nie in einem engen Raum herumkriechen müssen, um das Hauptventil zu suchen, mit dem man das Wasser abstellte, weil ihr Mann ausgerechnet an diesem Wochenende seine Mutter besuchen musste. Und sie hatte noch nie Weihnachtsgeschenke auf dem Dachboden versteckt, damit ein sehr neugieriges und sehr schlaues kleines Mädchen sie nicht fand.

Seit dem Moment, als Andrew wieder in ihr Leben geplatzt war, war Leigh jene Schreckensnacht ein ums andere Mal durchgegangen, um herauszufinden, was sie übersehen hatten. Bis zu dem Augenblick auf den Schaukeln war ihr nie in den Sinn gekommen, dass sie überallhin gesehen hatten, nur nicht nach *oben*.

Danach gab es keine Überraschungen mehr. Während der Highschool hatte Leigh jedes Jahr im Weihnachtsgeschäft in der Audio/Video-Abteilung bei Circuit City gearbeitet. Sie waren auf Provisionsbasis bezahlt worden, also hatte Leigh ein enges Shirt getragen und das Haar toupiert, um die glücklosen Männer anzulocken, die auf den letzten Drücker nach einem teuren Geschenk für ihre Frauen suchten, das sie in Wirklichkeit selbst gebrauchen konnten. Sie hatte Dutzende Camcorder verkauft. Dann hatte sie Aufbewahrungsboxen, Stative, Kabel, Ersatzbatterien und Videokassetten verkauft, denn die Minikassetten in der Kamera verfügten nur über eine Aufnahmedauer von rund neunzig Minuten, danach musste man den Inhalt entweder löschen oder anderswo speichern.

Callie hatte mehrere Fotos von Buddys Geräteaufbau auf dem Dachboden gemacht, aber Leigh hatte ohnehin genau gewusst, wie es aussah, schon bevor ihre Schwester wieder heruntergeklettert war. Das RCA-Kabel war an einem Ende mit der Kamera verbunden und am anderen mit dem Videorekorder. Man drückte einen Knopf an der Kamera, dann drückte man *Record* am Videorekorder, und alles wurde aufgezeichnet. Callies Fotos hatten eine weitere verschüttete Erinnerung bei Leigh zutage gefördert: wie sie die Fernbedienung in Buddys Hosentasche gefunden hatte. Sie hatte sie so heftig über den Boden gepfeffert, dass das Batteriefach abgebrochen war.

Buddy war aber nicht den ganzen Tag mit der Fernbedienung in der Hosentasche herumgelaufen. Er hatte sie absichtlich eingesteckt, so wie er absichtlich die Minikassette der Kamera von der Hausbar in der Schachtel Black & Mild versteckt hatte. Dass er bei der über dem Küchentisch versteckten Kamera auf *Record* gedrückt hatte, wurde von Juristen Vorsatz genannt. Buddy Waleski hatte die Kamera deshalb gestartet, weil er gewusst hatte, er würde Callie wehtun, als er ihr in die Küche gefolgt war.

Und jetzt hatte sein Sohn die Bänder.

Leigh ging in Gedanken die verschiedenen Dinge durch, die Andrew Tenant *nicht* mit den Aufzeichnungen gemacht hatte: Er war *nicht* zur Polizei gegangen. Er hatte sie *nicht* Cole Bradley gezeigt. Er hatte Leigh *nicht* mit dem Beweismaterial konfrontiert. Er hatte niemandem davon erzählt, der etwas damit anfangen konnte.

Was er hingegen getan hatte: Er wollte Leigh mithilfe dieser Aufnahmen zu etwas zwingen, was sie nicht tun wollte. Sie hatte Tammy Karlsens Patientenakte vom Konferenztisch mitgenommen und hatte die Therapieprotokolle gelesen. Sie hatte – zumindest im Kopf – eine Strategie entwickelt, wie sie die Informationen benutzen konnte, um Tammy in die Knie zu zwingen.

Bis jetzt war Leighs einziges Verbrechen die Entgegennahme gestohlenen Eigentums gewesen. Der Vorwurf wurde dadurch abgemildert, dass sie Andrews Anwältin war und ihn nicht aufgefordert hatte, die Patientenakte zu stehlen – und woher sollte sie überhaupt wissen, dass sie gestohlen war? Jeder Mensch, der einen Drucker besaß, konnte einen Aktenordner so gestalten, dass er offiziell aussah. Und jeder, der über viel freie Zeit verfügte, konnte die hundertachtunddreißig Seiten mit Zusammenfassungen von mehr als sechzig angeblichen Therapiesitzungen produzieren.

Leigh warf einen Blick zu ihrer Handtasche auf dem Beifahrersitz, während sie darauf wartete, dass die Ampel umschaltete. Der Ordner ragte oben heraus. Die Aufzeichnungen darin lasen sich fast wie ein Roman. Der erdrückende Schmerz aus Tammys frühen Sitzungen, ihre schrittweise Öffnung, als sie sich zu dem Grauen und der Scham bekannte, die mit dem Vorfall in der Highschool einhergegangen waren. Der holprige Weg, bis sie das Trinken, die Selbstverletzungen und die Bulimie in den Griff bekommen hatte. Die gescheiterten Versuche der Aussöhnung mit dem Geschehenen. Das langsame Begreifen, dass sie ihre Vergangenheit nicht ändern konnte, aber dass sie versuchen musste, ihre Zukunft zu gestalten.

Die Akte offenbarte jedoch hauptsächlich, dass Tammy Karlsen eine intelligente, einfühlsame, witzige und ehrgeizige Person war – und als Leigh die letzten Seiten las, konnte sie nichts anderes denken als: *Warum schaffte ihre Schwester das nicht?*

Intellektuell war Leigh mit der Wissenschaft von Sucht vertraut. Sie wusste auch, dass zwei Drittel der Menschen, die Oxy einnahmen, dumme Kids waren, die mit Drogen experimentierten, nicht etwa Schmerzpatienten, die abhängig gemacht wurden. Doch selbst in dieser Gruppe der Schmerzpatienten wurden weniger als zehn Prozent abhängig. Rund vier bis sechs Prozent wechselten zu Heroin. Über sechzig Prozent der Abhängigen wuchsen aus ihrer Sucht heraus oder machten das durch, was sich natürliche Genesung nannte: Sie hatten es satt, abhängig zu sein, und fanden einen Weg, mit dem Drogenkonsum aufzuhören, ein Drittel von ihnen sogar ohne Behandlung. Was den Erfolg von Therapien anging, so waren stationäre Entziehungskuren rein statistisch der größte Fehlschlag, und das Ergebnis von Selbsthilfegruppen wie Nar-Anon war reine Glückssache. Methadon und Buprenorphin waren die besterforschten Ersatzdrogen, aber die medikamentengestützte Therapie war so streng reguliert, dass Ärzte sie nicht mehr als hundert Patienten in ihrem ersten Jahr verordnen durften, und danach durften höchstens zweihundertfünfundsiebzig Patienten mit Medikamenten behandelt werden.

In der Zwischenzeit starben jeden Tag rund hundertdreißig Amerikaner an einer Überdosis.

Callie kannte diese Fakten besser als irgendwer sonst, aber nichts daran hatte sie je dazu gebracht, aufzuhören. Zumindest nicht für eine nennenswerte Zeit. Im Lauf der letzten zwanzig Jahre hatte sie sich ihre eigene Fantasiewelt erschaffen, in der alles Unangenehme oder Störende durch Opioide oder vorsätzliches Leugnen verschleiert wurde. Es schien, als wäre ihr emotionaler Reifungsprozess in der Sekunde, als sie das erste Oxycontin geschluckt hatte, zum Stillstand gekommen. Callie hatte sich mit Tieren umgeben, die ihr nichts zuleide taten, mit Büchern, die in der Vergangenheit spielten, damit sie wusste, dass alles gut ausging, und mit Menschen, die sie nie wirklich kennenlernen würden. Callie schaute nicht Netflix und chillte nicht. Sie hatte keinen digitalen Fußabdruck hinterlassen. Sie war absichtlich eine Fremde für die moderne Welt geblieben. Walter hatte einmal gesagt, wenn man nur popkulturelle Verweise bis zum Jahr 2003 verstand, dann verstand man Callie.

Das Navi des Wagens wies Leigh an, an der nächsten Ampel links abzubiegen. Sie schwenkte auf die Abbiegespur und hob entschuldigend die Hand für den Fahrer hinter ihr, der bereits die Spur gewechselt hatte. Dann jedoch ignorierte sie ihn, als er ihr den Stinkefinger zeigte und zu brüllen anfing.

Leigh trommelte auf dem Lenkrad herum, während sie auf das Umschalten der Ampel wartete. Nach der letzten Nacht konnte sie nur beten, dass ihre Schwester nicht irgendwo mit einer Nadel im Arm lag. Callie war ein nervliches Wrack gewesen, als sie vom Dachboden heruntergeklettert war. Sie klapperte mit den Zähnen und rieb sich unaufhörlich die Arme. Selbst als sie schließlich bei Phil ankamen, war Callie so entschlossen gewesen, ins Haus zu kommen, dass sie keinen Widerstand leistete, als Leigh nach ihrer Telefonnummer gefragt hatte.

Leigh hatte nicht angerufen, um sich nach ihr zu erkundigen. Sie hatte auch keine Nachricht geschrieben. Das Nicht-Bescheid-Wissen war fast schlimmer als alles andere. Seit Callies erster Überdosis rang Leigh mit der immer gleichen düsteren Vorahnung: ein Telefon, das mitten in der Nacht läutete, ein lautes Klopfen an der Tür, ein Polizeibeamter mit dem Hut in der

Hand, der Leigh eröffnete, sie müsse mit ins Leichenschauhaus kommen, um ihre kleine Schwester zu identifizieren.

Das war ihre Schuld. Es war alles ihre Schuld.

Leighs Privathandy läutete und holte sie aus ihrer Abwärtsspirale. Sie nahm das Gespräch mittels der Taste am Lenkrad an, als sie links abbog.

»Mom!«, sprudelte Maddy hervor.

Leighs Herz tat einen freudigen kleinen Hüpfer. Dann setzte Panik ein, denn Maddy rief eigentlich nie an, außer wenn etwas passiert war. »Ist Dad okay?«

»Klar«, sagte Maddy und war augenblicklich gereizt, weil Leigh ihr den Gedanken eingegeben hatte. »Wieso fragst du das?«

Leigh hielt am Rand der Wohnstraße, in der sie sich gerade befand. Sie wusste, eine Erklärung würde Maddy nur eine Plattform für Märtyrertum liefern, deshalb wartete sie ab, bis ihre Tochter zum nächsten Thema weiterflatterte.

»Mom«, sagte Maddy. »Necia Adams macht dieses Wochenende etwas bei sich zu Hause, es werden nur fünf Leute da sein, und es ist im Freien, also echt sicher und …«

»Was hat Dad dazu gesagt?«

Maddy zögerte. Aus ihr würde nie eine Prozessanwältin werden.

»Dad hat gesagt, du sollst mich fragen?«, riet Leigh. »Ich rede heute Abend mit ihm darüber.«

»Es ist nur …« Maddy zögerte wieder. »Keelys Mom ist gegangen.«

Leigh runzelte die Stirn. Sie hatte Ruby, Keelys Mutter, erst letztes Wochenende gesehen. »Sie ist gegangen?«

»Ja, das versuche ich dir doch gerade zu erzählen.« Maddy meinte eindeutig, dass Leigh es bereits wissen müsste, aber sie füllte dankenswerterweise die Leerstellen. »Ms. Heyer hat praktisch mitten in der Nacht eine laute Auseinandersetzung mit Mr. Heyer angefangen, aber Keely hat sich nichts dabei gedacht, logisch. Und dann kam Keely heute Morgen zum Frühstück nach unten, und ihr Dad so: ›Deine Mom braucht ein wenig Zeit für sich, aber sie ruft dich später an, und wir lieben dich beide‹, und dann sagte er, er hätte den ganzen Tag Zoom-Konferenzen, und Keely ist total durcheinander, klar, deshalb dachten wir, wir treffen uns dieses Wochenende, um sie zu unterstützen.«

Leigh merkte, dass sich ein gemeines Grinsen auf ihrem Gesicht breitmachte. Sie erinnerte sich an Rubys zickigen Spruch bei der Aufführung von *The Music Man*. Die Frau würde den Wert einer staatlichen Schulbildung schnell zu schätzen lernen, wenn die Zeit kam, da sie ihren Anteil an den Gebühren von Keelys Privatschule bezahlen musste.

Was Leigh ihrer Tochter natürlich nicht erzählen würde. »Tut mir leid, Schatz. Manchmal funktioniert es eben nicht.«

Maddy schwieg. Sie hatte sich an das seltsame Arrangement zwischen Leigh und Walter gewöhnt, denn sie hatten das Einzige getan, was Eltern in seltsamen Zeiten tun können, nämlich so viel Normalität wie möglich zu schaffen.

Zumindest hoffte Leigh, dass sie sich daran gewöhnt hatte.

»Mom, du verstehst nicht. Wir wollten Keely aufheitern, denn was ihre Mutter macht, ist bescheuert.« Maddy klang nie so engagiert, wie wenn sie eine Ungerechtigkeit anprangerte. »Zum Beispiel hat sie Keely nicht angerufen oder so. Sie hat nur eine Kurznachricht geschickt, entspann dich, mach deine Hausaufgaben, wir sprechen uns später, und Keely ist fix und fertig. Sie weint die ganze Zeit nur.«

Leigh schüttelte den Kopf, denn es war beschissen, seinem Kind so etwas anzutun. Dann fragte sie sich, ob Maddy ihr etwas mitzuteilen versuchte. »Schatz, Ms. Heyer wird Keely bestimmt bald anrufen. Schau mal, Dad und ich haben einander bereits verlassen, und du wirst uns beide nicht los.«

»Ja, das habt ihr mehr als deutlich gemacht.« Maddy klang so sehr nach Callie, dass Leigh die Tränen kamen. »Mom, ich muss Schluss machen. Mein Zoom-Treffen fängt gleich an. Du versprichst, dass du mit Dad über die Party redest?«

»Ich werde versuchen, ihn zu erreichen, bevor ich dich heute Abend anrufe.« Leigh ging nicht weiter darauf ein, dass aus dem seelischen Beistand eine Party geworden war. »Ich liebe ...«

Maddy legte auf.

Leigh fuhr sich mit den Fingern unter den Augen entlang und gab sich Mühe, ihren Lidstrich nicht zu ruinieren. Die Distanz zwischen ihr und ihrer Tochter verursachte immer noch einen körperlichen Schmerz. Sie konnte sich nicht vorstellen, dass ihre eigene Mutter je ein solches Verlangen nach einem ihrer Kinder verspürt hatte. Es gab Spinnen, die sich besser um ihren Nachwuchs kümmerten. Wenn Maddy Leigh je erzählt hätte, dass ein erwachsener Mann ihr die Hand aufs Bein gelegt hatte, hätte Leigh ihrer Tochter sicher nicht geraten, ihm beim nächsten Mal auf die Finger zu hauen. Sie hätte eine Schrotflinte genommen und dem Mann den Schädel weggepustet.

Das Navi blinkte. Leigh zoomte das Bild heran und sah das Gelände des Capital City Country Club, der zu einem der ältesten Privatclubs im Süden gehörte. Die Nachbarschaft triefte vor Geld. Hip-Hop-Stars und Basketballspieler wohnten neben alteingesessenem Geldadel, was Leigh nur wusste, weil Maddy sie vor ein paar Jahren dazu überredet hatte, das Haus von Justin Bieber zu suchen, als der in dieser Gegend gewohnt hatte.

Sie schaltete das Navi aus und fuhr zurück auf die Straße. Die Villen, an denen sie vorbeirollte, waren atemberaubend – nicht ihrer Schönheit, sondern ihrer Kühnheit wegen. Leigh hätte niemals in einem Haus leben mögen, wo sie mehr als dreißig Sekunden benötigte, um ihr Kind zu Gesicht zu bekommen.

Der Golfplatz wellte sich links von ihr, als sie den East Brookhaven Drive entlangfuhr. Sie wusste, auf der anderen Seite des Platzes bog die Straße in die West Brookhaven. Wäre sie zu Fuß unterwegs gewesen, hätte Leigh durch die Greens abkürzen können, um den See herum und vorbei an den Tennisplätzen und dem Clubhaus, und hätte sich nur wenige Straßen vom Little Nancy Creek Park wiedergefunden.

Andrews Drei-Millionen-Dollar-Haus stand an der Mabry Road. Eigentümer war laut Grundbuch der Tenant Family Trust, dem auch die Bruchbude in der Canyon Road gehörte, in der die Waleskis gelebt hatten. Leigh hatte nicht warten wollen, bis Callie dazu kommen würde, die Information zu ermitteln, um sie irgendwann an ihre Schwester weiterzuleiten. Sie hatte es heute Morgen vor dem Verlassen ihrer Wohnung selbst recherchiert. Falls sie eine Spur hinterlassen hatte, die irgendwann zur Sprache kam, konnte sie sagen, sie habe einen Blick auf Andrews Immobilienbesitz geworfen, für den Fall, dass es beim Prozess eine Rolle spielte. Niemand konnte ihr einen Vorwurf daraus machen, dass sie zu gründlich war.

Leigh fuhr langsamer, damit sie die Nummern auf den Briefkästen lesen konnte, die fast so stattlich wie die Häuser waren. Der von Andrew war eine Kombination von weiß getünchtem Ziegel, Stahl und Zedernholz. Die Hausnummer war in Neonleuchtschrift aufgebracht, denn es ergab natürlich Sinn, mehr Geld in die Konstruktion eines Briefkastens zu investieren, als die meisten Leute für den Bau ihrer Häuser ausgaben. Leigh steuerte ihren Audi durch das offene Tor. Die Zufahrt führte hinter das Haus, aber sie parkte davor. Sie wollte, dass Andrew sie kommen sah.

Wie zu erwarten war das Haus einer dieser ultramodernen Bauten aus Glas und Stahl, die wie die Mord-Villa in einem schwedischen Krimi aussahen. Leighs Absatz hinterließ ein schwarzes Mal auf der makellos weißen Zufahrt, als sie ausstieg. Sie schlurfte absichtlich ein bisschen beim Gehen und hoffte, Andrew würde mit einer Zahnbürste hier draußen zugange sein, wenn sie wieder weg war.

Rechteckig getrimmte Büsche waren das einzige gärtnerische Element. Grabsteinartige Marmorplatten führten zur Eingangstür. Halme von Japanischem Schlangenbart füllten die Zwischenräume. Das Grün des Bodendeckers war fast zu grell vor dem reinen Weiß aller anderen baulichen Elemente. Hätte Leigh die Möglichkeit gehabt, eine Jury wie beim Prozess gegen O.J. Simpson hierherzuschaffen, sie hätte sie genutzt.

Sie stieg die drei flachen Stufen zu der gläsernen Eingangstür hinauf und konnte von dort direkt bis zur Rückseite des Hauses sehen. Weiße Wände. Geschliffener Betonboden. Edelstahlküche. Swimmingpool. Badehäuschen. Outdoor-Küche.

Es gab eine Türglocke, aber Leigh machte sich bemerkbar, indem sie mit der flachen Hand an das Glas schlug. Sie drehte sich um und blickte zur Straße zurück. Eine Kamera war in der Ecke des Vordachs angebracht. Leigh erinnerte sich aus dem Durchsuchungsbericht daran, dass die Polizei berechtigt gewesen war, alle Aufzeichnungen von Überwachungsgeräten aus dem Haus mitzunehmen. Praktischerweise war Andrews System während der ganzen Woche offline gewesen.

Leigh hörte das leise Pochen von Blockabsätzen auf dem geschliffenen Beton und drehte sich um.

Sidney Winslow kam heute gestylt wie eine Elle Macpherson auf dem Laufsteg daher. Der Gothic-Look wirkte abgeschwächt, ihr Make-up war leicht, beinahe natürlich. Sie trug einen grauen Bleistiftrock und eine marineblaue Seidenbluse. Ihre Schuhe passten farblich genau zur Bluse. Ohne all das Leder und die dazugehörige Attitüde war sie eine attraktive junge Frau.

Sie öffnete die Tür, und Leigh spürte, wie sich die kühle Luft der Klimaanlage mit der morgendlichen Wärme mischte.

»Andrew zieht sich gerade an«, sagte Sidney. »Stimmt etwas nicht?«

»Nein, ich muss nur ein paar Dinge mit ihm besprechen. Ist es okay, wenn ich hereinkomme?« Leigh war bereits im Haus, ehe sie die Frage ganz gestellt hatte. »Wow, was für ein prächtiger Bau.«

»Irre, oder?« Sidney drehte sich um und schloss die Tür.

Leigh beeilte sich, damit sie schon auf halbem Weg im Flur war, als sie das Schloss klicken hörte. Es gibt nichts Beunruhigenderes, als wenn sich jemand aggressiv in die Privatsphäre drängt.

Aber dies hier war nicht Sidneys Privatsphäre. Zumindest noch nicht. Reggies oberflächlichem Hintergrundcheck zufolge bewohnte Sidney eine Eigentumswohnung in Druid Hills, wo sie an der Emory University ein Magisterstudium absolvierte. Dass das Mädchen Psychiatrie studierte – nun, darüber würde Leigh später lachen.

Leigh ging den Flur entlang, der wenigstens acht Meter lang war. Die erwartbare Kunst hing an den Wänden – Fotos von halb nackten Frauen, ein Gemälde von einem Künstler aus Atlanta, der für seine Bilder schwitzender Pferde berühmt war, die sich bestens in Junggesellenwohnungen machten. Das Esszimmer hatte blanke weiße Wände. Das Arbeitszimmer, der Salon, das Wohnzimmer – alles war so blendend monochrom, als würde man einen Blick hinter die geschlossenen Türen einer Irrenanstalt aus den Dreißigerjahren werfen.

Als sie den hinteren Teil des Hauses erreichten, brannten Leighs Augen von einer plötzlichen Farbexplosion. Eine ganze Wand war einem Aquarium gewidmet. Große tropische Fische schwammen hinter einer Glasscheibe, die sich vom Boden bis zur Decke erstreckte. Eine weiße Ledercouch stand genau gegenüber, eine Art Beobachtungsposten für die Show. In Leighs Kopf blitzte die Erinnerung auf, wie Callie ihre Hand in das Vierzig-Liter-Bassin steckte, das sie im Wohnzimmer der Waleskis aufgestellt hatte. Callies Hände waren voller Blut gewesen, und sie hatte darauf bestanden, sie zuerst in der Spüle zu waschen, damit die Fische nicht krank wurden.

»Die sind cool, oder?« Sidney tippte in ihr Handy, aber sie nickte mit dem Kinn zum Aquarium. »Das hat derselbe Typ gebaut, der so etwas auch im Atlanta Aquarium gemacht hat.

Andrew kann Ihnen davon erzählen. Er steht total auf Fische. Ich habe ihm gerade eine Nachricht geschrieben, dass Sie da sind.«

Leigh drehte sich um. Ihr wurde bewusst, dass sie zum ersten Mal ein privates Gespräch mit Andrews Verlobter führte. Es sei denn, sie zählte mit, dass Sidney sie auf dem Parkplatz ein Miststück genannt hatte.

»Hören Sie«, sagte Sidney, als hätte sie Leighs Gedanken gelesen. »Tut mir leid wegen neulich. Das ist alles sehr verstörend gerade. Andy ist manchmal wie ein heimatloser kleiner Hund. Ich habe oft das Gefühl, ihn beschützen zu müssen.«

Leigh nickte. »Ich habe schon verstanden.«

»Ich habe das Gefühl …« Sie hob die Arme zu einem Achselzucken und drehte die Handflächen nach außen. »Was ist da eigentlich los, was soll der Blödsinn? Wieso haben ihn die Cops auf dem Kieker? Ist es, weil er Geld hat oder hübsche Autos fährt, oder ist es eine Art Rachefeldzug, weil Linda bei dieser Corona-Taskforce gearbeitet hat?«

Leigh staunte immer wieder, wenn reiche weiße Leute davon ausgingen, dass das System einwandfrei funktionierte, bis sie sich selbst darin wiederfanden. Dann konnte es sich nur um eine gottverdammte Verschwörung handeln.

Sie sagte: »Ich hatte einen Mandanten, der wegen des Diebstahls eines Rasenmähers verhaftet wurde. Er starb im Gefängnis an Corona, weil er sich die fünfhundert Dollar Kaution in bar nicht leisten konnte.«

»War er schuldig?«

Leigh erkannte einen aussichtslosen Fall, wenn sie einen sah. »Ich tue, was ich kann, um Andrew zu helfen.«

»Das will ich verdammt noch mal hoffen. Er bezahlt Ihnen schließlich genug.« Sidney widmete sich wieder ihrem Handy, bevor Leigh eine Antwort formulieren konnte.

Da sie ignoriert wurde, benutzte Leigh die Gelegenheit, um an die Fensterfront auf der Rückseite des Hauses zu schlendern.

Den Marmorgrabstein-Weg zum Swimmingpool säumten die gleichen rechteckig getrimmten Büsche wie vor dem Haus. Die Poolumrandung war aus weißem Marmor. Alle Outdoormöbel waren weiß. Vier Liegestühle. Vier Sessel um einen Glastisch. Nichts davon sah einladend aus. Nichts davon sah aus, als würde es jemals benutzt. Selbst das Gras wirkte künstlich. Die einzige Farbvariation trug der Zaun aus Stahl und Zedernholz bei, der die Grundstücksgrenze im Hintergrund markierte.

Hätte sie Talent für Poesie gehabt, wäre ihr sicher ein Vers darüber eingefallen, dass das Haus die frostige Verkörperung von Andrews Seele war.

»Harleigh.«

Leigh drehte sich langsam um. Andrew hatte sich schon wieder an sie herangeschlichen, aber diesmal war sie nicht erschrocken. Sie musterte ihn kühl. Im Kontrast zum Haus war er von Kopf bis Fuß in Schwarz gekleidet, vom T-Shirt über die Trainingshose bis zu den Slippern.

»Wir sollten reden«, sagte sie.

»Sid?« Seine erhobene Stimme hallte von den harten Oberflächen wider. »Sid, bist du da?«

Andrew ging in den Flur, um nach seiner Verlobten zu suchen. Leigh sah, dass sein Haar am Hinterkopf noch feucht war. Er kam wahrscheinlich gerade aus der Dusche.

»Ich wette, sie ist den Kuchen für die Hochzeit holen gefahren«, sagte Andrew. »Wir haben für heute Abend eine kleine Zeremonie geplant. Nur Mom und ein paar Leute aus den Autohäusern. Es sei denn, Sie möchten kommen?«

Leigh sagte nichts. Sie wollte prüfen, ob sie ihn nervös machen konnte.

Seine ausdruckslose Miene veränderte sich nicht, aber er fragte schließlich: »Wollen Sie mir sagen, warum Sie hier sind?«

Leigh schüttelte den Kopf. Sie war schon einmal von einer Kamera erfasst worden. Sie würde sich nicht ein zweites Mal von einer einfangen lassen. »Draußen.«

Andrew zog die Augenbrauen hoch, aber sie sah ihm an, dass er die Intrige genoss. Er schloss die Tür auf, und die komplette Fensterfront öffnete sich wie ein Akkordeon. »Nach Ihnen.«

Leigh trat vorsichtig über die Schwelle. Der Marmor besaß Struktur, aber ihre High Heels fanden keinen festen Halt, also zog sie sie aus und ließ sie an der Tür stehen. Sie sprach nicht mit Andrew, als sie in Richtung Pool ging. Leigh hielt nicht am Ende der Marmorumrandung an, sondern stieg die Treppe neben dem nicht sichtbaren Beckenrand hinunter. Die künstliche Grasnarbe fühlte sich steif an unter ihren nackten Füßen und war noch nass vom Morgentau. Sie konnte Andrews schwere Schritte hinter sich hören und fragte sich, ob auch Tammy Karlsen diese Schritte gehört hatte, als er ihr in den Park gefolgt war. Oder war sie zu diesem Zeitpunkt bereits mit Handschellen gefesselt gewesen? Und geknebelt, sodass sie nicht schreien konnte? War sie zu stark von Drogen benebelt gewesen, um zu begreifen, dass sie schreien musste?

Nur Andrew kannte die Wahrheit.

Der Garten war ungefähr so groß wie ein halbes Fußballfeld. Leigh blieb in der Mitte stehen, auf halber Höhe zwischen Pool und Grundstückszaun. Die Sonne brannte bereits herunter, und der Rasen wurde warm unter ihren Füßen. »Heben Sie die Hände«, sagte sie zu Andrew.

Er lächelte immer weiter, tat aber wie geheißen.

Leigh klopfte seine Taschen ab, wie sie es damals in der Küche auch bei Buddy gemacht hatte. Sie fand einen Lippenpflegestift, aber keine Brieftasche, keine Schlüssel, kein Telefon.

»Ich wollte mich gerade für die Arbeit anziehen«, erklärte Andrew.

»Sie haben sich diese Woche nicht freigenommen, um sich auf ihren Prozess vorzubereiten?«

»Meine Anwältin hat alles im Griff.« Sein Lächeln war beunruhigend, so falsch wie das Gras unter ihren Füßen. »Haben Sie Tammys ärztliche Unterlagen gelesen?«

Leigh wusste, worauf er aus war. »Sie hatte früher ein Alkoholproblem, und sie hat an dem Abend, an dem sie mit Ihnen zusammen war, zweieinhalb Martinis getrunken.«

»Ja, genau.« Seine Stimme nahm einen vertraulichen Ton an. »Und sie sagte, dass sie schon früher vergewaltigt wurde. Vergessen Sie das nicht. Ich kann mir vorstellen, dass eine Jury aus meinesgleichen auch ihre Abtreibung nicht gut aufnehmen wird.«

»Lustig, dass Sie glauben, Ihresgleichen würde über Sie richten.« Leigh ließ ihm keine Zeit für eine Antwort. »Wie alt waren Sie, als ich als Babysitterin bei Ihnen anfing?«

»Ich ...« Die Frage brachte ihn erkennbar aus dem Konzept. Er lachte, um sein Unbehagen zu kaschieren. »Sechs? Sieben? Sie müssten es besser wissen.«

»Sie waren fünf, und ich war dreizehn«, sagte Leigh. »Ich weiß es deshalb so genau, weil ich damals gerade aus dem Jugendarrest entlassen war. Wissen Sie, warum ich im Jugendarrest war?«

Andrew blickte zum Haus zurück. Er schien zu begreifen, dass Leigh die Bedingungen für diese Unterhaltung festgelegt hatte und dass er ihr blind gefolgt war. »Klären Sie mich auf.«

»Ein Mädchen hatte Callie wegen ihres Haarschnitts gehänselt«, sagte Leigh, wenngleich *Haarschnitt* eine beschönigende Bezeichnung dafür war, dass Phil ihrer kleinen Tochter im Vollrausch fast alle Haare abgeschnitten hatte. »Also habe ich mir eine Glasscherbe gesucht und bin dem Mädchen in der Pause nach draußen gefolgt. Ich habe es festgehalten und ihm das Haar abgeschabt, bis die Kopfhaut geblutet hat.«

Er sah sie fasziniert an. »Und?«

»Das habe ich mit einer Fremden gemacht, die mich geärgert hat. Was, glauben Sie, werde ich mit Ihnen machen?«

Andrew hielt einen Moment lang inne, dann lachte er. »Sie werden gar nichts mit mir machen, Harleigh. Sie denken, Sie haben hier eine Art Plan, aber Sie haben eigentlich gar nichts.«

»Buddy hat Sie die Kamera auf dem Dachboden aufbauen lassen.«

Sein Gesicht verriet Verblüffung.

»Er hätte seinen fetten Arsch niemals in den engen Raum da oben zwängen können«, sagte Leigh. »Deshalb mussten Sie es für ihn tun.«

Andrew sagte nichts, aber sie sah ihm an, dass sie endlich einen Treffer gelandet hatte.

Sie schlug weiter zu. »Linda hat das Haus im Mai 2019 bei Re/Max zum Verkauf angeboten, einen Monat bevor Sie Ihr erstes Vergewaltigungsopfer im CinéBistro gefunden haben.«

Er mahlte mit den Kiefern.

»Ich vermute, da ist Ihnen die Kamera wieder eingefallen, die Sie für Buddy dort oben installiert haben.« Leigh zuckte mit einer Schulter. »Sie wollten diese Verbindung zwischen Vater und Sohn wieder aufleben lassen. Und jetzt sind Sie ein Vergewaltiger, wie er einer war.«

Andrew entspannte seine Kieferpartie. Er schaute zum Haus. Als er sich wieder Leigh zuwandte, war die Düsternis in seine Augen zurückgekehrt. »Wir wissen beide, dass Callie genau wusste, was sie tat.«

»Callie war zwölf Jahre alt, als es anfing«, sagte Leigh. »Buddy war fast fünfzig. Sie hatte keine Ahnung, was …«

»Es hat ihr gefallen«, sagte Andrew. »Hat sie Ihnen das erzählt, Harleigh? Es hat ihr gefallen, was Dad mit ihr gemacht hat, und ich weiß es, weil ich jede Nacht in meinem Bett lag und hörte, wie sie seinen Namen gestöhnt hat.«

Leigh hatte Mühe, ihre Gefühle zu zügeln. Ihr Gedächtnis beschwor mühelos Callies heiseres Flüstern herauf, als sie Leigh bat, nach Buddy zu sehen, sich zu überzeugen, dass es ihm gut ging, dass er nicht böse wäre, wenn sie Hilfe für ihn holten.

Er liebt mich, Harleigh. Er wird mir verzeihen.

Andrew sagte: »Sie haben recht, was den Dachboden angeht.

Ich musste für Dad da raufgehen, ein paar Wochen bevor Sie ihn ermordet haben.«

Leigh spürte, wie ihr der Schweiß ausbrach. Deshalb hatte sie ihn hierhergeführt, fernab aller Kameras, Abhörgeräte und neugieriger Blicke. Sie hatte es satt, um das Thema herumzureden, eine Show für den ahnungslosen Reggie abzuziehen. »Hat er Ihnen gesagt, warum?«

»Es gab ein paar Einbrüche in der Nachbarschaft.« Andrew lachte gellend, als bereute er seine kindliche Unschuld im Nachhinein. »Dad sagte, es sei zur Sicherheit, für den Fall, dass jemand einbricht. War wohl ziemlich dumm von mir, ihm zu glauben.«

»Sie waren nie sehr gescheit«, sagte Leigh.

Er blinzelte, und Leigh sah den verletzlichen kleinen Jungen durchscheinen, der immer weinte, wenn er dachte, dass Leigh böse auf ihn war.

Dann blinzelte er wieder, und das Bild war verschwunden.

Sie fragte: »Was weiß Sidney?«

»Sie weiß, dass ich sie liebe.« Andrew zuckte mit den Achseln, wie um die Lüge einzugestehen. »Sosehr ich eben jemanden lieben kann.«

»Und Reggie?«

»Reggie ist so loyal, wie meine Taschen tief sind.«

Leigh erstarrte, als sich Andrew bewegte, aber er kniete nur nieder, um eine Unebenheit im Kunstrasen zu glätten.

Er sah zu ihr auf und sagte: »Callie hat ihn geliebt, Harleigh. Hat Sie Ihnen das nicht erzählt? Sie war total in ihn verliebt. Und er war in sie verliebt. Sie hätten glücklich sein können miteinander. Aber Sie haben es ihnen genommen.«

Leigh konnte sich diesen Bockmist keine Sekunde länger anhören. »Was wollen Sie, Andrew?«

Er ließ sich Zeit damit, aufzustehen. Er strich eine unsichtbare Falte in seiner Hose glatt. »Ich will normal sein. Ich will mich verlieben, heiraten, Kinder haben, das Leben führen, das ich gehabt hätte, wenn Sie mir nicht den Vater genommen hätten.«

Leigh lachte auf, denn die Fantasie war absurd. »Buddy konnte es nicht aushalten, wenn ...«

»Lachen Sie niemals über mich.« Die Veränderung war wieder eingetreten, aber dieses Mal tat er nichts, um die Drohung abzumildern. »Wissen Sie, was mit Frauen geschieht, die über mich lachen?«

Sein Ton verhinderte, dass noch ein Laut aus ihrer Kehle drang. Leigh blickte zum Haus zurück und über den Zaun. Sie hatte gedacht, diese Unterhaltung an einem isolierten Ort würde sie schützen, aber jetzt begriff sie, dass sie ihm gleichzeitig eine Gelegenheit eröffnet hatte.

»Ich weiß, was Sie vorhaben, Harleigh.« Er war ihr unbemerkt näher gekommen. Sie konnte Pfefferminz in seinem Atem riechen. »Sie denken, Sie können es mit Ihren juristischen Manövern so aussehen lassen, als würden Sie mich verteidigen, während Sie die ganze Zeit alles tun, was Sie können, um dafür zu sorgen, dass ich ins Gefängnis wandere.«

Sie sah zu ihm hoch und erkannte zu spät ihren Fehler. Sein Blick hypnotisierte sie. Leigh hatte noch nie etwas so Bösartiges gesehen. Ihre Seele drohte den Körper wieder zu verlassen. Wie jedes Raubtier beutete Andrew Schwäche aus. Leigh war zu keiner Regung fähig, als er die Hand nach ihrer Brust ausstreckte und sie flach auf ihr Herz legte. Sie spürte es gegen seine Handfläche hämmern wie ein Gummiball, der endlos gegen eine harte Oberfläche prallt.

»Das ist es, was ich will, Harleigh.« Er lächelte, als ihre Lippen zitterten. »Sie sollen jeden Tag, jeden Augenblick Angst haben, dass ich dieses Band der Polizei schicke, und alles, was Sie haben, Ihr perfektes, falsches Mommy-Leben mit Elternabenden, Schultheater und Ihrem dämlichen Mann, wird sich in nichts auflösen, so wie sich mein Leben in nichts aufgelöst hat, als Sie meinen Vater umgebracht haben.«

Leigh trat einen Schritt zurück. Ihre Kehle war so eng, als hätten sich zwei Hände darum geschlossen. Schweiß lief ihr übers

Gesicht. Sie biss die Zähne zusammen, damit sie nicht aufeinanderschlugen.

Andrew studierte sie, als würde er eine Aufführung betrachten. Seine Hand blieb in der Luft exakt an Ort und Stelle, als läge sie immer noch auf Leighs Herz. Vor ihren Augen führte er die Handfläche dann langsam an sein Gesicht. Er schloss die Augen und atmete tief ein, als nähme er ihre Witterung auf.

»Sie können aus dem Gefängnis kein Band verschicken«, sagte sie.

»Ich dachte, Sie sind die Schlaue, Harleigh.« Er hatte die Augen wieder geöffnet, und seine Hand fuhr in die Tasche. »Wissen Sie nicht, dass ich einen Plan B habe?«

Leigh war nicht wirklich so dumm. Sie wollte von ihm hören, dass er sich abgesichert hatte. »Warum haben Sie das Messer aufgehoben?«

»Dafür können Sie sich bei Callie bedanken. Sie hat es nicht mehr losgelassen, ist die ganze Zeit im Haus damit herumgelaufen. Selbst wenn wir uns Zeichentrickfilme angesehen haben, hielt sie es in der Hand. Und dann saß sie stundenlang am Küchentisch und hat sich diese blöde Anatomiezeichnung angeschaut.« Andrew schüttelte den Kopf. »Die arme, liebe Callie. Sie war immer die Zarte, nicht wahr? Die Schuldgefühle wegen all der Dinge, zu denen Sie sie gezwungen haben, waren zu viel für sie.«

Leigh konnte kaum mehr schlucken. Sie wollte am liebsten den Namen ihrer Schwester aus seinem widerlichen Mund schneiden.

»Ich habe das Messer als Erinnerung an sie behalten.« Seine Mundwinkel verzogen sich nach oben, zum ersten Mal war da wieder dieses höhnische Grinsen. »Und dann habe ich gesehen, wie sie es bei Dad benutzt hat, und endlich ergab alles einen Sinn.«

Leigh musste sich wieder in den Griff bekommen, noch wichtiger aber war, dass sie ihn von Callie weglotsen musste.

»Andrew, ist Ihnen je der Gedanke gekommen, was das Band in Wirklichkeit zeigen wird?«

Er zog die Augenbrauen hoch. »Klären Sie mich auf.«

»Spielen wir es durch, okay?« Sie wartete, bis er nickte. »Sie zeigen der Polizei das Band. Die Cops verhaften mich. Ich mache die ganze Erfassungsprozedur durch. Sie erinnern sich bestimmt von Ihrer ersten Verhaftung daran, oder?«

Er nickte erkennbar verwirrt.

»Als Nächstes werde ich um ein Treffen mit dem Staatsanwalt bitten. Und der Staatsanwalt und ich werden die Aufnahmen zusammen ansehen, damit ich ihm erklären kann, dass die Art, wie die Oberschenkelvene Ihres Vaters aufgeschlitzt wurde, das gleiche Verhaltensmuster aufweist, das sie bei allen Ihren Vergewaltigungen angewandt haben.«

Andrew sah so verblüfft aus wie Leigh kurz zuvor. Er hatte diese Möglichkeit nie bedacht.

»Man nennt es Modus Operandi, Andrew, und es wird dafür sorgen, dass Sie für den Rest Ihres Lebens ins Gefängnis gehen.« Leigh drückte es sehr präzise aus. »Garantierte gegenseitige Vernichtung.«

Er brauchte nur einen Moment, um sich zu fangen. Er gab sich betont langsam, schüttelte theatralisch den Kopf und machte sogar »ts, ts«. »Sie dummes Mädchen, glauben Sie denn, es ist das einzige Band, das ich zu zeigen habe?«

Leigh zitterte plötzlich am ganzen Körper. Er klang so sehr wie sein Vater, dass sie sich in die gelbe Corvette zurückversetzt fühlte, mit zusammengepressten Beinen, rasendem Herzschlag und revoltierendem Magen.

Andrew sagte: »Ich habe Stunden von Aufnahmen, in denen man sieht, wie Ihre arme, zerbrechliche Schwester in jedes Loch gefickt wird, das sie hat.«

Jedes Wort war ein Schlag in Leighs Gesicht.

»Ich habe sie in meiner Videokassettensammlung gefunden, als ich ins College ging. Ich hatte sie aus Nostalgie mitgenommen, wollte ein paar alte Disney-Filme ansehen und so, aber dann stellte ich fest, dass Dad sie durch seine private Sammlung ersetzt hatte.«

Leighs Augen füllten sich mit Tränen. Sie hatten sein Zimmer nicht durchsucht. Warum hatten sie sein Zimmer nicht durchsucht?

»Stunden um Stunden vom besten Porno, den ich in meinem ganzen Leben gesehen habe.« Andrew studierte ihr Gesicht, er inhalierte ihre Angst wie eine Droge. »Ist Callie immer noch so zierlich wie damals, Harleigh? Ist sie immer noch wie ein Püppchen mit ihrer schmalen Taille und den großen Augen und der engen kleinen Muschi?«

Leigh presste das Kinn auf die Brust, um ihn des Vergnügens ihres Schmerzes zu berauben.

»In dem Moment, in dem mir etwas zustößt, wird jeder Mann, jede Frau und jedes Kind mit Internetzugang sehen können, wie Ihre Schwester in Fetzen gerissen wird.«

Leigh schloss die Augen, damit keine Tränen herausrollten. Sie wusste, dass genau dieses Szenario Callies Albtraum war. Ihre Schwester konnte kaum die Straße entlanggehen, ohne sich Sorgen zu machen, dass jemand sie womöglich aus Buddys Filmen wiedererkannte. Dr. Patterson. Coach Holt. Mr. Humphrey. Mr. Ganza. Mr. Emmett. Ihre Verstöße hatten Callie fast so verletzt, wie Buddy es getan hatte. Wenn Andrew die Aufnahmen dieses grausamen Missbrauchs zahllosen anderen widerlichen Männern zugänglich machte, würde Callie endgültig zerbrechen.

Sie wischte sich mit der Faust über die Augen und stellte dann dieselbe verdammte Frage, die sie schon die ganze Zeit stellte. »Was wollen Sie, Andrew?«

»Garantierte gegenseitige Vernichtung funktioniert nur, solange niemand die Nerven verliert«, sagte er. »Überzeugen Sie die Jury davon, dass ich unschuldig bin. Zerlegen Sie Tammy Karlsen im Zeugenstand. Dann werden wir sehen, was Sie noch für mich tun können.«

Leigh sah ihm in die Augen. »Wie lange, Andrew? Wie lange soll das dauern?«

»Sie kennen die Antwort, Harleigh.« Andrew wischte zärtlich ihre Tränen fort. »So lange, wie ich es will.«

11

»Mrs. Takahashi?«

Callie drehte sich auf ihrem Stuhl, damit sie zu der Bibliothekarin hinaufsehen konnte. Auf der Maske der Frau stand: LEST MEHR BÜCHER! In der Hand hielt sie eine Ausgabe von *Ein Kompendium nordamerikanischer Schnecken und ihrer Lebensräume*. »Hier, das habe ich im Rückgabefach für Sie gefunden.«

»Wunderbar, vielen Dank.« Callie nahm das dicke Taschenbuch entgegen. »*Arigato.*«

Die Bibliothekarin verbeugte sich entweder, als sie ging, oder aber sie ahmte einen freundlichen Brontosaurier nach. Beides ließ sich als kulturelle Aneignung interpretieren.

Callie drehte sich wieder herum und legte das Buch neben die Computertastatur. Sie nahm an, dass sie der einzige Junkie war, der je für einen Bibliotheksausweis Identitätsdiebstahl begangen hatte. Himari Takahashi war eine Kriegsbraut gewesen. Sie war über den Pazifik gesegelt, um ihren schneidigen Soldatenliebhaber zu heiraten. Die beiden hatten gern gelesen und lange Spaziergänge gemacht. Er war vor ihr gestorben, aber sie hatte sich mit Gartenarbeit getröstet und Zeit mit den Enkelkindern verbracht.

Das war jedenfalls die Geschichte, die sich Callie selbst erzählte. In Wahrheit hatte sie nie mit Mrs. Takahashi gesprochen. Bei ihrer ersten und letzten Begegnung steckte die Frau in einem schwarzen Leichensack. Im Januar, als die Corona-Pandemie in der Stadt fast viertausend Menschen täglich ausgelöscht hatte, hatte Callie einen bar bezahlten Job bei einer der hiesigen Pflegeheim-Ketten angenommen. Sie hatte neben zahlreichen anderen Bürgern gearbeitet, die verzweifelt genug waren, ihre eigene Gesundheit zu gefährden, indem sie Corona-positive Leichen in die von der Nationalgarde herangeschafften Kühllaster luden.

Jemand im Raum hustete, und alle fuhren zusammen, dann drehten sie sich sofort anklagend um und hielten Ausschau, als wollten sie den Missetäter auf dem Scheiterhaufen verbrennen.

Callie vergewisserte sich, dass ihre Maske richtig saß. Junkies waren immer die Ersten, auf die mit dem Finger gezeigt wurde. Sie benutzte die linke Hand, um nach der Maus zu greifen. Zur Abwechslung hatte ihre rechte heute Morgen beschlossen, vollkommen taub zu werden. Von dem Herumkriechen auf dem Dachboden tat ihr alles weh. Sie war so abscheulich schwach. Das Anstrengendste, was Callie in den letzten Monaten getan hatte, war Wettkampf-Armdrücken um Animal Crackers mit Dr. Jerry. Der Wettkampf endete meist unentschieden, weil beide nicht wollten, dass der oder die andere verlor.

Sie zog die Tastatur näher heran und markierte den Suchbalken, aber sie schrieb nichts hinein. Sie überflog den Bildschirm. Das Steuerveranlagungsamt für Fulton County enthüllte, dass den Tenants immer noch das Haus in der Canyon Road gehörte.

Sie sollte es Leigh mitteilen. Sie sollte ihr eine Nachricht schicken oder sie anrufen.

Sie tippte mit dem Finger auf die Maus und sah sich um. In der Ecke hing eine Kamera, ihr schwarzes Auge beobachtete lautlos. Die Sicherheitsmaßnahmen im DeKalb County waren mehr auf der Höhe der Zeit als die der Stadt Atlanta. Callie hatte Leigh versprochen, in die Bibliothek im Zentrum zu fahren, aber andererseits hatte Leigh Callie vor dreiundzwanzig Jahren auch versprochen, sie würden sich nie mehr den Kopf über Buddy Waleski zerbrechen müssen.

Sie öffnete Facebook auf dem Computer. Sie gab *Sidney Winslow Atlanta* ein.

Nur ein Treffer wurde angezeigt, was überraschend war, denn Mädchen schienen heutzutage alle mehr oder weniger gleich zu heißen. Es war nicht wie zu der Zeit, als Callie aufgewachsen war und gehänselt wurde, weil sie ihren eigenen Namen nicht richtig aussprechen konnte.

Sidneys Account-Foto zeigte eine Außenansicht der früheren Grady High School. Der letzte Post stammte von 2012: ein Foto von acht Teenagermädchen, dicht gedrängt bei einem Konzert im Georgia Dome. Ihrer konservativen Aufmachung und der Anzahl der Kreuze im Hintergrund nach zu urteilen war *Passion 2012* nicht unbedingt Callies Szene.

So wie Facebook wohl nicht mehr Sidney Winslows Szene war. Andrews Verlobte fiel demografisch nicht in die Generation von Facebook, wo eine Mittzwanzigerin über ein peinliches Foto stolpern konnte, das ihre Eltern Mitte der Nullerjahre gepostet hatten.

Callie ging auf TikTok und knackte den Sidney-Winslow-Jackpot. Sie konnte nur staunen über die Menge der Fotos. So war es offenbar, heutzutage jung zu sein. Sidneys Präsenz in den sozialen Medien lief praktisch auf einen Teilzeitjob hinaus. Ihr Profilfoto zeigte die Nahaufnahme einer gepiercten Lippe, die großzügig mit purpurnem Lippenstift bestrichen war; ein klarer Hinweis darauf, dass die religiöse Inbrunst eine vorübergehende Phase gewesen war.

Es gab Tausende von Videos, die Callie allerdings nicht abspielen konnte, weil die Bibliothek Tonaufnahmen nur mit Kopfhörer erlaubte. Durch die Beschreibungen unter den Standbildern kam sie jedoch schnell dahinter, dass Sidney Winslow eine fünfundzwanzigjährige Studentin war, die einen Doktor in Psychiatrie an der Emory University anstrebte, weil das einfach unheimlich praktisch war.

»Tja«, sagte Callie, denn sie verstand endlich, warum in Leighs

Tonfall jedes Mal, wenn sie Sidney Winslows Namen aussprach, ein Ausdruck von Abscheu lag.

Wenn Sidney auf dem Campus war oder am Steuer ihres Wagens romantisch wurde, trug sie das Haar zurückgekämmt, nur leichtes Make-up, einen bunten Hut auf dem Kopf oder ein farbenfrohes Tuch um den Hals. Nächtliche Unternehmungen verlangten wiederum nach einem völlig anderen Look. Das Mädchen verwandelte sich im Wesentlichen in eine aktualisierte Version von Phils geriatrischem Gothic. Ihre engen Röcke und Lederhosen wurden von einer beeindruckenden Anzahl von Piercings kontrastiert. Grelles Make-up. Schmollmund. Ausschnitt tief genug, um einen verlockenden Blick auf ihre Brüste zu gewähren.

Callie musste zugeben, dass ihre Brüste fantastisch waren.

Aber sie musste sich auch fragen, wieso Andrew Tenant nicht Teil von Sidneys gut dokumentiertem Leben war. Sie scrollte weiter durch die Fotos und fand Andrew nicht einmal flüchtig erwähnt, was merkwürdig war, wenn man bedachte, dass sie im Begriff waren zu heiraten. Sie checkte Sidneys Follower und fand viele weibliche Sidney-Klone, zusammen mit einer Handvoll junger Männer, die es offenbar vorzogen, ohne Hemd fotografiert zu werden. Und warum auch nicht, denn sie sahen verdammt gut aus ohne Hemd.

Sie klickte, um zu sehen, wem Sidney folgte. Dua Lipa, Janelle Monae, Halsey, Bruno Mars, zahllose #bromiesexuals, aber kein Andrew.

Callie wechselte zu Instagram, und nachdem sie so oft geklickt hatte, dass sie einen Krampf im Finger bekam, fand sie endlich ein gemeinsames Foto der beiden. Zwei Jahre alt, Barbecue im Garten. Sidney strahlte in die Kamera. Andrew wirkte widerstrebend, er hielt den Kopf gesenkt, die Lippen zu einem Strich zusammengepresst, ein Ausdruck von: *Also gut, ich tu dir den Gefallen, aber beeil dich.* Callie nahm an, wenn man ein Vergewaltiger und Mörder war, mied man soziale Medien.

Er hatte sich das falsche Mädchen dafür ausgesucht. Es gab Tausende von Posts quer durch alle Plattformen, und fast immer war sie in Begleitung eines großzügig gefüllten Trinkgefäßes. Sie trank Wein auf Partys. Bier an Bars. Martinis auf einer Dachterrasse. Sie trank Mojitos an einem Strand und schlanke Dosen Whiskey-Mix in einem Wagen. Callie schüttelte den Kopf, denn das Leben der jungen Frau war eine Katstrophe. Und Callie sagte das als jemand, deren Leben geradezu eine atomare Katastrophe war.

Sidneys Twitter-Account enthüllte die Folgen von #YOLO. Das Partygirl war vor einem Monat mit Alkohol am Steuer erwischt worden. Sidney hatte den Prozess dokumentiert, sie hatte kernige Gedanken zum Strafrechtssystem getwittert und die geisttötende Sinnlosigkeit der Kurse für Alkoholsünder an der Cheshire Bridge Road beschrieben, und sie hatte ihre Anwesenheitsformulare fotografiert, um zu beweisen, dass sie der gerichtlichen Auflage nachkam und die erforderliche Anzahl von Sitzungen der Anonymen Alkoholiker besuchte.

Callie betrachtete mit zusammengekniffenen Augen das Formular, das ihr von ihren eigenen Mühen mit dem gerichtlichen Auflagensystem vertraut war. Sidney hatte die üblichen dreißig Meetings in dreißig Tagen bekommen, danach zwei pro Woche. Callie kannte die Kirche, wo die morgendlichen Versammlungen abgehalten wurden. Sie hatten köstlichen Kaffee, aber die Kekse bei den Baptisten auf der anderen Straßenseite waren besser.

Sie sah auf die Uhr.

14.38 Uhr.

Callie loggte sich aus dem Computer aus. Sie schaute nach ihrem Rucksack, aber dann fiel ihr ein, dass sie ihn zusammen mit ihrem Vorrat in ihrem Zimmer eingeschlossen hatte. Sie hatte alles, was sie brauchte, in die Taschen der gelben Satinjacke gestopft, die sie in ihrem Schrank gefunden hatte. Der Kragen war ausgefranst, aber am Rücken war ein prächtiges Bild von einem Regenbogen aufgenäht.

Es war das erste Kleidungsstück gewesen, das sie sich von Buddys Geld gekauft hatte.

Sie benutzte den Selbstbedienungs-Check-out für *Ein Kompendium nordamerikanischer Schnecken und ihrer Lebensräume*. Das Taschenbuch passte perfekt in ihre Jackentasche, die Ecken stachen nicht unangenehm in die Rippen. Callie stöhnte auf dem Weg zum Ausgang. Sie konnte den Rücken nicht gerade durchdrücken, sondern musste schlurfen wie eine alte Frau, wenngleich sie annahm, dass Himari Takahashi sich auch mit sechsundachtzig Jahren noch eine exzellente Körperhaltung bewahrt hatte.

Die Sonne blendete Callie, als sie die Tür aufstieß. Sie griff in ihre Jackentasche und fand die grüne Brille für die Solariumsbank. Die Sonne schaltete gleich mehrere Stufen zurück, als Callie sie aufsetzte. Sie konnte die Wärme auf Rücken und Hals fühlen, als sie sich zur Bushaltestelle schleppte. Schließlich war sie in der Lage, sich gewaltsam aufzurichten. Ihre Wirbel knirschten, und die Taubheit in ihren Fingern pflanzte sich den Arm hinauf fort.

An der Haltestelle saß ein Mitreisender bereits auf der Bank. Ein Obdachloser, der vor sich hin murmelte und Zahlen an den Fingern abzählte. Zu seinen Füßen standen zwei überquellende Papiertüten voller Kleidung. Sie erkannte den ängstlichen Blick in seinen Augen, die Art, wie er sich ständig an den Armen kratzte.

Er warf ihr einen Blick zu, dann schaute er genauer hin. »Coole Sonnenbrille.«

Callie nahm sie ab und hielt sie dem Mann hin.

Er riss sie ihr aus der Hand wie eine Rennmaus, die sich ein Leckerchen schnappt.

Ihre Augen begannen, gleich wieder zu tränen. Sie wurde von Reue gepackt, als der Mann die Brille aufsetzte, denn sie war wirklich fantastisch. Trotzdem fischte sie auch Leighs letzten Zwanzig-Dollar-Schein aus der Gesäßtasche und gab ihn dem

Mann. Damit blieben Callie nur noch fünfzehn Dollar, denn hundertfünf hatte sie am Tag zuvor für eine Behandlungskombi im Bräunungsstudio ausgegeben. Im Nachhinein wirkte der Impulskauf wie eine schlechte Idee, aber das war eben Haushaltsplanung nach Junkie-Art. Warum sein Geld nicht heute ausgeben, wenn man sich nicht sicher sein konnte, ob man morgen ein Gratiskonzert von Kurt Cobain bekam?

Der Mann sagte: »Mit dem Impfstoff haben sie mir einen Mikrochip ins Hirn gepflanzt.«

»Ich mache mir Sorgen, dass meine Katze auf ein Motorrad spart«, vertraute ihm Callie an.

Dann saßen sie die nächsten zehn Minuten in kameradschaftlichem Schweigen auf der Bank, bis der Bus wie ein schlaffer Ameisenigel an den Randstein plumpste.

Callie stieg ein und setzte sich in eine Bank ganz vorn. Sie stieg an der übernächsten Haltestelle wieder aus, aber es war eine freundliche Geste für den Busfahrer, dass er sie im Auge behalten konnte, denn als Callie eingestiegen war, hatte sein Blick eindeutig zu verstehen gegeben, dass er von ihr Ärger erwartete.

Sie behielt die Hände am Haltegriff, um ihn wissen zu lassen, dass sie nichts Verrücktes tun würde. Allerdings war es vermutlich auch verrückt, mitten in einer Pandemie einen Haltegriff mit bloßen Händen zu berühren.

Sie blickte geistesabwesend durch die Windschutzscheibe und ließ die Klimaanlage den Schweiß auf ihrer Haut kühlen. Ihre Hand ging zum Gesicht. Sie hatte vergessen, dass sie eine Maske trug. Ein rascher Blick auf ihre Mitreisenden zeigte Masken, die alles Mögliche bedeckten: unter die Nase gezogen, als Kinnschutz getragen und in einem Fall auch über die Augen eines Mannes geschoben.

Sie zog ihre eigene Maske über die Augenbrauen und blinzelte in das gefilterte Licht. Ihre Wimpern strichen an den Stoff, und sie unterdrückte das Verlangen zu kichern. Es war nicht die morgendliche Ersatzdroge, die sie high machte. Sie hatte sich eine zweite Spritze gesetzt, bevor sie zur Bibliothek aufgebrochen war. Dann hatte sie auf der langen Busfahrt nach Gwinnett ein Oxy geschluckt. In ihrer Gesäßtasche war noch mehr Oxy. Sie würde es früher oder später nehmen, und dann würde sie sich noch mehr Methadon spritzen und schließlich wieder bei Heroin landen.

So lief es immer. Callie war brav, bis sie nicht mehr brav sein konnte.

Sie zog die Maske wieder über Mund und Nase und stand auf, als der Bus auf die nächste Haltestelle zurumpelte. Beim Aussteigen tat ihr Knie wieder weh. Auf dem Gehweg glich sie ihren Atem dem Rhythmus ihrer Schritte an und ließ immer drei Schnalzgeräusche in ihrem Knie verstreichen, ehe sie einatmete, dann ließ sie die Luft während der nächsten drei Schritte langsam durch die Zähne entweichen.

Der Maschendrahtzaun zu ihrer Rechten umgab ein riesiges Sportgelände. Callie strich mit den Fingern über die Maschen, bis sie abrupt an einem Pfosten endeten. Sie fand sich auf einer weiten, offenen Betonfläche vor einem Fußballstadion wieder. Ein Schild verkündete: WIR STEHEN DAS GEMEINSAM DURCH!

Callie bezweifelte, dass es wörtlich zu nehmen war. In ihrer Teenagerzeit hatte sie Stadien wie dieses gesehen, wenn ihr Cheerleading-Team Wettkämpfe gegen Privatschulen bestritt. Die Lake-Point-Mädchen waren muskulöse Stuten mit breiten Hüften und kräftigen Armen und Oberschenkeln. Im Vergleich dazu waren die Mädchen der Hollis Academy blasse Grashüpfer und Stabheuschrecken.

Callie kam auf dem Weg zum Stadion an dem geschlossenen Imbissstand vorbei. Dreißig Meter entfernt verfolgte ein Wachmann in einem geparkten Golfcart ihre Schritte. Sie wollte keinen Ärger und betrat das Stadion durch den ersten Tunnel, den sie fand, lehnte sich an die Wand und wartete im kühlen Schatten auf das Surren des Akkus, wenn der Mann angesaust kam, um sie vom Gelände zu jagen.

Das Surren kam nicht, aber die Paranoia flutete über sie hinweg. Hatte der Wachmann jemanden angerufen? Wartete im Innern des Stadions jemand auf sie? War man ihr von der Bushaltestelle hierhergefolgt? War sie schon von zu Hause verfolgt worden?

Vorhin in der Bibliothek hatte Callie die Website von Reginald Paltz & Partner durchgesehen. Reggie sah haargenau aus wie der ins Kraut geschossene schmierige Studentenverbindungstyp, als den Leigh ihn beschrieben hatte, aber Callie konnte nicht reinen Gewissens behaupten, dass er der Mann mit der Kamera gewesen war, den das mit Brettern vernagelte Haus ausgespuckt hatte. Genauso wenig wie sie sagen konnte, dass die Gesichter, die sie unentwegt musterte, all die Leute in den Autos, auf den Straßen oder in der Bibliothek nicht unter einer Decke mit ihm steckten.

Callie presste die Hand auf die Brust, als könnte sie die Angst wegkneten. Sie hatte in den letzten beiden Tagen nicht den Schatten eines Verfolgers gesehen, aber wohin sie auch ging, sie konnte das Gefühl nicht abschütteln, von einer Kamera aufgenommen zu werden. Selbst hier, an diesem feuchten dunklen Ort versteckt, spürte sie, dass ein Objektiv jede ihrer Bewegungen einfing.

Du darfst keinen Stunk wegen der Kamera machen Püppchen. Ich könnte ins Gefängnis kommen.

Sie stieß sich von der Wand ab. Als sie auf halbem Weg durch den Tunnel war, hörte sie schon von der Tribüne Geschrei und vereinzelten Applaus. Wieder blendete Callie die Helligkeit, als sie aus dem Dunkel in die Sonne trat. Sie schirmte die Augen mit der Hand ab und ließ den Blick über das Publikum schweifen. Eltern saßen in Grüppchen quer über die Reihen, armselige Anfeuerungsblocks für die Mädchen auf dem Feld. Callie drehte sich wieder und sah, wie das Team seine Übungseinheiten absolvierte. Die Schülerinnen sahen aus wie Gazellen – wenn Gazellen Fußballtrikots tragen und wie die Irren auf und ab springen würden.

Eine weitere Drehung, ein weiterer Blick auf die Tribüne. Callie entdeckte Walter ohne Mühe. Er war einer von zwei Vätern, die sich das Fußballtraining ansahen, obwohl sie aus sicherer Quelle wusste, dass Walter keinen Spaß an Fußball hatte.

Er erkannte Callie zweifellos, als sie mühsam die Stadionstufen hinaufstieg. Seine Augen verrieten nichts, aber sie konnte sich denken, was ihm durch den Kopf ging. Er behielt seine Gedanken jedoch für sich, als sie seine Reihe entlangging. Callie ging davon aus, dass sich die Schule an die Regeln aus *Footloose* hielt: kein Tanzen, kein Singen, kein Schreien, kein Spaß. Sie ließ drei Sitze zwischen sich und Walter frei.

»Willkommen, Freundin«, sagte er.

Callie zog ihre Maske nach unten, damit sie Luft bekam. »Schön, dich zu sehen, Walter.«

Sein Blick blieb argwöhnisch, was nur verständlich war. Das letzte Zusammensein der beiden in einem Raum war nicht ihr bester Moment gewesen. Sie hatten sich in dem Hausmeisterkabuff neben Leighs Eigentumswohnung getroffen, in dem auch der Müllschlucker untergebracht war. Zehn Tage lang war Walter zweimal täglich vorbeigekommen, um Callie Heroin zwischen die Zehen zu spritzen, denn sie konnte sich nur um Leigh kümmern, wenn sie genügend Dope hatte, um sich selbst vor einer Infektion zu schützen.

Der Mann ihrer Schwester war taffer, als er aussah.

»Deine Jacke gefällt mir«, sagte Walter.

»Sie ist noch aus der Highschool.« Callie drehte sich im Sitz, damit er den Regenbogen auf dem Rücken bewundern konnte. »Nicht zu fassen, dass sie mir immer noch passt.«

»Nett«, sagte er, wenngleich sie ihm ansah, dass ihn größere Probleme beschäftigten. »Deine Schwester scheint in letzter Zeit viel zu weinen.«

»Sie war immer ein großes Baby«, sagte Callie, auch wenn die Leute Leighs Tränen oft missverstanden. Sie weinte, wenn sie Angst hatte oder verletzt war, aber sie weinte auch, wenn sie eine Glasscherbe nahm und jemandem büschelweise das Haar von der Kopfhaut rasierte.

»Sie glaubt, dass Maddy sie nicht mehr braucht«, sagte Walter. »Stimmt das?«

»Du warst auch mal sechzehn. Hast du deine Mutter nicht gebraucht?«

Callie dachte darüber nach. Mit sechzehn hatte sie so vieles gebraucht.

»Ich mache mir Sorgen um meine Frau«, sagte Walter, und sein Tonfall verriet, dass er sehr lange darauf gewartet hatte, diesen Gedanken mit jemandem zu teilen. »Ich möchte ihr helfen, aber ich weiß, sie wird mich nicht darum bitten.«

Callie spürte das Gewicht seines Geständnisses. Männer hatten selten Gelegenheit, ihre Gefühle zum Ausdruck zu bringen, und wenn sie es taten, stand Verzagtheit nicht auf der Liste der akzeptablen Emotionen.

Sie versuchte, ihn aufzuheitern. »Mach dir keine Sorgen, Walter. Harleighs unnütze Pflegekraft steht wieder zur Verfügung.«

»Nein, Callie, das siehst du falsch.« Er wandte sich ihr zu, und sie verstand, dass ihn das, was jetzt kam, ebenfalls belastet hatte. »Als Leigh krank wurde, hatten wir bereits einen Pflegeplan ausgearbeitet. Meine Mutter wollte kommen und sich um Maddy kümmern. Leigh würde im Elternschlafzimmer in Quarantäne gehen. Ich würde ihr das Essen vor die Tür stellen und notfalls einen Rettungswagen rufen. Sie hielt eine Nacht durch, dann brach sie zusammen und fing zu weinen an, dass sie ihre Schwester bei sich haben wollte. Also bin ich losgezogen und habe ihre Schwester gesucht.«

Callie hatte die Geschichte noch nie zuvor gehört, aber sie wusste, dass Walter bei etwas so Bedeutsamem nicht lügen würde. Er würde alles für Leigh tun. Selbst Heroin für ihre Junkie-Schwester besorgen.

Sie fragte: »Warst du nicht bei genügend Al-Anon-Treffen,

um zu wissen, dass du niemanden retten kannst, der nicht gerettet werden will?«

»Ich will sie nicht retten. Ich will sie lieben.« Er drehte sich wieder im Sitz, sodass er zu den Mädchen auf dem Spielfeld hinuntersah. »Davon abgesehen kann sich Leigh selbst retten.«

Callie war unschlüssig, ob es sich lohnte, über diesen Punkt zu streiten. Sie studierte Walters Profil, als er zusah, wie seine wunderbare Tochter hinter einem Ball herspurtete. Callie hätte ihm gern ebenfalls etwas Bedeutsames mitgeteilt. Zum Beispiel, dass Leigh ihn liebte. Dass sie nur so verkorkst war, weil Callie sie gezwungen hatte, schreckliche Dinge zu tun. Dass sie sich selbst vorwarf, nicht gewusst zu haben, dass Buddy Waleski ein schlechter Mensch war. Dass sie weinte, weil sie große Angst hatte, Andrew Tenant würde sie beide an denselben finsteren Ort zurückführen, an den sein Vater sie schon geführt hatte.

Sollte Callie Walter die Wahrheit sagen? Sollte sie die Tür zu Leighs Käfig aufstoßen? Der Katastrophe, die ihre Schwester aus ihrem Leben gemacht hatte, haftete eine Aura des Unvermeidlichen an. Es war, als wäre Leigh, statt nach Chicago aufzubrechen, dreiundzwanzig Jahre lang in Stillstand verharrt, um dann in dem Leben aufzuwachen, zu dem Phil sie erzogen hatte: kaputte Familie, kaputte Ehe, gebrochenes Herz.

Das Einzige, was ihre Schwester im Augenblick zusammenhielt, war Maddy.

Callie wandte sich von Walter ab und gestattete sich das Vergnügen, die Teenager auf dem Feld zu beobachten. Sie waren so behände, so flink. Ihre Arme und Beine bewegten sich im Gleichmaß, wenn sie gegen den Ball traten. Ihre Hälse waren lang und anmutig wie die von Origami-Schwänen, die nie in die Nähe sumpfiger Strudel oder steiler Wasserfälle geraten waren.

»Erkennst du unser wunderbares Mädchen da unten?«, fragte Walter.

Callie hatte die Tochter der beiden bereits in dem Moment entdeckt, als sie ins Stadion gekommen war. Maddy Collier war eins der kleinsten Mädchen, aber sie war auch das schnellste. Ihr Pferdeschwanz berührte kaum den Rücken, als sie der defensiven Mittelfeldspielerin nachjagte. Die Kleine spielte im Angriff, was Callie nur wusste, weil sie die Positionen beim Fußball in der Bibliothek nachgeschlagen hatte.

Das war passiert, nachdem sie den Trainingsplan der Mädchenfußballmannschaft an der Hollis Academy gegoogelt hatte. Das Wappen der Schule hatte Callie auf der Rückseite von Leighs Telefon entdeckt. Gegründet 1964, etwa zu der Zeit, als weiße Eltern überall im Süden spontan beschlossen, ihre Kinder in Privatschulen einzuschreiben.

»Mist«, murmelte Walter.

Maddy hatte die Mittelfeldspielerin versehentlich zu Fall gebracht. Der Ball war frei, doch anstatt ihm nachzuflitzen, blieb Maddy stehen, um dem anderen Mädchen aufzuhelfen. Leigh hatte recht. Phil hätte sie nach Strich und Faden verprügelt, wenn sie etwas so Faires getan hätten. Wenn du keinen Erfolg hast, brauchst du erst gar nicht nach Hause zu kommen.

Walter räusperte sich, genau wie Leigh es immer tat, wenn sie etwas Schwieriges sagen wollte. »Das Training ist bald vorbei. Ich fände es großartig, wenn du sie kennenlernst.«

Callie presste die Lippen zusammen, genau wie Leigh es immer tat, wenn sie nervös war. »*Hello, I must be going.*«

»Phil Collins«, sagte Walter. »Ein Klassiker.«

Der Schlagzeuger und Superstar hatte die Textzeile von Groucho Marx übernommen, aber Callie hatte Wichtigeres im Kopf. »Wenn du Leigh erzählst, dass du mich getroffen hast, sag ihr nicht, dass ich high war.«

Walter verzog unbehaglich den Mund. »Wenn sie mich fragt, muss ich ihr die Wahrheit sagen.«

Er war einfach zu gut für diese Familie. »Ich werde dich für deine Aufrichtigkeit empfehlen.«

Callie stand auf, etwas wackelig in den Knien. Das Methadon wirkte noch nach. Oder der Überzug auf der Oxy-Kapsel, der die Droge retardiert freigab, löste sich auf. Das war der Lohn dafür, wenn man den Drogenkonsum reduzierte. Je langsamer man wieder einstieg, desto länger hielt das euphorische Gefühl an.

Bis es nicht mehr genügte, dass es nur anhielt.

Callie salutierte knapp. »Adios, Freund.«

Ihr Knie gab nach, als sie sich umdrehen wollte. Walter stand auf, um ihr aufzuhelfen, aber Callie hielt ihn mit einer Handbewegung davon ab. Sie wollte nicht, dass Maddy sah, wie sich ihr Vater auf der Tribüne mit einem nutzlosen Junkie herumschlug.

Sie tastete sich die Reihe entlang, aber die Treppe war beinahe zu viel für sie. Es gab kein Geländer, an dem sie sich festhalten konnte, also arbeitete sie sich mühsam, vorsichtig Stufe um Stufe nehmend, nach unten. Callie schob die Hände tief in die Jackentaschen, als sie am Feld entlangging. Das Schnecken-Taschenbuch ließ kaum Platz für ihre Faust. Die Sonne war so intensiv, dass ihre Augen tränten und ihre Nase lief. Sie hätte die Brille nicht verschenken sollen. Sie hatte immer noch neun Bräunungstermine auf ihrer Abo-Mitgliedskarte. Neun Dollar neunundneunzig für eine neue Brille waren ein Haufen verbranntes Geld, wenn man nur fünfzehn Dollar besaß.

Sie wischte sich mit dem Ärmel über die Nase. Blödes Sonnenlicht. Selbst im Schatten des Tunnels tränten ihre Augen weiter. Sie spürte, wie die Hitze von ihrem Gesicht abstrahlte. Hoffentlich lief sie dem verdammten Wachmann in seinem Caddy nicht über den Weg. Im Geiste sah sie ständig Walters mitfühlenden Gesichtsausdruck, als sie von ihm weggegangen war. Callies Haar war am Hinterkopf verfilzt, weil sie die Arme heute Morgen nicht hatte heben können, um sich ordentlich zu kämmen. Ihre Finger waren zu taub gewesen, um die Zahnpastatube zusammenzudrücken, damit sie sich die Zähne putzen konnte. Ihre Jacke war fleckig und verknittert. Im Rest ihrer Sachen hatte sie geschlafen. Der Abszess in ihrem Bein pochte schmerzhaft, denn sie war so verdammt erbärmlich, dass sie nicht aufhören konnte, sich Gift in die Venen zu spritzen.

»Hallo, Callie.«

Ohne Vorwarnung schnaubte ihr der Gorilla seinen faulen, heißen Atem in den Nacken.

Callie fuhr herum und rechnete damit, seine weißen Fangzähne aufblitzen zu sehen, bevor er sie in ihre Kehle schlug.

Da war nur ein Mann. Groß und schlank, mit sandfarbenem Haar. Seine Hände steckten in den Taschen seiner dunkelblauen Hose. Die Ärmel des hellblauen Hemds waren bis knapp unter die Ellbogen aufgerollt. Eine Fußfessel saß über seinem linken Slipper. An seinem linken Handgelenk prangte eine riesige Armbanduhr.

Buddys Uhr.

Bevor sie ihm die Arme abgehackt hatten, hatte Callie die Uhr abgenommen und auf die Theke gelegt. Sie wollte, dass Trevor ein Erinnerungsstück an seinen Vater hatte.

Jetzt sah sie, dass er es tatsächlich noch hatte.

»Hey, Callie.« Andrews Stimme war weich, aber die vertraute Tiefe erinnerte Callie sofort an ihre erste Begegnung mit Buddy. »Tut mir leid, dass es so lange her ist.«

Ihre Lunge schien sich mit Sand zu füllen. Er benahm sich vollkommen normal, so als wäre gar nichts, aber sie hatte das Gefühl, als zöge man ihr die Haut ab.

»Du siehst …« Er lachte. »Na ja, du siehst nicht so toll aus, aber ich bin froh, dass ich dich gefunden habe.«

Sie blickte zum Stadium zurück, dann in Richtung Ausgang. Sie waren völlig allein. Sie konnte nirgendwohin.

»Du bist immer noch so …« Sein Blick huschte über ihren Körper, er schien nach dem richtigen Wort zu suchen. »Winzig.«

Du bist so verdammt winzig aber ich bin gleich so weit versuch dich zu entspannen okay entspann dich einfach.

»Callie-ope.« Andrew sang ihren Namen wie eine Melodie. »Du hast einen weiten Weg zurückgelegt, um ein paar Mädchen Fußball spielen zu sehen.«

Callie musste den Mund öffnen, um Luft zu bekommen. Ihr

Herz machte einen Satz. War er wegen Walter hier? Wegen Maddy? Woher wusste er von der Schule? Folgte er Callie etwa? Hatte sie im Bus etwas übersehen?

Andrew fragte: »Sind sie wirklich so gut?«

Ihr Blick ging zu seinen Händen in den Hosentaschen. Die Haare auf seinen Armen waren geringfügig dunkler als sein Haupthaar. Genau wie bei Buddy.

Andrew reckte den Hals, um aufs Spielfeld zu sehen. »Welche ist Harleighs Tochter?«

Callie hörte die kleine Menschenmenge auf der Tribüne jubeln. Klatschen. Rufen. Pfeifen. Dann erstarb der Jubel, und was sie hörte – weil sie wusste, dass er mit ihnen im Tunnel war –, war der Gorilla.

»Callie.« Andrew trat einen Schritt vor, aber nicht ganz an sie heran. »Ich möchte, dass du mir genau zuhörst. Schaffst du das?«

Ihr Mund stand noch halb offen. Die Luft, die sie einsog, trocknete ihren Rachen aus.

»Du hast meinen Vater geliebt«, sagte Andrew. »Ich habe so oft gehört, wie du es ihm gesagt hast.«

Callie konnte ihre Füße nicht bewegen. Er war ihretwegen hier. Deshalb stand er so dicht vor ihr. Deshalb wirkte er so ruhig, so beherrscht. Sie langte blindlings hinter sich. Sie hörte den Gorilla näher kommen, dann war sein Atem in ihrem Ohr, wärmte ihren Hals, dann drang sein verschwitzter Moschusgeschmack in ihren Mund.

»Was für ein Gefühl war es, als ihr ihn zerstückelt habt?«, fragte Andrew. »Ich konnte dein Gesicht in dem Video nicht sehen. Du hast nie aufgeblickt. Du hast nur getan, was Harleigh dir befohlen hat.«

Es war beinahe eine Erleichterung, als sich die Hand des Gorillas um ihren Hals legte, als er den Arm um ihre Mitte schlang. Sie war bewegungsunfähig, gefangen, so wie er sie immer haben wollte.

»Du musst es nicht zulassen, dass sie dich immer weiter herumkommandiert«, sagte Andrew. »Ich kann dir helfen, von ihr wegzukommen.«

Der Gorilla drückte in ihren Rücken, tastete an ihrem Rückgrat hinauf. Sie hörte sein Grunzen. Spürte seine Erregung. Er war so groß. So überwältigend.

»Sag mir einfach, dass du wegwillst von ihr.« Andrew trat noch einen Schritt vor. »Du brauchst es nur zu sagen, und ich bringe dich irgendwohin. Wohin du willst.«

Andrews Pfefferminzaroma vermischte sich mit Buddys billigem Whiskey, mit seinen Zigarren, seinem Schweiß und Sperma und mit Blut – so viel Blut.

Andrew sagte: »Walter David Collier, einundvierzig, Rechtsberater der Feuerwehrgewerkschaft Atlantas.«

Callies Herz schlug noch schneller. Er bedrohte Walter. Sie musste ihn warnen. Sie schlug die Fingernägel in den Arm des Gorillas, versuchte, seinen Griff zu lockern.

»Madeline Félicette Collier, sechzehn Jahre alt«, sagte Andrew.

Schmerz fuhr in ihren Arm. Nicht die kribbelnde Taubheit oder die fehlzündenden Nerven, sondern die Marter, weil ihr die Haut aufgeschlitzt wurde.

»Maddy ist ein prächtiges Mädchen, Callie.« Andrews Lächeln zerrte an seinen Mundwinkeln. »So ein winzig kleines Ding.«

Callie blickte auf ihren Arm. Schockiert sah sie Blut aus vier tiefen Rissen tropfen. Sie blickte auf ihre andere Hand. Ihr eigenes Blut, Fetzen ihrer Haut unter den Fingernägeln.

»Es ist komisch, Callie, wie ähnlich dir Harleighs Tochter sieht.« Andrew zwinkerte ihr zu. »Wie ein *Püppchen*.«

Callie schauderte, aber nicht, weil Andrew wie sein Vater klang. Der Gorilla war in ihren Körper gewechselt, mit ihr verschmolzen. Seine kräftigen Beine waren ihre kräftigen Beine. Seine Fäuste waren ihre Fäuste. Sein Mund war ihr Mund.

Sie warf sich mit fliegenden Fäusten und gefletschten Zähnen auf Andrew.

»Himmel«, schrie Andrew und hob die Arme, um sie abzuwehren. »Verdammtes, verrücktes ...«

Callie verfiel in blinde Raserei. Kein Laut kam aus ihrem Mund, kein Atem aus ihren Lungen, denn ihre gesamte Energie war darauf gerichtet, ihn zu töten. Sie hämmerte mit den Fäusten auf ihn ein, kratzte ihn mit den Fingernägeln, versuchte, ihm die Ohren auszureißen, die Augen auszustechen. Sie schlug die Zähne tief in seinen Hals, warf dann den Kopf zurück und versuchte, seine Halsschlagader herauszufetzen, aber ihr Nacken klemmte auf dem starren Drehpunkt am oberen Ende ihrer Wirbelsäule.

Und dann wurde sie plötzlich in die Luft gehoben.

»Stopp!«, befahl der Wachmann, die Arme um ihre Mitte geschlungen. »Halt verdammt noch mal still.«

Callie trat um sich und versuchte sich zu befreien. Andrew lag auf dem Boden. Sein Ohr blutete, Hautfetzen hingen von seinem Kinn. Rote Striemen umgaben die Bisswunden an seinem Hals. Sie würde ihn töten. Sie musste ihn töten.

»Ich sagte Stopp!« Der Wachmann drückte Callie mit dem Gesicht auf den Boden und setzte ihr das Knie ins Kreuz. Ihre Nase krachte auf den kalten Beton. Sie war außer Atem, aber immer noch bereit zuzuschlagen, obwohl sie Handschellen klicken hörte.

»Nein, Officer, es ist in Ordnung.« Andrews Stimme klang heiser, während er zu Atem zu kommen versuchte. »Bitte entfernen Sie sie vom Schulgelände.«

»Du Schwanzlutscher«, zischte Callie. »Du verdammter Vergewaltiger.«

»Ist das Ihr Ernst, Mann?« Der Security-Mann hielt das Knie weiter in Callies Rücken gedrückt. »Sehen Sie sich ihre Arme an. Das Miststück ist ein Junkie, die hängt an der Nadel. Sie müssen die Polizei rufen und sie testen lassen.«

»Nein.« Andrew stand auf. Aus dem Augenwinkel sah Callie das blinkende rote Licht an seiner Fußfessel. Er sagte zu dem

Wachmann: »Die ganze Sache wird die Schule nicht gut aussehen lassen, oder? Und es wird Sie nicht gut aussehen lassen, weil Sie derjenige sind, der sie das Tor hat passieren lassen.«

Das schien den Wachmann umzustimmen, aber er fragte trotzdem: »Sind Sie sicher, Mann?«

»Ja.« Andrew kniete nieder, sodass er Callie ins Gesicht sehen konnte. »Sie will ebenfalls nicht, dass Sie die Polizei rufen. Richtig, Miss?«

Callie stand immer noch unter Strom, aber ihre Vernunft meldete sich langsam zurück. Sie war in dem Stadion der Schule, in die Maddy ging. Walter saß auf der Tribüne. Maddy war auf dem Feld. Weder Callie noch Andrew konnten es sich leisten, dass die Polizei kam.

»Helfen Sie ihr auf die Beine.« Andrew stand auf. »Sie wird keinen Ärger mehr machen.«

»Sie sind verrückt, Mann.« Immer noch testete der Wachmann Callie, indem er etwas Druck von ihrem Rücken nahm. Sie spürte, wie der Kampfgeist sie verließ und der Schmerz in sie zurückströmte. Ihre Beine wollten nicht funktionieren. Der Wachmann musste sie hochheben und buchstäblich auf die Füße stellen.

Andrew stand daneben und forderte sie mit seinem Blick heraus, noch einmal auf ihn loszugehen.

Callie wischte sich das Blut von der Nase. Sie konnte Blut im Mund schmecken. Andrews Blut. Sie wollte nicht nur mehr davon. Sie wollte alles. »Das ist noch nicht vorbei.«

»Officer, sorgen Sie bitte dafür, dass sie in den Bus steigt.« Andrew streckte die Hand aus und hielt dem Wachmann ein paar gefaltete Zwanziger hin. »Eine Frau wie sie darf man nicht in die Nähe von Kindern lassen.«

SOMMER 2005
CHICAGO

Leigh schrubbte an der Lasagne-Form, obwohl ihr Schweiß schon ins Spülwasser tropfte. Diese verdammten Nordstaatler. Keine Ahnung von Klimaanlagen.

»Ich kann das machen«, sagte Walter.

»Hab's schon.« Leigh bemühte sich, nicht zu so klingen, als wollte sie ihm das Gefäß über den Kopf hauen. Er hatte ihr eine Freude machen wollen, hatte sogar seine Mutter angerufen und sich ihr Lasagne-Rezept geben lassen. Und dann hatte er sie so lange im Ofen gebacken, dass Leigh sich eher die Haut von den Fingern schrubbte, als die eingebrannte Soße vom Boden der unbeschichteten Form zu bekommen.

»Du weißt, diese Form hat nur fünf Dollar gekostet«, sagte Walter.

Leigh schüttelte den Kopf. »Wenn du fünf Dollar auf dem Boden liegen siehst, lässt du sie dann liegen?«

»Wie schmutzig sind die fünf Dollar?« Er war hinter ihr und schlang die Arme um ihre Mitte.

Leigh sank gegen ihn. Er küsste sie auf den Hals, und sie fragte sich, wie um alles in der Welt sie sich in die Sorte dummes Frauchen verwandelt hatte, das weiche Knie bekam, wenn ein Mann sie berührte.

»Komm.« Walter griff unter ihren Armen hindurch und nahm ihr Schwamm und Lasagne-Form ab. Sie beobachtete, wie er eine volle Minute lang unbeholfen schrubbte, ehe er die Vergeblichkeit seines Tuns einsah.

Trotzdem konnte Leigh noch nicht ganz aufgeben. »Ich lasse sie noch ein wenig länger einweichen.«

»Was machen wir in der Zwischenzeit?« Walter knabberte an ihrem Ohr.

Leigh bekam eine Gänsehaut und umarmte ihn heftig. Dann ließ sie los, denn sie durfte ihm nicht zeigen, wie verzweifelt sie seine Nähe brauchte. »Musst du nicht eine Arbeit über Verhaltensweisen von Organisationen schreiben?«

Walter stöhnte. Er ließ die Arme sinken, ging zum Kühlschrank und holte sich eine Dose Ginger Ale heraus. »Welchen Sinn hat ein Master? Bei den Gewerkschaften hier oben warten zehn Leute auf jeden Posten. Bis ich an die Reihe komme, bin ich ein Sozialfall.«

Leigh wusste, worauf das Gespräch zusteuerte, aber sie versuchte, ihn in eine andere Richtung zu lenken. »Es gefällt dir doch bei Legal Aid.«

»Es gefällt mir, wenn ich in der Lage bin, meinen Anteil an der Miete zu bezahlen.« Auf dem Weg zurück ins Wohnzimmer trank er aus der Dose. Er ließ sich auf die Couch fallen und schaute auf seinen Laptop. »Ich habe sechsundzwanzig Seiten in einem Fachjargon geschrieben, den ich selbst nicht einmal verstehe. Es gibt für das alles keine praktische Anwendung im richtigen Leben.«

»Alles, was zählt, ist der Abschluss in deinem Lebenslauf.«

»Das kann nicht alles sein, was zählt.« Er lehnte sich zurück und sah zu, wie sie sich die Hände an einem Geschirrtuch abwischte. »Ich muss mich nützlich fühlen.«

»Du bist nützlich für mich.« Leigh zuckte mit den Achseln, denn es hatte keinen Sinn, um das Offensichtliche herumzureden. »Wir können umziehen, Walter. Nur nicht nach Atlanta.«

»Der Job bei der Feuerwehr ist …«

»In Atlanta«, sagte sie. Der eine Ort, an den sie nie zurückgehen würde.

»Perfekt«, sagte er. »Das wollte ich sagen – der Job ist perfekt. Georgia ist ein Staat, in dem die Rechte von Gewerkschaften eingeschränkt werden. Niemand lässt zu, dass sich das Enkelkind des Onkels einer Cousine vordrängelt. Der Job in Atlanta ist perfekt.«

Leigh setzte sich neben ihn auf die Couch und verschränkte die Hände, damit sie nicht anfing, sie zu wringen. »Ich habe gesagt, ich folge dir überallhin.«

»Außer dorthin.« Walter schüttete den Rest des Ginger Ales hinunter, dann stellte er die Dose auf den Couchtisch, wo sie einen Ring hinterlassen würde. Er zog an ihrem Arm. »Weinst du?«

»Nein«, sagte sie, obwohl ihr Tränen in die Augen traten. »Ich denke nur gerade an die Lasagne-Form.«

»Komm her.« Er zog wieder an ihrem Arm. »Setz dich auf meinen Schoß.«

»Sweetheart«, sagte sie. »Sehe ich aus wie die Sorte Frau, die sich auf den Schoß eines Mannes setzt?«

Er lachte. »Ich liebe es, wie ihr Frauen aus dem Süden *Sweetheart* sagt. Als würde eine Yankee-Frau *Blödmann* sagen.«

Leigh verdrehte die Augen.

»Sweetheart.« Er hielt ihre Hand. »Du kannst nicht eine ganze Stadt aus deinem Leben verbannen, nur weil du Angst hast, deiner Schwester über den Weg zu laufen.«

Leigh sah auf ihrer beider Hände hinunter. Noch nie in ihrem Leben hatte sie jemanden so festhalten wollen. Sie vertraute ihm. Keiner hatte ihr je so ein Gefühl von Sicherheit gegeben.

»Wir haben fünfzehntausend Dollar an sie verschwendet, Walter«, sagte sie. »Fünfzehntausend in bar und in Kreditkartenschulden, und sie hat einen Tag durchgehalten.«

»Es war keine Verschwendung«, sagte er, was großzügig war, wenn man bedachte, dass fünftausend davon sein Geld gewesen waren. »Ein Entzug klappt meistens nicht beim ersten Mal. Oder beim zweiten oder dritten Mal.«

»Ich ...« Sie hatte Mühe, ihre Empfindungen in Worte zu fassen. »Ich verstehe nicht, warum sie nicht aufhören kann. Was genau an diesem Leben genießt sie?«

»Sie genießt es nicht«, sagte Walter. »Niemand genießt das.«

»Irgendetwas muss sie ja davon haben.«

»Sie ist süchtig«, sagte Walter. »Sie wacht auf und braucht einen Schuss. Die Wirkung des Schusses lässt nach, und sie muss Geld für den nächsten heranschaffen, und den nächsten und den nächsten, um zu verhindern, dass sie Entzugserscheinungen bekommt. Alle ihre Freunde, ihre Community, sie sind in dieser Welt gefangen, in der sie ständig Geld heranschaffen müssen, damit sie nicht krank werden. Sie sind nicht nur psychisch abhängig. Es ist körperlich. Warum sollte sich jemand das antun, wenn er es nicht müsste?«

Leigh würde diese Frage nie beantworten können. »Ich habe im College gern mal gekokst, aber ich hatte nicht die Absicht, mein Leben dafür wegzuwerfen.«

»Du hattest das Glück, dass du diese Wahl treffen konntest«, sagte Walter. »Bei manchen Leuten sind die Dämonen zu groß. Sie können sie nicht besiegen.«

Leigh presste die Lippen zusammen. Sie hatte Walter erzählt, dass ihre Schwester sexuell belästigt worden war, aber damit hatte die Geschichte geendet. »Was Callie tut, hast du nicht in der Hand«, sagte er. »Du hast nur in der Hand, wie du auf sie reagierst. Ich möchte einfach, dass du deinen Frieden damit machst.«

Sie wusste, dass er an seinen Vater dachte. »Es ist leichter, seinen Frieden mit den Toten zu machen.«

Er lächelte wehmütig. »Glaub mir, Baby, es ist viel leichter, Frieden mit den Lebenden zu machen.«

»Es tut mir leid.« Leigh strich ihm über die Wange. Der Anblick des schmalen Goldrings an ihrem Finger lenkte sie für einen Moment ab. Sie waren seit weniger als einem Monat verlobt, und sie hatte sich noch immer nicht an den Ring gewöhnt.

Er küsste ihre Hand. »Ich sollte jetzt diese sinnlose Arbeit zu Ende schreiben.«

»Ich muss noch ein wenig Fallrecht durcharbeiten.«

Sie küssten sich, bevor sie sich jeder an ein Ende der Couch zurückzogen. Das liebte sie am meisten an ihrem Leben: wie sie schweigend nebeneinander arbeiteten, nur durch ein Sofakissen getrennt. Walter beugte sich über seinen Laptop auf dem Couchtisch. Leigh umgab sich mit Kissen, aber sie streckte ihr Bein über die Kissen hinaus und drückte mit dem Fuß gegen seinen Oberschenkel. Walter rieb geistesabwesend ihre Wade, während er in seiner sinnlosen Arbeit las.

Ihr Verlobter.

Ihr zukünftiger Mann.

Sie hatten noch nicht über Kinder gesprochen. Sie nahm an, dass Walter es nicht zur Sprache gebracht hatte, weil Kinder einfach ausgemachte Sache waren. Er hatte wahrscheinlich keine Skrupel, dass er die Abhängigkeiten weitervererben könnte, die seine Seite der Familie beinahe zerstört hätten. Es war einfacher für Männer. Niemand gab einem Vater die Schuld, wenn ein Kind auf der Straße endete.

Leigh schalt sich umgehend für ihre Kälte. Walter würde ein wunderbarer Vater sein. Er brauchte kein Vorbild, seine eigene Güte leitete ihn. Leigh sollte mehr wegen ihrer geisteskranken Mutter besorgt sein. Als sie klein gewesen war, hatte man es manisch-depressiv genannt. Jetzt hieß es bipolare Störung, und es machte nicht den geringsten Unterschied, denn Phil würde nie irgendeine Hilfe bekommen, die über einen Krug Micheladas hinausging.

»Verf…«, murmelte Walter und suchte nach einem Wort, während sein Finger auf der Tastatur ruhte. Dann nickte er und tippte weiter.

»Machst du dir eine Sicherheitskopie?«

»Natürlich. Und von allen meinen Hilfsdaten.« Er steckte den USB-Stick in den Computer. Das Licht blinkte, als die Dateien gespeichert wurden. »Ich bin ein Mann, Baby. Ich weiß alles über Computer.«

»Wie beeindruckend.« Sie stieß ihn mit dem Fuß an. Er beugte sich zu ihr hinüber und küsste ihr Knie, bevor er sich wieder seiner Arbeit zuwandte.

Leigh wusste, sie sollte sich ebenfalls wieder an die Arbeit machen, aber sie nahm sich einen Moment Zeit, um sein hübsches Gesicht zu betrachten. Leicht gefurcht, aber nicht verhärtet. Er verstand es, mit seinen Händen zu arbeiten, aber er wusste auch seinen Verstand zu gebrauchen, damit er jemanden bezahlen konnte, der es für ihn erledigte.

Walter war in keiner Weise verweichlicht, aber er war mit einer Mutter aufgewachsen, die ihn anbetete. Selbst wenn sie schwer an der Flasche hing, war Celia Collier eine angenehme Art von Trinkerin gewesen, die zu spontanen Umarmungen und Küssen neigte. Um sechs Uhr stand immer das Abendessen auf dem Tisch. In seinem Schulrucksack waren immer Snacks für die Pausen. Er war nie gezwungen gewesen, schmutzige Unterwäsche zu tragen oder Fremde um Geld zu bitten, damit er Essen kaufen konnte. Er hatte sich nie nachts unter dem Bett versteckt, aus Angst, seine Mutter könnte sich betrinken und ihn windelweich prügeln.

Leigh liebte zahllose Dinge an Walter Collier. Er war freundlich. Er war ein kluger Kopf. Er war zutiefst fürsorglich. Vor allem aber betete sie ihn für seine hemmungslose Normalität an.

»Sweetheart«, sagte er. »Ich dachte, wir arbeiten?«

Leigh lächelte. »So sagt man es nicht, Sweetheart.«

Walter lachte leise, als er weitertippte.

Leigh schlug ihr Buch auf. Sie hatte Walter erzählt, sie müsse sich mit den aktualisierten Richtlinien des amerikanischen Behindertenrechts in Bezug auf Mieter mit Handicap vertraut machen, aber insgeheim erkundete sie die Grenzen des Schweigerechts von Ehepartnern vor Gericht. Sobald sie und Walter von ihrer Hochzeitsreise zurückkamen, würde sie sich mit ihm zusammensetzen und ihm alles über Buddy Waleski erzählen.

Vielleicht.

Sie legte den Kopf an die Rückenlehne der Couch und sah an die Decke. Es gab nicht viel in Leighs Leben, was Walter nicht wusste. Sie hatte ihm von ihren zwei Aufenthalten im Jugendarrest erzählt und genau erklärt, warum sie dort gelandet war. Sie hatte ihre furchtbare Nacht im County-Gefängnis beschrieben, nachdem sie ihrem schmierigen Boss die Reifen aufgeschlitzt hatte. Sie hatte ihm sogar davon erzählt, wie ihr zum ersten Mal bewusst geworden war, dass sie sich wehren konnte, wenn ihre Mutter sie angriff.

Jedes Mal, wenn sie sich wieder etwas von der Seele geredet und Walter sich alles angehört hatte, ohne mit der Wimper zu zucken, hatte Leigh gegen den Drang ankämpfen müssen, ihm auch den Rest zu erzählen.

Aber der Rest war zu viel. Der Rest war eine solche Bürde, dass ihre Schwester sich lieber mit Drogen volldröhnte, als mit der Erinnerung zu leben. Walter hatte nie einen Tropfen Alkohol angerührt, aber was würde passieren, wenn er erfuhr, wozu seine Frau fähig war? Von Leighs weit zurückliegenden Gewalttätigkeiten zu hören war eine Sache, aber Buddy Waleski war vor weniger als sieben Jahren in seiner eigenen Küche zerstückelt worden.

Sie versuchte, sich die Unterhaltung vorzustellen. Wenn sie Walter ein Detail von damals erzählte, würde sie ihm alles sagen müssen, was damit begann, wie Buddy seine Wurstfinger auf ihr Bein gelegt hatte. Wie könnte selbst ein verständnisvoller Mensch wie Walter glauben, dass Leigh sich erlaubt hatte, diese Nacht zu vergessen? Und wie könnte er ihr vergeben, wenn sie sich selbst doch nie, nie vergeben konnte?

Leigh wischte sich mit dem Handrücken über die Augen. Eheliches Schweigerecht hin oder her – war es fair, den einzigen

Mann, den sie je lieben würde, zum Mitverschwörer ihrer Verbrechen zu machen? Würde Walter sie mit anderen Augen sehen? Würde er aufhören, sie zu lieben? Würde er beschließen, dass Leigh niemals die Mutter seines Kindes sein konnte?

Der letzte Gedanke öffnete die Schleusen. Sie musste aufstehen und ein Taschentuch suchen, damit er nicht sah, wie sie zusammenbrach.

»Was ist denn, Baby?«, fragte Walter.

Sie schüttelte den Kopf und ließ ihn glauben, sie sei wegen Callie so aus dem Häuschen. Sie hatte keine Angst, dass Walter sie bei der Polizei melden könnte. Das würde er niemals tun. Sie hatte Angst, dass sein juristischer Verstand den Unterschied zwischen Selbstverteidigung und kaltblütigem Mord erfassen würde.

Leigh selbst war das Gewicht ihrer Sünden bewusst gewesen, als sie Atlanta hinter sich gelassen hatte. Das Recht verdrehte sich selbst zu Knoten über der Frage der Absicht. Was ein Angeklagter dachte, wenn er eine Straftat beging, konnte der entscheidende Faktor hinter allem Möglichen – von Betrug bis Totschlag – sein.

Sie wusste genau, was sie gedacht hatte, als sie die Frischhaltefolie sechs Mal um Buddy Waleskis Kopf gewickelt hatte: *Du wirst von meiner Hand sterben, und ich werde es genießen, dabei zuzusehen.*

»Sweetheart?«, fragte Walter.

Sie lächelte. »Das wird ziemlich schnell einen Bart kriegen.«

»Ja?«

Leigh ging zurück zur Couch und setzte sich auf Walters Schoß. Er legte die Arme um sie, und sie drückte den Kopf an seine Brust und versuchte, sich einzureden, dass sie nicht jede Sekunde genoss, die er sie umarmt hielt.

»Weißt du, wie sehr ich dich liebe?«, fragte er.

»Nein.«

»Ich liebe dich so sehr, dass ich aufhören werde, von meinem Traumjob in Atlanta zu reden.«

Sie hätte erleichtert sein müssen, aber sie fühlte sich schuldig. Walters Leben war beim Tod seines Vaters auf den Kopf gestellt worden. Die Gewerkschaft hatte seine Mutter gerettet, und er wollte sich für diese Freundlichkeit revanchieren, indem er für andere Arbeiter kämpfte, deren Leben ins Chaos gestürzt wurden.

Leigh hatte sich von Walters Bedürfnis, anderen Menschen zu helfen, angezogen gefühlt. Sie hatte es so sehr bewundert, dass sie wider besseres Wissen mit ihm ausgegangen war. Binnen einer Woche hatte sie nicht mehr auf seiner Couch geschlafen, sondern sich neben ihm in sein Bett gekuschelt. Sie hatten ihre Abschlüsse gemacht und Jobs bekommen, sie hatten sich verlobt, und beide waren bereit durchzustarten – nur dass Leigh Walter bremste.

»Hey«, sagte er. »Das sollte sexy sein, dieses Opfer, das ich hier für dich bringe.«

Sie strich ihm die Locken aus der Stirn. »Weißt du …«

Walter küsste ihre Tränen fort.

»Ich würde für dich töten«, sagte Leigh, im vollen Verständnis dessen, was dazu gehörte. »Du bedeutest mir alles.«

»Aber du würdest nicht wirklich …«

»Nein.« Sie legte die Hände an seine Wangen. »Ich würde alles für dich tun, Walter. Ich meine es ernst. Wenn du nach Atlanta zurückwillst, werde ich einen Weg für mich finden, in Atlanta zu leben.«

»Eigentlich bin ich schon von der Idee abgekommen.« Er lächelte. »In Atlanta kann es ganz schön heiß werden.«

»Du darfst nicht …«

»Wie wäre es mit Kalifornien?«, fragte er. »Oder Oregon? Portland soll irre sein.«

Sie küsste ihn, damit er zu reden aufhörte. Sein Mund fühlte sich so gut an. Sie hatte noch nie einen Mann gekannt, der wusste, wie viel Zeit er sich lassen musste, damit ein Kuss vollkommen war. Ihre Hände wanderten nach unten und knöpften sein Hemd auf. Seine Haut war schweißnass. Sie schmeckte Salz auf seiner Brust.

Dann begann irgendein Idiot, mit der Faust an ihre Tür zu hämmern.

Leigh erschrak und legte die Hand aufs Herz. »Wie spät ist es?«

»Es ist erst halb neun, Großmütterchen.« Walter rutschte unter ihr hervor und knöpfte seine Sachen auf dem Weg zur Tür zu. Leigh sah, wie er das Auge aufs Guckloch presste. Er schaute zu ihr zurück.

»Wer ist es?«

Walter riss die Tür auf.

Callie stand im Flur. Sie trug ihre üblichen pastellfarbenen Stücke aus der Kinderabteilung bei Goodwill mit Comicfiguren darauf, weil selbst die zierlichen Erwachsenengrößen ihr nicht passten. Ihr *Ferkels-großes-Abenteuer*-T-Shirt war trotz der Hitze langärmelig. Ihre Baggy-Jeans hatte Löcher in beiden Knien. Sie trug einen vollgestopften Kissenbezug unter dem Arm und stand zur Seite geneigt, weil sie eine Katzentransportbox aus Pappe an einem Griff trug.

Leigh hörte ein Miauen aus den Luftlöchern an der Seite.

»Guten Abend, Freunde«, sagte Callie.

»Lange nicht gesehen«, sagte Walter ohne die geringste Andeutung, dass sie bei ihrer letzten Begegnung auf die Rückseite seines Hemds gekotzt hatte, als er sie in die Entzugsklinik getragen hatte.

»Callie.« Leigh stand von der Couch auf. Sie war wie vor den Kopf geschlagen, weil Callie niemals die fünfundzwanzig Quadratkilometer rund um Phils Haus verließ. »Was machst du in Chicago?«

»Jeder verdient mal Urlaub.« Callie schwankte wegen der schweren Transportbox ruckartig vor und zurück, als sie ins Zimmer kam, und stellte sie dann sachte neben die Couch auf den Boden. Den Kissenbezug ließ sie einfach danebenfallen. Sie schaute sich um. »Nette Bude.«

Leigh brauchte immer noch eine Antwort. »Wie hast du meine Adresse gefunden?«

»Du hast mir eine Weihnachtskarte zu Phil geschickt.«

Leigh murmelte kaum hörbar einen Fluch. Walter war der Kartenversender. Er musste ihr Adressbuch durchgegangen sein. »Wohnst du bei Phil?«

»Was ist das Leben, Harleigh, wenn nicht eine Folge rhetorischer Fragen?«

»Callie«, sagte Leigh. »Sag mir jetzt, warum du hier bist.«

»Ich dachte, ich schau mal, was so toll ist an der guten alten Windy City. Ich muss sagen, die Bushaltestellen finde ich nicht empfehlenswert. Überall Junkies.«

»Callie, bitte ...«

»Ich bin clean geworden«, sagte Callie.

Leigh war sprachlos. Sie hatte sich so danach gesehnt, diese Worte aus dem Mund ihrer Schwester zu hören. Sie betrachtete Callies Gesicht. Ihre Wangen waren voll. Sie war immer klein gewesen, aber Leigh konnte die Knochen nicht mehr unter der Haut sehen. Sie sah tatsächlich gesund aus.

»Fast acht Monate«, sagte Callie. »Wie findet ihr das?«

Leigh hasste sich dafür, dass sie anfing zu hoffen. »Wie lange wird es halten?«

»Das wird die Geschichte zeigen.« Callie wandte der Aussicht auf Enttäuschung den Rücken zu. Sie ging in der winzigen Wohnung umher wie ein Elefant im Porzellanladen. »Das ist eine nette Hütte. Wie viel Miete zahlt ihr dafür? Ich wette, eine Million im Monat. Ist es eine Million?«

Walter übernahm die Antwort. »Wir zahlen die Hälfte.«

»Verdammt noch mal, Walter, das ist ja ein echtes Schnäppchen.« Sie beugte sich zu der Transportbox hinunter. »Hörst du das, Kitty? Der Bursche versteht es, ein Geschäft zu machen.«

Walter fing Leighs Blick auf. Er lächelte, denn er verstand nicht, dass Callies Humor immer einen Preis hatte.

»Das sieht schick aus.« Callie neigte sich über seinen Laptop wie ein Vogel, der etwas aufpickt. »An was bist du da gerade dran, Walter? Die Grunddisposition von Blablabla. Das hört sich sehr klugscheißerisch an.«

»Es ist meine Abschlussarbeit«, sagte Walter. »Die Hälfte meiner Note.«

»So viel Druck.« Callie richtete sich wieder auf. »Es beweist nichts weiter, als dass du beliebig viele Worte aneinanderreihen kannst.«

Er lachte wieder. »Das ist sehr wahr.«

»Cal …«, versuchte es Leigh.

»Walter, ich muss sagen, mir gefällt das ganze Konzept von dem hier.« Sie war zu den Bücherregalen weitergeschlendert, die er aus Zementblöcken und Brettern gebaut hatte. »Sehr maskulin, aber es geht gut zusammen mit dem Gesamtstil des Raums.«

Walter sah Leigh an und zog die Augenbrauen hoch, als wüsste Callie nicht, dass Leigh das Regal hasste.

»Sieh sich einer diesen fantastischen Krimskrams an.« Callie schüttelte die Schneekugel, die sie auf der Fahrt nach Petoskey an einem Stand am Straßenrand gekauft hatten. Sie konnte den Kopf nicht neigen, deshalb hob sie die Kugel vor ihr Gesicht, um das Gestöber darin zu beobachten. »Ist das echter Schnee, Walter?«

Er lächelte. »Bestimmt.«

»Verdammt, Leute – echt unbegreiflich, in was für einer todschicken Welt ihr lebt. Als Nächstes erzählt ihr mir noch, dass ihr alle eure verderblichen Waren in einem gekühlten Schrank aufbewahrt.«

Leigh sah ihre Schwester im Zimmer herumstapfen und Bücher und Souvenirs aufheben, die sie und Walter von den sehr wenigen Urlauben mitgebracht hatten, die sie sich hatten leisten können, denn fünfzehntausend Dollar waren eine Menge Geld, um es für jemanden auf den Kopf zu hauen, der einen Tag in der Entzugsklinik durchhielt.

»Hallo?«, rief Callie in eine leere Blumenvase.

Leigh presste die Kiefer zusammen. Sie hasste sich für das schäbige Gefühl, dass dieser vollkommene kleine Ort, den sie und Walter immer für sich allein gehabt hatten, von ihrer scheußlichen Junkie-Schwester ruiniert wurde.

Die herausgeschmissenen Fünfzehntausend waren nicht das einzige Geld, das Callie praktisch verbrannt hatte. In den letzten sechs Jahren war Leigh ein halbes Dutzend Mal nach Atlanta geflogen, um ihrer Schwester zu helfen. Hatte Motelzimmer gemietet, in denen Callie entgiften konnte. Hatte sich buchstäblich auf sie gesetzt, damit sie nicht aus der Tür rennen konnte. Hatte sie eilig in die Notaufnahme gebracht, weil eine Nadel in ihrem Arm abgebrochen war und die Infektion sie fast umgebracht hätte. Zahlreiche Arzttermine. Angst vor Aids. Angst vor Hepatitis C. Nervtötender Papierkram für eine Kautionshinterlegung, damit sie ein Konto für den Gefängnisladen eröffnen und Telefonkarten aktivieren konnte. Warten – pausenloses Warten – auf ein Klopfen an der Tür, einen Polizisten mit dem Hut in der Hand, eine Fahrt ins Leichenschauhaus, den Anblick des bleichen, zerschundenen Körpers ihrer Schwester auf einem Stahltisch, weil sie Heroin mehr liebte als sich selbst.

»Aaaalsoooo«, Callie zog das Wort in die Länge. »Ich weiß, das wird ein Schock für euch beide sein, aber ich habe momentan keine Wohnung und …«

»Momentan?«, explodierte Leigh. »Verdammt noch mal, Callie. Als ich dich das letzte Mal gesehen habe, habe ich dich mit einer Kaution aus dem Gefängnis geholt, weil du ein Auto zu Schrott gefahren hast. Hast du die Kautionsauflagen nicht erfüllt? Warst du bei deiner Anhörung? Es könnte einen Haftbefehl gegen dich …«

»Hey, langsam, Schwester«, sagte Callie. »Wir wollen hier doch nicht komplett durchdrehen.«

Leigh hätte sie ohrfeigen können. »Wage es *nie*, mit mir zu reden, wie du mit Phil redest.«

Callie hob die Hände und trat einen Schritt zurück, dann noch einen.

Leigh verschränkte die Arme, um ihre Schwester nicht zu erwürgen. »Seit wann bist du in Chicago?«

»Donnersabend«, sagte Callie. »Oder war es Dienstwoch?«

»Callie.«

»Walter.« Callie wandte sich von Leigh ab. »Ich hoffe, es ist nicht unhöflich, wenn ich das sage, aber du scheinst mir ein ausgezeichneter Versorger zu sein.«

Walter zog die Augenbrauen hoch. Im Prinzip verdiente Leigh mehr Geld als er.

»Du hast meine Schwester mit einem wunderbaren Zuhause versorgt«, sagte Callie. »Und ich sehe an diesem Ring an ihrem Finger, dass du beschlossen hast, sie zu einer ehrbaren Frau zu machen. Oder so ehrbar sie eben sein kann. Nichtsdestoweniger, und was ich sagen will, ich freue mich sehr für euch beide und entbiete hiermit meine Glückwünsche.«

»Callie.« Wenn Leigh jedes Mal einen Dollar bekommen hätte, als sie den Namen ihrer Schwester in den letzten zehn Minuten ausgesprochen hatte, hätte sie das Geld für die Entzugsklinik fast wieder drin. »Wir müssen reden.«

Callie schwenkte auf dem Standbein herum. »Worüber willst du reden?«

»Herrgott noch mal«, sagte Leigh. »Würdest du aufhören, dich wie ein verdammter Vogel Strauß zu benehmen und endlich den Kopf aus deinem Arsch ziehen?«

Callie hielt erschrocken die Luft an. »Vergleichst du mich mit einem mörderischen Dinosaurier?«

Walter lachte.

»*Walter!*« Leigh wusste, dass sie wie eine Hexe klang. »Lach nicht über sie. Das ist nicht komisch.«

»Das ist nicht komisch, Walter.« Callie wandte sich mit dem ganzen Körper wieder zu Walter um.

Leigh gingen die roboterhaften Bewegungen immer noch gegen den Strich. Wenn sie an ihre Schwester dachte, dann dachte sie an die Sportlerin, nicht an das Mädchen, das sich den Hals gebrochen hatte und deren Wirbel jetzt verblockt waren. Und gewiss dachte sie nicht an den Junkie, der jetzt vor dem Mann stand, mit dem sie ein neues, langweiliges, stinknormales Leben gründen wollte.

»Ach, komm.« Walter lächelte Leigh an. »Ein bisschen komisch ist es schon.«

»Es ist üble Nachrede, Walter, und als Jura-Superhirn solltest du das merken.« Callie stemmte die Hände in die Hüften und ahmte Dr. Jerry mehr schlecht als recht nach. »Ein Strauß kann mit nur einem Fuß einen Löwen grundlos töten. Außer dass der Löwe ebenfalls ein überführter Mörder ist. Ich habe vergessen, worauf ich hinauswill, aber es reicht, wenn einer von uns beiden versteht, was ich sage.«

Leigh vergrub das Gesicht in den Händen. Callie hatte gesagt, sie sei clean *geworden*, aber nicht in dem Sinn, dass sie im Moment clean *war*, denn sie war eindeutig total zugedröhnt. Leigh verkraftete es nicht mehr. Es war die Hoffnung, die sie umbrachte. Sie hatte zu viele Nächte wach gelegen und Strategien entworfen, Pläne gemacht, Wege gesucht, die ihre kleine Schwester aus dieser schrecklichen Todesspirale herausführen könnten.

Und jedes einzelne gottverdammte Mal war Callie in die Spirale zurückgesprungen.

Sie sah ihre Schwester an. »Ich kann nicht …«

»Warte«, sagte Walter. »Callie, macht es dir etwas aus, wenn Leigh und ich uns kurz allein unterhalten?«

Callie gestikulierte theatralisch mit den Armen. »Bitte sehr, nur zu.«

Leigh blieb nichts übrig, als hinter Walter zum Schlafzimmer zu trotten. Sie verschränkte die Arme, als Walter leise die Tür schloss.

»Ich schaffe das nicht schon wieder«, sagte sie. »Sie ist total high.«

»Sie wird runterkommen«, sagte Walter. »Es sind nur ein paar Nächte.«

»Nein.« Leigh schüttelte energisch den Kopf. Callie war erst seit einer Viertelstunde da, und sie war bereits erschöpft. »Es sind nicht ein paar Nächte, es ist mein Leben, Walter. Du hast keine Ahnung, wie hart ich gearbeitet habe, um davon wegzukommen. Welche Opfer ich gebracht habe, was für schreckliche Dinge ich …«

»Leigh«, sagte er und klang so vernünftig, dass sie am liebsten aus dem Raum gerannt wäre. »Sie ist deine Schwester.«

»Du verstehst nicht.«

»Mein Dad …«

»Ich weiß«, sagte sie, aber sie sprach nicht von Callies Sucht. Sie sprach von der Schuld, von dem Schmerz, von dem *Wie alt bist du Püppchen du kannst nicht älter als dreizehn sein oder aber verdammt du siehst schon wie eine ausgewachsene Frau aus.*

Es war Leigh gewesen, die Callie in Buddy Waleskis Klauen gestoßen hatte. Leigh, die ihn ermordet hatte. Es war Leigh gewesen, die Callie dazu gezwungen hatte, so viel zu lügen, dass ihre einzige Erleichterung die Drogen waren, die sie früher oder später umbringen würden.

»Baby?«, sagte Walter. »Was ist los?«

Sie schüttelte den Kopf und hasste die Tränen in ihren Augen. Sie war so frustriert, sie hatte es so satt, zu hoffen, dass das Schuldgefühl eines Tages wie von Zauberhand verschwinden würde. Sie wollte nichts anderes, als die ersten achtzehn Jahre ihres Lebens hinter sich zu lassen und den nächsten Lebensabschnitt um Walter herum aufzubauen.

Er rieb sich die Arme. »Ich bringe sie in ein Motel.«

»Sie wird dort eine Party feiern«, sagte Leigh. »Sie wird die halbe Nachbarschaft einladen und …«

»Ich kann ihr Geld geben.«

»Sie wird sich eine Überdosis spritzen«, sagte Leigh. »Wahrscheinlich stiehlt sie genau in diesem Moment das Geld aus meiner Handtasche. Himmel, Walter, ich kann so nicht weitermachen. Sie hat mir das Herz gebrochen. Ich weiß nicht, wie oft ich noch …«

Er nahm sie in die Arme, und sie brach endlich weinend zusammen, denn er würde es nie verstehen. Sein Vater war ein Trinker gewesen, aber Walter hatte nie Alkohol angerührt. Die Schuld, die er mit sich herumschleppte, war die Schuld eines Kindes. In vielerlei Hinsicht schleppte Leigh die Schuld zweier gezeichneter, gebrochener Kinder jeden einzelnen Tag in ihrem Herzen mit sich herum.

Leigh konnte niemals eine Mutter sein. Sie konnte niemals Walters Baby im Arm halten und darauf vertrauen, dass sie ihr Kind nicht so schwer beschädigte, wie sie ihre Schwester beschädigt hatte.

»Schatz«, sagte Walter. »Was willst du tun?«

»Ich will …«

Sag ihr, sie soll gehen. Sag ihr, sie soll meine Nummer vergessen. Sag ihr, ich will sie nie mehr sehen. Sag ihr, dass ich nicht ohne sie leben kann. Sag ihr, dass Buddy es bei mir auch versucht hat. Sag ihr, es ist meine Schuld, weil ich sie nicht beschützt habe. Sag ihr, ich möchte sie so fest im Arm halten, wie ich kann, bis sie versteht, dass es keine Heilung für mich geben wird, ehe sie geheilt ist.

Die Worte flossen so mühelos, wenn Leigh wusste, sie würden für immer in ihrem Kopf bleiben.

»Ich darf diese Katze auf keinen Fall kennenlernen«, sagte sie.

Walter sah sie verwirrt an.

»Callie hat ein Gespür für Katzen, und sie wird mich dazu bringen, dass ich sie liebe, und dann wird sie die Katze hierlassen, und ich werde mich die nächsten zwanzig Jahre um sie kümmern.« Walter hatte jedes Recht, sie anzusehen, als hätte sie den Verstand verloren. »Wir werden nie in Urlaub fahren können, weil ich es nicht übers Herz bringen werde, sie allein zu lassen.«

»Okay«, sagte Walter. »Mir war nicht klar, dass es so ernst ist.«

Leigh lachte, denn was sollte sie sonst tun? »Wir geben ihr eine Woche, okay?«

»Du meinst Callie, ja?« Walter streckte die Hand aus, damit sie einschlagen konnte. »Eine Woche.«

»Es tut mir leid«, sagte sie.

»Sweetheart«, erwiderte er. »Ich wusste, worauf ich mich einließ, als ich sagte, du kannst auf meiner Couch schlafen.«

Leigh lächelte, denn er hatte endlich gelernt, Sweetheart richtig zu verwenden. »Wir sollten sie wirklich nicht allein lassen. Das mit meiner Geldbörse war kein Scherz.«

Walter öffnete die Tür, und Leigh küsste ihn auf den Mund, bevor sie ins Wohnzimmer zurückgingen.

Sie hätte nicht überrascht sein dürfen, aber es war dennoch ein Schock für Leigh.

Callie war fort.

Leigh ließ den Blick durch den Raum schweifen, wie Callie es zuvor getan hatte. Sie sah ihre offene Handtasche, die leere Geldbörse. Die Schneekugel war fort. Die Blumenvase war fort. Walters Laptop war fort.

»Verdammte Scheiße!« Walter holte mit dem Fuß aus, um gegen den Couchtisch zu treten, hielt sich aber im letzten Moment zurück. Er ballte die Fäuste. »Himmel noch mal, verdammt ...«

Leigh sah Walters leere Brieftasche auf dem Tischchen an der Tür.

Das war ihre Schuld. Es war alles ihre Schuld.

»Scheiße.« Walter war auf etwas getreten und bückte sich, um es aufzuheben. Dann hielt er seinen USB-Stick hoch, denn natürlich hatte ihm Callie die Kopie seiner Arbeit dagelassen, bevor sie seinen Computer gestohlen hatte.

Leigh presste die Lippen zusammen. »Es tut mir so leid, Walter.«

»Was ist ...«

»Du kannst meinen be...«

»Nein, das Geräusch. Was ist das?«

Leigh lauschte in die Stille, nun hörte sie es auch. Callie hatte ihren Kissenbezug mitgenommen, aber sie hatte die Katze dagelassen. Das arme Ding wimmerte in seiner Box.

»Verdammt«, sagte Leigh, denn die Katze zurückzulassen war fast so schlimm, wie sie und Walter auszuplündern. »Du wirst dich um sie kümmern müssen. Ich darf sie nicht sehen.«

»Soll das ein Witz sein?«

Leigh schüttelte den Kopf. Er würde nie verstehen, wie sehr sie ihre Mutter dafür verabscheute, dass sie ihnen eine bleibende Liebe zu Tieren vererbt hatte. »Wenn ich sie sehe, werde ich sie behalten wollen.«

»Tja, dann ist das die eine Schlacht, die du schlagen musst.« Walter ging zu der Box und fand den Brief, den Callie gefaltet unter den Tragegriff gesteckt hatte. Leigh erkannte die kringelige Handschrift ihrer Schwester mit dem Herzchen auf dem i.

Für Harleigh und Walter, weil ich euch liebe.

Leigh würde ihre Schwester erschlagen, wenn sie das nächste Mal zusammen in einem Raum waren.

Walter entfaltete den Brief und las: »Bitte nehmt als Geschenk dieses wunderschöne ...«

Die Katze miaute wieder, und Leighs Herz machte einen Hüpfer. Walter brauchte zu lange. Sie kniete sich vor die Transportbox und machte im Kopf bereits eine Liste. Katzenstreu, Schaufel, Katzenfutter, irgendein Spielzeug, aber nicht mit Katzenminze, weil junge Kätzchen nicht auf Katzenminze reagierten.

»Sweetheart.« Walter streckte die Hand aus und drückte ihre Schulter.

Leigh öffnete die Box oben am Griff und verfluchte lautlos ihre Schwester. Sie zog die Decke zur Seite und hob dann langsam die Hände vor den Mund. Sie blickte in die schönsten braunen Augen, die sie je gesehen hatte.

»Madeline«, sagte Walter. »Callie schreibt, wir sollen sie Maddy nennen.«

Leigh streckte die Hände in die Box und spürte die Wärme des wunderbaren kleinen Geschöpfs durch ihre Arme direkt in ihr gebrochenes Herz fließen.

Callie hatte ihnen ihr Baby geschenkt.

FRÜHJAHR 2021

12

Leigh hörte lächelnd zu, als Maddy von den üblichen Teenager-Malheuren in der Schule berichtete. Andrew spielte keine Rolle. Callie spielte keine Rolle. Leighs Anwaltskarriere, die Videobänder, die Rückversicherung, ihre Freiheit, ihr Leben – das alles zählte nicht.

Im Augenblick wollte sie nichts anderes tun, als im Dunkeln zu sitzen und den wunderbaren Klang der Stimme ihrer Tochter hören.

Das Einzige, was sie daran auszusetzen hatte, war, dass sie diese Unterhaltung am Telefon führten. Klatsch gehörte zu den Dingen, die man sich beim Kochen anhörte oder während die Tochter auf ihrem Telefon herumspielte – oder wenn es etwas Ernstes war, dann bettete sie den Kopf an deine Brust, während sie sprach, und man strich ihr über das Haar.

»Ich also natürlich sofort: Das können wir nicht tun, weil es nicht fair ist. Logo?«

Leigh stimmte mit ein. »Logo.«

»Aber dann war sie richtig sauer auf mich und ist davonmarschiert«, sagte Maddy. »Ungefähr eine Stunde später schaue ich auf mein Telefon, und sie hat dieses Video retweetet, wo ein Hund hinter einem Tennisball herrennt, also dachte ich, ich bin nett und sage etwas darüber, dass der Hund ein Spaniel ist und dass Spaniels superlieb und umgänglich sind, aber sie schreibt in lauter Großbuchstaben zurück: DAS IST EINDEUTIG EIN TEERRIER UND DU WEISST ANSCHEINEND NICHTS ÜBER HUNDE ALSO HALTS MAUL.«

»Das ist lächerlich«, sagte Leigh. »Terrier und Spaniel sind sich kein bisschen ähnlich.«

»Ich weiß!« Maddy stürzte sich in den Rest der Geschichte, die komplizierter war als eine Beweisanhörung in einem Mafiafall.

Callie hätte diese Unterhaltung geliebt. Sie hätte sie so sehr geliebt.

Leigh legte den Kopf an das Autofenster. In der Abgeschiedenheit des Wageninnern ließ sie ihren Tränen freien Lauf. Sie hatte wie ein Stalker den Audi in Walters Straße geparkt, ein Stück von seinem Haus entfernt. Leigh hatte das Licht in Maddys Zimmer sehen wollen, vielleicht den Schatten ihrer Tochter am Fenster vorbeihuschen. Walter hätte sie mit Freuden auf der Veranda sitzen lassen, aber sie konnte ihm jetzt noch nicht gegenübertreten. Sie war wie auf Autopilot in den Vorort gefahren, weil sich ihr Körper nach der Nähe ihrer Familie sehnte.

Die Tatsache, dass Celia Colliers Wohnmobil in der Einfahrt stand, hatte sie nicht direkt getröstet. Das braune Monstrum sah aus wie das Meth-Labor aus *Breaking Bad*. Leigh hatte beiläufig aus Maddy herausbekommen, dass Walters Mutter aus einer Laune heraus beschlossen hatte, zu Besuch zu kommen, aber Celia tat nie etwas aus einer Laune heraus. Leigh wusste, dass sie bereits beide Impfdosen bekommen hatte, und hatte nun den deprimierenden Verdacht, dass Maddys Großmutter als Babysitterin fungieren sollte, während Walter über das Wochenende mit Marci wegfuhr.

»Mom, hörst du mir zu?«

»Natürlich. Was hat sie dann gesagt?«

Trotz des schneidenden Tons ihrer Tochter spürte Leigh, wie ihr Blutdruck fiel. Das leise Zirpen der Grillen drang durch die Wagenfenster, und der Mond war eine schmale Sichel tief am

Himmel. Sie ließ ihre Gedanken zu jener ersten Nacht zurückwandern, die sie mit ihrer Tochter verbracht hatte. Walter hatte Kissen rings um das Bett drapiert. Sie hatten ihre Körper wie ein schützendes Herz um Maddy herumgelegt und waren so voller Liebe gewesen, dass sie kein Wort herausbrachten. Walter hatte geweint. Leigh hatte geweint. Katzenstreu und Futter auf ihrer Liste hatten sich in Windeln, Babynahrung und Strampelanzüge verwandelt, und es wurde beschlossen, dass Walter sofort den Job in Atlanta annehmen sollte.

Aufgrund der Unterlagen, die Callie unter dem Baby auf dem Boden der Transportbox zurückgelassen hatte, war es ihnen unmöglich gemacht worden, in Chicago zu bleiben. Wie bei allem in ihrem Leben hatte Callie mehr Gehirnleistung darauf verwandt, das Falsche zu tun, als erforderlich gewesen wäre, um richtig zu handeln.

Ohne irgendwem etwas davon zu sagen, war Callie acht Monate vor Maddys Geburt nach Chicago gezogen. Während der Schwangerschaft hatte sie Leighs Namen für die Frauenklinik auf der South Side benutzt. Walter war in der Geburtsurkunde als Maddys Vater eingetragen. Alle pränatalen Untersuchungen und Blutdruckchecks, Krankenhausaufenthalte und Nachuntersuchungen waren vom Moms-&-Babies-Programm des Gesundheits- und Familienministeriums von Illinois bezahlt worden.

Leigh und Walter hatten zwei Möglichkeiten gehabt. Sie konnten mit allen medizinischen Unterlagen nach Atlanta ziehen und vorgeben, dass Maddy ihr Baby war, oder sie konnten die Wahrheit erzählen und Callie wegen Betrugs ins Gefängnis wandern lassen.

Vorausgesetzt, die Ermittler glaubten die Geschichte überhaupt. Es hätte sehr wohl passieren können, dass man Walter und Leigh beschuldigt hätte, bei dem Schwindel mitgewirkt zu haben. Dann wäre Maddy in einer Pflegefamilie gelandet, und dieses Risiko wollten beide keinesfalls eingehen.

Bitte nehmt als Geschenk dieses wunderschöne Mädchen an, hatte Callie geschrieben. *Ich weiß, egal, was geschieht, bei euch beiden wird sie immer und für alle Zeit glücklich und sicher sein. Ich bitte nur darum, dass ihr sie Maddy nennt. PS: Félicette war die erste Katze im Weltraum. Ihr könnt es nachschlagen.*

Nachdem sie wohlbehalten in Atlanta angekommen waren, nachdem die Furcht abgeebbt war, nachdem sie sicher gewesen waren, dass Callie nicht in ihr Leben platzen und versuchen würde, ihnen Maddy wieder wegzunehmen, hatten sie versucht, Leighs Schwester mit ihrer Tochter bekannt zu machen. Callie hatte immer höflich abgelehnt. Sie hatte nie ein Recht an ihrem Kind beansprucht. Sie hatte nie in irgendeiner Weise angedeutet, dass Leigh nicht Maddys Mutter war oder Walter nicht ihr Vater. Die Existenz des Kindes war wie alles andere in Callies Leben geworden – eine ferne, verschwommene Geschichte, die sie sich zu vergessen erlaubte.

Was Maddy anging, so wusste sie natürlich, dass Leigh eine Schwester hatte und dass die Schwester suchtkrank war, aber sie hatten ihr noch nicht die Wahrheit gesagt. Erst hatten sie abgewartet, bis der Betrug verjährt war, dann war Maddy nicht alt genug gewesen, um es zu verstehen, dann hatte sie eine schwierige Phase in der Schule durchgemacht, und dann hatte sie es als Zwölfjährige, deren Eltern sich trennten, schon schwer genug gehabt, ohne dass Mom und Dad sich mit ihr zusammensetzten, um zu verkünden, dass sie gar nicht ihr leibliches Kind war.

Leigh musste unwillkürlich an Andrews Worte denken, als sie heute Morgen in seinem Garten gestanden hatten. Er hatte gesagt, Callie hätte das genossen, was Buddy mit ihr gemacht hatte, sie hätte seinen Namen gestöhnt.

Nichts davon zählte. Callie mochte es genossen haben, berührt zu werden, weil sich Berührungen gut anfühlten, aber Kinder waren nicht in der Lage, erwachsene Entscheidungen zu treffen. Sie hatten keine Vorstellung von romantischer Liebe. Sie besaßen nicht die erforderliche Reife, um zu verstehen, in welcher Weise ihr Körper auf sexuellen Kontakt reagiert. Sie waren körperlich und emotional nicht auf Geschlechtsverkehr vorbereitet.

Leigh hatte das mit achtzehn nicht wirklich verstanden, aber sie verstand es jetzt als Mutter sehr klar. Als Maddy zwölf geworden war, hatte sie den Zauber des Lebens einer Zwölfjährigen aus der ersten Reihe beobachten können. Sie wusste, wie süß sie waren, wie begierig nach Aufmerksamkeit. Sie wusste, man konnte sie dazu überreden, die Zufahrt hinauf und hinunter Rad zu schlagen. Man konnte sie in einem Moment in glückseliges Gekicher ausbrechen sehen und im nächsten in unerklärliche Tränen. Man konnte ihnen erzählen, dass man der einzige Mensch war, dem sie trauen konnten, dass niemand sie je so lieben würde, wie man selbst es tat, dass sie etwas Besonderes waren und dass sie alles, was geschah, geheim halten mussten, komme, was wolle, denn niemand sonst würde es verstehen.

Es war kein Zufall, dass Leigh ihre Ehe gegen die Wand gefahren hatte, als Maddy zwölf geworden war. Callie war zwölf gewesen, als sie als Babysitterin bei den Waleskis angefangen hatte.

Die Erkenntnis, wie zutiefst verletzlich ihre Schwester gewesen war, was Buddy ihr gestohlen hatte, war wie ein Krebsgeschwür, das Leigh beinahe umgebracht hätte. Es hatte Tage gegeben, an denen sie ihre eigene Tochter kaum hatte ansehen können, ohne ins Bad zu stürzen und heulend zusammenzubrechen. Leigh hatte sich so ausschließlich und umfassend mit Maddy beschäftigt, dass sie bei Walter jede Kontrolle über sich verlor. Er hatte sich mit ihrem unberechenbaren Verhalten abgefunden, bis sie die eine Sache entdeckt hatte, mit der sie ihn vergraulen konnte. Es war keine Affäre gewesen. Leigh hatte ihn nie betrogen. Was sie getan hatte, war in vielerlei Hinsicht weit schlimmer gewesen. Sie hatte angefangen, sich sinnlos zu betrinken, nachdem Maddy im Bett gewesen war. Leigh hatte geglaubt, sie werde damit durchkommen, bis sie eines Morgens, immer noch betrunken, auf dem Boden im Badezimmer aufgewacht war. Walter hatte auf dem Rand der Wanne gesessen. Er hatte buchstäblich zum Zeichen seiner Kapitulation die Hände gehoben und gesagt, er habe genug.

»Was hätte ich tun sollen?«, fragte Maddy. »Ich meine, echt jetzt, Mom. Sag es mir!«

Leigh wusste es auch nicht, aber sie hatte das alles schon erlebt. »Ich denke, du hast genau richtig gehandelt, Baby. Entweder sie kommt zur Vernunft oder eben nicht.«

»Ja, vermutlich.« Maddy klang nicht überzeugt, aber sie schwenkte zu einem neuen Thema. »Hast du mit Dad über die Party an diesem Wochenende geredet?«

Leigh hatte die feige Variante gewählt und Walter eine Nachricht geschickt. »Du darfst nicht dort übernachten, und du musst versprechen, dass alle ihre Masken aufbehalten.«

»Ich verspreche es«, sagte Maddy, aber solange niemand durch das Kellerfenster spähte, war es nicht zu kontrollieren. »Keely sagt, sie hat endlich angerufen.«

Leighs Tochter versteckte die Namen ihrer Protagonisten wie eine Krimiautorin den Täter, aber meistens hinterließ sie genügend Hinweise. »Ms. Heyer?«

»Ja, sie sagte, dass Keely es eines Tages verstehen wird, aber sie hat jemanden kennengelernt, und sie liebt Keelys Dad immer noch, weil er immer ihr Dad sein wird, aber sie muss jetzt in ihrem Leben weitergehen.«

Leigh schüttelte den Kopf. »Ms. Heyer trifft sich mit jemandem? Sie betrügt Mr. Heyer?«

»Ja, Mom, genau das sage ich doch die ganze Zeit.« Maddy fiel wieder in ihre Komfortzone zurück – Gereiztheit. »Und sie schickt ständig Nachrichten, Herzchen und so Zeug, ich meine, wieso ruft sie nicht wieder an und redet darüber, wie es weitergehen soll und alles, statt Nachrichten zu schicken?«

Maddy zuliebe sagte Leigh: »Manchmal ist es einfacher, Nachrichten zu schicken, weißt du.«

»Ja, okay, ich muss Schluss machen, hab dich lieb.«

Maddy beendete das Gespräch abrupt. Leigh nahm an, jemand Interessanterer war verfügbar. Trotzdem starrte sie auf das Gerät, bis der Bildschirm dunkel wurde. Ein Teil von Leigh wollte sich in den Mütterfunk stürzen und hören, wie Ruby Heyer sich selbst verwirklichte, aber Leigh war nicht deshalb um acht Uhr abends in den Vorort hinausgefahren. Sie war hier, um Walter zu sehen und ihr ganzes Leben in Schutt und Asche zu legen.

Andrew betrachtete Tammy Karlsen eindeutig nur als Kollateralschaden bei ihrer garantierten gegenseitigen Vernichtung. Was er wirklich wollte, war, dass Leigh fortan in Angst lebte. Sie sollte wissen, dass sich *ihr perfektes Mutterleben mit Elternabenden, Schulaufführungen und ihrem dämlichen Ehemann* jeden Moment in Luft auflösen konnte, so wie Andrews Leben in die Binsen gegangen war, als sie seinen Vater ermordet hatte.

Sie konnte seine Macht nur brechen, indem sie ihm seine Druckmittel nahm.

Ehe Leigh den Mut verlor, schrieb sie Walter: *Bist du beschäftigt?*

Er schrieb sofort zurück: *Love Machine.*

Leigh blickte zu Celias Wohnmobil. Sie nannten es Love Machine, seit Walter versehentlich seine Mutter und den Mann, der den Wohnwagenpark in Hilton Head führte, darin in flagranti überrascht hatte.

Die Eingangstür von Walters Haus wurde geöffnet. Er winkte Leigh zu, als er auf die Love Machine zuging. Sie blickte sich in der Sackgasse um. Sie hätte nicht überrascht sein dürfen, dass ein Nachbar sie verpfiffen hatte. Sechs Feuerwehrleute mit ihren Familien wohnten in Walters Umgebung. Er war bei mehreren Gelegenheiten für sie alle in die Schlacht gezogen, hatte Pensionsvereinbarungen ausgehandelt, die Übernahme von Arztrechnungen und in einem Fall dafür gesorgt, dass der Mann in Therapie kam statt ins Gefängnis. Sie alle behandelten Walter wie einen Bruder.

Leigh ließ ihr Telefon auf dem Sitz liegen, als sie ausstieg. Walter klappte gerade den Tisch aus, als sie das Wohnmobil betrat. Celia hatte nicht viel Geld für die Einrichtung ausgegeben, aber alles war ordentlich und funktional. Eine lange gepolsterte Bank diente als Couch zwischen zwei Trennwänden. Die Kochnische lag längs dahinter, ein Schrank und das Bad bildeten einen kleinen Flur zum Schlafzimmer dahinter. Walter hatte die Beleuchtung entlang des Streifens Teppichboden eingeschaltet, und ihr weiches Licht betonte seinen scharf geschnittenen Kiefer. Sie konnte seine Bartstoppeln erkennen; seit der Pandemie rasierte er sich nur noch alle paar Tage. Leigh war bis zu diesen kurzen Monaten im ersten Lockdown gar nicht klar gewesen, wie sehr Walter ihr mit dem Dreitagebart gefiel, bis sie wieder mit ihm im Bett gelandet war.

»Mist.« Sie legte die Hand auf ihr bloßes Gesicht. »Ich habe meine Maske vergessen.«

»Ist schon in Ordnung.« Walter trat einen Schritt zurück, damit sie größeren Abstand hielten. »Callie ist heute bei Maddys Fußballtraining aufgetaucht.«

Leigh nahm sofort den üblichen Gefühlsmix in ihrem Innern wahr – ein schlechtes Gewissen, weil sie seit gestern Abend nicht bei Callie angerufen hatte, um zu hören, wie es ihrer Schwester ging, und die Hoffnung, dass Callie endlich doch ein wenig Interesse daran erkennen ließ, ein Teil ihrer Familie zu werden.

»Sie sieht okay aus.« Er lehnte sich an die Trennwand. »Ich meine, sie ist viel zu dürr, aber sie hat gelächelt und Witze gerissen. Callie, wie sie leibt und lebt. Ich schwöre bei Gott, sie sah aus, als hätte sie sogar ein wenig Sonne getankt.«

»Hat sie ...«

»Nein. Ich habe es ihr angeboten, aber sie wollte Maddy nicht treffen. Und ja, sie war high, aber sie ist nicht herumgestolpert oder hat eine Szene gemacht.«

Leigh nickte, denn das war nicht die schlechteste Nachricht. »Wie geht es Marci?«

»Die heiratet«, sagte Walter. »Sie ist wieder mit ihrem früheren Freund zusammen.«

Zum ersten Mal seit Tagen hob sich der Amboss auf Leighs Brust ein wenig. »Als ich das Wohnmobil sah, dachte ich ...«

»Ich gehe hier draußen für zehn Tage in Quarantäne. Ich habe Mom gebeten, heraufzukommen und ein Auge auf Maddy zu haben.«

Leigh spürte, wie das Gewicht auf ihrer Brust wieder zunahm. »Hattest du einen Risikokontakt?«

»Nein, ich wollte dich morgen anrufen, aber dann bist du ja hier aufgetaucht und ...« Er schüttelte den Kopf, als würde es keine Rolle spielen. »Ich wollte *das* tun können.«

Ohne Vorwarnung überbrückte er die Entfernung zwischen ihnen und zog Leigh in seine Arme.

Sie leistete keinen Widerstand. Sie ließ einfach ihren Körper mit seinem verschmelzen. Ein kleines Schluchzen kam aus ihrem Mund. Sie wollte so verzweifelt gern bei ihm bleiben und so tun, als wäre alles in Ordnung, aber sie konnte nichts weiter tun, als sich diesen Moment einzuprägen, damit sie für den Rest ihres Lebens daran denken konnte. Warum hielt sie immer am Schlimmen fest und ließ das Gute entgleiten?

»Sweetheart.« Walter fasste sie sachte unter dem Kinn, damit sie ihn ansah. »Erzähl mir, was los ist.«

Leigh berührte seinen Mund mit den Fingerspitzen. Sie wusste tief in ihrem Herzen, dass sie im Begriff war, einen bleibenden Schaden an ihrer Ehe anzurichten oder an dem, was noch von ihr übrig war. Sie könnte jetzt mit ihm schlafen. Sie könnte in seinen Armen einschlafen. Aber morgen dann oder einen Tag später müsste sie ihm dennoch die Wahrheit sagen, und der Verrat würde umso mehr schmerzen.

»Ich muss ...« Leigh versagte die Stimme, und sie holte tief Luft. Sie führte Walter zu der Polsterbank und setzte sich neben ihn. »Ich habe dir etwas zu sagen.«

»Das klingt ernst«, sagte er und klang selbst kein bisschen ernst dabei. »Und was ist es?«

Sie blickte auf ihre verschränkten Finger hinab. Ihre Eheringe waren zerkratzt, aber sie hatten sie beide nicht abgelegt.

Sie durfte es nicht weiter in die Länge ziehen. »Ich muss dir etwas außerhalb unserer Ehe erzählen.«

Er lachte. »Okay.«

»Ich meine, es fällt nicht unter unser eheliches Schweigerecht. Es ist einfach ein Gespräch zwischen uns beiden.«

Er nahm endlich ihren Tonfall wahr. »Was ist los?«

Leigh hielt es nicht mehr aus, ihm so nahe zu sein. Sie rutschte die Bank entlang, bis sie mit dem Rücken an die Trennwand stieß. So oft hatte sie daheim den Fuß über die Couch gestreckt, weil sie es nicht ertrug, ohne Kontakt mit ihm zu sein. Was sie nun im Begriff war zu sagen, würde dieses Band unwiderruflich durchtrennen.

Es ließ sich nicht mehr aufschieben. Sie fing von vorne an. »Erinnerst du dich, dass ich dir erzählt habe, wie ich mit elf Jahren anfing, auf Kinder in der Nachbarschaft aufzupassen?«

Walter schüttelte den Kopf, aber nicht, weil er sich nicht erinnert hätte, sondern weil er es für verrückt hielt, ein elfjähriges Kind mit der Aufsicht über andere Kinder zu betrauen.

»Ja, natürlich«, sagte er.

Leigh kämpfte gegen ihre Tränen an. Wenn sie jetzt zusammenbrach, würde sie es nicht überleben, ihm alles zu erzählen. Sie holte tief Luft, bevor sie fortfuhr.

»Als ich dreizehn war, bekam ich einen festen Babysitter-Job für einen fünfjährigen Jungen, dessen Mutter eine Ausbildung zur Krankenschwester machte, deshalb war ich werktags nach der Schule immer bis Mitternacht bei ihnen zu Hause.«

Leigh sprach zu schnell, sie drohte sich zu verhaspeln. Sie zwang sich, langsamer zu reden.

»Der Name der Frau war Linda Waleski. Sie hatte einen Mann. Er hieß ... ehrlich gesagt weiß ich seinen richtigen Namen gar nicht. Alle nannten ihn Buddy.«

Walter legte den Arm auf die Lehne der Bank. Er schenkte ihr seine volle Aufmerksamkeit.

»In der ersten Nacht fuhr mich Buddy nach Hause und ...« Leigh hielt wieder inne. Sie hatte das, was jetzt kam, nicht einmal für sich selbst formuliert, geschweige denn laut ausgesprochen. »Er hielt am Straßenrand an, drückte mir die Beine auseinander und schob seinen Finger in mich.«

Sie sah, wie Walters Schmerz mit der Wut wetteiferte.

»Er masturbierte dabei. Dann fuhr er mich nach Hause. Und er gab mir Geld.«

Leigh fühlte, wie ihr Gesicht heiß wurde. Das Geld machte es schlimmer, so als wäre es ein bezahlter Dienst gewesen. Sie sah an Walter vorbei. Vor ihren Augen verschwommen die funkelnden Lichter in der Einfahrt der Nachbarn.

»Ich habe daheim zu Phil nur gesagt, er hätte mir die Hand aufs Knie gelegt. Vom Rest habe ich ihr nichts erzählt. Dass da Blut war, als ich aufs Klo gegangen bin. Und dass es tagelang gebrannt hat beim Pinkeln, wo er mich mit seinem Fingernagel verletzt hat.«

In der Erinnerung spürte sie wieder das Brennen zwischen den Beinen. Sie musste innehalten und schlucken.

»Phil hat es mit einem Lachen abgetan. Sie sagte, ich soll ihm eben auf die Finger hauen, wenn er es das nächste Mal versucht. Also tat ich genau das. Ich schlug seine Hand weg, und er hat es nie wieder versucht.«

Walters Atem ging langsam und gleichmäßig, aber Leigh sah aus den Augenwinkeln, wie er die Fäuste ballte.

»Ich vergaß die Geschichte.« Sie schüttelte den Kopf, denn sie wusste, warum sie es vergessen hatte, aber sie hatte keine Ahnung, wie sie es Walter erklären sollte. »Ich ... ich habe es vergessen, weil ich den Job brauchte, und ich wusste, wenn ich

Ärger mache, wenn ich etwas sage, dann würde mich niemand mehr anstellen. Oder man würde mir vorwerfen, dass ich etwas Falsches getan hatte, oder … keine Ahnung. Ich wusste nur, man erwartete, dass ich den Mund hielt. Dass mir niemand glauben würde. Oder dass man mir vielleicht sogar glaubte, aber es würde keine Rolle spielen.«

Sie sah ihren Mann an. Er hatte sie die ganze Zeit nicht einmal unterbrochen. Er gab sich verzweifelt Mühe, sie zu verstehen.

»Ich weiß, es klingt verrückt, so etwas zu vergessen. Aber wenn du ein Mädchen bist, vor allem, wenn du früh entwickelt bist und Busen und Hüften bekommst und nicht weißt, was du mit all diesen Hormonen anfangen sollst, dann sagen erwachsene Männer ständig unangemessene Dinge zu einem, Walter. Ständig.«

Er nickte, aber seine Fäuste waren immer noch geballt.

»Sie pfeifen dir nach, berühren dich an den Brüsten oder reiben mit ihrem Schwanz an deinem Rücken und tun dann so, als wäre es ein Versehen gewesen. Oder sie reden davon, wie sexy du bist. Oder sie sagen, du bist so reif für dein Alter. Und das ist eklig, denn sie sind so alt. Und du fühlst dich selbst eklig. Und wenn du sie darauf ansprichst, dann lachen sie und sagen, du bist verklemmt oder eine Zicke und dass du einfach keinen Spaß verstehst.« Leigh musste sich wieder zwingen, langsamer zu machen. »Du stehst das nur durch, du bekommst nur Luft, wenn du es irgendwohin packst, sodass es keine Rolle spielt.«

»Aber es spielt eine Rolle.« Walters Stimme war heiser vor Kummer. Er dachte an ihre wundervolle Tochter. »Natürlich spielt es eine Rolle.«

Leigh sah Tränen über sein Gesicht laufen, und sie wusste, was sie als Nächstes sagte, würde dazu führen, dass er sich gänzlich von ihr abwandte. »Als ich sechzehn war, hatte ich genug gespart, um mir ein Auto zu kaufen, und ich hörte auf mit dem Babysitten. Ich gab den Job bei den Waleskis an Callie weiter.«

Walter hatte keine Zeit, seinen Schock zu verbergen.

»Buddy hat sie zweieinhalb Jahre lang vergewaltigt. Und er versteckte Kameras im Haus, um sich dabei zu filmen. Er zeigte die Filme seinen Freunden. Sie veranstalteten diese Wochenendpartys, tranken Bier und sahen sich an, wie Buddy meine Schwester vergewaltigte.« Leigh sah auf ihre Hände hinunter. Sie drehte den Ehering am Finger. »Ich wusste zu dieser Zeit nicht, was los war, aber eines Abends rief mich Callie dann vom Apparat der Waleskis an. Sie sagte, sie hätte eine Auseinandersetzung mit Buddy gehabt. Sie hatte eine seiner Kameras entdeckt, und er hatte Angst bekommen, sie würde es Linda erzählen und man würde ihn verhaften. Also griff er Callie an. Er schlug sie und hätte sie beinahe erwürgt. Aber irgendwie gelang es ihr, ein Küchenmesser in die Finger zu bekommen und sich damit zu verteidigen. Sie sagte am Telefon, sie hätte ihn umgebracht.«

Walter sagte nichts, aber Leigh konnte sich nicht länger vor ihm verstecken. Sie sah ihm in die Augen.

»Buddy lebte noch, als ich dort ankam. Callie hatte ihm im Kampf die Oberschenkelvene mit dem Messer aufgeschlitzt. Er hatte nicht mehr viel Zeit, aber wir hätten einen Rettungswagen rufen können. Vielleicht hätte er überlebt. Aber ich habe gar nicht versucht, ihn zu retten. Callie hat mir erzählt, was er mit ihr gemacht hat. Da fiel mir dann plötzlich wieder ein, was damals in seinem Auto passiert war. Es war, als hätte jemand einen Lichtschalter betätigt. In dem einen Moment wusste ich es nicht mehr, im nächsten erinnerte ich mich.« Leigh versuchte, wieder durchzuatmen, aber ihre Lunge wollte sich nicht richtig füllen. »Und ich wusste, es war alles meine Schuld. Ich hatte meine eigene Schwester einem Pädophilen überlassen. Alles, was ihr widerfahren war, alles, was mich an diesem Abend dorthin geführt hatte, ist meine Schuld gewesen. Also schickte ich Callie in einen anderen Raum. Ich fand eine Rolle Klarsichtfolie in der Küchenschublade. Und ich wickelte sie um Buddys Kopf, sodass er erstickte.«

Sie sah, wie sich Walters Lippen teilten, aber er sagte nichts.

»Ich habe ihn umgebracht«, sagte sie für den Fall, dass es ihm nicht klar war. »Und dann habe ich Callie gezwungen, mir beim Zerstückeln der Leiche zu helfen. Wir haben eine Machete aus dem Schuppen benutzt. Die Körperteile haben wir im Fundament der Baustelle für eine Ladenzeile an der Stewart Avenue vergraben. Sie haben am nächsten Tag den Beton gegossen. Wir haben im Haus alles sauber gemacht. Wir ließen Buddys Frau und den Jungen glauben, dass er die Stadt verlassen hat. Und ich habe sechsundachtzigtausend Dollar von ihm gestohlen. Damit habe ich mein Jurastudium finanziert.«

Walters Mund bewegte sich, aber er sprach immer noch kein Wort.

»Es tut mir leid«, sagte sie, denn es gab noch mehr zu gestehen. Wenn sie schon endlich die Wahrheit sagte, dann würde es die ganze Wahrheit sein. »Callie hat ...«

Walter bat um einen Moment Zeit, indem er die Hand hob. Er stand auf, lief zum Ende des Wohnmobils, machte wieder kehrt. Eine Hand ruhte auf der Küchentheke, mit der anderen stützte er sich an der Wand ab. Er schüttelte wieder und wieder den Kopf, er hatte einfach keine Worte. Es war sein Gesichtsausdruck, der sie fast umbrachte: Er sah eine Fremde vor sich.

Leigh zwang sich fortzufahren.

»Callie hat keine Ahnung, dass er es bei mir zuerst versucht hat«, sagte sie. »Ich hatte nie den Mumm, es ihr zu erzählen. Und wenn ich schon dabei bin, sollte ich dir wohl auch sagen, dass ich es nicht bereue, ihn getötet zu haben. Sie war ein Kind, und er hat ihr alles genommen, aber es war meine Schuld. Es war alles meine Schuld.«

Walter begann, langsam den Kopf zu schütteln, als wünschte er sich verzweifelt, sie würde es zurücknehmen.

»Walter, du musst verstehen, dass ich wirklich meine, was ich gerade gesagt habe. Callie nicht gewarnt zu haben – das ist das Einzige, was ich bereue. Buddy hatte es verdient zu sterben. Er hätte es verdient gehabt, länger zu leiden als die zwei Minuten, die es dauerte, bis er erstickt war.«

Walter wischte sich mit dem Hemdärmel über den Mund.

»Ich trage diese Schuld jede Sekunde bei mir, in jedem Atemzug, in jeder Zelle von mir«, sagte Leigh. »Jedes Mal, wenn Callie eine Überdosis genommen hat, bei jedem Besuch in der Notaufnahme, immer wenn ich längere Zeit nicht weiß, ob sie lebt oder tot ist, in Schwierigkeiten oder im Gefängnis, kehren meine Gedanken zu der einen Frage zurück: *Warum habe ich den Scheißkerl nicht noch mehr leiden lassen?*«

Walter umklammerte den Rand der Küchentheke. Sein Atem ging unregelmäßig. Er sah aus, als wollte er am liebsten die Schränke von der Wand zerren oder die Decke herunterreißen.

»Es tut mir leid«, sagte sie. »Ich hätte es dir früher erzählen sollen, aber ich sagte mir immer, dass ich dich nicht belasten wollte oder aufregen. Doch die Wahrheit ist, ich habe mich zu sehr geschämt. Was ich Callie angetan habe, ist unverzeihlich.«

Er sah sie nicht an, sondern hielt den Kopf gesenkt. Seine Schultern bebten. Sie wartete darauf, dass er schrie, sie beschimpfte, aber er weinte nur.

»Es tut mir leid«, flüsterte sie. Seine Trauer brach ihr das Herz. Hätte sie ihn nur kurz in den Arm nehmen können, hätte es irgendeine Möglichkeit für sie gegeben, seinen Schmerz zu lindern, sie hätte es getan. »Ich weiß, du hasst mich jetzt. Es tut mir so leid.«

»Leigh.« Er blickte zu ihr auf, Tränen liefen aus seinen Augen. »Weißt du denn nicht, dass du selbst ein Kind warst?«

Leigh sah ihn ungläubig an. Er war nicht angewidert oder wütend. Er war verwundert.

»Du warst erst dreizehn!«, sagte Walter. »Er hat dich sexuell missbraucht, und niemand hat etwas unternommen. Du sagst, du hättest Callie schützen müssen – aber wer hat dich beschützt?«

»Ich hätte …«

»Du warst ein Kind!« Er schlug mit der Faust so heftig auf die Theke, dass die Gläser im Schrank klirrten. »Wieso verstehst du das denn nicht, Leigh? Du warst ein Kind. Du hättest erst gar nicht in diese Lage kommen dürfen. Du hättest dir keine Sorgen um Geld machen dürfen oder um einen gottverdammten Job. Du hättest zu Hause im Bett sein sollen und an einen Jungen in der Schule denken, in den du verknallt warst.«

»Aber ...« Er verstand es nicht. Er dachte an Maddy und ihre Freundinnen. Aber in Lake Point war es anders. Alle wurden dort schneller erwachsen. »Ich habe ihn getötet, Walter. Das ist vorsätzlicher Mord, das weißt du.«

»Du warst nur zwei Jahre älter, als Maddy es jetzt ist! Der Mann hatte dich belästigt. Du hattest soeben erfahren, dass deine Schwester ...«

»Halt«, unterbrach sie ihn. Es hatte keinen Sinn, über die Fakten zu streiten. »Ich erzähle dir das nicht ohne Grund.«

»Braucht es einen Grund?« Er kam nicht mehr von seiner Empörung los. »Herrgott noch mal, Leigh! Wie konntest du so lange mit dieser Schuld leben? Du warst ebenfalls ein Opfer.«

»Ich war verdammt noch mal kein Opfer!«

Sie hatte es so laut geschrien, dass sie befürchtete, Maddy könnte es im Haus gehört haben. Leigh stand auf. Sie ging zu dem kleinen Fenster in der Tür und schaute zu Maddys Zimmer hinauf. Die Nachttischlampe brannte noch. Sie stellte sich ihr kostbares Mädchen vor, ins Bett gekuschelt und mit der Nase in einem Buch, so wie Callie es als Kind getan hatte.

»Baby«, sagte Walter. »Sieh mich an, bitte.«

Sie drehte sich wieder um und schlang die Arme um den Leib. Sie ertrug die Weichheit in seiner Stimme nicht. Sie hatte diese leichte Vergebung nicht verdient. Sie war für Callie verantwortlich. Das würde er nie verstehen.

»Der Mandant, der Vergewaltiger, mit dem ich mich am Sonntagabend treffen musste, Andrew Tenant. Das war der Junge, für den ich damals Babysitter war. Er ist der Sohn von Buddy und Linda.«

Walter war wieder sprachlos.

»Andrew hat sämtliche Videos seines Vaters. Er entdeckte das Band mit dem Mord erst 2019, aber er hatte alle Vergewaltigungsvideos schon seit er zu Hause auszog, um aufs College zu gehen.« Leigh verdrängte alle Gedanken an Andrews Bemerkungen über die Aufnahmen. »Es gab mindestens zwei Kameras, die alles aufgezeichnet haben. Stunden um Stunden, die zeigen, wie Buddy Callie vergewaltigt hat. Alles, was in der Nacht des Mordes geschah, ist ebenfalls aufgezeichnet, wie Callie mit Buddy gekämpft hat und sein Bein aufschlitzte und wie ich dann kam und ihn getötet habe.«

Walter wartete mit grimmiger Miene.

»Der Frau, die Andrew vergewaltigt hat, und allen anderen, die er zuvor vergewaltigt hat, hat er genau hier einen Schnitt zugefügt.« Sie legte die Hand auf ihren Oberschenkel. »Die Oberschenkelvene. Genau da, wo Callie Buddy erwischt hat.«

Walter wartete auf den Rest.

»Andrew hat diese Frauen nicht einfach vergewaltigt. Er hat sie unter Drogen gesetzt, sie entführt, sie gefoltert. Er hat sie aufgerissen, wie sein Vater Callie aufgerissen hat.« Leigh sagte es sehr deutlich. »Er ist ein Psychopath. Er wird nicht aufhören.«

»Was …« Walter hatte dieselbe Frage wie Leigh. »Was will er?«

»Mich leiden lassen«, sagte Leigh. »Er erpresst mich. Die Zeugenauswahl beginnt morgen, und Andrew hat gefordert, dass ich das Opfer im Zeugenstand auseinandernehme. Er hat ihre medizinischen Unterlagen gestohlen. Ich verfüge also über alle Informationen, um sie zu vernichten. Als Nächstes wird er etwas anderes von mir fordern. Und dann wieder etwas anderes. Ich kann ihn nicht aufhalten.«

»Warte.« Walters Mitgefühl ging endlich zur Neige. »Du hast eben gesagt, der Kerl ist ein gewalttätiger Psychopath. Du musst …«

»Was?«, fragte sie. »Den Prozess absichtlich verlieren? Er hat mir erzählt, dass er eine Rückversicherung hat – entweder ein

Back-up in der Cloud, oder er hat die Bänder in einem Banktresor, oder was weiß ich. Er sagte, wenn ihm etwas Schlimmes zustößt, werden alle Videos veröffentlicht.«

»Na und?«, sagte Walter. »Soll er sie doch verdammt noch mal veröffentlichen.«

Jetzt war es an Leigh, sich zu wundern. »Ich habe dir doch gesagt, was auf diesen Bändern ist. Ich werde im Gefängnis landen. Callies Leben wird vorbei sein.«

»Callies Leben?«, wiederholte Walter. »Du machst dir Sorgen um Callies beschissenes Leben?«

»Ich kann nicht …«

»Leigh!« Er schlug wieder mit der Faust auf den Tisch. »Unsere Teenager-Tochter schläft zehn Meter weiter in unserem Haus. Dieser Mann ist ein brutaler Vergewaltiger. Ist dir nie der Gedanke gekommen, er könnte Maddy etwas antun?«

Leigh war vollkommen sprachlos, denn Maddy hatte mit alldem nichts zu tun.

»Antworte mir!«

»Nein.« Sie schüttelte langsam den Kopf, denn das würde niemals geschehen. Die ganze Sache spielte sich zwischen ihr, Andrew und Callie ab. »Er würde nicht …«

»Er würde unsere sechzehnjährige Tochter nicht vergewaltigen?«

Leigh öffnete den Mund, aber sie brachte keine Antwort heraus.

»Verdammt noch mal!«, brüllte Walter. »Du und dein beschissenes Schubladendenken.«

Er kam auf ihr altes Streitthema zurück, dabei war das etwas völlig anderes. »Walter, ich habe nie …«

»Was? Du hast nie gedacht, dass der brutale, sadistische Vergewaltiger, der deine Freiheit bedroht, auf dein verdammtes Privatleben übergreifen könnte, weil … ja, warum? Weil du ihn nicht lässt? Weil du so verdammt gut darin bist, alles schön getrennt zu halten?« Walter schlug die Schranktür aus den Angeln.

»Großer Gott, Leigh! Beziehst du deine verdammten Erziehungsratschläge jetzt von Phil oder was?«

Der Treffer saß tief und war tödlich. »Ich habe nicht …«

»Nachgedacht?«, fragte er. »Nachdem es Callie passiert ist, nachdem du absichtlich und mit vollem Bewusstsein einen Mann umgebracht hast, wollte es dir nicht in deinen verdammten, verdrehten Schädel, dass es vielleicht eine schlechte Idee ist, noch einen Teenager mit einem verdammten Vergewaltiger in Kontakt zu bringen?«

Leigh hatte keinen Atem mehr.

Sie spürte, wie sich ihre Füße vom Boden hoben und schwebten. Ihre Hände flatterten in die Luft, als hätte man Blut durch Helium ersetzt. Sie erkannte das Gefühl von den vorangegangenen Malen wieder, diese seltsame Leichtigkeit, wenn ihre Seele die Geschehnisse nicht verkraftete und deshalb ihren Körper verließ, um sich mit den Folgen zu beschäftigen. Sie wusste plötzlich, dass es zum ersten Mal in Buddys gelber Corvette passiert war. Vor dem Haus der Deguils. Hall & Oates sangen leise im Radio. Leigh war an die Decke des Wagens geschwebt, die Augen geschlossen, aber irgendwie hatte sie dennoch sehen können, wie Buddys feiste Hand ihre Beine auseinanderzwang.

Himmel deine Haut ist so weich ich kann den Pfirsichflaum spüren du bist fast wie ein Baby.

Jetzt sah Leigh ihre zitternde Hand nach dem kleinen verchromten Türgriff fassen. Dann stieg sie die Alustufen hinunter. Dann ging sie die Einfahrt entlang. Dann stieg sie in ihren Wagen. Dann sprang der Motor an, und das Getriebe rastete ein, und das Lenkrad drehte sich, und Leigh fuhr auf der leeren Straße fort von ihrem Mann und ihrem Kind, allein in der Dunkelheit.

DONNERSTAG

13

Der Morgen schien eben zu dämmern, als Callie an der Jesus Junction, einer Kreuzung von drei Straßen in Buckhead, wo drei verschiedene Kirchen um Kundschaft buhlten, aus dem Bus stieg. Die katholische Kathedrale war die beeindruckendste, aber Callie hatte eine Schwäche für den Spitzturm der Baptisten, der aus der Fernsehserie *The Andy Griffith Show* zu stammen schien. Die Baptisten hatten außerdem bessere Kekse, aber sie musste zugeben, dass die Episkopalen einen anständigen Kaffee zu machen verstanden.

Die Kathedrale St. Phillip stand auf der Kuppe eines Hügels, den Callie vor ihrer Corona-Infektion mühelos hatte erklimmen können. Jetzt folgte sie dem Gehweg außenherum, der in einem flacheren Anstieg zum Versammlungsort führte. Und dennoch war ihr die Maske zu viel. Sie musste sie von einem Ohr baumeln lassen, damit sie Luft bekam, als sie auf die Einfahrt zuging.

Der Parkplatz war gesprenkelt von BMWs und Mercedes. Raucher in Businesskleidung versammelten sich bereits um die geschlossenen Türen. Es waren mehr Frauen als Männer da, was nach Callies Erfahrung nicht ungewöhnlich war. Männer waren bei Anzeigen wegen Trunkenheit im Straßenverkehr in der Überzahl, aber bei Frauen wurde von den Gerichten häufiger als bei ihren männlichen Pendants der Besuch von AA-Treffen angeordnet, vor allem in Buckhead, wo teure Anwältinnen wie Leigh ihnen halfen, sich ihrer Verantwortung zu entziehen.

Callie war knapp zehn Meter vom Eingang entfernt, als sie Blicke auf sich spürte, aber nicht von der üblichen argwöhnischen Art, wie die Leute Junkies eben ansahen. Wahrscheinlich weil sie nicht wie ein Junkie gekleidet war. Verschwunden waren die Pastellfarben und Zeichentrickmotive aus der Kinderabteilung bei Goodwill. Ein gründliches Stöbern in ihrem Schlafzimmerschrank hatte ein langärmliges schwarzes Stretchtop mit rundem Ausschnitt und eine eng sitzende Jeans zutage gefördert, womit sich Callie wie ein geschmeidiger Panther vorgekommen war, als sie Binx die Sachen vorgeführt hatte. Das Outfit hatte sie mit einem Paar abgestoßener Doc Martens kombiniert, die sie unter Phils Bett gefunden hatte. Und dann hatte sie ein blaues Auge riskiert und das Make-up ihrer Mutter benutzt, um auf YouTube der Anleitung einer Zehnjährigen zu folgen, wie man sich *Smokey Eyes* schminkte.

Zum Zeitpunkt ihres Pygmalion-Experiments war Callies einzige Sorge gewesen, als Nicht-Junkie durchzugehen, aber jetzt in der Öffentlichkeit kam sie sich verdächtig weiblich vor. Männer taxierten sie. Frauen beurteilten sie. Blicke verweilten auf ihren Hüften, ihrem Busen, ihrem Gesicht. Auf der Straße war ihr geringes Körpergewicht ein Zeichen, dass etwas nicht stimmte. In dieser Versammlung hier war ihre Dünnheit ein Attribut, etwas, das man schätzte oder begehrte.

Sie war froh, dass sie ihre Maske trug. Ein Mann in einem dunklen Anzug nickte ihr zu und hielt ihr die Tür auf. Callie widerstand dem Impuls, bei der Aufmerksamkeit zu erschauern. Sie hatte sich mit ihrer Kostümierung Eintritt in die normale Gesellschaft erkaufen wollen, aber ihr war nicht klar gewesen, wie diese Gesellschaft aussah.

Die Tür schloss sich hinter ihr. Callie lehnte sich an die Wand und zog kurz ihre Maske herunter. Von weiter unten im Flur war das Lärmen von Vorschulkindern zu hören, die sich für den

Tag rüsteten, ein Piepsen, Prusten und Kichern. Callie ließ sich noch einen Moment Zeit, um sich zu sammeln, schob die Maske wieder hoch, dann ging sie in die andere Richtung, fort von den Kleinen, bis sie vor einem riesigen Banner mit der Aufschrift GOTT IST FREUNDSCHAFT stand.

Callie bezweifelte, dass Gott die Art Freundschaft gutheißen würde, die sie heute Morgen im Sinn hatte. Sie spazierte unter dem Banner auf die Versammlungsräume zu, vorbei an Fotos von *Reverends*, dem *Very Reverend* und den *Reverend Canons* früherer Jahre. Ein Papierschild an der Wand verwies auf eine offene Tür.

8.30 Uhr AA-Treffen.

Callie liebte die Treffen der Anonymen Alkoholiker, denn es waren die einzigen Gelegenheiten, bei denen sie ihrem Wettkampfgeist freien Lauf lassen konnte.

Von einem Onkel befummelt? *Ruf mich an, wenn du ihn umbringst.*

Gruppenvergewaltigung durch die Freunde deines Bruders? *Hast du sie schon in Stücke gehackt?*

Unkontrollierbares Zittern im Delirium tremens? *Lass mich wissen, wenn du einen halben Liter Blut scheißt.*

Callie betrat den Raum. Die Szenerie glich allen anderen AA-Treffen, die in diesem Augenblick in allen Winkeln der Welt stattfanden. Klappstühle in einem weiten Kreis mit großen, pandemiebedingten Lücken dazwischen. Das Gebet um Gelassenheit in einem Bilderrahmen auf einem Tisch, daneben Schriften mit Titeln wie *So funktioniert es!*, *Die Versprechen* oder *Die zwölf Traditionen*. Vor der großen Kaffeekanne standen zehn Leute an. Callie stellte sich hinter einen Typ in schwarzem Businessanzug und grüner Chirurgenmaske, der aussah, als würde er lieber ein Brainstorming abseits ausgetretener Pfade machen, an seinem *Vision Board* auf Pinterest arbeiten oder was auch immer – Hauptsache, nicht hier sein.

»Oh«, sagte er und trat zur Seite, damit ihn Callie überholen konnte, wie es höfliche Gentlemen offenbar bei Damen taten, die nicht wie Heroinjunkies aussahen.

»Schon in Ordnung, danke.« Callie wandte sich ab und interessierte sich plötzlich sehr für ein Plakat, auf dem Jesus ein verirrtes Lamm im Arm hielt.

Es war kühl in dem Kellergeschoss, trotzdem lief ihr der Schweiß in den Nacken. Der kurze Wortwechsel mit dem Businessanzug war ebenso verstörend gewesen wie die Blicke auf dem Parkplatz. Aufgrund ihrer zierlichen Statur und weil sie zu Bärchen-T-Shirts und Regenbogenjacken neigte, wurde Callie fälschlicherweise oft für einen Teenager gehalten, aber nur selten wurde sie fälschlicherweise für eine siebenunddreißigjährige Frau gehalten, die sie – zumindest theoretisch – ja war. Ein rascher Blick durch den Raum verriet ihr, dass es nicht nur Einbildung war. Augen voller Neugier erwiderten ihren Blick. Vielleicht lag es daran, dass sie neu hier war, aber Callie war früher schon in genau dieser Kirche gewesen, und die Leute hatten sie gemieden, als könnte sie plötzlich jemanden anfallen und um Geld anbetteln. Damals hatte sie wie ein Junkie ausgesehen. Vielleicht würden sie ihr das Geld jetzt geben?

Die Kaffeeschlange bewegte sich weiter. Callie griff in ihre Handtasche und ertastete die diversen Pillenfläschchen, die sie eingesteckt hatte, eine mörderische Auswahl, die sie gegen eine Ampulle Ketamin eingetauscht hatte. So unauffällig wie möglich fischte sie zwei Xanax heraus, dann wandte sie sich ab, damit sie die Finger unter die Maske stecken konnte.

Statt die Tabletten jedoch zu schlucken, ließ sie sie unter der Zunge liegen. Die Medikation würde auf diese Weise schneller in ihr Blut gelangen. Während sich ihr Mund mit Speichel füllte, zwang sich Callie, mit dem Xanax wegzuschmelzen.

Das war ihre neue Identität: Sie war für ein Bewerbungsgespräch in Atlanta. Sie wohnte im St. Regis. Sie war seit elf Jahren nüchtern. Sie war an einem stressigen Punkt in ihrem Leben, und sie brauchte den Trost von Mitreisenden.

»Scheiße«, murmelte jemand.

Callie hörte die Stimme der Frau, aber sie drehte sich nicht um. Über der Kaffeetheke hing ein Spiegel, und sie konnte Sidney Winslow mühelos auf einem der Klappstühle entdecken. Die junge Frau beugte sich mit gefurchter Stirn über ihr Handy. Zurückhaltendes Make-up, das Haar fiel leicht über die Schultern. Callie erkannte Sidneys gesetztere Tageskluft, die aus einem schwarzen Bleistiftrock und einer weißen ärmellosen Bluse bestand. Die meisten Frauen hätten darin wie die Kellnerin in einem mittelteuren Steaklokal ausgesehen, aber Sidney gelang es, elegant zu wirken. Selbst als sie ein weiteres Mal »Scheiße« murmelte und aufstand.

Alle Männer im Raum sahen ihr nach. Sidney hatte absolut keine Probleme damit, dass gierige Blicke ihren Körper in Augenschein nahmen. Sie hatte die Haltung einer Tänzerin, mit fließenden und irgendwie sexuell aufgeladenen Bewegungen.

Businessanzug gab leise ein anerkennendes Geräusch von sich. Er bemerkte, dass Callie ihn dabei ertappte, und zog die Augenbrauen über der Maske hoch, als wollte er sagen: *Wer will es mir verdenken?* Callie ihrerseits zog ebenfalls die Brauen hoch, um *Ich bestimmt nicht!* zu signalisieren, denn wenn sich die Gruppe auf etwas einigen konnte – außer dass Alkohol toll schmeckte –, dann darauf, dass Sidney Winslow verdammt umwerfend aussah.

Zu schade, dass sie mit einem Vergewaltigerarschloch zusammen war, das Maddys friedliche, vollkommene Existenz bedroht hatte, denn Callie würde sie dermaßen fertigmachen, dass Andrew nur noch Fetzen blieben von der Frau, die Sidney Winslow einmal gewesen war.

»Ich kann nicht …«, kam Sidneys heisere Stimme vom Korridor.

Callie trat einen kleinen Schritt zurück, um in den Flur spähen zu können. Sidney lehnte an der Wand, das Telefon am Ohr. Sie stritt offenbar mit Andrew. Callie hatte heute Morgen den

Terminkalender vom Gericht nachgeschlagen – Andrews Jury-Auswahl begann in zwei Stunden. Callie hoffte, er sah von ihrem Handgemenge gestern Nachmittag im Stadiontunnel ordentlich lädiert aus. Jeder Geschworene sollte vor Augen geführt bekommen, dass etwas nicht stimmte mit dem Angeklagten.

Zumindest sollte Leigh Callie dankbar sein, weil sie ihr die Aufgabe erleichterte.

Und dann sollte Leigh sich ins Knie ficken, weil sie Callie gezwungen hatte, auf Buddys Dachboden zu kriechen.

Businessanzug war endlich am Kaffeespender angelangt. Callie wartete, bis er fertig war, dann goss sie sich selbst zwei Becher ein, denn sie wusste, das Meeting würde lange dauern. Es gab keine Kekse. Vermutlich eine Folge der Pandemie, aber wenn man bedachte, was die meisten Leute hier für Alkohol zu tun bereit waren, konnte das Risiko nicht sehr groß sein, dass ein Keks sie umbrachte.

Oder auch nicht. Rein statistisch würden fünfundneunzig Prozent von ihnen das Programm binnen eines Jahres verlassen.

Callie bemerkte, dass Sidney ihre Handtasche unter dem Stuhl zurückgelassen hatte. Sie suchte sich zuerst einen Platz gegenüber, dann nahm sie einen Stuhl daneben, was es leichter machen würde, ihre Beute im Auge zu behalten. Callie stellte ihre Handtasche auf den Boden neben ihren zusätzlichen Becher Kaffee und schlug die Beine übereinander. Sie sah auf ihre Wade hinunter, die unter der engen Jeans immer noch wohlgeformt war, und ließ den Blick weiter nach oben wandern. Der Nagel an ihrem rechten Zeigefinger war bis zum Nagelbett abgerissen von dem gestrigen Versuch, Andrew die Haut vom Gesicht zu fetzen. Sie hatte überlegt, es mit einem Pflaster zu überkleben, aber Callie wollte eine visuelle Erinnerung daran haben, wie sehr sie Andrew Tenant verabscheute. Sie brauchte nur daran zu denken, wie Maddys Name aus dem Maul des kranken Scheißkerls gekommen war, und ihre Wut drohte wie Lava aus dem Schlund eines Vulkans zu schießen.

Vor siebzehn Jahren, als Callie festgestellt hatte, dass sie schwanger war, hatte sie gewusst, dass sie die Wahl hatte, so wie sie auch gewusst hatte, dass das Heroin immer gewinnen würde. Der Termin für die Abtreibung in der Klinik war bereits vereinbart gewesen. Sie hatte die Busroute ausgearbeitet und ihre Rekonvaleszenz in einem der besseren Motels der Southside geplant.

Dann war eine Weihnachtskarte aus Chicago eingetroffen.

Walter hatte Leighs Unterschrift eindeutig gefälscht, aber Callie fand es nichtsdestotrotz bemerkenswert, dass er aus Sorge um seine Freundin den Versuch unternahm, den vollständigen Bruch mit ihrer kleinen Schwester zu verhindern.

Und zu diesem Zeitpunkt war Walter mehr als vertraut gewesen mit Leighs Schwester, der drogenabhängigen Nervensäge. Callie hatte Entgiftungen durchgemacht, bei denen Walter sie gezwungen hatte, Gatorade zu trinken, und sie hatte in seinen Schoß gekotzt und über seinen Rücken, und sie war sich ziemlich sicher, dass sie ihm irgendwann auch ins Gesicht geschlagen hatte.

Es gab etwas, das ihr auch im größten Elend immer bewusst gewesen war, und zwar die Gewissheit, dass ihre Schwester diesen guten, gütigen Mann verdient hatte und dass dieser Mann Leigh früher oder später fragen würde, ob sie ihn heiraten wollte.

Für Callie bestand kein Zweifel, dass Leigh Ja sagen würde. Sie war bis über beide Ohren in ihn verliebt, ihre Hände flatterten wie Schmetterlinge, weil sie ihn immerzu berühren wollte, sie warf den Kopf zurück und lachte zu laut über seine Scherze, und wenn sie seinen Namen sagte, war es fast, als wollte sie singen. Callie hatte ihre Schwester noch nie so erlebt, aber sie konnte aufgrund früheren Verhaltens vorhersagen, wie es enden würde. Walter würde eine Familie haben wollen. Und das sollte er auch, denn selbst Callie hatte erkannt, dass er ein fantastischer Vater sein würde. Und sie hatte gewusst, dass Leigh eine gleichermaßen fantastische Mutter sein würde.

Aber Callie wusste ebenso, dass sich Leigh so viel Glück nie zugestehen würde. Selbst ohne die wohldokumentierte Geschichte ihrer Selbstsabotage hätte ihre Schwester nicht genügend Zutrauen zu sich, um ein Kind zu bekommen. Schwanger werden und schwanger bleiben wären geprägt gewesen von Angst und Bangen. Leigh hätte sich Sorgen wegen Phils psychischer Krankheit gemacht. Sie hätte befürchtet, dass ihr Erbgut womöglich geschädigt war. Sie hätte sich niemals zugetraut, all die Dinge für ein Baby zu tun, die niemand für sie als Kind getan hatte. Sie hätte so viele *Aber* ins Feld geführt, dass Walter entweder taub geworden wäre oder sich jemand anderen gesucht hätte, um die Familie zu gründen, die er verdient hatte.

Deshalb hatte sich Callie acht qualvolle Monate lang durch ein Leben ohne Drogen gekämpft. Deshalb war sie in eine grauenhafte Stadt gezogen, die entweder zu kalt oder zu heiß war und zu laut und zu schmutzig sowieso. Deshalb hatte sie in einem Obdachlosenasyl gelebt und sich von Ärzten malträtieren und abtasten lassen.

Callie hatte so viele Dinge in Leighs Leben verpfuscht, unter anderem, dass sie ihre Schwester zu einem Mord veranlasst hatte. Das Mindeste – das Allermindeste –, was Callie tun konnte, bestand darin, nach Chicago zu ziehen und für ihre Schwester ein Baby auszutragen.

»Noch eine Minute.« Eine ältere Frau in einem rosa Trainingsanzug klatschte Aufmerksamkeit heischend in die Hände. Sie hatte das Auftreten eines Feldwebels, auch wenn bei den Anonymen Alkoholikern eigentlich niemand so auftreten sollte. Sie blickte zur Tür und wiederholte ihren Countdown etwas leiser für Sidney: »Noch eine Minute.«

Callie presste den Daumen in ihren abgerissenen Fingernagel. Der Schmerz erinnerte sie daran, warum sie hier war. Sie musterte die maskierten Fremden in dem Sitzkreis. Jemand hustete. Ein anderer räusperte sich. Die Frau im rosa Anzug wollte nun die Tür schließen. Im Flur riss Sidney die Augen auf. Sie flüsterte etwas ins Telefon, dann huschte sie in den Raum, bevor sich die Tür schloss.

»Guten Morgen.« Der Trainingsanzug leierte rasch die Präambel herunter, dann sagte sie: »Wer will, kann mit dem Gelassenheitsgebet beginnen.«

Callie wandte sich weiterhin der Frau zu, aber aus dem Augenwinkel beobachtete sie, wie sich Sidney hinsetzte. Sie war erkennbar noch aufgeregt von ihrem Telefongespräch und warf noch einen letzten Blick auf das Handy, bevor sie es in ihre Handtasche steckte. Sie schlug die Beine übereinander, schob ihren Stuhl zurecht, verschränkte die Arme, strich das Haar zurück. Jede dieser schnellen Bewegungen drückte aus, dass sie stinksauer war und nichts lieber tun würde, als in den Flur hinausrennen und ihr Gespräch beenden, aber wenn einem ein Richter dreißig Meetings in dreißig Tagen aufbrummte und die Faschistin im Trainingsanzug, die das Anwesenheitsblatt abzeichnete, nicht zu Nachsicht neigte, dann blieb man eben die volle Stunde.

Trainingsanzug gab die Diskussion frei. Die Männer legten los, denn Männer gingen immer davon aus, dass man daran interessiert war, was sie zu sagen hatten. Callie lauschte mit halbem Ohr den Geschichten von schiefgelaufenen Geschäftsessen, peinlichen Trunkenheitsfahrten, Auseinandersetzungen mit zornigen Bossen. Die AA-Treffen auf der Westside waren viel unterhaltsamer. Barkeeper und Stripperinnen zerbrachen sich nicht über ihre Bosse den Kopf. Callie hatte nie eine Geschichte gehört, die besser war als die von dem Typen, der in seinem eigenen Erbrochenen aufgewacht war und es dann wegen des Alkoholgehalts aufgegessen hatte.

Sie hob die Hand, als sich sonst gerade niemand meldete. »Ich bin Maxine, und ich bin Alkoholikerin.«

»Hallo, Maxine«, erwiderte die Gruppe.

»Eigentlich werde ich Max genannt.«

Ein paar Leute lachten, dann: »Hallo, Max.«

Callie holte tief Luft. »Ich war elf Jahre lang nüchtern. Dann wurde ich zwölf.«

Noch mehr Gelächter, aber das Einzige, was zählte, war das heisere, tiefe Lachen von Sidney Winslow.

»Ich war acht Jahre lang professionelle Tänzerin«, begann Callie. Sie hatte die Geschichte, die sie bei diesem Treffen erzählen würde, stundenlang vorbereitet. Sie hatte keine Angst gehabt, eine digitale Spur zu hinterlassen. Mithilfe ihres Smartphones hatte sie Sidneys Kommunikation in den sozialen Medien gründlicher erforscht, damit sie wusste, welche Punkte sie besonders betonen musste. Sidney hatte in der Mittelschule mit Ballett angefangen. War in einer sehr religiösen Familie aufgewachsen. Rebellierte nach der Highschool. Entfremdete sich von ihrer Familie. Verlor alle ihre Freunde. Fand neue im College. Leichtathletikmannschaft. Yoga. Pinkberry-Dessertrestaurants. Beyoncés *Beyhive*-Fanseite.

»Eine Tanzkarriere ist kurz, und als meine Zeit um war, stürzte ich in totale Verzweiflung. Niemand verstand meinen Verlust. Ich ging nicht mehr in die Kirche. Ich verlor den Kontakt zu Freunden und Familie. Fand Trost in der Flasche.« Callie schüttelte den Kopf über die Tragödie. »Und dann lernte ich Phillip kennen. Er war reich, sah gut aus und wollte sich um mich kümmern. Und ganz ehrlich: Ich hatte genug davon, auf mich allein gestellt zu sein. Ich brauchte zur Abwechslung jemanden, der stark für mich ist.«

Wäre Sidney ein Beagle gewesen, hätte sie die Schlappohren aufgestellt vor Erstaunen über die Parallelen zwischen Max' Leben und ihrem eigenen.

»Wir hatten drei wundervolle Jahre zusammen – Reisen, etwas von der Welt sehen, fantastische Restaurants besuchen, Gespräche über Kunst, Politik, über Gott und die Welt.« Callie setzte zum Todesstoß an. »Und dann fuhr ich eines Tages in die Garage, und Phillip lag dort mit dem Gesicht nach unten auf dem Boden.«

Sidney legte die Hand aufs Herz.

»Ich stürzte zu ihm, aber er war schon kalt. Er war seit Stunden tot.«

Sidney schüttelte langsam den Kopf.

»Die Polizei sagte, er starb an einer Überdosis. Ich wusste, er nahm etwas zur Muskelentkrampfung wegen seines Rückens, aber ich hätte nie …« Callie blickte vorsichtig in die Runde, um die Spannung zu erhöhen. »Oxycontin.«

Viel zustimmendes Nicken. Alle kannten die Geschichten.

Sidney murmelte: »Scheiß Oxy.«

»Sein Verlust hat unsere Liebe entweiht.« Callie ließ die Schultern unter dem Gewicht ihrer imaginären Trauer hängen. »Ich weiß noch, wie ich im Büro des Anwalts saß und er sprach von dem vielen Geld und den Besitztümern, und es bedeutete mir nichts. Wisst ihr, ich habe letztes Jahr in einem Artikel gelesen, dass Purdue Pharmaceuticals mit einer Meldung an die Öffentlichkeit gegangen ist. Demzufolge erklärten sie sich bereit, vierzehntausendachthundertundzehn Dollar Schadenersatz für jede Überdosis zu bezahlen, die sich auf Oxycontin zurückführen lässt.«

Sie hörte das vorgesehene empörte Quieken.

»So viel war Phillips Leben wert.« Callie wischte sich eine Träne fort. »Vierzehntausendachthundertundzehn Dollar.«

Es wurde still im Raum, alle warteten auf die Pointe. Callie begnügte sich damit, sie von allein draufkommen zu lassen. Sie waren Alkoholiker. Sie wussten, wie es endete.

Callie musste Sidney nicht ansehen, um zu wissen, dass sie die junge Frau gefesselt hatte. Sidney hatte sie die ganze Zeit nicht aus den Augen gelassen. Erst als Trainingsanzug einen Sprechgesang anstimmte – *Kommt weiter hierher, es hilft, wenn ihr mithelft* –, konnte sich Sidney losreißen. Sie hatte ihr Smartphone in der Hand und ging mit finsterem Blick zur Tür.

Callie stockte das Herz, denn sie hatte idiotischerweise angenommen, dass Sidney für das anschließende gesellige Zusammensein bleiben würde. Sie raffte ihre Handtasche zusammen und eilte ihr nach. Zum Glück ging Sidney nach links statt nach rechts zum Ausgang. Dann bog sie wieder rechts zur Damentoilette ab. Sie hatte das Telefon am Ohr. Ihre Stimme war ein leises Knurren – das Liebesdrama dauerte an.

Ein Hauch von Alte-Damen-Parfüm wehte aus den Räumen der Sonntagsschule, als Callie hinter Sidney herlief. Der Duft weckte in ihr eine Sehnsucht nach den ersten Tagen ihrer Corona-Erkrankung, als sie nichts hatte schmecken oder riechen können. Sie drehte sich um. Alle anderen strömten zum Parkplatz, wahrscheinlich mussten sie zur Arbeit. Callie bog rechts ab und drückte die Tür auf.

Drei Becken in einem langen Waschtisch. Ein riesiger Spiegel. Drei Kabinen, eine davon besetzt.

»Weil ich es sage, Blödmann«, zischte Sidney in der hintersten Kabine. »Denkst du, ich gebe einen Scheiß auf deine Mutter?«

Callie schloss leise die Tür.

»Schön. Wie du meinst.« Sidney stöhnte frustriert. Es folgten noch einige Flüche, dann beschloss sie offenbar, dass sie ebenso gut pinkeln konnte, wenn sie schon auf einer Toilette saß.

Callie drehte den Wasserhahn auf, um sich bemerkbar zu machen, und hielt die Hände unter das kalte Wasser. Die bloße Haut unter dem abgerissenen Fingernagel brannte. Callie drückte an der Seite, sodass ein wenig Blut floss. Ihr Mund füllte sich wieder mit Speichel. Sie hörte Andrews Stimme, die der seines Vaters so ähnlich war, durch den Stadiontunnel hallen.

Madeline Félicette Collier, sechzehn Jahre alt.

Die Toilettenspülung rauschte, und Sidney kam aus der Kabine. Sie trug keine Maske und war in Wirklichkeit sogar noch attraktiver als auf den Fotos in den sozialen Medien. »Sorry, das war mein bescheuerter Freund«, sagte sie zu Callie. »Oder Ehemann. Egal. Er wurde gestern überfallen. Und ich rede davon, dass wir in wenigen Stunden heiraten. Aber er will die Polizei nicht rufen und sagt mir nicht, was passiert ist.«

Callie nickte, sie freute sich, dass Andrew eine gute Lüge eingefallen war.

»Ich weiß nicht, was sein Problem ist.« Sidney drehte den Wasserhahn auf. »Er benimmt sich wie ein totaler Vollidiot.«

»Liebe ist brutal«, sagte Callie. »Zumindest habe ich das meiner letzten Freundin ins Gesicht geritzt.«

Sidney lachte schallend, und plötzlich fuhr ihre Hand an den Mund. Sie hatte bemerkt, dass ihr Gesicht nicht bedeckt war. »Scheiße, tut mir leid, ich setze gleich meine Maske auf.«

»Schon gut«, sagte Callie und zog ihre eigene vom Gesicht. »Ich hasse die Dinger sowieso.«

»Kannst du laut sagen.« Sidney schlug auf den Hebel des Seifenspenders. »Ich bin so was von froh, wenn diese Meetings vorbei sind. Wozu soll das gut sein?«

»Mir geht es immer besser, wenn ich höre, dass andere Leute schlimmer dran sind als ich.« Callie nahm ebenfalls etwas Seife und stellte das Wasser ein wenig wärmer. »Weißt du, wo man hier ein anständiges Frühstück bekommt? Ich wohne im St. Regis, und ich kann keinen Zimmerservice mehr sehen.«

»Ah, richtig, du bist ja aus Chicago.« Sidney drehte den Wasserhahn zu und schüttelte ihre Hände ab. »Dann warst du früher also Tänzerin?«

»Ist lange her.« Callie zog ein Papierhandtuch aus dem Spender. »Ich mache noch meine Übungen, aber ich vermisse die Auftritte.«

»Kann ich mir vorstellen«, sagte Sidney. »Ich habe während meiner ganzen Highschool-Zeit getanzt und habe es geliebt, also ich meine, so geliebt, dass ich für den Rest meines Lebens nichts anderes tun wollte.«

»Du hast es immer noch drauf«, sagte Callie. »Es ist mir aufgefallen, als du den Raum durchquert hast. Man verliert diese Körperspannung nie.«

Sidney war stolz.

Callie tat, als würde sie in ihrer Handtasche nach etwas suchen. »Warum hast du aufgehört?«

»War nicht gut genug.«

Callie blickte auf und zog skeptisch eine Augenbraue hoch. »Verlass dich drauf, es gibt eine Menge Mädchen, die nicht gut genug waren und es trotzdem auf die Bühne geschafft haben.«

Sidney zuckte mit den Achseln, aber sie schien sich enorm zu freuen. »Jetzt bin ich zu alt.«

»Ich würde ja sagen, man ist nie zu alt, aber wir wissen beide, dass das Quatsch ist.« Callie behielt die Hand in ihrer Handtasche, als würde sie darauf warten, dass Sidney endlich ging. »Hey, war nett, dich kennenzulernen. Ich hoffe, das wird wieder mit deinem Mann.«

Sidney stand die Enttäuschung deutlich ins Gesicht geschrieben. Und dann tat sie genau das, was Callie gewollt hatte: Ihr Blick ging zur Handtasche hinunter. »Du hast was dabei?«

Bingo.

Callie verzog das Gesicht in falschem Bedauern und holte eins der Arzneifläschchen hervor. Aufputschmittel waren das Letzte, was Callie brauchte, aber sie war davon ausgegangen, dass eine Frau aus Sidneys Generation voll auf Adderall abfahren würde.

»Studiumshelferchen.« Sidney lächelte beim Blick auf das Etikett. »Gibst du mir was ab? Ich bin so verdammt verkatert.«

»Mit Vergnügen.« Callie schüttete vier pfirsichfarbene Tabletten auf die Waschbeckenablage. Dann fing sie an, sie mit dem Flaschenboden zu zerdrücken.

»Scheiße«, sagte Sidney. »Geschnupft habe ich seit der Highschool nicht mehr.«

Callie machte ein bedauerndes Gesicht. »Oh, wenn es dir zu viel ist, Schätzchen …«

»Scheiß drauf, warum nicht?« Sidney holte einen Zwanzig-Dollar-Schein hervor und zog ihn über die Kante der Ablage gerade. Sie grinste Callie an. »Ich hab's noch drauf.«

Callie ging zur Tür. Sie langte nach oben, um den Riegel vorzuschieben. Ein bisschen Blut lief von ihrem abgerissenen Fingernagel. Sie drehte am Türschloss und hinterließ ihren blutigen Fingerabdruck auf dem Metall. Dann ging sie zu den Waschbecken zurück und fuhr fort, die Tabletten zu einem feinen pfirsichfarbenen Pulver zu zermahlen.

Adderall gab es in zwei Versionen, IR für sofortige Freisetzung des Wirkstoffs und XR für retardierte Wirkung. XR wurde in Kapseln mit winzigen Perlen angeboten, die mit einer dünnen Beschichtung für die verzögerte Freisetzung umhüllt waren. Wie bei Oxy konnte man den Überzug auflösen, aber das ging schwer, und das XR brannte höllisch in der Nase und sorgte im Wesentlichen für den gleichen Rausch wie das IR, was außerdem billiger war. Und Callie war keine, die sich ein Schnäppchen entgehen ließ.

Es kam lediglich darauf an, dass es einem die gesamte Dosis sofort und direkt ins Blut knallte, wenn man das Pulver schnupfte. Der Amphetamin-Dextroamphetamin-Cocktail drang durch die Blutgefäße in der Nasenschleimhaut ein und verlagerte die Party von dort ins Gehirn hinauf. Keine Zeit für Magen oder Leber, die Euphorie zu filtern. Der Rausch konnte intensiv sein, aber er konnte auch zu viel werden. Das Gehirn konnte ausrasten und den Blutdruck in die Höhe jagen, und manchmal führte er zu allen möglichen Anfällen, bis hin zu Psychosen.

Es würde Andrew wahnsinnig schwerfallen, sich an ein sechzehnjähriges Mädchen heranzumachen, während seine schöne junge Braut auf einer Krankenbahre festgeschnallt war.

Callie schabte mit dem Rand des Flaschenverschlusses geschickt vier dicke Lines zurecht. Sie sah, wie sich Sidney hinunterbeugte. Die Frau mochte seit der Highschool nicht mehr geschnupft haben, aber sie verstand es fraglos, dabei eine Show abzuziehen. Ihre Beine waren an den Knöcheln überkreuzt. Sie streckte einen sehr wohlgerundeten Arsch heraus. Die Spitze des zusammengerollten Zwanzigers verschwand in ihrer Nase.

Sie wartete, bis Callie sie im Spiegel ansah, dann blinzelte sie, bevor sie eine Line hochzog.

»Sch-scheiße!«, stotterte sie, was ein bisschen übertrieben war, denn es dauerte rund zehn Minuten, bis es richtig flashte. »Gelobt sei der Herr!«

Callie nahm an, dass die religiöse Inbrunst ein Überbleibsel ihrer Sonntagsschultage war.

»Gut?«, fragte sie.

»Scheiße, ja. Los, du bist dran.« Sidney hielt ihr den Zwanziger hin.

Callie nahm ihn nicht. Sie hob die Hand an Sidneys Gesicht und wischte mit dem Daumen eine feine Pulverschicht um das Nasenloch fort. Und dann ließ sie den Daumen zu ihrem perfekten Rosenmund hinunterwandern. Sidney brauchte keine Ermutigung. Ihre Lippen teilten sich. Die Zunge schoss heraus und leckte langsam über Callies Daumen.

Callie lächelte, als sie die Hand sinken ließ. Sie zog den zusammengerollten Zwanziger aus Sidneys Fingern und beugte sich hinunter. Aus dem Augenwinkel sah sie, wie Sidney auf den Zehen wippte und ihre Hände wie ein Boxer ausschüttelte. Callie legte die linke Hand ans Gesicht und tat so, als drückte sie das Nasenloch zu. Dann wechselte der Zwanziger zum Mund, sie blockierte ihre Kehle mit der Zunge und saugte eine Line auf.

Callie hustete. Ein wenig von dem Pulver kitzelte in ihrer Kehle, aber das meiste klebte an der Unterseite ihrer Zunge. Sie hustete wieder und spuckte den Pulverbatzen in ihre Hand.

»Ja!« Sidney griff nach dem Zwanziger und gönnte sich sofort die nächste Ladung.

Dann war Callie wieder an der Reihe. Sie führte das gleiche Schauspiel noch mal auf – Hand ans Gesicht, saugen, husten. Diesmal rutschte mehr Pulver an ihrer Zunge vorbei, aber das war der Preis des Geschäfts.

»Sushi!« Sidney blinzelte viel zu schnell. »Sushi-Sushi-Sushi. Wir sollten zusammen zum Lunch gehen, okay? Ist es zu früh für Lunch?«

Callie schaute mit großer Geste auf ihre Armbanduhr. Sie hatte sie in einer von Phils Schubladen gefunden. Die Batterie war leer, aber es musste gegen zehn sein. »Wir könnten brunchen.«

»Mimosas!«, rief Sidney. »Ich kenne ein Lokal. Du bist eingeladen. Ich fahre. Gut? Ich brauche verdammt noch mal einen Drink, okay?«

»Klingt sehr gut«, sagte Callie. »Lass mich noch rasch aufs Klo gehen, dann treffen wir uns draußen.«

»Ja! Okay, bin draußen. In meinem Wagen. Okay? Gut.« Sidney fummelte am Schloss der Tür herum, bis sie es endlich aufbekam. Ihr tiefes, heiseres Lachen verklang, als sie die Tür hinter sich zuzog.

Callie drehte den Wasserhahn auf und kratzte den Rest der weißen Paste von ihrer Hand. Mit einem Papierhandtuch wischte sie den Rest Adderall von der Ablage. Die ganze Zeit ging sie in Gedanken die anderen Arzneimittelfläschchen in ihrer Handtasche durch.

Ihr Blick fand ihr Abbild im Spiegel. Callie betrachtete sich und hoffte auf ein schlechtes Gewissen wegen dem, was sie vorhatte. Das Gefühl wollte sich aber nicht einstellen. Stattdessen sah sie Leighs und Walters wunderschönes Mädchen über das Fußballfeld rennen, ohne etwas von dem Monster zu ahnen, das sich im Tunnel versteckte.

Andrew würde dafür bezahlen, dass er Maddy bedroht hatte. Er würde mit Sidneys Leben bezahlen.

14

Leigh stand in der Schlange für den Sicherheitscheck vor dem Gerichtsgebäude des DeKalb County, einem weißen Marmormausoleum mit einem Haupteingang aus dunklem Ziegel, der wie eine Zahnreihe aussah. Verblasste Hygiene-Aufkleber auf dem Boden zeigten den richtigen Abstand an. Schilder machten auf die Maskenpflicht aufmerksam. Große Plakate an den Türen wiesen darauf hin, dass aufgrund der vom Obersten Richter des Supreme Court of Georgia erlassenen Notverordnung keine Besucher im Gebäude erlaubt waren.

Das Gericht hatte erst vor Kurzem den Betrieb wieder aufgenommen. Während der Pandemie waren zunächst sämtliche Fälle von Leigh über Zoom verhandelt worden, aber dann hatte es die Impfung des Gerichtspersonals der Regierung ermöglicht, wieder Verfahren mit persönlicher Anwesenheit zu gestatten. Dass Geschworene, Anwälte und Beschuldigte immer noch Russisches Corona-Roulette spielten, interessierte niemanden.

Leigh schob den Aktenkarton mit dem Fuß zum nächsten Aufkleber. Sie nickte einem der Deputys zu, die herauskamen, um die Schlange zu überprüfen und Trödler zu ermahnen. Es gab zehn Kammern am Obersten Gerichtshof. In acht von ihnen führten schwarze Richterinnen den Vorsitz. Von den beiden Ausnahmen war einer früher bei der Staatsanwaltschaft gewesen, galt aber als unglaublich fair. Der andere war ein Mann namens Richard Turner, ein stolzer Absolvent der guten alten Schule der Rechtsprechung, der im Ruf stand, sehr viel nachsichtiger mit Angeklagten zu sein, die so aussahen wie er.

In einem Leben, in dem er immer nur die Treppe hinaufgefallen war, hatte Andrew auch noch Richter Turner für seinen Prozess gezogen.

Leigh akzeptierte es als gute Nachricht, aber sie freute sich nicht darüber. Sie hatte sich damit abgefunden, Andrew Tenant nach bestem Vermögen zu verteidigen, auch wenn sie dazu jeden moralischen und juristischen Kodex verletzen musste. Sie würde nicht zulassen, dass diese Videos ans Licht kamen. Und sie würde nicht zulassen, dass Callies fragiles Leben zerbrach. Über die Folgen für Maddy nachzudenken oder über den Streit mit Walter am Abend zuvor und über die tiefe und tödliche Wunde, die er ihrer Seele zugefügt hatte, würde sie sich nicht erlauben.

Beziehst du deine Erziehungsratschläge jetzt verdammt noch mal von Phil, oder was?

Sie schob den Aktenkarton zur nächsten Markierung, als sich die Schlange weiterbewegte. Leigh sah auf ihre Hände hinab. Das Zittern war verschwunden, ihr Magen hatte sich beruhigt, und in ihren Augen waren keine Tränen.

Walters eine fortwährende Klage war, dass sich Leighs Persönlichkeit veränderte, je nachdem, mit wem sie es zu tun hatte. Sie packte alles in getrennte Fächer und achtete darauf, dass nichts von dem einen ins andere geriet. Er sah das als Schwäche an, aber für Leigh war es eine Fähigkeit, die ihr das Überleben sicherte. Sie würde diese nächsten Tage nur überstehen, wenn sie ihre Gefühle fein säuberlich trennte.

Die Verwandlung hatte letzte Nacht begonnen. Leigh hatte in ihrer Küche gestanden und eine volle Flasche Wodka in den Ausguss gekippt. Dann stand sie vor der Toilette und spülte den Rest ihres Valiumvorrats hinunter. Anschließend bereitete sie sich auf Andrews Fall vor, indem sie Anträge erneut durchlas, sich Tammy Karlsens Vernehmung noch einmal ansah, einen genaueren Blick auf ihre Therapieunterlagen warf, kurz: eine funktionierende Strategie ersann, um den Fall zu gewinnen, denn wenn sie ihn nicht gewann, würde Andrews Rückversicherung greifen, und alles wäre umsonst.

Als die Sonne schließlich aufging, hatte sich das Gefühl, zu schweben, in nichts aufgelöst. Walters Zorn und Raserei, die tiefe und tödliche Wunde, die er ihr beigebracht hatte, hatten Leigh irgendwie zu kaltem, hartem Stahl geformt.

Sie hob den Karton auf, als sie ins Gebäude ging, und stellte sich vor den iPad-Stand, der ihre Temperatur maß. Das grüne Kästchen wies sie an weiterzugehen. Am Sicherheitscheckpoint nahm sie die Handys und den Laptop aus der Handtasche und legte sie in die Plastikschalen. Der Karton kam hinter ihnen auf das Band. Sie ging durch den Metalldetektor. Auf der anderen Seite wartete eine riesige Flasche Handdesinfektionsmittel. Leigh pumpte sich einen Klecks in die Hand und bereute es augenblicklich. Eine der örtlichen Destillerien hielt während der Pandemie durch, indem sie in ihren Destillierapparaten Desinfektionsmittel herstellte. Die Rückstände von weißem Rum darin ließen das ganze Gerichtsgebäude wie Panama City Beach während der Frühlingssemesterferien riechen.

»Counselor«, sagte jemand. »Ihre Nummer ist dran.«

Ein Deputy hatte ihre Schalen vom Band gezogen. Als wäre das Elend des Tages nicht schon groß genug, war Leigh für die stichprobenartige Durchsuchung ausgelost worden. Wenigstens kannte sie den Deputy. Maurice Graysons Bruder war Feuerwehrmann und stand daher in engem Kontakt mit Walter.

Sie klickte sich mühelos in die Rolle von Walters Ehefrau und lächelte hinter der Maske. »Das ist offenkundiges *Racial Profiling*.«

Maurice lachte und fing an, ihre Handtasche auszuräumen. »Eher sexuelle Belästigung, Counselor. Sie sehen super aus heute.«

Sie nahm das Kompliment dankend an, denn sie hatte heute Morgen auf alles besonders viel Aufmerksamkeit verwandt. Hellblaue Bluse, anthrazitfarbener Rock und Blazer, schmale Weißgoldhalskette, das Haar offen, sodass es auf die Schultern fiel, sieben Zentimeter hohe Absätze – genau wie die Berater es Leigh für die Jury empfohlen hatten.

Maurice rollte den Inhalt ihres durchsichtigen Schminkbeutels herum und ignorierte die Tampons. »Sagen Sie Ihrem Mann, sein Flex ist ein Witz.«

Leigh nahm an, dass das mit Fantasy-Football zu tun hatte. So wie sie annahm, dass Walter keinen Deut auf das Spiel gab, das bis gestern Abend seine gesamte Freizeit beansprucht hatte. »Ich werde es ausrichten.«

Maurice gab sie schließlich frei, und Leigh raffte ihre Sachen vom Band. Obwohl sie maskiert war, blieb das Lächeln auf ihrem Gesicht, als sie die Eingangshalle betrat. Sie wechselte in den Anwaltsmodus, nickte Kolleginnen zu und biss sich auf die Zunge bei den Idioten, die die Masken unter die Nase rutschen ließen, weil echte Männer sich ja nur über den Mund mit Corona ansteckten.

Sie wollte nicht auf den Aufzug warten und trug daher den Karton die zwei Stockwerke nach oben. An der Tür nahm sie sich einen Moment Zeit, um sich wieder zu Stahl zu schmieden. Maurices Erwähnung von Walter hatte ihre Gedanken auf Maddy geleitet, und bei dem Gedanken an ihre Tochter drohte sich ein riesiges, klaffendes Loch in ihrem Herzen aufzutun.

Leigh hatte Maddy am Morgen geschrieben, das übliche fröhliche »Guten Start in den Tag«, zusammen mit der Information, dass sie heute am Gericht sein werde. Maddy hatte einen nichtsahnenden erhobenen Daumen zusammen mit einem Herz zurückgeschickt. Leigh würde früher oder später mit ihrer Tochter sprechen müssen, aber sie fürchtete, zusammenzubrechen, wenn sie Maddys Stimme hörte. Womit sie ein ebensolcher Feigling wie Ruby Heyer war.

Sie hörte Stimmen auf der Treppe und stieß die Tür mit der Hüfte auf. Jacob Gaddy winkte ihr vom Ende des Flurs zu. Es war ihm gelungen, ihnen einen der selten freien Besprechungsräume zu sichern.

»Gut gemacht mit dem Raum.« Leigh ließ ihn den Karton nehmen. »Die müssen bis Montag katalogisiert werden.«

»Verstanden«, sagte Jacob. »Der Mandant ist noch nicht da, aber Dante Carmichael hat nach Ihnen gesucht.«

»Hat er gesagt, was er will?«

»Na ja, ich meine ...« Jacob zuckte mit den Achseln, als wäre es sowieso klar. »Deal-sie-runter-Dante, oder?«

»Sagen Sie ihm, wo er mich findet.« Leigh ging in den leeren Raum. Vier Stühle, ein Tisch, kein Fenster, flackernde Neonbeleuchtung. »Wo ist ...«

»Liz?«, fragte Jacob. »Unten. Sie versucht, sich die Jury-Fragebögen zu schnappen.«

»Sorgen Sie dafür, dass ich nicht gestört werde, wenn ich mit dem Mandanten zusammen bin.« Leighs Privathandy begann zu läuten, und sie griff in ihre Handtasche.

»Ich halte mal nach Andrew Ausschau«, sagte Jacob.

Leigh antwortete nicht, denn Jacob hatte bereits die Tür geschlossen. Sie nahm die Maske ab und warf einen Blick auf ihr Telefon. Ihr Magen drohte zu rebellieren, aber Leigh zwang ihn, sich zusammenzureißen. Sie meldete sich nach dem vierten Läuten. »Was gibt es, Walter? Ich gehe eben ins Gericht.«

Er schwieg einen Moment, wahrscheinlich weil er Leigh, dem eiskalten Miststück, noch nie begegnet war. »Was wirst du tun?«

Sie beschloss, sich dumm zu stellen. »Ich werde versuchen, eine Jury auszuwählen, die meinen Mandanten für nicht schuldig befindet.«

»Und dann?«

»Und dann werde ich erfahren, was ich als Nächstes für ihn tun soll.«

Ein neuerliches Zögern. »Das ist dein Plan? Du lässt dich einfach weiter von ihm herumschubsen?«

Sie hätte gelacht, nur befürchtete sie, dass alle Gefühlsregungen aus ihr herausbrachen, wenn sie auch nur eine davon sehen ließ. »Was bleibt mir übrig, Walter? Ich habe dir ja gesagt, er hat sich abgesichert. Wenn du einen brillanten Alternativplan hast, dann sag mir bitte, was ich tun soll.«

Er gab keine Antwort, sie hörte Walter nur durch das Telefon atmen. Sie sah ihn am Abend zuvor in dem Wohnmobil vor sich, die plötzliche Wut, die tiefe und tödliche Wunde. Leigh schloss die Augen, um ihr hämmerndes Herz zu beruhigen. Sie stellte sich vor, wie sie allein in einem kleinen Holzboot stand, das vom Ufer fortglitt, wo Walter und Maddy standen und zum Abschied winkten, während Leigh auf einen tosenden Wasserfall zutrieb.

So sollte ihr Leben enden. Leigh hätte nie nach Chicago ziehen, Walter kennenlernen oder Maddy geschenkt bekommen sollen. Sie sollte in Lake Point festsitzen und wie alle anderen nach einem Fußtritt in der Gosse gelandet sein.

»Ich will, dass du morgen Abend um sechs hier bei mir bist«, sagte Walter. »Wir werden mit Maddy sprechen und ihr erklären, dass sie eine Reise mit ihrer Großmutter unternimmt. Sie kann von unterwegs am Unterricht teilnehmen. Solange dieser Kerl da draußen ist, darf sie nicht hier sein. Ich kann und werde nicht zulassen, dass ihr etwas geschieht.«

Leigh wurde nicht ganz so kalt erwischt wie Walter. Sie hatte diesen Tonfall genau einmal schon von ihm gehört, vor vier Jahren. Sie hatte noch betrunken vom Besäufnis der Nacht auf dem Boden im Badezimmer gelegen, und Walter hatte ihr erklärt, dass sie dreißig Tage Zeit hatte, um nüchtern zu werden, oder er würde ihr Maddy wegnehmen. Der Unterschied zwischen dem damaligen Ultimatum und dem jetzigen war, dass er das erste aus Liebe gestellt hatte. Jetzt tat er es aus Hass.

»Natürlich.« Sie holte tief Luft, ehe sie sich in die drei Sätze stürzte, die sie am Morgen im Auto geübt hatte. »Ich habe den Antrag heute Morgen eingereicht. Ich schicke dir den Link. Du musst deinen Teil elektronisch unterschreiben, dann sind wir einunddreißig Tage nach seiner Bearbeitung geschieden.«

Er zögerte wieder, aber nicht annähernd lange genug. »Was ist mit dem Sorgerecht?«

Leigh spürte ihre Entschlossenheit bröckeln. Wenn sie über Maddy mit ihm sprach, würde sie wieder auf dem Fußboden enden. »Spiel es durch, Walter: Es gibt eine nicht einvernehmliche Scheidung. Wir gehen zur Mediation, oder du schleifst mich vor einen Richter. Ich versuche, ein Besuchsrecht zu bekommen, und dann? Willst du einen Antrag stellen, in dem du behauptest, ich sei eine Gefahr für mein Kind?«

Er sagte nichts, was eine Form der Bestätigung war.

»Ich habe absichtlich und bewusst einen Mann ermordet«, erinnerte sie ihn an seine letzten Worte vom Vorabend. »Du willst sicher nicht, dass ich einen weiteren Teenager mit einem gottverdammten Vergewaltiger in Verbindung bringe.«

Leigh hatte nicht die Absicht, sich eine Antwort anzuhören. Sie beendete das Gespräch und legte das Telefon mit dem Display nach unten auf den Tisch. Das Wappen der Hollis Academy funkelte auf der Rückseite. Leigh fuhr die Umrisse nach. Der Anblick ihres nackten Ringfingers traf sie eiskalt. Ihr Ehering lag in der Seifenschale neben der Küchenspüle. Leigh hatte ihn nicht mehr abgenommen, seit sie Chicago verlassen hatten.

Bitte nehmt als Geschenk dieses wunderschöne Mädchen an. Ich weiß, was auch geschieht, bei euch beiden wird sie immer und für alle Zeit glücklich und behütet sein.

Sie wischte sich mit dem Handrücken die Tränen aus den Augen. Wie sollte sie ihrer Schwester erklären, dass sie alles verpfuscht hatte? Mehr als vierundzwanzig Stunden waren vergangen, seit Callie zuletzt zu Phil zurückgekehrt war. Sie hatten seit Verlassen des Waleski-Hauses kein einziges Mal mehr miteinander gesprochen. Callie hatte unkontrolliert gezittert, und ihre Zähne hatten genauso geklappert wie in der Nacht, in der Buddy gestorben war.

Leigh hatte vergessen, wie es war, neben ihrer Schwester die Straße entlangzugehen. Dieses Gefühl, keine Einzelperson mehr zu sein und nur für das Funktionieren des eigenen Körpers verantwortlich zu sein, war schwer zu beschreiben. Die Angst, die sie in Callies Nähe empfand – um ihre Sicherheit, ihr emotionales Wohlergehen, ihre Gesundheit und dass sie nicht über ihre eigenen Füße stolperte und sich etwas brach –, erinnerte Leigh daran, wie es sich angefühlt hatte, als Maddy noch klein gewesen war.

Die Verantwortung für ihr Kind hatte eine unfassbare Freude ausgelöst. Bei Callie empfand Leigh eine nicht enden wollende Last.

»Leigh?« Liz klopfte an die Tür und trat ein. Ihr Gesichtsausdruck verriet, dass etwas nicht stimmte. Leigh musste nicht nach einer Erklärung fragen.

Andrew Tenant stand hinter Liz. Seine Maske hing an einem Ohr, und man sah die tiefe, klaffende Wunde, die sich an seinem Kiefer entlangzog. Schmale weiße Pflasterstreifen hielten einen halb abgetrennten Teil seines Ohrläppchens fest. An seinem Hals prangte etwas, das wie ein riesiger Knutschfleck aussah. Und dann kam er näher, und Leigh konnte Bissspuren sehen.

Leighs unmittelbare Reaktion war nicht Besorgnis oder Empörung. Es war ein kurzes, schockiertes Auflachen.

Andrew blickte grimmig. Er drehte sich um und wollte die Tür schließen, aber Liz zog sie bereits hinter sich zu.

Er wartete, bis sie allein waren, dann nahm er die Maske ganz ab. Er zog einen Stuhl unter dem Tisch hervor und setzte sich. »Was, habe ich Ihnen gesagt, passiert, wenn Sie über mich lachen?«

Leigh rechnete mit der tiefen Furcht, die ihr Körper immer als Reaktion auf seine Anwesenheit zeigte. Aber ihre Haut zog sich nicht zusammen, und ihre Nackenhaare stellten sich nicht auf. Der Flucht-oder-Kampf-Instinkt war aus irgendeinem Grund ausgeschaltet. Wenn das die Folge von Walters tödlichem Schlag war, dann umso besser.

»Was ist Ihnen zugestoßen?«, fragte sie.

Sein Blick wanderte auf ihrem Gesicht hin und her, als wäre sie ein Buch, das er lesen konnte.

Er lehnte sich zurück und legte die Hände auf den Tisch. »Nachdem Sie mein Haus gestern Morgen verlassen haben, ging ich joggen. Sport gehört zu den genehmigten Aktivitäten während meiner Bewährung. Ich wurde überfallen und versuchte mich zu wehren, aber erfolglos. Man hat mir die Brieftasche geraubt.«

Leigh merkte nicht an, dass er bereits geduscht hatte, als sie gestern bei ihm eingetroffen war. »Joggen Sie immer mit Ihrer Brieftasche?«

Er drückte die Handfläche auf den Tisch. Es gab kein Geräusch, aber sie wurde an seine körperliche Kraft erinnert. Die Angst begann, sich nun in ihrem Rückenmark wieder leise zu regen.

»Gibt es sonst noch etwas, was ich wissen sollte?«, fragte sie.

»Wie geht es Callie?«

»Gut. Ich habe heute Morgen mit ihr gesprochen.«

»Tatsächlich?« Seine Stimme hatte einen vertraulichen Ton angenommen. Etwas hatte sich verändert.

Leigh versuchte nicht zu verstehen, wie sie es fertiggebracht hatte, einen Teil ihrer Macht abzugeben. Aber sie spürte diese instinktive körperliche Reaktion, die ihr verriet, dass sich etwas verändert hatte. »Gibt es noch etwas?«

Er klopfte mit jedem einzelnen Finger auf den Tisch. »Ich sollte Ihnen noch erzählen, dass mein Alarm gestern Nachmittag um fünfzehn Uhr zwölf losgegangen ist. Ich habe sofort meine Bewährungsbeamtin angerufen. Sie ist mehr als drei Stunden später eingetroffen, um das System wieder zu aktivieren, und hat die Cocktailparty vor meiner Trauungszeremonie gestört.«

Leigh hatte den Ring an seinem Finger nicht bemerkt, aber sie sah, dass er das Fehlen eines Rings an ihrem bemerkte. »Ihnen ist schon klar, wie das aussieht, oder? Sie erscheinen zur Jury-Auswahl bei Ihrem Vergewaltigungsprozess mit der Art von Abwehrwunden, die eine Frau einem Mann zufügt, gegen den sie sich wehrt, und dann fügen Sie noch den dokumentierten

Umstand hinzu, dass Ihre elektronische Fußfessel mehr als drei Stunden lang deaktiviert war.«

»Ist das schlimm?«

Leigh erinnerte sich an ihr Gespräch vom Vortag. Das gehörte alles zu seinem Plan. Mit jedem Schritt machte er es ihr schwerer. »Andrew, es gibt vier weitere dokumentierte Gelegenheiten, bei denen Ihr Alarm losgegangen ist. Jedes Mal hat es drei bis vier Stunden gedauert, bis das Bewährungsbüro reagiert hat. Ist Ihnen nie in den Sinn gekommen, dass der Staatsanwalt argumentieren wird, Sie hätten das System getestet, um zu sehen, wie lange es dauert, bis jemand kommt?«

»Das klingt sehr belastend«, sagte Andrew. »Nur gut, dass meine Anwältin hoch motiviert ist, meine Unschuld zu beweisen.«

»Zwischen unschuldig und nicht schuldig ist ein gewaltiger Unterschied.«

Sein Mund zuckte, als er lächelte. »Eine Nuance?«

Leigh spürte die Angst über ihren Rücken kriechen. Es war ihm nahtlos gelungen, seine Dominanz wiederherzustellen. Er wusste nicht, dass sie Walter die Wahrheit enthüllt hatte, aber Walter war im Grunde nie eine Waffe in Andrews Arsenal gewesen. Die Videos waren alles, was er brauchte. Mit ihnen konnte er aus einer Laune heraus oder als Rückversicherung Leighs und Callies Leben ein Ende bereiten.

Sie öffnete ihre Handtasche und holte ihren Schminkbeutel hervor. »Kommen Sie her.«

Andrew blieb sitzen. Er wollte sie daran erinnern, wer das Sagen hatte.

Leigh öffnete den Reißverschluss des Etuis und legte Primer, Abdeckstift, Grundierung und Puder heraus. Das Arschloch hatte schon wieder Glück gehabt. Der ganze Schaden war auf der linken Seite seines Gesichts. Die Jury würde rechts von ihm sitzen.

»Soll ich Sie nun schminken oder nicht?«, fragte sie.

Er stand auf, bewegte sich aber betont langsam, um sie wissen zu lassen, dass er immer noch das Kommando führte.

Leigh fühlte Panik in sich aufwallen, als er sich vor sie setzte. Er besaß die unheimliche Fähigkeit, seine Bösartigkeit ein- und auszuschalten. Da sie ihm so nahe war, drehte es Leigh vor Widerwillen den Magen um. Und die Hände zitterten wieder.

Andrew lächelte, denn genau das hatte er gewollt.

Leigh drückte eine kleine Menge Primer auf ihren Handrücken und holte ein Schminkschwämmchen aus ihrer Tasche. Andrew beugte sich vor. Er roch nach einem moschushaltigen Eau de Cologne und dem Pfefferminz, das schon am Vortag in seinem Atem zu riechen gewesen war. Leigh kam sich unbeholfen vor, als sie die Bissspuren an seinem Hals mit dem Schwamm betupfte. Die Schwellungen um die Zahnabdrücke waren lebhaft blau, aber sie würden über das Wochenende wahrscheinlich schwarz werden, gerade rechtzeitig für den Prozess.

Leigh sagte: »Sie werden einen Profi engagieren müssen, der das für Montagmorgen übernimmt.«

Andrew zuckte zusammen, als sie zu der klaffenden Wunde an seinem Kiefer kam. Die Haut war rot entzündet. Kleine Tropfen frischen Bluts sickerten in den Schwamm. Leigh ging nicht gerade zartfühlend vor. Sie gab ein bisschen Abdeckcreme auf ein Bürstchen und schabte mit den Borsten in die Wunde.

Er sog zischend Luft ein, zuckte aber nicht zurück. »Macht es Ihnen Spaß, mir wehzutun, Harleigh?«

Sie ging etwas sanfter vor, angewidert von der Tatsache, dass er recht hatte. »Drehen Sie den Kopf.«

Er behielt sie im Blick, als er das Kinn nach rechts bewegte. »Haben Sie das gelernt, als Sie klein waren?«

Leigh wechselte für die Grundierung zu einem größeren Pinsel. Ihr Hautton war dunkler als seiner. Sie würde mehr Puder verwenden müssen.

»Ich weiß noch, dass Sie und Callie oft mit blauen Augen und aufgeschlagenen Lippen zu uns gekommen sind.« Andrew zischte wieder leise, als sie ein paar Tropfen Blut mit dem Fingernagel von seinem Kinn kratzte. »Mom sagte immer: ›Die armen Mädchen und ihre verrückte Mutter. Ich weiß nicht, was ich tun soll.‹«

Leighs Mund schmerzte, weil sie die Zähne so kräftig zusammenbiss. Sie musste das hinter sich bringen. Sie holte den Puder und einen neuen Pinsel hervor und bearbeitete damit die Wunde, dann glättete sie die Ränder mit dem Zeigefinger.

»Hätte sie nur die Polizei verständigt oder das Jugendamt«, sagte Andrew. »Überlegen Sie nur, wie viele Leben sie vielleicht gerettet hätte.«

»Jacob sitzt mit mir am Tisch der Verteidigung«, sagte Leigh, denn nur wenn sie von der Arbeit sprach, würde sie nicht anfangen zu schreien. »Ich habe ihn neulich schon erwähnt. Er wird sich um die verfahrenstechnische Seite kümmern, aber ich lasse ihn einige der angehenden Geschworenen befragen, wenn ich den Eindruck habe, dass sie auf einen Mann besser reagieren. Sie müssen mit Ihrem Blödsinn aufhören, wenn er in der Nähe ist. Er ist jung, aber er ist nicht dumm. Wenn er etwas spitzkriegt…«

»Harleigh.« Andrew stieß ihren Namen als langen, leisen Seufzer aus. »Sie sind wirklich sehr hübsch, wissen Sie.«

Seine Hand berührte ihr Bein.

Leigh wich zurück. Ihr Stuhl scharrte über den Boden. Sie war aufgesprungen und stand mit dem Rücken zur Wand, bevor sie verarbeitet hatte, was gerade geschehen war.

»Har-leigh.« Andrew stand ebenfalls vom Tisch auf. Das Grinsen war wieder da, mit dem er ausdrückte, dass er diesen Augenblick außerordentlich genoss. Er schlurfte beim Gehen. »Was ist das für ein Parfüm, das Sie aufgelegt haben? Ich mag es sehr.«

Leigh begann zu zittern.

Er beugte sich näher zu ihr, schnupperte ihren Duft. Sein heißer Atem traf ihr Gesicht. Es gab keine Fluchtmöglichkeit.

Leighs Schulterblätter waren gegen die Wand gepresst. Alles, was sie hatte, war der Make-up-Pinsel, den sie noch in der Hand hielt.

Andrew sah ihr in die Augen, musterte sie eingehend. Seine Zunge schlängelte sich zwischen den Lippen hervor. Sie fühlte sein Knie gegen ihre zusammengepressten Beine drücken.

Das ist schon in Ordnung Kleine du brauchst keine Angst vor deinem alten Kumpel Buddy zu haben.

Lautes Gelächter kam von der anderen Seite der Tür. Das Geräusch hallte durch den Flur. Sie rief sich mühsam in Erinnerung, dass sie nicht in der gelben Corvette gefangen war. Sie befand sich in einem Konferenzraum im Superior Court von DeKalb County. Ihr Mitarbeiter stand draußen. Ihre Assistentin war nicht weit. Deputys, Staatsanwälte, Anwaltskollegen, Detectives, Cops, Sozialarbeiter überall in der Nähe.

Diesmal würde man ihr glauben.

Sie fragte Andrew: »Weiß Linda, dass Sie ein Vergewaltiger sind wie Ihr Vater?«

Eine kaum wahrnehmbare Veränderung huschte über sein Gesicht. »Weiß Ihr Mann, dass Sie eine Mörderin sind?«

Leigh starrte ihn hasserfüllt an. »Bleiben Sie mir verdammt noch mal vom Leib, bevor ich zu schreien anfange.«

»Harleigh.« Das Grinsen war wieder da. »Wissen Sie noch immer nicht, dass ich es liebe, wenn eine Frau schreit?«

Sie musste an der Wand entlangrutschen, um sich von ihm zu entfernen. Sie spürte, wie ihre Beine zitterten, als sie zur Tür ging, sie öffnete und in den fast menschenleeren Flur hinaustrat. Zwei Männer standen in der Nähe der Aufzüge, zwei weitere betraten gerade die Herrentoilette. Liz saß auf einer Bank an der Wand, mit dem iPad auf dem Schoß und dem Smartphone in der Hand. Leigh ging auf sie zu, die Hände zu Fäusten geballt, weil sie nicht wusste, wohin mit all dem Adrenalin in ihrem Körper.

»Jacob ist im Gerichtssaal und geht die Fragebögen durch«, sagte Liz. »Noch zehn Minuten.«

»Gut.« Leigh blickte den Flur entlang und versuchte, ihrer Angst Herr zu werden. »Sonst noch etwas?«

»Nein.« Liz widmete sich nicht weiter ihren elektronischen Geräten, sondern stand auf. »Das heißt, eigentlich doch.«

Leigh konnte keine schlechten Neuigkeiten mehr ertragen. »Was ist los?«

»Mir ist gerade durch den Kopf gegangen, dass ich noch nie erlebt habe, wie Sie die Fassung verlieren. Wenn zum Beispiel Ihr Haar in Flammen stünde, würden Sie mich bitten, ein Glas Wasser zu bringen, falls es mir nichts ausmacht.« Sie warf einen Blick zum Konferenzraum. »Brauchen Sie mich da drin? Oder Jacob? Mir läuft es nämlich auch eiskalt über den Rücken bei dem Typen.«

Leigh durfte sich nicht den Kopf darüber zerbrechen, dass sie ihre Gefühle so offen zur Schau trug. Sie spürte immer noch den Druck von Andrews Knie an den Beinen, als er versucht hatte, sie auseinanderzuzwingen. Sie wollte nicht in diesen Raum zurückgehen, aber das Einzige, was schlimmer war, als allein mit Andrew zu sein, war, ihm ein Publikum zu verschaffen.

Die Entscheidung blieb ihr erspart, als sie Dante Carmichael aus dem Aufzug kommen sah. Der Staatsanwalt hatte ein Team mitgebracht. Miranda Mettes, die mit ihm am Tisch sitzen würde, ging rechts von ihm, zu seiner Linken war Barbara Klieg, die für die Karlsen-Ermittlung zuständige Ermittlerin. Die Nachhut bildeten zwei uniformierte Beamte der Polizei von DeKalb County.

»Verdammt«, flüsterte Leigh. Sie hatte Andrews Überfallgeschichte und den Ausfall seiner Fußfessel als zwei verschiedene Dinge betrachtet. Jetzt sah sie sie als Ganzes: Eine weitere Frau war überfallen worden, und Andrew war mit dem Fall in Verbindung gebracht worden. Sie waren hier, um ihn zu verhaften.

»Harleigh?« Andrew stand in der Tür und hielt ihr Telefon in die Höhe. »Wer ist Walter? Er hat versucht, Sie anzurufen.«

Leigh riss ihm das Telefon aus der Hand. »Halten Sie bloß Ihren verdammten Mund!«, warnte sie ihn.

Seine Augenbrauen zuckten hoch. Er hielt das alles hier für einen Witz. »Machen Sie sich Sorgen wegen Ihrer Familie, Harleigh?«

»Collier?«, rief Dante. »Ich muss mit Ihrem Mandanten reden.«

Leigh umklammerte ihr Telefon so heftig, dass die Kanten schmerzhaft in ihre Finger drückten. Alle beobachteten sie und warteten. Sie konnte nichts weiter tun, als ihnen die zickige Prozessanwältin vorzuführen, mit der sie rechneten. »Sie können mich mal, Dante. Sie werden nicht mit ihm sprechen.«

»Ich will nur ein paar Dinge klären«, sagte Dante und gab sich durch und durch vernünftig. »Was kann es schaden, wenn ich ihm ein paar Fragen stelle?«

»Nein«, sagte Leigh. »Er ist nicht …«

»Harleigh«, unterbrach Andrew. »Ich beantworte gern alle Fragen. Ich habe nichts zu verbergen.«

Barbara Klieg hatte schweigend mit ihrem Handy Fotos von Andrews Wunden gemacht. »Sieht aus, als versuchten Sie, ein paar ziemlich scheußliche Verletzungen zu verbergen, mein Lieber.«

»Da haben Sie recht, *meine Liebe*.« Andrews Lächeln war eiskalt. Er hatte nicht die geringste Angst. »Wie ich meiner Anwältin gerade sagte, wurde ich gestern Morgen beim Joggen überfallen. Muss ein Junkie gewesen sein, der auf einen schnellen Dollar aus war. Sagten Sie nicht so, Harleigh?«

Leigh biss sich auf die Unterlippe, um nicht die Fassung zu verlieren. Der Stress würde sie gleich zerreißen. »Andrew, ich rate Ihnen …«

»Haben Sie Anzeige erstattet?«, fragte Klieg.

»Nein, Officer«, sagte Andrew. »In Anbetracht meiner jüngsten Erfahrungen mit der Polizei fand ich es nicht der Mühe wert, sie um Hilfe zu bitten.«

»Was ist mit gestern Abend?«, sagte Klieg. »Ihre Fußfessel war über drei Stunden lang deaktiviert.«

»Eine Tatsache, die ich meiner Bewährungsbeamtin umgehend gemeldet habe.« Sein Blick suchte Leigh, aber nicht aus Verzweiflung. Er wollte sehen, wie sie sich krümmte. »Meine Anwältin kann bestätigen, dass sie ebenfalls informiert wurde. Ist es nicht so?«

Leigh sagte nichts. Sie blickte auf ihr Telefon hinab. Maddys Schulwappen war auf der Rückseite der Handyhülle. Sie wusste, dass Andrew es gesehen hatte.

Machen Sie sich Sorgen wegen Ihrer Familie, Harleigh?

Walter hatte recht. Es war dumm von ihr gewesen, zu glauben, sie könnte dieses Monster in einer getrennten Schublade verwahren.

»Können Sie belegen, wo Sie gestern zwischen siebzehn Uhr und neunzehn Uhr dreißig waren?«, fragte Klieg.

»Andrew«, warnte Leigh. »Ich rate Ihnen, zu schweigen.«

Andrew ignorierte den Rat. »Gestern Abend fand bei mir zu Hause meine Hochzeitsfeier statt. Ich habe den Cateringservice gegen halb sechs ins Haus gelassen. Meine Mutter traf Punkt sechs ein, um sich zu vergewissern, dass alles glattläuft. Sie wissen sicherlich, dass Teresa Singer, meine Bewährungsbeamtin, etwa um halb sieben kam, um meine Fußfessel wieder zu aktivieren. Zu diesem Zeitpunkt trafen bereits die ersten Gäste zu Cocktails und Häppchen ein. Gegen acht Uhr wurden Sidney und ich dann getraut. Befriedigt das Ihre Neugier?«

Klieg wechselte einen Blick mit Dante. Sie waren beide nicht glücklich mit seiner Antwort. Es gab zu viele Zeugen.

»Ich kann Ihnen die Fotos zeigen, die ich mit meinem Handy gemacht habe«, bot Andrew an. »Die Metadaten werden mein Alibi sicher stützen. Es ist überall ein Zeitstempel drauf.«

Leigh dachte daran, wie Reggie ihr erzählt hatte, dass sich Metadaten fälschen ließen, wenn man sich mit so etwas auskannte. Sie hoffte nicht mehr, Andrew würde den Mund halten, sondern betete, dass er wusste, was er tat.

»Sehen wir uns die Bilder an«, sagte Klieg.

»Andrew …«, sagte Leigh, aber nur, weil es von ihr erwartet wurde. Er griff bereits in seine Tasche.

»Hier«, sagte er und drehte das Handy so, dass alle auf den Schirm blicken konnten, während er durch die Fotos scrollte. Andrew, der mit einer Schlange von Caterern hinter ihm posiert. Neben Linda, die ein Champagnerglas in die Höhe hält. Andrew, wie er hilft, ein bedrucktes Transparent aufzuhängen: *WIR GRATULIEREN MR. & MRS. ANDREW TENANT!*

Die Fotos waren überzeugend, aber was die wahre Geschichte erzählte, war das, was man nicht auf ihnen sah. Es gab keine Einzelaufnahmen von Kuchen oder Dekoration. Keine Gäste, die allein vor der Haustür standen. Keine Sidney im Hochzeitskleid. Auf jedem Bild war Andrew, und aus jedem Blickwinkel sah man die Kratzer und Prellungen in seinem Gesicht und am Hals.

»Sind Sie einverstanden, wenn ich Ihr Handy mitnehme und von unseren Experten ansehen lasse?«

Leigh gab auf. Andrew würde tun, was er tun wollte. Es lohnte nicht, den Mund aufzumachen, um ihn zu warnen.

»Das Passwort ist sechsmal die Eins.« Er lachte selbstironisch, weil es so einfach war. »Sonst noch etwas, Officer?«

Klieg war sichtlich enttäuscht, aber sie zog mit großer Geste einen Beweismittelbeutel aus der Tasche ihres Blazers und hielt ihn auf, damit Andrew sein Telefon hineinfallen lassen konnte.

Carmichael wandte sich an Leigh. »Kann ich Sie kurz unter vier Augen sprechen?«

Das flaue Gefühl wallte wieder auf. Er würde ihr einen weiteren Deal anbieten, und Andrew würde ihr befehlen, ihn nicht anzunehmen, da er ihr schon wieder drei Schritte voraus war.

Leigh folgte Dante in den Besprechungsraum. Dort verschränkte sie die Arme und lehnte sich gegen die Wand, als er die Tür schloss. Er hatte einen Aktenordner in der Hand. Leigh hatte es gründlich satt, ständig von Männern die entsetzlichen Inhalte ihrer Ordner gezeigt zu bekommen.

Dante sagte nichts. Wahrscheinlich dachte er, Leigh würde

ihn ein weiteres Mal wissen lassen, dass er sie kreuzweise konnte, aber Leigh war durch mit Beschimpfungen. Sie warf einen Blick auf ihr privates Handy. Es gab zwei verpasste Anrufe von Walter. Er hatte wahrscheinlich die Scheidungspapiere unterschrieben, und er hatte es sich wahrscheinlich anders überlegt und würde ihr nicht erlauben, sich von Maddy zu verabschieden. Und er verließ wahrscheinlich gerade die Stadt.

»Wir werden in fünf Minuten vor dem Richter erwartet«, sagte sie zu Dante. »Was haben Sie zu bieten?«

»Mord zur Vertuschung einer Vergewaltigung.« Er warf die Akte auf den Tisch.

Leigh sah die Ränder von Hochglanzfotos herausblitzen. Falls er sie schockieren wollte, war er zu spät dran. Cole Bradley hatte es vor achtundvierzig Stunden vorausgesagt.

Der Spanner verwandelt sich in den Vergewaltiger. Der Vergewaltiger in den Mörder.

»Wann?« Sie wusste, dass die Bestimmung des Todeszeitpunkts eine heikle Sache sein konnte. »Woher wissen Sie, dass sie gestern Abend zwischen fünf und halb acht ermordet wurde?«

»Sie hat ihre Familie um fünf angerufen. Die Leiche wurde um halb acht im Lakehaven Park gefunden.«

Leigh wusste, es gab einen See im Country Club, nicht weit von Andrews Haus. Sie musste davon ausgehen, dass die Leiche so vorgefunden wurde wie die anderen – in einer weiteren Grünanlage, die fünfzehn Minuten fußläufig von Andrews Wohnsitz entfernt war. Sie presste die Lippen zusammen und überlegte, wie Andrew es bewerkstelligt haben mochte. Auf den ersten Blick hatte er ein solides Alibi. Die Metadaten seines Handys würden zeigen, dass er bei sich zu Hause gewesen war. Sidney würde alles bestätigen, was er sagte. Linda war der Unsicherheitsfaktor. Leigh wusste nicht, ob Andrews Mutter unter Eid aussagen würde, dass das Foto mit dem Champagnerglas zur angegebenen Zeit aufgenommen wurde. Und dann waren da die Verletzungen in Andrews Gesicht und am Hals.

Ihr kam ein Gedanke.

»Es dauert zwei bis drei Stunden, bis diese dunkle Färbung auftaucht. Ich habe die Bilder auf seinem Handy gesehen. Die Spuren an Andrews Hals wurden bereits purpurn, als der Caterer um halb sechs kam. Die Wunde an seinem Kinn blutete nicht mehr.«

»Was halten Sie von diesen Fotos?« Dante öffnete den Ordner und fing an, Tatortfotos auf den Tisch zu klatschen. Die dramatische Geste war überflüssig – Leigh war zu abgebrüht, als dass er sie noch schockieren konnte, und er zeigte ihr nichts, was sie nicht schon gesehen hatte.

Ein so übel zugerichtetes Frauengesicht, dass ihre Züge nicht mehr zu erkennen waren.

Bissspuren um die offene Wunde, wo einmal eine Brustwarze gewesen war.

Ein Schnitt an der Innenseite des linken Oberschenkels, knapp über der Vene.

Der Metallgriff eines Messers, der zwischen ihren Beinen herausragte.

»Stopp.« Leigh erkannte Andrews Handschrift. Sie stellte die Frage, die sie in letzter Zeit allen Männern in ihrem Leben gestellt hatte. »Was wollen Sie von mir?«

»Genau das Gleiche hat das Opfer wahrscheinlich gesagt, als Ihr Mandant es vergewaltigt und getötet hat.« Dante hielt das letzte Foto in der Hand. »Sie wissen, dass er es war, Collier. Erzählen Sie mir keinen Mist, das kann ich selbst. Wir zwei Süßen sind hier ganz unter uns. Andrew Tenant ist so schuldig, wie ein Mensch nur sein kann.«

Leigh war sich nicht so sicher, zumindest nicht diesmal. Die Färbung der Bissspuren machte ihr zu schaffen. Sie hatte in ihrer Zeit als selbstständige Anwältin so viele Fälle von häuslicher Gewalt bearbeitet, dass sie wahrscheinlich als Sachverständigenzeugin auftreten konnte. »Sie sagten, das Opfer hat um fünf mit seiner Familie telefoniert. Wenn Sie behaupten, dass Andrew es unmittelbar nach dem Anruf attackiert hat und um halb sechs zu Hause war, um die Caterer einzulassen, oder spätestens um halb sieben, als seine Bewährungsbeamtin kam, um seine Fußfessel neu einzustellen, dann erklären Sie mir die dunkle Färbung der Male an seinem Hals.«

»Sie meinen Bissspuren, nehme ich an, aber egal.« Dante zuckte mit den Achseln. »Ihr Experte wird das eine bezeugen und meiner das andere.«

»Zeigen Sie her.« Leigh forderte ihn mit einem Kopfnicken auf, das letzte Foto auf den Tisch zu legen. Er hatte es nicht ohne Grund zurückgehalten.

Er ließ die dramatische Geste weg, als er es vor sie hinlegte.

Eine weitere Nahaufnahme. Der Hinterkopf des Opfers. Teile ihres glatten schwarzen Haars fehlten. Die Kopfhaut wies tiefe Spuren auf, wo ein scharfer Gegenstand brutal bis in die Haarwurzeln geschnitten hatte.

Leigh hatte solche Verletzungen erst einmal in ihrem Leben gesehen. Da war sie zehn Jahre alt gewesen. Sie hatte eine Glasscherbe genommen und war auf eins der Mädchen losgegangen, die Callie auf dem Spielplatz schikaniert hatten.

Ich habe es festgehalten und ihm das Haar abgeschabt, bis die Kopfhaut geblutet hat.

Leigh spürte, wie ihr der Schweiß in den Nacken lief. Der Raum schien noch enger zu werden. Das hatte Andrew getan. Er hatte Leighs Geschichte gehört, wie sie das gemeine Mädchen bestraft hatte, und er hatte den Vorfall in einer kranken, perversen Reverenz an sie nachgespielt.

Plötzlich erfasste Leigh die Panik. Ihr Blick huschte über die Fotos, aber Arme und Beine des Opfers waren nicht dünn wie Holzstöckchen. Es gab keine Einstiche und keine alten Narben von Nadeln, die in der Vene abgebrochen waren. Es waren aber auch keine Anzeichen von Babyspeck zu sehen, über den sich Leighs wunderbares Mädchen vor dem Spiegel unnötigerweise den Kopf zerbrach.

»Das Opfer«, fragte Leigh. »Wie heißt es?«

»Sie ist nicht nur ein Opfer, Collier. Sie war Mutter, Ehefrau, Lehrerin an der Sonntagsschule. Sie hatte eine sechzehnjährige Tochter, genau wie Sie.«

»Sparen Sie sich die Violinen für Ihr Schlussplädoyer auf«, erwiderte Leigh. »Sagen Sie mir einfach, wie sie heißt.«

»Ruby Heyer.«

15

»Scheiße, ja!«, schrie Sidney aus ihrem BMW-Cabrio in den Fahrtwind. Aus dem Radio dröhnte ein Song, in dem das N-Wort öfter fiel als auf einem Kongress weißer Nationalisten. Sidney sang mit und stieß die Faust bei jedem Beat in den Himmel. Sie war sturzbetrunken von den drei Krügen Mimosas und komplett zugedröhnt von der Ecstasy-Pille, die ihr Callie in den letzten Drink geschmuggelt hatte, und wahrscheinlich würde sie die Kontrolle über das Auto verlieren, wenn sie die Augen nicht auf der Straße behielt.

Der BMW kam vor einem Stoppschild ins Schleudern. Sidney presste den Handballen auf die Hupe und stieg mit dem Fuß noch fester aufs Gas. »Aus dem Weg, ihr Arschlöcher!«

»Wuhuuu!«, brüllte Callie und hob solidarisch die Faust. Gegen ihren Willen amüsierte sie sich sogar. Sidney war zum Schießen komisch. Sie war jung und dumm und hatte ihr Leben noch nicht vollkommen verpfuscht, auch wenn sie erkennbar daran arbeitete.

»Scheißkerl!«, schrie Sidney einen anderen Fahrer an, als sie das Stoppzeichen überfuhr. »Fick dich, altes Arschloch!«

Callie lachte, als der ältliche Fahrer ihr beide Mittelfinger zeigte. Ihr Verstand raste. Ihr Herz war ein Kolibri. Vor ihren

Augen fand eine hinreißende Farbenexplosion statt – neongrüne Bäume, leuchtend gelbe Sonne, strahlend blauer Himmel, grellweiße Trucks und feuerwehrrote Autos, und im tintenschwarzen Asphalt blitzten gelbe Streifen auf.

Sie hatte vergessen, wie fantastisch es war zu feiern. Bevor sie sich den Hals gebrochen hatte, hatte Callie Koks und Ecstasy probiert, Benzos, Meth und Adderall, denn sie hatte geglaubt, die Antwort auf alle ihre Probleme bestünde darin, dass sich die Welt möglichst schnell drehte.

Mit dem Oxy hatte sich das geändert. Als sie die Wirkung der Droge zum ersten Mal erlebt hatte, war Callie plötzlich klar gewesen, was sie wirklich brauchte: in Langsamkeit zu schwelgen. Wie bei einem Affen hatten sich ihre Füße in Greifwerkzeuge verwandelt. Sie konnte am immer gleichen Ort abhängen, während die Welt an ihr vorbeizog. Das Zen-Gefühl dieser frühen Opioidzeit war jenseits von Gut und Böse gewesen. Und dann vergingen Wochen, dann Monate, Jahre, und schließlich hatte sich ihr stillstehendes Leben darauf verengt, nur noch dem Heroin hinterherzujagen.

Sie fischte eine der Arzneiflaschen aus ihrer Handtasche, klaubte noch ein Adderall heraus und legte es sich auf die Zunge. Zeigte es Sidney.

Sidney beugte sich zu ihr hinüber und saugte die Tablette von Callies Zunge. Ihre Lippen verschmolzen mit Callies. Ihr Mund war heiß. Das Gefühl war elektrisierend, und Callie versuchte es festzuhalten, aber Sidney entzog sich ihr und wandte ihre Aufmerksamkeit wieder dem Wagen zu. Callie schauderte, ihr Körper regte sich in einer Weise, wie er es seit Jahren nicht getan hatte.

»Verdammt!«, schrie Sidney und beschleunigte, während sie im Slalom eine Wohnstraße entlangfuhr. Der BMW schlitterte in eine scharfe Kurve. Sie hielt abrupt. »Scheiße.«

Callie wurde nach vorn gerissen, als Sidney den Rückwärtsgang einlegte. Die Reifen qualmten auf dem Teer. Sidney setzte einige Meter zurück, legte wieder den Vorwärtsgang ein, und sie fuhren eine lange Einfahrt zu einem riesigen weißen Haus hinauf.

Andrews Haus.

Vorhin im Restaurant hatte Callie davon getönt, die Party in ihr angebliches Hotelzimmer zu verlegen, aber sie hatte eingeflochten, dass sie leise sein müssten, und Sidney hatte genau die Worte gesagt, die Callie hatte heraufbeschwören wollen:

Scheiß auf leise sein, wir fahren zu mir.

Es hätte keine Überraschung sein dürfen, dass Andrew in einem Haus wohnte, das wie die Mordvilla eines Serienkillers aussah. Alles war weiß, bis auf die würfelförmigen Sträucher. Der Ort verkörperte die morbide Ausstrahlung, die Andrew im Stadiontunnel verströmt hatte.

Und es war der wahrscheinlichste Aufbewahrungsort für Andrews Videobänder von dem Mord an Buddy.

Callie drückte auf ihren abgerissenen Fingernagel, und der Schmerz holte sie in die Realität zurück. Sie war nicht hier, um zu feiern. Sidney war jung und unschuldig, aber das war Maddy auch. Nur im Leben von einer der beiden spielte ein psychopathischer Vergewaltiger eine Rolle. Callie würde dafür sorgen, dass es so blieb.

Sidney kurvte zur Rückseite des Hauses. Der BMW hielt quietschend vor einem Garagentor im Industriedesign. Sidney drückte auf einen Knopf am unteren Rand des Rückspiegels. »Keine Angst«, sagte sie. »Er hat den ganzen Tag Termine.«

Er war eine ihrer Bezeichnungen für Andrew. Sie nannte ihn außerdem ihren *dämlichen Freund* oder *idiotischen Mann*, aber sie hatte noch nie seinen Namen benutzt.

Der Wagen schoss mit einem Ruck in die Garage und wäre fast an die Rückwand geknallt.

»Scheiße!«, schrie Sidney und sprang aus dem Wagen. »Lass uns mit der Party loslegen!«

Callie streckte die Hand aus und drückte den Anlasserknopf, um den Motor abzustellen. Sidney hatte die Schlüssel zusammen mit ihrem Smartphone und der Brieftasche in der Becherhalterung liegen lassen. Callie sah sich in der Garage nach einem Versteck für ein Videoband um, aber der Raum war ein reiner weißer Kubus. Selbst der Boden war makellos sauber.

»Schwimmst du?« Sidney griff unter ihre Bluse, um den BH auszuziehen. »Ich habe einen Badeanzug übrig, der dir passt.«

Callie erlebte einen düsteren Moment, als sie an die Narben und Einstiche unter ihrem langärmligen Shirt und der Jeans dachte. »Mir ist es draußen zu heiß, aber ich schau gern zu.«

»Kann ich mir vorstellen.« Sidney fischte ihren BH durch den Ärmel heraus. Sie fummelte an den Knöpfen ihrer Bluse und eröffnete einen tiefen Blick in ihren V-Ausschnitt. »Verdammt, du hast recht. Wir knallen uns einfach im klimatisierten Haus zu.«

Callie sah sie im Haus verschwinden. Ihr Knie blockierte, als sie aus dem Wagen stieg. Sie versuchte, den Schmerz zu registrieren, aber ihre Nerven waren stumpf von all der Chemie, die in ihren Adern zirkulierte. Sie hatte im Restaurant aufgepasst, dass sie nicht die Kontrolle verlor. Das Problem war allerdings, dass sie sich nichts sehnlicher wünschte, als die Kontrolle zu verlieren. Die Rezeptoren in ihrem Gehirn waren schon so lange ohne Stimulanz, dass es sich anfühlte, als würde jede Sekunde ein neuer erwachen und um mehr betteln.

Sie fischte noch eine Xanax aus ihrer Handtasche, um sich ein wenig herunterzuholen.

Andrews Haus lockte. Sidney hatte BH und Schuhe auf den Boden geworfen. Callie sah auf ihre Doc Martens hinunter, aber die würde sie nur ausziehen können, indem sie sich auf den Boden setzte und daran zerrte. Sie ging einen langen weißen Flur entlang. Die Temperatur fiel, als wäre sie gerade dabei, ein Museum zu betreten. Keine Teppiche. Nackte weiße Wände und Decken. Weiße Lampen. Schwarz-Weiß-Fotos, die extrem sexy Frauen in artistischen Fesselungszuständen zeigten.

Callie war so an das Geräusch gurgelnder Aquarienfilter gewöhnt, dass es ihr erst auffiel, als sie im Haupttrakt der Villa war. Der Ausblick sollte den Garten zur Geltung bringen, aber Callie ignorierte ihn. Eine ganze Wand war einem zauberhaften Riff-Aquarium gewidmet. Weiche und harte Korallen. Anemonen. Seegurken. Seesterne. Feuerfische. Franzosen-Kaiserfische. Harlekin-Lippfische. Nashornfische.

Sidney stand dicht neben ihr, ihre Schultern berührten sich. »Wunderschön, oder?«

Callie wollte im Augenblick nichts mehr, als sich auf die Couch zu setzen, eine Handvoll Oxy zu schlucken und die farbenprächtigen Tiere beim Umherschwimmen zu beobachten, bis sie einschlief oder Kurt Cobain traf. »Ist dein Mann Zahnarzt?«

Sidney stieß ihr heiseres Lachen aus. »Autohändler.«

»Leck mich doch.« Callie zwang sich, das riesige Wohnzimmer in Augenschein zu nehmen. Es sah aus wie ein Apple-Geschäft in Sowjet-Ästhetik. Weiße Ledercouchen. Weiße Ledersessel. Couch- und Beistelltische aus Stahl und Glas. Stehlampen, die ihre weißen Metallköpfe neigten wie leprakranke Kraniche. Der Fernseher war ein riesiges schwarzes Rechteck an der Wand. Man sah keine Bedienelemente.

»Vielleicht sollte ich auch probieren, Autos zu verkaufen«, scherzte Callie.

»Scheiße, Max, ich würde alles kaufen, was du hast.«

Callie hatte sich noch nicht daran gewöhnt, mit ihrem falschen Namen angesprochen zu werden. Sie brauchte einen Moment, um sich darauf einzustellen. »Wozu bezahlen, wenn man es umsonst haben kann?«

Sidney lachte wieder und machte Callie ein Zeichen, ihr in die Küche zu folgen.

Callie schlenderte in gemächlichem Tempo hinter ihr her und lauschte dem Summen der Elektronik, die den Fernseher versorgte. Es gab keine Bücherregale, keine Möbelstücke, in denen man etwas aufbewahren konnte, kein offensichtliches Versteck für einen Videorekorder, geschweige denn ein Videoband. Selbst die Türen waren unsichtbar, nur ein schmaler schwarzer Umriss wies auf ihre Existenz hin. Callie hatte keine Ahnung, wie sie sich ohne Türknopf öffnen ließen.

»Seine Mom kontrolliert die Finanzen.« Sidney war in der Küche und wusch sich in der Spüle die Hände. Sie hatten beide ihre Masken im Restaurant zurückgelassen. »Sie ist so ein verdammtes Miststück. Sie kontrolliert einfach alles. Das Haus ist nicht einmal auf seinen Namen eingetragen. Sie hat ihm eine Art Zuschuss gegeben, damit er es einrichten kann, aber sie hat ihm sogar vorgeschrieben, in welche Läden er gehen darf.«

Callies Zähne schmerzten fast beim Anblick der ultramodernen Küche. Weiße Marmorarbeitsfläche, hochglanzweiße Schränke. Selbst der Herd war weiß. »Vermutlich hat sie die Wechseljahre schon hinter sich«, sagte sie.

Sidney verstand den Witz mit der Periode nicht, was in Ordnung ging. Sie hatte eine kleine Fernbedienung in der Hand, auf der sie einen Knopf drückte, und Musik erfüllte den Raum. Callie hatte noch mehr hämmernde N-Wörter erwartet, nicht Ed Sheeran mit einem schmalzigen Liebeslied.

Mit einem weiteren Knopfdruck wurde das Licht im Raum gedimmt. Sidney blinzelte ihr zu und fragte: »Scotch, Bier, Tequila, Rum, Wodka, Absinth?«

»Tequila.« Callie setzte sich auf einen der Folter-Barhocker mit ihren niedrigen Lehnen. Das romantische Ambiente verwirrte sie, also tat sie, als wäre es nicht vorhanden. »Du wärst nicht die erste Ehefrau, die sich nicht mit ihrer Schwiegermutter versteht.«

»Ich hasse sie, verdammt noch mal!« Sidney öffnete einen Oberschrank. Die Spirituosen standen alle im selben Abstand mit den Etiketten nach vorn, und sie griff nach einer schönen bernsteinfarbenen Flasche. »In der Woche vor der Hochzeit hat sie mir hunderttausend Dollar geboten, wenn ich einen Rückzieher mache.«

»Das ist eine Menge Geld.«

Sidney machte eine ausladende Armbewegung, die das ganze Haus einschloss. »Hey, also bitte.«

Callie lachte. Sidney beherrschte das Spiel, das musste man ihr lassen. Wieso einen schnellen Gewinn einstreichen, wenn sie die Milchkuh der Tenants melken konnte, solange sie mit Andrew verheiratet blieb? Vor allem bei Andrews drohender Aussicht auf eine Zukunft im Gefängnis. Es war keine üble Wette.

»Er ist so ein mieser Schleimer, was seine Mutter angeht«, vertraute ihr Sidney an. »Bei mir heißt es immer: ›Ich hasse diese verdammte Fotze, wenn sie nur schon tot wäre‹, aber kaum betritt sie den Raum, schon verwandelt er sich in ein dämliches Muttersöhnchen.«

Es versetzte Callie einen kleinen Stich. Die eine Sache, die für sie nie infrage stand, als sie auf Andrew aufgepasst hatte, war, dass Linda ihren Sohn bedingungslos geliebt hatte. Die ganze Existenz der Mutter war um das Bestreben aufgebaut, ihren Sohn zu beschützen und ihr gemeinsames Leben zu verbessern.

»Es ist schlau«, sagte Callie. »Ich meine, wenn du das alles von ihr bekommst, wozu sie verärgern?«

»Es gehört ihm sowieso.« Sidney riss das Kunststoffsiegel an der Flasche mit den Zähnen ab. Don Julio Añejo, ein süffiger Tequila. »Sobald das alte Miststück stirbt, wird er ein paar Veränderungen vornehmen. Sie macht lauter blödsinniges Zeug, als gäbe es keine Computer. Es ist seine Idee gewesen, bei Ausbruch der Pandemie aufs Onlinegeschäft zu setzen.«

Soweit Callie mitbekam, hatten eine Menge Leute bei Ausbruch der Pandemie die brillante Idee gehabt, aufs Onlinegeschäft zu setzen. »Wow.«

»Ja«, sagte Sidney. »Margaritas oder pur?«

Callie grinste. »Beides?«

Sidney lachte und bückte sich, um den Mixbecher zu suchen. Ihr Arsch wölbte sich wieder vor. Die Kleine war ein wandelndes Softporno-Fotoshooting. »Ich schwöre bei Gott, ich bin so verdammt froh, dass ich dir über den Weg gelaufen bin. Ich sollte heute eigentlich arbeiten gehen, aber scheiß drauf.«

»Wo arbeitest du?«

»Ich nehme in einem der Autohäuser Anrufe entgegen, aber nur, damit meine Eltern nicht ständig herumnörgeln, ich würde den Rest meines Lebens auf dem College verbringen. So habe ich Andy kennengelernt.« Falls ihr bewusst war, dass sie zum ersten Mal seinen Namen benutzt hatte, so ließ sie es sich jedenfalls nicht anmerken. »Wir arbeiten im selben Autohaus.«

»Andy?«, sagte Callie. »Klingt nach einem Muttersöhnchen.«

»Ja, oder?« Sidney drückte gegen eine der Schrankfronten. Die Tür sprang auf, und sie holte Schnaps- und Margaritagläser heraus. Callie beobachtete ihre Bewegungen. Sie war wirklich außergewöhnlich. Callie fragte sich, was die Frau an Andrew fand. Es musste mehr als das Geld sein.

Sidney knallte die Gläser auf die Theke. »Ich weiß, du bist wegen eines Bewerbungsgesprächs hier, aber was arbeitest du?«

Callie zuckte mit den Achseln. »Nichts, eigentlich. Mein Mann hat mir genügend Geld hinterlassen, aber ich weiß, was passiert, wenn ich zu viel freie Zeit habe.«

»Weil du gerade davon sprichst.« Sidney füllte zwei Schnapsgläser bis zum Rand.

Callie hob das Glas, um ihr zuzuprosten, dann trank sie einen kleinen Schluck, während Sidney ihres in einem Zug hinunterkippte, was man tun konnte, wenn der Hals nicht starr auf der Wirbelsäule saß. Sie sah Sidney ein neues Glas füllen, und als Callie ihres absetzte, um sich nachschenken zu lassen, war Sidney bereits bei ihrem dritten.

»Oh, Mist.« Sidney war offenbar etwas eingefallen. Sie drückte einen anderen Küchenschrank auf und fand einen kleinen runden Holzbehälter. Sie stellte ihn auf die Theke und nahm den Deckel ab. Dann schleckte sie sich über den Zeigefinger, steckte ihn in das Gefäß und holte winzige schwarze Salzkristalle heraus. Sie wackelte mit den Augenbrauen, als sie das Salz von ihrer Fingerspitze saugte.

Ihre Blicke trafen sich, und Callie zwang sich, wegzusehen. »Ich weiß gar nicht, wann ich das letzte Mal ein Salzfässchen gesehen habe.«

»Nennt man das so?« Sidney machte sich wieder an die Arbeit, drückte an die nächste Schrankfront, aber diesmal sprang ein langer Griff heraus, um die Kühlschranktür zu öffnen. »Es war ein Hochzeitsgeschenk von einer von Lindas reichen Zickenfreundinnen. Ich habe online nachgesehen. Handgeschnitztes Keniaholz, was immer das sein soll. Das verdammte Ding hat dreihundert Dollar gekostet.«

Callie wog das Fässchen in der Hand. Das Salz war schwarz wie Obsidian und roch leicht nach Holzkohle. »Was ist das?«

»Keine Ahnung, irgendein teurer Scheiß aus Hawaii. Kostet pro Gramm mehr als Koks.« Sie drehte sich um und hielt sechs Limetten in der Hand. »Scheiße, ich würde einen Mord begehen für ein bisschen Koks.«

Callie wollte sie nicht enttäuschen. Sie griff in ihre Handtasche und zog zwei kleine Plastiktütchen hervor – für jede von ihnen gut drei Gramm Kokain.

»Ja, leck mich doch.« Sidney schnappte sich eins der Tütchen und hielt es ins Licht, sie bewunderte die glitzernden Flocken, die Reinheit versprachen, was sie in die Liga der professionellen Kokskonsumenten beförderte. »Verdammt, das Zeug sieht tödlich aus.«

Callie fragte sich, ob das der Fall sein würde. Sidney hatte bereits genügend Stimulantien intus, um ein Gnu zu erledigen. Man entwickelte keine so hohe Toleranz als Gelegenheitskonsument.

Wie zum Beweis öffnete Sidney eine Schublade und holte einen kleinen Spiegel mit einer Rasierklinge darauf hervor, dazu einen golden ummantelten Strohhalm, der entweder besonders wohlhabenden Kleinkindern bei der Aufnahme von Saft dienen sollte oder verdorbenen reichen Arschlöchern beim Schnupfen von Koks.

Callie sondierte das Terrain. »Hast du's schon mal gespritzt?«

Zum ersten Mal wirkte Sidney zurückhaltend. »Mensch, das ist ein total anderes Level.«

»Vergiss, dass ich gefragt habe.« Callie öffnete das Plastiktütchen und schüttete das weiße Pulver auf den Spiegel. »Wie lange kanntet ihr euch, bevor ihr geheiratet habt?«

»Äh … zwei Jahre, glaube ich.« Sidney starrte hungrig auf das Koks. Vielleicht war sie doch schon auf dem absteigenden Ast. »Er hat da diesen schwachsinnigen Freund, Reggie heißt er. Der kam immer zu ihm ins Autohaus, als würde ihm der Laden gehören. Ständig hat er mich angemacht, aber was soll's.«

Callie wusste, was sie meinte. Sidney würde ihre Jugend und Schönheit nicht an einen Mann vergeuden, der sie sich nicht leisten konnte.

»Und dann kam Andrew eines Tages auf mich zu, und wir haben uns unterhalten, und ich so: Was für eine Überraschung, der Typ ist ja gar kein totaler Blödmann. Was ein echtes Wunder ist, wenn man Reggie so vor sich sieht.«

Callie machte eine Show daraus, das weiße Pulver mit der Rasierklinge klein zu hacken. Sie hörte zu, wie Sidney weiter von Reggie schwafelte – wie er sie immer lüstern angesehen hatte, dass er praktisch Andrews Schoßhund war –, aber ihr Blick blieb so hungrig auf die Klinge gerichtet wie Sidneys.

Hätte ein Wissenschaftler die Aufgabe erhalten, eine Droge zu entwickeln, die einen dazu brachte, sein ganzes Geld zum Fenster hinauszuwerfen, hätte er als Lösung Kokain präsentiert. Man war für fünfzehn bis zwanzig Minuten high, und dann konnte man den Rest seines elenden Lebens damit zubringen, diesem ersten Rausch hinterherzujagen, denn es würde nie besser werden als beim ersten großen, schönen Hit. Es gab diesen Witz, dass zwei Leute eine Lkw-Ladung Koks zusammen schnupfen konnten, und hinterher wären sie sich einig, dass es nichts weiter brauchte als noch eine Lkw-Ladung, damit sie high wurden.

Was der Grund war, warum Callie das Koks mit Fentanyl versetzt hatte.

Sie schnitt vier Lines und fragte Sidney: »Und dann hat er dich gefragt, ob du mit ihm ausgehen willst?«

»Er hat mich dabei erwischt, wie ich während der Arbeit ein Psychologiebuch fürs Studium gelesen habe, und wir fingen an zu reden, und anders als neunundneunzig Prozent dieser männlichen Klugscheißer, die mir erklären wollen, was ich seit ungefähr sechs Jahren studiere, wusste er tatsächlich, wovon er sprach.« Sidneys Blick hatte auf Callies Hand verharrt, aber dann riss sie sich zusammen und öffnete weitere Küchenschränke. Ein Marmorbrett kam zum Vorschein. Eine Keramikschale für die Limetten. »Dann fing er an, mit mir zu flirten, und hielt mich von der Arbeit ab, und ich so: Hey, Kumpel, die werden mich noch feuern wegen dir. Und er darauf: Hey, ich feuer dich, wenn du nicht mit mir ausgehst.«

Callie nahm an, das war die offizielle Definition von Belästigung am Arbeitsplatz, aber sie sagte: »Ich mag Männer, die wissen, was sie wollen.«

Sidney öffnete eine weitere Schublade. »Magst du es bei Frauen auch?«

Callie öffnete den Mund zu einer Antwort, aber dann sah sie, was Sidney aus der Schublade holte.

Die Rasierklinge rutschte ihr aus den Fingern und kratzte über den kleinen Spiegel.

Gesprungener Holzgriff. Gezackte Klinge, in alle Richtungen verbogen. Das Steakmesser sah aus, als hätte es Linda im Supermarkt gekauft. Callie hatte es benutzt, um Andrews Hotdogs in Stücke zu schneiden. Dann hatte sie Buddys Bein damit aufgeschlitzt.

»Max?«, fragte Sidney.

Callie suchte nach ihrer Stimme. Ihr eigener Herzschlag klang überwältigend laut, er übertönte die leise Musik und dämpfte Sidneys tiefe Stimme. »Das ... das ist ein ziemlich billiges Hochzeitsgeschenk.«

Sidney sah das Messer an. »Ja, Andy wird sauer, wenn ich es benutze, als könnte ich nicht losziehen und fünfzig neue kaufen. Er hat es seiner Babysitterin gestohlen oder irgendwie so was. Ich kenne die Geschichte nicht. Er benimmt sich sehr sonderbar, was das angeht.«

Callie sah die Klinge durch eine Limette schneiden und bekam nicht richtig Luft.

»Er hat einen Babysitterfetisch?«

»Süße«, sagte Sidney. »Er hat einen Fetisch von *allem*.«

Callie fühlte einen leisen Schmerz im Daumen. Die Rasierklinge hatte eine dünne Hautschicht abgeschält. Blut tropfte von ihrem Handgelenk. Sie war mit einem Plan hierhergekommen, aber der Anblick des Messers hatte sie in die Küche der Waleskis zurückgeschleudert.

Baby, du musst einen Rettungswagen rufen. Ruf einen ...

Callie griff nach dem Strohhalm, beugte sich hinunter und schnupfte in schneller Folge alle vier Lines. Dann richtete sie sich wieder auf, mit tränenden Augen, stolperndem Herzschlag, summenden Ohren, zitternden Gliedern.

»Scheiße.« Sidney wollte nicht zurückstehen. Sie schüttete das zweite Tütchen auf den Spiegel und schnitt die Lines im Handumdrehen, so begierig darauf, an dem Spaß teilzuhaben, dass sie das Arsch-Herausstrecken und Blinzeln ausließ und ihre vier Lines direkt hintereinander schnupfte. »Himmel! Herrgott! Noch! Mal!«

Callie strich sich die Rückstände mit dem Zeigefinger aufs Zahnfleisch. Sie konnte das Fentanyl wie eine versteckte Botschaft an ihren Körper herausschmecken.

»Ja!«, brüllte Sidney und tanzte in der Küche umher. Sie verschwand im Wohnzimmer und schrie: »Scheiße, ja!«

Callie merkte, dass sie ohnmächtig zu werden drohte. Sidney hatte das Messer auf der Arbeitsfläche liegen gelassen. Callie sah sich wieder in der Küche der Waleskis den Griff mit Chlorbleiche einweichen und mit einem Zahnstocher die Ritzen von Blutresten säubern. Ihre Hand ging an die Kehle. Sie fühlte das Herz bis hier herauf. Das Koks begann zu wirken, mit dem Fentanyl dicht auf den Fersen. Was zum Teufel hatte sie sich dabei gedacht? Die Videos waren hier. Sidney war hier. Andrew war im Gericht, aber was würde er anschließend tun? Was hatte er tatsächlich mit Maddy vor?

Sie fand die Xanax in ihrer Handtasche und warf sich drei in den Mund, bevor Sidney in die Küche zurückkam.

»Maxie, komm die Fische anschauen«, sagte sie, nahm Callie an der Hand und zog sie ins Wohnzimmer.

Die Musik wurde lauter. Das Licht gedämpfter. Sidney ließ die Fernbedienung auf das Beistelltischchen fallen und zog Callie auf die Couch hinunter.

Callie versank in den weichen Kissen. Die Couch war so tief, dass ihre Füße den Boden nicht mehr berührten. Sie zog die Beine an und ließ den Arm auf einem Stapel Kissen ruhen. Wie zum Teufel sie Michael Bublé aus den Lautsprechern erkannte, war ein faszinierendes Rätsel, bis sie einen Feuerfisch hinter einen Felsen huschen sah, die zahllosen Stacheln wiesen rote und schwarze Streifen auf. Die giftigen Flossenstachel machten den Fisch zu einem der gefährlichsten Räuber im Meer, aber er setzte die Waffe nur zur Abwehr ein. Die anderen Fische waren sicher, solange sie zu groß waren, um in sein weit geöffnetes Maul zu passen.

»Max?«, sagte Sidney, ihre Stimme war leise und sinnlich. Sie spielte mit Callies Haar, ihre Fingernägel massierten sanft über die Kopfhaut.

Callie fühlte einen leisen Kitzel, aber sie konnte die Augen nicht von einem kurznasigen Einhornfisch lösen, der an ein paar erschrocken dreinblickenden Seesternen vorbeiflitzte. Dann stieß der Nashornfisch zur Party. Das Seegras winkte mit seinen schlanken Fingern in ihre Richtung. Sie konnte nicht sagen, wie lange sie dort saß und die farbenprächtige Parade betrachtete, aber sie merkte an den verblassenden Farben, dass das Xanax sie schließlich eine Spur herunterbrachte.

»Max?«, wiederholte Sidney. »Willst du mich spritzen?«

Callies Aufmerksamkeit löste sich vom Aquarium. Sidney lehnte sich an sie, sie strich immer noch durch Callies Haar. Ihre Pupillen waren weit, ihre Lippen voll und feucht. Sie war so verdammt heiß.

Callie hatte Spritzen in ihrer Handtasche. Einen Riemen zum Abbinden. Feuerzeug. Watte. Genau das hatte sie geplant: Sidney zu mehr und noch ein wenig mehr zu überreden, bis sie ihr eine Nadel in den Arm stach und sie von dem Drachen kosten ließ, dem sie dann in einen tiefen, dunklen Brunnen der Verzweiflung nachjagen würde.

Wenn er sie nicht vorher umbrachte.

»Hey, du.« Sidney biss sich auf die Unterlippe. Sie kam ihr so nah, dass Callie den Tequila in ihrem Atem riechen konnte. »Weißt du, wie verdammt anbetungswürdig du bist?«

Callie spürte, wie ihr Körper reagierte, bevor ihr Mund dazukam. Sie fuhr mit den Fingern durch Sidneys dichtes, seidiges Haar. Ihre Haut war unglaublich weich. Die Farbe ihrer Augen erinnerte Callie an das teure schwarze Salz in dem handgeschnitzten Fässchen.

Sidney küsste sie auf den Mund. Callie hatte sich bei den ersten beiden Malen, als sich ihre Lippen berührt hatten, zurückgezogen, aber jetzt ließ sie sich fallen. Sidneys Mund war vollkommen, ihre Zunge war wie Samt. Ein Kribbeln lief über Callies Rücken. Zum ersten Mal seit zwanzig Jahren gab es keinen Schmerz in ihrem Körper. Sie legte sich auf die Couch zurück, und Sidney war auf ihr, ihr Mund presste sich an Callies Hals, dann auf ihre Brüste, dann wurden Callies Jeans aufgeknöpft, und Sidneys Finger glitten in sie.

Callie stöhnte. Ihre Augen füllten sich mit Tränen. Es war so verdammt lange her, seit sie jemanden in sich gespürt hatte, den sie dort tatsächlich haben wollte. Sie bewegte die Hüften gegen Sidneys Hand. Saugte an ihrem Mund, ihrer Zunge. Das Gefühl schwoll an. Callie fühlte sich benommen von der Atemluft, die in ihre Lungen strömte. Sie schloss die Augen und öffnete den Mund, um Sidneys Namen zu rufen ...

Atme im Takt ich bin fast so weit komm schon.

Callie riss die Augen auf. Ihr Herz krachte gegen den Brustkorb. Da war kein Gorilla, nur der reine Klang von Buddy Waleskis Stimme.

Buddy, bitte, es tut so weh, bitte hör auf, bitte ...

Ihre eigene Stimme, vierzehn Jahre alt. Schmerzerfüllt. Verängstigt.

Buddy, bitte, ich blute, ich kann nicht ...

Callie warf Sidney von sich. Die Stimmen kamen aus den Lautsprechern.

Halt verdammt noch mal das Maul Callie halt still sag ich.

Buddys Stimme war überall, sie dröhnte aus den Lautsprechern und hallte durch den sterilen weißen Raum. Callie griff nach der Fernbedienung auf dem Tisch und drückte hektisch irgendwelche Knöpfe, um das Geräusch zu stoppen.

Verdammtes Miststück ich sagte hör auf dich zu wehren oder ich ...

Stille.

Callie wollte sich nicht umdrehen, aber sie tat es dennoch.

Sie wollte nicht auf den Fernsehschirm blicken, aber sie tat es dennoch.

Der fleckige Langhaarteppich. Das Licht von der Straße, das um die Ränder des orangebraunen Vorhangs hereinströmte. Die ledernen Clubsessel mit ihren schweißfleckigen Rückenlehnen und den Brandlöchern. Die orangefarbene Couch mit den deprimierenden Vertiefungen an den entgegengesetzten Enden.

Der Ton war auf stumm gestellt, aber sie hörte Buddys Stimme in ihrem Kopf.

Komm Baby lass es uns auf der Couch zu Ende machen.

Was sie auf dem Bildschirm sah, spiegelte nicht die Erinnerungen in ihrem Kopf wider. Das Video verdrehte sie in ihr Gegenteil, verwandelte sie in etwas Schmutziges und Brutales.

Buddy stieß lautlos in ihren vierzehnjährigen Körper, sein enormes Gewicht übte einen solchen Druck aus, dass sich der Rahmen der Couch in der Mitte durchbog. Callie sah, wie sich ihr jüngeres Ich freizukämpfen versuchte, kratzte, sich wehrte. Er packte ihre beiden Hände mit einer fleischigen Pranke. Mit der anderen Hand riss er den Gürtel aus den Schlaufen seiner Hose. Callie sah voll Entsetzen, wie er ihre Hände mit dem Gürtel fesselte, sie herumwarf und dann von hinten vergewaltigte.

»Nein ...«, flüsterte sie, denn so war es nicht passiert. Nicht, nachdem sie sich daran gewöhnt hatte. Nicht, nachdem sie gelernt hatte, ihn mit dem Mund kommen zu lassen.

»Magst du es immer noch hart?«, fragte Sidney.

Callie hörte ein Klappern – sie hatte die Fernbedienung fallen lassen, die nun in Stücke zerbrochen auf dem Boden lag. Langsam drehte sie sich um. Alle Schönheit war aus Sidneys Gesicht verschwunden. Sie sah so hart und gnadenlos aus wie Andrew.

Callies Stimme zitterte, als sie fragte: »Wo ist das Band?«

»*Bänder*«, sagte Sidney. Ihre Stimme war kalt. »Plural. Wie in: mehr als eins.«

»Wie viele?«

»Dutzende.« Sidney steckte die Finger in den Mund und schmatzte laut, als sie Callies Geschmack ableckte. »Wir können uns noch mehr ansehen, wenn du willst.«

Callie schlug ihr die Faust ins Gesicht.

Sidney taumelte rückwärts, benommen von dem Schlag. Blut floss aus ihrer gebrochenen Nase, und sie blinzelte wie ein blödes Punker-Miststück, das seinen ersten Fausthieb auf dem Spielplatz abkriegt.

»Wo sind sie?«, fragte Callie, aber sie lief bereits kreuz und quer durch den Raum und presste die Hand an die Wände, um weitere versteckte Schränke zu finden. »Sag mir, wo sie sind.«

Sidney ließ sich wieder auf die Couch fallen. Blut tropfte auf das weiße Leder und sammelte sich in Lachen auf dem Boden.

Callie berührte weiter die Wände und hinterließ blutige Abdrücke von ihren eigenen Verletzungen. Endlich sprang eine Tür mit einem Klicken auf. Sie sah ein Waschbecken und eine Toilette. Sie drückte eine weitere Tür auf. Wärme strahlte von einem Regal mit elektronischer Ausrüstung ab. Sie fuhr mit dem Finger daran entlang, aber da war kein Videorekorder.

»Hast du wirklich geglaubt, es wäre so einfach?«, fragte Sidney.

Callie starrte sie an. Sie stand da, die Hände seitlich am Körper, während ihr das Blut übers Gesicht und den Hals lief. Ihre weiße Bluse färbte sich dunkelrot. Doch sie schien sich bereits von dem Faustschlag ins Gesicht erholt zu haben. Mit der Zunge leckte sie einen Tropfen Blut von der Lippe.

»Beim nächsten Mal wird es nicht so einfach«, warnte sie Callie.

Callie hatte nicht vor, eine Unterhaltung mit dem Miststück zu führen. Das hier war nicht das Ende einer *Batman*-Folge. Sie stakste in die Küche und hob, ohne nachzudenken, Lindas Küchenmesser auf.

Sie lief weiter durchs Haus, an einer Gästetoilette vorbei, einem Fitnessraum. Keine Schränke. Keine Videobänder. Nächster Raum, Andrews Arbeitszimmer. Die Schreibtischschubladen waren schmal und voller Kugelschreiber und Büroklammern. Im Schrank stapelten sich Schreibpapier, Notizblöcke und Akten. Callie fegte alles mit dem Arm auf den Boden.

»Du wirst sie nicht finden«, sagte Sidney.

Callie schob sich an ihr vorbei, stakste einen weiteren langen Flur mit noch mehr Bondage-Fotos entlang. Sie konnte Sidney hinter sich hertraben hören. Callie schlug die Rahmen von den

Wänden, sie brachen auf dem Boden entzwei. Sidney japste, als sie in Glassplitter trat. Callie trat Türen auf. Gästezimmer. Nichts. Noch ein Gästezimmer. Nichts. Schlafzimmer.

Callie blieb in der offenen Tür stehen.

Anstatt weiß war hier alles schwarz. Wände, Decke, Teppich, Seidenbezüge auf dem Bett. Sie schlug auf den Wandschalter. Licht flutete durch den Raum. Sie trampelte über den Teppich, riss die Nachttischschubladen auf. Handschellen, Dildos, Analplugs fielen heraus. Keine Videobänder. Der Fernseher an der Wand war fast so hoch wie Callie. Sie schaute dahinter, zog an den Kabeln. Nichts. Sie suchte die Wände nach Geheimfächern ab. Nichts. Sie kam zum begehbaren Schrank. Schwarzes Gehäuse, schwarze Schubladen. Schwarz wie die Fäulnis in diesem beschissenen Haus.

Der Safe stand frei zugänglich im Raum und war etwa so groß wie ein Minikühlschrank mit Kombinationsschloss. Callie drehte sich um, denn sie wusste, dass Sidney da war. Die Frau schien weder dem Blut auf ihrem Gesicht Beachtung zu schenken noch den blutigen Fußabdrücken, die sie hinterließ.

»Mach ihn auf, du Miststück«, sagte Callie.

»Calliope.« Sidney schüttelte den Kopf, genauso betrübt, wie Andrew es im Stadiontunnel getan hatte. »Selbst wenn ich es wollte, glaubst du, Andrew würde mir die Kombination verraten?«

Callie knirschte mit den Zähnen. Sie ging den Inhalt ihrer Handtasche in Gedanken durch. Sie konnte so viel Heroin in diese bösartige Schlampe pumpen, dass ihr Herz stehen blieb. »Wann hast du gewusst, dass ich es bin?«

»Ach, meine Süße, in dem Moment, als du in das AA-Meeting gekommen bist.« Sidney lächelte, aber nichts an ihrem Mund wirkte jetzt noch komisch oder sexy, denn sie hatte die ganze Zeit mit Callie gespielt. »Ich muss sagen, *Max*, du machst echt was her, wenn du dich herausputzt.«

»Wo sind die Bänder?«

»Andy hatte recht.« Sidney musterte wieder unumwunden ihren Körper. »Du bist wirklich eine perfekte kleine Sexpuppe, was?«

Callie blähte die Nasenlöcher.

»Wieso bleibst du nicht, Süße?« Sidneys höhnisches Grinsen war widerlich vertraut. »Andy kommt in ein paar Stunden nach Hause. Ich kann mir kein besseres Hochzeitsgeschenk vorstellen, als ihn zuschauen zu lassen, wie ich dich ficke.«

Callie sah auf ihre Hand hinab, in der sie immer noch Lindas Messer hielt. »Wieso schneide ich dir nicht die Haut vom Gesicht und hänge sie an die Eingangstür?«

Sidney sah verblüfft aus, als wäre ihr nie der Gedanke gekommen, dass es eine schlechte Idee war, sich mit einem Junkie anzulegen, der zwanzig Jahre auf der Straße überlebt hatte.

Callie ließ ihr keine Zeit, über die Schlussfolgerung nachzudenken.

Sie stürzte sich mit dem Messer auf die Frau. Sidney schrie und krachte mit dem Kopf auf den Boden. Callie konnte den Tequila riechen, als sie auf sie sprang. Sie hob das Messer über den Kopf. Sidney versuchte, sich zu verteidigen, indem sie wild mit den Armen fuchtelte und Callies Handgelenk mit beiden Händen zu fassen bekam. Ihre Arme zitterten, als sie das Messer von ihrem Gesicht fernzuhalten versuchte.

Callie erlaubte ihr, sich auf das Messer zu konzentrieren, denn das Messer spielte nur eine Rolle, wenn man fair spielte. Callie hatte nicht mehr fair gespielt, seit sie Buddy Waleski zerstückelt hatte. Sie rammte ihr Knie so heftig zwischen Sidneys Beine, dass sie ihre Kniescheibe gegen Sidneys Becken krachen hörte.

»Scheiße!«, schrie Sidney und rollte sich zur Seite. Ihre Hände fuhren an die Leiste, Erbrochenes quoll aus ihrem Mund, der ganze Körper bebte und zuckte, Tränen strömten ihr aus den Augen.

Callie packte sie an den Haaren und riss ihr den Kopf nach hinten. Sie zeigte Sidney das Messer.

»Bitte«, winselte Sidney. »Bitte nicht.«

Callie drückte die Messerspitze in die weiche Haut an Sidneys Wange. »Wie ist die Kombination?«

»Ich weiß es nicht«, heulte Sidney. »Bitte! Er sagt sie mir nicht!«

Callie drückte kräftiger und sah, wie sich die Haut um die Messerspitze wölbte, bis sie schließlich nachgab und eine leuchtend rote Linie Blut erschien.

»Bitte ...«, weinte Sidney jetzt hilflos. »Bitte ... Callie ... Es tut mir leid. Bitte.«

»Wo ist das Band von vorhin?« Callie ließ ihr einen Moment Zeit für eine Antwort, und als keine kam, zog sie die Klinge abwärts.

»Im Elektronikraum!«, schrie Sidney.

Callie hielt inne. »Da habe ich nachgesehen.«

»Nein ...« Sie keuchte, in ihren Augen stand jetzt nackte Angst. »Das Gerät ist dahinter ... Da ist noch ein Fach hinter dem Regal. Der Rekorder steht auf einem Brett.«

Callie nahm das Messer nicht von ihrem Gesicht. Sie hätte mühelos in Sidneys Bein schneiden und zusehen können, wie die Frau langsam ihr Leben aushauchte. Aber das wäre nicht gut genug. Andrew würde es nicht sehen. Er würde nicht leiden, wie ihn Callie leiden sehen wollte. Sie wollte ihn bluten sehen, panisch, unfähig, den Schmerz zu beenden, so wie sie es nie gekonnt hatte, wenn sein Vater sie vergewaltigte.

»Sag Andy, wenn er sein Messer zurückhaben will, wird er kommen und es sich holen müssen.«

16

Leigh hatte ihre Gefühle in dem engen Besprechungszimmer mit Dante Carmichael auf Stand-by gestellt. Sie hatte gewusst, sie würde den restlichen Tag nur überleben, wenn sie die Anwältin in sich von allem anderen trennte, was sie sonst in ihrem Leben war. Aus dem einen Fach durfte nichts in das andere rutschen, sonst würde nichts von ihr übrig bleiben, was sie kategorisieren konnte.

Dante hatte die Fotos von Ruby Heyers verstümmeltem Körper auf dem Tisch ausgebreitet liegen lassen, aber Leigh hatte sie nicht mehr angesehen. Sie hatte sie zu einem Stapel zusammengeschoben und in den Ordner zurückgesteckt. Den Ordner hatte sie in ihrer Handtasche verstaut, und dann war sie in den Flur hinausgegangen und hatte ihren Mandanten angewiesen, sich für die Geschworenenauswahl bereit zu machen.

Jetzt blickte sie auf die Uhr im Gerichtssaal, während sie darauf wartete, dass der Zeugenstand für den nächsten Kandidaten desinfiziert wurde. In einer halben Stunde sollte die Auswahl dem Zeitplan nach abgeschlossen sein. Es war stickig im Raum. Nach den Corona-Regeln durften nur der Richter, der Gerichtsdiener, ein Deputy, die Gerichtsreporterin, Staatsanwalt und Verteidigerin sowie der Angeklagte anwesend sein. Normalerweise hätte es Dutzende Zuschauer gegeben oder zumindest einen Zuständigen, der das Verfahren auf ehrenamtlicher Basis überwachte. Ohne sie fühlte sich das Prozedere inszeniert an, als wären sie alle Schauspieler, die ihre Rollen spielten.

Und das würde sich so schnell nicht ändern. Erst neun Geschworene waren bisher bestimmt. Sie brauchten noch drei, plus zwei Ersatzleute. Die Eingangsfragen des Richters hatten den ursprünglichen Pool von achtundvierzig Kandidaten auf siebenundzwanzig verringert. Sechs mussten noch befragt werden, dann war ein frischer Schwung für den nächsten Vormittag anberaumt.

Andrew rutschte auf seinem Stuhl hin und her. Leigh mied seinen Blick, was schwer ist, wenn jemand direkt neben einem sitzt. Liz machte sich am Ende des Tischs mit gesenktem Blick Notizen. Jacob saß links von Andrew und sichtete die verbleibenden Fragebögen, um vielleicht ein Detail aufzulesen, das ihn brillant und nützlich aussehen ließ.

Einer von Leighs Professoren während des Jurastudiums hatte behauptet, dass Fälle bei der Jury-Auswahl gewonnen oder verloren wurden. Leigh hatte es immer genossen, das System möglichst zu überlisten, die richtigen Persönlichkeiten für die Beratungen auszuwählen – die Anführer, Mitläufer, Fragensteller, die unnachgiebigen Überzeugungstäter. Das Verfahren heute war besonders bedeutsam, denn wahrscheinlich würde es das letzte Mal sein, dass sie als Anwältin am Tisch der Verteidigung saß.

Walter hatte noch zweimal versucht, sie anzurufen, bis Leigh beide Telefone ausgeschaltet hatte. Alle Geräte sollten im Gerichtssaal stumm bleiben, aber das war nicht der Grund, warum sie sich nicht meldete. Klatsch verbreitete sich im Umfeld der Hollis Academy mit Lichtgeschwindigkeit, und Leigh wusste, Walter rief wegen der brutalen Ermordung Ruby Heyers an. Sie wusste auch, dass er Maddy mit seiner Mutter fortschicken würde. Und sie wusste außerdem, dass er zur Polizei gehen und den Cops alles erzählen würde, denn es war der einzige Weg, um Maddys Sicherheit zu gewährleisten.

Zumindest redete sie sich das einmal pro Stunde ein.

In der Zeit dazwischen sagte sie sich, dass Walter sie niemals verraten würde. Er hasste sie im Augenblick, aber er war weder unbesonnen noch rachsüchtig. Leigh glaubte, er würde mit ihr reden, bevor er zur Polizei ging. Und dann dachte sie daran, wie entsetzt er über den Mord an Ruby wäre und wie viel Angst er um Maddy hätte, und die Achterbahn begann, sich wieder nach oben zu schrauben.

Der Zeugenstand war inzwischen nach der letzten Kandidatin desinfiziert, einer Englisch-Professorin im Ruhestand, die klargemacht hatte, dass sie nicht unparteiisch sein konnte. Normalerweise saßen die Geschworenen in Gruppen im Gerichtssaal, aber aufgrund der Corona-Hygienevorschriften waren sie über einen langen Flur und bis in das Beratungszimmer hinein verteilt. Sie durften Bücher mitbringen und das Gerichts-WLAN benutzen, aber das Warten konnte geisttötend langweilig sein.

Der Gerichtsdiener öffnete die Tür und rief in den Flur hinaus: »Nummer dreiundzwanzig, Sie sind dran.«

Alle regten sich, als ein älterer Mann Platz nahm, um vereidigt zu werden. Jacob schob den Fragebogen zu Leigh hinüber. Andrew lehnte sich zurück und machte sich nicht die Mühe, auf das Blatt zu blicken. Er hatte gänzlich das Interesse verloren, nachdem ihm klar geworden war, dass es keinen Ansatzpunkt für Psychospielchen gab. Nur Fragen, Antworten und Bauchgefühl. Das Recht war nie das, wofür es alle hielten oder wie sie es gerne hätten.

Nummer dreiundzwanzig hieß Hank Bladel. Er war dreiundsechzig und seit vierzig Jahren verheiratet. Leigh studierte sein zerfurchtes Gesicht, als er sich setzte. Bladels Bart war weiß meliert, und seine sehnigen Arme verrieten, dass er sich fit hielt. Rasierter Schädel. Schultern gerade. Feste Stimme.

Jacob hatte zwei waagerechte Striche in die Ecke von Bladels Fragebogen gemacht, was bedeutete, er war unentschlossen, ob der Mann gut für Andrew wäre. Leigh wusste, wozu sie tendierte, aber sie bemühte sich, unvoreingenommen zu sein.

»Guten Tag, Mr. Bladel.« Dante hatte seine Befragungen bisher kurz gehalten. Es war bereits spät, und alle waren müde. Selbst der Richter schien wegzudösen, sein Kopf war über die Papiere auf seinem Tisch geneigt, und er blinzelte langsam, während er vorgab zu lauschen.

Turner war seinem Ruf bislang treu geblieben und hatte alles Erdenkliche unternommen, um Andrew in den Genuss der

Kumpanei unter weißen Männern kommen zu lassen. Leigh hatte auf die harte Tour gelernt, dass sie vorsichtig sein musste, wenn sie mit dem Richter sprach. Er verlangte die Art von Förmlichkeit, die man eher an einem Supreme Court erwarten würde. Es hatte mehr als eine Entscheidung gegen sie gegeben, weil er Frauen mit großer Klappe nicht duldete.

Sie wandte sich wieder Dantes Befragung zu, die dem erwartbaren Muster folgte. Bladel war nie Opfer eines sexuellen Übergriffs gewesen. Er war nie Opfer eines Verbrechens gewesen. Weder er noch Angehörige, soviel er wusste. Seine Frau war Krankenschwester. Seine beiden Töchter ebenfalls. Eine war mit einem Rettungssanitäter verheiratet, die andere mit einem Lagerhausverwalter. Vor der Pandemie hatte Bladel in Vollzeit für einen Limousinenservice am Flughafen gearbeitet, aber jetzt arbeitete er nur noch Teilzeit und war ehrenamtlich für den Boys and Girls Club of America tätig. Das alles lag wunderbar auf der Linie der Verteidigung, da war nur eine Sache: Er hatte zwanzig Jahre beim Militär gedient.

Das war der Grund, warum Leigh dazu neigte, ihn aus der Jury zu streichen. Die Verteidigung brauchte Leute, die das System infrage stellten. Die Staatsanwaltschaft brauchte Leute, die glaubten, das Recht sei immer fair, Polizisten würden nie lügen und die Gerechtigkeit sei blind.

In Anbetracht der vergangenen vier Jahre fiel es zunehmend schwer, jemanden zu finden, der glaubte, dass das System alle gleich behandelte, aber das Militär konnte eine verlässlich konservative Ressource sein. Dante hatte bereits sieben seiner neun Möglichkeiten verplempert, jeden Geschworenen aus jedem Grund außer Rassismus abzulehnen. Dank Turners Voreingenommenheit hatte Leigh noch vier übrig, plus eine weitere, wenn die beiden Ersatzleute nominiert wurden.

Sie sah sich ihre ausgewählten Jurymitglieder an. Fünf Frauen. Drei Männer. Lehrerin im Ruhestand. Bibliothekarin. Buchhalterin. Barkeeper. Postbote. Zwei Hausfrauen. Krankenpfleger.

Sie hatte ein gutes Gefühl bei ihrer Auswahl, andererseits spielte nichts davon eine Rolle, denn das alles würde nicht zu einer Gerichtsverhandlung führen. Bei Leighs Achterbahnfahrt sauste der Wagen in die Tiefe, weil Walter mit der Polizei gesprochen hatte und Andrew und Leigh getrennt darauf warten würden, noch vor dem Montagmorgen dem Haftrichter vorgeführt zu werden.

Andrew hatte zur Absicherung ein Videoband, wie Leigh seinen Vater ermordete.

Leigh wusste durch das persönliche Eingeständnis ihres Mandanten, dass er über eine große Menge Kinderpornos mit ihrer vierzehnjährigen Schwester in der Hauptrolle verfügte.

»Richter«, sagte Dante. »Die Anklage akzeptiert diesen Geschworenen und bittet darum, ihn auf die Liste zu setzen.«

Turners Kopf ruckte hoch. Er blätterte in seinen Unterlagen, ehe er unter der Maske vernehmbar gähnte. »Ms. Collier, Sie dürfen den Kandidaten befragen.«

Dante sank schwer seufzend auf seinen Stuhl, denn er nahm an, Leigh würde eine Ablehnungsmöglichkeit nutzen, um den Mann zu streichen.

Leigh stand auf. »Mr. Bladel, danke, dass Sie heute hier sind. Ich bin Leigh Collier, und ich vertrete die Verteidigung.«

Er nickte. »Guten Tag.«

»Ich sollte Ihnen außerdem für Ihre Dienstzeit danken. Zwanzig Jahre. Das ist bewundernswert.«

»Danke.« Er nickte wieder.

Leigh nahm seine Körpersprache zur Kenntnis. Breite Beinstellung. Arme am Körper. Gerade Haltung. Er sah eher offen aus als verschlossen. Der Mann, der vorher auf dem Stuhl saß, hatte im Vergleich dazu wie Quasimodo gewirkt.

»Sie haben als Chauffeur gearbeitet«, sagte sie. »Wie war das?«

»Nun«, begann er, »es war sehr interessant. Mir war zuvor nicht klar gewesen, wie viele internationale Reisende in unsere Stadt kommen. Wussten Sie, dass Atlanta weltweit der Flughafen mit den höchsten Passagierzahlen ist?«

»Nein«, antwortete Leigh, obwohl sie es wusste. Es ging bei ihrer Frage weniger um konkrete Angaben als darum, was für ein Mensch Hank Bladel war. Konnte er unparteiisch sein? Hörte er sich die Fakten an? Verstand er die Beweislage? Konnte er andere überzeugen? War er in der Lage, die wahre Bedeutung von vernünftigem Zweifel zu erfassen?

»Sie haben in Ihrem Fragebogen erwähnt, dass Sie acht Jahre in Übersee stationiert waren. Sprechen Sie eine Fremdsprache?«

»Dafür hatte ich nie viel Talent, aber ich kann Ihnen verraten, dass die meisten meiner Fahrgäste besser Englisch können als meine Enkelkinder.« Er lachte unisono mit dem Richter, zwei alte Männer, die ihre Verwunderung über die jüngere Generation zum Ausdruck brachten. »Manche von ihnen reden gern, aber bei anderen, da weiß man, man muss einfach still sein, sie ihre Anrufe machen lassen, die Geschwindigkeitsbeschränkung einhalten und sie nur rechtzeitig abliefern.«

Leigh nickte, während sie seine Antwort einordnete. Offen für neue Erfahrungen, bereit, zuzuhören. Er würde einen ausgezeichneten Obmann abgeben. Sie wusste nur nicht, für welche Seite. »Sie haben meinem Kollegen erzählt, dass Sie ehrenamtlich beim Boys and Girls Club tätig sind. Wie ist das?«

»Ich will ehrlich sein: Das ist zu einer der lohnendsten Beschäftigungen in meinem Leben geworden.«

Leigh nickte, während er darüber sprach, wie wichtig es sei, jungen Frauen und Männern dabei zu helfen, auf den rechten Weg zu finden. Es gefiel ihr, dass er einen ausgeprägten Sinn für Richtig und Falsch hatte, aber sie wusste noch immer nicht, ob sich das zu Andrews Gunsten auswirken würde.

»Gehören Sie weiteren Organisationen an?«, fragte sie.

Bladel lächelte stolz. »Ich bin Mitglied der Bruderschaft der Yaraab Shriners, die ihrerseits zum Alten arabischen Orden der Edlen vom mystischen Schrein gehören.«

Leigh drehte sich um, damit sie Dantes Gesicht sehen konnte. Er sah aus, als hätte jemand gerade seinen Hund erschossen. Die

Shriners waren ein liberalerer Zweig der Freimaurer. Sie veranstalteten Clownsparaden, trugen spaßige Hüte und sammelten Millionen von Dollar für Kinderkrankenhäuser ein, um Amerikas beklagenswert unausgeglichenes Gesundheitssystem zu ergänzen. Leigh hatte noch nie einen Shriner in einer Jury platziert, der nicht die allergrößten Anstrengungen unternommen hatte, um zu verstehen, was unter *jenseits eines vernünftigen Zweifels* im echten Leben folgte.

»Können Sie mir ein wenig mehr über die Organisation sagen?«, fragte sie.

»Wir sind eine Bruderschaft, die auf den Freimaurer-Prinzipien der brüderlichen Liebe, Fürsorge und Wahrheit beruht.«

Leigh ließ ihn weiterreden und genoss das Theater eines Wortwechsels im Gerichtssaal. Sie lief vor dem Zeugenstand hin und her, überlegte, wo Bladel in der Jury sitzen würde, wie sie ihre Argumentation aufbauen würde, wann sie sich auf forensische Erkenntnisse stützen, wann sie ihre Experten einsetzen sollte.

Dann drehte sie sich um und sah den gelangweilten Ausdruck auf Andrews Gesicht.

Er starrte ausdruckslos den Gerichtsreporter an, vollkommen uninteressiert an der Befragung. Er hatte den Notizblock, den sie ihm gegeben hatte, nur einmal benutzt, und zwar als sie Platz genommen hatten. Andrew hatte wissen wollen, wo Tammy war. Er hatte angenommen, er werde sein Opfer im Gerichtssaal sehen, weil er nicht verstand, wie ein Strafgerichtsprozess ablief. Der Staat Georgia hatte Andrew verschiedener schwerer Verbrechen angeklagt. Tammy Karlsen war ihre Zeugin. Die Regel der Sequestration untersagte ihr, bis zu ihrer Aussage an irgendeinem Teil des Verfahrens teilzunehmen. Selbst wenn sie nur kurz im Zuschauerraum auftauchte, würde man den Prozess wahrscheinlich als fehlerhaft geführt erklären.

»Danke, Sir«, nutzte Leigh eine Atempause von Mr. Bladel. »Richter, wir akzeptieren den Geschworenen und bitten darum, ihn in die Jury aufzunehmen.«

»Nun gut.« Turner ließ ein weiteres lautes Gähnen hinter seiner Maske hören. »Verzeihung. Wir machen damit Schluss für heute und fahren morgen um zehn Uhr fort. Ms. Collier, Mr. Carmichael, gibt es noch etwas von Ihrer Seite?«

Zu Leighs Überraschung stand Dante auf.

Er sagte: »Euer Ehren, ich möchte gern meine Zeugenliste ergänzen. Ich habe zwei weitere …«

»Richter«, unterbrach Leigh. »Es ist ein bisschen spät, um zwei neue Zeugen aus dem Hut zu zaubern.«

Der Richter sah sie schneidend an. Männer, die unterbrachen, vertraten leidenschaftlich ihre Sache. Frauen, die unterbrachen, waren schrill. »Ms. Collier, ich erinnere mich, Ihren ebenfalls sehr spät gestellten Antrag auf Wechsel des Anwalts genehmigt zu haben.« Er warnte sie.

»Für diese Zustimmung bedanke ich mich, Euer Ehren. Ich bin absolut bereit fortzufahren, aber ich würde um einen kleinen Aufschub bitten, damit …«

»Ihre beiden Vorschläge stehen in einem Spannungsverhältnis«, sagte Turner. »Entweder Sie sind bereit, oder Sie sind es nicht.«

Leigh wusste, die Schlacht war bereits verloren. Und Dante wusste es ebenfalls. Er gab ihr auf dem Weg zur Richterbank eine Kopie seines Antrags. Leigh sah, dass Lynne Wilkerson und Fabienne Godard neu auf der Liste waren, zwei Frauen, von denen sie noch nie gehört hatte. Als sie das Blatt vor Andrew auf den Tisch legte, warf er kaum einen Blick darauf.

»Genehmigt wie beantragt«, sagte Turner. »Sind wir fertig?«

»Euer Ehren, ich möchte außerdem eine Notfallanhörung zur Widerrufung der Haftverschonung beantragen.«

»Haben Sie komplett den …« Leigh fing sich. »Euer Ehren, mein Mandant ist seit mehr als einem Jahr auf Kaution frei und hatte ausreichend Gelegenheit zur Flucht. Er ist hier, um tatkräftig an seiner Verteidigung teilzunehmen.«

Dante sagte: »Ich habe eine eidesstattliche Versicherung von

Mr. Tenants Bewährungsbeamtin vorliegen, in der fünf verschiedene Fälle aufgelistet sind, in denen Mr. Tenant in die Funktion seiner Fußfessel eingegriffen hat.«

»Das ist eine sehr argwöhnische Beschreibung für ein technisches Problem, das vom Bewährungsbüro offenbar nicht gelöst werden kann«, sagte Leigh.

Turner fuchtelte in Richtung der eidesstattlichen Erklärung. »Lassen Sie mich sehen.«

Wieder bekam Leigh ihre eigene Kopie. Sie überflog sie, es war weniger als eine Seite. Datum und Uhrzeit der Alarme waren aufgeführt, aber nur vage gehaltene Ursachen – *möglicherweise Manipulation des optischen Kabels, mögliche Verwendung eines GPS-Blockers, mögliche Verletzung der festgesetzten Bewegungsgrenze.*

Sie war im Begriff, darauf hinzuweisen, dass *möglich* nicht dasselbe wie *bewiesen* war, aber dann hielt sie inne. Warum versuchte sie zu verhindern, dass Andrew ins Gefängnis kam?

Die Rückversicherung. Die Bänder. Callie. Maddy.

Leigh spürte, wie die Achterbahn wieder die Steigung hinaufratterte. Warum war sie so sicher, dass Walter sie angezeigt hatte? Worauf beruhte dieses Bauchgefühl?

Vielleicht ist es eine schlechte Idee, noch einen Teenager mit einem gottverdammten Vergewaltiger in Verbindung zu bringen.

»Ms. Collier, ich warte«, sagte Turner.

Sie schlüpfte wieder in die Rolle der Verteidigerin. »Alle diese Fehlalarme fanden im Lauf der letzten zwei Monate statt, Richter. Was soll an diesem letzten jetzt anders sein, abgesehen davon, dass wir vier Tage vom Prozess entfernt sind, und das mitten in einer Pandemie. Hofft Mr. Carmichael, dass sich mein Mandant in der Haft infiziert?«

Turner sah sie streng an. Niemandem war es erlaubt, die Tatsache anzusprechen, dass Gefängnisinsassen Corona-Kanonenfutter waren. »Passen Sie gut auf, was Sie sagen, Ms. Collier.«

»Ja, Richter«, lenkte sie ein. »Ich möchte schlicht noch einmal klarmachen, dass bei meinem Mandanten keine Fluchtgefahr gegeben ist.«

»Mr. Carmichael«, sagte Turner. »Ihre Erwiderung?«

»Flucht ist hier nicht das Thema, Euer Ehren. Wir gründen unseren Antrag auf den Umstand, dass Mr. Tenant der Begehung einschlägiger Verbrechen beschuldigt wird«, sagte Dante. »Er hat sich an seiner Fußfessel zu schaffen gemacht, um einer Entdeckung zu entgehen.«

Turner wirkte verärgert über den Mangel an Einzelheiten. »Was für Verbrechen sind das?«

Dante versuchte, die Frage zu umschiffen. »Ich möchte lieber nicht auf Einzelheiten eingehen, Euer Ehren, aber es genügt der Hinweis, dass wir es möglicherweise mit einem Kapitalverbrechen zu tun haben.«

Es entmutigte Leigh, dass er die Todesstrafe zur Sprache brachte. Dante versuchte es eindeutig auf gut Glück. Er hatte nicht viel in der Hand, was den Mord an Ruby Heyer betraf. Entweder er versuchte, sich Zeit zu erkaufen, um Andrews Alibi zu erschüttern, oder er wollte ihn so einschüchtern, dass er gestand.

»Richter, das ist eine sehr ernsthafte Anschuldigung«, sagte sie. »Ich ersuche den Staatsanwalt, Beweise vorzulegen oder die Klappe zu halten.«

Turner sah Leigh mit zusammengekniffenen Augen an. Sie machte zu viel Druck. »Ms. Collier, möchten Sie das vielleicht anders formulieren?«

»Nein, danke, Euer Ehren. Ich denke, es ist klar, was ich meine. Mr. Carmichael hat keinen Beweis, dass sich mein Mandant an der Fußfessel zu schaffen gemacht hat. Er hat *mögliche* Ursachen, aber nichts Konkretes. Und was das sogenannte Kapitalverbrechen angeht, sollen wir etwa aus seiner ...«

Turner hob die Hand, um sie zum Schweigen zu bringen. Er lehnte sich zurück. Seine Finger ruhten auf dem unteren Teil seiner Maske. Er blickte in den menschenleeren Zuschauerraum.

Andrews Interesse war nun geweckt, da seine Freiheit bedroht war. Er bedeutete Leigh mit einer fragenden Kopfbewegung, ihm zu erklären, was los war. Sie hielt den Zeigefinger hoch, dass er warten sollte.

Im Fernsehen treffen Richter ihre Entscheidungen vom Richtertisch meist sehr zügig, aber das liegt daran, dass sie ein Drehbuch haben, in dem steht, was sie sagen müssen. Im echten Leben ließen sie sich Zeit, um die Feinheiten zu bedenken, ihre Optionen abzuwägen, einzuschätzen, ob sie bei einer Berufungsverhandlung möglicherweise korrigiert wurden. Das machte stark den Eindruck, als würden sie ins Leere starren. Turner war dafür bekannt, dass er länger als üblich brauchte.

Leigh setzte sich. Sie sah Jacob etwas auf einen Notizblock schreiben, um Andrew das Schweigen des Richters zu erklären. Andrew hatte noch nicht auf die beiden neuen Namen auf Dantes Zeugenliste reagiert. Lynne Wilkerson und Fabienne Godard. Waren sie zwei der früheren Opfer, zu deren Existenz Reggie einen Tipp bekommen hatte? Waren es neue Opfer, die sich gemeldet hatten, jetzt, da Andrew der Prozess gemacht wurde?

Walter hatte mit vielem recht, aber mit nichts so sehr wie mit der Einschätzung von Leighs Rolle bei Andrew Tenants Verbrechen. Ihr Schweigen hatte es ihm ermöglicht, weiteren Menschen zu schaden. Ruby Heyers Blut klebte an ihren Händen. Schlimmer noch, Leigh war bereit gewesen, auf Tammy Karlsen loszugehen, damit Andrew die Videos nicht veröffentlichte. Sie hatte sich nie erlaubt, allzu angestrengt über die Folgen von Andrews Freiheit nachzudenken. Weitere missbrauchte Frauen. Noch mehr Gewalt. Noch mehr zerstörte Leben.

Ihr wundervolles Mädchen war gezwungen, von zu Hause zu fliehen.

»Also gut«, sagte Turner.

Leigh und Dante standen auf.

Turner sah Andrew an. »Mr. Tenant?«

Leigh machte Andrew ein Zeichen, aufzustehen.

Turner sagte: »Ich finde diese Berichte über die Fehlfunktionen Ihrer Fußfessel sehr beunruhigend. Zwar kann die Ursache der Alarme nicht genau bestimmt werden, doch es sollte Ihnen klar sein, dass mein fortgesetzter Verzicht auf eine Sanktion davon abhängt, dass nichts mehr vorfällt. Haben Sie verstanden?«

Andrew sah Leigh an.

Sie schüttelte den Kopf, denn natürlich hatte der Richter zu seinen Gunsten entschieden. »Er widerruft Ihre Kaution nicht. Pfuschen Sie nicht mehr an Ihrer Fußfessel herum.«

Sie merkte, dass Andrew neben ihr grinste. »Ja, Euer Ehren. Danke.«

Turner schlug mit seinem Hammer auf den Tisch. Der Gerichtsdiener erklärte die Sitzung für heute beendet. Die Gerichtsreporterin packte zusammen.

»Ich stelle Profile zusammen und schicke sie Ihnen später per E-Mail. Ich nehme an, wir werden das Wochenende durcharbeiten?«, wandte sich Jacob an Leigh.

»Ja.« Sie schaltete ihr Diensthandy wieder ein. »Ich möchte, dass Sie morgen die restlichen Geschworenen auswählen. Ich werde Cole Bradley wissen lassen, dass ich Sie als Co-Anwalt beantrage.«

Jacob sah überrascht aus, aber er war so überglücklich, dass er nicht wissen wollte, wieso. »Danke.«

Leigh schluckte. Es war ein gutes Gefühl, zur Abwechslung das Richtige zu tun. »Sie haben es sich verdient.«

Sie blickte auf ihr Handy, als Jacob ging, und fing an, eine E-Mail an Bradley zu schreiben. Ihre Hände waren noch ruhig. Dante und Miranda stellten ebenfalls ihre Handys an, als sie den Gerichtssaal verließen. Die Achterbahn raste gleichmäßig darauf zu, dass Walter zur Polizei ging. Leigh musste Callie heute Abend suchen. Ihre Schwester hatte ein Recht darauf zu erfahren, welche Hölle für sie losbrechen würde.

»Harleigh.«

Leigh hatte sich erlaubt, nicht an Andrew zu denken. Sie blickte auf.

Er trug keine Maske und lehnte am Zeugenstand. »Wird Tammy hier sitzen?«

Leigh schickte die E-Mail an Bradley ab und ließ ihr Telefon in die Handtasche fallen. »Wer sind Lynne Wilkerson und Fabienne Godard?«

Er verdrehte die Augen. »Eifersüchtige Exfreundinnen. Eine ist Alkoholikerin, die andere eine verrückte Schlampe.«

»Sie werden eine bessere Geschichte brauchen«, sagte Leigh. »Diese Frauen haben nicht spontan heute beschlossen, sich zu melden. Dante hat sie unter Verschluss gehalten. Diese Frauen werden hier im Zeugenstand genau das tun, wovor ich sie in Bezug auf Sidney gewarnt habe.«

»Nämlich?«

»Vor einer Jury aussagen, dass Sie ein Sadist sind, der im Bett zu brutal wird.«

»Das kann ich nicht bestreiten«, sagte Andrew. »Aber die Erfahrung sagt mir, dass ein finanzieller Anreiz sie davon überzeugen wird, die Sache lieber auf sich beruhen zu lassen.«

»Das nennt man Bestechung und Zeugenbeeinflussung«, warnte Leigh.

Er zuckte die Schultern, weil es ihn nicht interessierte. »Reggie wartet bei Ihrem Wagen auf Sie. Geben Sie ihm die Liste der bisherigen Geschworenen. Er wird sie sich ansehen und überprüfen, ob es Schwachpunkte gibt, die wir ausnutzen können.«

»Woher weiß Reggie, wo mein Wagen steht?«

Er schüttelte den Kopf über ihre Dummheit. »Ts, ts. Harleigh, wissen Sie denn nicht, dass ich Sie und Ihre Schwester finden kann, wann immer ich will?«

Leigh würde ihm nicht die Befriedigung gönnen, sie erschüttert zu sehen. Andrews Blicke folgten ihr, als sie den Gerichtssaal verließ. Sie nahm ihr Privattelefon und weckte es mit dem

Daumen auf. Sie beobachtete den Schirm und wartete, bis es ein Netz gefunden hatte.

Sie war im Treppenhaus, als die Benachrichtigungen eintrafen. Sechs Anrufe von Walter, zwei von Maddy. Beide hatten Nachrichten hinterlassen. Leigh drückte das Smartphone an ihre Brust, als sie die Treppe hinunterstieg. Sie würde sich alles im Wagen anhören und sich gestatten zu weinen. Dann würde sie ihre Schwester suchen. Und dann überlegen, wie es weitergehen sollte.

Die Eingangshalle war voller Nachzügler. Die Metalldetektoren waren gesperrt. Das Gericht hatte für heute geschlossen. Zwei Deputys standen am Ausgang Wache. Sie nickte Walters Freund zu. Er blinzelte zurück.

Sonnenlicht fiel warm auf ihr Gesicht, als sie den Platz überquerte. Ihr Handy vibrierte wieder. Nicht Walter oder Maddy diesmal, sondern Nick Wexler mit einem weiteren *LAF?*. Leigh überlegte, wie sie höflich ablehnen konnte, aber dann wurde ihr klar, dass es Nick egal wäre. Sie waren nicht mal richtige Liebhaber gewesen. Sie waren nie Freunde gewesen. Und wenn Leighs Verbrechen erst einmal publik wurden, würden sie wahrscheinlich Feinde sein.

Sie ließ das Telefon wieder sinken und überquerte die Straße an einer Ampel. Ihr Audi stand im Parkhaus auf der anderen Seite des Platzes. Vor Corona war es immer voll belegt gewesen von Kunden der Restaurants, Bars und Boutiquen des innerstädtischen Decatur-Bezirks. Heute Morgen hatte Leigh sogar einen Platz im Erdgeschoss gefunden.

Das Deckenlicht flackerte manisch, als sie durch die Garage ging. Schatten tanzten um die drei Autos nahe dem Eingangstor. Die restlichen Parkplätze waren leer bis auf Leighs Audi, der am Fuß der Rampe stand. Aus Gewohnheit ließ sie ihren Hausschlüssel zwischen den Fingern herausragen. Die dunklen Schattenzonen und die niedrige Decke machten es zu einem dieser Orte, an denen Frauen verschwinden.

Leigh schauderte. Sie wusste, was mit Frauen passierte, die verschwanden.

Sie schaute auf ihrem Handy nach, wie spät es war. Reggie war vermutlich schon unterwegs, um sich die Liste der Geschworenen zu holen. Leigh hatte an genügend strittigen Scheidungsfällen gearbeitet, um zu wissen, wie der Privatdetektiv ihren Audi ausfindig machte. Sie fuhr mit der Hand unter der hinteren Stoßstange des Wagens entlang und überprüfte dann die Radkästen. Der GPS-Sender steckte in einem Magnetgehäuse über dem rechten Hinterreifen.

Leigh warf das Gehäuse auf den Boden und öffnete den Kofferraum. Aus Gewohnheit tippte sie die Kombination für den Safe ein, der am Boden festgeschraubt war. Sie mochte eine Mom aus den besseren Vierteln der Stadt sein, aber sie war nicht blöd. Ihre Glock war im Safe. Manchmal brachte sie auch ihre Handtasche dort unter, wenn sie nicht mit ihr herumlaufen wollte. Jetzt brauchte sie einen Platz, an dem sie Ruby Heyers Tatortfotos verstauen konnte. Ihre Hand lag schon auf dem Ordner, sie dachte an das Messer, das der Täter in der Frau zurückgelassen hatte, und an den Zustand von Andrews Schwellungen.

»Leigh?«

Erschrocken wirbelte sie herum – Walter stand dort. Dann blickte sie eilig hinter ihn, weil sie dachte, er hätte die Polizei mitgebracht.

Walter blickte sich ebenfalls um. »Was ist?«, fragte er.

Leigh schluckte. »Ist Maddy in Sicherheit?«

»Sie ist bei Mom. Sie sind nach unserem Gespräch heute Morgen abgefahren.« Er verschränkte die Arme. Sein Zorn war noch nicht abgeebbt, aber er war jetzt fokussierter. »Ruby Heyer ist tot. Wusstest du das?«

»Andrew war es«, sagte Leigh.

Er sah nicht überrascht aus, denn nichts daran war überraschend. Natürlich war Andrew einen Schritt weiter gegangen.

Natürlich hatte er jemanden aus Leighs Umkreis getötet. Walter hatte schon gestern Abend gesagt, dass es geschehen würde.

»Keely musste mit Medikamenten ruhiggestellt werden, und Maddy ist fix und fertig.«

Leigh wartete darauf, dass er gestand, was er getan hatte, aber dann begriff sie, dass es grausam war, es Walter aussprechen zu lassen. »Schon gut. Ich weiß, dass du zur Polizei gegangen bist.«

Er legte die Stirn in Falten. Sein Mund klappte auf, dann zu, dann wieder auf. »Du glaubst, ich hänge meine eigene Frau bei den Cops hin?«

Leigh wusste nicht, was sie sagen sollte, also schwieg sie.

»Verdammt noch mal, Leigh. Glaubst du wirklich, ich würde so was tun? Du bist die Mutter meines Kindes.«

Die Schuldgefühle spülten ihre eiserne Entschlossenheit fort. »Es tut mir leid. Du warst so wütend auf mich. Du bist noch immer so wütend.«

»Was ich gesagt habe ...« Er streckte die Hand nach ihr aus, aber dann ließ er sie wieder sinken. »Ich habe es falsch ausgedrückt, Leigh, aber du hast nicht nachgedacht. Oder du hast zu angestrengt nachgedacht und angenommen, alles würde gut gehen, weil du zu schlau bist, um es schiefgehen zu lassen.«

Sie hielt den Atem an.

»Du *bist* schlau, Leigh, verdammt schlau. Aber du kannst nicht alles allein im Griff haben. Du musst dir helfen lassen.«

Er hielt inne, damit sie antworten konnte, aber sie fand nicht die richtigen Worte.

Er sagte: »Was du jetzt tust – alles Mögliche einreißen und glauben, du seist die Einzige, die weiß, wie man es wieder aufbaut –, das wird nicht funktionieren. Es hat noch nie funktioniert.«

Sie konnte ihm nicht widersprechen. Es hatte im Lauf der Jahre tausend Variationen dieses immer gleichen Streits gegeben, aber jetzt akzeptierte sie zum ersten Mal, dass er absolut recht hatte.

Sie sprach das Mantra laut aus, das sie bisher immer nur für sich gesagt hatte. »Das ist meine Schuld. Es ist alles meine Schuld.«

»Zum Teil ganz sicher, klar, und wenn schon?« Walter benahm sich, als wäre es tatsächlich so einfach. »Lass uns die Köpfe zusammenstecken und eine Lösung finden.«

Sie schloss die Augen. Sie dachte an die drückend heiße Nacht in Chicago, in der Callie ihnen ihr Geschenk gebracht hatte. Vor diesem schicksalhaften Klopfen an ihrer Tür hatte Leigh endlich nachgegeben und sich auf Walters Schoß gesetzt. Dann hatte sie sich wie eine Katze an ihn geschmiegt und sich so sicher gefühlt wie noch nie in ihrem Leben.

Sie sagte ihm jetzt, was sie damals nicht hatte sagen können. »Ich kann ohne dich nicht leben. Ich liebe dich. Du bist der einzige Mann, für den ich das je empfinden werde.«

Er zögerte, und es brach ihr wieder das Herz. »Ich liebe dich ebenfalls, aber so einfach ist es nicht. Ich weiß nicht, ob wir über diese Sache hinwegkommen.«

Leigh schluckte schwer. Sie hatte endlich den Grund dieses scheinbar bodenlosen Quells der Vergebung erreicht.

»Lass uns über das Problem sprechen, mit dem wir es unmittelbar zu tun haben«, sagte er. »Wie retten wir dich? Wie retten wir Callie?«

Leigh wischte die Tränen fort. Es wäre so einfach gewesen, Walter die Last tragen zu lassen, aber sie musste es sagen: »Nein, Sweetheart, ich kann dich nicht in diese Sache hineinziehen. Einer von uns muss sich um Maddy kümmern.«

»Ich verhandle nicht«, sagte er, als hätte er eine Wahl. »Du sagst, Andrew hat sich abgesichert. Das heißt, jemand anderes hat Kopien der Videos, richtig?«

Leigh tat ihm den Gefallen. »Richtig.«

»Und wer wird das wohl sein?« Andrew spürte ihre Uneinsichtigkeit. »Komm schon, Sweetheart. Wem würde Andrew vertrauen? Er kann nicht so viele Freunde haben. Es muss ein physischer Gegenstand sein – ein USB-Stick oder eine externe Festplatte. Er macht einen Anruf, die betreffende Person greift auf das Gerät zu, veröffentlicht den Inhalt im Internet, bringt es zur Polizei. Wo wird es aufbewahrt sein? In einem Banktresor? Einem Safe? Einem Schließfach am Bahnhof?«

Leigh schüttelte langsam den Kopf, aber dann sah sie plötzlich die offensichtliche Antwort vor sich, die vom ersten Tag an da gewesen war.

Sowohl der Hauptserver als auch der Back-up-Server sind in diesem Schrank da drüben eingeschlossen.

»Andrews Privatermittler, Reggie Paltz«, sagte sie. »Er hat einen Server. Er hat mit der fantastischen Verschlüsselung geprahlt und dass er kein Back-up in einer Cloud macht. Ich wette, er hat alles auf diesem Server gespeichert.«

»Steckt Reggie mit drin?«

Sie zuckte die Achseln und schüttelte gleichzeitig den Kopf. »Er ist nie im Raum, wenn Andrew seine Show abzieht. Alles, was ihn interessiert, ist Geld. Andrew ist seine Bank. Er würde bei einer Verhaftung Andrews genau das tun, was vereinbart wurde, ohne Fragen zu stellen.«

»Okay, dann holen wir uns den Server.«

»Du meinst einbrechen?« Leigh musste eine scharfe Grenze ziehen. »Nein, Walter, das werde ich dich nicht tun lassen, und es wäre auch keine Lösung. Andrew hat immer noch die Originale.«

»Dann hilf mir überlegen, wie es anders gehen könnte.« Ihre Logik verärgerte ihn sichtlich. »Maddy braucht ihre Mutter. Sie hat den ganzen Tag nur geweint und nach dir gefragt.«

Die Vorstellung, dass Maddy nach ihr gerufen hatte und Leigh war nicht da gewesen, brach ihr das Herz.

»Es tut mir leid, dass ich eine so beschissene Mutter bin«, sagte sie. »Und Ehefrau. Und Schwester. Du hattest recht. Ich versuche immer, alles getrennt zu halten, doch dabei kommt nur heraus, dass alle anderen bestraft werden.«

Walter blickte zu Boden. Er widersprach nicht. »Wir stehlen den Server, okay? Und dann müssen wir die Originale finden. Wo würde Andrew sie aufbewahren? Sie werden nicht am selben Ort sein wie der Server. Wo wohnt er?«

Leigh presste die Lippen zusammen. Er dachte das nicht gründlich durch. Reggies Büro war nachts wahrscheinlich geschlossen. Es gab keine erkennbaren Sicherheitsvorkehrungen. Das Schloss vor seinem Schrank wäre leicht zu knacken. Man brauchte nur das Schließband abzuschrauben.

In Andrews Haus dagegen waren Kameras und eine Alarmanlage, und da war höchstwahrscheinlich auch Andrew, der bereits einen Menschen ermordet und deutlich gemacht hatte, dass er gewillt war, vielen weiteren etwas anzutun.

»Leigh?«, sagte Walter. Er war bereit, es zu versuchen. »Erzähl mir von Andrews Haus. Wo wohnt er?«

»Wir sind nicht *Ocean's Eleven*, Walter. Wir haben keinen Ninja und keinen Safeknacker.«

»Dann ...«

»Jagen wir sein Auto in die Luft? Brennen sein Haus nieder?« Leigh konnte genauso durchdrehen wie er. »Oder vielleicht könnten wir ihn foltern, bis er es uns erzählt. Wir ziehen ihn nackt aus, ketten ihn an einen Stuhl und reißen ihm die Fingernägel und Zähne aus. Ist es das, was du dir vorstellst?«

Walter rieb sich die Wange. Er tat das Gleiche, was Leigh im ersten Jahr nach ihrem Umzug nach Chicago getan hatte.

Dr. Patterson. Coach Holt. Mr. Humphrey. Mr. Ganza. Mr. Emmett.

Leigh hatte unzählige blutrünstige Fantasien durchgespielt, wie sie die widerliche Existenz dieser Männer beenden könnte – lebendig verbrennen, ihnen die Schwänze abschneiden, sie demütigen, bestrafen, vernichten –, aber dann war ihr klar geworden, dass ihre mörderische Wut in der schäbigen Küche der Waleskis in der Canyon Road gestorben war.

»Als ich Buddy umgebracht habe«, sagte sie, »da war ich in

diesem ... ich denke, es war ein Fugue-Zustand, eine dissoziative Störung. Ich war es. Ich habe es getan. Aber das war nicht ich. Es war das Mädchen, das er in seinem Wagen missbraucht hatte. Es war das Mädchen, dessen Schwester er vergewaltigt hatte, das weiter herumgestoßen, betatscht, ausgelacht und Lügnerin und Nutte genannt wurde. Verstehst du, was ich sage?«

Er nickte, aber er konnte es unmöglich wirklich verstehen. Walter hatte nie die Schlüssel durch die Finger ragen lassen, wenn er zu seinem Wagen ging. Er hatte nie finstere Witze darüber gemacht, dass er in einer Tiefgarage vergewaltigt werden könnte, denn körperliche Verwundbarkeit lag außerhalb der Bandbreite von Emotionen für ihren Mann.

Leigh presste die Hand flach auf Walters Brust. Sein Herz hämmerte. »Sweetheart, ich liebe dich, aber du bist kein Mörder.«

»Wir können einen anderen Weg finden.«

»Es gibt keine ...« Sie hielt inne, denn Reggies Timing war perfekt. Er sprang über den Zaun, statt den Eingang zu nehmen. »Da ist er. Der Detektiv. Ich muss kurz mit ihm reden, okay?«

Walter blickte sich um.

Dann sah er noch einmal hin.

»Das ist der Typ?«, fragte er. »Reggie, der Privatdetektiv?«

»Ja«, sagte Leigh. »Ich soll ihm ...«

Ohne Vorwarnung rannte Walter los.

Reggie war zehn Meter entfernt. Er hatte keine Zeit, um zu reagieren. Er öffnete den Mund, um zu protestieren, aber Walter verschloss ihn mit einem Faustschlag wieder.

»Walter!«, schrie Leigh und lief los, um ihn aufzuhalten. »Walter!«

Er saß rittlings auf Reggie, und seine Fäuste arbeiteten wie eine Maschine. Blut spritzte auf den Beton. Sie sah ein Stück von einem Zahn, blutige Schleimfäden. Knochen krachten wie Reisig, als Reggies Nase platt gemacht wurde.

»Walter!« Leigh versuchte, seine Hand zu packen. Er würde Reggie umbringen, wenn sie ihn nicht aufhielt. »Walter, bitte!«

Ein letzter Schlag brach Reggies Kiefer, der sich seitlich verschob. Sein Körper erschlaffte. Walter hatte ihn bewusstlos geschlagen. Trotzdem hob er die Faust, bereit, noch einmal zuzuschlagen.

»Nein!« Sie packte seine Hand und hielt sie, so fest sie konnte. Seine Muskeln waren wie Kabelstränge. Sie hatte ihn noch nie so erlebt. »Walter!«

Er erwiderte ihren Blick mit wutverzerrtem Gesicht. Seine Brust wogte mit jedem Atemzug auf und ab. Blutspitzer zogen sich über sein Hemd wie Peitschenhiebe, zeichneten sein Gesicht wie tiefe Schnitte.

»Walter«, flüsterte sie und wischte ihm das Blut aus den Augen. Er triefte vor Schweiß. Sie spürte seine Muskelspannung, als er das Tier in sich zu beherrschen versuchte. Leigh sah sich in der Garage um. Niemand war zu sehen, aber man konnte nicht wissen, wie lange das so bleiben würde. »Wir müssen hier weg. Steh auf.«

»Das war er.« Walter ließ den Kopf sinken. Er hielt sich an ihrer Hand fest. Sie sah, wie sich seine Schultern hoben und senkten, während er um Beherrschung rang. »Es war dort.«

Leigh schaute sich hektisch wieder um. Sie waren nur wenige Meter von einem Gerichtsgebäude voller Polizisten entfernt. »Erzähl es mir im Auto. Wir müssen hier weg.«

»Das Musical neulich«, sagte Walter. »Reggie war dort. Er saß bei Maddys Aufführung im Publikum.«

Leigh sank zu Boden. Sie war so überwältigt, dass sie nichts tun konnte, als zuzuhören.

»In der Pause …« Walter atmete immer noch schwer. »Er kam zu mir, um sich mit mir zu unterhalten. Ich weiß nicht mehr, mit welchem Namen er sich vorgestellt hat. Er sagte, er sei neu hier, seine Tochter ginge auch auf die Schule, und sein Bruder sei ein Cop, und dann sprachen wir über die Gewerkschaft und …«

Leigh schlug die Hand vor den Mund. Sie erinnerte sich an die Pause. Sie war aufgestanden und hatte nach Walter Ausschau gehalten. Er hatte mit einem Mann mit kurzem dunklem Haar gesprochen, der Leigh die ganze Zeit den Rücken zugewandt hatte.

»Leigh.« Walter sah sie an. »Er hat mich nach Maddy gefragt. Er hat mich nach dir gefragt. Ich hielt ihn einfach für einen anderen Vater.«

»Er hat dich hereingelegt.« Leigh hasste es, wie schuldbewusst er sich anhörte. »Du kannst nichts dafür.«

»Was weiß er noch?«, fragte Walter. »Was haben sie vor?«

Leigh sah sich wieder im Parkhaus um. Niemand war in der Nähe. Die einzige Kamera erfasste nur die Fahrzeuge bei der Ein- und Ausfahrt. Reggie war über den Zaun gesprungen, statt durch das Tor zu gehen.

»Pack ihn in den Kofferraum«, sagte sie zu Walter. »Wir finden es heraus.«

17

Leigh hielt Abstand, als Walter den Kofferraum öffnete. Reggie war noch immer bewusstlos. Es war nicht nötig gewesen, das Notfallseil zu verwenden, mit dem sich der Kofferraum von innen öffnen ließ, oder ihm die Hände mit dem Klebeband zu fesseln, das Leigh in ihrem Pannenset mitführte. Leighs Mann, ihr lieber, rücksichtsvoller Ehemann, hätte den Privatdetektiv um ein Haar getötet.

Walter blickte sich um. Der Parkplatz vor Reggies Büro war leer, aber die Straße war knapp zwanzig Meter entfernt, nur verdeckt von einer unregelmäßigen Reihe Zypressen. Walter hatte den Audi vor der bröckelnden Betontreppe abgestellt. Die

Sonne war untergegangen, aber Xenon-Strahler tauchten den Parkplatz in helles Licht.

Leigh behielt die Glock in der Hand, weil sie Angst hatte, Walter könnte sie benutzen, wenn er die Gelegenheit dazu bekam. Sie hatte ihn noch nie so wild gesehen. Er stand erkennbar am Rand eines schwarzen Abgrunds. Leigh durfte über ihre Rolle bei seinem Abstieg nicht nachdenken, aber sie wusste, dass sie ihn herbeigeführt hatte mit ihrer dummen Überzeugung, sie könnte alles allein im Griff haben.

Walter streckte die Hand nach Reggie aus, aber dann blickte er sich noch mal zu Leigh um. »Gibt es eine Alarmanlage?«

»Ich weiß es nicht«, sagte Leigh. »Ich erinnere mich nicht, etwas gesehen zu haben, aber wahrscheinlich gibt es eine.«

Walter griff in Reggies Hosentasche, zog einen Schlüsselring hervor und gab ihn Leigh. Es blieb ihr nichts übrig, als Walter beim Wagen zurückzulassen, damit sie die gläserne Eingangstür öffnen konnte. Ihre Augen suchten die Eingangshalle nach einem Tastenfeld für die Alarmanlage ab.

Nichts.

Walter stöhnte, als er Reggie aus dem Kofferraum zerrte.

Leigh probierte mehrere Schlüssel aus, bevor das Schloss aufsprang. Sie nickte Walter zu, warf dann einen Blick zur Straße, schaute über den Parkplatz. Ihr Herzschlag war so laut, dass sie Walters Ächzen und Stöhnen kaum hörte, als er sich Reggie auf die Schulter lud, wie es Feuerwehrleute bei Einsätzen tun. Er hatte Mühe, mit der Last die Treppe hinaufzukommen, bevor er ihn endlich in der Eingangshalle auf dem Boden ablegte.

Leigh sah nicht nach unten, denn sie wollte Reggies demoliertes Gesicht nicht sehen. Sie schloss die Glastür ab. »Sein Büro ist oben«, sagte sie.

Walter hievte sich Reggie wieder über die Schulter und ging vor ihr die Treppe hinauf. Leigh steckte die Glock in die Handtasche, ließ die Waffe aber nicht los. Ihr Zeigefinger ruhte außen am Abzugsbügel, wie es ihr Walter beigebracht hatte. Man legte den Finger nicht auf den Abzug, wenn man nicht schießen wollte, denn es gab keine konventionelle Sicherung bei der Waffe. Wenn man abdrückte, feuerte sie. Leigh wollte sich nicht einer weiteren Mordanklage gegenübersehen, weil sie erschrak und einen bedauerlichen Fehler beging.

Aber sie musste sich nicht nur um sich selbst sorgen. Bei einem Mord zur Vertuschung einer Straftat spielte es keine Rolle, wer abdrückte. In dem Moment, als Walter Reggie in den Kofferraum geladen hatte, waren sie beide zu Komplizen geworden.

Auf dem Treppenabsatz hielt Walter inne, um Reggies Gewicht noch einmal zu verlagern. Er atmete wieder schwer. Auf der Fahrt hierher hatten sie wenig geredet. Sie hatten keinen Plan gemacht, denn es gab nichts zu planen. Sie würden den Server suchen und dann die Kopien vernichten. Was darüber hinaus geschah, war nichts, was sie laut aussprechen wollten.

Leigh bog um den Treppenabsatz, und ihr fiel ein, dass Andrew vor nur drei Tagen genau an dieser Stelle gestanden hatte. Er war wütend gewesen, als er über den Verlust seines Vater geredet hatte. Dabei hatte sie ihre innere Alarmsirene ignoriert, denn sie hatte unbedingt herausfinden wollen, was Andrew wirklich wollte, obwohl er es ihr doch ins Gesicht gesagt hatte.

Dads Verschwinden hat unser Leben zerstört. Wer immer ihn dazu gebracht hat abzuhauen, der sollte einmal selbst erleben, wie das damals für uns war.

Genau das wollte Andrew Tenant: was in diesem Augenblick mit Walter geschah, dass sich ihr wunderbares Mädchen verstecken musste, dass Callie nirgendwo zu finden war. Andrew legte es darauf an, dass alles, was Leigh wichtig war, alles, was sie je geliebt hatte, so ins Chaos stürzte wie sein eigenes Leben, als Buddy gestorben war. Und sie hatte ihm in die Hände gespielt.

Walter hatte das Ende des Flurs erreicht. Er beugte sich vor, bis Reggies Füße den Boden berührten, und lehnte ihn mit dem Rücken an die Wand. Dabei hielt er ihn mit einer Hand fest. Reggie stöhnte, sein Kopf rollte hin und her.

»Hey.« Walter schlug ihm ins Gesicht. »Wach auf, Arschloch.«

Reggie bewegte wieder den Kopf. Das Licht vom Parkplatz fiel durchs Fenster und beleuchtete den Schaden, den Walter angerichtet hatte. Das linke Auge des Mannes war zugeschwollen. Sein Kiefer sah unnatürlich verschoben und gelockert aus. Der Nasenrücken bestand nur noch aus rot geflecktem Knochen, an dem die Haut fehlte.

Leigh suchte nach dem Schlüssel für Reggies Büro, aber ihre Hand zitterte, sooft sie einen im Schloss ausprobierte.

»Na los«, sagte Walter und ohrfeigte Reggie wieder. »Wach schon auf, verdammt.«

Reggie hustete, und Blut spritzte in Walters Gesicht, aber er verzog keine Miene. »Wie ist der Code für die Alarmanlage?«

Reggies Kiefer knackte, und er ließ ein leises Keuchen hören.

»Sieh mich an, Arschloch.« Walter drückte die Daumen auf Reggies Lider und zog sie auf. »Sag mir den Code, oder ich schlag dich tot.«

Ein Angstschauer lief über Leighs Rücken, und sie blickte auf. Sie wusste, Walter stieß keine leere Drohung aus. Reggie wusste es ebenfalls. Sein Keuchen wurde hektischer, als er Laute mit einem Kiefer zu bilden versuchte, den Walters Schläge demoliert hatten.

»D-drei ...«, fing Reggie an. Die Ziffer kam unbeholfen und gedämpft aus seinem Mund. »Neun ... sechs ... drei.«

Leigh spürte, wie der letzte Schlüssel am Ring ins Schloss glitt, aber sie drehte ihn nicht. Sie sagte: »Es könnte ein Trick sein. Wir könnten einen lautlosen Alarm auslösen.«

»Wenn das geschieht, erschießen wir ihn und nehmen den Server. Bis die Polizei kommt, sind wir weg.«

Leigh fröstelte bei der Entschlossenheit in seiner Stimme.

Sie gab Reggie noch eine Chance. »Bist du dir sicher? Drei-neun-sechs-drei?«

Reggie hustete. Sein Gesicht war vor Schmerz ganz zerfurcht.

»Zeig ihm die Waffe«, sagte Walter.

Widerstrebend zog sie die Glock aus der Handtasche, die Reggie mit weit aufgerissenen Augen anstarrte. Sie sagte sich, dass Walter bluffte. Er musste bluffen. Sie ermordeten doch niemanden!

Walter riss ihr die Waffe aus der Hand und presste dann die Mündung auf Reggies Stirn. Sein Finger blieb am Bügel. Er fragte wieder: »Wie lautet der Code?«

Reggie zuckte und hustete krampfhaft. Er konnte den Mund nicht schließen. Speichel mischte sich mit Blut und tropfte auf sein Hemd.

»Fünf«, sagte Walter. »Vier. Drei ...«

Leigh sah, wie sich sein Zeigefinger zum Abzug bewegte. Er bluffte nicht. Sie öffnete den Mund, um ihn aufzuhalten, aber Reggie sprach zuerst.

»Andersherum«, lallte er. »Drei, sechs, neun, drei.«

Walter nahm die Waffe nicht von Reggies Kopf. »Versuch es«, sagte er zu Leigh.

Sie drehte den Schlüssel und öffnete die Tür. Ein Piepton schrillte durch das dunkle Vorzimmer. Sie folgte dem Geräusch. Das Tastenfeld war hinter der Tür des Hauptbüros angebracht. Ein roter Knopf blinkte. Das Piepen wurde schneller, es zählte die Sekunden herunter, bis der Alarm ausgelöst wurde.

Leigh gab den Code ein. Nichts geschah. Sie beugte sich vor, um zu sehen, was sie tun musste. Das Piepen wurde schneller. Gleich würde der Alarm losgehen und das Telefon läuten. Jemand würde nach einem Kennwort fragen, aber Reggie würde es auf keinen Fall verraten. Wenn er dann noch lebte, denn Walter hatte bereits angekündigt, was er tun würde.

»Scheiße«, flüsterte sie und überflog die Schrift unter den Tasten. Das Wort OFF stand klein unter der Eins. Sie gab den Code noch einmal ein und drückte dann die Taste.

Ein letzter lang gezogener Ton war zu hören.

Der rote Knopf leuchtete grün.

Leigh legte die Hand aufs Herz, aber sie wartete immer noch darauf, dass das Telefon läutete. Sie lauschte angestrengt in die Stille. Doch sie hörte nichts weiter als die Tür im anderen Raum, die geschlossen wurde, dann, wie der Schlüssel gedreht wurde, und dann schwere Schritte, als Walter Reggie den Flur entlangschleifte.

Das Licht ging an. Leigh warf ihre Handtasche auf die Couch und ging ans Fenster, um die Jalousien zu schließen. Immer wieder jagten ihr die zwei Fragen durch den Kopf: *Was werden wir tun? Wie wird das alles enden?*

Walter stieß Reggie auf einen Stuhl. Leigh war schockiert, als er die Rolle Klebeband aus der Gesäßtasche zog. Er hatte sie aus dem Kofferraum ihres Wagens mitgebracht, was hieß, er hatte einen Plan. Schlimmer noch – Leigh war diejenige, die ihm diesen Plan eingegeben hatte.

Zieh ihn nackt aus, fessle ihn an einen Stuhl, reiß ihm die Fingernägel und Zähne aus.

»Walter«, sagte sie. Ihre Stimme flehte ihn an, sich alles noch einmal zu überlegen.

»Ist dort der Server?« Walter zeigte auf die Metalltür in der Rückwand. Das Haspelschloss wurde von einem schwarzen Vorhängeschloss zusammengehalten, das aussah, als stammte es aus einem Armeekatalog.

»Ja, aber ...«, sagte Leigh.

»Wir müssen es aufkriegen.« Walter wickelte Klebeband um Reggies Brust, um ihn an den Stuhl zu fesseln. Er überprüfte, ob die Handgelenke des Mannes noch fest zusammengebunden waren, ehe er auf die Knie ging, um seine Knöchel an den Stuhl zu fesseln.

Leigh fehlten die Worte. Es war, als sähe sie zu, wie ihr Mann dem Wahnsinn verfiel. Er war nicht aufzuhalten. Sie konnte nichts weiter tun, als mitzumachen, bis er wieder zur Vernunft kam. Sie zog an dem Vorhängeschloss. Das Schließband hielt. Die Schrauben in der Metalltür und dem Rahmen hatten Kreuzschlitze, und sie hatte einen entsprechenden Schraubenzieher im Auto. Sie hatte Walter seinerzeit geneckt, als er ihn in ihr Pannenset im Kofferraum gesteckt hatte, aber jetzt wünschte sie sich, sie könnte die Uhr zurückdrehen und ihn in der Garage ihres Wohngebäudes liegen lassen, denn es war nur eine Frage der Zeit, bis ihr Mann ihr befahl, zum Auto zu gehen und ihn zu holen.

Leigh wusste, wenn sie die beiden Männer allein im Raum ließ, würde bei ihrer Rückkehr nur mehr einer am Leben sein.

Walter wickelte noch mehr Klebeband um Reggies Handgelenke und sagte: »Du wirst mit mir reden, Arschloch.«

Leigh ging noch einmal Reggies Schlüsselring durch. Keiner sah passend aus. Es musste ein kurzer, klobiger Schlüssel sein. Sie probierte sie dennoch einen nach dem anderen aus.

Walter schleifte unterdessen den anderen Stuhl durch den Raum und setzte sich Reggie gegenüber. Er kam ihm so nah, dass sich ihre Knie berührten. Die Waffe lag in seinem Schoß, der Zeigefinger ruhte ausgestreckt auf ihr.

»Warum warst du in der Schule meiner Tochter«, fragte Walter.

Reggie sagte nichts, sondern beobachtete Leigh am Wandschrank.

»Schau nicht meine Frau an. Schau mich an.« Walter wartete, bis Reggie gehorchte, ehe er die Frage wiederholte: »Warum warst du in der Schule meiner Tochter?«

Reggie antwortete noch immer nicht.

Walter warf die Waffe mit einer Hand in die Luft und fing sie an der Mündung auf. Er versetzte Reggie einen Rückhandschlag mit dem Plastikgriff. Der Schlag war so hart, dass Reggies Stuhl beinahe umkippte.

Leigh hatte die Hand vor den Mund gelegt, um nicht zu schreien. Blut war bis auf ihre Schuhe gespritzt, und sie sah Bruchstücke von Zähnen auf dem Teppich.

Reggies Schultern bebten, er erbrach sich auf sein Hemd, und sein Kopf rollte schlaff hin und her. In seinem geschwollenen

Gesicht war das linke Auge verschwunden, und der Kiefer war so lose, dass er die Zunge nicht im Mund behalten konnte.

Entführung. Schwere Körperverletzung. Folter.

Walter wandte sich an Leigh. »Bekommst du das Schloss auf?«

Sie schüttelte den Kopf. »Walter ...«

»Hey.« Walter schlug Reggie mit der flachen Hand. »Wo ist er, Arschloch? Wo ist der Schlüssel?«

Reggie verdrehte wieder die Augen. Leigh konnte sein Erbrochenes riechen.

»Er hat eine Gehirnerschütterung«, sagte sie zu Walter. »Wenn du ihn noch einmal schlägst, verliert er das Bewusstsein. Oder noch schlimmer.«

Walter sah sie an, und sie erkannte entsetzt die gleiche Kälte in seinen Augen, die sie so oft in denen von Andrew gesehen hatte.

»Walter, bitte«, flehte sie. »Überleg doch, was wir hier tun. Was wir bereits getan haben.«

Walter sah sie nicht mehr an. Er war ausschließlich auf die Bedrohung für Maddy fixiert. Nun richtete er die Glock auf Reggies Gesicht. »Wo ist der Schlüssel, Arschloch?«

»Walter«, flehte Leigh mit zittriger Stimme. »Wir können die Schrauben herausdrehen, okay? Wir müssen nichts weiter tun, als die Schrauben herauszudrehen. Bitte, Baby. Leg einfach die Waffe weg, okay?«

Langsam ließ Walter die Pistole in seinen Schoß sinken. »Beeil dich.«

Leigh ging auf unsicheren Beinen zum Schreibtisch, zog Schubladen heraus, leerte sie auf den Boden und hielt nach dem kleinen Schlüssel Ausschau. Sie betete lautlos, dass Walter der Schraubenzieher in ihrem Auto nicht einfiel. Sie musste ihren Mann hier herausbringen, dafür sorgen, dass er wieder zur Vernunft kam. Sie mussten das Ganze beenden und Reggie ins Krankenhaus schaffen. Und dann würde Reggie schnurstracks zur Polizei gehen, man würde Walter verhaften, und Andrew würde die Videobänder ...

Leighs Gedankengang kam mit einem Ruck zum Stehen. Ihr Verstand hatte im Hintergrund Verbindungen hergestellt und sagte ihr, dass etwas nicht stimmte. Sie inventarisierte die Gegenstände auf Reggies Schreibtisch. Laptop. Schwarze lederne Schreibunterlage. Briefbeschwerer aus farbigem Glas. Etui für Visitenkarten.

Der Brieföffner von Tiffany fehlte. Leigh wusste, dass das knapp zwanzig Zentimeter lange Schreibtischaccessoire aus Sterlingsilber dreihundertfünfundsiebzig Dollar gekostet hatte. Sie hatte das gleiche Schmuckstück vor ein paar Jahren für Walter zu Weihnachten gekauft. Es besaß das charakteristische, maskuline Aussehen eines Dolchs.

»Walter«, sagte sie. »Ich muss im Flur mit dir reden.«

Er rührte sich nicht. »Hol den Schraubenzieher aus deinem Wagen.«

Leigh ging zur Couch, griff in ihre Handtasche und holte Ruby Heyers Tatortfotos heraus. »Walter, du musst mit mir nach draußen kommen. Sofort.«

Ihr barscher Ton schaffte es, den Nebel zu durchdringen. Walter stand auf und sagte zu Reggie: »Wir sind direkt vor der Tür. Wenn du irgendwelche Dummheiten versuchst, schieße ich dir in den Rücken. Verstanden?«

Reggie hob den Kopf. Seine Augen waren geschlossen, aber er brachte es fertig, einmal zu nicken.

Leigh rührte sich nicht, bis Walter sich in Bewegung setzte. Sie führte ihn in den Flur, blieb aber stehen, bevor sie das Vorzimmer erreicht hatten, sodass sie Reggie im Auge behalten konnten.

»Was ist?«, stieß Walter hervor.

»Erinnerst du dich an den Brieföffner, den ich dir gekauft habe«, sagte Leigh. »Hast du ihn noch?«

Walter drehte den Kopf langsam in ihre Richtung. »Was?«

»Der Brieföffner von Tiffany. Den ich dir mal zu Weihnachten geschenkt habe. Erinnerst du dich an ihn?«

Ein Ausdruck von Verwirrung schlich sich in Walters Miene. Er sah fast wieder aus wie ihr Mann.

Leigh blätterte Ruby Heyers Akte durch, ließ aber Walter die Fotos nicht sehen, damit er nicht erneut explodierte. Sie fand die Nahaufnahme von dem Messer, das zwischen Rubys Beinen herausragte. Sie zeigte es ihm noch immer nicht. Walter hatte seine juristische Laufbahn größtenteils am Telefon oder hinter einem Schreibtisch verbracht. Er hatte nie einen Strafprozess geführt, von einem brutalen Mordprozess ganz zu schweigen.

»Ich werde dir ein Foto zeigen«, sagte sie. »Es ist sehr drastisch, aber du musst es sehen.«

Walter warf einen Blick auf Reggie. »Herrgott, Leigh, komm schon zur Sache.«

Sie wusste, er war noch nicht bereit, deshalb ging sie es mit ihm durch. »Andrew hat ein Alibi für den Mord an Ruby. Hörst du mir zu?«

Walter nickte, aber er hörte gar nicht richtig zu.

»Andrew hat gestern Abend geheiratet.« Leigh versuchte, die Information so einfach zu halten und zu wiederholen, wie sie es für eine Jury tun würde. »Als die Polizei ihn heute Morgen wegen des Mordes an Ruby zur Rede stellte, hatte er ein Alibi. Er hat ihnen Fotos gezeigt. Auf den Fotos sah man Andrew mit den Leuten vom Catering, mit seiner Mutter bei der Cocktailparty und dann mit Freunden, als er darauf wartete, dass Sidney den Gang entlangkam.«

Walters Kiefer mahlte. Seine Geduld ging zur Neige.

»Heute Morgen, als ich Andrew vor dem Gerichtstermin sah, hatte er Bissspuren am Hals und einen Kratzer hier.« Sie legte die Hand auf ihr Gesicht und wartete, bis Walter hinsah. »Es waren Abwehrwunden. Andrew hatte heute Morgen Abwehrwunden.«

»Ruby hat sich gewehrt«, sagte Walter. »Und?«

»Nein, die Alibifotos, weißt du noch? Man sieht die Bissspuren an Andrews Hals, aber die Schwellungen verfärben sich bereits. Der zeitliche Ablauf stimmt nicht. Es hat mich die ganze Zeit gestört, weil es dauert, bis Schwellungen so dunkel werden. Andrew hat die Bissmale gegen drei, vielleicht vier Uhr gestern Nachmittag bekommen. Ruby hat um fünf mit ihrer Familie telefoniert. Andrew hat Fotos, die ihn um halb sechs mit dem Caterer zeigen. Die Polizei glaubt, dass Ruby zwischen sechs und sieben ermordet wurde. Andrew war die ganze Zeit zu Hause, umgeben von Zeugen.«

Walters Ungeduld war unübersehbar.

Leigh legte ihm die Hand flach auf die Brust, so wie sie es immer tat, wenn sie seine ungeteilte Aufmerksamkeit brauchte.

Er sah sie endlich an, und sie bemerkte, dass er lautlos noch einmal alles durchging, was sie gesagt hatte, um herauszufinden, was davon wichtig war. Schließlich sagte er: »Weiter.«

»Ich glaube nicht, dass Andrew Ruby getötet hat. Ich glaube, dass jemand es für ihn getan hat. Der Täter hat Andrews Vorgehensweise bei dessen anderen Opfern kopiert. Und Andrew hat dafür gesorgt, dass er ein solides, nicht zu erschütterndes Alibi für die Tatzeit hat.«

Walter schenkte ihr nun seine ungeteilte Aufmerksamkeit.

»Als ich vor drei Tagen in Reggies Büro war, hatte er einen Brieföffner auf dem Schreibtisch. Dieselbe Art Brieföffner wie der, den ich dir zu Weihnachten geschenkt habe.« Sie hielt noch einen Moment inne, um sicherzugehen, dass er bereit war. »Er ist nicht mehr auf seinem Schreibtisch. Er ist nicht in den Schubladen.«

Walter sah auf den Ordner hinunter. »Zeig her.«

Leigh zog das Tatortfoto heraus. Auf dem schlichten Silbergriff des dolchähnlichen Brieföffners war *T & Co MAKERS* eingestanzt.

Die Härte wich aus Walters Gesichtsausdruck. Er sah nicht den Brieföffner. Er verband nicht die einzelnen Punkte aus Leighs Geschichte. Er sah die Frau, mit der er bei Grillfesten im Garten gelacht hatte. Die Mutter der Freundin seiner Tochter, mit der er bei Elternabenden und Schulveranstaltungen gescherzt hatte. Den Menschen, dessen brutaler, intimer Tod auf dem Foto eingefangen war, das ihm Leigh vors Gesicht hielt.

Seine Hand ging an den Kopf. Tränen traten ihm in die Augen.

Leigh hielt seinen Schmerz nicht aus. Sie fing ebenfalls zu weinen an und verbarg das Foto vor ihm. Von all den schrecklichen Verletzungen ihrer Ehe fühlte sich die hier am brutalsten an.

»Du willst sagen … du meinst, dass er …« Der Schmerz auf Walters Gesicht war unerträglich. »Keely hat ein Recht …«

»Sie hat ein Recht, es zu erfahren«, sprach Leigh zu Ende.

»Ich …« Walter drehte sich um und sah wieder Reggie an. »Was machen wir jetzt?«

Leigh langte nach unten und löste behutsam die Waffe aus seinem Griff. »Du fährst weg von hier. Ich kann nicht zulassen, dass Maddy auch dich verliert. Das hier liegt in meiner Verantwortung. Ich bin der Grund, warum das alles passiert ist. Ich will, dass du jetzt meinen Wagen nimmst und …«

»Nein.« Walter sah auf seine Hände hinab. Er beugte und streckte die Finger. Seine Knöchel bluteten, und er schwitzte immer noch stark. Seine DNA war überall: hier im Büro, im Audi, im Parkhaus. »Wir müssen nachdenken, Leigh.«

»Da gibt es nichts nachzudenken«, sagte sie, denn es zählte nur, dass Walter möglichst weit weg war. »Bitte, Baby, steig in meinen Wagen und …«

»Wir können uns das zunutze machen«, sagte er. »Es ist ein Druckmittel.«

»Nein, wir dürfen nicht …« Leigh brach mitten im Satz ab. Es gab nichts hinzuzufügen, denn er hatte recht. Sie hatten Reggie entführt und gefoltert, aber Reggie hatte Ruby Heyer ermordet.

Garantierte gegenseitige Vernichtung.

»Lass mich mit ihm reden«, sagte Leigh. »Okay?«

Walter zögerte, aber er nickte.

Leigh klemmte sich den Ordner unter den Arm und ging ins Büro zurück.

Reggie hörte sie kommen und richtete das eine trübe Auge auf sie. Er wandte den Kopf und blickte zu Walter, der im Eingang stand. Dann sah er wieder Leigh an.

»Wir sind hier nicht *good cop, bad cop*«, sagte Leigh und zeigte ihm die Waffe. »Sondern zwei Leute, die Sie bereits entführt und gefoltert haben. Denken Sie, wir schrecken vor einem Mord noch zurück?«

Reggie blinzelte sie an und wartete.

»Wo waren Sie gestern Abend?«

Reggie sagte nichts.

»Hat Andrew Sie zu seiner Hochzeit eingeladen?«, fragte sie. »Sie waren nämlich auf keinem der Bilder, die er der Polizei gezeigt hat. Er hat alles mit seinem Handy dokumentiert – er hat ein unerschütterliches Alibi.«

Reggie blinzelte wieder, aber sie spürte Unsicherheit. Er wusste nicht, wohin das führte. Sie konnte ihn beinahe kalkulieren sehen: *Wie viel wussten sie, was würden sie tun, wie standen die Chancen, dass er aus der Sache rauskam, wie lange würde es dauern, bis Andrew sie dafür bezahlen ließ, dass sie ihm wehtaten?*

Leigh imitierte ein wenig Dante Carmichael. Sie öffnete den Ordner und klatschte die Tatortfotos mit großer Gebärde auf den Tisch. Statt der Nahaufnahme von Rubys Kopfhaut hielt sie das Bild mit dem Tiffany-Brieföffner zurück.

Sie fragte Reggie noch einmal. »Wo waren Sie gestern Abend?«

Er starrte die Fotos an, dann starrte er Leigh an. Sein Kiefer war so lose, dass er den Mund nicht ganz schließen konnte, aber er stöhnte: »Wer?«

»Wer?«, wiederholte sie, denn sie hatte die Frage nicht erwartet. »Sie wissen nicht, wie die Frau hieß, die Sie für Andrew ermorden mussten?«

Reggie blinzelte. Er sah aufrichtig verwirrt aus. »Was?«

Sie zeigte ihm das Foto mit dem Brieföffner. Wieder reagierte er anders als erwartet.

Reggie beugte sich vor und drehte den Kopf, sodass er das Bild mit seinem gesunden Auge betrachten konnte. Sein Blick ging zum Schreibtisch, als suchte er nach dem Brieföffner. Schließlich sah er zu Leigh hinauf und schüttelte den Kopf.

»Nein«, sagte er. »Nein, nein, nein.«

»Sie waren am Sonntagabend in Maddys Schule«, sagte Leigh. »Sie haben gesehen, wie ich mit Ruby Heyer gesprochen habe. Haben Sie Andrew von ihr erzählt? Hat er sie deshalb von Ihnen töten lassen?«

»Ich …« Reggie hustete mit zuckenden Kiefermuskeln. Er schien zum ersten Mal richtig Angst zu haben. »Nein. Nicht ich. Hab Andy erzählt, dass sie ihren Mann verlassen hat. Ihren Physiotherapeuten vögelt. Dass sie ins Hotel gezogen ist. Aber ich habe nicht … nein. Niemals. Sie war okay.«

»Sie wollen sagen, dass Sie Ruby Heyer ins Hotel gefolgt sind, dann haben Sie Andrew erzählt, wo sie ist, aber Sie haben ihr nichts getan?«

»Ja.« Er blickte unaufhörlich auf die Fotos. »Nicht ich. Niemals.«

Leigh studierte, was von seinem Gesicht noch übrig war. Sie hatte von Anfang an gedacht, dass er leicht zu durchschauen war. Jetzt war sie sich nicht mehr so sicher. Reggie Paltz ließ die Art von Angst erkennen, die sie bei Andrew Tenant nie gesehen hatte.

»Leigh.« Walter nahm es ebenfalls wahr. »Bist du dir sicher?«

Nein, Leigh war sich nicht mehr sicher. Andrew war ihr immer drei Schritte voraus. Hatte er Reggie ebenfalls überrumpelt?

»Selbst wenn das stimmt, was Sie sagen«, fuhr sie fort, »haben Sie sich immer noch der Verschwörung zum Begehen eines Mordes schuldig gemacht. Sie haben einem angeklagten Vergewaltiger verraten, wo er eine wehrlose Frau finden kann, die gerade ihre Familie verlassen hat und allein lebt.«

Reggie krümmte sich auf seinem Stuhl.

Sie fragte: »Was ist mit der Geschichte, wie Andrew mich

ausfindig gemacht hat? Sie sagten, Sie hätten ihm den Artikel über mich im *Atlanta INtown* gezeigt und er hätte mein Gesicht erkannt. Stimmt das?«

Er nickte eifrig. »Ja, ich schwöre. Hab den Artikel gesehen, ihm gezeigt, er hat Sie erkannt.«

»Und er hat Sie Nachforschungen über mich und meine Familie anstellen lassen?«

»Ja. Hat mich bezahlt. Das ist alles.« Reggie sah wieder zu den Tatortfotos. »Das nicht. Würde ich nicht tun. Könnte ich nicht.«

Leighs Bauchgefühl verriet ihr, dass er die Wahrheit sagte. Sie wechselte einen Blick mit Walter. In ihrer beider Augen stand dieselbe Frage: *Was nun?*

»Der …« Reggies Husten war nass. Sein Blick ging zum Wandschrank mit dem Server. »Auf dem Sims.«

Walter ging zu der Tür und fasste oben auf den Rahmen. Dann zeigte er Leigh den Schlüssel für das Vorhängeschloss. Sein Blick spiegelte ihr banges Gefühl wider.

Sie brauchte keine innere Alarmsirene, um zu wissen, dass hier nichts zusammenpasste. Sie ließ die letzten fünf Minuten Revue passieren, dann die letzten Tage. Reggie war bereit gewesen, einige Gesetze für Andrew zu verletzen. Leigh konnte sich sogar vorstellen, dass er einen Mord beging, wenn die Belohnung hoch genug war. Was sie nicht nachvollziehen konnte, war, dass Reggie *diese* Art von Mord begehen würde. Die Brutalität, mit der Ruby Heyer abgeschlachtet wurde, war eindeutig das Werk eines Menschen, der genoss, was er tat. Kein Geld der Welt konnte dieses Maß an Raserei erkaufen.

»Hat Andrew Sie gebeten, einige Dateien für ihn aufzubewahren?«, fragte sie.

Reggie nickte einmal unter Schmerzen.

»Sie sollten sie ins Internet stellen, falls ihm etwas zustößt?«

Wieder gelang es ihm zu nicken.

Leigh sah Walter den Schlüssel im Vorhängeschloss drehen. Er öffnete die Tür.

Sie hatte ein großes offenes Gestell mit blinkenden Komponenten erwartet, etwas wie aus einem *Jason-Bourne*-Film. Was sie stattdessen hier sah, waren zwei braune Metallgehäuse, die auf einem Aktenschrank standen. Beide waren etwa so hoch und breit wie ein Fünf-Liter-Weinkarton. An den Vorderseiten blinkten grüne und rote Lichter, blaue Kabel schlängelten sich aus der Rückseite und führten zu einem Modem, in dem sie steckten.

Sie fragte Reggie: »Haben Sie sich die Dateien angesehen?«

»Nein.« Das Sprechen fiel ihm sichtlich schwer. »Bezahlt. Ist alles.«

»Es sind Videos, auf denen ein Kind vergewaltigt wird.«

Reggies Auge wurde groß, und er begann zu zittern. Seine Furcht war jetzt unübersehbar.

Leigh konnte nicht sagen, ob er angewidert war oder Angst vor den juristischen Folgen hatte. So gut wie alle Pädophilen, die das FBI je verhaftet hatte, behaupteten, nichts von den Kinderpornos auf ihren Geräten zu wissen. Dann verbrachten sie ihren nächsten Lebensabschnitt im Gefängnis und fragten sich, ob sie es nicht besser mit einer anderen Ausrede versucht hätten.

»Was werden Sie jetzt tun?«, fragte sie Reggie.

»Da«, sagte Reggie und wies mit dem Kinn auf den Aktenschrank. »Oberste Schublade.«

Walter rührte sich nicht. Er war deutlich erschöpft. Der Adrenalinrausch, der ihn hierhergeführt hatte, war abgeklungen, an dessen Stelle war Entsetzen über seine eigene Gewalttätigkeit getreten.

Leigh konnte sich im Moment jedoch nicht darum kümmern. Sie öffnete die oberste Schublade des Aktenschranks und sah Reihen mit Reitern vor sich, auf denen Mandantennamen standen. Bei den letzten fünf Hängeordnern ganz hinten versetzte es ihr einen Stich ins Herz.

Calliope »Callie« DeWinter
Harleigh »Leigh« Collier

Walter Collier
Madeline »Maddy« Collier
Sandra »Phil« Santiago

Leigh sagte zu Walter: »Ich möchte, dass du im Wagen wartest.«

Er schüttelte den Kopf. Er war ein zu guter Mensch, um sie jetzt allein zu lassen.

Leigh riss die Ordner heraus und ging an den Schreibtisch zurück, damit Walter ihr nicht über die Schulter blicken konnte. Sie begann mit Maddys Akte, denn auf die kam es vor allem an.

In ihrer Eigenschaft als Anwältin hatte sie Hunderte Berichte von Privatdetektiven gelesen. Sie waren alle gleich aufgebaut: Einträge zu Beobachtungen, Fotos, Quittungen. Maddys Dossier war nicht viel anders, nur dass Reggies Einträge handschriftlich waren und kein Computerausdruck wie sonst üblich.

Die Aufzeichnungen über das Kommen und Gehen ihrer Tochter begannen zwei Tage vor der Aufführung von *Music Man* am Sonntag und erstreckten sich bis zum Nachmittag des Vortags.

8.12 Uhr – Fahrgemeinschaft zur Schule mit Keely Heyer, Necia Adams und Bryce Diaz
8.22 Uhr – Stopp bei McDonald's, Drive-In-Schalter, Essen im Auto
8.49 Uhr – Eintreffen Hollis Academy
15.05 Uhr – bei Probe zu Theaterstück im Schulsaal gesichtet
15.28 Uhr – auf dem Platz bei Fußballtraining
(Vater schaut zu)
17.15 Uhr – zu Hause bei Vater

Leigh dachte an Andrew und wie er sich an seiner Fußfessel zu schaffen gemacht hatte, aber sie durfte sich nicht vorstellen, wie er Maddy möglicherweise an der Schule beobachtet hatte, wenn sie mit den jüngeren Kids probte, oder sich beim Stadion herumgetrieben hatte, wo sie dreimal in der Woche trainierte, denn die geladene Glock war nur allzu griffbereit.

Stattdessen blätterte sie zu dem dicken Stapel Fotos hinter den Einträgen. Maddy im Auto. Maddy auf der Bühne. Maddy auf dem Fußballfeld.

Leigh enthielt Walter die Fotos vor – sie wollte nicht, dass er sich in das wilde Tier zurückverwandelte, das bereit gewesen war, Reggie Paltz umzubringen.

Als Nächstes wählte sie Callies Ordner aus. Die Einträge begannen einen Tag nach denen von Maddy. Callie verkaufte Drogen auf der Stewart Avenue. Sie arbeitete in Dr. Jerrys Klinik. Sie wohnte im Motel, dann traf sie Leigh, sie waren im Auto, Leigh brachte sie zu Phil. Die Fotos stützten die Einträge, aber das war nicht alles: ihre Schwester beim Warten an einer Bushaltestelle, wie sie ihre Katze bei Phil zum Fenster hereinließ, wie sie an einer Einkaufszeile vorbeilief, die Leigh so vertraut war, dass ihr die Augen bei dem Anblick brannten.

Callie stand unter einem überdachten Durchgang. Sie war genau dort, wo sie die Teile von Buddy Waleskis zerstückelter Leiche begraben hatten.

»Wo waren Sie gestern Abend?«, fragte sie Reggie.

»Ich habe ...« Er räusperte sich. Die Angst auf seinem Gesicht war unübersehbar. Er wusste, es stand nicht gut für ihn. Selbst wenn er lebend hier herauskam, würden Andrew oder die Polizei auf ihn warten. »... Ihre Schwester beobachtet.«

Leigh überprüfte Callies Eintrag für den Vortag. Sie hatte die Bibliothek besucht, dann war sie bei Maddys Fußballtraining gewesen, dann mit dem Bus wieder nach Hause gefahren. Reggies Notizen zufolge war er von fünf Uhr nachmittags bis Mitternacht vor Phils Haus geblieben.

Privatdetektive wurden nach Stunden bezahlt. Es wurde allgemein nicht gern gesehen, wenn sie Zeit vergeudeten und vor einem Haus Stellung bezogen, obwohl das Objekt ihrer Beobachtung es wahrscheinlich nicht verlassen würde. Leigh musste die Einträge nicht ansehen, um zu wissen, dass Callie nicht mehr wegging, nachdem sie sich für die Nacht eingerichtet hatte. Ihre Schwester war körperlich eingeschränkt. Sie war wegen ihrer Sucht verwundbar. Sie ging nachts nicht raus, wenn sie es nicht musste.

»Wusste Andrew, dass Sie Callie um fünf Uhr beobachtet haben?«, fragte Leigh.

»Hat angerufen. Gesagt, ich soll bleiben.« Reggie wusste, was die nächste Frage sein würde. »Prepaidhandy. Musste das andere hierlassen.«

»Und Ihre Einträge sind handschriftlich, kein Back-up auf dem Computer.«

Reggie nickte zur Bestätigung. »Keine Kopien.«

Leigh sah Walter an, aber der musterte die aufgeplatzte Haut an seinen Knöcheln.

»Wo waren Sie in der Nacht, als Tammy Karlsen vergewaltigt wurde?«, fragte Leigh.

Der verblüffte Ausdruck, der über Reggies Gesicht huschte, wurde rasch von Furcht abgelöst. »Andrew hat mich ... Ich bin Sidney gefolgt.«

»Was ist mit den Speicherkarten in der Kamera? Hat Andrew die ebenfalls?«

Reggie nickte.

»Und er hat Sie bar bezahlt, richtig? Es gibt keine Rechnungen.«

Er antwortete nicht, aber das war nicht nötig.

Leigh wusste, dass Reggie noch immer nicht das Schlimmste begriffen hatte. Sie legte ihm den Rest von Andrews Plan dar. »Wie sieht es mit den anderen Abenden aus, als die drei Frauen in der Nähe von Orten vergewaltigt wurden, an denen sich Andrew regelmäßig herumtrieb? Wo waren Sie da?«

»Gearbeitet«, sagte Reggie. »Exfreundinnen gefolgt.«

Leigh erinnerte sich an die Namen der beiden neuen Zeuginnen auf Dantes Liste. »Lynne Wilkerson und Fabienne Godard?«

Reggie stieß ein leises, gequältes Seufzen aus.

»Himmel«, sagte Leigh, denn alles fügte sich. »Was ist mit dem GPS Ihres Wagens?«

Sein Auge hatte sich geschlossen. Blut tropfte aus dem Augenwinkel. »Abgeschaltet.«

Leigh beobachtete, wie er im Geist die Zusammenhänge herstellte. Reggie hatte für keine der Vergewaltigungen ein Alibi. Er hatte kein Alibi für den Mord an Ruby Heyer. Er hatte seine Aufzeichnungen nicht in den Computer eingegeben. Es existierten keine Rechnungen, auf denen seine Aktivitäten aufgeführt waren. Kein Handy, keine Kamera und keine Speicherkarte belegten seinen Aufenthaltsort zum Zeitpunkt der Angriffe. Man konnte behaupten, er habe die GPS-Funktion in seinem Wagen abgestellt, um nicht belastet zu werden.

Deshalb hatte Andrew nie Angst gehabt. Er hatte alles so eingefädelt, dass Reggie den Kopf für ihn hingehalten hätte.

»Scheißkerl«, sagte Reggie schließlich, denn er wusste es jetzt ebenfalls.

»Walter«, sagte Leigh, »nimm die Server. Ich hole den Laptop.«

Leigh schob Reggies Laptop in ihre Handtasche und wartete, bis Walter alle Drähte und Stecker aus den Metallgehäusen gezogen hatte. Statt das Büro zu verlassen, ging sie noch einmal zum Aktenschrank und zog die Akten von Lynne Wilkerson und Fabienne Godard heraus. Sie stapelte sie mit den anderen auf den Schreibtisch, sodass Reggie sie sehen konnte. »Die behalte ich alle. Sie sind Ihr einziges Alibi, also legen Sie sich nicht mit mir an, sonst mach ich Sie fertig. Verstanden?«

Er nickte, aber sie merkte ihm an, dass er sich keine Sorgen wegen der Akten machte. Er machte sich Sorgen wegen Andrew.

Leigh fand die Schere, die sie mit dem Inhalt der Schreibtischschublade auf den Boden gekippt hatte. Dann sagte sie zu Reggie: »An Ihrer Stelle würde ich zusehen, dass ich in ein Krankenhaus komme, und mir dann einen verdammt guten Anwalt suchen.«

Reggie beobachtete, wie sie das Klebeband um seine Handgelenke durchschnitt.

Das war alles, was er an Hilfe bekam. Sie legte ihm die Schere in die Hand.

Dann packte sie die gestohlenen Sachen zusammen und sagte zu Walter: »Gehen wir.«

Leigh wartete, bis er vor ihr den Raum verlassen hatte. Sie wollte nicht riskieren, dass er doch noch einmal auf Reggie losging. Walter war still, als er die Server die Treppe hinuntertrug, durch die Eingangshalle zur Tür hinaus. Leigh legte alles in den Kofferraum. Walter tat das Gleiche mit den Servern.

Walter war hierhergefahren, aber jetzt setzte sich Leigh ans Steuer. Sie parkte rückwärts aus, ihre Scheinwerfer strichen über die Front des Gebäudes, und sie sah den Schatten von Reggie Paltz an seinem Bürofenster stehen.

»Er wird zur Polizei gehen«, sagte Walter.

»Er wird sich säubern, und dann wird er den ersten Flug nach Vanuatu, Indonesien oder die Malediven nehmen, den er bekommt«, führte Leigh einige der bevorzugten Länder auf, die nicht an die Vereinigten Staaten auslieferten. »Wir müssen Callies Videos auf seinem Server finden und sie vernichten. Den Rest müssen wir als Rückversicherung behalten.«

»Wozu?«, fragte Walter. »Andrew hat immer noch die Originale. Wir sitzen immer noch in der Falle. Er hat uns immer noch in der Hand.«

»Tun wir nicht«, sagte Leigh. »Und er hat uns nicht in der Hand.«

»Er hat dieses Arschloch dafür bezahlt, dass er Maddy verfolgt. Er weiß, wo sie war, wohin sie fährt. Er hat Fotos gemacht. Ich habe dein Gesicht gesehen, als du sie angeschaut hast. Du hattest schreckliche Angst.«

Leigh hatte nicht vor, mit ihm zu streiten, denn er hatte recht.

»Und was er Ruby angetan hat. Großer Gott, er hat sie verstümmelt. Er hat sie nicht einfach getötet, sondern gefoltert und …« Ein erstickter Laut kam aus Walters Kehle, und er schlug die Hände vors Gesicht. »Was sollen wir tun? Maddy wird nie sicher sein. Wir werden ihn nie mehr los.«

Leigh hielt am Straßenrand. Es war nicht sehr weit von der Stelle, wo sie nach dem ersten Treffen in Reggie Paltz' Büro gehalten hatte. Damals war ihr übel vor Panik gewesen. Jetzt war sie eisern entschlossen.

Sie nahm Walters Hände und wartete darauf, dass er sie ansah, aber er tat es nicht.

»Ich verstehe«, sagte er. »Ich begreife, warum du es getan hast.«

Leigh schüttelte den Kopf. »Was getan?«

»Callie war immer fast wie deine Tochter. Du warst immer für sie verantwortlich.« Walter sah sie endlich an. Er hatte in den letzten zwanzig Minuten mehr geweint, als sie ihn in fast zwanzig Jahren hatte weinen sehen. »Als du mir erzählt hast, dass du Buddy getötet hast, da … ich weiß nicht. Es war zu viel. Ich konnte es nicht begreifen. Es gibt Richtig und Falsch und … was du getan hast …«

Leigh schluckte schwer.

»Ich konnte mir nicht vorstellen, dass ich je fähig wäre, jemandem so etwas anzutun«, fuhr er fort. »Aber als ich Reggie in dem Parkhaus erkannte, und als mir die Bedrohung für Maddy klar wurde … da sah ich plötzlich nichts mehr. Ich war blind vor Wut. Ich hätte ihn getötet, Leigh. Du weißt, dass ich ihn umgebracht hätte.«

Leigh presste die Lippen zusammen.

»Ich begreife nicht alles von dem, was du mir über die Geschehnisse von damals erzählt hast«, sagte Walter. »Aber *das* begreife ich.«

Leigh betrachtete ihren lieben, gütigen Ehemann. Im Schein der Armaturenbeleuchtung hatte sein von Blut und Schweiß verschmiertes Gesicht eine bläuliche Färbung angenommen. Sie hatte ihm das angetan. Sie hatte ihre Tochter in Gefahr gebracht.

Sie hatte ihren Mann in einen rasenden Irren verwandelt. Sie musste das in Ordnung bringen, und zwar sofort.

»Ich muss Callie suchen«, sagte sie. »Sie hat ein Recht darauf, zu wissen, was passiert ist. Und was noch passieren wird.«

»Was wird denn passieren?«, fragte Walter.

»Ich werde das tun, was ich vor drei Tagen schon hätte tun sollen«, sagte Leigh. »Ich werde mich stellen.«

18

Callie stand vor dem verschlossenen Medikamentenschrank in Dr. Jerrys Tierarztpraxis. Sie hatte Sidneys BMW-Cabrio quer über zwei Parkplätze davor stehen lassen. Das Fahren war anstrengender gewesen als beim letzten Mal, als sie ein Auto gestohlen hatte. Es hatte viele Stopps und Starts gegeben, angefangen in Andrews Garage, wo sie die rechte Seite des BMW beim Hinausfahren zerkratzt hatte. In der Einfahrt hatte das Heck des Wagens dann den Wachturm von Briefkasten gefällt. Die Felgen waren gegen etliche Randsteine geschrammt, wenn sie sich beim Abbiegen verschätzt hatte.

Dass der Wagen ihren Aufenthalt im Fixertreff an der Stewart Avenue überlebt hatte, zeugte von der Abstumpfung durch Heroin. Sie hatte Sidneys Brieftasche und ihr Telefon mit hineingenommen, um damit zu handeln, aber niemand hatte die teuren Reifen geklaut. Niemand hatte die Fenster eingeschlagen und die Stereoanlage herausgerissen. Sie waren entweder zu high, um einen Plan zu entwickeln, oder zu verzweifelt, um zu warten, bis die illegale Ausschlachtwerkstatt einen Laufburschen schickte.

Callie andererseits war bedauernswert klar im Kopf gewesen. Ihre Methadon-Diät war nicht auf die gleiche Weise belohnt worden wie so viele Male zuvor. Sie hatte den entzückten

Euphorie-Rausch bei ihrer ersten Kostprobe erwartet, aber ihr Körper hatte das Heroin so schnell verarbeitet, dass sie dem High-Sein entlang einer Endlosschleife der Verzweiflung hinterhergejagt war. Die unvermittelte kurze Übelkeit, wenn die Flüssigkeit einschoss, die fünf kurzen Minuten der Seligkeit, die Schwere, die weniger als eine Stunde anhielt, bevor ihr Gehirn ihr mitteilte, dass sie mehr brauchte, *mehr, mehr, mehr.*

Das nannte sich Toleranz oder Sensibilisierung und war so definiert, dass der Körper eine höhere Dosis der Droge brauchte, damit dieselbe Reaktion erreicht wurde. Wie zu erwarten spielten die M-Rezeptoren eine große Rolle bei der Toleranz. Wiederholter Kontakt mit Opiaten schwächte die schmerzlindernde Wirkung, und egal, wie viele neue Ms dein Körper produzierte, sie hatten alle das Gedächtnis der Ms vor ihnen geerbt.

Toleranz war zufällig der Grund, warum Süchtige anfingen, Drogen zu mischen, und zusätzlich Fentanyl, Oxy oder Benzos schluckten oder sich in den meisten Fällen so viel Zeug spritzten, dass sie am Ende mit Kurt Cobain lachten, weil seine Tochter jetzt älter war, als er es an dem Tag gewesen war, an dem er die Schrotflinte unter sein Kinn gesetzt hatte.

Vielleicht würde er leise die Neil-Young-Passage singen, die er in seinem Abschiedsbrief hinterlassen hatte*: It's better to burn out than to fade away.*

Callie betrachtete den Drogenschrank und versuchte, ihre Wut heraufzubeschwören. Andrew im Stadiontunnel. Sidney, die sich auf dem Boden wand. Das widerliche Video von Callie und Buddy im Fernseher. Maddy, die über den leuchtend grünen Fußballplatz lief, ohne eine Sorge in der Welt, denn sie wurde geschätzt und geliebt, und dieses Gefühl würde sie immer begleiten.

Der erste Schlüssel glitt ins Schloss. Dann der zweite Schlüssel. Dann war der Schrank offen. Mit geübter Hand fuhr sie über die Ampullen. Methadon. Ketamin. Fentanyl. Buprenorphin. An jedem anderen Tag hätte Callie so viele Ampullen in ihre Taschen gestopft, wie sie nur konnte. Jetzt ließ sie alles in Ruhe und nahm nur das Lidocain. Sie wollte den Schrank schon wieder schließen, aber ihr Verstand beeilte sich, sie aufzuhalten. Mehrere Fläschchen Pentobarbital standen im unteren Fach aufgereiht. Die Flüssigkeit war blau, wie die Farbe von Glasreiniger. Die Behälter waren größer als die anderen, fast dreimal so groß. Sie wählte einen aus und schloss dann die Türen.

Statt in einen Behandlungsraum ging sie zum Eingangsbereich. Durch die Gitterstäbe vor dem Fenster sah man auf den Parkplatz hinaus. Die Straßenlaternen waren demoliert worden, aber Callie konnte Sidneys funkelndes Cabrio deutlich sehen. Sonst war auf dem Parkplatz nichts zu erkennen außer einer Ratte auf dem Weg zum Müllcontainer. Der Friseurladen war zu. Dr. Jerry war wahrscheinlich zu Hause und las Miauma Cass, dem mit der Flasche aufgezogenen Kätzchen, Sonette vor. Callie hätte sich gern gesagt, dass es eine gute Idee gewesen war, hierherzukommen, aber nach einem Leben voller übereilter Entscheidungen wollte sich ihre übliche Gleichgültigkeit gegenüber etwaigen Konsequenzen nicht einstellen.

Sag Andy, wenn er sein Messer zurückhaben will, wird er kommen und es sich holen müssen.

Callie war nicht vollkommen technikfeindlich. Sie wusste, Autos sendeten Signale an GPS-Satelliten, die dann exakt verrieten, wo die Fahrzeuge sich befanden. Sie wusste, Sidneys grotesk teurer BMW funktionierte wie ein riesiges Neonschild, das Andrew auf ihren Aufenthaltsort hinwies. Sie wusste außerdem, dass mehrere Stunden seit dem Ende von Andrews Jury-Auswahl vergangen waren.

Wieso war er dann noch nicht hier?

Callie nahm auf dem Weg zum Pausenraum ein Operationsbesteck mit. Ihr Bein schmerzte so sehr, dass sie hinkte, bis sie den Tisch erreicht hatte. Mit Bedacht legte sie eine kleine und eine große Ampulle auf den Tisch und öffnete vorsichtig das OP-Besteck. Ihre Hand ging zum Oberschenkel, als sie sich setzte. Der Abszess in ihrem Bein fühlte sich unter der Jeans so groß wie ein Rotkehlchenei an. Sie drückte darauf, denn der körperliche Schmerz war besser als der Schmerz, den sie in ihrem Innern fühlte.

Sie schloss die Augen, gab den Kampf gegen das Unvermeidliche auf und ließ das Video in ihrem Kopf laufen.

Callies vierzehnjähriges Ich, gefangen auf der Couch.

Buddy, bitte, es tut so weh, bitte hör auf, bitte ...

Buddys riesiger Körper, der in sie stieß.

Halt verdammt noch mal das Maul Callie halt still sag ich.

Sie hatte es nicht so in Erinnerung gehabt. Warum hatte sie es nicht so in Erinnerung gehabt? Was stimmte nicht mit ihrem Hirn? Was stimmte nicht mit ihrer Seele?

Callie konnte auf Befehl tausend schreckliche Dinge abrufen, die Phil getan hatte, als Callie noch klein gewesen war – sei es, dass sie sie bewusstlos geprügelt oder sie am Straßenrand zurückgelassen hatte oder ihr mitten in der Nacht eine Höllenangst eingejagt hatte, weil angeblich die Männer mit den Aluhüten draußen mit ihren Sonden warteten.

Wie kam es, dass Callie in den vergangenen dreiundzwanzig Jahren kein einziges Mal eine Erinnerung daran zugelassen hatte, wie oft Buddy sie bedroht, quer durch den Raum geschleudert oder getreten hatte, wie oft er gewaltsam in sie eingedrungen war, sie gefesselt, sogar stranguliert hatte? Wieso hatte sie die Erinnerung an die zigtausend Male blockiert, da er ihr erklärt hatte, es sei ihre Schuld, weil sie zu viel weinte oder bettelte oder die Dinge nicht tun konnte, die er von ihr verlangte?

Callie hörte sich mit den Lippen schmatzen. Ihr Gehirn hatte eine direkte Linie von Phil über Buddy zu dem verschlossenen Medikamentenschrank gezogen.

Methadon. Ketamin. Buprenorphin. Fentanyl.

Sie hatte ihren Rucksack bei Phil mitgenommen, nachdem sie das verführerische schwarze Top wieder gegen ihr verschlissenes Bärchen-T-Shirt und die gelbe Regenbogenjacke aus Satin getauscht hatte. Sie hatte ihn sich vor die Brust geschnallt, weil es sich auf diese Weise sicherer anfühlte, fast wie eine Schutzdecke. Callies Spritzbesteck war in dem Rucksack. Der Riemen zum Abbinden. Feuerzeug. Löffel. Eine gebrauchte Spritze. Ein fettes Tütchen, bis obenhin voll mit nicht ganz weißem Pulver.

Ohne nachzudenken, griff sie nach unten und öffnete das Set, und ihr Muskelgedächtnis legte Feuerzeug, Manschette und das Tütchen mit seinem geheimnisvollen Inhalt zurecht.

Den Dealer, der ihr das Heroin verkauft hatte, hatte Callie nicht gekannt. Sie hatte weder eine Ahnung, womit er es gestreckt hatte – Backpulver, Milchpulver, Meth, Fenty, Strychnin –, noch wusste sie, wie rein es von Haus aus gewesen war. Was zu diesem Zeitpunkt gezählt hatte, waren die vierzig Dollar und die paar verschreibungspflichtigen Tabletten, die ihr von ihrem Debakel mit Sidney geblieben waren, und dass er genügend Heroin gehabt hatte, um einen Elefanten zu töten.

Callie schluckte das Blut in ihrem Mund. Ihre Lippe war offen, weil sie nicht aufhören konnte, darauf herumzunagen. Nur mit Mühe brachte sie es fertig, ihre Aufmerksamkeit von dem Dope wegzulenken. Sie lehnte sich auf dem Stuhl zurück, damit sie ihre Jeans abstreifen konnte. Im Licht der Deckenlampe hatte ihr Oberschenkel die Farbe von Bastelkleber, wenn man einen leuchtend roten, eitergefüllten Klecks obendrauf setzte. Sie strich sanft über den Abszess. Hitze pulsierte in ihre Fingerspitzen. Getrocknete Blutpartikel zeigten an, wo sie sich durch die Entzündung hindurch eine Spritze gesetzt hatte.

Das alles für weniger als fünf Minuten eines Rausches, den sie nie wieder erreichen würde, egal, wie oft sie ihm nachjagte.

Verdammte Junkies.

Sie zog ein paar Kubikzentimeter Lidocain auf und machte sich nicht die Mühe, die Dosis zu messen. Sie sah die Nadelspitze in den Abszess tauchen. Ein weiteres Rinnsal Blut belohnte die Mühe. Kein Schmerz, denn alles an ihrem Körper schmerzte inzwischen. Ihr Hals, ihre Arme, ihr Rücken, ihre Kniescheibe, die sie in Sidneys Schritt gebohrt hatte. Das Schweregefühl vom Heroin, das Callie früher eingelullt hatte, hatte sich in ein Gewicht verwandelt, das sie früher oder später ersticken würde.

Sie schloss die Augen, als sie merkte, wie sich das Lidocain in dem Abszess ausbreitete. Sie lauschte nach dem Gorilla. Wartete angestrengt auf seinen heißen Atem in ihrem Nacken. Die Einsamkeit war vollkommen. Sie hatte seit jener Nacht in der Küche mit der Bedrohung gelebt, dass er am Horizont entlangpirschte, aber jetzt war da – nichts. Die Kreatur war verschwunden, kurz bevor sie Andrew im Stadiontunnel angegriffen hatte. Das Rätsel dieses Paradoxons ließ Callie keine Ruhe. Wenn sie an die Ränder der Gleichung vorstieß, war die Lösung einfach: All die Jahre war nicht Buddy Waleski der Gorilla gewesen.

Der wilde, blutrünstige Dämon war die ganze Zeit Callie selbst gewesen.

»Guten Abend, liebe Freundin«, sagte Dr. Jerry.

Callie fuhr zu ihm herum, ihre Seele brannte vor Scham. Dr. Jerry stand im Eingang, sein Blick huschte über den Tisch. Ihr Dope-Kit mit dem fetten Tütchen Heroin. Das Operationsbesteck. Die Lidocain-Spritze. Die große Flasche mit dem blauen Pentobarbital.

»Du meine Güte.« Dr. Jerry wandte seine Aufmerksamkeit dem riesigen roten Knoten in ihrem Bein zu. »Darf ich behilflich sein?«

Callie wollte sich entschuldigen, aber ihre Lippen ließen kein Wort heraus. Es gab keine Ausflüchte, ihre Schuld lag ausgebreitet auf dem Tisch wie Beweise bei einer Gerichtsverhandlung.

»Dann wollen wir mal sehen, was wir hier haben, junge Frau.« Dr. Jerry setzte sich. Sein Labormantel war verknittert. Seine Brille saß schief. Sie konnte das saure Aroma des Schlafs in seinem Atem riechen, als er sanft um den Abszess herumtastete. »Wenn Sie eine dreifarbige Katze wären, würde ich sagen, Sie sind in eine ziemlich hässliche Rauferei geraten. Was für eine dreifarbige natürlich nicht ungewöhnlich ist. Die können kämpferisch wie die Boxer sein. Im Gegensatz zu Boxerhunden, die notorische Geschichtenerzähler sind. Vor allem, wenn sie ein paar Drinks intus haben.«

Callies Blick verschwamm vor Tränen. Die Scham hatte sich in jede Faser ihres Seins ausgedehnt. Sie konnte nicht einfach hier sitzen, wie sie es immer tat, wenn sie sich eine seiner Geschichten anhörte.

»Ich sehe, Sie haben bereits mit dem Lidocain begonnen.« Er prüfte ihr Bein und fragte: »Fühlt sich das taub genug an, was meinen Sie?«

Callie nickte, auch wenn sie das starke Brennen der Infektion immer noch spürte. Sie musste etwas sagen, aber was sollte das sein? Wie sollte sie sich dafür entschuldigen, dass sie ihn bestohlen hatte? Seine Praxis in Gefahr gebracht, ihm ins Gesicht gelogen hatte?

Dr. Jerry schien sich keine Gedanken über die Situation zu machen, sondern zog einfach ein Paar Handschuhe aus dem OP-Set. Bevor er anfing, lächelte er Callie zu und redete genauso beschwichtigend auf sie ein, wie er es bei einem verängstigten Whippet tun würde. »Alles wird gut, junge Dame. Das wird jetzt ein bisschen unangenehm für uns beide, aber ich werde mich beeilen, so gut ich kann, und bald geht es Ihnen wieder besser.«

Callie blickte auf den Kühlschrank hinter ihm, als er den Abszess aufschnitt. Sie spürte, wie seine Finger die Infektion herauspressten und sie mit Gaze fortwischten, dann noch einmal drückten, bis die Beule ganz leer war. Kühle Salzlösung tropfte an ihrem Bein hinab, als er die Öffnung wässerte. Sie konnte nicht nach unten blicken, aber sie wusste, dass er gründlich vorging, denn um die elendsten Geschöpfe, die den Weg zu ihm fanden, kümmerte er sich immer mit besonderer Sorgfalt.

»So, das hätten wir.« Dr. Jerry zog die Handschuhe aus und entsorgte sie, holte den Verbandskasten aus der Schublade und wählte ein mittelgroßes Pflaster aus. Als er es über die Wunde klebte, sagte er: »Wir sollten Antibiotika in Erwägung ziehen, wenn Sie die vertragen. Ich bevorzuge meine in einem Stück Käse versteckt.«

Callie brachte noch immer kein Wort heraus. Stattdessen erhob sie sich von ihrem Stuhl, damit sie die Jeans hinaufziehen konnte. Die Hose war viel zu weit um die Mitte. Sie musste unbedingt einen Gürtel auftreiben.

Gürtel.

Sie sah auf ihre Hände hinab. Sah Buddy den Gürtel aus seiner Hose reißen und fest um ihre Handgelenke schlingen. Dreiundzwanzig Jahre des Vergessens kulminierten nun in einer Horrorshow, deren Bilder vor ihren Augen aufblitzten, ohne dass sie etwas dagegen tun konnte.

»Callie?«

Als sie aufblickte, schien Dr. Jerry geduldig darauf zu warten, dass sie ihm ihre Aufmerksamkeit schenkte.

Er sagte: »Normalerweise bringe ich das Körpergewicht nicht zur Sprache, aber in Ihrem Fall hielte ich es für angemessen, über eine Verabreichung von Leckerbissen nachzudenken. Sie brauchen eindeutig mehr Nahrung.«

Sie öffnete den Mund, und jetzt sprudelten die Worte nur so heraus. »Es tut mir leid, Dr. Jerry. Ich sollte nicht hier sein. Ich hätte nie zurückkommen dürfen. Ich bin ein schrecklicher Mensch. Ich verdiene Ihre Hilfe nicht. Und Ihr Vertrauen. Ich habe Sie bestohlen, und ich bin ...«

»Meine Freundin«, sagte er. »Das sind Sie. Sie sind meine Freundin, und zwar seit Sie siebzehn Jahre alt waren.«

Sie schüttelte den Kopf. Sie war nicht seine Freundin. Sie war ein Blutegel.

»Wissen Sie noch, wie Sie das erste Mal an meine Tür geklopft haben?«, fragte er. »Ich hatte ein Schild rausgehängt, dass ich eine Aushilfe suche, aber insgeheim hatte ich gehofft, die Hilfe würde von jemand Besonderem wie Ihnen kommen.«

Callie konnte seine Freundlichkeit nicht ertragen. Sie begann, so heftig zu weinen, dass sie kaum mehr Luft bekam.

»Callie.« Er nahm ihre Hand. »Bitte weinen Sie nicht. Es gibt hier nichts, was mich überrascht oder entsetzt.«

Sie hätte erleichtert sein müssen, aber sie fühlte sich nur noch schrecklicher, weil er nie etwas gesagt hatte. Er hatte einfach mitgespielt, so als wäre er ihr nie auf die Schliche gekommen.

»Sie waren sehr clever mit den Patientenakten und wie Sie Ihre Spuren verwischt haben, falls das ein Trost ist«, sagte er.

Es war kein Trost. Es war eine Anklage.

»Die unerwartete Wendung ist, ich mag dabei sein, den Verstand zu verlieren, aber selbst ich würde mich an einen Akita mit Hüftdysplasie erinnern.« Er zwinkerte ihr zu, als wäre der Diebstahl von Betäubungsmitteln nichts. »Sie wissen, was für zickige kleine Dinger Akitas sein können.«

»Es tut mir leid, Dr. Jerry.« Tränen strömten ihr übers Gesicht, und ihre Nase lief. »Ich schleppe einen Gorilla mit mir herum.«

»Ah, dann wissen Sie sicher, dass demografische Veränderungen in der Gorillawelt in jüngster Zeit zu ungewöhnlichem Verhalten geführt haben.«

Callie merkte, wie sich ihre bebenden Lippen zu einem Lächeln verzogen. Er wollte ihr keine Standpauke halten, sondern nur eine Tiergeschichte erzählen.

Sie holte schniefend Luft und sagte: »Erzählen Sie.«

»Gorillas sind im Allgemeinen recht friedlich, solange man ihnen Raum lässt. Aber dieser Raum wird wegen des Menschen immer mehr eingeschränkt, und natürlich gibt es Nachteile, wenn man Spezies schützt, die hauptsächlich darin liegen, dass die Populationen dieser Spezies anzuwachsen beginnen.« Er fragte: »Sagen Sie, sind Sie je einem Gorilla begegnet?«

Sie schüttelte den Kopf. »Nicht dass ich mich erinnere.«

»Nun, das ist gut. Denn früher war es so, dass ein glücklicher Bursche für den ganzen Trupp verantwortlich war, und er hatte alle Mädels für sich allein und war sehr, sehr glücklich.«

Dr. Jerry machte eine dramatische Pause. »Jetzt bleiben jüngere Männchen, wo sie sind, statt loszuziehen und ihren eigenen Trupp zu gründen, und ohne Aussicht auf Liebe haben sie sich angewöhnt, einzelne schwächere Männchen anzugreifen. Ist das zu fassen?«

Callie wischte sich mit dem Handrücken über die Nase. »Das ist schrecklich.«

»Allerdings«, sagte Dr. Jerry. »Junge Männer ohne ein Ziel im Leben können ziemlich problematisch sein. Mein jüngster Sohn zum Beispiel. Er wurde in der Schule furchtbar schikaniert. Habe ich Ihnen einmal erzählt, dass er mit einer Sucht kämpfte?«

Callie schüttelte den Kopf, denn sie hatte nie von einem jüngeren Sohn gehört. Sie wusste nur von dem in Oregon.

»Zachary war vierzehn Jahre alt, als er anfing, Drogen zu nehmen. Es geschah aus Mangel an Freundschaft, verstehen Sie? Er war sehr einsam, aber er fand Akzeptanz in einer Gruppe von Jugendlichen, die wir uns nicht als Gesellschaft für ihn gewünscht hätten«, erklärte Dr. Jerry. »Sie waren die Schulkiffer, falls man das heute noch so sagen würde. Und die Mitgliedschaft in diesem Club war damit verbunden, dass man mit Drogen experimentierte.«

Callie war in der Highschool in eine ähnliche Gruppe gesaugt worden. Jetzt waren sie alle verheiratet, hatten Kinder und fuhren hübsche Autos, und sie stahl Betäubungsmittel von dem einzigen Mann, der ihr je echte väterliche Liebe entgegengebracht hatte.

»Zachary hätte noch eine Woche bis zu seinem achtzehnten Geburtstag gehabt, als er starb.« Dr. Jerry lief im Pausenraum umher und öffnete und schloss Schränke, bis er die Dose mit den Tiercrackern gefunden hatte. »Ich habe Ihnen Zachary nicht verheimlicht, meine Liebe. Ich hoffe, Sie verstehen, dass es Themen gibt, die so schmerzhaft sind, dass man nicht darüber sprechen kann.«

Callie nickte, denn sie verstand mehr, als er wusste.

»Meine wunderbare Frau und ich versuchten verzweifelt, unserem Jungen zu helfen. Das ist der Grund, warum sein Bruder ans andere Ende des Landes gezogen ist. Fast vier Jahre lang lag unser Augenmerk zur Gänze auf Zachary.« Dr. Jerry kaute auf einer Handvoll Cracker. »Aber es gab nun mal nichts, was wir tun konnten. Der arme Kerl war heillos in seiner Sucht gefangen.«

Callies Junkie-Hirn rechnete nach. Ein jüngerer Sohn war wohl in den Achtzigern herangewachsen, und das bedeutete Crack. Kokain machte süchtig, Crack war zerstörerisch. Callie hatte gesehen, wie sich Crackraucher-Sammy die Haut vom Arm kratzte, weil er überzeugt war, dass sich darunter Parasiten eingenistet hatten.

»Während Zacharys kurzer Lebensdauer wurden Suchterkrankungen wissenschaftlich gut dokumentiert, aber es ist etwas anderes, wenn es dein eigenes Kind ist. Du nimmst an, sie wüssten es besser oder seien irgendwie anders, aber Tatsache ist: So besonders sie auch sein mögen, sie sind trotzdem genau wie alle anderen. Ich schäme mich heute, wenn ich an mein Verhalten von damals denke«, gestand Dr. Jerry. »Könnte ich die letzten Monate mit Zachary noch einmal zurückholen, ich würde diese kostbaren Stunden dafür nutzen, ihm zu sagen, dass ich ihn liebe, statt ihn aus Leibeskräften anzubrüllen, dass es eine Art moralisches Versagen sein müsse, ein Mangel an Charakter, Hass auf seine Familie, was ihn dazu bringt, nicht aufzuhören.«

Er schüttelte die Dose mit den Crackern. Callie wollte keine, aber sie hielt die Hand auf und sah ihn Tiger, Kamele und Nashörner herausschütten.

Dr. Jerry nahm sich selbst noch eine Handvoll, bevor er sich wieder setzte. »Einen Tag nachdem wir Zachary beerdigt hatten, bekam June die Diagnose Brustkrebs.«

Callie hörte ihn den Namen seiner Frau selten laut aussprechen. Sie hatte June nie kennengelernt. Die Frau war bereits tot gewesen, als sie das Schild im Fenster der kleinen Tierklinik zum ersten Mal gesehen hatte. Dieses Mal brauchte sie keine Junkie-Mathematik. Callie war siebzehn gewesen, als sie an Dr. Jerrys Tür geklopft hatte, so alt, wie Zachary gewesen war, als er an einer Überdosis starb.

»Seltsamerweise erinnert mich die Pandemie an diese Zeit in meinem Leben. Erst ging Zachary von uns, und bevor wir dazu kamen, diesen Verlust zu betrauern, war June im Krankenhaus. Dann ist June natürlich sehr schnell gestorben. Ein Segen, aber auch ein Schock.« Er erklärte: »Ich vergleiche es deshalb mit heute, weil wir alle auf Erden gerade ein vorübergehendes Aussetzen von Verlustgefühlen erleben. Mehr als eine halbe Million Tote allein in den Vereinigten Staaten. Diese Zahl ist so überwältigend, dass wir sie nicht akzeptieren können, also machen wir einfach weiter mit unserem Leben und tun, was wir können, aber am Ende wird der bedrückende Verlust auf uns warten. Es holt einen immer ein, nicht wahr?«

Callie nahm sich noch mehr Cracker, als er ihr die Dose hinhielt.

»Sie sehen nicht gut aus, liebe Freundin«, sagte er.

Sie konnte ihm nicht widersprechen, deshalb versuchte sie es gar nicht.

»Vor einer Weile hatte ich einen höchst merkwürdigen Traum«, sagte er. »Er handelte von einer Heroinsüchtigen. Haben Sie mal eine kennengelernt?«

Callie sank der Mut. Sie gehörte nicht in eine seiner lustigen Geschichten.

»Sie leben an den dunkelsten, einsamsten Orten, was sehr traurig ist, denn sie sind allgemein dafür bekannt, dass sie wundervolle, fürsorgliche Geschöpfe sind.« Er legte die Hand an den Mund, als würde er ihr etwas im Vertrauen mitteilen. »Vor allem die Damen.«

Callie unterdrückte ein Schluchzen. Sie verdiente das nicht.

»Habe ich erwähnt, dass sie eine besondere Affinität zu Katzen haben? Nicht als Abendessen, sondern als Gesellschaft zum Abendessen.« Dr. Jerry hob die Hände. »Ach ja, und sie sind notorisch liebenswert. Es ist fast unmöglich, sie nicht zu lieben. Man müsste schon ein sehr hartherziger Mensch sein, um den Gewissensbissen zu widerstehen.«

Callie schüttelte den Kopf. Sie durfte nicht zulassen, dass er sie freisprach.

»Außerdem ist ihre Generosität legendär!« Dr. Jerry schien seine Freude an dem Wort zu haben. »Man weiß von welchen, die Hunderte von Dollar in die Geldschatulle legen, damit andere, verletzlichere Geschöpfe etwas davon haben.«

Callies Nase lief so schlimm, dass sie mit dem Schniefen nicht hinterherkam.

Dr. Jerry nahm sein Taschentuch aus der Gesäßtasche und gab es ihr.

Callie schnäuzte sich. Sie dachte an seinen Traum von dem anhänglichen, sich auflösenden Fisch und an die Ratten, die Gift in ihrem stachligen Fell einlagerten, und sie überlegte zum ersten Mal, dass Dr. Jerry vielleicht gar nicht der Metaphern-Typ war.

»Die Sache mit Süchtigen ist die«, sagte er. »Wenn man so einem Schlingel erst einmal sein Herz geöffnet hat, wird man niemals wieder aufhören, ihn zu lieben. Egal, was kommt.«

Sie schüttelte den Kopf, denn wieder verdiente sie seine Liebenswürdigkeit nicht.

»Lungen-Kachexie?«, fragte er.

Callie schnäuzte sich wieder, damit ihre Hände beschäftigt waren. Sie war die ganze Zeit so verdammt leicht zu durchschauen gewesen. »Ich wusste nicht, dass Sie sich auch mit Humanmedizin auskennen.«

Er lehnte sich zurück und verschränkte die Arme vor der Brust. »Sie verbrauchen mehr Kalorien beim Atmen, als Sie durch Essen zu sich nehmen. Deshalb verlieren Sie so viel Gewicht. Kachexie ist eine zehrende Krankheit. Aber das wissen Sie, oder?«

Callie nickte wieder, denn ein anderer Arzt hatte es ihr bereits erklärt. Sie musste mehr essen, aber nicht zu viele Proteine, denn ihre Nieren waren im Eimer, und nicht zu viel industriell verarbeitetes Essen, denn ihre Leber funktionierte kaum noch. Dann war da das Knistern, das er in ihrer Lunge hörte, und die Trübung in ihren Röntgenaufnahmen, die wie weißes gemahlenes Glas aussah, und die zerfallenden Wirbel in ihrem Hals und die vorzeitige Arthritis in ihrem Knie, und das war noch nicht alles gewesen, aber irgendwann hatte sie ihm nicht mehr zugehört.

»Es geht nicht mehr lange, oder?«, fragte Dr. Jerry. »Wenn Sie so weitermachen.«

Callie kaute auf der Lippe, bis sie wieder Blut schmeckte. Sie dachte daran, wie sie dem Rausch im Fixertreff nachgejagt war, an die dämmernde Erkenntnis, dass Heroin allein den Schmerz nicht mehr vergehen ließ.

»Mein ältester Sohn – mein einziger verbliebener Sohn – will, dass ich bei ihm lebe«, sagte Dr. Jerry.

»In Oregon?«

»Er fragt mich seit den Mini-Schlaganfällen. Ich sagte, ich hätte Angst, dass mich die Antifa zwingt, kein Gluten mehr zu essen, wenn ich nach Portland ziehe, aber ...« Er stieß einen langen Seufzer aus. »Darf ich Ihnen etwas im Vertrauen sagen?«

»Natürlich.«

»Ich bin hier, seit Sie gestern Nachmittag gegangen sind. Miauma Cass hat die Aufmerksamkeit genossen, aber ...« Er zuckte die Achseln. »Ich habe vergessen, wie ich nach Hause komme.«

Callie biss sich auf die Unterlippe. Sie war vor drei Tagen gegangen. »Ich kann es Ihnen aufschreiben.«

»Ich habe es inzwischen in meinem Telefon nachgeschlagen. Wussten Sie, dass man das kann?«

»Nein«, sagte sie. »Das ist ja erstaunlich.«

»In der Tat. Man bekommt Wegbeschreibungen und alles, aber ich finde es sehr beunruhigend, dass man so leicht zu finden ist. Ich vermisse die Anonymität. Menschen haben ein Recht zu verschwinden, wenn sie es wünschen. Es ist eine persönliche Entscheidung, nicht wahr? Jeder sollte Autonomie besitzen. Wir schulden es unseren Mitmenschen, ihre Entscheidungen zu stützen, selbst wenn wir nicht mit ihnen einverstanden sind.«

Callie wusste, sie sprachen nicht mehr über das Internet. »Wo ist Ihr Truck?«

»Er steht hinter der Klinik«, sagte er. »Ist das zu glauben?«

»Das ist verrückt«, sagte sie, obwohl Dr. Jerry seinen Truck immer hinter der Klinik abstellte. »Ich könnte mit Ihnen fahren, damit Sie auch sicher nach Hause finden.«

»Das ist sehr großzügig, aber nicht nötig.« Er hielt wieder ihre Hand. »Nur Ihretwegen konnte ich diese letzten Monate überhaupt noch arbeiten. Und ich verstehe sehr wohl das Opfer, das es für Sie bedeutet. Was es Ihnen abverlangt, damit Sie das hier tun können.«

Er blickte auf das Drogenbesteck auf dem Tisch. »Es tut mir leid«, sagte sie.

»Sie werden sich nie, nie bei mir entschuldigen müssen.« Er führte ihre Hand an seinen Mund und gab ihr einen flüchtigen Kuss, ehe er losließ. »Also, was versuchen wir hier zu bewerkstelligen? Ich möchte auf keinen Fall, dass Sie einen Fehler machen.«

Callie schaute sich das Pentobarbital an. Auf dem Etikett stand Euthasol, und sie verwendeten es für genau den Zweck, den der Name vermuten ließ. Dr. Jerry glaubte verstanden zu haben, warum sie es aus dem Schrank geholt hatte, aber er irrte sich.

»Ich bin einer sehr gefährlichen Deutschen Dogge begegnet«, sagte sie.

Er kratzte sich am Kinn und dachte über die Folgerungen nach. »Das ist ungewöhnlich. Ich würde sagen, die Schuld liegt voll und ganz beim Besitzer. Doggen sind normalerweise sehr freundliche und mitfühlende Gesellen. Sie werden nicht ohne Grund sanfte Riesen genannt.«

»An diesem ist nichts sanft«, sagte Callie. »Er tut Frauen weh. Vergewaltigt und foltert sie. Und er bedroht Menschen, die mir etwas bedeuten. Wie meine Schwester. Und meine ... die Tochter meiner Schwester. Sie ist erst sechzehn. Sie hat noch ihr ganzes Leben vor sich.«

Dr. Jerry verstand jetzt. Er nahm die Flasche in die Hand. »Wie viel wiegt dieses Vieh?«

»Rund neunzig Kilo.«

Er studierte das Etikett auf der Flasche. »Freddy, die fantastische Deutsche Dogge, die den Weltrekord für den größten Hund hielt, kam auf achtundneunzig Kilo.«

»Das ist ein großer Hund.«

Er verstummte. Sie sah ihm an, dass er im Kopf rechnete. Schließlich entschied er: »Ich würde sagen, um sicherzugehen, bräuchten Sie wenigstens zwanzig Milliliter.«

Callie blies die Backen auf. »Das ist eine große Spritze.«

»Es ist ein großer Hund.«

Callie überlegte ihre nächste Frage. Normalerweise legten sie einen Zugang und sedierten ein Tier, bevor sie es einschläferten. »Wie würden Sie es verabreichen?«

»Die Halsschlagader wäre gut.« Er dachte noch ein wenig darüber nach. »Intrakardial wäre der schnellste Weg. Direkt ins Herz. Sie haben das schon gemacht, oder?«

Sie hatte es in der Klinik gemacht, aber bevor Naloxon so leicht verfügbar war, hatte sie es auch auf der Straße gemacht.

»Was noch?«, fragte Callie.

»Das Herz sitzt leicht geneigt im Körper, der linke Vorhof wäre also der hintere und daher leichter zu erreichen, korrekt?«

Callie nahm sich einen Moment Zeit, um sich die Anatomie vor Augen zu führen. »Korrekt.«

»Die sedierende Wirkung müsste binnen Sekunden einsetzen, aber die gesamte Dosis wird nötig sein, um die Kreatur in das nächste Leben zu befördern. Und natürlich würden die Muskeln verkrampfen. Man würde agonale Atmung hören.« Er lächelte, aber in seinen Augen lag Traurigkeit. »Wenn ich mir die Bemerkung erlauben darf, erscheint es mir sehr gefährlich für jemanden von Ihrer zierlichen Statur, sich an diese Aufgabe zu wagen.«

»Dr. Jerry«, sagte Callie, »wissen Sie denn immer noch nicht, dass ich für die Gefahr lebe?«

Er grinste, aber die Traurigkeit war immer noch da.

»Es tut mir leid«, sagte sie. »Was mit Ihrem Sohn geschehen ist, meine ich – Sie müssen wissen, dass er Sie immer geliebt hat. Er wollte aufhören. Ein Teil von ihm jedenfalls. Er wollte ein normales Leben führen, bei dem Sie stolz auf ihn sein könnten.«

»Ich weiß Ihre Worte mehr zu schätzen, als ich ausdrücken kann«, sagte Dr. Jerry. »Und was Sie angeht, meine Freundin, so waren Sie immer eine Freude in meinem Leben. Nichts an unserer Beziehung hat mir je etwas anderes als Vergnügen bereitet. Sie vergessen das nicht, okay?«

»Versprochen«, sagte Callie. »Und das Gleiche gilt für Sie.«

»Ah.« Er tippte sich an die Schläfe. »Das ist etwas, das ich nicht vergessen werde.«

Danach blieb ihm nichts mehr übrig, als zu gehen.

Callie entdeckte Miauma Cass auf dem Sofa in Dr. Jerrys Arbeitszimmer. Die Katze war zu schläfrig, um dagegen zu protestieren, dass sie in eine Transportbox gesetzt wurde. Sie gestattete Callie sogar, sie auf ihren runden Bauch zu küssen. Die Flaschenaufzucht hatte sich bezahlt gemacht. Cass war jetzt kräftiger. Sie würde durchkommen.

Dr. Jerry brachte einiges Erstaunen zum Ausdruck, seinen Truck hinter dem Gebäude vorzufinden, aber Callie bewunderte seine Fähigkeit, sich an eine neue Lage anzupassen. Sie half ihm, den Sicherheitsgurt um die Transportbox zu schließen und dann sich selbst anzuschnallen. Keiner der beiden sagte etwas, als er den Motor anließ. Sie legte die Hand an sein Gesicht. Und dann beugte sie sich vor und küsste ihn auf die stoppelige

Wange, bevor sie ihn abfahren ließ. Der Truck rollte langsam aus der Gasse. Der linke Blinker ging an.

»Scheiße«, murmelte Callie und winkte, um ihn auf sich aufmerksam zu machen. Sie sah ihn zurückwinken. Der linke Blinker ging aus. Der rechte Blinker ging an.

Nachdem er um die Ecke verschwunden war, lief sie ins Gebäude zurück. Sie überprüfte zweimal, ob alle Türen richtig verschlossen waren. Die verdammten Junkies würden die Klinik plündern, wenn sie nachlässig wurde.

Die Zwanzig-Milliliter-Spritzen wurden im Zwinger aufbewahrt. Sie brauchten sie selten. Als sie eine in der Hand hielt, war Callies einziger Gedanke, dass sie noch viel größer waren, als sie gedacht hatte. Sie nahm sie mit in den Pausenraum, entfernte die Kappe von der Nadel und zog die Dosis Pentobarbital aus der Flasche auf. Am Ende war der Kolben fast ganz aus der Kanüle gezogen. Als sie die Kappe wieder aufsetzte, war die Spritze von einem Ende zum anderen wahrscheinlich so lang wie ein Taschenbuch.

Callie steckte die geladene Spritze in ihre Jackentasche. Sie passte genau bis in die Ecken.

Dann fasste sie in die andere Tasche. Ihre Finger strichen an dem Messer entlang.

Gesprungener Holzgriff. Verbogene Klinge. Callie hatte Andrews Hotdogs damit geschnitten, weil er sonst versucht hatte, sich das ganze Ding in den Mund zu stopfen, und zu würgen anfing.

Wo war Andrew jetzt?

Sidneys Wagen stand draußen wie ein Willkommensschild an einer Raststätte. Callie hatte sein Lieblingsmesser gestohlen. Sie hatte dafür gesorgt, dass seine Ehefrau die nächsten sechs Wochen keinen Strahl pinkeln konnte. Sie hatte seinen Videorekorder und sein Band im Elektronikschrank gefunden. Sie hatte seine weißen Ledercouchen aufgeschlitzt und lange, blutrote Furchen in seine makellosen Wände gekratzt.

Worauf wartete er noch?

Callie fühlte eine Schwere in den Augenlidern. Es war beinahe Mitternacht. Sie war erschöpft vom heutigen Tag, und der nächste würde nicht leichter werden. Dr. Jerry die Wahrheit zu sagen hatte ihren Körper dazu gebracht, die grausame Tatsache zu akzeptieren, dass sie endlich den Preis für ihre schlimme Lebensweise bezahlte. Alles tat weh. Alles fühlte sich falsch an.

Sie blickte auf ihr Dope-Kit. Sie konnte sich jetzt eine Spritze setzen, dem Hochgefühl wieder hinterherjagen, aber sie hatte so eine Ahnung, dass Andrew genau in dem Moment auftauchen würde, in dem sie wegdöste. Die riesige Spritze in ihrer Tasche sollte nicht der Leichenbeschauer finden. Sie war dafür gedacht, Andrew umzulegen, damit Maddy in Sicherheit war und Leigh ihr Leben weiterleben konnte.

Die Idee war noch nicht einmal ein Plan, aber dessen ungeachtet war sie so töricht wie gefährlich. Dr. Jerry hatte recht. Callie war zu klein und zierlich, und Andrew war zu groß und stark, und sie würde ihn auf keinen Fall noch einmal auf dem falschen Fuß erwischen, denn diesmal würde er damit rechnen, dass sie fuchsteufelswild wurde.

Sie hätte die nächsten Minuten oder Stunden damit verbringen können, sich eine bessere Strategie auszudenken, aber Callie war noch nie dafür bekannt gewesen, allzu weit vorauszudenken, und die Stifte und Schrauben in ihrem Hals machten es ihr unmöglich, zurückzublicken. Alles, was für sie sprach, war ihre Entschlossenheit, diese Sache hinter sich zu bringen. Es mochte am Ende nicht gut ausgehen, aber es wäre zumindest das Ende.

FREITAG

19

Es war gerade Mitternacht, als Leigh durch die Gitterstäbe vor dem Fenster von Dr. Jerrys dunklem Wartezimmer spähte. Sie hatte angenommen, der alte Mann sei schon tot, aber die Überwachungsfotos von Reggie hatten etwas anderes erbracht. Die Facebook-Seite der Tierarztpraxis zeigte Fotos von Tieren, die kürzlich dort behandelt wurden. Sie hatte Callies Handschrift in den Namen der Tiere erkannt. Cleocatra. Miaussolini. Miauma Cass. Binx war offenbar der echte Name von »Scheiß Nutte, kurz gesagt: Schnutte«.

Typisch Callie, sich an den Namen der Katze aus *Hocus Pocus – Drei zauberhafte Hexen* zu erinnern, einem Film, den sie so oft gesehen hatten, dass selbst Phil anfing, Textzeilen daraus zu zitieren. Leigh hätte gelacht, wenn sie nicht so verzweifelt auf der Suche nach ihrer Schwester gewesen wäre. Dass sie seit zwei Tagen nicht mit Callie gesprochen hatte, wäre normalerweise eine Erleichterung gewesen. Jetzt gingen ihr nur Worst-Case-Szenarien durch den Kopf – eine Auseinandersetzung mit Andrew, eine schlechte Dosis Dope, ein Anruf von der Notaufnahme, ein Cop vor der Tür.

»Bist du dir sicher, dass sie hier ist?«, fragte Walter.

»Das war Dr. Jerry, dem wir gerade auf der Straße begegnet sind. Sie muss hier sein.« Leigh klopfte an das Glas. Sie machte sich Sorgen wegen des silbernen BMW-Cabrios, das zwei Parkplätze vor dem Gebäude einnahm. Sie waren nicht nur im Viertel, sie waren auch in Fulton County. Das Kennzeichen des Wagens war aus DeKalb, wo Andrew wohnte.

»Es ist schon spät, Sweetheart.« Walter legte ihr die Hand auf den Rücken. »Wir treffen uns in sieben Stunden mit dem Anwalt. Möglicherweise finden wir Callie vorher nicht.«

Leigh hätte ihn am liebsten geschüttelt, denn er verstand nicht. »Wir müssen sie jetzt finden, Walter. Sobald Andrew Reggie nicht erreichen kann, wird er wissen, dass etwas nicht stimmt.«

»Aber eigentlich wird er nichts wissen.«

»Er ist ein Raubtier. Er lässt sich von seinem Instinkt leiten«, sagte Leigh. »Überleg mal. Reggie ist verschwunden, dann erfährt Andrew, dass die Zeugenauswahl verschoben ist, und ich bin nirgendwo aufzutreiben. Ich verspreche dir, er wird entweder alle Videos ins Netz stellen, oder er zeigt der Polizei das Original-Mordvideo, oder … Egal, was er tut, ich kann nicht zulassen, dass Callie hier ist, wenn der Rückschlag kommt. Wir müssen sie so schnell wie möglich aus der Stadt schaffen.«

»Sie wird nicht gehen wollen«, sagte Walter. »Du weißt es. Hier ist ihr Zuhause.«

Leigh würde ihrer Schwester keine Wahl lassen. Callie musste verschwinden, da gab es nichts zu diskutieren. Sie klopfte kräftiger an das Glas.

»Leigh«, sagte Walter.

Sie ignorierte ihn und ging ein Stück weiter, schirmte die Augen mit der Hand ab, um in den dunklen Warteraum zu spähen. Ihr Herz schlug bis zum Hals. Ihr Kampf-oder-Flucht-Instinkt drehte sich wie ein Kreisel. Leigh hielt im Moment nur Fünf-Minuten-Schritte aus, denn wenn sie darüber hinausdachte, setzte sich die Lawine in Gang, und sie sah sich mit der Tatsache konfrontiert, dass ihr Leben, so wie sie es gekannt hatte, bald vorbei wäre.

Sie würde ihre Schwester vor der drohenden Lawine retten.

»Leigh«, versuchte es Walter wieder, und wäre sie nicht so

besorgt um ihren Mann gewesen, sie hätte ihn angeschrien, dass er verdammt noch mal aufhören sollte, ihren Namen zu sagen.

Sie waren beide erschöpft und verstört von dem, was sie Reggie angetan hatten. Die halbe Nacht kreuz und quer in der Gegend herumzufahren hatte ihre Ängste nicht verringert. Sie waren bei Phil vorbeigefahren, hatten an die Tür in Callies billigem Motel geklopft, Empfangsmitarbeiter anderer billiger Hotels in der Nähe geweckt und bei Fixertreffs vorbeigeschaut. Sie hatten bei der Polizei angerufen und mit Schwestern in fünf verschiedenen Notaufnahmen gesprochen. Es war genau wie in den alten Zeiten, und es war immer noch schrecklich und emotional erschöpfend, aber sie hatten Leighs Schwester noch immer nicht gefunden.

Leigh würde nicht aufgeben. Sie schuldete Callie eine Warnung wegen der Bänder.

Sie schuldete Callie endlich die Wahrheit.

»Da.« Walter deutete durch das Gitter, und im selben Moment ging im Wartezimmer das Licht an. Callie trug Jeans und eine gelbe Satinjacke, die Leigh aus der Mittelschule wiedererkannte. Trotz der Hitze hatte sie den Reißverschluss bis zum Hals zugezogen.

»Cal!«, rief Leigh durch die Scheibe.

Ihr verzweifelter Tonfall veranlasste Callie keineswegs zu mehr Eile, als sie das Wartezimmer durchquerte. Walter hatte recht, was die Bräune anging. Callies Haut war fast golden. Aber das kränkliche Aussehen war geblieben, die schmerzhafte Magerkeit, der hohle Blick.

Das grelle Licht zeigte Callies Verfall in aller Deutlichkeit, als sie endlich die Tür erreichte. Ihre Bewegungen waren mühsam, ihre Miene war ausdruckslos. Sie atmete durch den Mund. Sonst wirkte Callie immer erfreut, wenn sie Leigh sah, selbst wenn es über einen Metalltisch im County-Gefängnis hinweg geschah. Jetzt sah sie argwöhnisch aus. Ihr Blick huschte über den Parkplatz, als sie einen Schlüssel ins Schloss steckte.

Die Glastür ging auf. Ein weiterer Schlüssel öffnete das Sicherheitsgitter. Aus der Nähe konnte Leigh verblasstes Make-up im Gesicht ihrer Schwester erkennen. Verwischter Eyeliner. Verschmierte Wimperntusche. Callies Lippen waren dunkelrosa verfärbt. Es war Jahrzehnte her, seit Leigh ihre Schwester mit mehr Make-up als Katzenschnurrbarthaaren in geraden Strichen auf den Wangen gesehen hatte.

Callie sprach zuerst Walter an. »Lang nicht gesehen, mein Freund.«

Walter sagte: »Schön, dich zu sehen, Freundin.«

Leigh ertrug ihren Ahörnchen-und-Behörnchen-Quatsch im Moment nicht. »Bist du okay?«, fragte sie Callie.

Von Callie kam darauf eine typische Callie-Antwort: »Ist irgendwer je wirklich okay?«

Leigh wies mit dem Kinn auf den BMW draußen am Parkplatz. »Wessen Wagen ist das?«

»Er steht schon den ganzen Abend da«, sagte Callie, was im Grunde keine Antwort war.

Leigh öffnete den Mund, um mehr Einzelheiten zu fordern, aber dann wurde ihr klar, dass es sinnlos wäre. Der Wagen spielte keine Rolle. Sie war hier, um mit ihrer Schwester zu sprechen, und sie hatte ihre Rede während der langen, endlosen Nacht immer wieder geprobt. Alles, was sie von Callie brauchte, war Zeit – eine der wenigen Ressourcen, die Callie immer im Übermaß zur Verfügung stand.

»Ich lasse euch beide dann mal allein«, sagte Walter wie aufs Stichwort. »War nett, dich zu sehen, Callie.«

Callie antwortete mit einem Salut. »Lass von dir hören.«

Leigh wartete nicht auf eine Einladung. Sie ging in das Gebäude und zog das Gitter zu. Der Eingangsbereich hatte sich in all den Jahren nicht verändert. Selbst der Geruch war vertraut – nasser Hund mit einer Spur von Chlorbleiche, denn Callie schrubbte den Boden notfalls auf Händen und Knien, wenn es Dr. Jerry dann nicht tun musste.

»Harleigh«, sagte Callie. »Was ist los? Warum bist du hier?«

Leigh antwortete nicht. Sie drehte sich um, um nach Walter zu sehen. Seine dunkle Gestalt saß reglos auf dem Beifahrersitz ihres Audis, und er sah hinunter auf seine Hände. Er hatte seine Finger fast eine Stunde lang ständig gebeugt und gestreckt, bis sie ihn gezwungen hatte aufzuhören. Und dann hatte er an den offenen Wunden an seinen Knöcheln gezupft, bis Blut über seine Hände gelaufen und auf den Sitz getropft war. Es war, als müsste er sich ständig an die Gewalt erinnern, die er gegen Reggie Paltz gebraucht hatte. Leigh hatte ihn dazu bringen wollen, darüber zu reden, aber Walter wollte nicht. Zum ersten Mal in ihrer Ehe wurde sie nicht aus ihm schlau. Noch ein Leben, das sie zerstört hatte.

Leigh wandte sich ab und sagte zu Callie: »Lass uns nach hinten gehen.«

Callie fragte nicht, warum sie sich nicht ins Wartezimmer setzen konnten. Stattdessen führte sie Leigh in Dr. Jerrys Büro. Wie in den anderen Räumen hatte sich auch hier nichts verändert. Die ulkige Lampe mit einem pummeligen Chihuahua als Sockel. Die ausgebleichten Aquarelle an den Wänden, auf denen Tiere in Kleidungsstücken des Regency dargestellt waren. Selbst das alte grün-weiße Schottenstoffsofa war noch dasselbe. Der einzige Unterschied war Callie. Sie sah abgezehrt aus. Es war, als forderte das Leben endlich doch seinen Tribut.

Leigh wusste, sie würde alles noch schlimmer machen.

»Okay.« Callie lehnte sich an den Schreibtisch. »Erzähl.«

Ausnahmsweise zensierte Leigh die Gedanken nicht sofort, die ihr durch den Kopf gingen. »Walter und ich haben Andrews Privatdetektiv entführt, Reggie Paltz.«

»Oh« war alles, was Callie sagte.

»Er hatte die Kopien der Videos«, sagte Leigh. »Aber ich werde mich trotzdem stellen, und ich fand, ich bin es dir schuldig, vorher mit dir zu sprechen, weil du ebenfalls auf diesen Bändern zu sehen bist.«

Callie schob die Hände in die Jackentaschen. »Ich habe Fragen.«

»Das spielt keine Rolle. Ich habe mich entschieden. Es ist das, was ich tun muss, damit Maddy nichts geschieht. Und damit anderen Leuten nichts geschieht, denn ich weiß nicht, was er sonst noch tun wird.« Leigh musste innehalten, um die Panik einzuhegen, die sich in ihr aufbaute. »Ich hätte es schon in dem Moment tun sollen, als Andrew und Linda in Bradleys Büro aufgetaucht sind. Ich hätte vor ihnen allen gestehen sollen, dann wäre Ruby noch am Leben, und Maddy wäre nicht auf der Flucht, und …«

»Harleigh, mach mal langsam«, sagte Callie. »Als wir uns das letzte Mal gesprochen haben, hatte ich eine Panikattacke auf dem Dachboden, und jetzt erzählst du mir etwas von Kopien und dass du dich stellen willst und jemand namens Ruby ist tot und irgendetwas stimmt nicht mit Maddy?«

Leigh erkannte, dass sie schlimmer war als ihre Tochter, wenn die von einer Geschichte alles gleichzeitig zu erzählen versuchte. »Es tut mir leid. Maddy geht es gut. Sie ist in Sicherheit. Walter hat gerade mit ihr telefoniert.«

»Warum hat Walter mit ihr telefoniert? Warum nicht du?«

»Weil …« Leigh hatte Mühe, ihre Gedanken zu ordnen. Die Entscheidung, sich zu stellen, hatte ihr ein gewisses Maß an Frieden eingebracht. Aber nun, da sie vor ihrer Schwester stand, nun, da endlich die Zeit gekommen war, Callie alles zu erzählen, fand Leigh ständig Gründe, es nicht zu tun.

»Ruby Heyer ist – war – eine Mütterfreundin von mir. Sie wurde am Mittwochabend ermordet. Ich weiß nicht, ob Andrew sie selber getötet hat oder ob er es jemand anderen tun ließ, aber er war ohne jeden Zweifel daran beteiligt.«

Callie reagierte nicht auf die Information. Stattdessen fragte sie: »Und die Kopien?«

»Reggie hatte zwei Server in seinem Büro. Andrew hat ihn darauf Back-ups von Buddys Videotapes zur Absicherung speichern lassen. Reggie sollte sie veröffentlichen, falls Andrew etwas zustieße. Walter und ich haben die Server gestohlen. Auf Reggies Laptop war der Verschlüsselungscode, um sie zu öffnen. Wir fanden vierzehn Videobänder plus das Mordvideo.«

Alle Farbe wich aus Callies Gesicht. Ihr schlimmster Albtraum wurde wahr. »Habt ihr sie angesehen? Hat Walter ...«

»Nein«, log Leigh. Sie hatte Walter aufgefordert, den Raum zu verlassen, denn sie hatte wissen müssen, womit sie es zu tun hatten. Ein paar kurze Blicke auf die Callie-Videos hatten genügt, um sie beinahe körperlich krank zu machen. »Die Dateinamen haben alles geliefert, was wir brauchten – dein Name, dann eine Nummer, eins bis vierzehn. Auf dem Mordvideo stand dein Name und meiner. Man konnte es sich leicht zusammenreimen. Wir mussten sie nicht ansehen, um Bescheid zu wissen.«

Callie biss sich auf die Lippen. Sie war so undurchschaubar wie Walter. »Was noch?«

»Andrew hat Reggie engagiert, damit er dich beobachtet«, sagte Leigh. »Er ist dir im Bus zur Bibliothek gefolgt, zu Phil, hierher. Ich habe seine Dossiers gesehen, seine Fotos. Er wusste immer, was du getan hast, und hat es Andrew erzählt.«

Callie wirkte nicht überrascht, aber eine Schweißperle lief ihr über die Wange. Es war zu heiß für die Jacke. Sie hatte sie bis hinauf zum Hals geschlossen.

»Hast du geweint?«, fragte Leigh.

Callie antwortete nicht. »Maddy ist auch wirklich in Sicherheit?«

»Walters Mutter macht eine Reise mit ihr. Sie ist durcheinander, aber ...«

Leigh schluckte schwer. Sie verlor den Mut. Callie ging es eindeutig nicht gut. Es war der falsche Zeitpunkt. Leigh sollte warten, aber warten hatte alles nur immer schlimmer gemacht. Im Lauf der Zeit hatte sich ihr Geheimnis in eine Lüge verwandelt und ihre Lüge in einen Verrat.

»Cal, das alles spielt keine Rolle«, sagte sie. »Andrew hat immer noch die Originalvideos. Aber es geht nicht nur um die

Bänder. Solange er frei ist, sind wir alle nicht sicher – du, ich, Walter, Maddy. Andrew weiß, wo wir sind. Und er wird weiter Frauen verletzen, vielleicht töten. Die einzige Möglichkeit, ihn zu stoppen, besteht darin, dass ich mich stelle. Sobald ich in Haft bin, trete ich als Kronzeugin auf und ziehe ihn mit mir in den Abgrund.«

Callie wartete einen Moment, bevor sie sprach. »Das ist dein Plan? Dich selbst zu opfern?«

»Es ist kein Opfer, Callie. Ich habe Buddy ermordet. Ich habe das Gesetz gebrochen.«

»*Wir* haben Buddy ermordet. *Wir* haben das Gesetz gebrochen.«

»Es gibt kein Wir, Cal. Du hast dich verteidigt. Ich habe ihn umgebracht.« Leigh hatte das Mordvideo von Anfang bis Ende angesehen. Sie hatte gesehen, wie Callie aus Angst auf Buddy einstach – und wie sie selbst den Mann mit Vorsatz tötete. »Da ist noch etwas. Etwas, das ich dir nie erzählt habe. Ich will, dass du es von mir hörst, denn es wird während des Prozesses zur Sprache kommen.«

Callie fuhr mit der Zunge an ihren Zähnen entlang. Sie hatte immer gespürt, wenn Leigh im Begriff stand, ihr etwas zu erzählen, das sie nicht hören wollte. Normalerweise fiel ihr schnell etwas ein, wie sie Leigh aus dem Konzept bringen konnte, und es war jetzt nicht anders. »Ich habe Sidney in ihre AA-Sitzung verfolgt, dann habe ich sie high gemacht, und wir sind zu Andrew gefahren. Sie hat mich gefickt, und dann gab es einen Kampf, aber ich habe ihr das Knie richtig heftig zwischen die Beine gerammt, und ich glaube, die Originalbänder sind in dem Safe in seinem Haus.«

Leigh rutschte das Herz bis in die Magengrube. »Wie bitte?«

»Das hier habe ich auch gestohlen.« Leigh zog ein Messer aus ihrer Jackentasche.

Leigh blinzelte, sie wollte nicht glauben, was sie vor sich sah, obwohl sie das Messer aus dem Gedächtnis hätte beschreiben können. *Gesprungener Holzgriff. Verbogene Klinge. Scharfe, gezackte Schneide.*

Callie schob das Messer wieder in ihre Tasche. »Ich habe Sidney gesagt, sie soll Andrew ausrichten, dass er kommen muss, wenn er sein Messer zurückhaben will.«

Leigh sank auf die Couch, bevor ihre Beine nachgaben.

»Es war in der Küchenschublade«, sagte Callie. »Sidney hat Limetten für Margaritas damit geschnitten.«

Leigh hatte das Gefühl, die Geschichte nicht richtig verstanden zu haben. »Was meinst du damit: Sie hat dich gefickt – wörtlich oder in dem Sinn, dass sie dich ausgetrickst hat?«

»Theoretisch wohl beides.« Callie zuckte die Achseln. »Was ich sagen will, ist, dass Sidney über die Bänder Bescheid weiß. Sie hat es mir nicht direkt gesagt, aber sie hat mich wissen lassen, dass die Originale in dem Safe in Andrews Schrank eingeschlossen sind. Und sie weiß, dass das Messer wichtig ist. Dass ich es immer benutzt habe, als Andrew klein war.«

Leigh schüttelte den Kopf und versuchte zu verstehen, was sie gehört hatte. Zugedröhnt, gefickt, gekämpft, getreten. Safe. Letzten Endes war nichts davon schlimmer als das, was sie Walter mit Reggie Paltz hatte anstellen lassen. »Großer Gott, wir beide werden Phil mit jedem Tag ähnlicher.«

Callie setzte sich auf die Couch. Sie hatte erkennbar noch nicht alle Bomben platzen lassen. »Das ist Sidneys BMW da draußen.«

Schwerer Autodiebstahl.

Callie sagte: »Ich dachte, du bist Andrew, als du an die Tür geklopft hast. Er ist noch nicht gekommen. Ich weiß nicht, wieso.«

Leigh sah zur Decke. Ihr Verstand konnte das alles nicht auf einmal verarbeiten. »Du hast seine Freundin kampfunfähig gemacht. Ich habe seinen Privatdetektiv verjagt. Er muss wütend sein.«

»Ist Walter okay?«, fragte Callie.

»Nein, ich glaube nicht.« Leigh wandte den Kopf und sah Callie an. »Ich werde Maddy alles erzählen müssen.«

»Du darfst ihr nicht von mir erzählen«, sagte Callie mit Nachdruck. »Ich will das nicht, Leigh. Ich bin nur die Erde. Ich habe sie für dich und Walter wachsen lassen. Sie hat nie mir gehört.«

»Maddy wird es verkraften«, sagte Leigh, aber sie wusste in ihrem Innersten, dass keiner von ihnen ungeschoren aus dieser Geschichte herauskommen würde. »Du hättest sie im ersten Lockdown sehen sollen. Alle meine Freundinnen haben sich über ihre Kids beklagt, aber Maddy war so tapfer, Cal. Sie hätte jedes Recht gehabt, einen Anfall zu bekommen, eine Dummheit zu begehen oder uns das Leben zur Hölle zu machen. Ich habe sie danach gefragt, und sie sagte, dass ihr die Kids leidtun, die schlimmer dran sind als sie.«

Wie üblich fand Callie etwas anderes, auf das sie sich konzentrieren konnte. Ihr Blick klebte auf den Aquarellen an der Wand, als wären sie das Wichtigste im Raum. »Ihr Vater war ein guter Kerl. Ich glaube, du hättest ihn gemocht.«

Leigh sagte nichts. Callie hatte Maddys leiblichen Vater zuvor nie erwähnt, und weder sie noch Walter hatten je den Mut aufgebracht, sie nach ihm zu fragen.

»Er hat mir einen Teil meiner Einsamkeit genommen. Er hat nie gebrüllt oder die Hand gegen mich erhoben. Er hat nie versucht, mich zu irgendwelchen Sachen zu drängen, damit wir Drogen beschaffen konnten.« Callie musste Leigh nicht sagen, wozu Frauen üblicherweise gedrängt wurden. »Er ähnelte Walter sehr – wenn Walter ein Heroinjunkie mit nur einer Brustwarze wäre.«

Leigh lachte laut auf, dann traten ihr Tränen in die Augen.

»Er hieß Larry. Seinen Nachnamen habe ich nie erfahren. Oder vielleicht doch, und ich habe ihn vergessen.« Callie atmete langsam aus. »Er ist im Dunkin' Donuts an der Ponce de Leon an einer Überdosis gestorben. Du findest wahrscheinlich den Polizeibericht, wenn du seinen Namen wissen willst. Wir haben uns dort auf der Toilette einen Schuss gesetzt. Ich war stoned, aber ich habe die Polizei kommen hören, also habe ich ihn einfach allein zurückgelassen, weil ich nicht verhaftet werden wollte.«

»Er hat sich etwas aus dir gemacht«, sagte Leigh, weil sie wusste, wie unmöglich es war, dass sich jemand nichts aus ihrer Schwester machte. »Er hätte nicht gewollt, dass du verhaftet wirst.«

Callie nickte, aber sie sagte: »Ich glaube, er hätte gewollt, dass ich lange genug bleibe, um ihn wiederzubeleben, damit er nicht stirbt.«

Leigh studierte die scharfen Züge ihrer Schwester. Callie war immer hübsch gewesen. Sie hatte nichts von dem wachsamen, zickigen Aussehen, unter dem Leigh zeitlebens litt. Alles, was ihre Schwester sich je gewünscht hatte, war Freundlichkeit. Dass ihr so wenig davon zuteilwurde, war nicht ihre eigene Schuld.

»Okay«, sagte Callie schließlich. »Erzähl es mir.«

Leigh würde die Geschichte nicht langsam aufbauen, denn es gab keinen Weg, die harte Wahrheit abzumildern. »Buddy hat es zuerst bei mir versucht.«

Callie erstarrte, aber sie sagte nichts.

»Am ersten Abend, an dem ich auf Andrew aufgepasst habe, hat mich Buddy nach Hause gefahren. Er *zwang* mich dazu, dass ich mich von ihm nach Hause fahren ließ. Und dann hat er vor dem Haus der Deguils gehalten und mich missbraucht.«

Callie antwortete immer noch nicht, aber Leigh sah, wie sie sich den Arm rieb, wie sie es immer tat, wenn sie aufgewühlt war.

»Es ist nur ein Mal passiert«, sagte Leigh. »Als er es wieder versuchte, habe ich Nein gesagt, und das war's dann. Er hat nie wieder die Hand an mich gelegt.«

Callie schloss die Augen. Leigh wollte nichts sehnlicher, als ihre Schwester in den Arm zu nehmen, zu trösten, alles wiedergutzumachen, aber sie war der Grund für den Schmerz ihrer

Schwester. Sie hatte nicht das Recht, sie erst zu verletzen und dann Trost anzubieten.

Leigh zwang sich fortzufahren. »Anschließend hab ich es vergessen. Ich weiß nicht, wie und warum, aber es verschwand einfach aus meinen Gedanken. Und ich habe dich nicht gewarnt. Ich habe dir sogar den Job bei ihm vermittelt. Ich habe dich direkt in seine Arme getrieben.«

Callie saugte an ihrer Unterlippe. Sie weinte jetzt, dicke Tränen liefen ihr übers Gesicht.

Leighs Herz wollte fast zerspringen. »Ich könnte sagen, dass es mir leidtut, aber was hätte das zu bedeuten?«

Callie sagte nichts.

»Wie kann man das überhaupt verstehen, dass ich es vergessen habe, dass ich dich für sie arbeiten ließ, dass ich es weiter ignoriert habe, als du anfingst, dich zu verändern? Denn ich habe die Veränderungen an dir bemerkt, Callie. Es geschah vor meinen Augen, und ich habe nie eins und eins zusammengezählt.« Leigh musste innehalten, um Luft zu holen. »Ich habe mich erst wieder richtig an alles erinnert, als ich es Walter gestern Abend erzählt habe. Alles war plötzlich wieder präsent. Die Zigarren, der billige Whiskey und der Song, der im Radio lief. Es war die ganze Zeit da, aber ich hatte es wohl zu tief vergraben.«

Callie seufzte und begann, den Kopf in einem engen, begrenzten Bogen auf ihrer starren Wirbelsäule zu schütteln.

»Bitte, Cal«, sagte Leigh. »Sag mir, was dir durch den Kopf geht. Ob du böse bist oder mich hasst … oder ob du nie mehr …«

»Welcher Song lief?«

Die Frage warf Leigh aus der Bahn. Sie hatte Vorwürfe erwartet, keine Belanglosigkeiten.

Callie drehte sich auf der Couch, damit sie Leigh ansehen konnte. »Welcher Song lief im Radio?«

»Hall & Oates«, sagte Leigh. »›Kiss on My List‹.«

»Ah«, sagte Callie, als hätte Leigh ein interessantes Argument angeführt.

»Es tut mir leid«, sagte Leigh nun doch. Auch wenn die Entschuldigung bedeutungslos war, konnte sie nicht anders. »Es tut mir leid, dass ich geschehen ließ, was dir widerfahren ist.«

»Hast du das?«, fragte Callie.

Leigh schluckte. Sie wusste keine Antwort.

»Ich habe es ebenfalls vergessen.« Callie wartete einen Moment, als wollte sie den Worten Raum zum Atmen geben. »Ich habe nicht alles vergessen, aber das meiste. Die schlimmsten Dinge auf jeden Fall. Die habe ich ebenfalls vergessen.«

Leigh hatte noch immer keine Worte. All die Jahre hatte sie gedacht, die Heroinsucht komme daher, weil Callie sich an alles erinnerte.

»Er war pädophil.« Callie sprach leise, sie prüfte das Gewicht ihrer Worte immer noch. »Wir waren Kinder. Wir waren formbar. Genau das hat er gesucht – ein Kind, das er ausbeuten konnte. Es spielt keine Rolle, an wen von uns er sich zuerst herangemacht hat. Für ihn zählte nur, wen er dazu bringen konnte, nach mehr zu verlangen.«

Leigh schluckte so schwer, dass ihre Kehle schmerzte. Ihr Verstand sagte ihr, dass Callie recht hatte. Ihr Herz jedoch sagte ihr immer noch, dass sie es nicht fertiggebracht hatte, ihre kleine Schwester zu beschützen.

»Ich frage mich, wem er es noch angetan hat«, sagte Callie. »Du weißt, dass wir nicht die Einzigen waren.«

Leigh war entgeistert. Sie hatte nie einen Gedanken daran verschwendet, ob es andere Opfer gegeben hatte, aber natürlich musste es andere Opfer gegeben haben. »Ich ... ich weiß nicht.«

»Vielleicht Minnie ... wie hieß sie gleich noch?«, sagte Callie. »Sie hat auf Andrew aufgepasst, als du im Jugendarrest warst. Weißt du noch?«

Leigh wusste es nicht mehr, aber sie erinnerte sich deutlich an Lindas Verärgerung über die zahlreichen früheren Babysitter, die sie scheinbar grundlos im Stich gelassen hatten.

»Er hat dir eingeredet, dass du etwas Besonderes wärst.«

Callie wischte sich mit dem Ärmel über die Nase. »Das war Buddys Masche. Er hat es so hingestellt, als wärst du die Einzige. Dass er ein ganz normaler Typ war, bis du dahergekommen bist, und jetzt sei er verliebt, weil du etwas so Spezielles bist.«

Leigh presste die Lippen zusammen. Buddy hatte ihr nicht das Gefühl vermittelt, etwas Besonderes zu sein. Sie hatte sich schmutzig gefühlt seinetwegen und sich geschämt. »Ich hätte dich warnen müssen.«

»Nein.« Callies Stimme war so fest wie nur je. »Hör mir zu, Harleigh. Was geschehen ist, ist geschehen. Wir waren beide seine Opfer. Wir haben beide vergessen, wie schlimm es war, weil wir nur so überleben konnten.«

»Ich war kein …« Leigh hielt inne, weil es kein Gegenargument gab. Sie waren beide Kinder gewesen. Sie waren beide Opfer gewesen. Sie konnte nur wieder zum Anfang zurückgehen. »Es tut mir leid.«

»Dir kann nichts leidtun, was nicht in deiner Macht stand. Verstehst du das nicht?«

Leigh schüttelte den Kopf, aber tief in ihrem Innern wollte sie so verzweifelt gern glauben, dass Callie recht hatte.

»Ich will, dass du mich verstehst«, sagte Callie. »Wenn das die Schuld ist, die du dein ganzes Erwachsenenleben mit dir herumgeschleppt hast, dann wirf sie verdammt noch mal ab, denn sie gehört dir nicht. Sie gehört ihm.«

Leigh war inzwischen so daran gewöhnt zu weinen, dass sie ihre Tränen gar nicht mehr bemerkte. »Es tut mir so leid.«

»Was denn?«, fragte Callie. »Es ist nicht deine Schuld. Es war nie deine Schuld.«

Diese Verkehrung ihres vertrauten Mantras brachte etwas in Leigh zum Aufbrechen. Sie legte den Kopf in die Hände und schluchzte so heftig, dass es kein Halten mehr gab.

Callie umarmte Leigh, um ihr etwas von der Last abzunehmen. Sie drückte den Mund auf Leighs Scheitel. Callie hatte sie noch nie im Arm gehalten. Normalerweise war es andersherum.

Normalerweise spendete Leigh Trost, denn Walter hatte recht: Phil war von Anfang an nicht ihre Mutter gewesen. Es hatte damals nur Leigh und Callie gegeben, und es gab jetzt nur Leigh und Callie.

»Es ist gut«, sagte Callie und küsste sie auf den Scheitel, wie sie es auch bei ihrer Katze tat. »Wir stehen das zusammen durch, okay?«

Leigh richtete sich wieder auf. Ihre Nase lief, die Augen brannten vom Weinen.

Callie stand von der Couch auf und fand eine Packung Papiertücher in Dr. Jerrys Schreibtisch. Sie zupfte ein paar für sich selbst heraus und gab den Rest Leigh. »Wie geht es weiter?«

Leigh schnäuzte sich. »Was meinst du?«

»Der Plan«, sagte Callie. »Du hast immer einen Plan.«

»Es ist Walters Plan«, sagte Leigh. »Er kümmert sich um alles.«

Callie lehnte sich zurück. »Walter war immer taffer, als er aussieht.«

Leigh war sich nicht so sicher, ob das gut war. Sie tupfte mit einem frischen Tuch unter den Augen herum. »Ich sehe Maddy in ein paar Stunden über FaceTime. Ich wollte es persönlich machen, aber wir können nicht riskieren, dass Andrew uns irgendwie zu Maddys Aufenthaltsort folgt.«

»Über die Satelliten, meinst du?«

»Ja.« Leigh war erstaunt, dass Callie überhaupt so viel über Ortungsgeräte wusste. »Walter hat seine Mutter bereits an einer Tankstelle halten lassen. Sie haben unter dem Wohnmobil nachgesehen, ob es einen Peilsender gibt. Ich habe einen an meinem Wagen gefunden, aber den habe ich entsorgt.«

»Ich dachte, Andrew würde das GPS in Sidneys BMW benutzen, um mich zu finden«, sagte Callie.

»Du willst, dass er dich findet?«

»Hab ich doch gesagt. Ich habe zu Sidney gesagt, wenn Andrew sein Messer wiederhaben will, muss er kommen und es sich holen.«

Leigh setzte ihr wegen der Selbstmordmission nicht zu. Der Zug, alles mit sich in den Abgrund zu reißen, war ein dominantes Gen in ihrer Familie. »Wir haben schon um sieben Uhr morgens einen Termin mit meinem Anwalt. Er ist ein Freund von Walter. Ich habe bereits mit ihm telefoniert. Er ist aggressiv, und das ist genau das, was ich brauche.«

»Kann er dich raushauen?«

»Das ist ausgeschlossen«, sagte Leigh. »Wir treffen uns morgen Mittag mit dem Staatsanwalt und machen ein Angebot. Man nennt es manchmal *Königin für einen Tag*. Ich kann ihnen die Wahrheit sagen, aber nichts von dem, was ich sage, darf gegen mich verwendet werden. Wenn alles gut geht, kann ich Beweise gegen Andrew liefern, die ihn ins Gefängnis bringen.«

»Hast du nicht eine Verschwiegenheitspflicht oder so?«

»Das spielt keine Rolle. Ich werde nie wieder als Anwältin arbeiten.« Leigh spürte, wie sie unter dem Gewicht ihrer Worte ins Stocken geriet. Sie sprach rasch weiter. »Theoretisch kann ich meine Verschwiegenheitspflicht verletzen, wenn ich glaube, dass mein Mandant Verbrechen begeht oder zu einer Gefahr für die Allgemeinheit wird. Andrew erfüllt definitiv beide Kriterien.«

»Was werden sie mit dir machen?«

»Ich komme ins Gefängnis«, sagte Leigh, da selbst der aggressive Anwalt der Ansicht war, dass sie um eine Gefängnisstrafe nicht herumkommen würde. »Wenn ich Glück habe, werden es fünf bis sieben Jahre sein, das bedeutet vier bei guter Führung.«

»Das erscheint mir hart.«

»Es ist das Video, Cal. Andrew wird es veröffentlichen. Das kann ich nicht verhindern.« Leigh wischte sich über die Nase. »Wenn es draußen ist, wenn man sieht, was ich getan habe, wird es zum Politikum werden. Der Staatsanwalt wird sich genötigt sehen, enormen Druck aufzubauen.«

»Aber was ist mit dem, was vorher war?«, fragte Callie. »Was Buddy mir angetan hat. Was er mit dir gemacht hat. Spielt das keine Rolle?«

»Wer weiß«, sagte Leigh, aber sie hatte genügend Gerichtserfahrung, um zu wissen, dass Staatsanwälte und Richter mehr am optischen Eindruck interessiert waren als an Gerechtigkeit. »Ich bereite mich auf das Schlimmste vor, und wenn es nicht zum Schlimmsten kommt, habe ich mehr Glück gehabt als die meisten.«

»Werden sie dich auf Bewährung rauslassen?«

»Das kann ich nicht beantworten, Callie.« Ihre Schwester musste den größeren Zusammenhang erkennen. »Es ist nicht nur das Mordvideo, das veröffentlicht wird. Auch der ganze Rest. Die vierzehn Videos, die Buddy von euch beiden gemacht hat.«

Callies Antwort war nicht das, was sie erwartet hatte. »Glaubst du, Sidney steckt mit drin?«

Leigh spürte eine riesige Glühbirne in ihrem Kopf angehen, denn es sprach natürlich viel dafür, dass Sidney eine Komplizin war.

Andrew hatte ein gut belegtes Alibi für den Mord an Ruby Heyer. Wenn man Reggies Überwachungsprotokoll glauben konnte, dann hatte er zur Tatzeit mit seinem Wagen vor Phils Haus gestanden. Damit blieb nur noch eine Person, die das Verbrechen begangen haben konnte. Andrew hatte einen nicht zu übersehenden Hinweis geliefert: Es gab keine Hochzeitsfotos auf seinem Handy, auf denen Sidney abgebildet war. Er hatte angedeutet, dass sie erst eingetroffen war, als es Zeit wurde, durch den Gang zum Altar zu gehen. Sie hatte jede Menge Zeit gehabt, Ruby Heyer zu ermorden, in ihr Hochzeitskleid zu schlüpfen und für die Zeremonie um acht Uhr abends fertig zu sein.

»Ruby hat ihren Mann für einen anderen verlassen«, sagte Leigh. »Sie wohnte in einem Hotel. Reggie hat zugegeben, dass er Andrew ihren Aufenthaltsort verraten hat. Andrews Hochzeitsfotos verschaffen ihm ein solides Alibi, womit nur noch Sidney bleibt.«

»Bist du dir sicher?«

»Ich bin mir sicher«, sagte Leigh. »Die Art, wie Ruby getötet wurde – Andrew hätte Sidney die Einzelheiten verraten müssen. Sonst hätte sie unmöglich wissen können, was sie tun musste. *Wie* sie es tun musste. Und es ist eindeutig, dass Sidney es genossen hat.«

»Sie hat es sehr genossen, mich zu ficken. In jeder Beziehung, wenn ich ehrlich bin«, sagte Callie. »Das bedeutet, wir haben es nicht nur mit einem Psycho zu tun, sondern mit zwei.«

Leigh nickte, aber das alles änderte nichts an dem, was jetzt sofort geschehen musste. »Ich habe zehntausend Dollar im Wagen. Walter und ich wollen, dass du die Stadt verlässt. Du darfst während dieser ganzen Geschichte nicht hier sein. Ich meine es ernst. Wir fahren dich zu Phil, von dort kannst du Binx mitnehmen. Dann bringen wir dich zur Bushaltestelle. Ich kann das alles nur durchziehen, wenn ich dich in Sicherheit weiß.«

»Könnte Maddy stattdessen auf ihn aufpassen?«, fragte Callie.

»Natürlich. Sie wird ihn lieben.« Leigh versuchte, nicht zu viel in die Bitte hineinzulesen. Sie wünschte sich nichts mehr, als dass ihre Schwester ihre Tochter kennenlernte. »Walter nimmt ihn heute Abend mit nach Hause, okay? Binx wird auf Maddy warten, wenn sie zurückkommt.«

Callie biss sich auf die Unterlippe. »Du solltest wissen, dass er sein ganzes Geld in Bitcoins angelegt hat.«

»Scheiß Steuern.«

Callie lächelte.

Leigh erwiderte das Lächeln.

»Ich kann dich immer noch auf Entziehungskur schicken«, sagte sie.

»I said no, no, no.«

Leigh lachte über die Amy-Winehouse-Parodie. Sie musste Walter erzählen, dass Callie einen popkulturellen Verweis gemacht hatte, der nach dem Jahr 2003 angesiedelt war.

»Wir sollten wohl besser aufbrechen«, sagte Callie.

Leigh stand auf und griff nach Callies Hand, um ihr vom Sofa aufzuhelfen. Ihre Schwester ließ nicht los, als sie aus dem Büro gingen. Ihre Schultern stießen in dem engen Flur zusammen. Callie ließ auch dann nicht los, als sie das Wartezimmer erreichten. So waren sie immer zur Schule gegangen. Selbst als sie schon älter gewesen waren und es komisch gewirkt hatte, hatte Callie immer Leighs Hand gehalten.

»Der BMW ist noch da.« Callie klang enttäuscht, weil der Wagen noch draußen stand.

»Andrew ist ein Kontrollfreak«, sagte Leigh. »Er lässt uns warten, weil er weiß, dass es uns umbringt.«

»Dann nehmen wir ihm seine Kontrolle«, sagte Callie. »Lass uns auf der Stelle zu ihm fahren und die Bänder holen.«

»Nein«, sagte Leigh. Diesen Weg hatte sie bereits mit Walter beschritten. »Wir sind keine Kriminellen. Wir brechen nicht in Häuser ein, bedrohen Leute und knacken Safes.«

»Sprich bitte nur für dich.« Callie stieß die Tür des Audi auf.

Leigh spürte, wie ihr Herz einen Schlag aussetzte.

Walter war nicht im Wagen.

Sie schaute nach links, dann nach rechts.

Callie tat das Gleiche. Sie rief: »Walter?«

Beide lauschten in die Stille.

»Walter?«, versuchte es Callie noch einmal.

Diesmal wartete Leigh nicht auf eine Antwort. Sie lief los. Ihre Absätze bohrten sich in den gesprungenen Beton, als sie am Friseurladen vorbeirannte. Sie bog um die Ecke. Picknicktisch. Leere Bierdosen. Müllberge. Hinter dem Gebäude sah es nicht anders aus. Sie rannte weiter, eine volle Schleife, bis sie wieder vor der Klinik angelangt war. Sie blieb erst stehen, als sie sah, wie sich Callie in die offene Tür des Audi beugte.

Callie richtete sich wieder auf, sie hielt ein Stück Papier in der Hand.

»Nein ...«, flüsterte Leigh. Ihre Beine setzten sich wieder in Bewegung, ihre Arme schwangen, als sie so schnell sie konnte zum Wagen lief. Sie riss Callie den Zettel aus der Hand, doch ihre Augen wollten einfach nicht scharfstellen. Dunkelblaue Linien. Dunkelrotes Blut war von der abgerissenen Ecke eingesickert. Ein Satz, quer über die Mitte geschrieben.

Andrews Handschrift hatte sich nicht verändert, seit er in Leighs Schulbücher gekritzelt hatte. Damals hatte er Dinosaurier und Motorräder gezeichnet, dazu Sprechblasen, in denen sinnlose Dinge standen. Jetzt hatte er eine Drohung niedergeschrieben, die widerspiegelte, was ihm Callie über Sidney hatte ausrichten lassen:

Wenn du deinen Mann zurückhaben willst, musst du kommen und ihn dir holen.

20

Callie wich zurück, als ihr Leighs Erbrochenes vor die Füße spritzte. Ihre Schwester stand vornübergebeugt, ein beinahe tierisches Heulen drang aus ihrem Mund.

Callie sah sich auf dem Parkplatz um. Der BMW war noch da. Die Straße lag im Dunkeln, nirgendwo war ein Auto zu sehen. Andrew war gekommen und wieder gegangen.

»O Gott!« Leigh sank auf die Knie und barg den Kopf in den Händen. »Was habe ich nur getan!«

Andrews Zettel war zu Boden geflattert. Callie hob ihn auf, statt den Versuch zu unternehmen, ihre Schwester zu trösten. Die schlampige Handschrift war ihr so vertraut wie ihre eigene.

»Callie!« Leigh klagte laut und legte die Stirn auf den Boden. »Was soll ich denn machen?«

Callie fühlte sich Leighs Schmerz so entrückt wie beim letzten Mal, als ihre Schwester vor Verzweiflung so am Boden gewesen war. Es war im Schlafzimmer von Linda und Buddy Waleski gewesen. Leigh war gekommen, um Callie zu retten, und hatte am Ende ihr eigenes Leben ruiniert.

Wieder einmal.

Die Nacht, in der sie Buddy Waleski umgebracht und zerstückelt hatten, war nicht das erste oder das letzte Mal gewesen, dass Callie ihre Schwester in die Knie gezwungen hatte. Die Erfahrungen reichten bis in ihre Kindheit zurück. Callie war nach Hause gekommen und hatte wegen des Mädchens gejammert, das sie auf dem Spielplatz gehänselt hatte. Leigh war im Jugendarrest gelandet, weil sie das Kind mit einer Glasscherbe fast skalpiert hätte.

Leighs zweiter Arrestaufenthalt war ebenfalls Callie anzulasten gewesen. Leighs schmieriger Boss hatte etwas darüber gesagt, wie sich Callies Brustwarzen unter ihrem T-Shirt abzeichneten. Am selben Abend noch war Leigh verhaftet worden, weil sie ihm die Autoreifen aufgeschlitzt hatte.

Es gab weitere Beispiele, kleine wie große: von dem Vorfall, als Leigh ihre Karriere aufs Spiel gesetzt hatte, weil sie einen Junkie dafür bezahlt hatte, die Folgen für Callies Vergehen zu tragen, bis hin zum heutigen Tag, an dem Leigh ihren Ehemann an einen Psychopathen verlor, den Callie offen verspottet hatte.

Sie warf noch einen langen Blick auf Sidneys BMW. Andrew hatte den Wagen nicht genommen, weil er geduldig auf ein besseres Druckmittel gewartet hatte. Es war reiner Zufall, dass Walter anstelle von Maddy verfügbar gewesen war.

»Nein!«, schluchzte Leigh. »Ich darf ihn nicht verlieren. Das darf einfach nicht geschehen.«

Callie zerknüllte den Zettel in ihrer Faust. Ihr Knie knackste, als sie neben ihrer Schwester niederkniete. Sie legte die Handfläche auf Leighs Rücken und ließ dem Schmerz freien Lauf, denn sie hatte keine andere Wahl. Nachdem Callie ein Leben lang nur auf das geblickt hatte, was direkt vor ihrer Nase lag, hatte sie plötzlich wie durch Zauberhand die Fähigkeit vorauszuschauen erlangt.

»Was machen wir nur?«, weinte Leigh. »O Gott, Callie, was sollen wir nur tun?«

»Das, was wir vorhin schon hätten tun sollen.« Callie zog an Leighs Schulter und zwang sie, sich aufzusetzen. So ging es. Es durfte immer nur eine von ihnen zusammenklappen. »Harleigh, reiß dich zusammen. Du kannst später ausrasten, wenn Walter wieder da ist.«

Leigh wischte sich mit dem Ärmel über den Mund. Sie zitterte. »Ich darf ihn nicht verlieren, Callie. Das darf einfach nicht geschehen.«

»Du wirst niemanden verlieren«, sagte Callie. »Wir fahren jetzt auf der Stelle zu Andrew und machen dem Ganzen ein Ende.«

»Was?« Leigh schüttelte den Kopf. »Wir können doch nicht ...«

»Hör mir zu.« Callie verstärkte den Griff um Leighs Schulter. »Wir fahren zu Andrew. Wir tun, was wir tun müssen, um Walter zurückzuholen. Wir finden einen Weg, diesen Safe zu öffnen. Wir holen uns die Bänder und fahren wieder.«

»Ich ...« Leigh schien einen Teil ihrer üblichen Entschlusskraft wiederzuerlangen. Wenn der Blitz einschlug, würde sie sich immer vor Callie aufbauen. »Ich kann dich nicht in diese Sache hineinziehen. Das tue ich auf keinen Fall.«

»Du hast keine Wahl.« Callie wusste, wie sie Leighs Panik noch erhöhte. »Andrew hat Walter. Wie lange wird es wohl dauern und er wird sich an Maddy heranmachen?«

Leigh starrte sie entsetzt an. »Er ... Ich kann nicht ...«

»Komm.« Callie half ihr auf. Sie stieg um das Erbrochene herum. »Wir können unterwegs überlegen, was wir tun sollen.«

»Nein.« Leigh hatte sichtlich Mühe, ihre Fassung wiederzugewinnen. Doch sie packte Callies Hand und drehte sie herum. »Du kannst nicht mit mir fahren.«

»Wir diskutieren hier nicht.«

»So ist es«, sagte Leigh. »Ich muss das allein erledigen, Cal. Und du weißt es.«

Callie kaute auf ihrer Unterlippe. Es zeugte von Leighs Verzweiflung, dass sie die Sache nicht durchschaute. »Du kannst das nicht allein. Er wird eine Waffe haben oder ...«

»Ich habe auch eine Waffe.« Leigh holte ihre Handtasche aus dem Auto und nahm die Glock heraus, mit der sie bei Callies Motel vor Diego und Trap herumgefuchtelt hatte. »Ich erschieße ihn, wenn es sein muss.«

Callie bezweifelte nicht, dass sie es ernst meinte. »Und ich soll wohl untätig hier warten, während du dein Leben riskierst?«

»Nimm das Geld.« Leigh griff noch einmal in ihre Handtasche und zog diesmal ein Kuvert heraus, dass prallvoll mit Geld war. »Du musst auf der Stelle die Stadt verlassen. Ich kann das nicht in Ordnung bringen, wenn ich dich nicht in Sicherheit weiß.«

»Wie wirst du es in Ordnung bringen?«

Leigh hatte einen irren Ausdruck in den Augen. Sie würde es in Ordnung bringen, indem sie noch mehr Öl ins Feuer goss. »Ich muss unbedingt wissen, dass du in Sicherheit bist.«

»Ich muss ebenfalls wissen, dass du in Sicherheit bist«, sagte Callie. »Ich verlasse dich nicht.«

»Da hast du recht. Du verlässt mich nicht, sondern *ich* verlasse *dich*.« Leigh klatschte das Geld in Callies Hand. »Das ist eine Sache zwischen Andrew und mir. Du hast nichts damit zu tun.«

»Du bist keine Verbrecherin«, erinnerte Callie ihre Schwester an deren eigene Worte. »Du weißt nicht, wie man in Häuser einbricht, Leute bedroht und Safes knackt.«

»Ich finde es heraus.« Leigh klang entschlossen. Es war sinnlos, mit ihr zu streiten, wenn sie so aufdrehte. »Versprich mir, dass du auf dich aufpasst, damit ich tun kann, was ich vor vier Tagen schon hätte tun sollen.«

»Dich stellen?« Callie lachte auf. »Leigh, glaubst du wirklich, es bringt Andrew von seinen Vorhaben ab, wenn du jetzt zur Polizei gehst?«

»Es gibt nur einen Weg, ihn aufzuhalten«, sagte Leigh. »Ich werde das kranke Arschloch umbringen, so wie ich seinen Vater umgebracht habe.«

Callie sah Leigh zur Fahrerseite des Wagens gehen. In all ihren gemeinsamen Jahren hatte sie ihre Schwester noch nie so rücksichtslos eine Sache verfolgen sehen. »Harleigh?«

Leigh drehte sich um und schob trotzig das Kinn vor. Sie rechnete eindeutig mit Widerspruch.

Callie sagte: »Was du mir über Buddy erzählt hast – es gibt nichts zu verzeihen. Aber falls du es unbedingt hören musst: Ich verzeihe dir.«

Leigh schluckte. Sie zog sich für einen Moment aus ihrer blinden Wut, ehe sie in sie zurückfiel. »Ich muss los.«

»Ich liebe dich«, sagte Callie. »Es hat nie einen Moment in meinem Leben gegeben, in dem ich dich nicht geliebt habe.«

Leighs Tränen flossen ungehindert. Sie versuchte zu sprechen, aber am Ende konnte sie nur nicken. Callie hörte die Worte trotzdem.

Ich liebe dich ebenfalls.

Die Tür fiel zu. Der Motor sprang knurrend an. Leigh bog aus dem Parkplatz. Callie sah die Hecklichter aufleuchten, als sie bremste, um abzubiegen. Sie hielt den Blick auf das schnittige Auto ihrer Schwester gerichtet, bis es in der menschenleeren Kreuzung am Ende der Straße verschwand.

Callie hätte die ganze Nacht dort stehen können wie ein Hund, der darauf wartet, dass sein bester Freund zurückkommt, aber sie hatte keine Zeit. Sie strich mit dem Daumen über den dicken Stapel Hunderter in dem Kuvert, als sie in die Praxis zurückging. Sie legte das Geld in Dr. Jerrys Schatulle und überdachte das, was sie als Nächstes tun würde. Die riesige aufgezogene Spritze steckte noch in ihrer rechten Jackentasche. Sie packte ihr Drogenbesteck zusammen und schob es in die linke.

Dann holte sie Sidneys Schlüssel aus ihrem Rucksack. Sie wollte eine letzte Runde mit dem BMW drehen.

Leighs Panik hatte sie verwundbar gemacht, so wie immer. Callie hatte dieses Wissen benutzt, um ihre Schwester aus dem Weg zu schaffen. Andrew hatte Walter nicht zu seiner schicken Serienmörder-Villa gebracht. Es gab nur einen Ort, wo das alles enden würde – dort, wo es angefangen hatte.

In dem senffarbenen Haus in der Canyon Road.

Callie schwitzte in der gelben Satin-Regenbogenjacke, aber sie ließ sie bis zum Hals zugeknöpft, als sie die Straße entlangging. Phil war bereits in der Einfahrt in Sidneys BMW gestiegen und losgefahren. Es war das zweite Mal in Callies Leben, dass sie ihrer Mutter einen gestohlenen Wagen gebracht hatte, damit sie ihn entsorgte.

Das erste Mal hatte sie ihr Buddys Corvette überlassen. Callie hatte mit den Füßen kaum die Pedale erreicht. Sie hatte sich weit nach vorn setzen und die Rippen dicht an das Lenkrad drücken müssen. Hall & Oates waren leise aus dem Lautsprecher gekommen, als sie ruckartig vor Phils Haus angehalten hatte. Die CD *Voices* war Buddys Lieblingsmusik gewesen. Er hatte »You Make My Dreams«, »Everytime You Go Away« und besonders »Kiss on My List« gemocht, bei dem er immer in einem komischen Falsett mitgesungen hatte.

Buddy hatte den Song am ersten Abend für Callie gespielt, an dem er sie nach dem Babysitten nach Hause gefahren hatte. Sie hatte zu Fuß gehen wollen, aber er hatte darauf bestanden. Und dann hatte er vor dem Haus der Deguils gehalten, auf halber Strecke zwischen seinem Haus und dem von Phil. Er hatte die Hand auf ihr Knie gelegt, dann auf ihren Oberschenkel, und dann waren seine Finger zwischen ihren Beinen gewesen.

Himmel du bist wie ein Baby deine Haut ist so weich ich kann den Pfirsichflaum fühlen.

Vorhin in Dr. Jerrys Büro war Callies erste Reaktion auf Leighs Geständnis rasende Eifersucht gewesen. Danach war sie traurig geworden. Und dann war sie sich unglaublich dumm vorgekommen. Buddy hatte nicht einfach so etwas wie mit Callie auch mit Leigh gemacht. Er hatte *exakt das Gleiche* mit Leigh gemacht.

Callie holte tief Luft. Sie hielt das Messer in ihrer Tasche fest umklammert, als sie am Haus der Deguils vorbeiging. Die volle Zwanzig-Milliliter-Spritze drückte gegen ihren Handrücken. Sie hatte den oberen Teil der Tasche aufgerissen, damit sie sich genau ins Futter schmiegte.

Ihr Blick ging nach oben. Der Mond hing tief am Himmel. Sie hatte keine Ahnung, wie spät es war, aber sie schätzte, dass Leigh sich jetzt auf halbem Weg zu Andrews Haus befand. Callie konnte nur hoffen, dass die Panik ihrer Schwester noch nicht abgeklungen war. Sie war impulsiv, aber sie besaß die gleiche animalische Schläue wie Callie. Ihr Bauch würde ihr verraten, dass etwas nicht stimmte. Und schließlich würde ihr Kopf dahinterkommen, was es war.

Callie hatte zu leicht nachgegeben. Sie hatte Leigh die Idee eingegeben, zu Andrew zu fahren. Leigh war losgerast, ohne nachzudenken, aber sobald sie anfing zu denken, würde sie erkennen, dass sie umkehren musste.

Auf diese Eventualität zu warten war jedoch eine Verschwendung von Callies Zeit. Leigh würde tun, was Leigh eben tat. Worauf sich Callie jetzt fokussieren musste, war Andrew.

Es gab in Kriminalromanen immer diese Stelle, wo der Detektiv den markigen Spruch losließ, dass der Mörder im Grunde gefasst werden wollte. Andrew Tenant wollte nicht gefasst werden. Er machte das Spiel immer gefährlicher, weil er süchtig nach dem Adrenalinrausch war, der mit großen Risiken einherging. Callie, Leigh und Walter hatten ihm einen Gefallen getan, als sie sich an Sidney herangemacht und Reggie Paltz entführt hatten. Leigh glaubte, dass Andrew in Panik geriete, weil er die Kontrolle verloren hatte. Callie wusste, er jagte dem gleichen Rausch nach, wie sie es mit Heroin tat. Keine Droge macht so süchtig wie diejenige, die dein Körper von ganz allein produzieren kann.

Wie bei Opioiden gab es auch wissenschaftliche Erklärungen für Adrenalin-Junkies. Hochriskantes Verhalten belohnte den Körper, indem es den Blutkreislauf mit einer gewaltigen Woge Adrenalin flutete. Wie ihre ungehobelten Verwandten, die Ms, liebten adrenerge Rezeptoren – oder Adrenozeptoren genannt – die übermäßig aggressive Stimulation, die auf derselben Schiene lag wie die Flucht-oder-Kampf-Reaktion. Die meisten Leute hassten dieses Gefühl der Gefahr, des Schutzlos-Seins, aber Adrenalin-Junkies lebten dafür. Es war kein Zufall, dass Adrenalin auch als Epinephrin bekannt war, ein Hormon, das von Bodybuildern und gelegentlichen Drogenkonsumenten gleichermaßen geschätzt wurde. Bei einem Adrenalinrausch fühlte man sich wie ein Gott. Das Herz raste, die Muskeln wurden kräftiger, die Konzentration schärfer, man fühlte keinen Schmerz und konnte ein Kaninchen in puncto Rammeln alt aussehen lassen.

Wie jeder Süchtige brauchte Andrew immer mehr von der Droge, um high zu werden. Das war der Grund, warum er eine Frau vergewaltigt hatte, die seine Stimme erkennen konnte. Der Grund, warum Leighs Mütterfreundin brutal ermordet worden war. Es war auch der Grund, warum Andrew Walter entführt hatte. Je höher das Risiko, desto größer die Belohnung.

Callie atmete tief durch den Mund. Sie erkannte die senfgelbe Verkleidung aus zwanzig Meter Entfernung. In dem verwilderten Garten stand noch das Schild mit der Aufschrift *Vom Eigentümer zu verkaufen*. Als sie näher kam, sah sie, dass die Graffitikünstler in der Nachbarschaft die Herausforderung angenommen hatten. Ein spritzender Penis überdeckte die Telefonnummer, aus den Eiern ragten Schnurrhaare wie bei einer Katze.

Ein schwarzer Mercedes parkte am Briefkasten. Händlerkennzeichen. Tenant Automotive Group. Noch ein bewusstes Risiko, das Andrew einging. Türen und Fenster des Hauses waren noch mit Brettern vernagelt, man würde im Viertel also annehmen, dass ein Drogendealer einen seiner Fixertreffs belieferte. Oder eine Polizeistreife würde vorbeikommen und sich fragen, was da los war.

Callie schaute nach, ob Walter im Wagen war. Die Sitze waren leer. Bis auf eine Flasche Wasser in einer der Halterungen wirkte der Wagen unberührt. Sie legte die Hand auf die Kühlerhaube: Der Motor war kalt. Sie überlegte, im Kofferraum nachzusehen, aber der Deckel war verschlossen.

Sie studierte das Haus, bevor sie sich wappnete und die Einfahrt hinaufging. Nichts wirkte ungewöhnlich, aber alles fühlte sich falsch an. Je näher sie dem Haus kam, desto mehr drohte sie von Panik überrollt zu werden. Auf zitternden Beinen ging sie um die Stelle mit dem Ölfleck herum, wo Buddy immer seine Corvette abgestellt hatte. Der Carport war dunkel, die Schatten darin überlagerten sich. Callies Doc Martens knirschten auf dem Beton. Sie blickte nach unten. Jemand hatte einen Ghetto-Einbruchsalarm ausgelegt: Glasscherben, die über den ganzen Eingang des Carports verteilt waren.

»Du kannst dort stehen bleiben«, sagte Sidney.

Callie konnte sie nicht sehen, aber sie nahm an, dass Sidney bei der Küchentür stand. Sie stieg über das Glas, dann machte sie noch einen Schritt.

Klick-klack.

Callie kannte das Geräusch, den der Schlitten an einer Neun-Millimeter-Pistole machte, wenn er zurückgezogen wurde.

»Es würde bedrohlicher wirken, wenn ich die Waffe auch sehen könnte«, sagte sie.

Sidney trat aus dem Dunkel. Sie hielt die Pistole wie ein Amateur, waagerecht wie in einem Gangsterfilm und den Finger am Abzug. »Ich meine, auf der Stelle, *Max*.«

Callie hatte ihr Pseudonym fast schon vergessen, aber sie hatte nicht vergessen, dass Sidney wahrscheinlich Leighs Freundin ermordet hatte. »Ich bin überrascht, dass du laufen kannst«, sagte sie.

Sidney machte noch einen Schritt vorwärts, um zu beweisen, dass sie es konnte. Im Licht von der Straße sah Callie, dass das professionelle Outfit verschwunden war. Jetzt wieder Lederhose, enge Lederweste, keine Bluse. Schwarze Wimperntusche, schwarzer Eyeliner, blutrote Lippen. Sidney bemerkte, dass Callie die Veränderung wahrnahm. »Gefällt dir, was du siehst?«

»Sehr«, sagte Callie. »Wenn du vorher so gut ausgesehen hättest, hätte ich dich wahrscheinlich ebenfalls gefickt.«

Sidney grinste. »Hat mir leidgetan, dass ich dich nicht zum Abschluss kommen ließ.«

Callie trat noch einen Schritt vor. Sie war Sidney jetzt so nah, dass sie ihr moschusartiges Parfüm roch. »Wir können es immer noch nachholen.«

Sidney grinste weiter. Callie erkannte eine Junkie-Schwester. Sidney war genauso süchtig nach dem Rausch wie ihr krankes Arschloch von Ehemann.

»Hey«, sagte Callie, »wie wär's mit einem Quickie im Kofferraum des Wagens?«

Sidneys Grinsen wurde noch breiter. »Andrew war als Erster am Zug.«

»Gebraucht-Sex, hm?« Callie spürte, wie die Mündung der Pistole in ihre Brust drückte. Sie blickte nach unten. »Hübsches Spielzeug.«

»Ich denke schon«, sagte Sidney. »Andrew hat es mir gekauft.«

»Hat er dir gezeigt, wo die Sicherung ist?«

Sidney drehte die Waffe um und suchte nach dem Knopf.

Callie tat, was sie schon letztes Mal hätte tun sollen.

Sie schob die Waffe beiseite, zog das Messer aus der Tasche und stieß es Sidney fünfmal in den Bauch.

»Oh.« Sidney öffnete überrascht den Mund. Ihr Atem roch nach Kirschen.

Heißes Blut floss über Callies Hand, als sie das Messer tiefer in Sidney bohrte. Sie spürte den ganzen Arm hinauf, wie die gezahnte Klinge an Knochen schabte. Callies Mund war so nah an dem von Sidney, dass sich ihre Lippen berührten. »Du hättest mich zum Abschluss kommen lassen sollen«, sagte sie.

Es gab ein Sauggeräusch, als sie das Messer herauszog.

Sidney taumelte vorwärts. Die Waffe fiel zu Boden. Blut spritzte auf den Beton. Sie stolperte über ihre gekreuzten Knöchel und fiel in Zeitlupe, mit gerade ausgerichtetem Körper, die Hände auf den Bauch gepresst, aus dem die Därme quollen. Es knirschte scheußlich, als ihr Gesicht auf den Glasscherben auftraf. Leuchtend rotes Blut ergoss sich wie die Flügel eines Schnee-Engels um ihren Oberkörper.

Callie warf einen Blick in die leere Straße. Niemand sah zu. Sidney lag größtenteils im Dunkel des Carports. Um sie zu sehen, hätte man die Einfahrt hinaufspazieren müssen.

Das Messer verschwand wieder in Callies Jackentasche. Sie hob die Pistole auf, als sie weiter hinein in den Carport ging. Sie hebelte mit dem Daumen die Sicherung auf – wo die Küchentür war, wusste sie noch aus ihrer Erinnerung. Ihre Augen passten sich erst langsam an, als sie durch die Öffnung stieg, die Leigh zwei Tage zuvor freigelegt hatte.

Der Meth-Geruch hing immer noch in der Luft, aber es gab einen rauchigen Unterton, den sie nicht einordnen konnte. Callie war plötzlich froh, dass Leigh sie zuvor schon in dieses Höllenloch geschleift hatte. Die Erinnerungen trafen sie nicht mit der gleichen Wucht wie beim ersten Mal. Sie sah keine Phantomumrisse des Tischs und der Stühle, des Mixers oder Toasters. Sie sah einen schäbigen Fixertreff, in den Menschen zum Sterben kamen.

»Sid?«, rief Andrew.

Callie folgte dem Klang seiner Stimme ins Wohnzimmer.

Andrew stand hinter der Bar, eine große Flasche Tequila und zwei Schnapsgläser vor sich. Die Waffe in seiner Hand war identisch mit der, die Callie in ihrer Hand hielt. Sie konnte dieses Detail in dem ansonsten dunklen und leeren Haus erkennen, weil überall Kerzen brannten. Große, kleine, sie säumten die

Theke, standen auf dem Boden und den Fensterbrettern. Ihre Flammen flackerten wie dämonische Zungen an den Wänden hoch. Rauchwölkchen waberten unter der Decke.

»Calliope.« Er legte die Pistole auf die Theke. Das Kerzenlicht ließ den Kratzer auf seiner Wange grell leuchten. Ihre Bissspuren an seinem Hals hatten sich schwarz verfärbt. »Nett von dir, dass du gekommen bist.«

Sie blickte sich um. Dieselbe schmutzige Matratze. Derselbe widerliche Teppich. Dasselbe Gefühl der Hoffnungslosigkeit. »Wo ist Walter?«

»Wo ist Harleigh?«

»Die brennt wahrscheinlich gerade deine hässliche Fertighausvilla nieder.«

Andrew ließ die Hände flach auf der Theke liegen. Die Waffe war so nah wie die Flasche Tequila. »Walter ist im Flur.«

Callie ging seitwärts und hielt die Pistole weiter auf ihn gerichtet. Walter lag flach auf dem Rücken. Keine sichtbaren Verletzungen außer einer aufgeplatzten Lippe. Seine Augen waren geschlossen, der Mund stand weit offen. Er war nicht gefesselt, aber er bewegte sich auch nicht. Callie legte die Finger an seinen Hals und spürte einen gleichmäßigen Puls.

»Was hast du mit ihm gemacht?«, fragte sie.

»Er wird es überleben.« Andrew griff nach der Tequila-Flasche und schraubte sie auf. Seine Knöchel waren behaart, aber unter seinen Fingernägeln war kein Schmutz. Buddys massive goldene Uhr hing lose an seinem schmalen Handgelenk.

Schenk mir einen Drink ein Püppchen.

Callie blinzelte, denn die Worte waren Buddys Worte, aber sie hatte sie in ihrer eigenen Stimme gehört.

»Trinkst du einen mit?« Andrew füllte die beiden Gläser.

Callie streckte die Waffe gerade vor sich, als sie zur Theke ging.

Statt des edlen Zeugs, das er zu Hause trank, hatte Andrew José Cuervo mitgebracht, die Walmart-Version von billigem Fusel für ein Besäufnis. Dieselbe Marke hatte Callie getrunken, als Buddy sie mit den Freuden des Alkohols bekannt gemacht hatte.

Sie schmeckte Blut, weil sie sich wieder auf die Lippen gebissen hatte. Buddy hatte sie mit keinerlei Freuden bekannt gemacht. Er hatte sie gezwungen zu trinken, damit sich ihr Körper entspannte und sie zu weinen aufhörte.

Callie warf einen Blick in den Flur. Walter rührte sich noch immer nicht.

»Ich habe ihm K.-o.-Tropfen gegeben«, sagte Andrew. »Er wird uns nicht stören.«

Callie hatte nicht vergessen, dass Andrew Rohypnol bevorzugte. »Dein Vater hat es auch gemocht, wenn seine Opfer nicht bei Bewusstsein und hilflos waren.«

Andrew biss die Zähne zusammen. Er schob eins der Gläser über die Theke. »Lass uns nicht anfangen, hier die Geschichte umzuschreiben.«

Callie starrte auf die weiße Flüssigkeit. Rohypnol war farb- und geschmacklos. Sie packte den Tequila und trank direkt aus der Flasche.

Andrew wartete, bis sie fertig war, bevor er seinen Drink hinunterkippte. Er drehte das Glas um und knallte es auf die Bar. »Ich folgere aus dem vielen Blut, dass es Sidney nicht gut geht.«

»Du könntest folgern, dass sie tot ist.« Callie beobachtete ihn, aber seine Miene ließ keine Gefühlsregung erkennen. Sie stellte sich vor, dass Sidney im umgekehrten Fall die gleiche Reaktion gezeigt hätte. »Hast du sie Leighs Freundin töten lassen?«

»Ich habe ihr nie gesagt, was sie tun soll«, entgegnete Andrew. »Sie hat es als Hochzeitsgeschenk betrachtet. Um ein wenig Druck von mir zu nehmen. Und damit sie ein bisschen auf den Geschmack kommt.«

Callie bezweifelte es nicht. »War sie schon so kaputt, als du sie kennengelernt hast, oder hast du sie dazu gemacht?«

Andrew zögerte, bevor er antwortete. »Sie war von Anfang an etwas Besonderes.«

Callie spürte, wie ihre Entschlossenheit ins Wanken geriet. Es lag an dem Zögern. Er hatte alles unter Kontrolle, bis hin zum Tonfall ihrer Unterhaltung. Er war nicht wegen der Waffe besorgt. Er war nicht wegen ihres Gewaltpotenzials besorgt. Leigh hatte gesagt, dass Andrew immer drei Schritte voraus war. Er hatte sie hierhergelockt. Er hatte etwas Schreckliches geplant.

Das war der Unterschied zwischen den beiden Schwestern. Leigh würde versuchen, alle Eventualitäten zu berechnen. Callie konnte nichts anderes tun, als sehnsüchtig auf die Tequila-Flasche zu starren.

»Entschuldige mich kurz.« Andrew holte sein Handy aus der Tasche. Das blaue Bildschirmlicht bestrahlte sein Gesicht. Er zeigte Callie den Schirm. Offenbar hatte ihn eine Überwachungskamera auf eine Bewegung bei seinem Haus aufmerksam gemacht. Leighs schicker Wagen stand in der Einfahrt. Callie sah ihre Schwester mit der Glock in der Hand zur Haustür gehen, ehe Andrew den Schirm wieder ausschaltete.

»Harleigh sieht gequält aus«, sagte er.

Callie legte Sidneys Waffe auf die Bar. Sie musste die Geschichte hier beschleunigen. Leigh war gut vorangekommen. Sie würde noch schneller fahren, nachdem sie kehrtgemacht hatte. »Das wolltest du doch, oder?«

»Ich konnte dich noch an Sidneys Fingern schmecken, als ich nach Hause gekommen bin.« Er beobachtete sie aufmerksam und hoffte auf eine Reaktion. »Du schmeckst genauso süß, wie ich es erwartet habe.«

»Dann lass mich die Erste sein, die dir zu deinem Herpes gratuliert.« Callie drehte das Schnapsglas wieder um und schenkte sich einen anständigen Drink ein. »Was soll bei der Sache hier herauskommen, Andrew?«

»Du weißt, was ich will.« Andrew ließ sie nicht raten. »Erzähl mir von meinem Vater.«

Callie hätte am liebsten gelacht. »Du hast dir verdammt noch mal den falschen Tag ausgesucht, um mich an dieses Arschloch zu erinnern.«

Andrew sagte nichts. Er beobachtete sie mit dieser Kälte, die Leigh beschrieben hatte. Callie erkannte, dass sie ihm zu viel Druck machte, zu rücksichtslos vorging. Andrew konnte nach der Waffe greifen, unter der Theke konnte ein Messer sein, oder er benutzte einfach seine Hände, denn aus der Nähe sah sie nun, wie stark er war, dass die Muskeln, die sich unter seinem Hemd abzeichneten, nicht nur Show waren. Falls es wieder zu einer körperlichen Auseinandersetzung kam, hätte Callie keine Chance.

»Bis gestern hätte ich gesagt, dass Buddy seine Dämonen hatte, aber im Grunde kein übler Kerl war.«

»Was ist gestern passiert?«

Er tat, als hätte ihm Sidney nicht schon alles erzählt. »Ich habe eins der Bänder gesehen.«

Andrews Neugier war geweckt. »Was hast du dabei gedacht?«

»Ich dachte ...« Callie war angewidert von ihren Illusionen gewesen, aber davon abgesehen hatte sie sich noch nicht gestattet, darüber nachzudenken. »Ich habe mir lange eingeredet, dass er mich geliebt hat, aber dann habe ich gesehen, was er mir angetan hat. Das war nicht wirklich Liebe, oder?«

Er tat die Frage mit einem Achselzucken ab. »Es wurde ein bisschen härter, aber zu anderen Zeiten hast du es genossen. Ich habe den Blick auf deinem Gesicht gesehen. Das kann man nicht vortäuschen. Nicht als Kind.«

»Du irrst dich«, sagte Callie, denn sie hatte es ihr ganzes Leben lang vorgetäuscht.

»Ach ja?«, fragte Andrew. »Schau, was ohne ihn aus dir geworden ist. Du warst in dem Moment zerstört, in dem er gestorben ist. Du wurdest bedeutungslos gemacht ohne ihn.«

Wenn Callie eins wusste, dann das: dass ihr Leben Bedeutung hatte. Sie hatte ein Baby für Leigh ausgetragen. Sie hatte ihrer Schwester etwas geschenkt, was Leigh sich selbst niemals getraut hätte. »Was kümmert es dich, Andrew? Buddy konnte dich nicht ausstehen. Das Letzte, was er zu dir gesagt hat, war, dass du dein NyQuil trinken und verdammt noch mal ins Bett verschwinden sollst.«

Andrews Miene verriet, dass der Schlag saß. »Wir werden nie erfahren, was Dad für mich empfand, nicht wahr? Du und Harleigh habt uns der Chance beraubt, einander kennenzulernen.«

»Wir haben dir einen Gefallen getan«, sagte Callie, auch wenn sie sich nicht so sicher war. »Weiß deine Mutter, was los war?«

»Das Miststück interessiert sich für nichts als ihre Arbeit. Du hast es ja erlebt. Sie hatte damals nie Zeit für mich, und sie nimmt sich heute keine Zeit für mich.«

»Alles, was sie getan hat, war für dich«, sagte Callie. »Sie war die beste Mutter im ganzen Viertel.«

»Das ist, als würdest du sagen, sie war die beste Hyäne im ganzen Rudel.« Andrew biss die Zähne zusammen, der Kiefer zeichnete sich deutlich ab. »Ich rede nicht über meine Mutter mit dir. Das ist nicht der Grund, warum wir hier sind.«

Callie drehte sich um. Die Kerzen hatten sie abgelenkt. Der Rauch und die Spiegel. Walters reglose Gestalt im Flur. Sie hatte nicht bemerkt, dass einige Matratzen verschoben waren. Drei der größeren waren aufeinandergestapelt. Sie lagen genau dort, wo früher die Couch gewesen war.

Sie spürte Andrews Atem schon im Nacken, ehe sie begriff, dass er hinter ihr stand. Seine Hände waren an ihren Hüften. Seine Finger drückten in ihre Knochen.

Seine Hände breiteten sich über ihren Bauch aus. Sein Mund war an ihrem Ohr. »Sieh nur, wie winzig du bist.«

Callie schluckte Galle. Buddys Worte. Andrews Stimme.

»Mal sehen, was du darunter hast.« Er arbeitete an den Verschlüssen ihrer Satinjacke. »Gefällt dir das?«

Callie spürte die kühle Luft auf ihrem Bauch. Seine Finger glitten unter ihr Shirt. Sie biss sich auf die Lippen, als er die Hand um ihre Brüste wölbte. Mit der anderen Hand griff er ihr zwischen die Beine. Callies Knie bogen sich auswärts. Es war, als würde sie auf einer Schaufel sitzen.

»So ein süßes kleines Püppchen.« Er wollte ihr die Jacke herunterreißen.

»Nein.« Callie versuchte, sich ihm zu entziehen, aber er hatte sie in einem schraubstockartigen Griff zwischen den Beinen.

»Leer deine Taschen aus.« Sein Ton war jetzt drohend. »Sofort.«

Angst kroch in jede Zelle ihres Körpers, und sie begann zu zittern. Ihre Beine berührten kaum noch den Boden. Sie kam sich vor wie das Pendel einer Uhr, aufgehängt nur an der Hand zwischen ihren Beinen.

Er packte kräftiger zu. »Los.«

Sie griff in ihre rechte Tasche. Sidneys Blut klebte an dem Messer. Die geladene Spritze strich an ihren Handrücken. Sie zog das Messer langsam heraus und betete, dass Andrew nicht nachsah, ob sonst noch etwas in der Tasche war.

Andrew riss ihr das Messer aus der Hand und warf es auf die Bar. »Was noch?«

Callie bekam das Zittern einfach nicht in den Griff. Sie fasste in die linke Tasche. Ihr Drogenbesteck fühlte sich so persönlich an, als sie es herausholte, dass es war, als würde sie sich das Herz herausreißen.

»Was ist das?«, fragte er.

»Mein … mein …« Callie konnte nicht antworten. Sie hatte zu weinen angefangen. Die Angst war einfach zu viel. Alles kam wieder an die Oberfläche. Ihre schwachen, rosaroten Erinnerungen an Buddy kollidierten mit der kalten, harten Wut seines Sohnes. Ihre Hände waren gleich. Ihre Stimmen waren gleich. Und beiden bereitete es Freude, ihr wehzutun.

»Mach es auf«, befahl Andrew.

Sie versuchte, den Deckel mit dem Daumennagel aufzustemmen, aber das Zittern machte es unmöglich. »Ich kann es nicht …«

Andrew riss es ihr aus der Hand. Seine andere Hand glitt zwischen ihren Beinen hervor.

Callie fühlte sich innerlich wie hohl. Sie taumelte zu dem Matratzenstapel, setzte sich und schloss ihre Jacke wieder.

Andrew stand vor ihr. Er hatte das Kästchen mit dem Besteck geöffnet. »Wofür ist das gut?«

Callie sah, was er in der Hand hielt. Der braune Lederriemen hatte Maddys Vater gehört. An einem Ende war eine Schlaufe. Das andere Ende war zerkaut, wo Larry und dann Callie ihn mit den Zähnen gepackt und zugezogen hatten, um den Arm so stark abzubinden, dass sich eine Vene abzeichnete.

»Na los«, sagte Andrew. »Wofür ist das?«

»Man …« Callie musste sich räuspern. »Ich benutze es nicht mehr. Es ist zum … Ich habe keine Venen mehr in den Armen, die ich benutzen kann. Ich spritze mir ins Bein.«

Andrew schwieg einen Moment. »Wo in dein Bein?«

»Die O-Oberschenkelvene.«

Andrews Mund ging auf, aber er schien nicht fähig, etwas zu sagen. Die Kerzenflammen ließen ihr Licht über seine kalten Augen zucken. Schließlich sagte er: »Zeig mir, wie man es macht.«

»Nein, ich …«

Er schloss die Hand um ihren Hals. Callie bekam keine Luft mehr. Sie kratzte an seinen Fingern. Er schleuderte sie auf die Matratze. Sein Gewicht war unerträglich, es drückte ihr die wenige restliche Luft aus den Lungen. Ihre Lider begannen zu flattern.

Andrew war über ihr, sah ihr prüfend ins Gesicht, labte sich an ihrer Angst. Er hatte sie mit einer Hand vollkommen festgenagelt. Callie konnte nichts tun, als darauf zu warten, dass er sie tötete.

Aber er tat es nicht.

Er nahm die Hand von ihrem Hals, riss den Knopf ihrer Jeans auf. Er zerrte am Reißverschluss. Callie blieb flach auf dem

Rücken liegen, als er ihr die Hose nach unten zog, sie konnte nichts dagegen tun. Er brachte eine der Kerzen näher an ihr Bein, damit er es sehen konnte.

»Was ist das?«, wollte er wissen.

Callie musste nicht fragen, was er meinte. Er stieß den Finger in das Pflaster, das Dr. Jerry über den Abszess geklebt hatte. Der Einschnitt riss auf, ein scharfer Schmerz fuhr in ihr Bein.

»Antworte.« Er drückte kräftiger.

»Es ist ein Abszess«, sagte sie. »Von den Spritzen.«

»Passiert das oft?«

Callie musste schlucken, ehe sie antworten konnte. »Ja.«

»Interessant.«

Sie fröstelte, als seine Finger an ihrem Bein hinaufwanderten. Sie schloss die Augen. Alle Entschlossenheit hatte sie verlassen. Sie sehnte sich danach, dass Leigh die Tür aufbrach, Andrew ins Gesicht schoss, Walter rettete, sie selbst vor dem bewahrte, was als Nächstes passieren würde.

Callie unterdrückte das Gefühl der Hilflosigkeit. Sie durfte nichts von alldem geschehen lassen. Sie musste es selbst erledigen. Leigh würde früher oder später kommen, und Callie würde nicht dafür verantwortlich sein, dass ihre Schwester noch mehr Blut an den Händen hatte.

»Hilf mir, mich aufzusetzen«, sagte sie.

Andrew packte sie am Arm. Die Wirbel in ihrem Nacken knacksten, als er sie mit einem Ruck hochzog. Sie sah sich nach ihrem Spritzbesteck um. Er hatte es offen am Rand der Matratze stehen lassen.

»Ich brauche Wasser«, sagte sie.

Er zögerte. »Spielt es eine Rolle, ob etwas drin ist?«

»Nein«, log sie.

Andrew ging zur Bar zurück.

Callie nahm ihren Löffel zur Hand. Der Stiel war zu einem Ring gebogen, damit sie ihn besser halten konnte. Sie nahm Andrew die Wasserflasche aus der Hand. Vermutlich hatte er

Walter daraus trinken lassen. Sie hatte keine Ahnung, wie das Rohypnol wirken würde, aber es war ihr auch egal.

»Warte«, sagte Andrew und stellte die Kerzen näher, damit er sehen konnte, was sie tat.

Callies Hals war wie zugeschnürt. Man machte das nicht als eine Art Porno. Man machte es, wenn man ungestört war oder mit anderen Junkies zusammen, denn der Vorgang gehörte einem selbst und niemandem sonst.

»Wofür ist das?« Andrew zeigte auf den Wattebausch in ihrem Kästchen.

Callie antwortete ihm nicht. Ihre Hände zitterten nicht mehr, da sie ihrem Körper gleich gab, wonach er verlangte. Sie öffnete das Tütchen und klopfte das schmutzig weiße Pulver auf den Löffel.

»Reicht das?«, fragte Andrew.

»Ja«, sagte Callie, obwohl es eigentlich zu viel war. »Mach die Flasche auf.«

Sie wartete, bis Andrew gehorchte. Sie behielt einen Schluck Wasser im Mund, dann ließ sie es auf den Löffel tropfen wie ein Vogel, der sein Junges tränkt. Sie benutzte nicht ihr Feuerzeug, sondern hob eine der Kerzen vom Boden auf. Es roch stark nach weißem Essig, als der Stoff langsam in der Flüssigkeit einkochte. Der Dealer hatte sie verarscht. Je stärker der Geruch, desto mehr Dreck war in dem Verschnitt.

Ihr Blick traf auf Andrews über dem Rauch, der von dem Löffel aufstieg. Seine Zunge leckte über die Lippen. Genau das hatte er von Anfang an gewollt. Buddy hatte Tequila benutzt, und Andrew benutzte Heroin, aber letzten Endes war der Zweck derselbe: Callie wehrlos zu machen.

Mit der freien Hand riss sie ein Stück Watte ab. Sie hob die Spritze auf, riss die Kappe mit den Zähnen ab, steckte die Nadel in die Watte und zog den Kolben zurück.

»Es ist ein Filter«, sagte Andrew, als wäre es ihm gelungen, ein großes Rätsel zu lösen.

»Okay.« Callies Mund hatte sich sofort mit Speichel gefüllt, als ihr der Geruch in Nase und Rachen gedrungen war. »Sie ist bereit.«

»Was tust du?« Andrews Zögern eröffnete ihr einen ersten Blick auf den Jungen, der er gewesen war. Er war aufgeregt, begierig darauf, eine neue verbotene Sache zu lernen. »Kann ich … kann ich es machen?«

Callie nickte, denn ihr Mund war so voll von Spucke, dass sie nicht sprechen konnte. Sie drehte sich so, dass die Füße auf der Matratze waren. Ihre Oberschenkel leuchteten weiß im Kerzenlicht. Sie sah, was alle anderen auch sahen. Die Oberschenkelknochen und die Knochen im Knie traten hervor, als blickte man auf ein Skelett.

Andrew gab keinen Kommentar dazu ab. Er legte sich neben ihr Bein und stützte sich auf den Ellbogen. Sie dachte daran, wie oft er mit dem Kopf in ihrem Schoß eingeschlafen war. Er hatte es geliebt, im Arm gehalten zu werden, während sie ihm Geschichten vorlas.

Jetzt sah er zu Callie auf und wartete auf Anweisungen, wie er ihr das Heroin spritzen musste.

Callie saß in einem zu spitzen Winkel, um den oberen Teil ihres Schenkels sehen zu können. Sie löste das Pflaster ab und betastete die Mitte des ausgetrockneten Abszesses. »Hier.«

»In den …« Andrew war immer noch zögerlich. Er hatte einen besseren Blick auf den Abszess. »Das sieht entzündet aus.«

Callie sagte sowohl die Wahrheit als auch das, was er hören wollte. »Der Schmerz fühlt sich gut an.«

Andrews Zungenspitze berührte wieder die Lippen. »Okay. Was muss ich tun?«

Callie stützte sich hinter dem Rücken auf ihre Hände. Die Satinjacke ging dabei auf. »Klopf seitlich an die Spritze, dann drück den Kolben sanft nach unten, damit die Luft rausgeht.«

Andrews Hände waren alles andere als ruhig. Er war so aufgeregt wie damals, als sie ihm die beiden zweifarbigen Schleimfische aus der Zoohandlung gezeigt hatte. Er vergewisserte sich, dass Callie zuschaute, dann klopfte er mit dem Zeigefinger seitlich an das Plastikgehäuse.

Klopf-klopf-klopf.

Trev, klopfst du an das Aquarium, wie du es nicht tun sollst?

»Gut«, sagte sie. »Jetzt raus mit den Luftblasen.«

Er testete den Kolben und hielt die Spritze ins Kerzenlicht, sodass er beobachten konnte, wie die Luft das Plastikröhrchen verließ. Ein Tropfen Flüssigkeit lief an der Nadel hinab. Zu einer anderen Zeit hätte Callie ihn abgeleckt.

»Du brauchst die Vene, okay?«, sagte sie. »Das ist der blaue Strich. Siehst du ihn?«

Er beugte sich so tief hinunter, dass sie seinen Atem an ihrem Bein spürte. Sein Finger drückte in den Abszess. Er blickte rasch auf, um sich zu vergewissern, dass es okay war.

»Es fühlt sich gut an«, sagte sie. »Drück fester.«

»Scheiße«, flüsterte Andrew und bohrte den Fingernagel hinein. Er schauderte praktisch. Das alles war so aufregend für ihn. »Gefällt dir das?«

Callie zuckte vor Schmerz zusammen, aber sie sagte: »Ja.«

Er fing ihren Blick wieder ein, ehe er mit der Fingerspitze an der Vene entlangfuhr. Sie schaute auf die Oberseite seines Kopfs, wo das Haar wie bei Buddy in einem Wirbel um die Schädelkrone wuchs. Callie erinnerte sich, wie sie über seine Kopfhaut gestrichen hatte. An Buddys verlegenen Blick, wenn er die schüttere Stelle überkämmt hatte.

Ich bin nur ein alter Mann Püppchen wieso willst du überhaupt etwas mit mir zu tun haben?

»Hier?«, fragte Andrew.

»Ja«, sagte sie. »Stich die Nadel langsam hinein. Drück nicht auf den Kolben, bevor ich dir sage, dass sie an der richtigen Stelle ist. Die Nadel muss in die Vene gleiten, nicht durch sie hindurch.«

»Was passiert, wenn sie durchgeht?«

»Der Stoff geht nicht ins Blut«, sagte Callie. »Er geht in den Muskel und bewirkt im Grunde nichts.«

»Okay«, sagte er, denn er konnte die Wahrheit nicht wissen.

Sie sah ihn wieder an die Arbeit gehen. Er rutschte ein Stück auf dem Ellbogen, um eine angenehmere Stellung zu finden. Seine Hand war ruhig, als sich die Spritze zur Mitte des Abszesses bewegte.

»Fertig?«

Er wartete nicht auf ihre Einwilligung.

Ein kleiner Laut kam aus Callies Mund, als die Nadel eindrang. Sie schloss die Augen. Ihr Atem ging so schnell wie seiner. Sie versuchte, sich vom Abgrund zurückzuziehen.

»Gefällt dir das?«, fragte Andrew.

»Langsam«, umgarnte sie ihn, und ihre Hand glitt an seinem Rücken hinab. »Beweg die Nadel in der Vene.«

»Scheiße ...« Andrew stöhnte. Sie spürte seine Erektion an ihr Bein drücken. Er rieb sich an ihr und ließ die Nadel in und aus der Vene gleiten.

»Weiter so«, flüsterte sie und fuhr mit den Fingern an seinem Rückgrat entlang. Sie fühlte, wie sich seine Rippen ausdehnten, wenn er atmete. »So ist es gut, Baby.«

Andrews Kopf sank an ihre Hüfte. Sie spürte seine Zunge auf ihrer Haut. Sein Atem war heiß und feucht.

Sie griff in ihre Jackentasche und ließ den Verschluss von der Zwanzig-Milliliter-Spritze springen.

»Okay«, sagte sie. Ihre Finger ertasteten den Raum zwischen der neunten und der zehnten Rippe. »Fang an, sie hineinzudrücken, aber langsam, okay?«

»Okay.«

Die Übelkeit von der ersten Kostprobe Heroin nagte wie ein Virus an ihr.

Sie zog die Spritze aus der Tasche. Die blaue Flüssigkeit leuchtete matt im Kerzenlicht.

Callie zögerte nicht. Sie durfte ihn nicht aus dieser Tür gehen lassen. Sie stach die Spritze in einem schrägen Winkel durch Muskel und Sehnen direkt in Andrews linke Herzkammer.

Sie drückte bereits den Kolben nach unten, ehe er realisierte, dass etwas nicht stimmte.

Aber da war es schon zu spät, um noch etwas dagegen tun zu können.

Es gab keinen Versuch, sie abzuschütteln. Keinen Schrei. Keinen Hilferuf. Der sedierende Charakter des Pentobarbital verhinderte etwaige letzte Worte. Sie hörte die agonale Atmung, auf die Dr. Jerry sie aufmerksam gemacht hatte, der Hirnstammreflex, der wie ein Luftschnappen klang. Seine rechte Hand war der letzte Körperteil, den er unter Kontrolle hatte, und Andrew drückte das Heroin so schnell hinein, dass Callies Oberschenkelvene lichterloh brannte.

Ihre Zähne verbissen sich krampfartig. Schweiß brach ihr aus allen Poren. Sie hielt die Spritze fest umklammert, ihr Daumen zitterte, als sie die zähe blaue Flüssigkeit durch die Nadel drückte. Nur das Adrenalin verhinderte, dass Callie zusammenbrach. Es war immer noch die halbe Dosis übrig. Sie beobachtete, wie langsam der Kolben nach unten ging. Sie musste ihm unbedingt die volle Dosis spritzen, bevor das Adrenalin nachließ. Leigh würde bald da sein. Es durfte nicht so kommen wie beim letzten Mal. Callie würde ihre Schwester diesmal nicht dazu zwingen, zu Ende zu bringen, was sie angefangen hatte.

Der Kolben erreichte schließlich den Boden der Kanüle. Callie sah den letzten Rest des Mittels in Andrews schwarzes Herz fließen.

Sie ließ die Hand sinken und fiel auf die Matratze zurück.

Das Heroin übernahm nun das Kommando, es packte sie in Wellen – nicht mit Euphorie, sondern mit dem langsamen Einsickern der Tatsache, dass sich ihr Körper endlich in das Unvermeidliche schickte.

Der beißende Essiggeruch. Die Dosis, die größer war als üblich. Das Rohypnol im Wasser. Das Fentanyl, das sie aus

Dr. Jerrys Betäubungsmittelschrank genommen und unter das nicht reinweiße Pulver gehackt hatte.

Andrew Tenant war nicht der Einzige, der nicht mehr aus dieser Tür gehen würde.

Als Erstes lösten sich die Muskeln aus ihren festen Knoten. Dann hörten die Gelenke auf zu schmerzen, der Nacken tat nicht mehr weh, der Körper ließ den Schmerz los, an den er sich so viele Jahre lang geklammert hatte, dass Callie aufgehört hatte mitzuzählen. Der Atem ging nicht mehr mühsam. Die Lunge brauchte keine Luft mehr. Der Herzschlag war eine langsame Uhr, die die Sekunden zählte, die in ihrem Leben noch blieben.

Callie sah zur Decke hinauf, die Augen starr wie eine Eule. Sie dachte nicht an die Hunderte Male, die sie von der Couch zu dieser Decke hinaufgestarrt hatte. Sie dachte an ihre brillante Schwester und Leighs wundervollen Mann und an das bildschöne Mädchen der beiden, das über den Fußballplatz rannte. Sie dachte an Dr. Jerry und Binx und sogar an Phil, bis sie zuletzt unvermeidlich an Kurt Cobain dachte.

Er wartete nicht mehr auf sie. Er war da, sprach mit Mama Cass und Jimi Hendrix, lachte mit Jim Morrison und Amy Winehouse, mit Janis Joplin und River Phoenix.

Sie alle bemerkten gleichzeitig Callies Ankunft. Sie stürzten herbei, streckten die Hände aus, halfen ihr beim Aufstehen.

Sie fühlte sich leicht in ihrem Körper, sie bestand plötzlich aus Federn. Sie sah auf den Boden hinunter und beobachtete, wie er sich in weiche Wolken verwandelte. Dann legte sie den Kopf zurück und schaute in den strahlend blauen Himmel hinauf. Callie sah nach links und rechts und hinter sich. Da waren freundliche Pferde, pummelige Hunde und schlaue Katzen, und dann gab ihr Janis eine Flasche, und Jimi reichte einen Joint weiter, und Kurt bot an, aus seinen Gedichten vorzulesen, und zum ersten Mal in ihrem Leben wusste Callie, dass sie dazugehörte.

EPILOG

Leigh saß in einem Klappstuhl neben Walter. Bis auf einige Vögel, die im Baum über dem Grab zwitscherten, war es still auf dem Friedhof. Sie sahen zu, wie Callies pastellgelber Sarg in die Erde gesenkt wurde. Nichts quietschte oder knarrte an dem Flaschenzug. Ihre Schwester hatte noch siebenundvierzig Kilo gewogen, als sie im Leichenschauhaus eingetroffen war. Der Obduktionsbericht enthüllte einen von langjährigem Drogenmissbrauch und Krankheit verwüsteten Körper. Callies Leber und Nieren waren schwer angegriffen. Ihre Lunge arbeitete nur mehr mit halber Kraft. Sie hatte einen tödlichen Cocktail aus Betäubungsmitteln und Giften im Blut gehabt.

Heroin, Fentanyl, Rohypnol, Strychnin, Methadon, Backpulver, Waschpulver.

Keiner der Befunde war allzu überraschend. Genauso wenig wie die Tatsache, dass nur Callies Fingerabdrücke auf dem Löffel, der Kerze und dem Tütchen mit dem Pulver waren. Andrews Abdrücke waren zusammen mit ihren auf der Spritze in ihrem Bein, aber nur Callies Abdrücke waren auf der Spritze mit der tödlichen Dosis Pentobarbital, die sie direkt in Andrews Herz gerammt hatte.

Jahrelang hatte sich Leigh eingeredet, sie würde eine Art schuldbewusster Erleichterung empfinden, wenn Callie schließlich starb, aber was sie jetzt tatsächlich fühlte, war überwältigende Trauer. Ihr ewiger Albtraum von einem Anruf mitten in der Nacht, einem Klopfen an der Tür, einem Polizeibeamten, der sie bat, ihre Schwester zu identifizieren, war nicht eingetreten.

Da war nur Callie gewesen, auf einer dreckigen Matratze in dem Haus, das ihre Seele nicht mehr verlassen hatte, seit sie vierzehn Jahre alt gewesen war.

Wenigstens war Leigh am Ende bei ihrer Schwester gewesen. Sie hatte in Andrews leerer Villa gestanden, als ihr klar geworden war, dass Callie sie hereingelegt hatte. An die Rückfahrt von Brookhaven hatte sie kaum eine Erinnerung. Das Erste, was sie wieder wusste, war, dass sie im Carport über Sidneys Leiche gestolpert war. Sie hatte Walter im Flur vollkommen übersehen, denn ihre ganze Aufmerksamkeit hatte den beiden Körpern auf einem Matratzenstapel gegolten – dort, wo früher die hässliche orangefarbene Couch gestanden hatte.

Andrew lag quer über Callie. Eine große gebrauchte Spritze ragte aus seinem Rücken. Leigh hatte ihn von ihrer Schwester gestoßen und nach Callies Hand gegriffen. Ihre Haut hatte sich kühl angefühlt, die Wärme hatte bereits begonnen, aus ihrem zerbrechlichen Körper zu weichen. Leigh hatte die Nadel ignoriert, die aus dem Oberschenkel ihrer Schwester ragte, und hatte Callies langsamem und schwächer werdendem Atem gelauscht.

Erst waren zwanzig Sekunden zwischen dem Heben und Senken der Brust vergangen. Dann dreißig Sekunden. Dann fünfundvierzig. Dann kam nichts mehr außer einem langen, tiefen Seufzen, als Callie schließlich losließ.

»Guten Morgen, Freunde.« Dr. Jerry ging zum Fußende von Callies Grab. Auf seine Maske waren umherspringende Kätzchen aufgedruckt, allerdings wusste Leigh nicht, ob er sie für Callie trug oder ob es etwas war, was er einfach herumliegen hatte.

Er öffnete ein schmales Buch. »Ich möchte ein Gedicht von Elizabeth Barrett Browning vorlesen.«

Walter wechselte einen raschen Blick mit Leigh. Das war ein bisschen zu viel des Guten. Aber wahrscheinlich hatte Dr. Jerry keine Ahnung, dass die Dichterin den größten Teil ihres Lebens morphiumsüchtig gewesen war.

»Ich habe das bekannteste Gedicht des alten Mädchens ausgewählt, stimmt also ungeniert mit ein, wenn ihr wollt.«

Phil stieß auf der anderen Seite des Grabes ein Schnauben aus.

Dr. Jerry räusperte sich höflich, bevor er anfing. »*Wie ich dich liebe? Lass mich zählen, wie./Ich liebe dich so tief, so hoch, so weit/Als meine Seele blindlings reicht* ...«

Walter legte den Arm um Leighs Schulter und küsste sie durch die Maske auf die Wange. Sie war dankbar für seine Wärme.

Es war merklich kühler geworden. Sie hatte ihren Mantel am Morgen nicht finden können, denn sie war wegen eines langen Telefonats mit dem Friedhofsverwalter abgelenkt gewesen. Der Mann hatte vorsichtig zu bedenken gegeben, ein Grabstein mit Kaninchen und Kätzchen darauf sei vielleicht besser für ein Kind geeignet.

Callie war *mein Kind!* hätte Leigh am liebsten geschrien, aber dann hatte sie den Hörer an Walter weitergereicht, um nichts Unbedachtes zu sagen.

Dr. Jerry fuhr fort. »*Ich liebe dich bis zu dem stillsten Stand/ Den jeder Tag erreicht im Lampenschein/Oder in Sonne. Frei, im Recht, und rein* ...«

Leigh blickte über das offene Grab zu Phil. Ihre Mutter trug keine Maske, obwohl Georgias erstes Corona-Superspreader-Event eine Beerdigung gewesen war. Phil saß trotzig da, die Beine gespreizt, die Fäuste geballt. Sie hatte sich für das Begräbnis ihrer jüngsten Tochter nicht anders gekleidet, als wenn sie Mieten eintreiben ging. Hundehalsband, schwarzes Sid-Vicious-T-Shirt, weil Heroin ja so fantastisch war, Augen-Make-up Marke *Tollwütiger Waschbär*.

Leigh wandte den Blick ab, bevor die Wut in ihr hochkam, die sie immer in der Nähe ihrer Mutter empfand. Sie sah zu der Kamera hin, die das Begräbnis als Streaming übertrug. Schockierenderweise lebte Phils Mutter noch, in einem Seniorenheim in Florida. Noch überraschender war, dass Cole Bradley darum gebeten hatte, aus der Ferne seine Ehre erweisen zu dürfen. Theoretisch war er noch Leighs Boss, sie stellte sich allerdings vor, dass es nur eine Frage der Zeit war, bis er sie wieder in sein Büro bat. Die Außenwirkung war nicht gerade prickelnd, wie es in der Firmensprache heißen würde. Ihre Schwester hatte Leighs Mandanten und dessen frisch angetraute Frau ermordet und sich dann eine Überdosis gespritzt, und das alles scheinbar ohne jede Erklärung.

Leigh hatte klargemacht, dass sie diese Erklärung nicht liefern werde, und niemand sonst hatte sich gemeldet, um die gigantische Leerstelle zu füllen. Nicht Reggie Paltz, der sich, wie vorausgesagt, schleunigst aus dem Staub gemacht hatte, kein Freund oder Nachbar, kein Anwalt, Banker, Vermögensverwalter oder bezahlter Informant.

Aber irgendwer da draußen musste die Wahrheit kennen. Andrews Safe hatte weit offen gestanden in der Nacht, als Leigh in sein Haus eingebrochen war.

Er war leer gewesen.

Sie sagte sich, dass sie damit leben konnte. Die Bänder existierten wohl noch. Früher oder später würde jemand zur Polizei gehen oder auf Leigh zukommen oder … was immer. Leigh würde die Konsequenzen akzeptieren, was auch geschah. Das Einzige, was in ihrer Macht stand, war, wie sie ihr Leben in der Zwischenzeit lebte.

Dr. Jerry kam zum Schluss. »*Ich liebe dich mit allem Lächeln, aller Tränennot/Und allem Atem. Und wenn Gott es gibt/Will ich dich besser lieben nach dem Tod.*«

Walter stieß einen langen Seufzer aus, und Leigh ging es genauso. Vielleicht verstand Dr. Jerry mehr, als sie alle dachten.

»Danke.« Dr. Jerry schloss das Buch und warf Callie eine Kusshand zu. Dann ging er zu Phil, um ihr sein Beileid auszusprechen.

Leigh erwartete mit Bangen, was ihre Mutter zu dem freundlichen alten Mann sagen würde.

»Geht's dir gut?«, flüsterte Walter. Seine Augen waren voller Sorge. Vor einem Jahr um diese Zeit hätte sich Leigh darüber geärgert, dass er ständig um sie herumschwänzelte, aber jetzt war sie überwältigt von Dankbarkeit. Jetzt, da Walter wusste, wie es sich anfühlte, seelisch zu zerbrechen, fiel es ihr leichter, ihn ganz zu lieben.

»Ich bin okay«, sagte sie und hoffte, wenn sie es laut aussprach, würde es auch so sein.

Dr. Jerry trat wieder um das Grab herum. »So, junge Frau, das hätten wir.«

Walter und Leigh standen auf, um mit ihm zu sprechen.

»Danke, dass Sie gekommen sind«, sagte Leigh.

Seine Maske war feucht von Tränen. »Unsere Calliope war so ein liebes Mädchen.«

»Danke«, wiederholte Leigh und merkte, wie ihre eigene Maske am Gesicht klebte. Jedes Mal, wenn sie glaubte, es seien keine Tränen mehr übrig, tauchten neue auf. »Sie hat Sie wirklich geliebt, Dr. Jerry.«

»Ja, nun.« Er tätschelte ihre Hand. »Darf ich Ihnen ein Geheimnis verraten, hinter das ich kam, als meine liebe Frau gestorben ist?«

Leigh nickte.

»Deine Beziehung zu einem Menschen endet nicht, wenn er stirbt. Sie wird nur stärker.« Er blinzelte ihr zu. »Hauptsächlich deshalb, weil dir dieser Mensch nicht mehr sagen kann, dass du dich irrst.«

Leigh schnürte es die Kehle zu.

Walter rettete sie davor, antworten zu müssen. »Dr. Jerry, dieser Chevy von Ihnen ist ja ein richtiger Oldtimer. Würden Sie ihn mir zeigen?«

»Mit Vergnügen, junger Mann.« Dr. Jerry hakte sich bei Walter ein. »Sagen Sie, sind Sie je von einem Oktopus ins Gesicht geschlagen worden?«

»Ja leck mich doch.« Phil lehnte sich zurück. »Der alte

Knacker ist dement. Zieht zur Antifa nach Oregon oder irgend so was.«

»Halt den Mund, Mutter.« Leigh schälte sich die Maske vom Gesicht. Sie suchte nach einem Papiertaschentuch.

»Sie war meine Tochter, verstehst du?«, rief Phil über Callies Grab hinweg. »Wer hat sich um sie gekümmert? Zu wem ist sie immer nach Hause gekommen?«

»Walter kommt morgen die Katze holen.«

»Dumme Fotze?«

Leigh stutzte, aber dann lachte sie. »Ja. Dumme Fotze wird bei mir wohnen. Callie wollte es so.«

»Na, scheiß drauf.« Der Verlust der Katze schien sie härter zu treffen als die Nachricht von Callies Tod. »Das ist eine verdammt gute Katze. Ich hoffe, du weißt, was du da für ein Geschenk bekommst.«

Leigh schnäuzte sich.

»Ich sag dir mal eins.« Phil stemmte die Hände in die Hüften. »Das Problem mit dir und deiner Schwester war immer, dass Callie nicht aufhören konnte zurückzuschauen, und du warst immer so verdammt versessen darauf, nach vorn zu schauen.«

Leigh hasste es, dass sie recht hatte. »Ich glaube, das größere Problem war, dass wir eine unglaublich beschissene Mutter hatten.«

Phil sperrte den Mund auf, und dann schloss sie ihn schnell wieder. Ihre Augen wurden groß. Sie blickte an Leigh vorbei, als wäre dort ein Geist aufgetaucht.

Leigh drehte sich um. Schlimmer als ein Geist.

Linda Tenant lehnte an einem schwarzen Jaguar, eine Zigarette im Mundwinkel. Sie trug die Perlenkette und den aufgestellten Kragen, aber ihr Shirt war jetzt langärmlig wegen des kühleren Wetters. Leigh hatte Andrews Mutter nicht mehr gesehen, seit sie in Cole Bradleys Privatbüro die Verteidigung ihres Sohnes besprochen hatten.

»Wir sollten ...« Leigh brach ab, denn Phil marschierte entschlossen in die andere Richtung. »Danke, Mom.«

Leigh holte tief Luft und trat dann den langen Weg zu Andrews Mutter an. Linda lehnte immer noch mit verschränkten Armen an ihrem Jaguar. Ihre Anwesenheit war eindeutig ein Überfall auf Callies Begräbnis. Leigh erkannte die dreiste Tat als etwas, was sie selbst ebenfalls getan hätte. Der Sohn und die Schwiegertochter der Frau waren getötet worden. Egal, dass Ruby Heyers Familie zusammen mit Tammy Karlsen und Andrews drei weiteren Opfern nie Gerechtigkeit widerfahren würde. Linda Tenant wollte eine Erklärung.

Leigh würde ihr keine liefern, aber sie schuldete es Linda, sich zur Verfügung zu stellen, damit die Frau jemanden anschreien konnte.

Linda schnippte ihre Zigarette ins Gras, als Leigh näher kam. »Wie alt war sie?«

Leigh hatte nicht mit der Frage gerechnet, aber irgendwo mussten sie wohl anfangen. »Siebenunddreißig.«

Linda nickte. »Dann war sie elf, als sie für mich zu arbeiten begann.«

»Zwölf«, sagte Leigh. »Ein Jahr jünger, als ich es war, als ich anfing.«

Linda fischte eine Packung Zigaretten aus ihrer Hosentasche und schüttelte eine heraus. Ihre Hand war ruhig am Feuerzeug. Sie blies eine Rauchwolke in die Luft. Sie hatte etwas so Wütendes an sich, dass Leigh sich fragte, ob Linda sie nur anschreien oder gleich mit dem Auto überfahren würde.

Sie tat keins von beiden. Stattdessen sagte sie: »Ihr habt euch richtig Mühe gegeben.«

Leigh sah an ihrem schwarzen Kleid hinunter. Ein himmelweiter Unterschied zu den Jeans und dem Aerosmith-T-Shirt, die sie bei ihrer ersten Begegnung getragen hatte. »Danke?«, fragte sie mehr, als dass es eine Antwort war.

Linda zog die Zigarette mit einem Ruck von den Lippen.

»Ich spreche nicht über dein Outfit. Ihr Mädchen wart immer ordentlich, aber ihr habt nie so gründlich sauber gemacht.«

Leigh schüttelte den Kopf. Sie hörte die Worte, aber sie ergaben keinen Sinn.

»Der Küchenboden hat geglänzt, als ich vom Krankenhaus nach Hause kam.« Linda zog wieder wütend an der Zigarette. »Und es roch so stark nach Chlorbleiche, dass mir die Augen geträt haben.«

Leigh sperrte überrascht den Mund auf. Sie sprach von dem Haus in der Canyon Road. Nachdem sie die Leiche entsorgt hatten, hatte Callie auf Händen und Knien die Böden geschrubbt, Leigh hatte die Spül- und Waschbecken gereinigt. Sie hatten gesaugt, Staub gewischt und alle Oberflächen blank geputzt, und keine von ihnen hatte je daran gedacht, dass Linda Waleski sich wundern würde, warum sie ihr sonst so feuchtes, schmuddeliges Haus so gründlich sauber gemacht hatten, bevor sie nach Hause gekommen war.

»Ah«, sagte Leigh, ein Widerhall von Callies Standardreaktion, wenn sie nicht wusste, was sie sagen sollte.

»Ich dachte, ihr hättet ihn wegen des Geldes getötet«, sagte Linda. »Und dann glaubte ich, dass etwas Schlimmes passiert sein musste. Deine Schwester am nächsten Tag – sie sah furchtbar aus. Es hatte eindeutig einen Kampf gegeben … oder irgendetwas in der Art. Ich wollte die Polizei rufen. Ich wollte dieses Stück Scheiße windelweich prügeln, das du deine Mutter nennst. Aber ich konnte es nicht.«

»Warum?« war alles, was Leigh fragen konnte.

»Weil es keine Rolle spielte, warum ihr es getan habt. Es zählte nur die Tatsache, dass er weg war dank euch und dass ihr bezahlt wurdet. Das erschien mir fair.« Linda zog kräftig an der Zigarette. »Ich habe nie Fragen gestellt, weil ich hatte, was ich wollte. Er hätte mich niemals gehen lassen. Ich habe es einmal versucht, und er hat mich halb tot geschlagen. Mich verdroschen, bis ich bewusstlos war, und mich dann auf dem Boden liegen lassen.«

Leigh fragte sich, was Callie bei dieser Information empfunden hätte. Wahrscheinlich Traurigkeit. Sie hatte Linda so gemocht. »Sie konnten nicht zu Ihrer Familie gehen?«

»Ich hatte es mir selbst eingebrockt, nicht wahr?« Linda zupfte einen Tabakkrümel von der Zunge. »Selbst nachdem ihr ihn aus dem Weg geschafft hattet, musste ich mich noch vor meinem Arschloch von Bruder prostituieren. Er hätte mich auf der Straße leben lassen. Ich musste ihn anflehen, mich aufzunehmen. Dann ließ er uns einen ganzen Monat warten, und selbst dann durften wir nicht in sein Haus. Wir mussten in einem schäbigen Appartement über der Garage wohnen wie die Dienstboten.«

Leigh hielt den Mund. Es gab weitaus schlimmere Unterkünfte.

»Ich habe mich allerdings gewundert – nicht die ganze Zeit, aber manchmal –, also ich habe mich gefragt, wieso ihr beiden Mädchen es getan habt. Ich meine, was hatte er für diesen Job bekommen? Fünfzigtausend?«

»Fünfzigtausend waren in seiner Brieftasche«, sagte Leigh. »Wir fanden weitere sechsunddreißigtausend im Haus versteckt.«

»Gut für euch. Aber es ergab noch immer keinen Sinn. Ihr beide wart nicht so. Bei manchen anderen Kids im Viertel – klar. Die hätten dir für zehn Dollar die Kehle durchgeschnitten und für sechsundachtzigtausend weiß Gott was gemacht. Aber nicht ihr beide. Das hat mich, wie gesagt, immer irritiert.« Linda nahm den Schlüsselbund vom Gürtel. Ihr Daumen ruhte auf einem Knopf. »Und dann fand ich die hier in meiner Garage, und endlich verstand ich.«

Der Kofferraum sprang auf.

Leigh ging zum Heck des Jaguars. Ein schwarzer Plastikmüllsack lag darin. Er stand oben offen. Sie sah einen Berg VHS-Kassetten und musste nicht nachzählen, um zu wissen, dass es fünfzehn waren. Vierzehn mit Callie in der Hauptrolle. Eine mit Callie und Leigh.

»In der Nacht, in der Andrew starb, kam er bei mir vorbei. Ich hörte ihn in der Garage, habe ihn aber nicht danach gefragt. Sicher, er benahm sich merkwürdig, aber er war schließlich immer merkwürdig. Vor ein paar Tagen dann fiel mir sein Besuch wieder ein, und ich fand diese Mülltüte weit hinten in einem meiner Lagerschränke. Der Polizei habe ich nichts gesagt, aber ich sage es dir.«

Leigh schnürte es wieder die Kehle zu. Sie sah Linda an.

Die Frau hatte sich nicht gerührt, außer beim Rauchen. »Ich war dreizehn, als ich seinen Vater kennenlernte. Ich gehörte ihm, und das gründlich. Es dauerte drei Jahre, in denen ich weglief, zu meinen Großeltern geschickt wurde, sogar ins Internat kam, bis sie begriffen, dass ich ihn nicht aufgeben würde, und uns endlich heiraten ließen. Wusstest du das?«

Leigh hätte den Müllsack gern an sich gerissen, aber die ganze Macht lag bei Linda. Es konnte Kopien geben oder einen weiteren Server.

»Ich dachte nie ...« Linda brach den Satz ab und rauchte wieder. »Hat er es bei dir versucht?«

Leigh trat vom Kofferraum zurück. »Ja.«

»Hat er es geschafft?«

»Ein Mal.«

Linda schüttelte noch eine Zigarette aus der Packung. Sie zündete die neue an der alten an. »Ich habe dieses Mädchen geliebt. Sie war ein Schatz. Und ich habe ihr mit Andrew immer vertraut. Nicht einen Moment hätte ich gedacht, dass etwas Schlimmes geschehen könnte. Und die Tatsache, dass es geschehen ist ... und sie so schwer verletzt wurde, dass er sie sogar nach seinem Verschwinden noch weiter verletzen konnte ...«

Leigh sah, wie Tränen über das Gesicht der Frau liefen. Sie hatte nicht ein einziges Mal Callies Namen gesagt.

»Jedenfalls ...« Linda hustete, und Rauch kam aus Mund und Nase zugleich. »Es tut mir leid, was er dir angetan hat. Und es tut mir wirklich verdammt leid, was er ihr angetan hat.«

Leigh erwiderte das Gleiche, was Walter zu ihr gesagt hatte: »Sie sind nie auf die Idee gekommen, dass ein Pädophiler, der Sie missbraucht hat, als Sie dreizehn waren, auch andere Dreizehnjährige missbrauchen könnte?«

»Ich war verliebt.« Sie lachte bitter. »Ich sollte wohl eine Entschuldigung für deinen Mann loswerden. Geht es ihm gut?«

Leigh antwortete nicht. Walter war bewusstlos gewesen, weil man ihn mit vorgehaltener Waffe gezwungen hatte, eine Vergewaltigungsdroge zu trinken. Es würde ihm für eine sehr lange Zeit nicht gut gehen.

Linda hatte die Zigarette bis auf den Filter hinuntergeraucht. Sie tat das Gleiche wie zuvor und schüttelte eine neue heraus, die sie an der alten anzündete. »Er hat diese Frau vergewaltigt, oder?«, sagte sie. »Und die andere getötet?«

Leigh nahm an, sie sprach jetzt von Andrews beziehungsweise Sidneys Verbrechen. Sie wollte Linda dazu bringen, dass sie Tammy Karlsens und Ruby Heyers Namen sagte. »Welche Frauen meinen Sie?«

Linda schüttelte den Kopf und blies neuen Rauch aus. »Egal. Er war so verdorben wie sein Vater. Und dieses Mädchen, das er geheiratet hat – das war genauso schlecht wie er.«

Leigh sah auf die Bänder hinunter. Linda hatte sie nicht ohne Grund mitgebracht. »Wollen Sie wissen, warum Callie Andrew und Sidney getötet hat?«

»Nein.« Sie warf die Zigarette ins Gras. Dann ging sie zum Kofferraum des Wagens, zog die Mülltüte heraus und warf sie auf den Boden. »Das sind die einzigen Aufnahmen, von denen ich weiß. Wenn noch etwas anderes herauskommt, werde ich behaupten, dass es gelogen ist. Ein Deepfake oder wie man das nennt. Ich decke dich so wie bisher, will ich damit sagen. Und was immer es wert sein mag: Ich habe Cole Bradley erklärt, dass dich keine Schuld an dem trifft, was passiert ist.«

»Erwarten Sie, dass ich Ihnen danke?«

»Nein«, sagte Linda. »Ich danke *dir*, Harleigh Collier. Was mich betrifft, so hast du eine Bestie für mich erledigt. Und deine Schwester hat die andere erledigt.«

Linda stieg in ihren Wagen und ließ den Motor aufheulen, als sie wegfuhr.

Leigh sah den eleganten schwarzen Jaguar aus dem Friedhof schleichen. Sie dachte an Lindas Wut, an das manische Kettenrauchen, den absoluten Mangel an Mitgefühl, den lachhaften Gedanken, dass sich Linda Waleski all die Jahre eingeredet hatte, ihr Mann sei von zwei unglaublich hygienebewussten Teenager-Mörderinnen umgebracht worden.

Callie hätte da Fragen gehabt.

Leigh konnte nicht einmal daran denken, sie zu beantworten. Sie sah zum Himmel hinauf. Man hatte Regen vorhergesagt, aber die Wolken, die aufzogen, waren weiß. Sie hätte gern geglaubt, dass ihre Schwester da oben war und einem Kätzchen vorlas, das sein Geld in digitaler Währung anlegte, um es vor dem Finanzamt zu verstecken. Aber dafür war ihr Realitätssinn dann doch zu ausgeprägt.

Sie hoffte stattdessen, dass Dr. Jerry recht hatte. Leigh wünschte sich weiter eine Beziehung zu ihrer Schwester. Sie wünschte sich eine Callie, die nicht heroinsüchtig war, die in einer Tierklinik arbeitete und Tierbabys in Pflege nahm und die am Wochenende zum Mittagessen vorbeikam und Maddy mit lustigen Geschichten über furzende Schildkröten zum Lachen brachte.

Für den Augenblick hatten sie ihren letzten gemeinsamen Moment in Dr. Jerrys Büro. Wie Callie sie umarmt hatte. Wie sie Leigh die Lüge vergeben hatte, die von einem Geheimnis zu einem Verrat geworden war.

Wenn das die Schuld ist, die du dein ganzes Erwachsenenleben mit dir herumgeschleppt hast, dann wirf sie verdammt noch mal ab.

Die Last war nicht von Leigh abgefallen, als Callie diese Worte gesagt hatte, aber mit jedem Tag, der seither vergangen war, wurde ihr ein klein wenig leichter ums Herz, so als könnte die Bürde irgendwann vielleicht ganz von ihr genommen werden.

Es gab andere, greifbarere Dinge, die ihr Callie hinterlassen hatte. Dr. Jerry hatte Callies Rucksack im Pausenraum gefunden. Er enthielt ein Sammelsurium von Dingen – die Mitgliedskarte eines Bräunungsstudios für eine Juliabelle Gatsby, einen Ausweis für die Bibliothek von DeKalb County für Himari Takahashi, ein Taschenbuch über Schnecken, ein Prepaidhandy, zwölf Dollar in bar, ein Paar Socken, Leighs in Chicago ausgestellten Führerschein, den ihr Callie gestohlen hatte, und eine winzige Ecke von der Decke, in die Maddy in der Katzentransportbox gewickelt gewesen war.

Diese letzten beiden Gegenstände waren besonders bedeutungsvoll. Callie war in den vergangenen sechzehn Jahren im Gefängnis und in verschiedenen Therapieeinrichtungen gewesen, sie hatte in billigen Motels und auf der Straße gelebt, aber sie hatte es fertiggebracht, ein Foto von Leigh und ein Stück von Maddys Babydecke zu behalten.

Ihre Tochter hatte die Decke immer noch zu Hause. Sie kannte die Geschichte der fehlenden Ecke noch immer nicht. Walter und Leigh überlegten hin und her, ob es an der Zeit sei, ihr die Wahrheit zu erzählen. Jedes Mal, wenn sie beschlossen hatten, dass sie endlich ehrlich sein mussten, dass es keine andere Wahl gab – dass das Geheimnis bereits zu einer Lüge geworden war und es nicht mehr lange dauern würde, bis es sich zu einem richtigen Verrat ausgewachsen hätte –, hatte Callie es ihnen wieder ausgeredet.

Sie hatte in dem Rucksack eine Nachricht für Leigh hinterlassen, und die Worte spiegelten jene Nachricht wider, die sie vor sechzehn Jahren in Maddys Transportbox hinterlegt hatte. Callie hatte sie offensichtlich nach ihrem Gespräch im Büro von Dr. Jerry geschrieben, und sie hatte offensichtlich auch gewusst, dass sie Leigh nie mehr wiedersehen würde.

Bitte nimm als Geschenk dein wundervolles Leben an, hatte Callie geschrieben. *Ich bin so stolz auf dich, meine großartige Schwester. Ich weiß, was auch geschieht, Maddy wird immer und für alle Zeit glücklich und behütet bei euch sein. Ich bitte nur um eins: Verratet ihr nie unser Geheimnis, denn ihr Leben wird so viel besser sein ohne mich. ICH LIEBE DICH. ICH LIEBE DICH!*

»Hey.« Walter trat Lindas schwelende Zigarette aus. »Wer war die Dame in dem Jaguar?«

»Andrews Mutter.« Leigh sah Walter in die Mülltüte gucken. Er drehte die Videobänder, um die Etiketten zu lesen. Callie Nr. 8, Callie Nr. 12, Harleigh & Callie.

»Was wollte sie?«, fragte Walter.

»Absolution.«

Er warf die Bänder wieder in die Tüte. »Hast du sie ihr erteilt?«

»Nein«, sagte Leigh. »Die muss man sich verdienen.«

LIEBE LESERIN,
LIEBER LESER,

zu Beginn meiner Karriere beschloss ich, meine Romane so zu verfassen, dass sie zu keinem konkreten Zeitpunkt spielen. Ich wollte, dass die Geschichten für sich stehen, ohne dass Nachrichtenzyklen oder popkulturelle Bezüge in die Erzählung eindringen. Diese Herangehensweise änderte sich, als ich an der Will-Trent-Reihe und den Einzelromanen zu arbeiten begann und es wichtiger für mich wurde, die Bücher in einem Jetzt zu verankern, um der Gesellschaft auf diese Weise einen Spiegel vorzuhalten. Ich wollte mit meinen Romanen Fragen aufwerfen, etwa wie wir zu #metoo kamen (*Cop Town*), wie wir uns so an Gewalt gegen Frauen gewöhnen konnten (*Pretty Girls*) oder sogar wie es dazu kam, dass schließlich ein wütender Mob die Türen des Kapitols eintrat (*Die letzte Witwe*).

Über soziale Themen zu schreiben und gleichzeitig das vorandrängende Tempo eines Thrillers beizubehalten ist immer ein heikler Balanceakt. Ich bin in meinem Herzen eine Spannungsautorin und möchte nie abbremsen oder in den Rhythmus einer Geschichte eingreifen, um Reden schwingend auf eine Obstkiste zu steigen. Ich gebe mir große Mühe, beiden Seiten gerecht zu werden, auch wenn ich mit der konträren Meinung nicht übereinstimme. Dies hatte ich im Hinterkopf, als ich anfing, die Geschichte zu skizzieren, aus der dann *Die falsche Zeugin* wurde. Ich wusste, dass ich die Corona-Pandemie einbauen wollte, aber ich wusste auch, dass meine Geschichte weniger *von* der

Pandemie handeln würde als davon, wie die Leute das Leben mit ihr meistern. Und natürlich ist meine Perspektive nicht nur die einer Amerikanerin, einer Bewohnerin Georgias oder Atlantas – wie alle anderen Menschen sehe ich die Welt durch die Linse des Individuums, das ich bin.

Als ich im März 2020 mit der Arbeit begann, musste ich eine Art Futurologin sein und vorherzusagen versuchen, wie das Leben in rund einem Jahr aussehen würde. Natürlich hat sich viel verändert, während ich schrieb. Zuerst hieß es, wir sollten auf Masken verzichten, damit sie den Krankenhäusern nicht ausgingen, dann sagte man uns, wir sollten Masken tragen (dann doppelte Masken), erst wies man uns an, Handschuhe zu benutzen, dann hieß es, Handschuhe würden ein falsches Gefühl der Sicherheit vermitteln. Erst sollten wir unsere Lebensmittel abwaschen, bis irgendwann keine Gefahr mehr von ihnen ausging, dann gab es die Mutationen und so weiter, bis zum Glück schließlich der Impfstoff freigegeben wurde, was eine wunderbare Nachricht war, aber auch die Notwendigkeit mit sich brachte, den verwirrenden Start der Impfkampagne in einen fast fertigen Roman einzubauen – man muss allerdings sagen, dass das kleine Hürden waren im Vergleich zu den weltweiten Verlusten und Tragödien, die dieses schreckliche Virus verursacht hat.

Zum Zeitpunkt der Niederschrift hatten wir die niederschmetternde Marke von fünfhunderttausend Toten in den Vereinigten Staaten überschritten. Dann gibt es die Zigmillionen Überlebenden – viele von ihnen leiden unter Langzeitfolgen von Corona, oder ihr Leben wird sogar für immer von der Krankheit gezeichnet sein. Wegen der Einsamkeit, die den Tod eines Corona-Patienten begleitet, haben viele Beschäftigte im Gesundheitswesen Traumata erlitten, wenn sie aus nächster Nähe erlebten, welche Verheerungen dieses schreckliche Virus anrichtet. Unsere Leichenbeschauer und Bestattungsunternehmen sahen sich erdrückenden Massen von Toten ausgesetzt. Lehrer und Erzieher, Sozialarbeiter, Rettungsdienste – die Liste ist endlos, denn die Pandemie hat jeden einzelnen Menschen auf Erden in irgendeiner Weise betroffen. Die Auswirkungen dieses täglichen Katastrophenfalls werden noch auf Generationen hinaus zu spüren sein. Noch unbekannt ist, wie die einstweilen aufgeschobene Trauer sich schließlich in unser Leben schleichen wird. Man weiß aus Studien über Missbrauch in der Kindheit, dass ein Trauma zu allem Möglichen führen kann, von Depression und posttraumatischer Stressstörung über kardiovaskuläre Probleme wie Schlaganfall oder Herzinfarkt und Krebs bis hin zu einem erhöhten Risiko für Alkohol- und Drogenmissbrauch und in extremen Fällen Suizidgedanken. Uns bleibt nichts übrig, als abzuwarten, wie sich die Welt in fünfzehn oder zwanzig Jahren darstellt, wenn die *Generation Zoom* ihre eigenen Kinder großzieht.

Auch wenn ich meine Leserinnen und Leser liebe, habe ich meine Bücher immer für mich selbst geschrieben und die Literatur dazu benutzt, die Welt um mich herum zu verarbeiten. Als ich daranging, die Pandemie auf realistische Weise in *Die falsche Zeugin* einzubauen, habe ich mich nach Anhaltspunkten in der jüngeren Geschichte umgesehen. In vielerlei Hinsicht spiegelt die Entwicklung unseres Verständnisses von Corona den Beginn dessen wider, was damals AIDS-Krise genannt wurde und meiner Generation ein schmerzhaftes Heranwachsen bescherte. Wie bei SARS-CoV-2 gab es viele Unbekannte, als HIV sein hässliches Haupt erhob. Die Wissenschaftler wussten nicht sofort, wie es übertragen wurde, wie es arbeitete, woher es gekommen war; die Ratschläge änderten sich deshalb beinahe im Monatsrhythmus, und Homophobie und Rassismus griffen um sich. Und dann durchliefen die Reaktionen der Menschen auf HIV/AIDS natürlich das gesamte Spektrum von Angst und Zorn über Leugnung und Akzeptanz bis zu vollständigem Mir-doch-egal.

Auch wenn AIDS sehr viel tödlicher als Covid-19 war (und zum Glück nicht über die Luft übertragen wurde), waren viele dieser Haltungen in unserer Reaktion auf die Corona-Pandemie wiederzuerkennen. Und ich sollte anfügen, dass wir im Laufe beider umwälzender Tragödien gesehen haben, wie bemerkenswerte Fürsorge und Güte einem scheinbar unbegreiflichen Hass entgegenwirkten. Nichts bringt unsere Menschlichkeit oder das Fehlen derselben so zum Ausdruck wie eine Krise.

So schrecklich diese letzten achtzehn Monate waren, bildet die daraus entstandene Krise doch ein Fundament für die Art von sozialbewusstem Erzählen, die meine Arbeit inzwischen prägt. Corona hat den immer breiter werdenden Graben zwischen den Besitzenden und den Besitzlosen offengelegt, ein Schlaglicht auf die Wohnungskrise und die Lebensmittelunsicherheit geworfen und die Aufmerksamkeit auf den Mangel an angemessener Finanzierung von Schulen, Krankenhäusern und Altenpflege gelenkt. Sie hat den Bankrott des Vertrauens in unsere staatlichen Institutionen enthüllt, die schreckliche Behandlung der Insassen in unseren Gefängnissen genauso dramatisch verschlimmert wie Fremden- und Frauenfeindlichkeit und rassistische Hetze. Sie hat herkunftsbedingte Ungleichbehandlungen verstärkt und wie üblich den Frauen ungleich mehr Belastung auferlegt. Alle diese Themen habe ich in dem Buch, das Sie nun in den Händen halten, zu streifen versucht. Lauter Themen, die ich begreiflich darzustellen versuche, damit sich mehr Empathie und ein hoffentlich tieferes Verständnis dafür entwickelt.

Einer meiner liebsten Kurzromane ist *Pale Horse, Pale Rider* von Katherine Anne Porter, der während der Grippe-Epidemie von 1918 spielt. Die Hauptperson leidet an der Krankheit, so wie es auch Porter im echten Leben tat, und wir erhalten aus erster Hand Anschauungsunterricht über die schrecklichen Auswirkungen des Virus – zum einen die unsichere soziale Lage der Romanfigur, die befürchtet, ihre Arbeit zu verlieren und von ihrer Vermieterin aus der Wohnung geworfen zu werden, zum anderen die vier bis fünf Tage, die sie warten musste, bis es im Krankenhaus ein Bett für sie gab, und die Fieberträume und Halluzinationen, hervorgerufen durch das Lauern des Todes, des *bleichen Reiters*. Die letzte Zeile der Geschichte ist so zeitlos wie vorausschauend, und ich glaube, sie sagt uns, wie wir uns wahrscheinlich alle fühlen werden, wenn wir das Schlimmste dieser grausamen Pandemie hinter uns haben und unseren Weg in eine neue Normalität finden: »Jetzt würde Zeit für alles sein.«

Karin Slaughter
26. Februar 2021
Atlanta, Georgia

DANKSAGUNG

Mein erster Dank geht immer an Victoria Sanders und Kate Elton, die mich länger kennen als ich mich selbst. Dank auch an die Entscheiderinnen Emily Krump und Kathryn Cheshire sowie das gesamte GPP-Team. Bei der Victoria Sanders Agency bin ich Bernadette Baker-Baughman sehr dankbar, die über scheinbar endlose Geduld verfügt (oder über eine Puppe von mir, auf die sie jeden Morgen einsticht).

Kaveh Khajavi, Chip Pendleton und Mandy Blackmon haben meine speziellen Fragen zu Knochenbau und Gelenken beantwortet. David Harper hilft mir seit zwanzig Jahren, Menschen umzubringen, und sein Input war wie immer außerordentlich hilfreich, obwohl er die verheerenden Schnee- und Eisstürme in Texas mit einem Handy und einem Werkzeugkasten meistern musste. Elise Diffie hat mir bei den Abläufen in einer Tierklinik geholfen, alle schändlichen Tricksereien sind allerdings mein Werk. Sie wird außerdem vielleicht die einzige Leserin dieses Buches sein, die ermessen kann, wie wahrhaft lächerlich der Name Deux Claude für einen Pyrenäenberghund ist.

Alafair Burke, Patricia Friedman und Max Hirsh haben mir bei juristischen Fragen beigestanden – alle Fehler gehen zu meinen Lasten (tragischerweise ist das Recht nie so, wie man es gerne hätte). Falls sich jemand wundert: Am 14. März 2020 hat der Oberste Richter des Supreme Court von Georgia »aufgrund der Anzahl von Personen, die sich in Gerichtssälen zu versammeln hätten«, ein Verbot aller Geschworenenprozesse erlassen.

Im Oktober wurde das Verbot aufgehoben, aber einige Tage vor Weihnachten zwangen steil ansteigende Infektionsraten den Obersten Richter, es wieder in Kraft zu setzen. Am 9. März wurde das Verbot erneut aufgehoben, da »die gefährliche Welle von Corona-Fällen zuletzt zurückgegangen« sei. Das ist der aktuelle Stand der Dinge, und ich hoffe inbrünstig, dass es dabei bleibt.

Zuletzt Dank an D. A., die sich mit meinen langen Zeiten der Abwesenheit (körperlich wie geistig) abfinden musste, während ich diese Geschichte schrieb. Nachdem ich seit vielen Jahren einen Quarantäne-artigen Lebensstil pflege, dachte ich, es würde leichter sein, doch dem war leider nicht so. Dank an meinen Dad, weil er für mich da ist, egal, was kommt. Ich freue mich auf eine rasche Rückkehr zur Belieferung mit Suppe und Maisbrot, jetzt, da wir das Schlimmste hinter uns haben. Und an meine Schwester: vielen Dank dafür, dass du meine Schwester bist.

Und zu guter Letzt: Ich habe mir beim Schreiben dieses Romans in Bezug auf Drogen und ihren Konsum zahlreiche Freiheiten genommen, ich bin schließlich nicht im Ratgebergeschäft. Wenn Sie zu den vielen Menschen gehören, die mit einer Sucht zu kämpfen haben, dann seien Sie versichert, dass es immer irgendjemanden gibt, der Sie liebt.

Lesen Sie auch:

KARIN SLAUGHTER

DIE VERGESSENE

Aus dem amerikanischen Englisch von
Fred Kinzel

24,00 € (D)
ISBN: 978-3-365-00113-4

Leseprobe
© 2022 für die deutschsprachige Ausgabe
by HarperCollins in der
Verlagsgruppe HarperCollins Deutschland GmbH, Hamburg
Published by arrangement with
William Morrow, an imprint of HarperCollins *Publishers*, US

17. APRIL 1982

Emily Vaughn blickte stirnrunzelnd in den Spiegel. Das Kleid war genauso schön wie im Laden. Ihr Körper war das Problem. Sie drehte sich, und dann drehte sie sich noch einmal, um einen Blickwinkel zu finden, in dem sie nicht aussah wie ein gestrandeter Wal.

Omis Stimme ertönte aus der Ecke: »Du solltest die Finger von den Keksen lassen, Rose.«

Emily stutzte kurz. Rose war Omis Schwester, die während der Großen Depression an Tuberkulose gestorben war. Emily hieß zum Andenken an das Mädchen mit zweitem Vornamen Rose.

»Omi.« Sie legte die Hand auf den Bauch und sagte zu ihrer Großmutter: »Ich glaube nicht, dass es an den Keksen liegt.«

»Bist du dir sicher?« Ein Lächeln spielte um Omis Mund. »Ich habe gehofft, du würdest damit herausrücken.«

Emily warf einen weiteren missbilligenden Blick auf ihr Spiegelbild, ehe sie sich zu einem Lächeln zwang. Sie ging unbeholfen vor dem Schaukelstuhl ihrer Großmutter in die Knie. Die alte Frau strickte einen Pullover in Kindergröße. Ihre Finger tauchten wie Kolibris in schneller Folge in den kleinen gekräuselten Kragen. Der lange Ärmel ihres geblümten Rüschenkleids war nach oben gerutscht. Emily berührte sanft den dunkelblauen Bluterguss um ihr dünnes Handgelenk.

»Ich alter Tollpatsch.« Sie leierte die Worte im Tonfall tausendmal gebrauchter Ausflüchte. »Freddy, du musst dieses Kleid ausziehen, bevor Papa nach Hause kommt.«

Jetzt dachte Omi, Emily sei ihr Onkel Fred. Demenz glich irgendwie einem Spaziergang im Familienschrank mit vielen Skeletten.

»Soll ich dir ein paar Kekse holen?«, fragte Emily.

»Das wäre wunderbar.« Omi strickte weiter, aber ihr Blick, der nie auf etwas Bestimmtes fokussiert war, hing plötzlich wie gebannt an Emily. Ihr Mund verzog sich zu einem Lächeln. Sie legte den Kopf schief, als betrachtete sie die Perlmuttschicht in einer Muschel. »Schau sich nur einer diese glatte Haut an. Du bist so hübsch.«

»Das liegt in der Familie.« Emily staunte über den beinahe greifbaren Zustand des Erkennens, der den Blick ihrer Großmutter verwandelt hatte. Sie war wieder ganz da, so als hätte ein Besen die Spinnweben aus dem wirren Gehirn gefegt.

Emily berührte ihre faltige Wange. »Hallo, Omi.«

»Hallo, mein liebes Kind.« Sie legte das Strickzeug beiseite, um Emilys Gesicht mit beiden Händen zu umfassen. »Wann ist dein Geburtstag?«

Emily wusste, dass sie jetzt so viele Informationen wie möglich liefern musste. »Ich werde in zwei Wochen achtzehn, Großmutter.«

»Zwei Wochen.« Omi lächelte noch mehr. »Es ist so wunderbar, jung zu sein. Solch ein Versprechen. Dein ganzes Leben ist wie ein ungeschriebenes Buch.«

Emily wappnete sich mit einer unsichtbaren Festung gegen eine Flut von Empfindungen. Sie würde diesen Moment nicht ruinieren, indem sie zu weinen anfing. »Erzähl mir eine Geschichte aus *deinem* Buch, Omi.«

Omi sah erfreut aus. Sie liebte es, Geschichten zu erzählen. »Hab ich dir von der Zeit erzählt, als ich mit deinem Vater schwanger war?«

»Nein«, sagte Emily, obwohl sie die Geschichte Dutzende Male gehört hatte. »Wie war das?«

»Grauenhaft.« Sie lachte, um dem Wort die Schwere zu nehmen. »Mir war von früh bis spät übel. Ich konnte kaum aufstehen, um zu kochen. Das Haus war ein Saustall. Draußen war es brütend heiß, das kann ich dir sagen. Ich wollte mir unbedingt das Haar schneiden. Es war so lang, ging mir bis zur Taille, und wenn ich es wusch, war es durch die Hitze ruiniert, noch bevor es ganz trocken war.«

Emily fragte sich, ob Omi ihr Leben mit der Kurzgeschichte *Bernice schneidet ihr Haar ab* verwechselte. F. Scott Fitzgerald und Ernest Hemingway stahlen sich oft in ihre Erinnerungen. »Wie kurz hast du dein Haar geschnitten?«

»O nein, ich habe nichts dergleichen getan«, sagte Omi. »Dein Großvater erlaubte es nicht.«

Emily öffnete überrascht den Mund. Das klang eher nach dem wahren Leben als nach einer Kurzgeschichte.

»Es gab ein ziemliches Theater. Mein Vater mischte sich ein. Er und meine Mutter kamen, um für mich Partei zu ergreifen, aber dein Großvater weigerte sich, sie ins Haus zu lassen.«

Emily hielt die zitternden Hände ihrer Großmutter fest.

»Ich weiß noch, wie sie auf der Veranda gestritten haben. Sie waren kurz davor, sich zu prügeln, aber meine Mutter flehte sie an, aufzuhören. Sie wollte mich mit nach Hause nehmen und sich um mich kümmern, bis das Baby kam, aber dein Großvater ließ sie nicht.« Sie schaute überrascht drein, als wäre ihr gerade ein Gedanke gekommen. »Stell dir vor, wie anders mein Leben verlaufen wäre, wenn sie mich an diesem Tag mit nach Hause genommen hätten.«

Emily war nicht imstande, es sich vorzustellen. Sie konnte nur an die Umstände ihres eigenen Lebens denken. Sie war genauso in die Falle geraten wie ihre Großmutter.

»Mein Lämmchen.« Omis gichtknotige Finger fingen Emilys Tränen auf. »Sei nicht traurig. Du wirst entkommen. Du wirst aufs College gehen. Einen Jungen kennenlernen, der dich liebt. Kinder haben, die dich anbeten. Du wirst in einem schönen Haus leben.«

Emily wurde die Brust eng. Der Traum von einem solchen Leben war ihr abhandengekommen.

»Mein Schatz«, sagte Omi. »Du musst mir in dieser Sache vertrauen. Ich habe mich im Schleier zwischen Tod und Leben verfangen, was mir einen Blick auf die Vergangenheit wie auf die Zukunft gewährt. Und ich sehe nichts als Glück für dich in der Zeit, die vor uns liegt.«

Emily spürte, wie ihre Festung unter dem Gewicht des drohenden Schmerzes zu bröckeln begann. Was auch geschah, ob es gut, schlecht oder unbestimmt war – ihre Großmutter würde es nicht mitbekommen. »Ich liebe dich so sehr.«

Es gab keine Reaktion. In Omis Blick lag wieder die vertraute Verwirrung. Sie hielt die Hand einer Fremden. Peinlich berührt griff sie nach den Stricknadeln und arbeitete weiter an dem Pullover.

Emily wischte sich die letzten Tränen fort und stand auf. Es gab nichts Schlimmeres, als eine Fremde weinen zu sehen. Der Spiegel lockte, aber es ging ihr schon schlecht genug, ohne dass sie sich weiter betrachtete. Davon abgesehen würde es nichts ändern.

Omi blickte nicht auf, als Emily ihre Sachen zusammenpackte und hinausging.

Sie lief die Treppe hinauf und lauschte. Der schneidende Tonfall ihrer Mutter wurde von der geschlossenen Tür ihres Arbeitszimmers gedämpft. Emily horchte angestrengt auf den tiefen Bariton ihres Vaters, aber er war vermutlich noch in seiner Fachbereichssitzung. Dennoch zog Emily ihre Schuhe aus, als sie vorsichtig die Treppe wieder hinunterschlich. Das Knarren des alten Hauses war ihr so vertraut wie das laute Gezänk ihrer Eltern.

Ihre Hand streckte sich schon zur Eingangstür, als ihr die

Kekse einfielen. Die mächtige alte Standuhr ging auf fünf zu. Ihre Großmutter würde sich nicht an die Bitte erinnern, aber bis weit nach sechs würde sie auch nichts zu essen bekommen.

Emily stellte ihre Schuhe neben der Tür ab und lehnte ihre kleine Handtasche gegen die Absätze. Dann schlich sie auf Zehenspitzen zur Küche.

»Wohin zum Teufel willst du denn in diesem Aufzug?« Die Küche stank nach Zigarren und dem schalen Bier ihres Vaters. Das schwarze Anzugjackett hatte er über einen Stuhl geworfen und die Ärmel des weißen Hemds hochgekrempelt. Eine ungeöffnete Dose Natty Boh stand neben zwei eingedrückten leeren auf der Anrichte.

Emily sah einen Tropfen Kondenswasser an der Dose hinunterlaufen.

Ihr Vater schnippte mit den Fingern, als treibe er einen seiner Studenten zu mehr Eile an. »Antworte mir.«

»Ich wollte nur …«

»Ich weiß, was du *nur* wolltest«, unterbrach er sie. »Du bist nicht zufrieden mit dem Schaden, den du dieser Familie bereits zugefügt hast, nicht wahr? Du hast vor, unser Leben komplett in die Luft zu jagen, zwei Tage vor der wichtigsten Woche in der ganzen Karriere deiner Mutter?«

Emilys Gesicht brannte vor Scham. »Es geht nicht um …«

»Es interessiert mich einen feuchten Dreck, worum es deiner Ansicht nach geht oder nicht geht.« Er zog den Ring von der Dose und warf ihn in die Spüle. »Du darfst kehrtmachen, dieses grässliche Kleid ausziehen und in deinem Zimmer bleiben, bis ich dir etwas anderes sage.«

»Ja, Sir.« Sie öffnete den Küchenschrank, um die Kekse für ihre Großmutter herauszuholen. Emilys Finger hatten die orangeweiße Packung kaum berührt, als sich die Hand ihres Vaters um ihr Handgelenk schloss. Ihre Gedanken fokussierten sich nicht auf den Schmerz, sondern auf die Erinnerung an den handschellenförmigen Bluterguss am zarten Gelenk ihrer Großmutter.

Du wirst entkommen. Du wirst aufs College gehen. Du wirst einen Jungen kennenlernen, der dich liebt ...

»Dad, ich ...«

Er drückte härter, und der Schmerz raubte ihr den Atem. Emily ging in die Knie, die Augen fest geschlossen, als sein stinkender Atem in ihre Nase drang. »Was habe ich dir gesagt?«

»Du ...« Ihr Atem stockte, als die Knochen in ihrem Handgelenk zu zittern begannen. »Es tut mir leid, ich ...«

»Was habe ich dir gesagt?«

»Ich ... ich soll auf mein Zimmer gehen.«

Der Schraubstock seiner Hand löste sich, und vor lauter Erleichterung stieß Emily einen tiefen Seufzer aus. Sie stand auf, schloss die Schranktür, ging aus der Küche. Sie lief durch den Flur zurück und stellte den Fuß auf die unterste Stufe, genau dort, wo sie am lautesten knarrte, bevor sie ihn zurückzog und wieder auf den Boden setzte.

Emily drehte sich um.

Ihre Schuhe standen zusammen mit ihrer Handtasche noch neben der Eingangstür. Sie waren in einer Nuance von Türkis eingefärbt, die perfekt zu ihrem Seidenkleid passte. Aber das Kleid war zu eng, und sie bekam die Strumpfhose einfach nicht höher als bis zu den Knien. Außerdem waren ihre Füße schmerzhaft geschwollen, deshalb ließ sie die Schuhe stehen und schnappte sich beim Hinausgehen nur das Täschchen.

Eine sanfte Frühlingsbrise strich um ihre nackten Schultern, als sie den Rasen überquerte. Das Gras kitzelte sie an den Füßen. Sie nahm den stechenden Salzgeruch des Ozeans in der Ferne wahr. Der Atlantik war viel zu kalt für die Touristen, die im Sommer zur Strandpromenade strömen würden. Für den Moment gehörte Longbill Beach den Einheimischen, die nie in einer langen Schlange für einen Eimer Fritten vor *Thrasher's* anstehen oder staunend auf die Apparate starren würden, die im Fenster des Süßwarenladens lange bunte Toffeefäden zogen.

Sommer.

Nur wenige Monate entfernt.

Clay, Nardo, Ricky und Blake bereiteten sich alle auf ihre Abschlussprüfungen vor; sie standen im Begriff, ihr Erwachsenenleben zu beginnen und diesen erdrückenden, armseligen Badeort zu verlassen. Würden sie jemals wieder an Emily denken? Dachten sie jetzt überhaupt an sie? Vielleicht voller Mitleid. Wahrscheinlich erleichtert, weil sie die Fäule endlich aus ihrem inzestuösen kleinen Kreis herausgeschnitten hatten.

Ihr Außenseitertum schmerzte nicht mehr so stark wie zu Beginn. Emily hatte schließlich akzeptiert, dass sie nicht mehr zum Leben der anderen gehörte. Im Gegensatz zu dem, was ihre Großmutter prophezeit hatte, würde Emily *nicht* entkommen. *Nicht* aufs College gehen. *Keinen* Jungen kennenlernen, der sie liebte. Am Ende würde sie unverschämte Bengel mit ihrer Rettungsschwimmerpfeife verwarnen oder hinter der Theke von *Salty Pete's* kostenlose Softeisportionen ausgeben.

Ihre Fußsohlen klatschten auf den warmen Asphalt, als sie um die Ecke bog. Sie hätte gern zum Haus zurückgeschaut, aber sie versagte sich die theatralische Geste. Stattdessen beschwor sie das Bild ihrer Mutter herauf, die mit dem Telefon am Ohr in ihrem Arbeitszimmer auf und ab lief und ihre Strategie entwarf. Ihr Vater würde die Dose Bier leeren und vielleicht die Entfernung zwischen dem restlichen Bier im Kühlschrank und dem Scotch in der Bibliothek abwägen. Ihre Großmutter würde den winzigen Pullover zu Ende stricken und sich fragen, für welches Kind sie ihn wohl angefangen haben mochte.

Ein Auto näherte sich, und Emily wich von der Straßenmitte an den Rand zurück. Sie sah einen zweifarbige Chevy Chevette vorbeirollen, dann leuchteten die grellroten Bremslichter auf. Laute Musik dröhnte aus den offenen Fenstern: die Bay City Rollers.

S-A-T-U-R-D-A-Y Night!

Mr. Wexlers Blick schwenkte vom Rückspiegel zum Seitenspiegel. Die Hecklichter blinkten, als er mit dem Fuß zwischen

Brems- und Gaspedal wechselte, unschlüssig, ob er weiterfahren sollte oder nicht.

Emily trat zur Seite, als der Wagen zurücksetzte. Sie konnte den Joint im Aschenbecher riechen. Vermutlich sollte Dean heute Abend Aufsicht führen, aber sein schwarzer Anzug war eher für eine Beerdigung angemessen als für einen Ball.

»Em!«, brüllte er wegen der Lautstärke des Songs. »Was hast du vor?«

Sie streckte die Arme aus, um auf ihr türkisfarbenes Ballkleid hinzuweisen. »Wonach sieht es denn aus?«

Sein Blick huschte über sie, dann musterte er sie noch einmal, jetzt langsamer. Genauso hatte er Emily angesehen, als sie zum ersten Mal in sein Klassenzimmer spaziert war. Er unterrichtete nicht nur Sozialkunde, sondern war auch der Leichtathletik-Coach, deshalb hatte er burgunderrote Shorts und ein weißes, kurzärmeliges Polohemd getragen – genau wie die anderen Trainer.

An diesem Punkt endeten die Ähnlichkeiten aber bereits.

Dean Wexler war nur sechs Jahre älter als seine Schüler, aber er war welterfahren und klug, wie es keiner von ihnen je sein würde. Vor seinem Studium hatte er ein Jahr Auszeit genommen und war als Rucksacktourist durch Europa gereist. Er hatte Brunnen für Dorfbewohner in Lateinamerika gegraben. Er trank Kräutertees und baute sein eigenes Gras an. Er hatte einen dichten, üppigen Schnauzbart wie Tom Selleck in *Magnum*. Er sollte sie eigentlich in Staatsbürgerkunde unterrichten, aber in der einen Unterrichtsstunde las er mit ihnen einen Artikel darüber, wie das Insektizid DDT immer noch das Grundwasser verseuchte, und in der nächsten erklärte er ihnen, dass Reagan eine Geheimabsprache mit den Iranern wegen der Geiseln traf, um die Wahl zu seinen Gunsten zu beeinflussen.

Kurz gesagt, alle waren der Ansicht gewesen, dass Dean Wexler der coolste Lehrer war, den sie je gehabt hatten.

»Em.« Er wiederholte den Namen wie einen Seufzer. Die

Gangschaltung ging auf *Parken*. Er zog die Handbremse, stellte den Motor ab und unterbrach den Song bei *n-i-i-ght*.

Dean stieg aus. Er ragte drohend vor ihr auf, doch sein Blick war zur Abwechslung nicht unfreundlich. »Du kannst nicht zum Ball gehen. Was sollen die Leute denken? Was werden deine Eltern sagen?«

»Das ist mir egal«, sagte sie, und ihre Stimme ging am Satzende nach oben, denn es war ihr alles andere als egal.

»Du musst die Folgen deines Handelns bedenken.« Er machte Anstalten, nach ihren Armen zu greifen, dann überlegte er es sich offenbar anders. »Deine Mutter wird in diesem Augenblick von höchster Ebene auf Herz und Nieren überprüft.«

»Tatsächlich?«, fragte Emily, als hätte ihre Mutter nicht so viele Stunden telefoniert, dass ihr Ohr die Form des Telefonhörers angenommen hatte. »Ist sie irgendwie in Schwierigkeiten?«

Sein lautstarker Seufzer sollte zeigen, dass er um Geduld bemüht war. »Ich glaube, du bedenkst nicht, dass dein Handeln alles, wofür sie gearbeitet hat, zunichte machen könnte.«

Emily beobachtete eine Möwe, die über einem Wolkenhaufen schwebte. *Dein Handeln. Dein Handeln. Dein Handeln.* Sie hatte Dean schon herablassend erlebt, aber nie ihr gegenüber.

»Was, wenn jemand ein Foto von dir macht?«, fragte er. »Oder wenn ein Journalist an der Schule ist. Überleg mal, was für ein Licht das auf sie wirft.«

Eine Erkenntnis dämmerte und brachte sie zum Lächeln. Er scherzte. Natürlich scherzte er.

»Emily.« Dean scherzte eindeutig nicht. »Du kannst nicht ...«
Wie ein Pantomime deutete er mit den Händen die Umrisse ihres Körpers an: nackte Schultern, zu große Brüste, zu breite Hüften, die gespannten Nähte an ihrer Taille, weil die türkisfarbene Seide die Rundung ihres Bauchs nicht verbergen konnte.

Deshalb strickte Omi den winzigen Pullover. Deshalb hatte

ihr Vater sie die letzten vier Monate nicht aus dem Haus gehen lassen. Deshalb hatte der Direktor sie der Schule verwiesen. Deshalb war sie von Clay, Nardo, Ricky und Blake getrennt worden.

Sie war schwanger.

Schließlich fand Dean seine Sprache wieder. »Was würde deine Mutter sagen?«

Emily zögerte, sie versuchte die Flut von Scham zu durchwaten, die ihr entgegenströmte, die Scham, die sie ertragen musste, seit bekannt geworden war, dass sie nicht mehr das brave Mädchen war, das ein vielversprechendes Leben vor sich hatte, sondern das böse Mädchen, das einen hohen Preis für seine Sünden zahlen würde.

»Seit wann machen Sie sich so viele Gedanken um meine Mutter?«, fragte sie. »Ich dachte, sie sei nur ein Rädchen in einem korrupten System?«

Ihr Ton war schärfer als beabsichtigt, aber ihr Zorn war echt. Er hörte sich genau wie ihre Eltern an. Wie der Direktor. Wie die anderen Lehrer. Der Pastor. Ihre früheren Freunde. Sie hatten immer recht, und Emily lag immer falsch, falsch, falsch.

Sie sagte die Worte, die ihn am meisten verletzten: »Ich habe an Sie geglaubt.«

Er schnaubte höhnisch. »Du bist zu jung, um ein glaubhaftes System von Überzeugungen zu besitzen.«

Emily biss sich auf die Unterlippe, um ihre Wut zu beherrschen. Wieso hatte sie nicht früher bemerkt, was für ein Dreckskerl er war?

»Emily.« Er schüttelte noch einmal betrübt den Kopf, versuchte noch immer, sie zu demütigen, damit sie gehorchte. Er interessierte sich nicht für sie – nicht wirklich. Er wollte nichts mit ihr zu tun haben. Er wollte auf keinen Fall mitansehen, wie sie auf dem Ball eine Szene machte. »Du siehst ungeheuerlich aus. Du wirst dich nur zum Gespött machen. Geh nach Hause.«

Genau das würde sie nicht tun. »Sie haben gesagt, wir sollen die Welt niederbrennen. Genau das haben Sie gesagt. ›Brennt alles nieder. Fangt neu an. Baut etwas auf …‹«

»Du wirst nichts aufbauen. Du hast eindeutig nur eine Show im Sinn, um die Aufmerksamkeit deiner Mutter auf dich zu ziehen.« Er hatte die Arme verschränkt und blickte jetzt auf seine Uhr. »Werd' erwachsen, Emily. Die Zeit für Egoismus ist vorbei. Du musst daran denken, was …«

»Woran muss ich denken, Dean? Woran, meinen Sie, muss ich denken?«

»Nicht so laut, um Himmels willen.«

»Sagen Sie mir nicht, was ich tun soll!« Sie spürte, wie ihr Herz bis zum Hals schlug, und sie hatte die Fäuste geballt. »Sie haben es selbst gesagt. Ich bin kein Kind mehr. Ich bin fast achtzehn Jahre alt. Und ich habe es gründlich satt, dass Leute – *Männer* – mir sagen, was ich tun soll.«

»Dann bin ich jetzt also das Patriarchat?«

»Sind Sie es, Dean? Gehören Sie zum Patriarchat? Wir werden sehen, wie schnell man die Wagenburg schließt, wenn ich meinem Vater erzähle, was Sie getan haben.«

Feuer schoss in ihren Arm und bis in die Fingerspitzen. Sie wurde hochgehoben, herumgeworfen und krachte gegen die Autotür. Das Metall war heiß an ihren bloßen Schulterblättern. Sie hörte den abkühlenden Motor knistern. Eine Hand von Dean umschloss ihr Handgelenk, die andere war auf ihren Mund gepresst. Sein Gesicht war ihrem so nah, dass sie die feinen Schweißperlen in seinem Schnauzbart erkennen konnte.

Emily wehrte sich. Er tat ihr weh, richtig weh.

»Was für einen verlogenen Scheißdreck willst du deinem Vater erzählen?«, zischte er. »Sag schon.«

In ihrem Handgelenk knackte etwas. Sie fühlte die Knochen wie Zähne klappern.

»Was wirst du sagen, Emily? Nichts? Wirst du nichts sagen?«

Emilys Kopf ging auf und nieder. Sie wusste nicht, ob Deans schweißnasse Hand ihn bewegte, oder ob ein Überlebensinstinkt in ihr sie nachgeben ließ.

Langsam löste er seine Finger. »Was wirst du also sagen?«

»N-nichts. Ich … ich werde ihm nichts erzählen.«